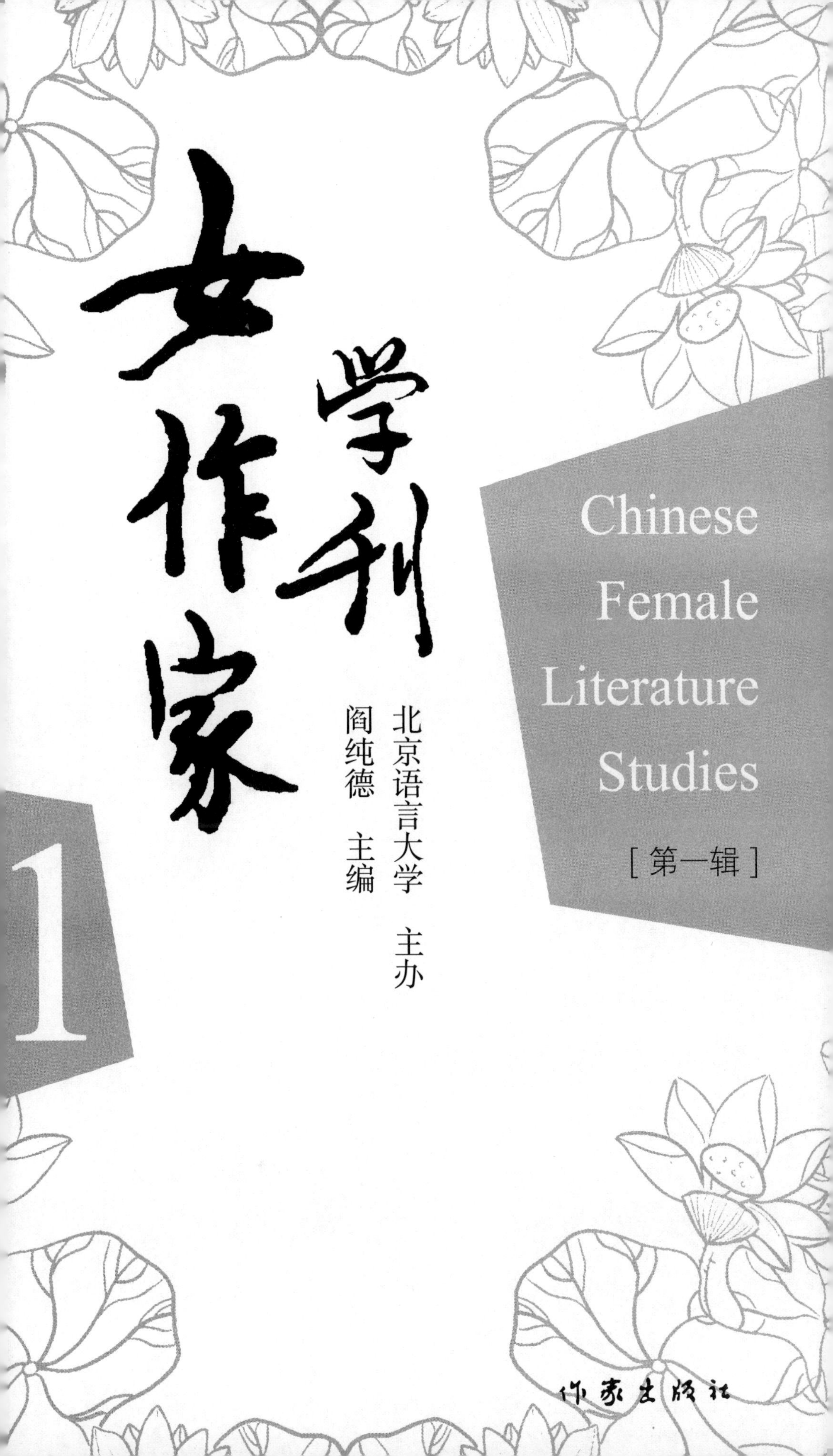
女作家学刊
Chinese
Female
Literature
Studies
[第一辑]
北京语言大学 主办
阎纯德 主编
1
作家出版社

目录

张抗抗研究

王安忆研究

石楠研究

作家作品论

作家创作大讲堂

作家访谈

海外华文作家研究

Chinese Female Literature Studies

Zhang Kangkang Studies

Wang Anyi Studies

Shi Lan Studies

Memoriam

女作家自己的美丽天空

——《女作家学刊》发刊词

阎纯德

一

人生百年，我已走过十之有八。当我回首，起初沿街流浪，继而日夜不息，长途奔跑，终于追上了日薄西山。将落的太阳虽灿烂异常，但它即将隐去，与大地拥抱，与今日再见。

岁月从未停止走路，不管你是扯其腿，或是抱其腰，它都不会停下来。作为社会中的一员，此生不过只能做一件事或几件事；我知道，自己想做的事，如果不抓住，就会永远遗憾地失去。所以，我珍惜自己想做的事，珍惜自己朴素的梦想，不想蹉跎此生。

编辑出版《女作家学刊》（英文名 *Chinese Female Literature Studies*——"中国女性文学研究"）一直是我未醒之梦。当我行将挤进"80 后"大军之时，我还是决心双手托起这个最后的未圆之梦，让它迎接东方的朝阳。

当我说起这个未圆之梦时，朋友劝我"放弃"。有的则摇摇头，觉得我这把年纪还有如此"野心"，颇不可思议，并警告我："千重要，万重要，人的身体健康最重要！世界是人创造的，但是，世界最终不是自己的……"我理解和感谢友人的忠告，但是，人活着就是奋斗；人生在世，不仅要享受沿途的美丽风景，也要真诚地给社会添些花草。我无啥能耐，习惯了以文字为媒，为人作嫁，与志同道合者联袂办好承载着无数女作家的愿望与寄托的《女作家学刊》，并使其青春常在，即可谓死得其所了。

二

《女作家学刊》是一本对女作家及其作品进行评论与研究的刊物，它在我心里已酝酿了近半个世纪。

1974 年 1 月 19 日，中法建交不久，我奉命前往法国巴黎第三大学执教。第一次法国之行历时三年半，那是奠定我学术精神的一小段人生岁月。那时，我既给法国学生讲汉语课，也给高年级学生讲“鲁迅专题”“郭沫若专题”及“20 世纪中国文学”；闲暇时我参观巴黎吉美博物馆（Musée Guimet），第一次接触了庐隐和谢冰莹的作品；可是，在那个时代，我们的多种《中国新文学史》和《中国现代文学史》均未提到这两位现代文学史上的重要作家。那时，法国著名汉学家和作家米歇尔·鲁阿（Michelle Loi，1926—2002）夫人，为了她与汉学家于儒柏（Robert Ruhlmann，1920—1984）的“鲁迅研究小组”，时常从巴黎第八大学（文森大学）到巴黎东方语言文化学院（INALCO），只要去那里，就会坐在我的教室外等我，我们的话题从未离开过中国文学。鲁阿是中国政府的座上客，接待她的，先后有郭沫若、周建人、周谷城副委员长等。在中国，她访问过冰心、菡子、茹志鹃等女作家。有一次她问我：“你们中国究竟有多少女作家？我见到的为什么总是那几位作家？我想见丁玲，可总是没有缘分……”就是这几句话，点燃了我的灵感，让我从那时开始研究女作家。走过血泪斑斑、满目疮痍的那十年，朝阳才露出了笑脸；1977 年秋，我回国做的第一件事，就是主编中国新文学史上第一部作家大辞典《中国文学家辞典》。那时，我有三位同事（白舒荣、孙瑞珍、李杨杨）跟着我研究女作家，写女作家的长篇评传，出版《中国现代女作家》，编辑出版多种女作家的作品选，主编《20 世纪华夏女性文学经典文库》（11 卷；1995 年，中国文联出版公司）。

1977 年七八月间，我请茅盾题写“女作家”和“女作家学刊”，可是，那时宁夏出版了一家杂志就叫《女作家》。非常遗憾和惋惜，他们只办了几年就停刊了。那时是我教学、研究，不停地出国讲学最忙碌的时期，还先后担任外语系和中文系主任，其后又创刊和主编《中国文化研究》和《汉学研究》两本杂志。但是，对于女作家的关注与研究我从来没有罢手。我手里至今还有两部一直不肯出手并一直在加工、修改的《中国女性文学的前世与今生》与《百年中国女作家》（1910—2010），后者我已经撰写了整整五十年。

北京语言大学算是中国女性文学研究的一个小小的重镇，假女性文化与文学研究所之名，致力于这个领域的研究与开拓，我深信年轻的教授朋友可以乘其灵光将其继续发扬光大，以期走得更远，研究得更深！

感谢北京语言大学给我这个圆梦的机会，感谢国内诸位文学评论大家和作家给予的支持！

三

中国自古就有“女性文学”。始自《诗经》时代，女性作者的文学创作便显示出独有的灵性与才华，尤其她们感情的深度与思想的高度，都是女性作者生而有之的神圣天质！

先秦至汉唐，女性作者渐起，及至宋、元、明、清，女诗人已成浩荡之势；但是，她们的哀怨与抗议，犹如漫天凌厉的冷雨，从未停止鞭笞与挑战中国顽固不化的封建至尊。清末，中国虽陷西方魔爪之下，受尽凌辱，但西风渐入华夏，民初和“五四”时代那场新文化的吹拂，唤醒了女性愈发清醒的抗争激情与写作意识。从秋瑾、郭筠、徐自华、吕碧城、张默君，到陈衡哲、冰心、凌叔华、庐隐、石评梅、冯沅君、袁昌英、丁玲、陈学昭、沉樱、谢冰莹、苏雪林、白薇、冯铿、陆晶清、濮舜卿、萧红、赵清阁、安娥、罗淑、罗洪、关露、葛琴、彭慧、林徽因、方令孺、张爱玲、苏青、梅娘、杨刚、白朗、草明、李伯钊、颜一烟、王莹、凤子、曾克、菡子、杨绛、郑敏、宗璞、陈敬容、李纳、柳溪、刘真、林蓝等，她们都是中国新文学史中相继出现的文学豪杰。尽管“文革”十年无作家，但是，文学却没有死亡。时至20世纪70年代末，当“文革”寿终正寝，搭乘文学春潮赶来了一帮耳熟能详的女作家和女诗人：她们是柯岩、黄宗英、韦君宜、谌容、张洁、张抗抗、叶文玲、舒婷、霍达、戴厚英、王安忆、王小鹰、陈染、林白、方方、池莉、张辛欣、张雅文、凌力、马瑞芳、航鹰、陆星儿、竹林、赵玫、唐敏、黄蓓佳、乔雪竹、陈祖芬、张欣、胡辛、徐小斌、蒋子丹、叶梦、毕淑敏、铁凝、须兰、迟子建、残雪、叶广岑、马丽华、刘索拉、蒋韵、田珍颖、王英琦、斯妤、王旭烽、马晓丽、马秋芬、皮皮、素素、孙惠芬、萨仁图娅、万方、张悦然、周晓枫、崔曼莉、冯秋子、袁敏、遇罗锦、林子、傅天琳、王小妮、伊蕾、翟永明、唐亚平、海男、蓝蓝、陆忆敏、林雪、李小雨、张曼菱、李琦、康桥、路也、冯晏、娜夜、荣荣、空林子、冉冉、王妍丁、潇潇、朱文颖、林那北、冷梦、毛尖、毛竹、叶梅、苏瓷瓷、艾玛，等等。岁月飞逝，迎来21世纪新一茬雨后春笋般的新锐女作家，她们是金仁顺、安意如、盛可以、任晓雯、周瑄璞、魏微、鲁敏、乔叶、戴来、葛水平、姚鄂梅、付秀莹、马小淘、苏七七、黄咏梅、孙频、滕肖澜、阿袁、孟小书、笛安、计文君、蒋方舟、七堇年、霍艳，等等。中国的女作家女诗人，就像生命力旺盛的万物，一代代无穷无尽……

台湾、香港、澳门和笔耕在世界各国的华裔女作家的创作，是中华文学大家庭的重要成员，她们的创作不仅常常流露出怀乡之情，也常常以新颖的创作形式自由地给文学带来一种新风。林海音、潘人木、张秀亚、孟瑶、郭良蕙、繁露、毕璞、华严、严友梅、童真、琦君、艾雯、徐锺珮、罗兰、张晓风、林文月、萧丽红、袁琼琼、曾心仪、廖辉英、萧飒、三毛、欧阳子、蓉子、林泠、席慕蓉、张香华、李昂、施叔青、季季、苏伟贞、朱秀娟、朱天文、聂华苓、於梨华、陈若曦、琼瑶、简桢、林佩芬、赵淑侠、黄庆云、亦舒、西西、程乃珊、林燕妮、王璞、周洁茹、周桐、林中英、廖子馨、懿灵、严歌苓、虹影、林湄、张翎、吕大明、山飒、六六、九丹等，这么多女作家和诗人，是我顺手写来的，远非全部，但她们都是我们关注与研究的对象。从这个名单中就可以看出，女作家是大地上的阳光，她们到处温暖着我们。

中国女作家和女诗人走出曾经的“妇人写作”“妇女文学”，来到了中国女性文学，这个漫长的历史，至今我们还可以听到她们的哭泣、申诉与谴责。自清末的秋瑾和“五四”时代，中华大地上才真正飘扬起“女作家”写作的旗帜，从此她们真正拥有了自己的天空。

文学不会死。作为社会注释和人类精神生活的一部分，女作家就是其中最重要的参与者和创造者。

四

我们都知道开天辟地女娲造人之说，虽然这只是个从远古传递至今的美丽“传说”，但它所蕴含的社会意义，并不只是一个动人的故事。因为，当人类走过母系社会后，女人便开始了像天地岁月一样漫长的苦难历程。

朋友说，男作家女作家都是作家，为什么非要办一个《女作家学刊》？我说，我不是女性主义者，但我希望人类能够真正实现男女平等，家庭与社会能有真正的两性和谐。而事实上，现实世界，无论社会还是家庭，离两性平等还有距离；我们不必说非洲妇女的惨状，就我们中国也没有实现真正的平等。

中国的女作家，都是高大上的知识女性，她们的思想境界，她们的作品是平衡和指导社会思潮的重要工具。另外，中国文坛的女作家队伍，无论是人数之众，还是创作成就之高，都是当今中国文学界不可小视的力量。截至 2018 年，中国作家协会会员共有 11708 人，其中女会员就有 2350 人，这还不算各省作家协会的女作家会员；2018 年，全国青年作家创作会议，参加会议的女作家占了 40% 之多。台湾、香港、澳门的女作家，则是中国大陆之外女作家群居的地区，欧美和散布在天涯海角的华裔女作家也是人数众多。随着人类社会的开放和交融，女性的文学创作越来越多，她们是中华文学队伍中美丽而强大的劲旅，其思想、视野、感情和天分，都是中国文化精神不断提升的推手。

妇女解放运动的兴起是人类社会发展的必然。西方女性觉醒得早，我们中国的秋瑾和“五四”时代女作家的兴起，其实也是人类女性解放运动的重要一波。说到由于女权运动的诞生而兴起的女性主义和女性文学，我们会想起英国的艾德琳·弗吉尼亚·伍尔夫（Adeline Virginia Woolf，1882—1941）。这位著名的意识流代表作家和20世纪现代主义与女性主义的先锋，从她的小说《雅各的房间》（*Jacob's Room*）到随笔《一间自己的房间》（*A Room of One's Own*），从女性主义到女性主义诗学，都曾经影响过我们；还有法国著名思想家、女权运动创始人之一西蒙娜·德·波伏瓦（Simone de Beauvoir，1908—1986），她那部被誉为西方妇女“圣经”的《第二性》（*Le deuxième Sexe*），是有史以来论述妇女论述得“最健全、最理智、最智慧”的著作。她以哲学、历史、文学、生物学、古代神话和风俗的文化内容为背景，不仅纵论女人从原始社会到现代社会的历史演变中的处境、地位和权利，探讨女性个体发展史所显示的性别差异，还从存在主义的哲学理论出发，研究女人从出生、青春期、恋爱、结婚、生育到衰老的各个阶段，以及在农妇、女工、妓女、明星和知识分子所在各个阶层中的真实处境，探讨女性独立而可能的出路。她提出女性获得经济独立的必要性，也强调只有女性的经济地位发生了变化才能改变其精神、社会、文化等领域的尊严，只有女性自身的意识发生根本改变，才可能真正实现男女平等。

西蒙娜·德·波伏瓦的女权思想在法国影响至今。女性写作和女性身份写作，在国际上是一种思潮，这种思潮缘于男女不平等。这种思潮经常表现为一种运动，不仅体现在文学创作之中，甚至在社会语言上也有表现。从1984年起，法国女性甚至连语言都在争个男女平等。比如，在法语词汇中，本来男女作家、男女教授、男女研究员（科学家）、男女部长、男女大使、男女救火员、男女法官等是不分性别的，但是现在，女士们创造了一系列完全属于自己的女性化的新词：écrivaine（女作家）、profeseure（女教授）、chercheure（女科学家）、cheffe（女厨师）、Madame la minisitre（女部长）、ambassadeure（女大使）、sapeur-pompie（女消防队员），等等。尽管也有人不接受，但是，此类女性化的词汇还是越来越多，通行无阻。

五

中国历史上的女性作者成千上万，多有与男性作者比肩的作家及作品；但是，多数女性作者却被淹没在历史的尘烟之中。

中国近代以来直至21世纪，陆晶清主编过《妇女周刊》（《京报》副刊），黄心勉主编过《女子月刊》，赵清阁主编过《妇女文化》，20世纪50年代之后有《中国妇女》、《中国女性文化》（王红旗创办并主编），宁夏文联曾有过《女作家》；但是，它们都不是真正的完整的中国女性文学研究的学术刊物，中国女作家和女作者应该有真正属于自己艺术世界的天空。于是，百年新文学史上唯一一家专门研究女作家作品与艺术世界的刊物《女作家学刊》，终于在孕育了半个世纪之后诞生了！

虽然，这本杂志不是发表女性作者创作的刊物，但它作为学术刊物，所面对的就是女作家的创作，而且不管是中国女性文学的前世还是今生，凡是关于她们笔下的一切文学创作的研究和评论，均属于这个刊物关注的内容。我们多元的领域，多元的学术视野与观点，将使《女作家学刊》成为中国女性文学研究绚丽的天空。

现在，我们的刊物暂时还只是半年刊（每期 65 万字），也许不久它会变成季刊。在这里，编委会以“筚路蓝缕，以启山林”之心，以及胸怀、眼光、气度和包容，看待一切女性文学创作与研究，人们不仅可以看到中国女性文学这座高楼由于作家和研究家的添砖加瓦而在不断加固增高，同时还可以听到春风里的女声大合唱……

2019 年 8 月 8 日　于北京　半亩春秋

为什么还要"'女'作家"/"'女性'文学"？

——《女作家学刊》创办感言

谢玉娥

欣闻阎纯德先生主编的《女作家学刊》（英文译名："中国女性文学研究"）经过多年的努力即将出版，感动、感慨之中，不由想起这些年来女性文学研究常遇到的一个老问题：文学就是文学，还有性别之分？同理，也可以如此发问：作家就是作家，何以要突显性别、"女士优先"？

在"作家"或"文学"前冠以"女"字、"女性"，许多女作家对此有看法，不喜欢。20世纪20年代末，丁玲曾拒绝《真善美》杂志"女作家专号"的约稿，严正声明"我卖稿子，不卖女字"[①]。1985年张抗抗在西柏林国际女作家会议上发言时，明确表示对国内书刊介绍她们时总强调其"女作家"身份而产生的不愉快，她发言的开场白是："我首先是以一个作家，然后才是以一个女作家的身份发言。"[②]新时期出现的"女性文学"概念也常受到质疑，为此，戴锦华等学者提出以"女性写作"代替。但直到今天，以"女性"为前缀的一些文学批评术语及有关争议仍不断提出。2014年6月27日，《文艺报》记者在《中西作家共话女性文学写作》的报道中特意提到：中国女作家在发言中不再刻意强调"女性文学"这个概念，不愿意在名字前加上性别的身份标记，在她们看来，文学作品只存在高下之分，并不存在性别之分，"女作家"或者"女性文学"的提出，会被视作对她们创作成就的"贬低"和文学创作能力的"降格"。而在西班牙女作家中，女性文学比以往任何时候都需要强调。

对以上现象人们有多种理解。戴锦华与王干在1995年12月1日的文学对话中谈到90年代中期的女性作品热、"女性文化书系"的出版时，做了这样的解说："所有需要标明的，都是一种弱势文化。如果不相对于女作家，我们不需要说：男作家。我们说作家和女作家，批评家和青年批评家。

① 转引自盛英：《大陆新时期女作家的崛起和女性文学的发展》，载《理论与创作》1993年第5期。

② 张抗抗：《我们需要两个世界》，载《文艺评论》1986年第1期。

所有需要前缀的都是劣势、弱者。你必须注明自己的身份，主人、权威就不需要了。”[①] 此话指出了问题的关键。对女作家及其文学实践的关注和重视，同时也意味着“她们”及其文学在社会、文化中所处的一种性别弱势；因此，独辟一方园地，加大、加强学术力量的投入，以促进中国女性写作、女性文学力量的发展，有益于文学和社会。

中国大陆女作家自“新时期”再次崛起以来，成就显著，阵容可观，在各个时期的文学思潮中涌现出不少有影响的代表性作家及作品，在当代文学史中起到了“先锋作用”（李子云）。今天，女作家人数已成百上千，其创作实力和文学影响已不可小觑，在中国作协主席、副主席和省、市作协组织中有她们的席位，“茅盾文学奖”“鲁迅文学奖”等全国性的文学大奖中有她们的作品，文学研究与批评界也不时能听到女性的声音，《文学评论》《当代作家评论》《文艺评论》《文艺争鸣》《小说评论》等刊物也不断发表有关女作家的研究文章。那么，为什么还要再创办一份专门的刊物，对她们及其文学以示“青睐”、多给一些力？

当然，若就女作家群体在不同历史时期的力量对比来看，其人数和实力确已今非昔比，当初“点缀的星火”今天已发展成文坛的“主力军”（白烨）。但若就中国女性在全国人口中所占的比例数而言，相比于男性，应为“半边天”的女作家依然是少数。这从“新时期”以来中国作家协会历次会员代表大会的参会人数性别比即可看出。据《文艺报》有关资料和数字统计，1984 年 12 月底在北京召开的中国作协第四次代表大会代表名单共 815 人，其中女性占 8%；1996 年召开的第五次代表大会代表名单共 854 人，其中女性占 13%；2001 年召开的第六次代表大会代表名单共 947 人，其中女性占 14%；2006 年召开的第七次代表大会代表名单共 953 人，其中女性占 15%；2011 年召开的第八次代表大会代表名单共 977 名，其中女性占 19%；2016 年召开的第九次代表大会代表名单共 987 名，其中女性占 22%。从历届参会人员的性别比来看，女作家逐步增多，但距应有的性别比例数还有很大距离。从参会名单排序也可看出直辖市与省区之间的参会代表性别比有较大差异。如第七次大会北京女代表占北京代表总数的 27%，上海女代表占上海代表总数 33%，山西省女代表仅占山西代表总数的 5%，云南省参会代表 18 人中无一女性。就全国青年作家创作会议来看，女作家参会人数性别比稍高于作协代表大会，但差距依然不小：1986 年 12 月底召开的青年作家创作会议女作家 70 人，占参会总人数的 21%；1991 年召开的青年作家创作会议女作家 75 人，占参会总人数的 23%；2001 年召开的青年作家创作会议女作家 50 人，占参会总人数的 22%；2007 年召开的青年作

① 王干，戴锦华：《女性文学与个人化写作》，载《大家》1996 年第 1 期。

家创作会议女作家 97 人，占参会总人数的 31%；2013 年召开的青年作家创作会议女作家 99 人，占参会总人数的 33%；2018 年召开的青年作家创作会议女作家 123 人，占参会总人数的 39%。

再就全国性的文学大奖获奖作者的性别比来看，差距亦很明显。如 1981 年设立的茅盾文学奖至今已进行九届，获奖作品共 41 部，其中女性获奖的 8 部、男女合著 1 部。1986 年创立的鲁迅文学奖已进行七届，该奖项中的优秀中短篇小说奖获奖作者共有 64 人，其中女性 23 人；优秀理论评论奖获奖作者共 29 人，其中女性 2 人。另，《南方文坛》自 1998 年至 2015 年的“今日批评家”栏目共推出优秀青年批评家 96 名，其中女性批评家为五分之一。

以上数字固然不能全部说明文学方面存在的性别差事实，获奖也不是文学追求的最高目标和性别比标准，但它从一个方面反映出中国女性的文学力量在作家数量、作品及论著的影响力方面还远未达到其应有的性别态势。文学写作是一项特殊的行业，相比于其他职业，除了“天赋”条件，似乎更有利于女性的参与。有评论家认为女性“天性”“内倾”，文学更适合于女性；有关中国社会各阶层的性别结构研究结果显示，专业技术阶层的性别比例数最为接近。因此，现实中存在的较大的文学性别差现象，从根本上讲是由历史长期形成的，女性与男性在政治、经济、文化、教育等方面存在的巨大性别落差所造成，数千年被规范、排除于社会活动之外的中国妇女整体上所处的文化及性别生态弱势，与长期“社会在线”、文化优先，居性别支配地位的男性文人群体，原本就处于极不平衡的两极，因此，中国历史上的文化名人绝大部分是男性。近年来，由中国作家协会主持的国家级文化工程“中国历史文化名人传”大型丛书确定的传主名单，从古代的孔子、庄子、老子，到近现代的王国维、蔡元培、鲁迅、柳亚子、郭沫若、茅盾、朱自清等共 125 位，其中男性 122 位，女性三位：蔡文姬、李清照、冰心。这一性别反差鲜明的历史文化名人现象值得深思。数千年来，由诸多历史文化名人创造的优秀的文化、文学艺术经典，以其著名的思想、言说，影响、左右着中国社会的文明进程，是中华民族和人类共同的精神、文化财富，是包括女性在内需要不断学习、理解，从中汲取人文思想滋养的宝贵资源。它们中不乏为社会底层、被压迫者和妇女鸣不平的声音；但由于历史上占人类总数一半的女性群体长期处于被压抑、被钳制、沉默无声的状态，在一定历史时期内形成的中华民族文化在思想、观念、认识上存在的性别偏颇、遗漏和倾斜就难以避免，对女性的思维、言说、文学、文化艺术创造所产生的影响，至今未能被全面认识。

中国女性自五四新文化运动之后走上社会，以性别群体出现的现代女性写作经过百年的艰难曲折，发展到今天的局面实属来之不易。当代女作家如群星般灿烂，她们中有蜚声文坛的老一代丁玲、冰心、杨绛、草明、杨沫、韦君宜、郑敏等，有新时期活跃于文坛的茹志鹃、黄宗英、宗璞、柯岩、刘真、张洁、谌容、凌力、霍达等，有出生于五六十年代的大批实力作家：张抗抗、张辛欣、舒婷、毕淑敏、铁凝、王安忆、方方、池莉、徐小斌、残雪、严歌苓、范小青、赵玫、蒋韵、叶广芩、王小妮、竹林、马晓丽、张欣、裘山山、迟子建、徐坤、翟永明、林白、陈染、孙惠芬、虹影、葛水平等；有70后和80后新锐作家梁鸿、鲁敏、盛可以、乔叶、魏微、张悦然、马金莲、金仁顺、朱文颖、周晓枫、滕肖澜、黄咏梅、孙频、任晓雯、马小淘等。女作家作为一个有思想、有才华、有创作能力的写作群体，是中国妇女解放道路上的前行者。她们人数多少、声音强弱、言说和创作能力高低，关系到占社会主流的、以男女平等为核心的社会主义先进性别文化的形成与发展。《女作家学刊》以对中国女性写作群体的独特关注，突显了学术研究的性别视角，由此可促进对与文学相关的女性及性别现象的深入思考。

文学与现实难以脱离。在我国，男女平等的性别观宣传、贯彻已有半个多世纪，但陈旧的性别观念和文化习俗仍有相当的影响和延续性，等级社会形成的、建立在"尊卑"等级观念基础上的"男女阴阳""男尊女卑""君尊臣卑"观念，在家国一体的社会结构中根深蒂固，文学作品及评论文章对传统性别话语的因袭、沿用已司空见惯。例如，"阴柔"被固化、定型于女性，"阳刚"则被固化、定型于男性，如果女作家作品中有"阳刚之气"，便称其"有男性的阳刚"；如果她们的作品"视野开阔"，便赞其"有须眉之气"；不少论者从女作家作品发现"女性'敏感、细腻的天性'"，也有论者从女作家具有女权意识的小说中感到了"男性文化视阈的终结"，更多的是难以走出古老的"阴阳"性别话语定势，将以"男尊女卑"为前提的"阴阳和谐""阴阳协调"，与具有现代平等理念的"男女平等""双性和谐"相混淆，甚至代替、置换，表现了学术性别思想的陈旧、倒退。今天，阶层、性别、民族、地域、代际等概念，是分析中国社会和文化、文学问题不可或缺的视角和关键词，也是深入研究有关问题的切入点，这已被越来越多的研究者认识，甚至影响到大型会议的名单排序。如中国作协公布的历届代表大会人员名单，第五、六届依"惯例"先直辖市：北京、上海，再各省、地区：河北、山西……青海、新疆，最后是解放军、中央直属机关、国家机关、中国作协等单位，同一市区、单位内按姓氏笔画排序，少数民族作家标（民族），女作家标（女）。但第七届代表大会的所有代表全部标出了性别和民族身份，男性标（男），女性标（女），汉族标（汉），非汉族标（民族），于是，在位居多数的男作家、汉族作家名字后，出现了一长串显眼的"男、男、男……""汉、汉、汉……"，从名单一望便知，参会作家人数在民族、性别之间差异悬殊。第八、九届大会的名单排序又有改变，不再分地区，全部人名“按姓氏笔画为序”，但非汉族作家仍标（民族），非男性作家标（女），男性作家、汉族作家不再标（男）（汉）。

近些年来，由于社会的急剧变化，市场竞争机制加快，促成了利益主体的多元化与阶层的分化。闵冬潮所做的20世纪90年代中国社会各阶层的性别结构研究显示，职业阶层与性别比呈反差之势，职业阶层越高，男性的比例越高，而在无业、失业、半失业的社会底层，女性比例高达70.2%。① 中国劳动妇女在整体上处于性别生态弱势。对此，一些青年女作家、批评家也深有感触。如70后作家乔叶在一篇有关女性写作的调查问卷中回复的：她以前认为应该“用作品说话”，不从性别来考虑其小说人物，但一次竟意外地发现在她三十多个短篇小说中，有二十多篇的叙述角度是女性，而这二十多个女性叙述者中又有十多个都没有名字，只是“她”而已。这个发现“无比诚实地击碎了我曾经一贯的故作姿态”，意识到，号称不从性别来考虑人物，居然是“试图自欺欺人的谎言”②。70后作家盛可以认为：“作家是站在思想前沿的，研究女性作家、女性写作，谈论人的立场，无疑具有积极的价值。我本能地倾听女性声音，尤其是关注沉如牲口般无助的农村女性。女性问题是人的问题，更是重要的社会问题、世界问题。这一部分没解决，世界就没法美好，人类就无法安生。”③70后批评家申霞艳与评论家项静在一次对话中谈到女性与批评现状时有感而发：“在人生的前二十多年求学时期，在家庭的护佑下，女性并没有任何劣势。但是当我们投身社会开始与男性一道竞争的时候，就会发现我们整体处在劣势地位。各个领域大浪淘沙后剩下来的选手清一色都是男性，看人民大会堂的两会报道，黑压压的一片全是男性，各种资源瓜分场合几乎都是男性在觥筹交错、鼓掌通过。文学批评领域也不例外，比如我们‘鲁26’女性比例不到三分之一，文学研讨会也是男性在侃侃而谈。”④ 现实就是如此。因此，关注中国女作家，关注女性的文学实践，关注中国妇女，尤其是数量庞大的劳动妇女群体，是社会现实和文学性别生态平衡之需，是对历史上曾长期处于性别“卑位”，“被禁”、被“压抑”的女性性别群体的扶持。

《女作家学刊》名称上的标新或可能引起的疑义，并不是最重要的，对于一份新办的刊物来讲，能否具有较强的学术生命力和影响力，关键是学

① 闵冬潮：《平等的中断——反思20世纪90年代以来的男女平等与性别公正问题》，载《南开学报》2013年第4期。

② 张莉：《她们与我们时代的女性写作——三十四位中国当代新锐女作家的同题回答》，载《青年文学》2018年第11期。

③ 同上。

④ 申霞艳，项静：《女性主义、文体意识、先锋精神——谈谈当代文学批评中的某些问题》，载《南方文坛》2016年第1期。

术上是否有创新性，是否具有较高的学术质量和水准。《女作家学刊》在对中国女作家及文学实践活动的关注中，对与女性、性别相关的文学现象、文学问题的探讨中，需要吸纳包括“五四”新启蒙主义话语、西方当代女性主义理论话语、马克思主义女性话语等多种理论资源，借鉴这些年来中国女性文学研究的优秀成果，采用包括社会历史批评、审美批评、心理批评和语言批评等综合的多种文学批评方法，促进新思想、新观点、新的诗学理论批评话语的生长，抵达学术研究的前沿。既要立足于中国女性文学写作的现实，又要瞩目世界妇女文学的发展，分析总结具体的作家、作品，探讨不同阶段、不同群体、不同作家的创作现象，关注新的文学思潮和倾向，将女性写作、学术研究与社会现实、妇女生存相联系，关注中国社会突出的阶层、性别、民族等方面的问题，为中国女性写作、女性文学的持续发展，为学术研究的进步，做出脚踏实地的努力。

（谢玉娥：河南大学文学院研究馆员）

名家论坛

论丁玲与我国女性文学

张　炯

摘　要: 丁玲虽非我国女性文学的最初开拓者，她的创作却在我国现当代女性文学发展上占有重要地位。她把女性解放的运动与革命文学联系起来，认识到只有在人民革命中才能实现妇女的解放。她的女性文学创作从对男权阴影的揭露和谴责到对女性性心理的描写，进而走向对革命中成长的女性形象的塑造，特别是对社会主义时代女性自立自强的新人形象的塑造，把我国女性文学和妇女运动向前推进。它的影响及于新中国至当今的文学，为当今的女性文学创作带来深刻的启示和值得反思的问题。

关键词: 女性文学　革命文学　社会主义新女性形象

丁玲是我国著名作家，左翼文学的杰出代表，被称为无产阶级的文化战士。她也是我国女性文学的先驱者之一，在这个领域创作了不少卓有影响的作品。从《梦珂》《莎菲女士的日记》到《杜晚香》，为人们展现了她在女性文学方面努力耕耘的足迹。在现当代小说史上，丁玲的女性小说创作可以说影响了后来的许多作家。

一

当然，在我国现当代，丁玲并非女性文学领域的第一个拓荒者。在她之前，已有多位女性作家做出了前人未有的开拓。

我国女性从事文学创作，可以追溯到魏晋时代的谢道韫、唐代的鱼玄机和薛涛、宋代的李清照，还有明清以来一些弹词和诗歌的作者。但现当代女性文学的崛起，却是与世界性女权运动联系在一起的。我国妇女长期处于封建礼教的桎梏和压迫下，从晚清到“五四”，近代源自西方的女权思潮传到东方，伴随人文主义传播，我国女性追求解放、追求男女平权的运动也逐渐涌起。在这个意义上的现代女性文学也开始出现。

中国近现代的妇女解放运动早于“五四”之前二十年就已经拉开序幕。在此期间，时代不仅造就了从梁启超到早期无政府主义代表人物等几代女权启蒙的男性大家，包括革命志士邹容等也提倡“男女平权”；同时还涌现了最早的留学生、女性革命家和女性刊物的创办人，如陈撷芬、吕碧城、秋瑾、何震、唐群英等先进女性。辛亥革命前后，革命文艺团体早期南社便有多位女性社员。南社社员苏曼殊的《断鸿零雁记》等文言小说已传播女性恋爱自由的思想。而女性现代小说较早的创作者似是陈衡哲。她于1914年到美国瓦沙女子大学、芝加哥大学学习西洋历史与文学，早就是文学改革的拥护者，并于1917年写出白话小说发表于《留美学生季报》。1918年，她在《新青年》发表短篇小说《老夫妻》，更使她成为新文学运动的首位女小说家。她的小说无论是带有写实色彩的《波儿》还是寓言体的《西风》，都表现出人道主义的精神追求，其中便包含对女性问题的关注。“五四”前后，陈独秀、鲁迅、周作人等都相当关注妇女问题，发表过有关男女平权、妇女解放的文章，周建人还有关于性解放的言论。在当时新文化运动的思想背景下，冰心、庐隐、冯沅君、谢冰莹等女性作家的小说也都带有追求男女平权和妇女解放的精神内涵。

冰心当时创作的问题小说中《庄鸿的姊姊》《最后的安息》便对妇女遭受压迫的悲惨命运寄予真挚同情。庐隐通过作品探索和追求“人生的意义”，也属“问题小说”的作者之列，是继冰心之后知名于文坛的又一位新文学女作家。她的《一封信》描写贫家女儿被恶霸强夺为妾以至惨死的悲剧;《灵魂可以卖么？》倾诉纱厂女工的不幸遭遇。中篇小说《海滨故人》描写露沙等五个女青年多年别后重聚，一起探讨“人生的意义”，彼此皆感世事惨淡。她们虽力求“自我发展”，却彷徨、苦闷，不知往哪条路上走，不久又各奔东西。庐隐此后的短篇小说集《曼丽》《灵海潮汐》中，仍有多篇作品鞭挞旧家庭的种种丑态，表现了作者对妇女在封建势力压迫下不平命运的愤慨。

冯沅君以淦女士的笔名在创造社刊物发表《隔绝》《旅行》《隔绝之后》等作品，都以抒情独白的方式，大胆地袒露青年女子的内心世界，表现一对青春恋人对封建婚姻制度的勇敢反抗和对恋爱婚姻自由的热烈追求。凌叔华的短篇小说《酒后》则以委婉的方式涉及性解放问题。作品写男主人公在夜阑宴罢之时，陶醉于暖室娇妻，而妻子却倾慕醉卧客厅的客人，渴望丈夫允许她去亲吻客人。可是获丈夫允许后，她又放弃这个要求。谢冰莹参加北伐，以发表《从军日记》而名噪一时。其中所含的男女平等，女性应自强的思想，被柳亚子当年填词加以称赞："绝技擅红妆，短笔长枪，文儒武侠一身当。青史人才都碌碌，伏蔡秦梁。旧梦断湖湘，折翅难翔；中原依旧战争场！雌伏雄飞应有日，莫漫悲凉。"可见，在丁玲踏进文坛之前，现代的女性文学在我国已有一定的发展。像冰心、庐隐、冯沅君、谢冰莹的一些作品，在当时都曾产生相当的影响。丁玲正是继她们之后，对女性文学做出新的开拓，并在革命文学崛起的大背景下，创造了自己在女性文学中的新的地位。

二

丁玲的小说处女作《梦珂》，刊登在叶绍钧主编的《小说月报》第18卷第112号（1927年12月10日）的头条位置，翌年2月至7月，她的《莎菲女士的日记》《暑假中》与《阿毛姑娘》，同样在该刊陆续刊出。这些作品，"好似在这死寂的文坛上，抛下一颗炸弹一样，大家都不免为她的天才所震惊了"[①]。在叶绍钧的帮助下，这四篇小说结集为《在黑暗中》，1928年10月由上海开明书店出版发行。它表现出女性的生存环境与生存感受以及女性独特的话语方式。《梦珂》描绘一个心性高洁的少女，到上海求学，为了反对美术教员调戏当模特的少女，她离开学校，住到姑母家里。她发现表嫂并不幸福，因为表哥有外遇。她自己爱上了二表哥的倜傥、温柔和对女性的体贴，不料又发现这个表哥竟在旅馆里跟别人的太太姘居，遂愤然从姑母家出走。最后因没有去处，投奔了剧社，去当电影演员，并改名为林琅。实际上，"她是直向地狱的深渊坠去"。从而表现小说主人公对男权社会的厌恶和揭露。最使丁玲声名大噪的是她的《莎菲女士的日记》。作品对女大学生莎菲的爱情心理做了真实剖白。莎菲内心燃烧着爱的渴求与被爱的希冀。她有两个追求者：苇弟和凌吉士。前者可靠而不可爱，后者则可爱而不可靠，而且灵魂卑琐。莎菲犹疑、焦灼、苦闷，为了从自然欲望与精神追求的矛盾中解脱，她决计搭车南下求学，开始新的寻觅。这篇作品以女性的真切体验，细致入微地剖露女主人公的心曲，笔致泼辣而真率，在表现个性解放的青年女子的性爱矛盾心理上具有典型性。冯雪峰曾说："梦珂与莎菲所追求的热情，虽然都很朦胧，但实质上可说她们都是恋爱至上主义者。"[②]他认为创造了梦珂和莎菲形象的丁玲，创作上已进入危机，而摆脱危机的最好出路是"和青年的革命力量去接近；并从而追求真正的时

① 毅真：《几位当代中国女小说家》，载《妇女杂志》1930年7月1日第16卷第7期。

② 冯雪峰：《〈丁玲文集〉后记》，见《冯雪峰论文集》上卷，人民文学出版社1981年版，第100页。

代前进的热情和力量”[①]。无疑，当时这是极有见地之论。

丁玲的创作力其时虽然很旺盛，但确实有着危机。由于生活圈子的狭小，思想上没有出路的苦闷和彷徨，使她的作品的题材受到很大局限。在1928年和1929年，她收入《在黑暗中》和《自杀日记》两个集子里的小说，写的几乎全是精神上悒郁的小资产阶级青年女性。也许是写得匆忙，艺术上也没有超过《莎菲女士的日记》。不过，她毕竟为读者提供了那个时代不幸女性的生活和心灵的一幅幅肖像。例如，《暑假中》那些寂寞、感伤，带有同性恋的变态心理的女教员；《阿毛姑娘》中追求城市虚荣的爱情而不得、终于恹恹以殁的乡下姑娘阿毛；《岁暮》中对女友恋爱怀有嫉妒和同情的矛盾心理的佩芳；《小火轮上》因被解雇和失恋而落寞的女教师节大姐；《自杀日记》中“一切都灰心，都感不到有生的必要”，却又欲爱不能、欲死不甘的少女伊萨；等等。唯有《庆云里中的一间小房里》在题材上更深入社会的底层，描写了一个陷于不幸又不觉其不幸的妓女形象。这些作品都涉及对女性的性心理、性意识的描写。《暑假中》对女性的描写深入到了性变态的隐秘角落。小说对所写人物委婉的批评兼有温馨的关爱。对少女同性恋的这种处理方法，充分显示作者的女性立场。《阿毛姑娘》对阿毛爱慕虚荣颇有讥刺，但叙事深层则提出如果时代进步到阿毛得以劳动致富，足以同城市女人的物质生活一比高低，也不会因选择模特职业的愿望便遭到婆婆与丈夫的毒打与公公的咒骂，更不会终于自杀。

《在黑暗中》之后，丁玲又有《自杀日记》与《一个女人》两部小说集。至此，丁玲以鲜明的创作个性确立了她在文坛的独特地位。她是“五四”以来表现女性题材最为集中、最为自觉也最为深切的作家。她的小说中，女性不仅是主角，而且始终处于冲突和叙述推进的中心。作者所表现的总是男权传统造成的女性生存困境与心灵阴影。她也总是站在女性立场，为女性写真和辩护。丁玲与此前“五四”女作家的温婉写法不同，勇敢而率直地写出女性的性欲渴求与性感体验，以及女性复杂多变的幽曲心理。阿毛姑娘性兴奋得发烧感觉与主动撩拨，以及庆云里的妓女性本能的恣意活跃也得到相当真切的描写。这在那时产生了惊世骇俗的效果，表现了女性对男性的性爱话语权的抗争。

丁玲女性创作的第二阶段是1930年1月至5月在《小说月报》连载的中篇小说《韦护》，显示丁玲从女性主义创作加入革命文学的轨迹。这部取材于作者挚友王剑虹与瞿秋白恋爱的作品，正面描写了革命者的形象，揭示了革命与爱情的矛盾。小说把恋爱过程——从乍见心动，到矜持推拒，再到不可遏止的冲动和难舍难分的热恋——委婉细腻地描写出来，其中不

① 冯雪峰:《〈丁玲文集〉后记》，见《冯雪峰论文集》上卷，第102页。

乏性感的笔墨。她的《一九三〇年春上海》写的仍然是革命加恋爱的故事。创作的转机跟丁玲思想上的倾向革命，并且与革命力量发生实际的接触分不开。丁玲于1930年在上海加入无产阶级左翼作家联盟，这标志着她的这种转变。她的中篇小说《韦护》《一九三〇年春上海》(之一)、(之二)，作品中的女主人公丽嘉、美琳、玛丽，都不得不面对革命的浪潮而明确表现自己的去留。《韦护》的故事虽脱胎于王剑虹与瞿秋白的真实爱情悲剧，但作者改变了真实故事的结尾。小说主人公丽嘉并没有像王剑虹那样在病中悒郁死去，相反，当爱人韦护离开她后，她却觉悟起来，也决心“好好做点事业出来”。美琳在否定自己的过去、否定统治着她精神的丈夫的思想后，更积极投身于工人运动，为革命而舍去恋爱。玛丽当自己的丈夫献身繁忙的革命工作，无法满足她的爱情要求后，她离家出走了。这三个不同类型的女性，尽管从她们的身上，读者依稀可以看到莎菲的某些影子，但又都不同于莎菲。她们在不同程度上都被卷入了时代的大潮。她们的形象，生动地反映了进入30年代的小资产知识分子的觉醒和分化。

丁玲在胡也频被捕英勇就义后，毅然加入中国共产党。她担任过左翼作家联盟的党团书记和机关刊物《北斗》的主编。她在自己的作品中，不仅广泛描写了大都市形形色色的生活，刻画了知识阶层和工人群众的各种形象，还把笔触转向农村，在《田家冲》《水》等引人注目的作品中，更描绘了许多受剥削、被压迫的男女农民形象，尽管对题材的开拓还欠深刻，但从个人的小圈子走出，转向社会的具有普遍意义的重大主题，不能不被肯定。《田家冲》中的革命女性三小姐和她的同情者——善良、勤劳、沉默寡言的桂姊，纯洁、活泼、天真的幺妹等，已褪尽莎菲的印迹，标志着丁玲对生活的新的认识和思想的飞跃。丁玲后来收入《夜会》一书中的几个短篇，其中《消息》刻画一群工人家属盼望革命队伍胜利的迫切心情:“要他们早些来。”这些作品从侧面反映出当时城乡经济面临崩溃的局面，反映革命形势的高涨，表明作者已站到时代思想的高处观察现实，描绘现实，认识到妇女问题只有在革命中才能得到真正解决。这种认识，在长篇小说《母亲》中同样明显。它以作者的母亲为原型，描写辛亥革命前后一位母亲在女性解放道路上的艰辛跋涉，其中还写到革命烈士向警予的形象。《母亲》原拟写成30万字的三部曲，从宣统末年一直写到30年代初农村的土地革命，然而由于丁玲其时被当局秘密绑架，只完成了原计划的三分之一，只好搁笔。小说中的母亲无疑是从旧社会脱颖而出，在时代大潮中不断追求进步，追求自立自强的新女性的形象。

丁玲到达陕北后，创作视野进一步拓展。除了写前线将士和后方新事物的速写、通讯外，她的小说新作《我在霞村的时候》和《在医院中》，为读者展现了民族解放战争中妇女面对的新的课题。《我在霞村的时候》描写一个名叫贞贞的农村姑娘被日本侵略者掳走后受尽侮辱，因此遭到周围群众的误解与歧视，她却仍然坚持给抗日军队递送情报，后来在组织和同志们的关心照顾下平复了自己的精神创伤，走向新的生活。小说成功塑造了一个被侮辱被损害而心地纯洁的青年女性的形象。作者同情于她的不幸，赞美她的坚强。《在医院中》则通过年轻女医生陆萍在新建医院中的所见所闻，揭露和批评革命队伍中某些部门管理工作的缺点。特别是尖锐地触及了小生产者自私、冷漠愚昧的习气与现代化的深刻矛盾，以及由此给革命造成的后果。陆萍热情敏感，她面对现实生活时表现的矛盾心理，与丁玲早先作品中的青年女性或有相承相似之处，但她此时面对的是全新的背景——革命的环境。如何通过文学形象揭露工作中的缺点以推动事业前进，是现实主义文学的一个重要课题，更是勇于面对这个课题的作家的难题。作品大胆揭露根据地的消极面，描写女性主体意识的成长及其对社会的批判。

丁玲在1948年9月由光华书店出版印行的长篇小说《太阳照在桑干河上》，很快在海内外引起了热烈反响。先后被译为俄文、保加利亚文、丹麦文、日文、德文、英文、巴西文等在国外出版。作品除揭示农村阶级关系的复杂性与土地改革的正义性，也描写了多个觉悟妇女的生动形象。如妇女主任董桂花、羊倌的老婆周月英、地主的侄女黑妮等。这些在革命斗争中成长起来的农村女性，通过土地改革，从对男性的依附中走向自立，初步感受到男女平等的快乐。作者对她们满怀同情和歌赞。董桂花和周月英，是一对从苦水中翻过身来的妇女形象。董桂花经受了生活给予她的种种磨难，最后又嫁给比自己小的丈夫，暖水屯解放后她当了妇女主任。她的生活经历赋予她一种坚强而又温顺的性格，但这个普通的农村妇女身上却蕴藏着可贵的革命能量。她当了干部不仅办事认真，而且干净利落，政治立场坚定。比之董桂花的温顺、稳当，周月英则大胆、泼辣，语言尖刻。虽然她嫁了个经常不在家的老羊倌，贫苦和寂寞的生活使她变得有点乖僻。但在土改运动中，她却成长为一个革命的积极分子，坚决、果断，敢于斗争，仿佛枯木逢春一样，全身有使不完的活力。而黑妮虽然是地主的侄女，实际上是地主的丫鬟，她与长工程仁相恋却不敢公开，工作组进村，她才抬起头，成了妇女识字班的教师，教导妇女们认识到只有识字才能男女平等。上述从30年代到40年代把革命与妇女解放紧密联系起来，从知识女性转向工农劳动妇女的书写，是那个时期丁玲女性文学创作的一大特色。这也反映了我国妇女解放运动的深入和历史的方向。

新中国成立后，丁玲笔下的《杜晚香》，则是描写一位新中国平凡的劳动妇女的传记式作品，是赞美劳动，赞美社会主义新人的成长，赞美新时代女性崇高而光辉的品质的颂歌，也是赞美人们改造客观世界和主观世界的颂歌。它标志着丁玲的女性文学创作进入又一新阶段。杜晚香这个青年妇女从陕北农村的塬上，辗转奔赴北大荒国营农场前线。早先她活在小小农家的狭隘环境中，勤劳、贤惠、本分。然而土地改革运动中，受到共产党的教育，成长为共产党员。随着故事情节的发展，她在作家笔下成长得越来越崇高和美好。她非但不知疲倦，不计报酬地劳动着，年复一年，她总是"悄悄地为这个人，为那个人做些她认为应该做的小事"。她大公无私，坚决反对任何损害国家和集体利益的行为。她已经不是从前山沟沟里的小女子了。虽然她还是那么平凡、普通，但新时代的洗礼，已使她成为具有崭新品质的社会主义新人。她的形象是那么美丽、健壮，有如坚强、刚韧地开放在山谷和原野上的不凋的花朵，英姿挺拔，迎着风霜，迎着朝阳，绽开自己的笑脸和水晶般透亮的心灵。她也是勇敢无畏的海燕，展翼翱翔，穿过波山浪谷，劈开乌云闪电，给人们带来新时代的信息。在她的身上，我们看到先进妇女的崇高风貌，看到新的社会主义劳动者宝石般夺目的光彩。这样的人物，这样的妇女，在旧中国是不可想象的。确实，如果把这个完全新型的妇女形象与病态的莎菲女士相比，人们简直都不能相信，这样迥然相异的两个女性形象竟然出自同一位作家之手，所以也就特别值得人们深思！它说明，丁玲在自己的创作中，由于紧跟现实的历史变化，把女性文学也步步向前推进，把妇女解放的目标推向一个新的阶段。即妇女不但要谋求自立自信，而且要站在时代大潮的前列，以自己的先进思想照耀人们前进！这样的人物形象，不仅是对我国女性文学的新贡献，也是对世界女性文学的新贡献。

三

不断与时俱进，紧密联系妇女的现实生存状态，并力求塑造她们具有不同时代典型意义的生动形象，无疑是丁玲女性文学创作所产生的优良传统。这种传统在新中国的女性文学创作中如何被女性作家正确继承和发扬，是当今女性文学理应加以关注和探讨的问题。

像杜晚香这样的形象，在共和国成立初期的文学作品中，我们从男性作家笔下《沙桂英》中的沙桂英、《李双双小传》中的李双双她们身上都可以看到。从女性作家杨沫笔下《青春之歌》的林道静身上以及郁茹的报告文学《向秀丽》中劳动模范、舍身救火护厂的向秀丽身上也可以看到。她们的形象无疑与杜晚香的思想品质一脉相承。

文化大革命结束后，我国迎来改革开放的新时期，女性作家如春笋般涌现于文坛，女性文学更加蓬勃兴起。世界女性主义思潮向前发展，从提倡男女平权、平等，到主张男女有别，乃至认为女性应胜于男性，西方鼓吹的“性解放”思潮也滚滚而来，都冲击到我国女性文学的走向。但我们似乎看到，丁玲的女性文学创作的影响，仍然回旋于许多女性作家的笔下。

第一，杜晚香型的革命的社会主义新女性形象仍然涌现于女性文学作品中。如谌容的《人到中年》中的陆文婷便属于杜晚香的姐妹型。她也是新中国培养、成长起来的女性，作为医生，她同属无私奉献，为治疗患者而不辞劳苦、鞠躬尽瘁的新女性。柯岩的《寻找回来的世界》中塑造的于倩倩那样可敬可亲的女教师形象，也可归入这样的造型。在老作家陈学昭的《工作着是美丽的》、朱仲丽的《爱与仇》、韦君宜的《母与子》等作品中，读者还看到在漫长历史周期中革命女性成长的崇高形象。

新时期以来女性文学可贵的进展是对多种多样的女性形象的描写。从古代后妃、仕女到现代才女，从打工妹、卖笑女到女官员、女知识分子，都纷纷通过女性作家的作品进入人们的视野。但社会主义新女性的形象逐渐淡出，却也是世纪之交女性文学令人关注的动态。这种情况应该引起女性作家的重视。在中国特色社会主义的新时代，社会主义新女性仍然在各条战线纷纷涌现，她们代表这个时代妇女解放的先锋。她们理应得到女性作家的充满热情的关注，并在文学作品中继续占据重要的地位。应当说，这方面人物形象的成功塑造，不仅是我国文学对世界文学的重大贡献，还是对世界妇女运动的重大贡献。它有助于促进妇女真正的自立自强和人类男女和谐携手共进。

第二，当今许多女性仍处于男权阴影的遮盖下，女性文学不能不继续重视这种现实。丁玲当年创作《梦珂》的情景，在当今社会生活中并非罕见。无论城市还是乡村，女性的平权和实际解放仍然远没有实现。这时期女作家在这方面有许多超越《梦珂》的发人深思的描写。如张辛欣的《我在哪儿错过了你》《在同一地平线上》，还有胡辛的《四个四十岁的女人》、张洁的《方舟》和《无字》等，都有这方面的揭示。张辛欣《我在哪儿错过了你》中的业余编剧“我”同业余剧团的导演“他”相爱，因两个人都固执于自己的个性而不肯让步，频频发生争吵，最后只好分手。作品深刻地揭示了隐藏在女主人公性格中的现代女性情结：“假如有上帝的话，上帝把我造成女人，而社会生活要求我像男人一样，我常常宁肯有意隐去女性的特点，为了生存，为了往前闯！”但是“隐去女性的特点”的结果是不为她所倾心的男人接受，正如导演“他”宁可“她”是一位温柔而顺从的女性，也不愿与一个“女强人”为伴。这种状况同样也贯穿于《在同一地平线上》中。实际上，所谓“女强人”所求的仍属男女的“平等”以及在这基础上的男女和谐，然而在男权观念支配下却不可得。胡辛描写四个四十岁的女人邂逅相逢，她们少年时代是同窗好友，对未来都有美好憧憬，但在男权压抑的现实中她们有志难酬。有的充当贤妻良母，有的离过两次婚……张洁《方舟》中所写的几个现代女性的情感焦虑，也包含对于男权的愤怒。这种愤怒在她的长篇小说《无字》中达到了顶点。小说所写的三代女性所遇的男人都属于不尊重女性而且蹂躏女性尊严的男人。铁凝的《玫瑰门》所刻画的司猗纹，她在新中国成立后的政治追求隐藏的正含男女平权意识，司猗纹无疑在爱情与性的问题上受到压抑，但她对这种压抑进行报复和发泄的形式不仅隐晦，而且变态。她既是男性权力压迫的受害者，又将这种权力对象化于自我在另一个女人的世界里，向人们施以“酷刑”。铁凝在《无雨之城》所描写的三个女性：陶又佳是向传统道德挑战的追求性爱者；葛佩云虽处无爱的婚姻，却是明知丈夫有外遇，宁愿忍气吞声仍然要维护丈夫权位的“贤妻”；而丘晔则是被男性两次抛弃，还执着追求爱、追求受对方尊重而不可得的女人。小说实际提出的仍然是现代社会的女性问题，即与男权相对立的女性地位争取与女性意识选择的问题。比较《玫瑰门》,《无雨之城》关于女性问题的视野显然更宽阔了。女作家石楠的长篇《生为女人》，描写女性主人公不但被丈夫性虐待，还被抛弃。藏族女作家央珍的《无性别的神》、梅卓的《太阳部落》等作品里的藏族女性也多呻吟于男权阴影下陷入悲剧的命运。可见，如何建构男女和谐平等，女性解放的道路还相当漫长。这方面的题材，有待女作家在更广阔的视野中加以持续的开掘。这对于女性文学有力地促进妇女解放运动仍然具有重大的现实革命意义。

第三，对女性特征包括性意识的描写，在当今继续见于女性创作中，这有助于扩展文学表现的领域和深化女性形象的塑造。但这方面的描写，似应避免低俗，而应更多考虑社会主义新时代健康的审美需求。

文化大革命后的文坛，不少女性作家似乎又回到丁玲当年描写莎菲女士、阿毛姑娘的时代。而对女性感受、女人欲望和性阅历、性心理的描写，其大胆远远超过丁玲的时代。人们读到王安忆笔下《岗上的世纪》《小城之恋》中陷入性疯狂的女性；也读到赵玫笔下历史上的武则天、太平公主那样沉迷于性爱的不同人物；还读到陈染的《私人生活》、林白的《一个人的战争》那样袒露女性隐私心理的小说。如果说这些描写对拓展文学表现领域和深化女性形象的塑造，曾起过引人注目的作用，那么，后来像卫慧、糖糖以及木子美等直击女性的诸多性行为的作品，被众多读者所非议，应不为无因。在一些女作家那里，“性解放”已成了“性泛滥”。在网络文学中，这样的作品更加泛滥。它对于社会主义精神文明建设所产生的负面作用，已引起人们广泛的忧虑。自然这与旧中国时代在市场上为了吸引男人的眼球以达到书籍畅销的追求相似。对此，如果丁玲还健在，定必目瞪口呆！更不必说冰心、庐隐、冯沅君那代女作家了。这是历史的进步，还是历史的退步？这不能不是当今作家必须严肃思考的问题。

性描写在我国明清以来的某些小说中已相当泛滥，以至许多作品被列为禁书。在封建时代这自不奇怪，但今天无节制地，乃至迷醉地描写性行为、性心理，以博低俗读者眼球的创作取向，实不应提倡。因为文学作为审美意识形态，从本质上是为了满足人们的审美需求而产生和发展的。人们不应囿于封建礼教而反对性描写，但美总以真、善为前提，真善美的统一是艺术永恒的规律。读者有权要求作家从审美的视角去处理性描写。唐人传奇描写性爱最恣肆的莫过于《游仙窟》，但那仍然是充满比喻想象的具有审美性的文字。我国传统戏曲中的《西厢记》和《牡丹亭》写男女的性爱同样充满优美的想象。可见，中国文学史上不乏这方面避开低俗的可取传统。在新的时代，这方面恰当的表现方法和手段，当然有赖于作家去把握和创造。我们的文学应该考虑发展优良的审美传统和情趣，以利于建构符合社会主义精神文明的大目标，而不是相反。这当然也适用于包括女性文学在内的各种文学领域。

20 世纪以来，百年中国的文学有着崭新的发展，在与世界各国文学的互动中产生了前所未有的变化。而女性文学的大规模崛起，则是这时期中国文坛最引人瞩目的文学现象。回顾它的历程，回顾丁玲在中国女性文学发展中的历史地位和贡献以及对后来文学的影响，回顾女性文学发展的得与失，目的在于有助我国女性文学的健康前进。本文作为引玉之砖，一孔之见，不妥之处在所难免，诚恳希望得到方家的指正。

2010 年 10 月 3 日于北京

（张炯：中国社会科学院荣誉学部委员、中国作家协会名誉副主席）

冰心文脉的当代传承与新变

盛 英

摘　要： 冰心文脉以启蒙、爱、神性和诗性为其内核，近百年来，其得到众多作家，尤其是女作家的传承。随着时代的前行，也发生了不少新变。冰心文脉的传承与新变，从一个侧面映衬了从现代文学到当代文学的智慧风貌。

关键词： 冰心　后冰心　冰心文脉　传承　新变　启蒙　爱　神性　诗性

一

近百年来，冰心文脉的传承时起时伏。

颇具意味的是，五四时期对冰心创作的呼应者以男性、男作家为多。1919 年 9 月开始的问题小说如《斯人尽憔悴》《去国》等，因其鲜明的醒世性而为忧国忧民的青年们所看重；1921 年“五四”落潮时，反映青年幻灭感、空虚感、厌世感并初步形成了爱的哲学的小说《超人》反响更大，沈雁冰（茅盾）化名冬芬在该小说《附注》中说道：“雁冰把这篇小说给我看过，我不禁哭起来了！谁能看了何彬的信不哭？”至于小诗，响应者有之：1922 年 4 月，尚在德国读书的宗白华读《繁星》诗后，“拨动了久已沉默的心弦，成小歌数首，聊寄共鸣”，这就是他持续了一年多时间，在《时事新报》上发表的小诗名篇《流云》；贬低者有之：梁实秋认为，诗人过于“冰冷”，诗篇过于“概念”,《繁星》《春水》诗不宜“登大雅之堂”。当然，小诗运动以冰心为首已成定论，并未被人质疑。散文的呼应者当以钟敬文最为典型。1924 年钟敬文开始散文创作，深受周作人闲话体影响，但 20 世纪 20 年代末后，他却由闲话语体转为冰心的抒情语体；作为民俗学、民间文学研究的开山鼻祖，钟敬文对冰心的敬崇持续了一辈子，1999 年他专门撰文悼念她。2000 年《永远的爱心——冰心诞辰百年纪念展》上，他竟以九十八岁高龄前往参加；冰心飘逸曲雅的文风到底影响过他，冰心的为人为文到底深获他的敬仰。

新中国建立后，尤其改革开放四十多年来，冰心文脉的传承果然鲜明而生动地反映在女作家群里，但“五四”式的启蒙思想，对新时期初始创作的影响却是难分男女的。影片《太阳与人》（即白桦、彭宁的电影文学剧本《苦恋》）主人公——艺术家凌晨光，在被“文革”摧残得非人化时，他作如此“天问”：“您爱我们这个国家，苦苦地留恋着这个国家……可这个国家爱您吗？”如此质问，同《去国》里的英士，留美八年回国后却报国无门、壮志雄心消磨殆尽，只得愤然再赴美利坚时所说的话：“祖国呵！不是我英士弃绝了你，乃是你弃绝了我英士啊！”何等相似乃尔！无疑，《去国》正是《苦恋》的历史潜文本。启蒙主义思想的根本在于“立人”，今天的中国似乎依然需要启蒙！前些年，读刘心武新著《人生有信》（江苏人民出版社 2012 年 3 月版），得悉他与冰心自 1978 年至 1991 年末的文字缘，十分感动。原来冰心喜欢并看重这个比他小 42 岁的年轻人，老人家不仅读遍他的小说散文，篇篇有回应，还为他散文集《垂柳集》写过序；老人家不仅乐于收到他的贺卡或书信，更乐于接受他的造访，一老一小交换人生的体验。两代以问题小说起家的作家在启蒙主义光环下相互照映，令人感叹不已。

冰心同女性作家的联系就更加广泛与紧密了。除同 20 世纪 40 年代就相识的赵清阁等保持着经常而热线的联络外，冰心同在新中国成长起来的女作家如茹志鹃、葛翠琳、柯岩、宗璞、文洁若等的联系同样令人关注，她或为茹志鹃《静静的产院》写读后感，赞扬茹志鹃“以时代的眼光，来寻找前进中的妇女形象”；或给《葛翠琳幼儿文学选》作序，热情支持葛翠琳所执着的儿童文学事业；或感动于柯岩的政治抒情诗《周总理，您在哪里？》，夸奖她的儿童诗写得“活泼、带劲”；或表扬宗璞的散文犹如水仙般清香；或向老友萧乾直接夸奖他的妻子文洁若：“我觉得洁若比萧乾要写得好。”冰心对改革开放后崛起的女作家的关爱与影响，就更值得大书特书了，因为其直接呈现了冰心文脉在当代的传承与新变。1987 年名篇《入世才人粲若花》，就列举了从“五四”至今的女作家 50 名（新时期女作家从张洁、舒婷、王安忆到张抗抗、叶文玲、陈祖芬、铁凝等，共计 16 名，约占 1/3），假如再加 20 世纪 80 年代中期到 90 年代中期同她老人家通过信、造访过她的霍达、陈愉庆、李小雨、陈慧瑛、陆星儿等的话，那确是代表一代才人的数字了。当然，文脉传承的关键在于文脉内核的发扬光大。冰心文脉的内核在哪里呢？我以为，可以从启蒙、爱、神性和诗性等方面进行考察；是否可以由这四个维度来加以探究呢？

二

作为由五四运动走上文坛的冰心，她的启蒙思想既来自近代启蒙思想家，又同她信奉的自由主义神学难以分开。

冰心家中悬挂着龚自珍诗句“世事沧桑心事定，胸中海岳梦中飞”对联，这是她在1923年出国前，收集了定庵（龚自珍的号定庵）句后托人索书，结果由梁启超书写而成的。龚自珍（1792—1841）和梁启超均系近代著名启蒙思想家，他们也正是青年时代的冰心所崇拜的偶像。而在冰心家里，母亲杨福慈是个开明慈祥而刚强的女性，为同盟会传递过革命刊物《天讨》，读过不少五四新文化书报，在甲午战争期间还亲自为冰心做男装打扮，让她从小培养坚强意志。祖父谢銮恩同晚清著名启蒙思想家严复（1854—1921）是知交，严复正是系统地将进化论、自由主义西学“真经”引入中国的第一人。父亲谢葆璋（1865—1940）亲历过甲午海战及其失败，不仅坚守国家尊严、向往民主共和，也重视培育女儿大胆而独立的个性。正是家庭环境的熏染，催促着冰心对近代启蒙思想的接受和领悟。

冰心自少年时代开始就同自由主义神学教育结下不解之缘，从贝满女斋到协和女子大学再到燕京大学，冰心虽受洗并不及时，但新教的自由主义神学对她的影响却是相当深刻的。自由主义神学，一是推崇基督舍己牺牲以显示上帝圣爱的精神，具人本主义倾向；二是在强调人的价值实现的同时，提倡社会改革，以求在地上实现天国景象，具有鲜明的入世性；三是个人可凭《圣经》直接领悟上帝启示和真理，人的个体意志自由、理性和道德责任并存，兼具个人主义与尽职主义的统一。自由主义神学的教育，确实对冰心启蒙思想的形成起了开悟作用，1924年在《介绍一本书——〈北京的沙尘〉》中，她就直言：“我是个人主义、尽职主义的信奉者。”

当然，冰心启蒙思想的产生，更是五四运动本身高举科学民主旗帜反帝反封的目标，以及外来的自由平等博爱乃至个人主义普世价值观，直接地渗入于她心灵世界并同其融为一体的结果。冰心不仅直接参与五四新文化运动，以大量作品宣扬理性、平等、个性解放等启蒙思想，还成为爱和美的启蒙大师；冰心不仅直接活跃于五四爱国运动行列，还总是将启蒙和救亡紧密地结合在一起：1927年从美国留学回国后，她既为纪念“三一八”惨案撰文《哀词》，又为熊佛西反帝剧本《一片爱国心》充当导演（之一）。应该讲，启蒙与救国相统一的理念贯穿于冰心一生。尽管在较长时间里，冰心启蒙思想曾因“革命”意识形态的阻遏而被压抑，但时隔三十年，改革开放新时期的到来，到底使她很快地重新焕发了思想青春：1979年为纪念五四运动六十周年，写下《回忆“五四”》和《从“五四”到“四五”》等文章，由衷地表达了要为举起“科学”与“民主”两盏明灯，尽上自己“最大的力量”的心愿。而后，她又写了许多为知识分子请命、呼吁“教育为立国之本”的醒世文章，人们赞誉她为“中国知识分子的良心”。

春江水暖她先知。20世纪70年代末与80年代，当启蒙主义刚刚得以复苏之际，后冰心们果然率先站在人道主义立场，或控诉“文革”对人性的摧残与异化，或伸张人的尊严和权利，或热烈追逐真善美的理想。因为对国家民族命运的焦虑以及对光明前程的期待，女作家们决然地展开了新启蒙主题，像张抗抗的早期作品从《爱的权利》到《淡淡的晨雾》，从《北极光》到《隐形伴侣》，都是典型的例证。20 世纪 90 年代，有人认为新启蒙已分裂为各种主义（如文化保守主义、新古典自由主义、新左派等），但女作家们却坚守新启蒙立场，执着地将社会启蒙和人性启蒙结合一体，尤其着重于对个体生命、个体的人的独立、尊严、自由等，做出了颇为深刻的揭示和表达，其启蒙力度与犀利程度果然超过了 80 年代的戴厚英、舒婷与王小妮；筱敏的散文集《成人礼》就是一例。《成人礼》以人类视角、中国眼光穿越历史时空，并以自己刻骨铭心的人生体验与感怀，智慧地描绘和论述了“革命”是如何引来专制的；以国家、民族为名义的“集体主义”，又是如何无视、践踏个人尊严和自由的；同时，她还以高傲、桀骜不驯的姿态为个人主义辩护。在筱敏看来，每个个体的人都具本体意义、本体价值，个人存在不应被轻视、被鄙视，而个人尊严是不可让渡的；个人主义价值体系应以人为中心，个人本身就是目的。个人主义反对的是权威主义、极权主义对个人的压迫、奴役和支配。显然，筱敏比冰心更加反传统，她在继承冰心崇信的个人主义的同时，更倾心于个体的自我，这正是她对冰心启蒙思想的新变。这种个人主义的新变，正在攀往人性自我的最高境界，已从受控的集体主义中解放出来了。这种新变在 1996 年张抗抗的《情爱画廊》里也有所呈现，而世纪之交的长篇《作女》就更加突出了。《作女》塑造了一个愈发自我、更具挑战性的后现代形象——卓尔，卓尔做人干事的原则是“我是我自己”，崇尚的个性则是时尚化和个体性的兼容。我特别感激张抗抗对卓尔这个艺术形象的发现与塑造，因为是卓尔让我触摸到新时期女性文学由“人”到“女人”再到“个人”的路径。有人认为到了 21 世纪，新启蒙正在被某种国家主义或古典主义解构；但我想，随着人们对极左革命的认识与反思的深入，启蒙主义是难以被解构掉的。王安忆《启蒙时代》通过“文革”中所谓对革命的启蒙，反讽了革命究竟产生着怎样的思想，什么样的精神生活，乃至造就了何种人格；当革命被启蒙时，南昌、陈卓然们的生活只会变得空洞化和教条主义起来。尽管王安忆写的是大历史中的个人史，但作品到底让我们醒悟到，中国人集体性的自我认定，存在着许多因“革命”而造成的问题。该作让人们思考革命与启蒙的真实关系，从反面理解启蒙的意义。当前，我们必须警惕因所谓的革命而让启蒙被解构的危险。冰心“五四”式启蒙思想的长期被阻，不正是由“革命”意识形态所致？王安忆揭开了这层面纱，意义非凡。

三

关于冰心“爱的哲学”，20 世纪 30 年代初黄英（阿英）已给它归纳为母爱、童真和自然之爱，并提出：“一切的爱都植立基础于‘母性的爱’与‘宇宙的爱’的上面。”从血缘意义上说，“爱的哲学”是生命纽带的“亲情之爱”，尤其母爱兼具自我牺牲和自我完成的生命意味，是整个爱的哲学最鲜亮的标识；从道德意义上说，“爱的哲学”是理性的、人道主义的“仁义之爱”，洋溢着对人际、对世界万物的仁德、善良与温暖；从神学意义上说，它则是“上帝即爱”“真理就是一个字‘爱’”的“神圣之爱”，在神爱光芒照耀下，人与人彼此相拥，人与自然彼此相抱，整个世界走向真理和光明。世俗之爱、宇宙之爱、万全之爱、神爱在冰心“爱的哲学”里总能交融为一体，从而或成为宇宙运行的推动力，或成为促进人格完善和社会和谐的催化剂。爱，对于冰心而言，是信仰，是宗教，是她为这个世界所立的“极”和“心”。

如果说泰戈尔“爱就是充实了的生命”说法是爱的真谛的话，那么，冰心所抒写的母爱则是它最圆满的阐释。在献给母亲在天之灵的铭心之作《南归》里，冰心将母爱同生命相连。她对丈夫吴文藻说：“我对于生命的前途，并没有一点别的愿望，只愿我能在一切的爱中陶醉、沉默。”冰心正是从自己母亲和天下母亲那里认知和体味那“无我的”“无条件的”“鞠躬尽瘁，死而后已”的，为了孩子、为了所爱的人可以“牺牲了一切”“摩顶放踵”的母爱的风貌与品性的（见《关于女人》后记）。她又将其同神爱——“完全的爱”“完全的牺牲”交融起来；最终将“爱”认作是女性“自我牺牲与自我完成”的一种生命仪式。由忘我的母性之爱去完成自我的生命、自我人生和自我前程。这样的爱，当然正是“充实了的生命”了。

冰心对母爱的赞颂以及将母爱同生命关联的思索，对后冰心们的影响是深远的。后冰心们不仅直接领略着冰心对他（她）们最贴心的爱，还努力增添人间母爱的新内涵。刘心武母亲于 1988 年冬、张洁母亲于 1991 年秋故去，冰心都写信安慰他们，对张洁甚至还这么说道：“别忘了你还有个‘娘’。”署名时果然加上了个“娘”字。张洁同冰心一样是个孝女，她那记录母亲生命最后八十多个日夜心路历程的长篇自述《世界上最疼我的那个人去了》，正是《南归》的张洁版：两者同样是对母爱铭心而深长的颂歌，同样讲述着关于生命、爱和灵魂的故事，甚至同样期待着自己在母爱笼罩下能得以新生，活出个新的自我来。两篇丧母之作所投入的感情深沉而浓郁，文字凄婉而清雅，致使都成了怀念母亲的经典散文。

客观地看，在 20 世纪 80 年代末到世纪之交的女性文学文坛上，由于西方输入的解构主义思潮和后现代女性主义理论的影响，解构母亲神话的作品多了起来，所塑造的恶母与异化了的母亲形象也跟着多了起来，后张爱玲现象显得活力四射。但是，后冰心们毕竟是热爱冰心的，尽管她们也常常兼爱着张爱玲。她们在后现代解构母亲神话的氛围中，依然真诚地抒写母爱，抒发对母爱的礼赞：无论是斯妤、黄蓓佳、王英琦，还是池莉、赵玫等，她们母爱题材的散文，或记录自己怀孕与育儿的体验，或抒写对生命创造的感怀以及对儿女成长的期盼，或袒露熔铸母性自我魂魄时的震撼与动情，篇篇真实而生动，令人感叹。斯妤在《生命·神启·爱》里谈及在做自己和在做母亲时的不同感觉。她写道：在作为自己存在的时候，常常会"陷入对生命的怀疑，有时甚至渴望结束"，而在当母亲时，她却觉得要一辈子当好"孩子的导师、朋友、保姆"，并愿活到九十九，以让孩子人生处于"最黯淡的晚年时，我还能够陪伴他"。对母子之间如此的生命连接和灵魂对应，毕淑敏的母爱篇章，同样受到社会的广泛关注，给人以更多的沉思。首先，毕淑敏膜拜母亲的自我牺牲精神，揭示出了母爱的本质特征。小说《生生不已》所塑造的现代女娲——乔先竹形象，给人以极为悲壮的感动。其次，毕淑敏对母爱的见解相当独特，她认为母爱是母性结构中"自我完成"方面的绝佳文化资源。散文《母爱的级别》《成长密码》《做最好的母亲》等，无不在告诉你如何抵达母爱的高地：一、爱不是先天的，需要学习与钻研、打磨和精耕细作。二、母爱是分等级的，初级阶段的母爱，是物质的、照料性质的；高级阶段的母爱，则能完成同孩子的分离，尊重孩子作为独立个体的尊严与个性，并智慧地帮助他（她）的生命走向灿烂和辉煌。三、母爱并非母亲专利，而是人类最美好、最无私、最博大的爱的总命名；无论男女老少都曾欣然地接受过母爱，他（她）们也都可以成为辐射母爱的源泉。毕淑敏本人既是孝女又是位好母亲，无论是作品还是自身实践，她都为女性如何以爱抵达"自我牺牲和自我完成"生命境界，做出过不凡贡献，可谓是对冰心母爱世界最漂亮的新变之一。

"爱在右，同情在左，走在生命路的两旁"的千古绝唱，呈现了冰心爱的哲学最内在的道德向往；爱和同情的并行正是她对仁爱的呼唤和歌唱。冰心自幼就知道对任何生命的怜惜和爱护：为折足的蟋蟀流泪，为受伤的黄雀呜咽，探望小鸟的巢穴，浇灌美丽的花朵，小冰心已懂得这些动物植物的母亲也在牵挂它们，从而她"未曾做过不仁爱的事情"（《寄小读者·通讯二》）。青少年时代的冰心已被"宇宙的爱"以及大调和思想所吸引，坚信宇宙间的爱力、人世间的同情与互助，会让这个载着众生万物的大地前行，会让人类欣欣地生活着。冰心的仁爱，是通过同情心把爱自己扩大到爱他人的。仁爱作为道德理想，则是对天下所有人的慈爱，是不计较贫富智愚之别的，就像《最后的安息》中的惠姑对童养媳翠儿的友善关爱；仁爱作为人性善的提升，是对他人精神世界的深度关怀，尤其是对他人尊严的仁义相待，正如《三年》里的檠，不因在情场上的得胜而沾沾自喜，相反，他真诚地体谅“坦白的情敌”霖的自尊心。中老年的冰心虽遭遇到战争和“文革”的恶与苦，但她厚德载物的器量与品性变得更加鲜明。抗战期间，冰心《再寄小读者》，尽管只坚持了三则，但所开启的“同情的柴扉”与所构造的“爱的茅庐”，仍然让人们享受着冰心式母爱、仁爱的安抚。抗战结束时，冰心到日本呼吁中日两国女性将“同情和爱的情感”，像海风那样和煦地交流起来，“用我们女性的手来彻底制止战争”（《给日本的女性》《对日本妇女的期待》）。“文革”时的冰心已进入老年，她几乎停笔，在极少的几篇公开文字里也再难见到“爱和同情”字眼，但从她给家人的信中，我们依然可以看到她在干校时对人间仍抱希望，因为那里毕竟还存有互助和友爱。新时期的来临，冰心文字进入甜酸苦辣的“辣”阶段，而人们却不会忘记她对妇女、儿童、教育事业，对受灾百姓做出的善举。生命路上爱和同情的平行，正是爱与善的同行：是爱引领了善，是善储蓄着爱。这时，愿永远给这个世界奉献爱心的冰心，果然将“有了爱就有了一切”的旗帜举得更高了。

新时期抒写仁爱的女作家当然不少，且不说写了慈善系列的航鹰与写了大爱系列的竹林，就是近些年来相当活跃的葛水平、乔叶，她们同样或把“良善”看作是“人活下去的根基”（葛水平语），或称“温柔之心就是仁慈之心”（乔叶语），进行着她们仁义和温情的叙事。纵观仁义和温情叙事，当以铁凝和迟子建最具代表性了。以真善美为创作底色的铁凝，无论抒写仁义还是塑造仁爱形象，都在她的笔下来得特别：她或给人们带来乡村少女的原始美德，而使之沉浸于干净、纯粹的精神领域中（如《哦，香雪》）；或让人们沉浸于农人们仁义的心灵大气象间，而增添精神生长的力量（如《笨花》）；但是，像《永远有多远》中对仁义者白大省这个形象的塑造，却又给人以别样的思索，呈现了铁凝对仁爱抒写的另一番功力。铁凝对白大省的善良及其可悲遭遇的叙述，相当特别：不仅让这位得不到回报的仁爱形象出现变形，更让人们看到了在当代语境下“善”所处的脆弱困境。仁爱并非单向的，当施爱者没有了爱的回报、没有了对对方的希望时，善就变得相当脆弱。正因为仁爱的非单向性，它需要有个外部善的环境与对象，否则太容易像白大省那样，被他人所利用乃至剥削了。铁凝对白大省这个艺术形象的善、仁爱的审视相当奥妙：一方面呈现出人性内在的复杂性，另一方面则铺排了“善”的尴尬和脆弱。对善和仁爱的多维度探测，别有一番滋味，它是新变，令人思索的新变。

迟子建的温情叙事有口皆碑，她既能在黑暗里透出柔情，又能让风雨与灿烂相遇；她既能由凛冽中涌出温暖，又能从脆弱里萌发从容。她的作品为何总能给人以善、美和大爱的感觉呢？又为何总能让人在感受伤怀之美的同时，心底升起那柔和的感觉呢？迟子建自己再三说过：是“因为有了寒冷”，才“有了对寒冷尽头的温暖的永恒的渴望”。迟子建果然感受着世间的苦难与丑恶，乃至人性的卑劣与残缺；但她毕竟由亲人那里、从乡亲们那里、从市井平民那里，体悟到小人物的善良、隐忍、宽厚与爱意。她说：“我从他们身上，领略最多的就是那种随遇而安的平和与超然，这几乎决定了我成年以后的人生观。”正是这种对普通人、平民百姓的平视或仰视，让她不敢轻言“同情”两字，她以为“同情”有点居高临下的意味。迟子建坚信每个普通人的生命及其所闪烁的生命光亮，才是这个世界的主体，对于他们只有敬畏和感恩。前几年，迟子建在接受《文艺报》采访时，谈到自己温情叙事的缘由。其一，因对生活的热爱而具美好的个人情怀与强大的心理力量，从而既不怕寒风与霜雪，更能将温暖和爱注入包容、宽容之间，并将其洒遍人世间；其二，因总能领略大自然天籁之美和领受大自然对人类的赐予，致使对现实世界的表达总能染上温馨的浪漫气息和强劲的想象力。是仁爱情怀始终统领着迟子建那极美的形象世界；尽管她不言“同情”两字，但她的仁爱之心，她的爱同善、同美的熔融，到底同冰心爱的哲学交相辉映了。

四

神爱，为冰心文脉的神性之核，将神爱作为冰心“神性研究”的首要议题，可谓实至名归。其实，正是神爱将冰心爱的哲学——母爱、儿童爱、自然爱交融在一起。青年时代的冰心，当她膜拜上帝、耶稣，由衷地吟诵“这神圣无边的爱”的时候，她一则崇仰基督教为爱的宗教，再则将自己的生命体验浸濡于信仰之间，宗教之爱和生命之爱难分难解。那么，神爱又是怎样同母爱、儿童爱、自然爱交融一体的呢？在冰心的文学世界里，一、把观念上的上帝之爱转化为现实中的母亲之爱，就如《超人》通过对母亲的赞美转化为对上帝的赞美那样。二、借“儿童之爱”代表“人类之爱”的理想，造就了一个充满光和爱的“神妙的世界”，就像散文《笑》和小说《最后的安息》所烘染的那样。三、在对自然美的赞叹中，既赞叹造物主对自然的创造，又赞叹以爱联络了的整个宇宙的自然，万全的“宇宙的爱”图画就此形成了；冰心爱的哲学果然抵达“圆满之境”了[①]。你看，当母爱、童真爱、自然爱投身于上帝怀抱，神爱就这样将三者熔融于一体：造物主赐予每个人以母亲，又为人类创造了自然；母亲以爱联络了整个社会，

① 王学富：《冰心与基督教——析冰心爱的哲学的建立》，载《中国现代文学研究论丛》1994 年第 3 期。

而自然又以爱联络了整个宇宙——人类是母亲的孩子，又是大自然的婴儿，人类在大自然的微笑里，融化着人类的怨嗔，最终抵达“人类之爱”的境界。这里，“‘神爱’的真实内核”——创造宇宙，调整万象，终于被迂回而生动地呈现了出来。

对于冰心而言，神性是她对上帝、基督的信仰；信仰使冰心文脉的神性灼灼发光；尤其早期作品，如此神性的呈现显得尤为丰满而清晰。其一，冰心诗文直接取材于《圣经》，或称颂上帝的神圣、庄严、光明和奥妙，创世、智慧、慈爱和全能；或铺叙基督的降生、受难、复活和救赎，“完全的爱、完全的牺牲”；或低吟使者保罗在传教过程中的执着和坚韧、义人约伯在经受上帝考验时的沉寂和忍耐；等等。如《圣诗》这组诗篇，虽都直接指明出自《圣经》的某个章节，但它们绝非教义的演绎。冰心在寻觅神的精神存在轨迹的同时，着重呈现的却是自己对神的心灵的感应；可以说，《圣诗》等极富宗教情怀的诗章，搭起的是神启和自我的桥梁，它们既是神灵的栖身之所，更是自我内心世界神迹的显现；其间的祈祷形式也正表现出了冰心对神的坚定信仰和虔诚。其二，冰心诗文还出现了许多宗教意象——“十字架”、“天使”（安琪儿）、“牧人—羊群”、“天国”等，她对这些意象的烘染，显示着神性凄美而温柔、辉煌而沉着的特色。冰心对神的领悟和感知令人感动：如《笑》里安琪儿与众生交织在一起时的笑容，让人对调和了的爱的世界充满了期待和神往。《往事（二）》里小冰心向父亲表示愿当一名海上“灯塔守”的情景，也让人对这位宣誓成为“光明的使者”的少女感佩不已；这里，小冰心已是一个神性的勇敢实践者。其三，冰心诗文尤其是小说，还经常运用基督教“救赎”原则，敷衍不幸—苦难—救赎、堕落—自省—救赎等叙事模式，以呈现上帝用神爱调整万象、拯救世人的神性。“原罪与救赎”是基督教的两大核心原则，冰心小说中凡属“救赎”主题的，一方面像《最后的安息》那样，进行上帝对人间不幸和苦难以拯救的叙事；另一方面就像《超人》那样用上帝之爱和母亲之爱的交融，来拯救何彬这样疲惫的灵魂，进行神对堕落、羸弱人性、灵魂的救赎叙事。《超人》这种救赎叙述小说，不仅数量多，影响也颇大。冰心总是将上帝、基督视为自己心中绝对的道德律令，从而也坚信上帝、基督能让人类获得智慧上、道德上、灵魂上的拯救。对此，冰心也总是正面叙述神给人以希望和拯救的过程，如《最后的使命》那般，神为诗人送来了“希望的使者”，致使他勇敢地欢乐前行。她还通过人内心的冥思靠近神，从而获得灵魂的升华，如《悟》里的星云，正是在对爱的冥思中，顿悟了万全的“宇宙的爱”的图画；原来，人只有在潜入内心时，才能接近于神并得到神的牵引。冰心更热衷于褒扬神性实践的优秀人才，来宣扬“完全的爱、完全的牺牲”的基督精神，比如《关于女人——我的学生》中的那位“S”女士，就是典型例子。“救赎”所体现的神性，其最根本内核在于一个“爱”字，这正是冰心所钟情的。

神，并非只限定在基督教神学语境里，各种宗教语境里的“神”同样应得以尊重；同理，神性，也可谓是对一切神圣精神存在的统称。神性既是对神启、神灵、神迹、神祇等的发现和寻找，一种返向原宗教的精神；也可以是对绝对价值与永恒、终极关怀与信仰的期盼和追溯，一种泛化的宗教情怀。新时期作家们自新世纪以来，对神性的追逐可谓日趋高涨。20世纪八九十年代，海子、史铁生、北村、张承志等的神性作品，刘小枫相关神学的著作，虽为众多读者所关注，但神性视角却并未得到张扬；近些年来，莫言作品中基督教救赎意识（如《丰乳肥臀》）、忏悔意识（如《蛙》）却在发酵和增值；贾平凹倾心于道教，甚至去终南山取经，拜访高人，致使笔下许多女性形象颇具月亮般的神性；阎连科力作《炸裂志》原熔融了寓言性和现实性，写出了中国村庄的畸形进化史，但他却非要称其为“神实主义”（又称“神识主义”），让“实”和“识”都不脱离一个“神”字；至于张炜，高度信奉“大自然母亲”，视宇宙性为神性，公开提出“没有神性的写作，不会抵达真正的深邃和高度”口号，并予以广泛宣传。理论家刘再复、林岗在专著《罪与文学》中说道，神性是文学作品不可或缺的维度之一，中国现代文学“缺乏与‘神’对话的维度”。当今，果然已有愈来愈多的作家着力于神性对文学的注入或进入，这实在是件非同小可的事情。

女作家文脉中神性的渗透同样令人瞩目。迟子建怀着忧伤和激情写完长篇《额尔古纳河右岸》，同冰心一样，她写神性首先写神爱。在对萨满教盛行的鄂温克部落悲壮命运的铺陈中，她凸显了通灵的女萨满妮浩的大爱精神和高贵气象：女萨满妮浩每跳一次神、救一个人，她自己的孩子就会死去一个；而后，她又将孩子装入白布口袋扔到向阳的山坡上，并为他歌唱神歌，让他升到天上那有光明和银河的地方，去饲养神鹿。迟子建说过，这个女萨满是有原型的，她写她，正是为了呈现一种“大爱”以及“人类渴望达到的圣景”。迟子建除由神爱完美地呈现神性外，她对神意和神境的追逐，同样思路开阔、形式优雅。那些抒写故乡、大自然和亲人的作品，无不起伏在感伤的情感波澜中，或展开着如梦如幻的艺术想象，有时还增添了瑰丽的神话和传说，从而使其神意和神境都洋溢着爱和美的光泽。迟子建所写的宗教，除萨满教外，还涉及佛教、犹太教等，同冰心一样，她偏重于渲染宗教情怀，以致神性显得尤为人性化和普世化。然而，迟子建不同于冰心的是，她将性爱场景置于神圣境界予以敷衍，以歌咏关于女性性权利的张扬之歌，如《逆行精灵》《微风入林》等。冰心所写的神爱是绝对不包含肉体性爱的；尽管基督教是爱的宗教，但它毕竟用罪的理念，遮蔽乃至排斥性爱，指斥除婚内的一切为寻求肉体快感的性行为。这里，迟子建将性爱场景置于神圣境界的敷衍，无疑已构成对冰心神爱表述的一种突围。

为人们所熟悉的徐小斌，她对东方神秘主义、西方灵学的迷恋，致使她的文学王国想象瑰丽、神意盎然；她自身又具某些神秘的生命体验，致使她的文学王国兼具贴近现实和超拔现实的、令人震撼的超验力量，灵气十足。近年，长篇《炼狱之花》喜获国际“大雅风”文学奖，她已于 2014 年 5 月去加拿大领了奖。该作正是将现实装进魔幻筐里的一个作品，将人性与神性打通并揭开其双面性的一部作品，一部犹如神助的作品。我以为这一切都挺符合阎连科提出的神实主义。有意味的是，几乎同时，阎连科也得到他喜获 2014 年度“卡夫卡文学奖”的消息，2014 年的秋日，他终于抵达捷克领奖并发表了极其精彩的演讲。阎连科认为，神实主义疏远于通行的现实主义。它与现实的联系并非生活的直接因果，而更多地仰仗于人的灵魂和精神；它是作家在现实基础上的特殊“臆思”（见阎连科《我的现实我的主义》）。徐小斌《炼狱之花》对当代时弊的讽喻，是“直面现实”的，只是置其于魔幻情景之间；小说所塑造的主人公——海百合，又投射了作家自身对真善美的追求与期待，呈现出作家站立在精神制高点上，对社会、人生、人性所做的种种思考。徐小斌的作品几乎都是一种现代寓言，关乎人类生存的重大主题，尽管它们时而以梦幻时而以虚幻时而以魔幻模样出场，但其神实主义的“臆思”却是意味深长的。冰心小说《疯人笔记》（1922 年）一直被视为作家的“特异”作品。它的特异在于它的“变体”与“高深神秘”。剑三（王统照）认为，该作是冰心借疯人之口，索解着“生与死，爱与憎”六个字，是这样吗？似乎至今尚未有个清晰的说法。我以为，神实主义其实正是由此呈露端倪。《疯人笔记》借“我”，一个补鞋老人，对几十万年的宇宙史发出质疑：为什么人类总是被束缚在一个狭小的空间而难以自由地释放？为什么母亲和上帝犹如团团乱丝，他们的爱总被乌鸦、聪明人所吞噬？而同乱丝关系密切的“白的他”（印度王子），他的慈祥和温柔反而遭遇灾难而被驱赶到了北冰洋？难道人们心头的冰块永远不会被消融？难道世界永远不会发生真正的转移？这所有质疑，多神又多实啊！今天，阎连科和徐小斌的神实主义显然已得到重大发展，冰心的神性追求、神识表达确实已被发扬光大了。继《炼狱之花》（2010 年）后，徐小斌又推出专写爱情神性的《天鹅》（2013 年），莫言赞道：“徐小斌：从《羽蛇》到《天鹅》，飞翔的姿态越来越优雅”；在难以寻找到纯粹爱情的今日，《天鹅》对爱情的呼唤并沉浸于其间的情态，果然让人尤为感慨和感动；《天鹅》的爱情谱写又同音乐的陪伴相交融相激荡，乃至使飞翔之美让人怦然心动。作曲家古薇与边防军人夏宁远的爱情传奇，虽然凄美，却道出了两个孤独灵魂相互取暖的真谛——爱情需要玄心、洞见、妙赏和深情。小说最后，小夏不幸身亡，而古薇在排练完成歌剧《天鹅》后，走向两人相识的赛里木湖畔，面对那只孤独的天鹅，终于纵身潜入湖内，实现了西域巫师所喻示的“大欢喜”。两个灵魂都视对方为自己心中的神，两个灵魂也都在神启下唤醒音乐灵感，而两个灵魂又都在彼此的抚爱中抵达美妙的神境，难怪徐小斌在《天鹅》扉页上只写了一句话：“爱情是人类一息尚存的神性。”徐小斌写的爱情是神爱，其特色和风味无疑是个出色的“新变”。

五

尽管冰心曾经提及自己的笔力宜散文而不宜于诗，五四新诗草创时期，她的小诗也遭到过梁实秋、废名的非议；但她的《繁星》《春水》诗，到底还是成为人们对新诗的审美期待，成为诗歌与哲理熔融的滥觞，也成为新诗语体的重要标识；她既成功地引领小诗运动，又将自己的诗情、诗性注入散文、小说领域，从而成为颇具诗性的作家。

诗性，是诗的本质特性。它所蕴涵的诗思是生命感悟的提升，它所蕴涵的诗情是丰富情感和想象的飞扬，诗思和诗情则通过意象（意境、象征、隐喻、暗示）途径，熔融、统一在它们的存在之家——语言之中，由此形成情和美的崇高价值，抵达诗性境界。《繁星》《春水》诗突出地呈露了冰心文学诗性的几大特征。其一，冰心基于对神、对生命的敬畏，以及对生命深处神秘和血脉的探求，致使她对爱，尤其是母爱，对孩子的童真及其梦想，特别地青睐与倾心，在《繁星》《春水》诗里果然建筑起爱和孩童的天国。其二，冰心对大自然的迷恋，使其灵魂浸濡其间：当她听从大自然召唤时，会泛起胸中海岳，融化人类怨嗔并温柔世界，乃至还创造出极富尊严的伟大人格。正是清纯崇高的情感和瑰丽超拔的想象，造就了冰心作为爱的使者形象，以及作为“人化自然”的伟大歌者的形象。其三，自幼读古书、背古诗的冰心，面对母爱和大自然，辞章之美油然而生；而《繁星》《春水》诗的诗思、诗情无不点染着色彩美和音韵美。同期小说《遗书》（1922年）一边提出新诗须“有含蓄不尽的意思，声调再婉些”的要求，一边还提出“白话文言化”“中文西文化”的文体主张；在《繁星》《春水》诗里众多意象的营造，之所以能情景交融、亦诗亦画，抵达出神入化境地，正是她实践自身理念的结果；而冰心语体的创造，则更使中国新诗大放异彩。

隔年（1923）初，冰心在《中国新诗的将来》中又提出对新诗的“五有”期待：“诗不止有意境，还有艺术，要有图画般逼真的描写，音乐般和谐的声调的，叙事之中，仍不失其最深的感情。”诚然，《繁星》《春水》诗正是往这个方向努力地予以实践；而有意境、有艺术、有描写、有声调、有深情的“五有”，也成为冰心散文抒写的追求。应该讲，冰心自觉地将诗情、诗意以及她推崇的理性主义注入叙事性文学中，而诗性在她的散文里则发挥到了最高点。《寄小读者》里描绘沙穰疗养院里花的生活、鸟的生活、水的生活、云的生活时，不仅比喻迭出，更使用骈律和叠句让生活艺术化。《山中杂记》里对山与海的比较，对自己宁愿投海不愿坠崖的誓言的表达，则运用了许多古诗词，其间所涌动的语汇、意象和象征，托出的正是诗性和神性。《往事》里那页页生命历史的篇章——父亲的身影、母亲的爱；海的女神、诗的女神；愿当光明的使者，愿推开生命宫门的向往，几乎都是由小诗里的那些意象——父亲、母亲、弟弟、大海、星空、春光、晚霞、花草、飞鸟、梦乡等来再现的。可以说,《往事》正是《繁星》《春水》诗的散文版。冰心散文创作对抒情性、哲理性和意象美的追求贯穿始终：她从早期感伤型（“满含着温柔，微带着忧愁”）风格，到中期清朗秀逸风貌，甚至到晚年凝重老辣气象，要为这个世界增添些“美”的心愿，始终没有改变，由此到底成为一代散文大师，正如卓如所言“冰心是现代美文的开拓者和奠基人”[①]。冰心美文的诗性、诗质的形成，一方面在于她天赋的才情，一方面则是她青睐于语言魅力。冰心对中西、古今语体的兼容——白话文言化，中文西文化，终于形成了“冰心体”。她诗文中所熔融的古诗词从《诗经》到唐诗宋词，由元曲到龚自珍、纳兰性德的清代诗词；所熔融的西方浪漫主义，从歌德到拜伦、雪莱，由华兹华斯到柯勒律治；如此的“熔融”，其所产生的语言魔力，有谁能比得上呢？

冰心的小说，无论问题小说（如从《秋风秋雨愁煞人》到《超人》），还是心理小说（如从《遗书》到《西风》），均具鲜明诗性，或像散文诗章，或被笼罩在优美的意象之间。冰心问题小说中的“问题”，常常被置于微妙的、压缩性的“爱”结构中，从而得以诗性的阐发。《秋风秋雨愁煞人》里英云的婚姻故事，因英云自由的被扼杀而呈现一片萧瑟秋气；小说用了由古诗词所写的秋风、秋雨、秋音、秋调、冷月、破云、眼泪、心囚等，建构起秋的意象群，敷衍英云心路的黯淡和凄惨景象，由此完成了小说内质与诗性的交融。传统的艺术意境，成为小说主导性的结构要素时，或者成为局部细节的元素时，诗化特征就会显现出来。冰心心理小说大多运用独白、日记、书信等样式谱写人的心路历程，它们总是抒情重于叙事，对精神生活、心理活动的勾勒细致入微，而故事情节的结构似乎被严重地削弱了。像《遗书》里宛因生前给冰心写的16封信，透露的是宛因对人生、生命、自然乃至文学的见解和感叹，生活片段的层层叙述中透出的却是阵阵诗波。心理小说的抒情性在《遗书》中就发挥得相当充分。《西风》抒写一位因执着于事业而放弃爱情的女教授秋心的故事，全文写的是秋心对青年

名家论坛

① 卓如:《冰心的散文》,《冰心论集·四》，海峡文艺出版社2009年版，第269页。

时代恋人——远的思念、邂逅、分别的心境，全部通过写心理，铺叙了一个动人、浪漫的故事。其间则又是通过如火车、轮渡、西风、月光、海风、双手的紧握和松开，泪珠的“欲滴”和“流回眼眶”等意象群，将秋心最隐秘、最微妙的心理活动渐次展示出来。有情有景的意象创造，是诗性的重要原动力，冰心文学佐证了这一点。

当我注意到新时期著名诗人海男的时候，立马被她的诗性所征服。她的诗性不仅洋溢于诗篇，同样散发在她的小说和散文中。她是位同冰心一样的多面手，而她那诗歌的巫性以及丰富的意象，却令人陶醉，让人悟出了什么叫神秘，什么叫灿烂，此时的诗人果然给人以“诗仙”之感。海男近年的获奖诗集《忧伤的黑麋鹿》，摆脱了早期诗作的恐惧和迷茫，在澜沧江深水的潜流中，腾跃起她那心灵的火焰，犹如澜沧江峡谷中既黑暗又充满阳光的两种火焰。这两种火焰在不同豁口的相遇，不仅演绎了黑麋鹿在黑暗和白昼中，蜕变为植物、岩石、浪花的故事和传说；还通过诗歌的漫游，道出了诗人身体的历险和心灵的种种神秘体验。其间，众多意象的巫性和神秘性，可谓是对冰心诗性的一种突围。

从舒婷到翟永明，都承继着冰心理想主义和浪漫主义激情的诗性。然而，她俩却都切入女性视角，以致突围了冰心的童心视野。尤其是翟永明，自 20 世纪 80 年代中期发表大型组诗《女人》及其序言《黑夜的意识》以来，傲然地让女性作为主体存在凸显出来，不仅引领了女性诗歌潮流，还以性别写作和超性别写作的并行，或者在性别视野下的超性别写作，致使女性诗歌乃至女性艺术女性文化，都获取了正确健康的发展方向，以及理性智慧的谋略。翟永明的黑夜意识，意欲摆脱太阳窥探的眼睛，以寻求一个自主的黑夜世界：“我创造黑夜使人类免于难”（《世界》）；其间，尽管呈现出某种混乱的激情和狂野的表达，但它关于性别歧视对女性所造成的伤害，以及对女性竭力渴求回归自我的旨意，到底犹如惊雷般震动了诗坛。由于翟永明的性别意识、性别视野具无与伦比的精神空间和文化天地，以致女性诗歌乃至女性文学，果然也由翟永明开始插上了飞翔的翅膀。翟永明还同冰心一样敬崇宋代词人李清照。冰心在美国威尔斯利女子大学攻读硕士学位时，撰写的硕士论文是《李易安女士词的翻译和编辑》（见《冰心全集》第 2 卷，海峡文艺出版社 2012 年版），她欣赏李清照性格的高贵、情操的高雅和思想的深度；她也注意到李清照的艺术形式和色彩，乃至声感敏锐和富有诗意。翟永明则说道，李清照是她心目中的大诗人；因为她有三大“超越”：“她能够超越她那个时代对她的局限和对她的束缚，她也能超越性别和偏见对她的压制，她甚至能够超越一个辉煌的男性诗歌时代，从中脱颖而出。”（见《最委婉的词：翟永明诗文录》第 204 页，东方出版社 2008 年版。）翟永明对李清照三大“超越”的膜拜，正好完整地反映了她自身的创作实践：她虽身处消费主义和娱乐化时代，却依然坚持着精神自由、思维独立的气概；她虽坚持凸显女性自我、女性经验的性别写作，却又不断地探索超性别写作，以求“新的完成”和“新的变化”；她虽身处诗界，却对建筑、装置艺术、电影等进行着持续探究。20 世纪 90 年代之后，翟永明在继续表达女性经验的同时，果然用女性特殊视角去观照历史问题和人性中的普遍问题，写成名篇《盲人按摩师的几种方式》《时间美人之歌》等。新世纪以来，她更以不尽的哲思和丰润的诗意，写出一批散文随笔集，其间如《天赋如此——女性艺术与我们》《女儿墙——翟永明散文》等，竭力追溯女性生命主体和文化主体，以拯救女性过往这双重的缺失；其间如《纸上建筑》等则又直接呈现了她对艺术和建筑的青睐之情和高超造诣。她还同著名电影导演贾樟柯合作《二十四城记》剧本。翟永明不仅是文学家、艺术家，还是个社会活动家，她组织过多届国际诗人节和艺术展，还是成都“白夜酒吧”兼文化沙龙的老板……翟永明作为非体制内的诗人，到底以自己温和的女性主义和出类拔萃的诗艺，以自己美丽的外貌和善解人意的待人之道，成为无数诗人所簇拥的诗神。翟永明始终认为对创造性的热爱是最重要的，而精神自由则是她选择写诗的前提。是啊，对创造性的热爱，对精神自由的不懈追求，才是诗性的根本所在。冰心这样告诉我们，翟永明更是如此。

（盛英：天津市作家协会研究员）

陈染：生存之痛的体验与书写

吴义勤

我早已惯于在生活之外，倾听
我总是听到你，听到你，
从我沉实静寂的骨中闪过。
一个斜穿心脏的声音消逝了，
在双重的哭泣的门里。
只有悒郁的阳光独步，于
平台花园之上
和死者交谈。

——陈染《与假想心爱者在禁中守望》

作为一位女性作家，陈染在90年代的中国文坛确实具有一种独一无二的言说价值。这种价值不仅体现在她所呈现的与90年代的总体文化语境大相径庭的一部部小说文本之中，而且直接从她卓尔不群的小说写作姿态上标示出来。陈染对于小说实验性、先锋性和新潮性的偏执与坚守，使她的写作自然而然地带上了某种极端的意味，并自然而然地成了各种文化潮头所无法回避的一种尖锐存在。而对我来说，陈染在90年代的无限风光无疑坚定了我对于中国当代新潮文学的一种纯粹个人化的判断。我不同意评论界不绝于耳的那种关于新潮小说在80年代末就已死亡和终结的断语，反而认为新潮小说在90年代以后正进入一个新的复兴发展阶段。这方面最突出的标志就是新生代新潮小说作家的涌现，陈染、鲁羊、韩东、朱文等就是其中的杰出代表。在我看来，90年代的中国文学之所以在商业主义的全面围困中依然能够取得超越80年代的巨大成就，本质上讲正得力于这些新生代作家的风格独具的个人化创作。离开了新生代作家的写作，90年代的文学文本不仅必然会黯然失色，而且简直就无法想象。从这个意义上说，我们对世纪末中国文学的研究和评判注定了就不能回避对90年代新生代作家群的审视和阐释。而具体到作家个体来说，陈染在新生代一族中似乎尤为引人注目。她的自由写作的文人姿态、纯粹而又边缘化的女性文本经验以及前卫性的话语方式无疑构成了 90 年代中国文学的一方奇异风景。正因为如此，对于陈染文本世界的进入和言说就既是我们剖析她个人化的艺术范式的一个有效途径，同时又是我们整体性地阐释新生代作家的一个逻辑层面和学术视点。

与时下商业大潮中的各种欲望化的生存狂欢景观不同，陈染的小说呈示的却是一幕幕带有终极意味的人类悲剧性生存景象。她把自己孤立于欢乐的人群之外，以一种思想者的姿态体验和言说着掩盖于生存表象背后的那种生存之痛。我不知道当代还有没有哪位作家会如陈染这样专注于对生存痛苦的发掘和书写，但我敢肯定，在“生存之痛”的表现上陈染无疑是把文本主题融入生命体验的最真诚最绝对的一个。陈染是透明的，她勇敢地暴露和敞开了她所体验和感受的全部生命之痛，用她自己的话说就是她努力做到“让那些应该属于我的一个三十岁女人的血血肉肉真实起来，把欲望、心智、孤独、恐惧、病态、阴暗等等一切的本来面目呈现出来”。陈染又是隐晦的，她在我们当下的世俗文化谱系之外重建了一套超世俗的具有形而上色彩的精神文化谱系，她对存在的言说很大程度上又让我们重温了那种在我们时代已久违了的对于“生存”问题的哲学和神性关怀。显而易见，她的这种声音和话语方式与流行的大众话语系统是格格不入、无法共鸣的。作为一个独语者和孤独者，陈染对于自我的极端坚守总给人一种无以释怀的沉痛，而同时她以瘦弱的女性之躯独自面对和承担那巨大的生存之痛的生命勇气又不能不让人油然而生敬意。她的微弱的、私语性的声音也许没有黄钟大吕那般振聋发聩，也绝不是可以充耳不闻、忽略不计的。我惊讶于年轻的陈染对于“生存”这个过于沉重的大话题的执着，更钦佩作为女性的陈染书写“生存”时的那种真正哲学化的思维。正因为如此，我觉得陈染应是我们当下的一把难得的精神标尺，她对于“生存之痛”的揭示将为我们提供一种从混浊、黑暗的生存之地突围而出并进入敞开和澄明境界的崭新可能。而一旦进入陈染小说的文本世界，我们会发现所谓“生存之痛”在她这里也不是纯粹形而上和哲学化的，它有着立体的多重的丰富层面和表现形态，我们可从下述几个层次进行具体考察。

其一，孤独之痛。

读陈染的小说，我们首先遭遇的就是在她的文本世界里绵延不绝的那个庞大的孤独者家族。无论是耄耋老者，还是妙龄少女，无论是在偏僻的小镇，还是在繁华的闹市，“孤独”都是主人公们在不同时空中的共同体验。而对陈染来说，“孤独”显然正是作家用以探寻人类生存困境和精神家园的一个特殊的艺术视角。某种意义上，对于“孤独”的反复言说也正是她所有小说的一个贯穿主题。青年评论家汪政和晓华就曾准确地用“习惯孤独”来概括陈染小说的精神线索，并把“孤独”命名为陈染小说的第一“主题词”。而从陈染的创作自述中我们还发现，“孤独”并不仅是指她小说的文本状态，而且也正是她当下的写作和人生方式的直接体现。陈染是一个对孤独十分敏感并常常耽于孤独的特殊个体，她自称：“按照常情来说，我已经是一个孤独而闭塞的人了。”“我极少外出，深居而简出。到别人家里去做客，常常使我慌乱不堪，无所适从……平日我在自己家中，在自己的房间里胡思乱想，清理太多的这个世界上的人和事的时候，我也是习惯闩上自己的房门，任何一种哪怕是柔和温情的闯入（闯入房间或闯入心灵），都会使我产生紧张感。”在这种情况下，陈染和她笔下的孤独者就具有了特定的亲和性、同构性与互文性。也就是说，现实世界中的陈染与文本世界中的那些陈染的创造物在“孤独”的语境中就具有了互为阐释的生命关系。正因为此，“孤独”这个带有鲜明的现代主义和存在主义印痕的哲学“话语”呈现在陈染的文学文本中，就有了中国此前的各种“现代主义”文本未曾有过的那种体验性与生命意味。陈染对于“孤独”的言说本质上远离了那种“思想”和“哲学”意义上的讲述方式，而是把它融入了生存主体的生命体验和感觉态度，并在对特定的“孤独者”个体的塑造中真正凸现了“孤独”话语的文学价值。在此意义上，陈染可以说是中国当代一位杰出的“孤独”守望者和讲述者，卓尔不群的“孤独”话语方式和超凡脱俗的“孤独者”群像是她对于世纪末中国文学的特殊贡献。而对于“孤独”话语的倾听以及对于“孤独者”群像的注目，显然也是陈染提示给我们的两把打开她文本世界的钥匙。

在陈染的小说中，“孤独”首先是一种生存状态，一种弥漫性的生存氛围。主人公们活动其中的文本世界可以说是一个完完全全的孤独者的世界，隔绝的空气阻碍着人们自由的呼吸。无论在家庭中还是在社会中，主人公们都时时刻刻处于一种孤独的境遇中，不仅生存个体彼此之间无法沟通，无法交流，甚至还彼此提防、窥视、诅咒着。我觉得在陈染的全部小说中都一直存在一个贯穿性的抒情主体。从她早期的《归，来路》《小镇的一段传说》《塔巴老人》，到近年来的《空的窗》《时光与牢笼》《站在无人的窗口》《另一只耳朵的敲击声》《潜性逸事》《无处告别》《与假想心爱者在禁中守望》等小说，主人公以自我倾诉的方式呈现也好，命名为“罗莉”“水水”“雨子”“寂旖”“黛二”也好，尽管他们可以是男人也可以是女人，可以是老人也可以是少女，有着不同的语符代码，但“孤独”无疑是他们共同的生存体验和生命表征。一方面，孤独是现实的生存世界对个体生命施加压迫的产物。个体与社会和他人的对抗乃至敌视某种程度上正是孤独感的深刻源头。主人公们的许多怪癖和生存恐惧事实上只有在一个适宜“孤独”滋生和繁殖的特定氛围中才会萌生。这方面,《无处告别》可以说是一个典型的文本。黛二与朋友、与现代文明、与母亲、与世界的那种紧张关系既带来了她生存的巨大“压力感”,同时又直接用一次次的背叛、失望、阴谋、受骗、堕落等生存挫折创造了黛二“无处告别”的沉重孤独。而《小镇的一段传说》则更是一个寓言性的文本,罗古河北岸的神秘传说和小镇人心照不宣的现实文化状态天衣无缝地交织成了一张覆盖主人公精神生命的灰暗大网,罗莉陷入其中左冲右突并在极度的孤独中走向疯狂成为小镇历史“传说”的新的一页可以说正是一种无法挣脱的宿命。在“小镇”这样一种封闭性的生存版图中,主人公走向遮蔽、走向自我封闭、走向孤独实在是最自然不过的结局。陈染的小说中反复出现的“尼姑庵”“破庙”“破损的家庭”“空洞之宅”“牢笼”等意象,其实也正如“小镇”一样只有作为一种压迫性的孤独氛围来理解才是合理的。另一方面,主人公的“孤独”又强化了生存世界的非本真性和黑暗性。无论是《小镇的一段传说》对于罗莉孤独和死亡的描写,还是《塔巴老人》《站在无人的风口》对尼姑庵中塔巴老人和老女人孤独生命的极端表现,抑或《空的窗》对盲女和老人两重孤独世界的探寻,都为我们揭示了“世界”对于人的荒诞和可怖的一面,并进而使主人公们的孤独体验获得了一种支撑性的广阔世俗“背景”。这方面,《麦穗女和守寡人》就相当典型,守寡人在深夜出行时对于“钉子”“门”“陷阱”等恐怖性场景的幻觉化想象,就把世界对于人的压迫、威胁和扭曲以及在这种压迫中人的巨大精神恐惧进行了充分渲染。置身于小说的情境中,我们就会在一种总体的悲剧性氛围中获得对于“存在”的新的理解。

其次,孤独在陈染的小说中还是一种生存态度,一种主动的对于世界、对于他人的对峙态度。世俗世界的灰暗固然制造和繁衍着孤独,但对于生存个体来说孤独也并不就是一种“负生存”。孤独是一种孤立,同时也是一种逃离,是远离遮蔽走向澄明之所的心灵突围。孤独是一种关系的丧失,但也是一种自由的获得。也许正因为如此,我们阅读陈染的小说,主人公们对于孤独的珍爱和偏嗜总会让我们怦然心动。《归,来路》中“我”喜欢孤独,怕开会,想辞职,“关上门独自一个脱得一丝不挂”并沉迷于幻想和回忆是“我”的独特爱好;《小镇的一段传说》中罗莉正是借助于离群索居开“记忆收藏店”的孤独一度变得生机勃勃、青春焕发;《空的窗》则通过退休老教师对于“孤独”的恐惧绝望和盲女对于“孤独”的升华的对比让读者目睹了现代人两种不同的“孤独”心态。在作者眼中盲女的孤独其实正是一种特殊的生命境界,她对于世界的远离和无视给了她阐释这个世界的充分而绝对的自由……我们看到,陈染一方面对于现代人的孤独之痛进行了充分挖掘和书写，并很大程度上把它与人的生存困境联系在了一起，但另一方面作家又不愿现代人在这种生存痛苦中被轻易压垮，因而她的主人公面对“孤独”时往往在体味痛苦之际也同时获得了生存的勇气。此情此景中的“孤独”也就不仅给人以悲剧感，而且更充满了一种生存的悲壮。

其二，家园之痛。

如果说孤独之痛在陈染小说中是一种弥漫性的存在的话，那么家园之痛则又是和孤独相随相依的一种更本质的生存痛楚。当然，所谓“家园”在陈染的小说中也是有双重所指的。一方面，它对应于主人公当下的现实家园，另一方面，它更指向人类的精神家园。走进陈染的文本世界，我们会发现她所营构和表现的“现实之家”几乎全都是残缺和破损的，“家”的丧失某种程度上已经成了主人公们生存悲剧性的直接注解和显在表征。一群无“家”的个体在寂寞如沙漠的世界上徒劳挣扎着，孤独、苦闷、徘徊、变态乃至仇恨和死亡交织成了一曲人生的悲剧旋律，陈染的小说也由此覆盖上了一层灰暗、清冷的色调。而具体考察陈染的小说，我发现她对“家园”失落之痛的表现又是沿着两个特定的层面展开的，一是父母之家的丧失。陈染的大部分小说都是表现父母离异或父母远离人世的“孤儿”的生存感受。作为一些“无父”的个体，“家”对于他们的保护和温暖随着父亲的远离而成了一种不着边际的梦想。他们面对社会和世界时再也没有了依靠和退路，“家”和世界一样成了一种共同压迫他们生存和心灵的灰暗之所。正因为如此，对“现实之家”的逃离、恐惧乃至仇恨就成了主人公们经年累月的一种最日常的情绪与心态。《另一只耳朵的敲击声》和《无处告别》两篇以黛二和母亲的内心矛盾为线索的小说可为代表。一老一少两代寡妇在一个以墙和门窗封闭起来的空间里进行着一场窥视与反窥视、诅咒与反诅咒、进逼与反进逼的心理战争，在这种爱与恨、亲与仇互为交织的战争中，“家”的本真已随袅袅的硝烟而消失殆尽并最终蜕变为一座扭曲人性的“牢笼”与“地狱”。对于黛二来说，逃离“家园”甚至成了她生存幻想的一个重要内容，她与母亲的内心较量很大程度上也正集中在“逃”与“关”这两种对“家”的不同态度上。正如她自己所称:“我永远都陷在‘离开’这个帝王般统治我一生的字眼里。”可惜的是黛二最终并未能实现对于“家”的逃亡，这也是她终日陷在巨大的生存焦虑与痛楚中无以自拔的主要原因。与这两部小说相似，《小镇的一段传说》《秃头女走不出来的九月》《巫女与她的梦中之门》《潜性逸事》《站在无人的风口》等小说也都把“父母之家”解体的破败景象以及这种“家庭”碎片对于主人公现实生存的巨大压力描绘得淋漓尽致。在《秃头女走不出来的九月》这部小说中陈染甚至隐喻地昭示我们：主人公“秃头女”被父亲打出家门的不幸其实正是她的大幸，相比于父母之家而言“尼姑庵”其实才更具“家园”性质。一扇家门的关闭，正是另一扇家门开启的前提。没有父亲将她逐出家门，也就没有“尼姑庵”向她的敞开。一是“自我”之家的破碎。陈染的小说世界内总是行走着一对对同床异梦的爱人、情人和友人。她的主人公不是寡妇、离婚者（或即将离婚者），就是妓女、同性恋、变态者。他们或者本就无家可言，或者是家的破坏者，现实之家在他们的冲撞、挤对和拆解之下几乎无一能免分崩离析的可悲结局。在这里陈染表现了她对于爱情、友谊、亲情等的悲观和怀疑态度，并根本上否定了在“自我”与“他者”之间建立沟通和理解的可能性。如果说在《时光与牢笼》中水水与丈夫的爱情之家虽已经摇摇欲坠却还维持着一种世俗的形态的话，那么，在《潜性逸事》中我们则和主人公雨子一道在现实之家灰飞烟灭的缕缕尘埃中目睹了爱情和友谊的双重覆灭。雨子对于丈夫的粗俗日益不能忍受因而萌生了离婚的想法，并告诉了自己心灵的“知音”李眉。然而，实际上李眉却是她“心灵相通的敌人”，正是超凡脱俗的李眉最终要嫁给雨子的丈夫。生存荒诞和生命的尴尬就这样轰毁了人类的爱情之家。同样的家园破灭景象在《饥饿的口袋》中也清晰可见，剧作家麦弋女士因为离婚而把她的现实之家改造成了一座“空洞之宅”。女友的同住和男女的短暂回归不但未能给她丝毫“家”的回忆，相反却从他们的双重背叛中再次体味了“家园”人去楼空后的凄凉与辛酸。

与“现实家园”的失落相对应，对“精神家园”流逝的悲悼也是陈染小说的一个重要主题层面。对于现代人来说，“无家可归”的生存焦虑既根源于现实之家的破败，同时更来源于内心和精神上的无助与无奈。而根本上说，现代人的生存困境和绝望心绪的突出表征就是精神之家的无处着落和无从寻觅。陈染的小说某种意义上正是在对主人公们精神之家流逝后的幻灭、痛楚、绝望、焦灼等心态的解剖、呈示中逼进了横亘在人类面前这道永恒的生存难题。活跃在陈染小说中的生命都是那些精神之家的弃儿和放逐者。他们以自己决绝甚至变态的方式对抗着世界对抗着他人也对抗着自我。《归，来路》中的“我”一方面固然因现实之家的丧失而有着在姐姐家做寄寓者的现实痛苦，另一方面更有着对于精神家园的焦虑和困惑，她对于孤独的偏爱、对于回忆及怪想的执迷、对于世俗生活的厌倦都是寻找精神家园之旅受阻后茫然失落心态的一种典型表征。《空的窗》中失去老伴的退休教师和失去光明与恋人的“我”都处在一种对“精神之家”的寻找与祈求之中。老教师对于送死信的虔诚一方面是他抵抗孤独和绝望的精神良药，另一方面也是他试图在现实之家的废墟上重建精神之家的生存梦想的一种实现。而盲人少女“我”在失去光明远离现世沉入彻底的黑暗之后反而获得了生命的澄明与敞亮，在她没有失明之前所无法找寻的“生命与光亮”在她成为盲人之后一下子就照彻了她的心灵，以致她每天清晨都能矗立窗前眺望“太阳的升起”;《塔巴老人》中的塔巴和黑丫虽然是两代无家的孤独者，但在“尼姑庵”内她们的交流与相通又何尝没有为她们构筑起暂时的“精神之家”呢？在此意义上我们似乎能对陈染小说主人公的“尼姑庵情结”和向往“幽僻之所”的怪癖获得一种精神理解。一方面，对于尼姑庵以及各种“幽僻之所”的崇拜和呵护是他们悲剧性地失去现实之家后一种无奈的生存选择；另一方面，这种举措又是他们试图超越世俗生存重建精神家园的主动而决绝的生命姿态的一种生动写照。而毫无疑问，陈染对这样一种精神努力是充满感动和敬意的。

其三，失语之痛。

然而，在我看来，不管是孤独之痛还是家园之痛，其本质仍是一种语言之痛。对于世界、对于“他者”的无法言说和失语实际上才是现代人生存痛楚和生存困境的最本质的表现形态。而陈染的小说对于人类失语之痛的表现可以说达到了一个前所未有的高度。她小说中的几乎每一个人物都是一些独语者和准独语者，他们对于世界和他人无从进入也无法对话，无一例外都只有面对内心和自我一途，仅凭梦想、幻觉般的自言自语在生存的泥淖中沉沦、挣扎。“无人倾诉”的失语之痛可以说是各种各样的主人公共同的生存状态和人生命运。而某种意义上，我们上文所分析的孤独之痛也正是这种失语之痛的一种特定表现形式。失语之痛孕育并催生孤独之痛，孤独之痛反过来又更强化和加剧了失语之痛，两者共同把主人公们带入了生存之夜的黑暗和混沌之中。需要指出的是，陈染小说对于失语之痛同样也具有不同的表现层次。一方面，失语首先表现为世俗层面“对话”的艰难。在陈染的小说世界中每个生命个体相对于“他者”来说无疑都是孤独而封闭的，沟通和对话不仅是不现实的，而且实际上也是不可能和被否定的。在陈染所营构的世界里，不仅父母和儿女之间存在深深的敌意无从对话，而且夫妻、情人和密友之间也都是本质上并没有共同语言的陌路人。陈染的小说主人公大都是些倾诉者，但他们倾诉的对象都只能是他们自己，除此之外并不存在一个能听懂他们倾诉之声的“他人”，这是陈染对于主人公生存悲剧性的一个基本阐释。在《另一只耳朵的敲击声》和《无处告别》中，我们可以从黛二与母亲彼此的敌视、憎恨中清晰地目睹母女之间无从对话的悲哀与绝望。黛二“像一个陌生的旁观者一样审视这女人”，在她眼中，母亲是一个有“矛盾、怪癖和绝望”的出色寡妇和“出色侦探”，并视之为自己“永恒的负疚情结”；而母亲眼中的黛二则同样是一个“谜”，一个无法理喻的怪胎。母女俩各自不同的话语逻辑就这样导演和制造了一出家庭悲剧。而在《时光与牢笼》《与假想心爱者在禁中守望》《秃头女走不出来的九月》等小说中，陈染又把夫妻、情人之间的“无语状态”做了生动的解剖。尤其是《秃头女走不出来的九月》，这部小说实际上就是一个阐释人类失语之痛的生动寓言。莫根和“我”是一对似乎无法分离彼此相知相爱的情人。但莫根突然失踪了，他的消失宣告了“我们”之间所谓心灵相通相互理解的虚假性。“我”并不能真正听懂莫根的语言，而莫根对“我”的话语同样也无动于衷。最终“我”不得不在小说中承认：“我永远是一个被人类之声所隔绝和遗弃的人，一个失去耳朵的秃头女”，“我的内心一向孤寂，世界繁乱的嘈杂声永远无法真正进入我的身体。”不过，我个人觉得，在对于失语之痛的书写上，陈染最出色和最深刻之处还在于其对人类“伪对话”状态的发现和揭示。这方面的典型文本是几部描写朋友间的亲密友情之虚幻的小说，如《饥饿的口袋》《麦穗女与守寡人》《无处告别》等，其中《潜性逸事》最具代表性。在这部小说中雨子是把“不喜欢说话，习惯说半句话”的充满神秘的李眉作为自己的心灵知音的。她自认最能听懂李眉的沉默和“半句话”，也只有李眉才理解她自己的心语。作为亲密的朋友，两人也似乎确实做到了无话不谈、心心相印，雨子要跟丈夫离婚的想法也只告诉了李眉一人。然而，随着小说的向前推进，我们却和雨子一道辛酸地发现李眉是如此的陌生和无法理解。而当丈夫向雨子宣称李眉要嫁给他时，两位朋友过去的相互倾诉立即就变得那么虚幻和不真实起来，所谓的语言和心灵契约自然也就土崩瓦解了。同样的景观在《麦穗女与守寡人》中也有出色的描写，守寡人“我”在与英子“倾诉”到深夜后一起回家，但在出租车上“我”因精神幻象而杀死了司机。法庭审判时因为找不到诱拐者而无法为“我”定罪，在“我”希望心灵的倾诉者英子为“我”做证时，她却指证“我”为诱拐者。现实就是如此的荒诞和不可思议，它再一次提醒主人公，人与人之间真正的“对话”只是一种自欺欺人的乌托邦想象。另一方面，“失语”又表现为哲学层面上神性和精神话语的缺失，这种缺失作用于陈染小说文本就是对于“现实”的悬搁与放逐，以及对于“过去”和“回忆”的迷恋。阅读陈染的小说我们不难发现，她对“现实话语”的舍弃是一贯而绝对的，她全部小说的话语指向几乎全都是针对“过去”的，“向过去倾诉”我觉得正是她小说的一种最基本的话语状态。这种状态一方面固然使“失语之痛”和“时间之痛”结合在一起深化了作家对于存在之痛的表现，同时也赋予了她文本一种抽象的形而上意味，进而较好地凸现了陈染对于“存在”问题的现代主义态度。而实际上，在我看来这才是陈染对于“失语”问题思考的核心所在。在《归，来路》中，陈染最先表达了拒绝现实话语的焦灼和寻求超现实精神话语的渴望。“我”大学毕业留校任教本是人人羡慕的事，但“我”却充满了压抑和孤独感，无论是对于学校里的各色人等，还是姐姐和姐夫，“我”都没有共同语言，即使与H女的同性恋行为也丝毫不能唤起“我”的丁点话语欲望，而只想把自己封闭在往事、回忆和怪想里虚构精神上的对话者。一夜不归之后，“我”与二千五百岁老者的交谈和对话无疑是精神幻象发挥到极致后的产物。虽说二千五百岁老者也很难说就是一个真正意义上的神性话语的发出者，他对于“自我”“人”等的言说事实上也并未超越现代主义的话语范畴，但对“我”来说，一个倾听和对话对象的获得，至少在某些精神层面上使“我”的生存焦虑得到了一定程度的缓解。其后《小镇的一段传说》《塔巴老人》《空的窗》《站在无人的风口》等小说也都把主人公追求神性话语的心态历程真实地袒露了出来。在这些小说中，主人公对于神性的祈祷首先就表现在对于“时间”的敏感上。小说叙述都向着“过去”飞奔，“现实”是一种缺席的存在，“回忆”是一种基本的人生方式和小说方式。《小镇的一段传说》中罗莉就是凭借对于“记忆收藏店”内神秘往事的发现与沉迷而获得摆脱现实生存困境的精神力量的。遗憾的是她在过去岁月中的风尘仆仆和喁喁私语并未使她真正接近救赎现代人的神性之光，相反却被厚重的与“现实”同谋的“过去”吞没、毁灭了。《巫女与她的梦中之门》中的“我”更是对时间有着一种特殊的崇拜和恐惧，正如小说中所说“九月是我一生中一个奇奇怪怪的看不见的门”。“我”在九月里被父亲打出了家门，又在九月里走向“尼姑庵”这新的寄寓之地，还在九月里遭遇到了父亲一样光脊背的男人，让他破了贞操。“九月”的命运就这样决定了“我”对于现实的绝望和失语，“我只与内心的九月互为倾诉者，分不清我们谁是谁”。而《塔巴老人》中的老人和《空的窗》中的盲女则也都是在对“往事”和时间的执着中接近心灵和精神之中的神明的，老人话语中的神是过去的一段爱情，盲女话语中的神则是现实中永不存在的光明。尽管与虚幻的过往之爱的对话只是把老人孤独地送入了坟墓，对心中光明的眺望也并未把盲女从生存的黑夜中拯救出来，但是在那微弱的神性之声里，我们是能感受到主人公精神的巨大震颤的。同样的生存景象在《站在无人的风口》这篇小说中也有很好的表现，老尼姑谜一般的一生其实正是浸泡在一段无法诉说的辛酸往事里，作为“一个靠回忆活着的人”，她与两套玫瑰外衣的窃窃私语正是她悲剧人生的形象写照。本质上，她并未能进行一次走向“神”的真正对话，而是在她的“漫无边际的心灵黑夜”里演绎了“世界的悲剧性结构”，并“在永久的沙漠里终于被干旱与酷热变得枯萎”了。其次，陈染小说对于神性精神话语的祈求还表现在主人公总是坚守沉默并以写作和文字对存在与虚无本身发问。陈染笔下的人物通常都是作家、诗人或文字工作者，他们往往能在无人对话的境遇中以文字的方式与自己对话、与存在对话、与虚无对话。陈染热衷于对于冥想、梦境、幻象等等的书写，而这正是虚构神性对话者的一种特殊的想象方式。《潜性逸事》中雨子就自认“热爱文字是她的性情与思维使然”，并在梦境和预言般的心灵氛围中把自我的生存之痛演绎得尽态极妍。《另一只耳朵的敲击声》中黛二一方面“记录她所看到的行为怪异者与精神混乱者的言行”，一方面也在这种梦游般的写作中与文字本身建立了一种对话关系。《饥饿的口袋》中的剧作家麦弋女士更是把现实的生存和电脑文字对应、混淆为一体，在她与电脑的对话里真实与虚构已经泯灭，生命的荒诞和生存的沉重都只是在幻象里浮沉。而《与假想心爱者在禁中守望》则更通过主人公与照片上的情人的幻觉对话，以及现实中与钢琴师的无从对话，把现代人寻求神性对话者的幻灭之痛渲染、刻画得入木三分。陈染昭示我们：现代人既然失去了现实的对话者，那么他也就不可能找到精神上的真正对话者，无法言说的“失语状态”将是现代人的一种宿命。而一旦人的生存与语言脱离了，那么重返语言之途就更是充满了悲剧性。在此意义上，上文所说的陈染小说主人公向往“幽僻之所”的“尼姑庵情结”也同样是与他们的失语之痛互为因果、互为阐释的。

在对陈染小说中的生存之痛做了如上分析之后，我觉得对陈染小说进行一种总体概括似乎是迫在眉睫的。因为，作为当代中国文坛一个风格独特的写作者，陈染的小说形态无疑具有多种形态和多种言说可能性。在陈染的艺术世界里，对于“存在”的追问是她小说的总主题，对存在的遮蔽状态的表现与书写是她的基本艺术视角，对于女性孤独者变态的生存心理和人格形象的塑造是她对当代文学的特殊贡献。本文对其小说“生存之痛”的分析与阐释只不过涉及了陈染全部艺术世界的一个极微小的层面，它还远远不能构成对陈染的完整阐释，但我希望这是一个良好的开端。

（吴义勤：中国作家协会党组成员、书记处书记）

付秀莹《陌上》

——当下乡村世界的精神列传

王春林

人都说，“一方水土养一方人”。实际上，一方水土也在很大程度上滋养着中国的那些乡村小说家。倘若从一种文学地理学的角度来观察当下时代中国的乡村小说创作，我们就不难发现一个饶有兴味的现象，那就是，很多作家都在自觉不自觉地在纸上精心建构着自己的一方文学“根据地”。陈忠实有自己的“白鹿原”，贾平凹有自己的“商州”，莫言有自己的“高密东北乡”，韩少功有自己的“马桥”，阎连科有自己的“耙耧山脉”，李锐有自己的“吕梁山”，等等。一方面，这方水土固然滋养成就着作家，但反过来说，这些作家也在以自己广有影响的文学作品回报反哺着这方水土。究其实，这些或实存或纯然虚构的地方之所以能够声名远播广为人知，与这些作家之间显然存在着紧密的内在关联。然而，依照代际的观念来看，需要注意的一点却是，以上这些凭借着优秀作品建构起独属于自己的文学“根据地”者，大多都是所谓的50后作家。到了更晚近一些的70后作家这里，或许与中国现实社会一种越来越急遽的“城市化”进程有关，很多作家在写作题材上都面临着一个“由乡进城”的问题。这些乡村生存体验日益匮乏的作家，更多地把自己的艺术关注视野集中到了城市生活之中，在挥洒自如地进行着城市书写。既然在题材上已经远离了乡村世界，那就更谈不上文学“根据地”的艺术建构了。但是，且慢，就在70后作家看似一窝蜂地竞相“由乡进城”的时候，却也有特别的例外存在。这一方面最不容忽略的一位作家，就是长期以来一直以大量的中短篇小说创作营构着她的文学“芳村”的女作家付秀莹。依照付秀莹的自述，早已进入北京城工作生活的她，之所以会孜孜不倦地致力于乡村书写，与内心世界里某种牢不可破的乡村情结紧密相关：“因为乡村出身，虽然很早就出来读书了，但至今乡间还生活着我的很多亲人。我与乡村有着割不断的血肉联系。怎么说呢？就是对乡村的一切都特别敏感，特别地关痛痒，特别地牵肠挂肚。我几乎每天都要跟父亲通话，聊村里的家长里短。我几乎清楚每一户人家的婚丧嫁娶，喜怒哀乐。你可能不相信，一个生活在北京的人，竟对乡下的人和事如此满怀兴趣。他们的命运起伏，往往给我带来强烈的创作冲动。写乡村，几乎是我的一种本能。伴随着城市化进程，乡土中国正在经历着剧烈的变化，我总是对身在其中的乡人们，担着一份心事。”[①]虽然付秀莹也明确表示，城市也毫无疑问会进入自己的写作视野，但截至目前，她最有影响的作品仍然是那个以乡村世界为关注对象的“芳村”系列。谈及“芳村”系列的时候，付秀莹曾经隐隐约约地透露过自己可谓雄心勃勃的高远“艺术野心”：“芳村系列写一个村庄，写这个村庄的鸡零狗碎、头疼脑热，可能就会触及这个村庄乃至这个地方的风俗、历史、人情、伦理、文化等方方面面，有着强烈的独特的地方色彩和气息。用的又是传统手法，有一点向传统致敬的意思，但力有不逮，又唯恐成了大不敬，因此写得有点战战兢兢，然而还好。大家都一致向外仰望的时候，不妨向内转，看一看我们自己脚下的土地，听一听我们的内心。写芳村的时候，我内心既躁动，又安宁。躁动是创作的冲动，安宁是完成后的踏实，还有满足。今生有幸生在芳村，我想把她写下来。不管是野心也好，幻想也罢，我想为我的村庄立传，写出我的村庄的心灵史。”[②]立志以小说写作的方式为自己的“芳村”立传，立志要“写出我的村庄的心灵史”，这愿望，看似平实，其实高远。如果说付秀莹此前一直在以中短篇小说的方式致力于这一高远艺术目标的实现的话，那么，她的长篇小说处女作《陌上》（载《十月·长篇小说》2016年第2期）的问世，很显然就标志着她在“我的村庄的心灵史”的写作方面又跨上了一个新的台阶，跃上了新的思想艺术高度。

在一篇讨论中国现代乡村叙事的文章中，我曾经提出过一个“方志叙事”的概念：“质言之，所谓‘方志叙事’，就是指作家化用中国传统的方志方式来观察表现乡村世界。正因为这种叙事形态往往会把自己的关注点落脚到某一个具体的村落，以一种解剖麻雀的方式对这个村落进行全方位的艺术展示，所以，我也曾经把它命名为‘村落叙事’。但相比较而言，恐怕还是‘方志叙事’要更为准确合理。近一个时期的很多乡村长篇小说中，比如贾平凹的《古炉》、阿来的以‘机村故事’为副题的《空山》、铁凝的《笨花》、毕飞宇的《平原》，乃至阎连科的《受活》等等，都突出地体现着‘方志叙事’的特质。”[③]倘若承认“方志叙事”是一个可以成立的概念，那么，与文章中曾经提及的《古炉》《空山》《笨花》《平原》《受活》等“方志叙事”类作品相比较，恐怕还是付秀莹的这部《陌上》更切合“方志叙

① 王春林，付秀莹：《乡村、短篇、抒情以及“中国经验”》，载《创作与评论》（下半月刊）2015年第6期。

② 同上。

③ 王春林：《方志叙事与艺术形式的本土化努力——当下时代乡村小说的一种写作趋势》，载《文艺报》2015年3月6日。

事”的特点。之所以强调这一点，是因为其他的那些“方志叙事”作品，一方面固然在以“解剖麻雀的方式对这个村落进行全方位的艺术展示”，也即这个村庄本身就可以被视作小说的主人公，但在另一方面，这些作品中事实上也都无一例外地存在着传统意义上的小说主人公。比如《古炉》中的狗尿苔、蚕婆、夜霸槽、朱大柜，或者《笨花》中的向喜、向文成，《平原》中的端方、吴蔓玲等，都可以被看作小说主人公。与这些作品相比较，《陌上》一个非常突出的特点就是，除了芳村这样一个作为隐形主人公存在的村庄之外，你无论如何都不可能从中找到一位传统意义上的小说主人公形象。细细数来，《陌上》中先后出场的人物形象共计二三十位，但其中的任何一位都不可能被理解为传统意义上的主人公形象。这就意味着，这二三十位人物形象，都既不是小说的主人公，也都可以被理解为小说的主人公。又或者，是这些人物形象所构成的那样一个人物集合体，共同成为小说的主人公。而这些人物一旦聚合在一起，所构成的那个形象，其实也就是我们所说的“芳村”这样一个隐形的主人公了。我们之所以认定付秀莹的这部《陌上》较之于其他作品更切合“方志叙事”的特点，根本原因正在于此。事实上，与一般长篇小说所普遍采用的那种焦点透视方式不同，付秀莹的《陌上》多多少少带有一点艺术冒险意味的是，在拒绝了焦点透视的艺术方式之后，切实地采用了一种散点透视的艺术方式。所谓“冒险”云云，倒也不是说散点透视有多难，而是意在强调以这种方式来完成一部长达数十万字的长篇小说，有着相当的艺术难度。由于作家的视点散落到了多达二三十位人物形象身上，随之而来的一个问题就是，整部长篇小说便缺失了中心事件。倘要追问探究《陌上》究竟书写了怎样惊心动魄的社会事件，答案肯定会令人失望的。不要说惊心动魄了，极端一点来说，除了芳村的那些日常生活之中的家长里短柴米油盐之外，《陌上》干脆就是一部几近“无事”的长篇小说。学界普遍流行的一种看法认为，鲁迅先生的一系列小说所关注表现的可以说皆属“无事的悲剧”。但千万请注意这里明显存在着的文体差异。鲁迅的文体是短篇小说，而付秀莹的文体则是长篇小说。稍有写作经验的朋友都知道，在很多时候，金戈铁马跌宕起伏好写，零零碎碎日常琐屑难为。更何况，付秀莹是以如此一种方式完成一部长达数十万字的几近“无事”可言的长篇小说呢。从这个角度来说，断言付秀莹的《陌上》带有几分艺术挑战的意味，也还是颇有一些道理的。

对于一部以散点透视的艺术方式完成的几近“无事”的长篇小说而言，一个无论如何都绕不过去的重要问题是小说的艺术结构究竟该如何设定。既没有传统意义上的主人公，也没有作为聚焦点的中心事件，那么，付秀莹到底应该采用何种方式来结构自己的小说呢？在文本中，付秀莹所实际采取的，是写完一个人物再接着写另一个人物的艺术方式。二三十个乡村人物，就这么循序渐进地一路写下来，自然也就形成了所谓的散点透视。这里的一个关键问题在于，倘若袭用西方长篇小说的艺术观念来衡量，付秀莹的《陌上》很可能就不被看作一部长篇小说，充其量也只能被理解为若干个短篇小说的连缀而已。那么，我们到底应该在怎样一种意义上理解看待付秀莹这种看似简单的艺术结构方式呢？思来想去，破解这个难题的方法，恐怕还是潜藏在我们自己的文学传统之中。首先，《陌上》的此种结构方式，很容易让我们联想到古典长篇小说《水浒传》。虽然每一个出场人物所占的文本篇幅并不相同，或长或短，但严格说来，《水浒传》实际上也是采用了写完一个人物再写另一个人物的结构方式，举凡林冲、鲁智深、武松、宋江等一众人物，均属如此。那么，《水浒传》的这种结构方式的源头又在哪里呢？细加追索，此种源头其实可以一直追索到司马迁的《史记》那里去。一向被誉为“史家之绝唱，无韵之离骚”的《史记》，虽然本质上是一部历史学著作，但事实上，无论是后来的散文还是小说，都在很多方面接受过《史记》的充分滋养。自然，这种滋养，一方面来自司马迁的精神风骨，另一方面则是《史记》具有突出原创性的艺术形式。我们这里所讨论的艺术结构问题，很显然属于艺术形式的层面。《史记》全书计由五部分组成，具体包括十二本纪（记历代帝王政绩）、三十世家（记诸侯国和汉代诸侯、勋贵兴亡）、七十列传（记重要人物的言行事迹，主要叙人臣，其中最后一篇为自序）、十表（大事年表）、八书（记各种典章制度，记礼、乐、音律、历法、天文、封禅、水利、财用），共一百三十篇。从根本上影响着《水浒传》的，我以为是其中的列传这一部分。列传，主要写各方面重要历史人物的生平言行事迹。司马迁所采用的，就是写完一个再接着写另一个的组构方式。司马迁的这种组构方式，毋庸置疑会对后来的《水浒传》产生根本性的启示与影响。在经过《水浒传》如此一番中转接力之后，司马迁式的“列传体”对于当下时代的付秀莹产生影响，自然也就是顺理成章的事情。就此而言，我们也不妨把付秀莹《陌上》这种根植于中国文学传统的结构方式干脆命名为“列传体”。需要注意的一点是，虽然付秀莹采用了写完一个再写一个的“列传体”，但这些不同的乡村人物之间，实际上也还总是会彼此勾连扭结在一起。之所以如此的一个关键原因在于，传统乡村，乃是一个典型不过的熟人社会。从社会学的角度看，传统乡村与现代城市的根本区别就是，一个是熟人社会，一个是陌生社会。城市，是一个陌生社会，素不相识的人们来自五湖四海，相互之间对对方的情况根本就谈不上了解。那个“萍水相逢”的成语，可以说是对于城市人生存状态的一种精准描述。而传统乡村，很显然是一个熟人社会。且不要说相互作为左邻右居的张家王家，即使再上溯三辈五代，村里人也都会了如指掌的。唯其如此，所以，付秀莹在《陌上》中所描写着的那些乡村人物，看似松散，实际上却有着各种盘根错节的瓜葛勾连。写翠台，必然要勾连到素台、爱梨，写素台，不仅要勾连到翠台、爱梨，而且也还要勾连到增志、小鸾。尽管从表面上看来是写完一个再写一个，但实质上这些人物之间的关系却是你中有我、我中有你，最终交织在一起构成的，其实是一个细密的网状结构。也因此，对于付秀莹《陌上》的艺术结构，更准确的一种定位，应该是彼此互嵌式的“列传体”结构。

实际上，也正是依凭着如此一种彼此互嵌式“列传体”结构的特别设定，付秀莹方才得以全方位地对“芳村”的政治、经济、伦理、婚姻、文化习俗等诸方面的状况进行了细致深入的艺术表现。当然了，无论如何都不能不指出的一点是，以上诸多方面的状况不仅已经有机地融入了小说的故事情节之中，而且从其中更可以淋漓尽致地见出对于小说写作而言特别重要的世道人心，或者说，也就是“芳村”人的精神奥秘。比如，关于“芳村”的政治状况，就集中地体现在建信这一人物形象身上。身为芳村的一把手，建信的权威，首先通过建信媳妇娘家侄子办婚事时的大操大办而充分体现出来。照理说，建信媳妇的娘家侄子，不过是芳村的一位平头百姓。但他的婚事，却惊动了差不多大半个村子的人：“院子里满满的都是人。也有本家本院的，也有外院外姓的，也有村西头这边的，也有村东头那边的，还有村南头村北头的，建信媳妇看了看，差不多大半个村子的人，都惊动了。”就连曾经和建信媳妇发生过矛盾冲突的小裁缝小鸾，也匆匆忙忙地赶着来帮忙：“老远看见小鸾过来，手里拿着一把菜刀，笑得明晃晃的，赶着叫她婶子。小鸾说，起了个大早赶了个晚集。家里的水管子坏了，弄了半天。你看这。你看这。建信媳妇拿下巴颏儿指了指院子里，笑道，人多着哩。也不差你一个半个的。看把你忙的。小鸾脸上就讪讪的。说我哪能不来呀，谁家老娶媳妇？小鸾说鹏鹏一辈子的大事儿，我再怎么也得来呀。建信媳妇只是笑。小鸾拎着菜刀，急火火就去了。”由于曾经的过节，所以建信媳妇与小鸾两位看似都满含笑意的对话，其实隐含着丰富的潜台词与锐利的机锋。不管是小鸾的主动叫婶子，还是她那一番解释，都明显地透露出一种上赶着巴结的味道。其中，某种惺惺作态的意思表露得格外显豁。而建信媳妇那“人多着哩”“也不差你一个半个的”应对话语中，一种冷冰冰讥嘲意味的存在，也是显而易见的事情。其中的潜台词很显然：“反正我们家办事最不缺的就是人，你爱来不来呢。”面对着建信媳妇这一番夹枪带棒充满挑战意味的冷言冷语，“在人屋檐下不得不低头”的小鸾，自然毫无还手之力。作家仅只是通过一句“小鸾脸上就讪讪的”，便活画出了小鸾那样一种万般无奈的尴尬神态。眼看着小鸾的讪讪神态，建信媳妇的“只是笑”，所透露出的，也就是一种胜利者胜券在握的得意情状。所谓的世道人心与人情冷暖，所谓芳村人的精神奥秘，在这看似三言两语的简短对话中，其实有着格外蜿蜒曲折的流露与表现。对于潜隐于这一盛大婚事场景背后的秘密，还是建信媳妇她哥一语道破了天机："正说着话儿，她哥过来了，听见她娘的话，埋怨道，这种事儿，还怕人家吃穷呀。人多了还不好？多一个人，就多一张脸，这都是村里人给咱脸面哩。她哥说人家冲着啥，还不是冲建信？"就这样，借助于建信媳妇娘家侄子婚事的描写，一方面写出了建信媳妇与小鸾之间的微妙关系，另一方面则强有力地烘托出了芳村村民对于权力一种普遍的敬畏。若非如此，他们也断不会赶着去参与建信媳妇娘家侄子的婚事。

与此同时，建信的一把手权威，也还突出地表现在他与难看的儿媳妇春米之间的那种不正常关系上。春米的丈夫永利，原本是村里小学的一位代课老师。因为春米自己只读过小学，对读书人便有一种天然的好感，所以，还没有等到与永利相亲见面，她内心里就已经"暗暗应允了"这桩婚事。大约也的确是因了对于读书人有所敬畏的缘故，尽管见面后对于永利又瘦又小不甚满意，但春米终于还是嫁给了永利。没承想，永利代课老师的工作却并不长久，结婚后不久，永利便因为联合小学的成立而被清理出了教师队伍。离开学校之后的永利，"先是在石家庄打工，后来又去了天津。春米看着他瘦小的身影，背着一个大编织袋子，跟村里几个人搭伴儿去赶火车，心里说不出什么滋味来。"丈夫永利的打工出门在外，就给建信的乘虚而入提供了机会。但归根结底，建信之所以能够占有春米，还与她公公难看在村里开的那个饭店密切相关。村里原来有一家红火的饭店，叫作财财酒家。财财酒家的红火热闹，全凭原来的村干部刘增雨一手罩着。后来，伴随着刘增雨政治上的失势，"那财财酒家眼看着就不行了。"难看张罗着开饭店，也就在这个时候："后来，也是难看脑子好使，见财财酒家不行了，才盘算着自己开个小饭馆。"从根本上说，难看的这个饭店之所以能够在芳村站住脚，与建信的暗中支持脱不开干系："说起来，这事儿还真多亏了建信。拿她公公难看的话，一村子人哪，谁都没有长着俩脑袋瓜儿。旁的不说，就说翟家院里头，有多少能人儿？凭啥就咱家能开？人哪，受了人家的恩情，不能不讲良心呀。"想不到的是，难看的这一个知恩图报，最终搭上的，竟然是自己那位颇有几分姿色的儿媳妇春米："建信靠在椅子背上，早动弹不了了，只是傻笑。她婆婆给她使了一个眼色，叫她过去。春米迟疑一下，还是过去了。"虽然满心的不情愿，但面对着公公婆婆那不无为难的唆使举动，生性本就懦弱的春米最后还是无奈地屈就于建信的淫威："春米跑出去看了看，汽车早都开走了。她公公婆婆也不见了人影。春米看着地下那一片乱七八糟的车轱辘印子，叹了一口气。只听见建信在屋里叫她，春米，春米——"正所谓"有钱能使鬼推磨"，春米的公公婆婆之所以不顾礼义廉耻唆使纵容她用自己的身体讨好建信，一个关键原因还是建信能够凭借手中的权力给难看的饭店带来滚滚财源。再进一步追究下去，那就是因为难看家境的贫穷。道理其实非常简单，假如难看的家庭境况称得上殷实，那么，不仅瘦小的永利不需要去外地打工，而且春米也不需要忍受道德与精神上的羞辱。尤其值得注意的一点是，这羞辱不仅来自其他村民，竟然还来自春米的大姑姐永红。正是因为饱受了如此一番难以忍受的精神屈辱，春米才会跑到芳村最和自己说得来的小鸾那里去哭诉。然而，尽管春米已经动了不再搭理建信的心思，但在实际生活中又哪里能够这么容易就摆脱建信的纠缠呢？这不，“春米待要拐进一个小胡同，绕开他们。一辆汽车却嘎吱一声，停在她面前，车窗摇下来，却是建信。春米还没有来得及多想，就被他弄到车里去了。”这个场景的描写，写实性当然毋庸置疑，但我却更看重其中隐隐约约包含着的某种象征意味。这就是，在建信与春米不正常关系的生成过程中，身为普通村民的春米绝对是被动的，毫无主体性可言。所谓“还没有来得及多想”，描述的就是这种状况。与春米的被动形成鲜明对照的，则是建信的霸蛮无礼。那辆毫无预兆便“嘎吱”一声停下来的汽车，以及那个“被他弄到车里去了”的“弄”字，所充分凸显出的，正是那样一种不容忽视的劫掠性质。身为村干部的建信，之所以会如此霸蛮无礼，说到底还是手中的绝对权力作祟的缘故。就这样，通过建信与春米之间的关系，付秀莹一方面写出了绝对权力的可恶可恨，另一方面写出了春米以及公公婆婆都已深入骨髓的奴性，同时，也写出了乡村政治争斗的残酷。在难看的饭店看似轻描淡写地取代财财酒家的背后所潜隐着的，其实是围绕着权力和利益发生的一场不无激烈的政治争斗。否则，我们既无法解释建信为何会因为他媳妇娘家侄子的婚事与贿选而被举报，也无法解释他走投无路之后的坠楼身亡。

《陌上》中，与政治存在潜隐关联的另一个重要事件，就是老莲婶子的吞药自尽。老莲婶子“一辈子在乡下，十九岁上，从东河流嫁到芳村，在芳村一待就是五十年”。年逾七十的老莲婶子，在芳村这样的乡村世界，很显然已经步入老年人的行列。因为老伴已经去世，老莲婶子事实上处于离群索居的状态。除了偶尔会有小猪他娘这样的老邻居串门之外，老莲婶子这个孤老太婆差不多已经被这个世界给遗忘了。问题的要害之处在于，老莲婶子实际上并非真正意义上的孤老太婆。她不仅育有一儿一女，而且他们也都结婚成家了。不无反讽意味的是，把一儿一女辛辛苦苦拉扯大了的老莲婶子，到头来，等到自己躺到病床上的时候却落了个无人看顾的下场。一方面，儿女固然是在为生计而辛苦奔波，但另一方面，他们的不够孝顺也是无法被否认的客观事实。要不，闺女也不会在电话里指责兄长太过偏心：“闺女说你们这会子就忙了，怎么给你家小子过生日，去城里大吃大喝的，就不忙了？闺女说你就是个怕媳妇的，人家一个眼色，吓得你就尿裤子，连亲娘都不认了。”虽然儿女双全，但却无人看顾，万般孤苦无告的老莲婶子到最后也就只能喝药自尽了：“她挣扎起来，一步一挪的，到里屋，抱着一个药瓶子出来。这种药叫作一步杀，十分厉害。还是她有一回给人家喷棉花，偷偷带回来的。”就这样，老莲婶子平平静静地“把那药瓶子举着，慢慢喝下去了”。令人倍感纠结的是：“后天就是八月十五了。月又圆了。”月圆了，人却无奈地走了，两相映衬，付秀莹以特别内敛的笔法写出的是一种无尽的伤痛。但在指责老莲婶子儿女不够孝顺的同时，我们却不能不意识到，她的吃药自尽，并不只是一个家庭事件，更是一个社会事件。面对这一悲剧事件，我们禁不住要追问，村一级政权到哪里去了？难道说我们的政府不应该为老莲婶子的惨死承担一份无法推卸的责任吗？实际上，借助于老莲婶子之死，付秀莹所尖锐提出的，正是中国农村越来越严重的老龄化问题。相对于各方面条件都要好得多的城市，老龄化问题在农村的解决状况可以说是更加不理想。作家只负责提出问题，而不负责解决问题，能够把中国农村的老龄化问题在《陌上》中提出来，付秀莹也就算是完成了自己的某种艺术使命。

从以上的分析不难看出，付秀莹《陌上》对芳村政治形态的透视表现，并没有仅仅停留在政治的层面，作家的艺术书写实际上已经旁涉到了经济、伦理、婚姻以及文化习俗等其他方面。同样的道理，作家对于经济、伦理、婚姻等社会层面的书写，也同样不会是一种孤立静止的描写，也会旁涉到其他社会层面。这里，无论如何都不容轻易忽略的一个重要社会层面，就是经济层面。之所以格外强调经济层面的重要性，是因为这一层面很显然牵涉到了对中国现代乡村世界影响极为巨大的一个庞然大物，那就是公众早已耳熟能详的所谓“现代性”。虽然不能说其他社会层面就与现代性无关，但相比较而言，恐怕还是经济层面更能够全面充分地凸显现代性的内涵与特征，尤其是对付秀莹《陌上》所集中书写当下这个所谓的“市场经济”时代来说，情况更是如此。说到经济，不管怎么说都绕不过去的，便是芳村的皮革生意：“芳村这地方，多做皮革生意。认真算起来，也有二三十年了吧。村子里，有不少人都靠着皮革发了财。也有人说，这皮革厉害，等着吧，这地方的水，往后都喝不得了。这话是真的。村子里，到处都臭烘烘的，大街小巷流着花花绿绿的污水。老辈人见了，就叹气，说这是造孽哩。叹气归叹气，有什么办法呢。钱不会说话。可是人们生生被钱叫着，谁还听得见叹气？上头也下过令，要治理。各家各户的小作坊，全都搬进村外的转鼓区去。上头风儿紧一阵松一阵，底下也就跟着一阵松一阵紧。后来，倒是都搬进转鼓区了，可地下水的苦甜，谁知道呢？”这里，经济与政治之间的关系，即表现得非常密切。所谓一阵紧一阵松的治理，正是地方政府的所作所为。可惜处在于，或许与地方政府的一种发展主义思维有关，也或者是缘于地方政府的政绩观念，虽然已经认识到了皮革生意对于生态环境所造成的各种危害，但地方政府实质上仍然是“三天打鱼，两天晒网”般无所作为。政府无所作为的结果，自然就是放任皮革生意的继续肆意漫漶。经济与政治之间的内在关联，固然值得引起我们的高度关切，但相比较而言，我们更应该在现代性的意义上来理解芳村屡禁不止的皮革生意。所谓“现代性”，某种意义上也可以被看作工业化与城市化的代名词。伴随着工业化与城市化步伐的日益加快，乡村世界的日渐颓靡与衰败，已然是无法被否认的一种客观事实。我们完全可以想象得到，在遭受“现代性”强烈冲击的过程中，乡村世界究竟承受着怎样一种沉重异常的转型期痛苦。无论是基本的经济生产模式，还是总体的社会结构，抑或作为意识形态层面的道德伦理，在此一过程中，都发生着诸多无法预料的不可逆变化。总归一点，现代性的强劲冲击，必然给乡村世界造成诸种难以承载的精神隐痛。在芳村已经有了二三十年发展历史的皮革生意，实际上就可以被看作工业化或者说城市化对于乡村世界冲击袭扰的一种必然结果。一方面，芳村人早就感同身受到了皮革生意给自己的身体健康与生态环境造成的严重后果：“这地方做皮革，总也有三十多年了。这东西厉害，人们不敢喝自来水不说，更有一些人，不敢进村子，一进村子，就难受犯病，胸口紧，喘不上来气，头晕头疼。只好到外头打工去。看着小子那斑斑点点的胳膊，她心里真是疼，又怕又疼。小子这是舍着命挣钱哪。也不知道，往后上了年纪，有没有什么不好。如今村里人，年纪轻轻的，净得一些个稀奇古怪的病，难说不是这个闹的。”但在另一方面，以皮革生意为具体表现之一的所谓现代性，实际上已经步入一种不可逆的发展历程。所谓不可逆，就意味着尽管我们已经充分认识到了现代性所可能导致的各种严重后果，却已不可能再退回到现代性之前的那种社会状态了。就此而言，如同芳村的皮革生意一样的现代性，实际上带有突出的饮鸩止渴的性质。明明知道皮革生意会严重地损害身体健康与生态环境，但为了所谓的GDP，为了所谓的经济发展，却又欲罢不能，只能沿着这条不归路加速度地一路狂奔下去。从这个意义上说，付秀莹《陌上》中关于芳村皮革生意的描写，在拥有鲜明写实性价值的同时，其实也有着不容忽视的象征意味。在其中，我们不难感觉到付秀莹的古典情怀中有一种突出的现代性批判立场。

或许与付秀莹的身为女性更善于体察把握女性的心理状态有关，她此前的那些中短篇小说就以捕捉刻画女性形象见长。这一点，到了这部《陌上》中，同样表现得非常突出。虽然说作为一部具有鲜明“方志叙事”特色的长篇小说，付秀莹不可能不写到诸如建信、大全这样的芳村男性形象，但相比较而言，恐怕还是芳村的那些莺莺燕燕，也即那些乡村女性形象能够给读者留下难忘的印象。不管是翠台、素台、小鸾、爱梨，还是香罗、望日莲、春米、银瓶子媳妇、大全媳妇等，这些乡村女性形象不仅占据了《陌上》的绝大部分篇幅，而且大都鲜活、丰满，散发着迷人的艺术魅力。说到对于女性形象的捕捉刻画，就不能不提及付秀莹与中国文学传统之间的内在关联。我们注意到，在一次对话中，付秀莹曾经专门谈及自己的审美理想："在审美上，我大约是偏于古典的一路。一晌凭阑人不见，鲛绡掩泪思量遍。如此温柔敦厚，诗之教也。过尽征鸿，暮景烟深浅。说的是等待。那种怅惘哀伤，幽婉缠绵的等待，跟《等待戈多》中的等待，那种荒谬、单调枯燥的等待，情味迥异，简直是两重天地。懒起画蛾眉，弄妆梳洗迟。懒，迟，是什么呢？是从容闲雅，有不尽的意味在里面。幽微、委婉、细致，情韵绵长。这是最中国的审美经验，也是最中国的日常生活。当此去，人生底事，来往如梭。待闲看秋风，洛水清波。这种悲慨旷达，隐忍包容，历千载不变。"[①] 别的且不说，单是付秀莹的这段创作谈，就充满着中国的古典诗意。从其中，我们自然不难体会出，付秀莹对于中国的古典审美到底喜欢浸淫到了何种狂热的程度。"幽微、委婉、细致，情韵绵长。这是最中国的审美经验，也是最中国的日常生活。"如此一种观察结论的得出，真正堪称得道之言。事实上，在自己的小说写作实践中，付秀莹所努力企及抵达的，也正是这样的一种艺术审美境界。最近一段时期，文坛盛行所谓"中国经验"，但只要稍加留意，你就不难发现，作家们所奢谈的"中国经验"，其实更多地依然停留在理论的层面，真正能够如同付秀莹这样把"中国经验"落到文本实处的，并不多见。

首先，当然是语言层面。"不知什么时候下起雨了。雨点子落在树木上，飒飒飒飒，飒飒飒飒，听起来是一阵子急雨。窗玻璃上亮闪闪的，缀满了一颗一颗的雨珠子，滴溜溜乱滚着，一颗赶着一颗，一颗又赶着另一颗，转眼间就淌成了一片。"虽然只是一段写景文字，但也的确称得上是字字珠玑，"缀""滚""赶""淌"几个动词的连用，便把下雨的场景格外形象地呈现在了读者面前。其准确凝练，其意味隽永，的确令人印象深刻。然而，与语言的选择运用相比较，更能见出付秀莹古典审美情怀的，却还是她对于笔下那些莺莺燕燕们委婉曲折心理的精准把握与表现。人都说三个女人一台戏，女人们在一起时内心里的那种弯弯绕，那种面和心不和，诸如婆媳恩怨、妯娌龃龉、姑嫂失和、邻里纠纷等等，全都以所谓"杯水风波"的方式进入到付秀莹这部《陌上》之中。尤其需要特别强调的一点是，作者在展示这些乡村女性的精神心理时，对于描写分寸的拿捏把捉极其准确到位，恰到好处，完全称得上增之一分则太多，减之一分则太少。少了，艺术表达就会不到位，多了，就可能会显得过分。另外一点不容忽

① 王春林，付秀莹：《乡村、短篇、抒情以及"中国经验"》，载《创作与评论》下半月刊2015年第6期。

视的是，付秀莹对于芳村这些别具风采的莺莺燕燕们的刻画塑造，是紧密结合现代性对于乡村世界的冲击袭扰这样一种时代大背景而进行的。具体到芳村，这种现代性的冲击乃集中体现为皮革生意的现身。在芳村已有二三十年历史的皮革生意，的确在很大程度上影响着芳村这个小小村庄的方方面面，在影响芳村的社会政治结构与经济存在形态的同时，更对芳村的世道人心产生着巨大的冲击。这其中，女性精神心理状态的变与不变，的确颇值得特别玩味。面对现代性浪潮的强劲冲击，一些乡村女性开始酝酿能够适应新时代的心理变化，她们对于情感、婚姻以及性的理解，很显然已经构成了对于传统伦理的强大叛逆。而另外一些女性，却依然试图坚执固守乡村的传统伦理规范。所有这些，借《十月·长篇小说》编者的话来说就是："那些乡村的女性站在命运的风口，任时代风潮裹挟而去。她们内心的辗转、跌宕和进退失据，都得到细腻的描绘和呈现，而笔底则始终鼓荡着生命隐秘的呼啸风声。在这个时代，一个乡村妇人的心灵风暴，并不比都市女性简略，甚至更加丰富。"[①]《陌上》文本的实际情形，充分证明着编者的所言不虚。

对于芳村这一众莺莺燕燕的分析，我们将从那位消失了行踪的小瑞开始。小瑞是勇子的媳妇，勇子曾一度是芳村的能人儿："他样貌好，脑子又灵活，是村子里头一拨出去跑皮子的。运田他们，那时候还要跟着他跑，摸不着门路呢。不是这样的本事，也娶不了小瑞这样的媳妇。在刘家院里，就算在整个芳村，小瑞也是个人尖子。"这样的一个人尖子，曾经是一个服服帖帖的好媳妇："那一年，他头一回带着小瑞跑东北，运田也在。小瑞像个没见过世面的小母鸭子，缩头缩脑的，老躲在他后头。"没承想，就是这样一位曾经羞怯无比的乡村女性，到后来居然一个人到东北跑起了生意，跑生意倒也罢了，关键的问题是，她竟然丢下了勇子，舍弃了芳村这个属于她的家，干脆连过春节都不回家了。在这里，一个不容回避的问题就是，小瑞为什么会如此一种作为？又或者小瑞的精神蜕变是如何发生的？一方面，小瑞的弃家不归固然与勇子这几年生意的不景气有关，但在另一方面，却也应该看到，在她如此决绝的背后，还潜隐着外部世界的强烈诱惑。归根到底，倘若不是有皮革生意在芳村一带的兴起，倘若小瑞根本就没有去东北跑生意的机会，那么，她的弃家不归就是绝无可能的一件事情。由此可见，小瑞精神蜕变的发生，与所谓现代性的冲击之间，存在着不容置疑的内在关联。倘若我们从一种象征的角度加以理解，那么，小瑞行踪的隐匿与精神蜕变，无疑强烈地隐喻着时代与社会一种重大转型的发生。

究其根本，对于芳村的那些莺莺燕燕们来说，无论是叛逆乡村传统伦

① 编者语，见《十月·长篇小说》2016年第2期目录。

理，还是固守乡村传统伦理，皆与现代性风潮的冲击袭扰关系密切。又或者，在她们的叛逆与固守行为中，我们总是不难窥见时代与社会所投射下的面影。比如，那位在城里开着足疗店的香罗。香罗是芪家庄小蜜果的闺女。小蜜果是谁呢？小蜜果不仅俊，而且骚。因是之故，香罗对于母亲的情感曾经经历过几个不同的阶段："很小的时候，香罗走在街上，就有不三不四的男人们，拿不三不四的眼光打量她。香罗先是怕，后来呢，略解了人事，是气，再后来，待到长成了大姑娘，便只剩下恨了。恨谁？自然是恨她娘小蜜果。"从一种精神分析学的意义上说，香罗的从"怕"到"气"再到"恨"，都是某种精神情结作祟的缘故。唯其因为母亲以风骚著称，所以香罗便格外憎恶并远离风骚："姑娘时代的香罗，怎么说，好像一棵干净净水滴滴的小白菜。"没承想，事与愿违的是，怕什么便有什么，到头来，香罗却偏偏还就在某种意义上重复着母亲的命运。这里的一个关键原因在于，香罗的丈夫根生是一个如同她那窝囊父亲一样软绵、老实的后生："根生的性子，实在是太软了一些。胆子又小，脑子呢，又钝。也不知道怎么一回事，这些年，根生竟变得越来越不够了。""根生这个人，实在是太木了一些。人呢，长得倒还算周正，清清爽爽的，有一些女儿气。心又细，嘴呢，又拙。""这些年，村子里一天一个样，简直让人眼花缭乱。根生呢，却依旧是老样子。眼看着他不温不火的自在劲儿，香罗恨得直咬牙。"打个比方，这根生，非常类似赵树理《小二黑结婚》中那位风风火火的假神仙三仙姑的"老实"丈夫于福。既然根生是于福，那香罗也一定就是三仙姑了。作为三仙姑的同类，香罗无论如何都不可能安分守己。不管是她与大全之间的私情，还是她在城里开着的系列足疗店，都强有力地证明着这一点。然而，香罗一方面受时代风潮的习染，向外界打开着自己，但在另一方面，她内心里却充满某种难以自我索解的痛苦纠结。否则，我们就无法理解，香罗好生生地便会伏床大哭："香罗看男人满头大汗的样子，心里又是气，又是叹，满肚子巴心巴肝的话，竟是一句都说不得。就只有拿起一根馃子，狠狠地咬了一口。又端起豆腐脑，也不管烫不烫，也是狠狠地一大口。不知道是呛住了，还是烫着了，香罗使劲咳着，弯着腰，泪珠子大颗大颗滚下来。"香罗为什么会无法自控地泪流满面呢？关键原因还在于她的内心纠结。因为早一天香罗刚刚与大全发生过一番车震缠绵，所以，面对着一大早就跑出去给自己买各种可口早餐的根生，香罗心里唯觉愧疚不已。一方面是愧疚，另一方面却又是一种恨铁不成钢式的怨恨，另外也还少不了自己在外打拼的百般辛苦，几种因素结合在一起发酵的结果，就是这一番看似毫无来由的泪流满面了。

内心里的百般纠结之外，关于香罗，付秀莹艺术处理上格外精彩的一处，还在于恰到好处地写出了她与本家妯娌翠台之间那种既彼此牵扯又有所疏离的微妙情感状态。首先是翠台："翠台是那样一种女子，清水里开的莲花，好看肯定是好看的，但好看得规矩，好看得老实，好像是单瓣的花朵，清纯可爱，叫人怜惜。"而香罗呢："香罗呢，却是另外一种了，有着繁复的花瓣，层层叠叠的，你看见了这一层，却还想猜出那一层，好像是，叫人不那么容易猜中。香罗的好看，是没有章法的。这就麻烦了。不说别的，单说香罗的眼神，怎么说呢，香罗的眼神很艳。"两相对比，翠台与香罗两位乡村女性秉性的不同就已经跃然纸上了。刚刚过门的时候，翠台与香罗曾经一度关系密切，相互之间居然可以讲一些闺房里的体己话。但不知道什么时候起，她们竟然慢慢地疏远了："后来，也不知道怎么一回事，翠台对她慢慢远了些。自然了，要好还是要好的。但是，两个人之间，好像是，有一点什么看不见的东西，隔着。看不见，却感觉得到，薄薄的，脆脆的，一捅就破。可是，这两个人，谁都不肯去碰它，宁愿就那么影影绰绰地看着，猜疑着，试探着。不肯深了，也不甘浅了。好像是，两个人有着那么一点隐隐约约的怕。其实呢，也不是怕，是担心。也不是担心，是小心，小心翼翼。"说实在话，这是一段能够让人联想到《红楼梦》的锦绣文字，其气韵节奏，读来让人倍感舒服熨帖，简直就叫贴心贴肺温润如玉了。能够用这样浸润着水意与诗意的文字把两位乡村女性之间的彼此缠绕纠结的小九九表现出来，从中见出的便是付秀莹那非同一般的艺术功力。所谓"中国经验"，大约也只有如此这般落到文本实处，方才可以令读者真正信服。至于翠台和香罗为什么会渐渐疏离，究其根本，也还是与她们的生性禀赋密切相关。一个是恪守本分的单瓣花朵，另一个是层层叠叠的繁复花朵，面对着现代性经济社会浪潮的冲击袭扰，正所谓"道不同不相与谋"，她们的彼此疏离与渐行渐远，无论如何都是一种不可避免的人生结果。

如果说香罗可以被视为乡村传统伦理的叛逆者，那么，小裁缝小鸾就无疑是乡村传统伦理的坚执与固守者。小鸾是一个心灵手巧的乡村女性，依靠一手精妙的裁缝活在芳村立足。由于乡村是一个熟人社会的缘故，身为裁缝的小鸾自然免不了各种人情世故的应酬。尽管手头的活儿已经忙得不亦乐乎，但她还既不能拒绝给叫唤婶子的老娘做大襟儿的棉袄，也不能拒绝给素台她爹做送老衣裳。更有甚者，她还不得不带着满肚子委屈"伺候"中树媳妇。之所以会是如此，关键原因在于她曾经半推半就地被喊她妗子的二流子中树用强上过身："小鸾一面叫唤着，一面担心着外面的大门。真是疯了，大门竟都没有关！两个人做贼似的，是又怕又好，又好又怕。越怕呢，越好，越好呢，却越怕。大白鹅的叫声附和着小鸾的叫声，一声高，一声低，一声大，一声小，一时间竟难舍难分。"这中树，虽然是二流子习性，但这些年却顺应时势走南闯北发达起来了。因为与中树之间有过那种纠葛，在给中树媳妇做衣服时，小鸾的心里无论如何都觉得不是个滋味儿。一方面，曾经的身体感觉无法忘怀，另一方面，其中那种莫名的屈辱却让她倍感自尊的被伤害。更何况，忙忙乱乱做衣服的间隙，她也还得挤时间去看望重病在床的贵山家二婶子。去看病人倒还罢了，关键是，临出门时，贵山媳妇居然强拉着硬是把一个点心匣子塞到她手里。没想到，到最后惹出祸端的，也正是这个点心匣子。本来想带着点心匣子去看看自己的母亲，没想到却被贪吃的儿子蛋子给拆开吃了。拆开吃了还不要紧，问题在于，小鸾突然发现，那点心"上面已经星星点点长了红毛绿毛"。长了红毛绿毛，就意味着这点心早已经过期了。好心去看病人，却被贵山媳妇硬塞了一匣过期的点心，小鸾这心里的百味瓶可就一下子被打翻了。一时之间，似乎所有的人生委屈全都涌了上来，这可真的是百般纠结都上心头了。一时气急的小鸾，只好把这些委屈发泄在无辜的蛋子身上："小鸾呆住了，赶忙叫蛋子吐出来，蛋子哪里肯，被小鸾一巴掌打在脸上，哇的一声哭开了。"然后，就是一场看似无厘头的家庭内乱。面对丈夫占良的好心询问，气不打一处来的小鸾先是把裁缝案子上的一应物事全部拨拉到地上，接着又把厨房里的一锅粥给推翻在地，然后就是一阵子大哭大号。一贯沉稳的小鸾之所以会如此失态如此撒泼，关键原因还在于她不仅平时所承受的生活压力特别巨大，而且还得周周到到地顾全各种人情世故，还得涵纳各种难以言说的委屈。诸般滋味，集纳在一起，借助点心匣子这个由头，一下子就全部爆发了出来，从而引爆了一场家庭小地震。付秀莹的高明之处在于，极巧妙地借助于这场家庭小地震，淋漓尽致地写出了类似小鸾这样忍辱负重的乡村女性驻守乡村传统伦理的艰难。

香罗、小鸾、小瑞之外，《陌上》中的其他一些女性形象，比如翠台、素台、望日莲、爱梨、喜针、大全媳妇、小别扭媳妇、臭菊等，也都鲜活、丰满，个性十足，给读者留下了深刻印象。惜乎篇幅有限，在这里就不能一一展开具体分析了。但总归一点，在长篇处女作《陌上》中，付秀莹通过一种彼此互嵌式的"列传体"艺术结构的特别设定，在关注透视时代社会风潮的大背景下，以一种散点透视的方式，及时地捕捉表现了一众乡村女性那堪称复杂的内心世界，生动地勾勒出一幅社会转型时期中国乡村社会的精神地图，最终比较成功地完成了作家试图描摹展示"我的村庄的心灵史"的艺术意图。不管怎么说，芳村都是中国的。在这个意义上，写出了芳村，也就意味着写出了中国。借助于这个小小的艺术窗口，我们便可以对当下时代中国乡村世界所发生的种种精神裂变，有真切直观的了解。付秀莹包括这部《陌上》在内的"芳村"系列小说写作的全部意义，恐怕也正在于此。

（王春林：山西大学文学院教授，中国小说学会副会长）

女性文学史论坛

现代女性文学史写作的初步探索

——以《浮出历史地表》和《二十世纪中国女性文学史》为视点*

乔以钢

中国女性的文学活动系统地进入文学史书写，始自“五四”前后。20世纪上半叶，多种妇女文学史著作相继出版，其中影响较大的是三部著作——谢无量的《中国妇女文学史》（上海：中华书局，1916年）、谭正璧的《中国女性文学史》（上海：光明书局，1930年；原名《中国女性的文学生活》）以及梁乙真的《中国妇女文学史纲》（上海：开明书店，1932年）。尽管处于初兴阶段的现代女作家文学创作尚未纳入这些著作的视野，但从性别的角度编写文学史，这一新的文化现象的出现意义独具。如林树明所说，这几部书的作者皆表现了宣传男女平等意识、弘扬女性文学的热忱。比起以前诸多妇女文学选本来，他们的史著肯定了妇女在文学产生及发展中的重要作用，揭示了妇女创作的艰难性，探讨了女性文学的特点，拓宽了妇女文学的研究范围，使我国较完整的古代妇女文学史得以初具规模。其间对女性作品本身也有不少全新的理解，“将五四以来的反思、批判的时代精神注入其间，批判男性中心主义，呈现了由传统到现代的演变轨迹。”①

20世纪80年代，一批女作家的创作在文坛产生反响，部分研究者开始比较自觉地从性别角度对女作家的创作进行考察。其中孟悦、戴锦华的《浮出历史地表——现代妇女文学研究》（以下简称《浮出历史地表》）和盛英主编的《二十世纪中国女性文学史》（上、下卷）两部著作②，在尝试建

* 基金项目：国家社会科学基金重大项目“《中国女性文学大系》（先秦至今）及女性文学史研究”。批准号：17ZDA242。

① 林树明：《现代学者的三位女性文学史考察》，载《中国现代文学研究丛刊》2003年第1期。

② 孟悦，戴锦华：《浮出历史地表——现代妇女文学研究》，河南人民出版社1989年版；盛英主编：《二十世纪中国女性文学史》（上、下卷），天津人民出版社1995年版。

构现代女性文学史方面具有代表性。本文以此为视点，对现代女性文学史写作的初步实践加以梳理和探讨。

一

现代文学史写作有意识地引入性别维度，这经历了一个渐进的过程。

80年代中期，有学者延续20世纪上半叶妇女文学史编纂者的思路，指出女性创作长期以来被文学史书写遮蔽的文化境遇。苏者聪在《略论中国古代女作家》一文中提到，古代特定的社会文化是导致颇具才华的女作家们命运悲惨的主要原因，同时也造成了妇女在文学史上几乎是空白的现象[①]。王友琴的《中国现代女作家的小说和妇女问题》一文聚焦现代女作家小说，认为如果忽略了女作家的创作，就“失掉了现代小说中一个很有光彩的部分，遗落了一份来之不易的历史财富，并且也难以为当代文学的有关问题找到一个恰当的起步点”[②]。钱虹在《关于中国现代女性文学的考察》中写道：“迄今为止，《中国现代文学史》勾勒的中国现代女作家的概貌，是极不完整又粗陋不堪的。”作者基于重审文学史的思路，以较为翔实的史料阐述了陈衡哲、绿漪（苏雪林）、白薇、方令孺、苏青等长期为文学史所忽略的现代女作家的文学贡献和影响。[③]孟悦的《两千年：女性作为历史的盲点》认为，在父权文化体系中，男女两性之间始终处于统治者/被统治者的对抗性二项关系，“在两千年的历史中，妇女始终是一个受强制的、被统治的性别”，生存在“黑暗、隐秘、暗哑的世界”[④]。评论家荒煤直截了当地指出“无论是现代文学史或当代文学史，就我所看到的来说，都还没有单独把女性文学作为一个篇章来写的”[⑤]，这种现象值得思索。这一时期发表的李小江的《妇女研究与妇女文学》、李子云的《女作家在当代文学史所起的先锋作用》、严平的《略谈近七十年来中国女性小说的发展》、季红真的《女性主义——近十年中国女作家创作的基本倾向》等论文[⑥]，同样包含对现代女性文学史的探寻。在《中国现代小说史》[⑦]第一卷第四章中，作者杨义述

① 苏者聪：《略论中国古代女作家》，载《武汉大学学报》（社会科学版）1987年第6期。

② 王友琴：《中国现代女作家的小说和妇女问题》，载《北京大学学报》（哲学社会科学版）1985年第3期。

③ 钱虹：《关于中国现代女性文学的考察》，载《上海文论》1989年第2期。

④ 孟悦：《两千年：女性作为历史的盲点》，载《上海文论》1989年第2期。

⑤ 荒煤：《关于女性文学的思考》，载《批评家》1989年第4期。

⑥ 李小江：《妇女研究与妇女文学》，载《文艺评论》1986年第4期；李子云：《女作家在当代文学史所起的先锋作用》，载《当代作家评论》1987年第6期；严平：《略谈近七十年来中国女性小说的发展》，载《批评家》1989年第4期；季红真：《女性主义——近十年中国女作家创作的基本倾向》，载《萌芽》1989年第10期。

⑦ 杨义：《中国现代小说史》（第一卷），人民文学出版社1986年版。

及现代文学初创期的小说创作，专门讨论了“在妇女解放思潮中出现的女作家群”，以一节的篇幅阐述女作家群及其创作的历史意义。显然，不少研究者已明确意识到，现代女作家的创作面貌既不同于古代妇女，也有别于现代男作家。

正是在研究界开始关注现代女性创作的整体氛围中，80 年代中后期，《浮出历史地表》和《二十世纪中国女性文学史》（上、下卷）分别开始写作。《浮出历史地表》出版于 1989 年，它将现代女性文学创作置于中国现代文学的总体结构，在历史的视野中加以观照。《二十世纪中国女性文学史》也于同期基本完稿，因出版经费困难，至 1995 年联合国第四次世界妇女大会前夕问世[①]。其中上卷涉及近现代部分。

受学界比较通行的现代文学“三个十年”阶段性划分的影响，两书对 20 世纪上半叶女性创作的时间段落做出了相近的把握。《浮出历史地表》的分期方式为：1917—1927；1927—1937；1937—1949；《二十世纪中国女性文学史》（上卷）的历史分期为：1900—1927；1928—1937.7；1937.7—1949.10。可以看到，该书参考了 80 年代中期学界提出的“20 世纪中国文学”概念，力图改变先前对近代、现代、当代文学之间的人为切割，打通百年女性文学的脉络。为此，其第一部分的起始时间前移到 20 世纪初。不过，受制于当时相关方面的基础研究薄弱以及编撰者学术素养方面的欠缺，这部史著“对 20 世纪第一个二十年（1900—1919）女性文学的叙述上有着明显疏漏”[②]。这个时间段只涉及了秋瑾等极少的女作家。

在内容上，两书均引入性别视角对以往的现代文学史叙事加以重新审视，将现代女作家及其文学创作置于中国现代历史进程中，通过女性主体性的生成、流变及其多样的存在状态，彰显了女性文学的人文内涵和审美创造。其中叙事型文学作品是考察的重点。在结构框架方面，二者采用的大体都是在总论之下分期概述，进而就各时段的代表性作家及其创作展开探讨的方式。

尽管两部著作出现于同一时期，涉及了相同的研究对象，但写作面貌呈现出明显的差异，可谓各具特色。

---

① 《二十世纪中国女性文学史》于 90 年代初完稿，曾提交中国妇女出版社。该社在《妇女书讯》1992 年第 3 期上刊发题为《〈二十世纪中国妇女文学史〉准备出版》的图书出版信息，“诚恳吁请各界关心帮助学术专著出版”，并提及该书“准备在今年年底前由中国妇女出版社出版”。末尾透露：“在目前出版有较大的困难”。后终因出版经费问题，未能如期问世。1995 年，由天津人民出版社出版。

② 郭延礼：《二十世纪女性文学研究中的一个盲点——评盛英、乔以钢〈二十世纪中国女性文学史〉》，载《文艺研究》2007 年第 12 期。

二

同样是在历史的视阈中展开有关现代女性文学的研究，《浮出历史地表》和《二十世纪中国女性文学史》的考察范围和研究目标却有所不同。

首先来看现代女作家以专章 / 专节形式入选的情况。如同《浮出历史地表》一书的副标题所示，该书主要是选取代表性创作进行“现代妇女作家研究”；而《二十世纪中国女性文学史》意在比较全面地展现百年间中国女性文学的历史图景。与此相关，两书在以专章 / 专节形式论述女作家创作方面，情况大不相同。

具体而言，《浮出历史地表》设专章讨论的女作家有庐隐、冯沅君、冰心、凌叔华、丁玲、白薇、萧红、张爱玲、苏青，共 9 位。另有部分女性的创作分别在“走向战场与底层”以及“都市的女性：辉煌之页的边缘”两章中涉及，前者包括谢冰莹、冯铿、罗淑、草明、白朗，后者主要是苏雪林和沉樱。《二十世纪中国女性文学史》（上卷）出现在章 / 节标题中的论述对象有：秋瑾、陈衡哲、冰心、庐隐、冯沅君、石评梅、陆晶清、陈学昭、白薇、濮舜卿、苏雪林、凌叔华、丁玲、谢冰莹、冯铿、萧红、关露、葛琴、胡兰畦、白朗、草明、袁昌英、沉樱、林徽因、方令孺、沈祖棻、罗淑、罗洪、安娥、赵清阁、郁茹、胡子婴、杨刚、子冈、王莹、凤子、许广平、杨绛、李伯钊、颜一烟、莫耶、曾克、袁静、张爱玲、苏青、梅娘、陈敬容及郑敏，共 48 人。

从中可以看到，《浮出历史地表》重点论述的是现代文学研究中受关注程度较高的女作家。其中一部分人的创作以往在文学史叙事中或被提及，如冰心、丁玲、萧红；也有的是 80 年代以后引起较多关注的女作家，如张爱玲。该书将这 9 位女作家分别置于现代文学三十年的不同时段；与此同时，在若干章节穿插了对其他一些女作家（如陈衡哲、林徽因、葛琴等）创作的简要评述，总体上构成了“点”“面”交织的叙事框架，一定程度上勾勒出现代女性文学的轮廓。这样的书写方式比较适合作者对重点研究对象进行专门性考察，以及围绕所提炼的问题展开深入探讨。《二十世纪中国女性文学史》（上卷）的考察对象，除了涵盖《浮出历史地表》所涉及的各位之外，还有为数更多的女作家。在以专门章节对这些女作家加以评述的同时还旁涉了其他一些女作者，共同展现了现代女性文学创作的基本风貌。不过，该书在论证女性文学创作的流变时，采用的是将女作家分别置于（依据某方面特征划分的）各章节中加以阐述的方式。这一方式有助于凸显作家某方面创作的特色，但也存在明显的局限：“由于各章的标题往往带有限定语或修饰语，容易给人画线排队甚至削足适履之感……突出了特殊性却有损于全面性。”[①]

再看两部著作的研究思路和目标。毋庸置疑，二者都自觉地认识到时代社会、民族文化传统与近现代以来女性文学创作的内在关联，注意将研究对象置于特定的历史文化土壤中进行探讨。不过，与《二十世纪中国女性文学史》主要作为创作背景加以处理不同，《浮出历史地表》有着从性别这一特定的角度深入中国传统社会的权力关系结构，对两千年历史进行重新阐释的宏旨，并将这种批判性、解构性的意图贯穿全书。它无意于搭建严格意义上的现代女性文学史，而是着意选择具有特定内涵的创作现象进行深度剖析。该书“绪论”指出，整个传统社会秩序都是建立在对女性的统治和压抑这一基点上。因此，了解新女性的处境，“即使不意味着一场近现代史的反思，也意味着一场近现代政治文化的反思”。在此前提下，有关现代女性文学的发现和解读实际上发挥着改写与颠覆男性中心传统文学史叙事的功能。这是因为，在作者看来，现代女作家的作品潜藏着破坏新文学意识形态完满性的力量；与男作家不同，女作家的创作除去受主流意识形态控制外，还包含着来自女性自身的非主流乃至反主流的世界观、感受方式和符号化过程。这部分女性创作“提供着一个移心的角度，成为我们在今天解构现代文学作品和现代想象方式及意识形态的一个起点”[②]。基于此，《浮出历史地表》站在鲜明的文化批判立场，发掘女作家文学文本中女性被压制的表现及其成因，揭示女作家表现女性生活和女性情感方面的内容，在具体阐述中强调的是女性创作所蕴含的“颠覆”和“解构”父权制及传统文学史书写的功能和价值。这样的选择既是为了认识女作家作品的魅力，也是进行研究的目的和意义之所在。

《二十世纪中国女性文学史》的著者具有填补以往现代女性文学史书写空白的明确的著史意图。一方面，“克服往昔总体文学史的偏正结构，促使倾斜了的文学生态得到补正与平衡”；另一方面，“建立女性文学传统，以利于发挥女性作家的创作天赋和特性，促进女性文学的繁荣”。该书“导言”以“为了女性”“为了文学”作为小标题，申明“二十世纪女性文学史研究最现实的目标，正在于探索女性文学传统，以挣脱主导文化性的偏见的束缚，增强对女性审美特征、功能及其价值的自觉性，克服局限与不足，从而最大限度地展开女性广阔的现实天地和心理天地，创造出高层次的作品来，促进女性文学高层次的兴旺和发达”[③]。这样的书写对于既往的文学史叙事来说，同样构成了挑战和突破。

---

① 陈飞：《二十世纪中国妇女文学史著述论》，载《文学评论》2002 年第 4 期。

② 孟悦，戴锦华：《浮出历史地表——现代妇女文学研究》，河南人民出版社 1989 年版，第 26、45 页。

③ 盛英主编：《二十世纪中国女性文学史》(上卷)，天津人民出版社 1995 年版，第 8、13 页。

三

两部著作对现代女性文学的整体观照及其阶段性特征的概括也有明显差异。

如前所述，《浮出历史地表》的研究目标并不止于撼动以往的现代文学史叙事，而是意在解构传统性别文化和近现代政治文化共同构成的、居于社会主导地位的意识形态。正因为如此，在该书作者看来，真正自觉的女作家“将女性性别视为一种精神立场，一种永不承诺秩序强加给个体或群体强制角色的立场，一种反秩序的、反异化的、反神秘的立场”。以这样的尺度衡量，作者认为从总体上看，“女作家们的眼睛是被割裂的，她尚然不是独立于男性主体之外的另一种观察主体，或许，只能算半主体，她的视阈大部分重叠在男性主流意识形态的阴影后，而那不曾重叠的一部分是那么微不足道，不足语人亦不足人语，至今未得到充分注意。不过，从另一角度看，恰恰是这种割裂以及随之而来的焦虑和她的解决焦虑的方式，使人感受到某种独特的超越或游离于主流意识形态的离心力。”[①]

《二十世纪中国女性文学史》倡导“为人”和“为女”的双重自觉，将现代女性的文学活动视为中国文学史的有机组成部分。作者认为，20世纪中国女性文学并非形成于中国古代女性文学基础之上；其发展的社会文化背景又迥异于西方女性文学和女权主义文学。它同在社会变革中兴起的新文学共体，是在反对乃至扬弃旧文学的过程中发生和发展起来的。[②]这样的基本认知反映在该书的文学史叙述中，便是在现代中国社会变迁以及新文学的总格局中把握女性的文学创作，一方面肯定它以独立的品格与新文学共体，一方面指出它是在淡化性征与优化性征的冲突中生存和发展。这里所说的独立品格，主要是指女作家的主体意识，她们对女性彻底解放的追求以及在文学的艺术方面进行的创造性探索。

两部著作有关现代女性文学演进脉络的把握是在各自整体认知的前提下展开的。二者的时间线索都很清楚，且在每一部分之前均有专章综述，不同时段的基本情况得到概括的呈现，只是在把握阶段性特征时各有聚焦点。

先看《浮出历史地表》。该书第一部分（1919—1927）从特定的角度将“五四”时代命名为中国有史以来罕见的“弑父”时代。作者首先肯定了男性新文化先驱们作为代言者为妇女问题发出的疾声呐喊，同时指出，他们的呐喊“似乎很少运用这老旧中国妇女的内在视点去揭示她严重的历史，

① 孟悦，戴锦华：《浮出历史地表——现代妇女文学研究》，河南人民出版社1989年版，第28、44页。

② 盛英主编：《二十世纪中国女性文学史》（上卷），天津人民出版社1995年版，第13页。

考察她与社会在哪里发生了冲突。他们对她的隐秘经验没多少兴趣，要么，就是他们根本没有想到老旧中国妇女也有她地表之下的世界和她洞视历史的名分”。于是，在“五四”时代，祥林嫂式的老旧中国妇女不仅是一个经过代言人删削的形象，而且也是约定俗成的符号，“她必须首先承担‘死者’的功能，以便使作者可以指控、审判那一父亲的历史”。而受压迫的女性依然隔绝于自己群体的隐秘经验。鲁迅小说《伤逝》中的子君之死则标志了“代言者”与“被言者”的精神隔膜。在这样的历史语境中，现代女作家的传统以一种崭新的女儿姿态的书写为开端，由此向“女人”转变，进而开始区别于传统标准下的“女人”，涉及女性群体的一些独有经验。第二部分（1927—1937）在30年代的文明夹缝中追踪“五四”走来的女性进退维谷的历史步履。在农业生产方式与殖民地工业生产方式相冲突、“政父”与“大众之神”相冲突的时代背景下，女性群体被压抑和分化，本来就游离于文化边缘的女性问题重新在某种程度上进入一种无意识状态。与“五四”一代叛逆女儿的故事书写相比，此期女作家们引人注目的成长标志，一是女性肉体的醒觉，二是确立了对男性的深刻怀疑。但醒觉了的女性的处境并不光明：第一重黑暗来自主导意识形态，它把女性划出了时代主潮之外；第二重黑暗来自女性内心自我认识上的障碍。女作家由此陷入创作窘境，“她们所写的还仅仅是社会——男性社会所允许，也是她们自己的想象力所允许的东西。”第三部分（1937—1949）基于战争造成三大地域空间分立的历史环境展开。作者认为，在国统区和解放区，女性作为一个性别都是处于主导意识形态的概念语汇之外的，尽管二者之间在主题基调、风格、形式上相去甚远，但“它们都无形中崇尚尊奉着某种集体性的，总体的权威而无形中排斥、压抑着那些注定无法纳入铁板一块的总体——群体统治体系的、具有离心力的东西”，无论是性别意识还是人道主义观念以及女性话语等等，一起退入文化的边缘或后景。而由于种种原因，此期在沦陷区出现了现代文学女作家创作的又一个高峰。她们的创作把现代文学史上从“女儿”到“女人”的传统推向了一个新的层次，展示了剥去特定意识形态标准化外衣的女性经验。[①]

再看《二十世纪中国女性文学史》（上卷）。该书将世纪初到“五四”看作女性意识觉醒，女性文学勃然兴起的时期。第一编“概说”指出，“五四”新文化运动中的女作家创作表现出强烈的社会参与意识和社会批判意识，有着空前的社会责任感和使命感。她们或以妇女生活为取材重点，着力于表现女性的命运和情感；或以自我亲身经历和感受为中心建构作品，使之不同程度地具有自述传色彩。其创作往往有着强烈的主观抒情

① 孟悦，戴锦华：《浮出历史地表——现代妇女文学研究》，河南人民出版社1989年版，第9—10、115—116、216页。

和细腻的心理刻画，在阴柔之美的总体色调下，从不同的方面显示自己的创作个性。第二编考察 20 年代后期到 30 年代后期的女性创作，将其趋势概括为“从面向女性自我到面向广阔社会”[①]。此期代表性女作家主体意识结构的重要变化体现在：政治意识、阶级意识成为她们新的精神支点，逐渐居于思维活动的支配地位，由“五四”觉醒而萌生的社会责任感和使命感得到强化和发展，而某些层面的女性意识相应地被冲淡、被遮蔽。这些特征程度不同地分别反映在左翼的、有进步倾向的女作家以及与政治保持一定距离的学者型女作家的创作中。第三编涉及 30 年代后期到 40 年代末战争背景下的女性创作。这一时期，分布于不同区域的女作家因其不同的社会文化背景和各自的主体蕴含，有着不同的创作视点和文化选择，形成了文学创作的多元格局。在有关女性问题的探寻中，她们对女性不幸命运的根源以及妇女解放道路的考察有所深化，对女性本体的审视达到了相当的深度，艺术形态呈现出多向发展的态势。总的来看，女性文学在经历了“五四”的觉醒之后，虽然在特定的时代背景下出现了丧失女性自我的情况，但这并未改变随时代演进的总态势。战争、政治等方面的因素在很大程度上影响了她们对女性命运的关注和思考，但其与时代同一步调的创作仍有其重要意义。女性文学的文化意义和独特价值正是在开阔的历史场域中得以显现。

显而易见，两书作者对现代女性文学创作的总体把握及其阶段性特征的论述与其研究旨归密切相关，体现了现代女性文学史观念的某些不同。比如，面对“现代文学史”这一文学系统，是立意于凸显现代女作家创作与主流文化和意识形态的“分离”“独立”，还是肯定它在独具特色的同时与男性主导的现代文学传统具有内在的同一性？两书作者有着不同的理解。《浮出历史地表》看重的是现代女作家创作中与传统的深层文化结构相悖的成分及其所包含的离心力。《二十世纪中国女性文学史》的立足点则是现代女性创作与 20 世纪文学主潮的融合。它将女性文学的生成及流变看作现代文学的有机组成部分，与男性主导的现代文学具有同构关系。其写作过程强调的是女作家作为历史和文学的积极参与者所做的贡献。

四

面对同样的研究对象，《浮出历史地表》与《二十世纪中国女性文学史》（上卷）的阐释和评价之所以出现种种不同，一个重要的原因是二者的研究视角和批评立场有着明显的差异。与此同时，理论资源和批评方法的不

① 盛英主编：《二十世纪中国女性文学史》（上卷），天津人民出版社 1995 年版，第 185 页。

同也赋予它们不同的学术个性。

《浮出历史地表》的立意在于对传统历史文化进行“解构”和“批判”。全书借鉴精神分析、结构主义、后结构主义等理论方法，探讨现代女性文学创作在历史进程和文学史中的位置，从昭示整个现代史上新文化的“结构性缺损”的角度，理解和阐发“女性”的自我命名以及现代女作家创作的意义，强调女性问题不是单纯的性别关系问题或男女权力平等问题，它关系到我们对历史的整体看法和所有解释；女性的群体经验也不单纯是对人类经验的补充或完善，相反，它倒是一种颠覆和重构，它将重新说明整个人类曾以什么方式生存并正在如何生存。[①] 因而，其文学史叙述的着力点在于揭示现代女作家在文学创作中对女性自我的开掘及其在此过程中所遭受的文化压抑，彰显女性创作所具有的颠覆已有的意识形态大厦的“反神话”的文化批判功能。书中对女作家创作所做的分析，所给予的批评或肯定，相应地都是出自这一角度。女性主义的立场，犀利的批评锋芒，使该书具有强烈的冲击力。

《二十世纪中国女性文学史》主要立足于现代女性文学传统及其价值的“建构”和“发现”，以社会历史视角与女性视角相结合的方式进行考察。该书在历史唯物主义指导下展开有关中国妇女历史文化处境的论阈，其中对女性主体性的强调以及对“超稳定”的男性中心社会机制和封建主义思想体系的判断，借鉴了 80 年代学界有关“主体论”的讨论以及运用科学理性反思中国历史文化所取得的成果。它所标榜的“女性文学史”范畴，就其主导方面而言，“不是在反抗性别压迫、父权制的文化脉络内产生，而是在马克思主义妇女解放思想的脉络上产生……而其关于理想社会以及理想的两性生存状态的构想，又与 80 年代的新主流话语——新启蒙话语联系在一起”[②]。在批评方法上，该书以马克思主义的历史唯物主义思想为指导，以女性主体性的生成和女性意识的流变为主线，通过具体阐述，在各时段的女性创作之间建起一定的内在关联。其间，注重剖析作家性别意识的流露，但没有以此作为评判创作的唯一尺度。而是既关注其创作对女性生活和生命体验的反映，同时也充分肯定她们富于社会意识和时代精神的创作取向，致力于在二者的交汇点上描绘和构建现代女性文学传统，突出其建设性和启发性。

可以看到，二者的研究思路和评价标准颇不相同：一重在“破”，具有颠覆的意味；一重在“立”，主要着眼于建设。基于不同的研究旨归、理论资源和批评方法，在涉及共同的研究对象时，两部著作各自选择的侧重点

① 孟悦，戴锦华：《浮出历史地表——现代妇女文学研究》，河南人民出版社 1989 年版，第 4 页。

② 贺桂梅：《当代女性文学批评的一个历史轮廓》，载《解放军艺术学院学报》2009 年第 2 期。

及相关论述称得上迥异其趣。比如，尽管同样肯定五四运动对现代女性文学的重要意义，但在谈到“五四”女作家对女性主题的表现时，《浮出历史地表》认为，这一阶段“女性主题仅仅是触及而已，作家的态度是温和的，她们涉及了女性群体的一些独有经验，但并未深掘。女性作为一个群体，仅仅是在话语缝隙中闪露一下身影”。论及30年代时，又以丁玲创作的转变为例，揭示了女性在特定的政治文化环境中的异己感、边缘位置以及由此带来的创作窘境，认为彼时多数女作家在投入时代主潮获得更广阔的历史背景的同时，丧失了女性自我。其结果，“只能是臣服于主流意识形态，成为神话的一名普通创造者，而把女性埋入历史更深的无意识的底层——历代统治秩序的地基深处”[①]。《二十世纪中国女性文学史》则认为，“五四”女作家的创作体现了具有人之主体精神的女性意识的觉醒以及基于这一觉醒的社会责任感和使命感，“作为中国妇女解放运动实践的一个重要组成部分，她们的创作成为历史前进的一面透视镜”。对于30年代的时代土壤孕育的女性意识的新变也给予理解，认为此时女作家主体意识结构以及创作面貌的改观，并不能简单说成是以男性思维和男性风采为旨归的一种靠拢或者同化，而是女性自身由“五四”时期“人”的觉醒所带来的社会参与意识在新的历史条件下与现实剧烈碰撞的结果。[②]可以看到，写作者所秉持的文学理念、所倚重的理论资源，成为影响女性文学史书写面貌的重要因素。

就研究方法来说，对女性主义批评的借鉴是两书重要的相通之处。在这方面，《二十世纪中国女性文学史》虽不像《浮出历史地表》那样体现得十分突出，但同样从西方女性主义理论中汲取了营养。主编盛英曾谈到，当时自己一方面“倾心于李大钊对二十世纪‘妇女解放时代’的预测和论述”，一方面“钻到西方各种女权理论里”。其中，“20年代由茅盾先生传到中国的瑞典爱伦凯的母职论和美国纪尔曼夫人的女人经济独立论，对我产生的影响最大。”[③]《二十世纪中国女性文学史》“导言”的开卷语，转录了李大钊写于1922年的文章《现代的女权运动》中的第一句话：“二十世纪是被压迫阶级底解放时代，亦是妇女底解放时代；是妇女寻觅伊们自己的时代，亦是男子发现妇女底意义的时代。”[④]可以说，该著作将“女性文学史”这一命题郑重提出，本身即融入了女性主义关于“性政治”的理论观点。不过，

---

① 孟悦，戴锦华：《浮出历史地表——现代妇女文学研究》，河南人民出版社1989年版，第28、117页。

② 盛英主编：《二十世纪中国女性文学史》（上卷），天津人民出版社1995年版，第34、190页。

③ 盛英：《中国女性文学新探》，中国文联出版社1999年版，第381页。

④ 守常（李大钊）：《现代的女权运动》，载《民国日报》副刊《妇女评论》第25期，1922年1月18日。

全书的写作是密切结合20世纪中国女性文学的实际展开的，并非简单搬用来自西方的某些概念。这一点从编撰者对女性意识之核心的理解（“人的自觉”和“女人的自觉”及其统一）即可窥见一斑。

综上，女性的文学活动在以往的文学史叙事中没有得到应有的观照，《浮出历史地表》和《二十世纪中国女性文学史》以及80年代以来众多学者的相关研究使这一状况得到初步改变。两书的编撰者在特定的历史条件下依托不同的知识背景、理论资源以及对女性解放问题的理解，以有异有同的立场、观点和方法对史料进行爬梳和分析，体现了探讨现代女性创作历史的不同理路。在对现代女性文学进行“史”的观照方面，具有可贵的原创性。

与此同时，这一探索也存在明显的不足。例如，在处理性别、文学、历史三者之间的关系时，高度注重女性创作的性别意识形态内涵，而对文学生产及其内部构成之复杂机制的认识注意不够；对文献材料的运用，时或存在理念为先的倾向。《二十世纪中国女性文学史》基于进化论思维构建中国女性文学的历史框架，有简单化之弊；《浮出历史地表》突出强调女性创作之文化异质性，影响了文学史的观照视野。

近年来，一些学者从多角度审视20世纪以来“妇女/女性文学史”的写作，提出了具有理论深度的见解。例如，贺桂梅指出，《浮出历史地表》的问题在于，它在阐释女性被压抑的历史，指出女性作为始终被“他人话语”书写的“空白能指”的符号意味时，简单地设立了男性/女性这样一个二元对立项，并将之解释成为社会的结构性因素的全部。与此同时，它又设立了一种“女性的真相”的本质化想象。[①]董丽敏通过对20世纪上半叶谢无量、谭正璧、梁乙真等人出版的三部“妇女/女性文学史”的解读，深入到特定历史时期的思想文化语境中，阐明“妇女/女性文学”概念的出现源于晚清以来“妇女/女性”这一指涉现实的问题与“文学史”这一重述历史的范式之间的交叉与重组，认为“妇女/女性文学”正是据此在文化政治的层面上获得了自己的合法性；但另一方面，由于诸多层面存在着内在的分裂，“妇女/女性文学”的概念没有能够在“现代”知识生产的体系中获得应有的价值认可，从而呈现出中国“现代”知识生产体系内在的危机。[②]这些思考值得重视。

总的来说，两部著作启发人们从性别的角度对文学史以及相关文学现象予以关注，推动了现代女性文学史作为学术议题之一进入文学及性别文

① 贺桂梅：《当代女性文学批评的一个历史轮廓》，载《解放军艺术学院学报》2009年第2期。

② 董丽敏：《从文化政治到知识生产——对20世纪早期几种“女性文学史”的考察》，载《中国现代文学研究丛刊》2011年第5期。

化研究领域，同时也以各具特色的批评形态预演了女性文学史叙事的多种可能，为此后的女性文学史研究留下了宝贵的经验。

（乔以钢：南开大学文学院教授，中国当代文学研究会副会长）

我写《中国当代女性文学简史》

任一鸣

摘　要: 本文"上篇"通过对中国当代女性文学"文本""思潮""审美"的三足鼎立，时间、地域、文化、文体的涵盖范畴，基础学理辨析与价值判断，女性文学美学追求的现代衍进等四个方面的阐述，实证《中国当代女性文学简史》的宏观建构。本文"下篇"从当代女性文学性别主体意识觉醒的本土资源之挖掘，女性主义文学解构男性中心文化思潮之兴起，女性主义文学建构意识之尝试，以及"她们为什么说'不'"之因探究等四个方面，实证《中国当代女性文学简史》所追求的中国本土特色。

上篇: 关于宏观建构

中国当代女性文学在20世纪80年代时代与文学喧嚣变革的潮流中崛起，女作家令人瞩目的空前创作实绩，已成为一个不容置疑与忽视的文学存在。至20世纪90年代，一种具有鲜明性别主体意识的学术思潮和女性批评文化的兴起，使中国当代女性文学之命题真正具有了"史"的地位和意义。可以说，女性文学从未像今天这样被视为一个有独立价值的研究对象，女性文学批评也从未像今天这样被视为一个新兴的独立的研究学科。一个具有一定的理论体系、研究范畴以及内在学理和学术规范的学科正在建设中。正是在这样的文化语境中，笔者才有可能致力于《中国当代女性文学简史》[①]这样一个命题的探索与尝试。

"真正意义上的中国当代女性文学史著作，任一鸣的《中国当代女性文学简史》应该是第一部。这部著作率先从史的角度对当代女性文学创作进行了较为系统的梳理，宏观大气，资料丰富翔实，体例富有创见。笔者

① 《中国当代女性文学简史》，为中国女性文学文化学科建设丛书之一，任一鸣著，2009年6月由广西师范大学出版社出版。初版由于出版社笔误，封面称为"任一鸣编著"；后为正名又加印500册，更正为"任一鸣著"。

认为，该论著突出的学理价值与学术贡献在于：论著者能按照其整体思路，将当代女性文学从时间、地域、文化与文体等多个方面进行了整体性的宏观建构，将此前没有给予足够重视的少数民族女性文学及香港、台湾女性文学也纳入其整体框架中，形成了探索、开放、立体式的文学史架构；同时，从丰富庞杂的女性文学现象中，发掘出中国当代女性文学的衍进轨迹，即是从女性文学到女性主义文学这样一个现代性衍进规律，并围绕这一理论线索选取了具有典型意义的女性作家作品在文本细读的基础上进行阐发，既肯定其在当代女性文学思潮衍进中的价值与意义，也指出其中存在的局限与偏颇，体现了论著的理论思辨能力和鲜明的本土特色。”①

文本、思潮、审美三足鼎立

关于《中国当代女性文学简史》(以下简称《简史》)的宏观建构方式，笔者认真研究了诸多当代文学史的写法。曾做过多种体例的尝试：运用传统的纵向编年史的方式；或采用女作家排序式；或以文体划分章节；或以女性文学重要文本解读为主型、思潮蕴含其中的感性文学史方式；抑或女性文学思潮为主要线索贯穿女性文学文本解读。

以女性文学文本为主型撰写当代女性文学史，其优长是凸现对女性文学具体文本的理解与阐释，其明显的弊端是文学史的“史”感较弱，缺乏文本之间内在思想、精神的有机联系，困于女性文学思潮的规律探寻，难以称“史”。鉴于当代女性文学在其发展中有较多的歧义、悖论与争议，故女性文学思潮的理论辨析是十分必要的。以女性文学思潮为主型串讲女性文学文本，优长是可以凸现文学史思潮发展的轨迹，但是具体文本的解读会淹没在思潮之中，文学史难以凸现文本主体的思想与美学价值。

文学史，应该既是一部“文本的历史”，也应是一部“思潮的历史”，既有对文本内涵的阐释与评论，也应有思潮思辨的深化与升华。同时，鉴于女性文学是建立在以女性为经验主体、言说主体、创作主体基础上的审美艺术，文学本体的审美属性必应是其主要特质之一，同样不可缺席。

宏观建构体例乃一书之“纲”，纲举目张。有鉴于此，《简史》的建构方式，斟酌再三，最终尝试采用以女性文学典型文本阐释为主型、为奠基，同时女性文学思潮与美学风貌兼而有之的写法；力求既突出由女性文学文本主体解读构成的感性文学“史”；又突现女性文学思潮发展史之“论”；同时，女性文学各个衍进阶段不同的审美风貌，也得以兼顾；力求“史”与“论”相结合，文化批评与美学批评相结合，“文本”“思潮”“审美”三足鼎立，试图尽可能勾勒出中国当代女性文学史的基本面貌和现代性衍进规律。

---

① 刘思谦，沈红芳：《宏观建构与文本细读》，载《当代文坛》2010年第5期。

《简史》共计 21 章，每章设 5 节。每章前三节均为文本解读；第四节为女性文学思潮论述；第五节为女性美学追求阐发。

前三节的核心文本解读，或遴选三位重要作家文本，或遴选同一作家的三个文本，或将多位作家文本纳于一节，从实际出发，不拘一格。其所着力呈现的是每个文本的独立意义和美学价值。鉴于当代女性文学是一个正在进行时，尚未形成经典文本和经典阐释的规范可资借鉴，因此，《简史》对代表性文本的选择与判断，只能是投射研究者更多主体意识的一家之言或一己之言。

第四节为女性文学思潮论述。作为当代女性文学史主体构成的文本解读，既要重在对其性别文化内涵和艺术内涵做出阐发，还要对当代女性文学史上重要的创作现象做出评析；既肯定其在当代女性文学思潮衍进中的价值与意义，也指出其中存在的局限与偏颇。同时，将代表文本细读与同一思潮中更多文本的点读，均作为中国当代女性文学思潮中的重要界碑来阐释，二者兼顾，点面结合，既拓宽《简史》中文本的覆盖面，同时实证思潮的影响力。

谨以第十五章“关注底层的女性书写”为例。重点文本解读为《歇马山庄的两个女人》《妇女闲聊录》《富萍》。思潮辨析则以“更具中国特色的女性经验书写”为题，涵纳迟子建《白银那》、毕淑敏《女工》、林白《万物华开》、王安忆《姊妹们》、方方《奔跑的火光》、池莉《生活秀》、铁凝《寂寞嫦娥》、葛水平《连翘》、盛可以《活下去》等关注底层的优秀之作。女作家们不约而同倾注了对底层劳动妇女的关爱，书写她们在市场经济大潮中生存的艰难与困境、命运的多舛与艰辛、自我的发现与成长。在一种“更具中国特色的女性经验书写”思潮中，见证着中国社会历史的变迁。

《简史》章节的划分，大致以“文本”与“思潮”的线性时间为基点，来体现当代女性文学发展“史”的脉络。鉴于思潮的形态既主要表现为线性发展轨迹，又是一个循环往复的多种女性文学形态共时存在的丰富多元景观，故在“文本”归属“思潮”的判断中，有时不完全以线性时间作为依据。如毕淑敏刊发于 1992 年的揭示女性内部个体身份境遇、命运巨大差异的《女人之约》，迟子建刊发于 1995 年的《亲亲土豆》书写像黑土地上的土豆一样朴素温馨相濡以沫的人性之美，皆因其独特的底层关怀，均纳入 21 世纪初年“关注底层的女性书写”一章，肯定其领先意义。

时间、地域、文化、文体的涵盖范畴

“当代”既是一个时间向量的界定，又指向现阶段与未来女性文学内涵的预设时段。《简史》沿用当代文学史的指称，当代女性文学从时间向量上是指 1949 年迄今的女性文学；具体所涵盖的时间是从 1949 年到 2006 年间的女性文学。

《简史》伊始，从时间向量上，以一章的篇幅概括了“十七年”与“文革”时期的女性创作。意识形态主导下的“十七年”女性创作，从整体上呈现出性别意识的淡漠与消解。但是艺术寻求突破的规律，使得女作家的女性视角在整体的疏离中有着潜在的表现与认同。《百合花》《红豆》《青春之歌》均以鲜明的性别视角、创作个性和独具的女性魅力，证明了“十七年”当代文学叙事话语中性别意识在夹缝中的存在。在“万马齐喑”的十年浩劫中，女性仍在“潜在写作”中发出自己的声音。

《简史》的宏观建构，并未拘泥于以时间为经、创作文体为纬的通常构架，而是经纬灵活交叉运用。相对来说，小说创作更能够体现“史”的流向。故《简史》选择纵向——以女性小说文本作为支撑和构建全书“史”的脉络的主体；横向采用以文体划分章节的做法——将诗歌、散文独立设专章阐释。力求从纵向突出小说文本承载的中国女性文学思潮的现代衍进“史”轨迹，横向又可凸显女性诗歌和女性散文有异于小说的独立文化意义和美学价值，避免了诗歌散文文本与小说文本同纳一章、淹没在小说文本汪洋大海中的弊端，以彰显其在中国女性文学现代性衍进中的独特贡献。

女性散文专章入史，较完整鲜明地呈现了当代女性散文创作经历由沉寂到勃兴、继而走向低调的自我调整过程。与小说中的压抑、紧张、不可化解的冲突相比，当代女性散文呈现出更多的踏实与温暖。女作家在生命哲学的观照下，从历史、家族、身体等多个方面进行了深入思考和丰富表现。《血脉的回想》和《遥望祖母之名》等散文对女性生命经验的描述和思考，对于女性自我的建构和女性生命价值的认同思考，已经上升到一个哲学的高度，其中蕴含着中国本土女性主体成长的丰富资源，为女性散文的研究开辟了广阔的思想空间，为中国女性文学的现代衍进做出了女性小说不可替代的重要贡献。

女性诗歌专章入史，可以明晰地凸显女性诗歌在当代的长足发展，表现女性主体意识“苏醒—彰显—沉潜内化”的嬗变轨迹。《简史》强调了早期女性诗歌对女性性别空间的开拓与建构意义，女性诗歌对女性主体精神的铸造因为超前而尤为可贵。而后期通过日常化书写文本，实现了由身体到精神、由个人走向大众、走向底层的转变，这既是对中国本土女性社会定位与社会属性的重新思考，也是对女性生命和人性的深度勘测。

女性诗歌设专章横向入史，既采用以文体划分章节的做法，又不完全拘泥于以文体划分章节，尚有从事实出发的例外。如舒婷的《致橡树》，明确决绝发出女性价值、尊严、独立人格的宣言，以崭新的爱情观念重塑了中国女性“树”的形象。《神女峰》则将目光投向男权文化重压下的女性生命悲剧，发出女性生命本真的呼唤。无疑体现了一种崭新的性别意识，对

20 世纪 80 年代女性文学追寻理想爱情思潮的形成，具有重要的引领作用，故将其放在“为了爱的尊严与权利”一章之首重点阐释。同样，翟永明写于 1984 年的《女人组诗》及序言《黑夜的意识》，宣示了女性性别自我的重新发现和确立，女性生命权利的体验与认同，对女性“个人化”写作空间的开拓与建构堪称先锋，故将其选在“女性个人化写作向度的拓展”专章之首重点阐释。上述诗歌文本的纵横灵活运用，既彰显了当代女性诗歌作为整体的思潮与审美流变，亦充分肯定了诗歌之于中国女性文学现代性衍进大潮的独特贡献。

中国当代女性文学是一个开放性的整体。无论是从政治、文化、地域空间的横向阔度，还是性别的意义上，少数民族女性文学、台湾女性文学、香港女性文学等均是中国女性文学不可分割的完整组成部分。故《简史》的宏观建构，纵向选择以中国大陆当代女性文学史为主线，为主体构成，横向特设专章，将少数民族女性文学、台湾女性文学、香港女性文学均纳入中国当代女性文学史写作的宏观框架中。

中国少数民族女性文学始终参与中国女性文学主潮的建构。《简史》重在发掘其女性文本、女性形象承载的时代、历史、政治、经济、文化内涵；灵活运用多元文化语境下的性别身份理论，充分注意到女性身份与民族身份的有机融合，凸现中华民族文化的精神家园和女性自我的身份认同；从始至终贯穿少数民族女性富有时代特色的女性现代意识、主体意识的觉醒与成长。她们的书写，为中国女性文学的建构提供了独异的言说范例和互补的艺术空间。

台湾女性文学是中国女性文学不可分割的一个重要组成部分。它发轫于风云变幻的 20 世纪 50 年代，于六七十年代在探索中发展、成长。至 20 世纪 80 年代，《油麻菜籽》《杀夫》等文本携台湾女性主义文学思潮，彰显了台湾“新女性主义”文学的崛起。它们以其独特的文化内涵和审美特色，在中国女性文学的总体格局中显示出既与大陆女性文学同根同族而又独异的审美特色。

香港当代女作家既深受中华民族传统文化影响，又吸收了世界各地的外来文化，致使香港女性文学在东西文化的碰撞融会中成长。香港女性文学经典文本《我城》《香港故事》等与女性散文一起，既体现了香港女性文学的本土情怀和文化认同，又具有鲜明的女性现代意识和都市文化品格。尤其“九七”香港回归前后，香港女性文学在风云际会中呈现出丰富的多元景观。

《简史》从地域文化和文体设定选择纵向、横向立体交错的涵盖方式，将不同地域、不同体裁的女性创作均作为中国当代女性文学现代衍进历程中的重要界碑来研读，数者兼顾，点面结合，只能说在宏观建构的意义上，为中国当代女性文学简史的撰写预设了一个相对客观、稍为全面的研究领域。

基础学理辨析与价值判断

《简史》始终贯穿着作者的理论辨析与价值判断。它是宏观建构的思想基础与价值评判的支撑点。

有鉴于中国当代女性文学是一个尚在建构中的新兴边缘学科，鉴于《简史》是第一部中国当代女性文学史，少有前人和前著可资借鉴。那么，著者的首要任务必是对研究所必备的关键词和相关基础学理予以辨析和界定。这是开启一种新兴学科研究，撰写一部相关学术著作必须遵循的严谨学术态度和学术规范。

《简史》开篇在“前言”中，用了较长的篇幅，以谦恭的学术态度，整合学界诸多成果，首先对中国当代女性文学研究中必然涉及的一些女性文学的关键词和学理问题，诸如女性意识、女性现代意识、女性主体意识、女性生命意识、社会性别、女性文学、女性主义文学、女性写作等相关概念做了较为详尽的阐释与界说。

鉴于学界对“女性意识”的理解运用歧见甚多,《简史》“前言”中首先对“女性意识的贡献及其局限”做一学理辨析。

性别的寻找和发现，无疑是20世纪80年代思想解放运动的重要组成部分。女性意识这一概念术语在女性性别意识自认自觉这一内涵层面上的分析运用，对男女两性差异的强调，曾在20世纪80年代女性文学及其批评中发挥了重要作用，为中国女性文学学科的奠基做出了具有开拓意义的贡献。

然而，进入20世纪90年代,“女性意识”作为一个分析理念，被误导、被狭隘化，乃至被篡改，已然失却赋予女性正义力量和具有批判力的现代性内涵，愈益显现出理论上的困惑与局限，甚至与男性中心文化的旨意暗合。有鉴于此，在女性文学及其批评中，从历史和逻辑的角度重新审视女性意识，借鉴西方女性主义的核心概念“社会性别”，就显得必要而迫切。

为避免歧义,《简史》在前言“本书运用的关键词及相关说明”中指出：不再使用“女性意识”这一笼统概念，而只在特定女性文本和女性文学思潮中，使用女性性别意识、女性主体意识、女性生命意识、女性现代意识等衍生概念，并将后者的内涵逐一做了学理辨析。

关于女性文学的概念，在20世纪80年代以来的文学批评中，一直是颇具争议和歧义的一个文学概念，并在实际上造成了理解与阐释的困难。如果只是从创作主体的自然性别出发来界定女性文学，在面对一些受控于男性中心文化的女性文本时，就显出女性文学的歧义与悖论。因此，将“社会性别”理论引入女性文学概念，即以生理性别和社会性别的双重主体来阐释女性文学的内涵，有助于辨析女性文学概念的界定。

有鉴于此，《简史》认同刘思谦先生关于女性文学概念的阐释：“女性文学诞生于一定的社会历史条件下，以五四新文化运动为开端，是具有现代人文精神内涵，以女性为经验主体、思维主体、审美主体和言说主体的文学。”①

女性文学质的规定性，首先在于以女性作为文本的创作主体和言说主体，在文学中致力于对女性性别境遇的文化、历史与现实存在的探寻与揭示，致力于建构女性主体精神，建构女性主义诗学。

因此，并非凡女作家所书写的文本均可纳入女性文学概念范畴。一些由现当代女作家创作的自觉不自觉认同女性次性地位、客体存在、边缘角色的文本，一些看似张扬女性主体却从根本上受控于男性中心文化的文本，不属于女性文学的概念范畴，但可以进入女性文学研究与批评的视野。

在这一界说之下，女性文学创作的视野，应该是一个开放的、发展的，而不是封闭的、静止的系统。女性文学的视野应该是女性作家或以性别主体意识、性别视角表现的，或以超性别意识（隐含性别主体意识）、超性别视角（隐含性别视角）表现的，包括女性生存在内的和超乎女性的全人类生存意义及其审美精神的文本。

女性文学与女性主义文学的经验主体与言说主体均为女性。女性主义文学是女性文学世界中的一个深层文化意义层面和美学意义层面，是女性作家从女性主义的性别立场出发，以反叛传统性别秩序，颠覆与解构男性中心文化为旨要，以建构女性性别主体、女性主义诗学为价值追求的文学。

社会性别是女性主义理论的核心概念。其意义在于，它为解释女性受压迫遭歧视找到了历史与现实的根源，为批判和打破传统性别角色规定，建构新的合乎人性发展的丰富多元的社会性别角色，提供了合理性理论依据和操作途径。

女性主义文学与女性文学，没有质的区别，只是女性主义文学体现的文化批判精神更为激进和尖锐。

依据上述基础理论的辨析和界说，《简史》前八章设为女性文学阐释，之后八章设为女性主义文学阐释。笔者认为，从宏观审视，中国当代女性文学的发展轨迹，即是从女性文学到女性主义文学这样一个现代性衍进规律，这也是笔者行走中国当代女性文学批评之路三十余年一贯的学术思路。文本、思潮、审美的阐释，时间、地域、文化、文体的涵盖选择，都是指向这一核心命题展开的，以期尽可能勾勒出中国当代女性文学“史”的基

① 刘思谦：《女性文学这个概念》，载《南开学报》（哲学社会科学版）2005年第2期。

本面貌和现代性衍进规律。这是《简史》书写的初衷。当然，这一现代衍进过程并非单向线性递进而是循环往复包罗万象的，只是笔者无力亦无意包罗全面。

女性文学美学追求的现代衍进

《简史》一直贯穿着笔者的理性思考与价值判断。对于当代女性文学发展中存在的局限与偏颇，持续不断地注入反省精神。反思之一即是女性文学文化批评强势与美学批评弱势的不平衡。

在西方“社会性别”理论引入之后，一个时期，中国女性文学研究注重于政治批评、文化批评、社会学批评、菲勒斯批评等“外部”批评，批评的社会学意义、性别文化意义彰显。毋庸讳言，女性文学文化批评的风起云涌，为中国女性文学学科的奠基做出了具有开拓意义的贡献。

然而，文学巨大而独特的学术价值首先在于审美特质的开掘与发现。一些女性文学批评执着于女性命运揭示的“敞亮”，遮蔽了对文学艺术价值的探索，偏离了文学的本体属性，忽视了接受者的文学感悟能力和审美需求。对女性文本美学价值的忽视或漠视在一定程度上造成了女性文本美学贫血，这些均不利于中国女性文学的持续健康发展。针对这种现象，许多女性文学研究的有识之士已经开始反思，呼吁重视对经典的纯文学批评。纯文学的美学批评，无疑是女性文学批评中的难中之难。

有鉴于此，笔者认为，中国女性文化建构中的美学建构无疑是不可或缺的一极，将女性文学审美风貌的现代衍进，纳入《简史》的宏观建构，即成为笔者的尝试性探索之一。女性文学美学批评是《简史》宏观建构中非常重要的一根立柱。女性文学美学批评与女性主义文化批评相结合，“文本”“思潮”“审美”三者，缺一不可。

《简史》坚持艺术形式分析与文化意义阐发相得益彰。其所着力呈现的不仅是女性文学某一思潮的美学追求，而且，还在于某一文本的独立意义和美学价值。

20世纪80年代“追寻理想爱情”之女性文学，整体的美学风貌是讴歌真、善、美。这是“五四”女性文学讴歌真、善、美母题的承继与拓展。谌容、张洁笔下的陆文婷、钟雨等女性形象呈现出一种崇高、优美、委婉、隽永的女性悲剧美；王安忆和铁凝笔下的雯雯和香雪等少女形象，则呈现出活泼、清纯、明丽、梦幻般的女性青春美。悲剧美与青春美是人物形象的差异，也是张洁、谌容与铁凝、王安忆在“追寻理想爱情”的女性文学整体美学风貌（讴歌真善美）之下的创作个性差异。

从某种意义上说，女性文学审美的现代衍进，既有其独立的文学艺术价值，同时也是深化女性文化思潮的重要依托与佐证之一。

刘索拉和残雪的作品极具前卫姿态和先锋风范，开启了一种先锋的性别叙事立场。荒诞变形、隐喻象征等现代派手法的运用，颠覆了既往男性中心文化审美趣味，取得了美学上的突破意义。

女性文学由传统美学风格意义的阴柔之美、阳刚之美、潇洒之美，嬗变为哲学意义永恒的追求之美。它不仅突破了传统女性文学的美学规范——含蓄与温婉，而且突破了由中国古典文化积淀而成的传统文学的美学规范——和谐与平衡。正是这种来自写作姿态和艺术审美方式的反叛，给女性文学带了思想深度和艺术张力。

20世纪90年代，黑夜、房间、镜像、飞翔等隐喻常常弥漫于诸多女性文本，构成了女性主义文学深层的审美意象。徐小斌创造性的开启了创建女性隐喻系统的审美追求。她运用星座、巫师、算命、心灵感应、异域打扮、梦魇等富有神秘性的符号，将一个解构男权神话的故事，演绎得回肠荡气（《双鱼星座》）。她将几位女主人公的名字——羽蛇、若木、金乌——都取之于远古神话中的太阳神谱系，极具象征意义（《太阳氏族》）。她所创造的女性主义隐喻系统——中国上古神话渗透所弥漫的神秘主义氛围，以及迷宫般的结构，是一种深具东方文化神韵的女性主义审美突破。它使徐小斌的作品既有别于纯粹的“私人空间”，亦有别于西方女性经验，证明徐小斌的女性主义是具有鲜明中国本土特色的女性主义。

鉴于女性文学是建立在以女性为经验主体、言说主体、创作主体基础上的审美艺术，女性文学因书写性别差异而产生的不同于男性作家的审美追求，应是其主要特质之一。发现与辨析其美学特质差异，确系笔者勉为其难的一次尝试。

毫无疑问，女性文学具有的审美追求的先锋风范，引领了20世纪80年代文坛的现代派文学潮流。但女作家和男作家笔下的“荒诞”作品有明显不同：比之于韩少功式的苍凉、悠远、沉重的历史感；比之于王蒙式的老辣、诙谐、大智若狂的现实切近感；刘索拉、残雪的作品则呈现出尖利、警醒和讽喻的洒脱、俏皮，字里行间，依然凝聚着女性特有的细腻、慧黠和敏锐。

同属“新写实”，女作家与男作家美学形态亦有明显差异：池莉的温柔、沉静、细腻有别于刘震云的冷静、透辟、练达；方方的质朴、豪爽与敏感，更有别于刘恒的凝重、阔大与深沉。方方与池莉个体的审美差异亦不言自明。

20世纪90年代，徐坤运用调侃、反讽、戏拟、荒诞、诙谐、黑色幽默等后现代手法，“嬉戏诸神”[①]，开拓了后现代特色的戏剧外壳与现实主义内核相融合的新的审美形态。作为后现代语言游戏的言说方式之一，王朔

---

① 戴锦华：《徐坤：嬉戏诸神》，载《山花》1996年第1期。

选择了这一种方式，徐坤也选择了这一种方式。所以有人把徐坤称为“女王朔”。王朔等使用嬉戏、调侃、幽默的话语，戏弄人们心中的象牙塔，躲避崇高，解构传统，亵渎神圣。而徐坤则与王朔不同。她既拆解男性中心文化面目又关注男性当下处境，有着对女性丧失主体价值的心痛关怀，依然有着对美好价值重建的希冀。徐坤选择讽刺、嬉戏、幽默与反讽的手法，其中蕴涵着时代与人性的真实，有着现实主义的深度。从这个意义上说，后现代手法之于徐坤，只是一种叙述策略，是“伪”后现代。其真正的内核则是充分体现女性写作使命感的现实主义精神。这是徐坤的后现代与王朔后现代质的区别，也是徐坤文本所彰显的自由的审美创造力所在。

从20世纪80年代女性文学讴歌真、善、美，到21世纪关注底层的女性主义文学表现乡土之美、人性之美、本土之根；从20世纪80年代女性文学现代派审美追求的先锋风范，到90年代女性主义文学后现代叙述策略的开拓，实证了《简史》的核心命题：中国当代女性文学的发展轨迹，从思潮与审美两翼考察，皆是从女性文学到女性主义文学这样一个现代性衍进规律。

理想的文学史应该是主观与客观的统一，历史与当代的贯通，科学与人文的完美结合。《简史》远远达不到这一境界。鉴于女性文学的理论构架和话语体系正在建构之中，阐释与理解的歧义与不确定性如影随形。且《简史》以笔者一己之力独立完成，艰难与困惑始终同行。尽管本书立足于吸纳诸多女性文学研究与批评成果之精髓，期望于最大限度地反映出女性文学研究学界的共识，但囿于笔者学养、视野、思力、精力所限，本史只能是一部既不全面也欠客观，具有一定探索与尝试性质的当代女性文学“简”史；一部与著作者个人三十年来女性文学研究成果、研究方向、性别立场、价值判断有着密切关联的“简”史。

《简史》之“简”，未能将诸多广义女性文学意义的文本入史，未能将诸多女性文学批评成果入史，此乃笔者一力所远远不逮，在此深致歉意。

《简史》虽系笔者独立所著，但吸纳了学界同仁的诸多智慧。宏观建构方式曾与吴思敬先生和刘思谦先生切磋就教，达成共识；十七章女性诗歌、十八章女性散文，分别尊请吴思敬先生执导的张立群博士、刘思谦先生执导的杨珺博士撰写；《栎树的囚徒》和《太阳氏族》的文本解读，由我的朋友郭剑卿教授和田泥研究员友情加盟；大量注释的查找确认，谢玉娥教授功不可没。借此机会，我满怀敬意向艰难时节为《简史》雪中送炭奉献智慧的上述师长和朋友致以衷心的感谢！

下篇：追求的本土特色

如果用一段核心话语来表达《中国当代女性文学简史》的追求（以下称《简史》），即是印在该著封底的一段话语：

> 她们的文本所具有的性别文化启蒙精神，始终贯穿在当代女性文学的衍进中。她们在文本实践中力图改写传统女性性别角色规范，突破文化传统对女性的命名与塑造，传达出女性由作为客体、他者、次性身份到女性主体价值的弘扬这一历史必然要求。她们的文本不仅表达了对中国女性性别境遇的深入思考，也或直接或间接地表达了对中国社会、历史、民族、阶级、阶层、家庭、个体的辩证思考，折射出女性文学与中国现实、历史、文化渗透融合的丰富异质，体现出中国当代女性文学不断自我更新、自我超越生成的创造精神、辩证思维和现代品格。

笔者认为，从宏观审视中国当代女性文学的发展轨迹，即是从女性文学到女性主义文学这样一个现代性衍进规律，这也是笔者行走中国当代女性文学批评之路三十余年一贯的学术思路。《简史》力求在规律之探索中，尽可能挖掘和肯定它独具的上述价值与意义，以彰显当代女性文学深蕴的中国本土特色。

《简史》一直贯穿着作者的理论思考与价值判断。对一些引领思潮的重要文本及作家在当代女性文学思潮衍进中的价值与意义，给予理论评析和高度评价；对于当代女性文学发展中存在的局限与偏颇，持续不断地注入理性思考和反省精神。

女性文学：女性主体意识觉醒的本土资源

在经历了半个世纪的曲折前行后，中国当代女性文学带着对历史和自身的巨大反思和感悟，在20世纪70年代末80年代初思想解放的春潮中再度崛起。崛起后的女性文学以戴厚英的《人啊人》等为代表，感应着时代的脉搏，在人性、人道主义的呼唤中，在“人”的觉醒与发现的书写中，孕育着女性性别意识的朦胧觉醒。（二章）

20世纪70年代末80年代初的女性文学，以舒婷的《致橡树》、张洁的《爱是不能忘记的》为代表，与“五四”女性文学一脉相承，都首先把爱情作为突破口。呼唤爱与美，呼唤爱的尊严与权利，表现对爱情中女性独立自主人格的追求，成为一时密集的主题，曾被主流文化揶揄为“寻找理想男子汉”的文学。实则，追寻理想爱情是女性生命的权利之一。女性文学经由“人的发现”到“女人的发现”；经由“人”的觉醒带来女性性别意识的觉醒，无疑是女性文学的历史进步。（三章）

20世纪70年代末80年代初的女性文学，无论是对人性、人道主义的时代呼唤，还是追寻爱的尊严和权利，女作家们的书写还囿于传统的性别秩序，尚不可能完全超越男性中心文化传统的规约，这是时代的局限。因此，女性文学真正具有独立意义的第一个突破应是对传统性别角色的文化质疑与抗争。

20世纪80年代，“寻找理想男子汉”的文本很快被“寻找女性自我”的文本所超越。其代表作是张洁的《方舟》、张辛欣的《在同一地平线上》。其核心内涵是，她们置几千年男性中心文化规范赋予女性顺从、隐忍、奉献、牺牲的从属性别角色规定于不顾，而期望以非传统的崭新而独立的女性世界的价值尺度作为衡量标准。她们想证明“她们是什么”，而不是遵从男性中心世界“她们应该是什么”的指令。其所具有的对男性中心文化说“不”的精神，其所显露的批判性别歧视的锋芒，使之成为20世纪80年代具有原始的、朴素的女性主义内核的文本。不仅成就了其作为20世纪80年代女性文学先导地位的意义所在，而且，这一超越，在中国百年女性文学史上，是一次真正具有独立意义与价值的进步；女性性别主体意识的觉醒至此才获得了一种实质性的突破与进展。（四章）

值得关注的是，以《方舟》为代表的女性文学的突破与超越，首先得益于20世纪80年代那场思想解放运动春风化雨般的启蒙与召唤，而并非西方女性主义唤醒。因为彼时西方女性主义尚未引进中国。据目前掌握的资料，最早向中国介绍西方女性主义文学批评的文章出现于1986年。但是，中国女性文学及其研究却从20世纪80年代初就开始了。批评界公认的中国最早具有朴素的、原始的女性主义内核的文本是张洁的《方舟》，写作于1981年12月。继之，张维安的《在文艺新潮中崛起的中国女作家群》一文[①]，首次对包括张洁在内的一批女作家的创作进行了综合评述。此文刊发于1982年。这一行动较之西方女性主义批评正式进入中国学术圈至少要早四年。

张洁、张辛欣这些最具性别主体觉醒意义、女性文学意义和个性特征的创作，在当时受到了主流文化的指责和排斥。这是20世纪80年代中国社会普遍滞后的传统性别意识与女性主体意识超前觉醒所产生的深深沟壑所致。作品揭示的正是极具中国本土特色的性别文化境遇。它在客观上表达了中国女性思想解放及性别文化思考、发展的内在需求。

① 张维安:《在文艺新潮中崛起的中国女作家群》，载《当代文艺思潮》1982年第3期。

20世纪80年代中后期，年轻的女作家刘西鸿等从改革开放时代的前沿特区南方走来，潇洒地发出《你不可改变我》的个性宣言，亮出了女性性别的认同与自豪，她们完成了几代女性为之奋斗的理性超越，使张洁们求索的沉重仿佛找到了"炼狱的出口"。刘西鸿所代表的女性文学洋溢着一种走在时代前列的自豪感。这是女性主体意识成长的标志之一。

1985年，刘索拉的《你别无选择》、王安忆的《小鲍庄》、残雪的《山上的小屋》横空出世。其核心内涵，体现为哲学命题的开拓、女性哲学意识的觉醒；体现为对历史和现实，对传统的国民精神和当代人的灵魂追求做出富有现代意义的新解释。女性文学传统美学意义的风格，嬗变为象征、隐喻、荒诞等现代派艺术追求。她们既受西方现代派文学思潮的影响，又与中国本土特定历史时期的社会形态与国民心态紧密相连。女性文学具有的审美追求的先锋风范，正是女性现代审美意识觉醒的标志之一。无疑，20世纪80年代文坛的现代派文学潮流，是由她们的文本引领的。

一种文学思潮的兴衰起伏，取决于一定时代的政治、经济和文化状态。20世纪80年代后期，伴随商品经济的发展以及世俗化价值取向的演化，女性文学从理想走向现实，从"形而上"的哲学命题走向"形而下"的"新写实"，便成为必然。方方的《风景》、池莉的《烦恼人生》等，注入了对本土普通国人生存境遇与人性困境的指认，开启了更具本土特色的"认识我们自己的生活"之深度思考。

《简史》设立的五、六、七三章，阐释了女性文学内涵外延的丰富拓展和艺术创造美学追求的现代衍进，是一个时代的女性文学获得深刻与冷静的标志。但是，从突破传统性别规范的意义上，如果说20世纪80年代女性文学的第一个突破是对传统性别角色的质疑与抗争，那么，第二个突破则是女性生命意识的觉醒与审视。

20世纪80年代中后期，女性生命意识超越柏拉图式的精神爱恋而浮出水面。由性爱书写的分离到性爱书写的结合，从女性作为男性欲望的客体到女性欲望主体的书写，其所表现的女性"性"意识的觉醒，女性生命意识的觉醒，无疑是当代女性文学的一次重要突破。最早体现这一突破的，是铁凝的"三垛一门"、王安忆的"三恋一岗"。（八章）

王安忆的"三恋"与铁凝的《玫瑰门》，将女性作为一个性别主体的人来张扬女性生命主体的感性欲求，探索"性"之于女性的生存意义、文化意义。她们揭开了千百年来道学家和世俗观念强加在女性身上神秘的面纱，不仅审视女性生命本体，拷问女性灵魂，而且审出丑恶后面燃烧的蓬勃女性生命力，审出丑恶产生的历史与现实渊源。女性作为欲望主体，在当代女性文学中第一次浮出了历史地表。"性"之于女性文学，不仅具有了形而下的生命意味，也具有了形而上的哲学意味。

综上所述，《方舟》等对女性传统性别角色的质疑与抗争，“三恋”、《玫瑰门》等女性生命意识的觉醒与审视，赋予了这个已在文学史中沉寂了太久的性别以觉醒的顿悟和鲜活的生命力。这是一次女性性别主体意识和女性生命意识的自觉觉醒，标志着“‘女性文学’已将‘女性’从无性别的文学表述中分离出来，成为将性别差异正当化的文化尝试”。[①] 她表达了中国本土女性思想解放及性别文化思考、发展的内在需求，点亮了女性文学存在的合理性和必要性之灯。在此之前，女性文学的存在意义一直是备受责难、质疑与争议的。

女性性别意识和女性生命意识，是女性主体意识的两翼，共同构成了中国当代女性文学两个重要的本土理论资源生长点和支撑点。不言而喻，20 世纪 90 年代以来的女性主义文学正是在这两个生长点和支撑点的基础上向纵深发展的。

《简史》对 20 世纪 80 年代女性文学本土理论资源生长点的挖掘证明，中国女性主义文学之根之破土、发芽、成长，都是孕育于当代女性文本中，植根于中国大地上，而非西方女性主义理论引发。

女性主义文学: 解构男性中心文化

20 世纪 90 年代，中国女性文学及其批评，汇聚成一股颇有声势的女性主义思潮。与西方女性主义核心话语——社会性别理论的引进无疑有着催化、促进的作用。辩证法的常识是，内因是基础，外因是契机。一种外来理论之被选择，总是顺应了彼时彼地中国社会政治、经济、文化和理论的内在需求。

《简史》从第九章开始，以五个章节的分量，分三个层次阐释中国当代女性主义文本对具有中国本土特色的男性中心文化的解构与批判。

第一层次的突破——女性主义文学浮出历史地表。

王安忆的《弟兄们》对男性中心文化笼罩下的女性主体表示质疑。《叔叔的故事》则对男性叙事模式（典型如张贤亮《绿化树》）所造就的女性作为男性价值的奉献者、证明者、剩余价值的提供者、被抛弃者的文本命运，进行了前所未有的解构与改写。这里要特别注意的是，王安忆成功地将西方解构主义理论与中国文本实践相结合，对以往颇具中国本土特色的男性中心文化核心文本对女性形象以及两性关系的“规定”进行了“改写”。王安忆借鉴并“拿来”西方解构主义形式艺术，以此为武器，成功解构了以《叔叔的故事》为代表的长盛不衰的男权话语，使《叔叔的故事》变成了一个谎言。

① 贺桂梅:《当代女性文学批评的三种资源》，载《新华文摘》2004 年第 3 期。

笔者认为，王安忆力图呈现的是生命本身，而不是生命的抚慰品。这一点，恰是女性文学现代衍进最为明显的标志。其对男权话语的颠覆解构，其所张扬的女性话语权之欲望主体与创造主体，是 20 世纪 90 年代初女性话语、女性主义文学“浮出历史地表”的佐证。《叔叔的故事》的出现，意味着男性中心文化视阈独尊文坛局面的结束。（九章）

第二层次的突破是女性个人化写作的出现。

20 世纪 90 年代中期，《一个人的战争》《私人生活》等女性“个人化”写作构成引人注目的文学现象。身体是女性的主体之一，林白、陈染笔下，身体的书写，是女性自我从“我思”到“我在”的一种拓展；是女性性别写作由无意识场景到有意识建构的佐证。因为在此之前，女作家鲜有承认自己的文本是女性主义的。林白、陈染毫不避讳，明确标识自己是女性主义的文学写作，故通称“女性写作”。

在本章（十章）第四节思潮阐释中，《简史》以“女性个人化写作的意义与局限”为标题，表达了笔者明晰的价值判断。

不可否认，90 年代后期，女性文学的发展确实存在一些局限与偏颇：女性文学创作中存在的精英意识，使得本土绝大多数底层女性特别是乡村女性的性别与生存境遇，一度面临被女性文学创作漠视、搁置的倾向；执着于女性单性幽闭生活的展示，陷入女性与现实历史毫不相干的误区，这些均不利于中国女性文学的健康发展。

而一些陷入低劣模仿与重复的所谓“美女写作”，背离“个人化写作”体现女性生命意识的初衷与旨归，并不属于女性主义文学的概念范畴。

第三层次的超越——中国女性主义文学是一个发展的、开放的、不断反思、不断建构的过程。随着女性个人化写作局限的显现，女性主义文学突破和超越个人化写作，与现实、历史连通，便成为必然。

《简史》专设三章（十一、十二、十三章）——阐释女性主义文学与历史、现实连通，以充分彰显女性主义文学的本土特色。

20 世纪 90 年代，徐小斌的《双鱼星座》《太阳氏族》等文本，首先超越女性个人化写作“私人空间”的局限，实践着女性内在世界与外部世界的连通，与历史、现实连通，颇具颠覆性解构男权文化的力度与深度。中国远古神话的引入，使之有别于西方女性经验。其与中国文化、历史、现实融合的丰富异质，以及独特的美学风貌——东方神秘文化的隐喻系统，都在证明，她的文本“是东方土壤孕育的文本，她的话语，是现代中国的本土话语”[①]。

20 世纪 90 年代后期，张洁的《无字》、王安忆《长恨歌》、蒋韵《栎

① 孟繁华：《逃离意识与女性宿命》，载《当代作家评论》1996 年第 6 期。

树的囚徒》、赵玫《我们家族的女人》等女性“新历史”主义文本涌现，蔚为壮观。“新历史”的核心一是女性作为言说主体，改写女性在历史中的缄默不语，正面重塑历史上的女性形象，建构女性历史主体；二是对传统主流历史观（正史）的宏大历史叙事予以解构，对男性经典历史叙事进行改写与重构，显现出不同于男性创作的鲜明性别立场和独特美学风貌。

20 世纪 90 年代后期，女作家们不仅清醒地承担起解构男权和重构历史的重任，而且还要揭示性别文化中的负面因素对女性心灵与身体成长的羁绊。徐坤以一位女作家与女学者的双重身份，在《厨房》《游行》《狗日的足球》等文本中，以调侃、反讽的后现代语言方式，“嬉戏诸神”的独特美学风貌，既反映当下现实中的男性霸权的事实，有力拆解男女平等的神话，又有对现实中败于主体性丧失之女性的“心痛”关怀，倾注了对当下本国本土女性性别处境和政治、经济、历史、文化关联的深入思考。

无论是王安忆的《叔叔的故事》中所讲述的那个与男性中心文化核心文本《绿化树》截然不同的故事，还是张洁在《无字》中用血写的从墨荷到吴为这一百年中，女人作为男性社会附属品的位置，并无实质改变的真实处境，以及徐小斌的《双鱼星座》中女性所遭遇的金钱、权力和性的三重挤压，抑或徐坤《狗日的足球》中那铺天盖地的、震耳欲聋的“国骂”场景，都是植根于中国这块土地上的文化、历史、现实。她们的文本所颠覆、所解构、所批判的，是具有“中国本土特色”的男性中心文化。她们的书写，为中国女性主义文学提供了丰富的想象资源，为中国特色的女性主义文学理论资源奠定了扎实的实践基础。

女性主义文学：建构意识

如果说如前所述的女性主义文学，是以解构男性中心文化为宗旨，那么，21 世纪初年，中国当代女性主义文学在反思偏颇和寻求突破中，开始了建构的尝试。女性主义文学由解构到建构的尝试，是十分重要、十分关键的，更具中国本土特色的突破与超越。

西方女性主义文学，只是解构，而中国的女性主义文学，不只是解构，还要建构。这是一个重大差异与区别。

建构什么？建构女性主体健康独立人格；建构关注底层的女性书写；建构双性和谐的理想；建构超越性别的性别书写。这些应是女性（主义）文学十分重要的核心价值追求，也是当代女性文学现代衍进的必然规律。

《简史》中对此专列三章（十四、十五、十六章）予以阐释和高度评价。

女性（主义）文学的建构意识，首先是塑造健康独立的女性主体形象。21 世纪初年，如果说《大浴女》预示着一种隐形的独立健康的现代女性内在人格尊严的形成，表现出铁凝建构现代女性内在人格力量的探索，至张抗抗的《作女》，一个具有主体精神的，独立、阳光、健康、自主人格的新女性形象，一个自由、自在、自觉的女性审美主体终于脱颖而出。这正是女性（主义）文学对碎片的缝合，对完整的建构。

诚然，张抗抗和她的主人公一样不认同女性主义，但是作女形象的建构正是女性主义文学的标志之一。正是在对西方解构式的女性主义超越的意义上，张抗抗发现了中国本土女性群体在中国改革开放时代前进中自然成长的“新的生长点”，建构、塑造了在中国本土这一决定性土壤中生长起来的阳光女儿形象。

由女性个人化写作，到关注底层的女性书写，这一转变对于中国当代女性文学的整体建设具有十分重要的战略意义。

20 世纪 90 年代末，女性个人化写作弊端日益显现。沉浸于构筑私人空间，疏离社会历史，随之而来的便是创作源泉的枯竭。时至 21 世纪初，一批卓有成就的女作家逐渐将目光投向社会底层，从一度的悬浮状态和封闭的房间回归于丰饶坚实的大地。林白的《妇女闲聊录》、迟子建的《亲亲土豆》、孙惠芬的《歇马山庄的两个女人》、王安忆的《富萍》等，都转而书写更具中国特色的乡村女性经验。

21 世纪初年，女作家不约而同地写出了中国女性在经济转型期的市场竞争中所迸发出的，从底层生活的艰辛困苦中磨炼出来的泼辣、精明、智慧、顽强的生命意志和勃勃的生机活力；写出了她们自尊心、自信心、自豪感的萌生和成长；写出了底层劳动妇女“发现自我”的过程；底层女性性别主体意识的萌生，显然来自养育她们的这片国土，来自生于斯长于斯的这片黄土地、黑土地。在这片土地上，女性主义批判男权文化，但关注关怀男性个体，透出双性和谐的希冀。这一深具本土特色的女性经验与人性深度，正是伴随中国农村经济转型过程得以体现的。从审美的高度看，礼赞乡土之美，礼赞人性之美，礼赞双性和谐之美，已成为女作家底层书写共同的美学追求。女作家们显然在这一性别写作中自觉地注入了中国国情，注入了民族、种族、阶级、大众等多重视角因素。《简史》认为，这正是女性主义中国本土特色的深入拓展。

超越性别的性别书写，也是一种建构。

以性别视角、性别意识作为女性文学的一个十分重要的价值基点，它的存在的必要性、合理性、有效性已被女性创作的实绩与历史所证明。但是女性文学不仅仅是一种“性别的文学”，也是同时包括性别意识在内的“人”的文学。

铁凝出版于 2006 年的《笨花》（也是本著时限的最后一个文本），是超越性别的性别书写的很好范例。是在整体上的超性别书写中，融入了性别书写。《笨花》书写了冀中平原上的一个小小村落笨花村，笨花村既是民族生命、历史与文化的载体，同时又书写了民族文化中女性的生存状态及命运。在《笨花》中，铁凝率先完成了女性作为“人”和作为“女人”的双重主体价值的建构。乡村之美、本土之根的美学追求，则是《笨花》传统现实主义文学叙事回归与超越所取得的一大审美突破。

《笨花》大大地拓宽了女性文学的精神空间，由此完成了女性文学从现代性的边缘走向中心的一次成功实践。这种社会责任与性别责任的双重认同和担当，是铁凝对中国当代女性文学的重要贡献。

女性文学建构意识的意义非同凡响。塑造健康独立的女性主体形象、底层女性的关注书写、超越性别的性别书写，传达出乡村之美、人性之美、本土之根的美学追求；展示出极具本土特色的中国女性主义文学发展的内在理论生长点和闪光点，它使中国当代女性文学获得了强大的自我成长、自我更新的生命力；体现出中国当代女性文学不断自我突破自我超越生成的创造精神、辩证思维及现代品格。

她们为什么说“不”

2002 年，在上海的一次社会性别与文学文化国际学术研讨会上，笔者曾向王安忆发问：在我看来，您的《弟兄们》《叔叔的故事》是经典的女性主义文本，开 20 世纪 90 年代女性主义文学之先河。为什么您说您不是女性主义者？这是您的政策还是您的策略，是您的立场还是您的无奈？还是法国女权主义者克里斯蒂瓦式的幽默？智慧的安忆回答说，作品创造出来，犹如婴儿诞生，长得如何，任由他人评说。这是安忆对笔者提问接受美学意义的精彩回馈。

众所周知，张洁的女性叙事所具有的女性主义先驱意义和启蒙精神一直贯穿于她二十多年的创作历程。在中国女性作家中，张洁亦最有资格说“我是女性主义者”。可她却说“不”。

究其原因，她们的“否定式”或许是一种克里斯蒂瓦式的幽默，是一种解构男性中心文化的策略。笔者以为，最重要的是，在对来自西方女性主义的认识上，她们考虑到中国特定文化语境中对女性主义的普遍误解误读；她们坚守自己所持的中国本土立场，坚执自己文本植根中国大地的独特创造价值。

在某个时间段，一些低劣复制模仿的所谓“美女写作”，与女性主义的旨归显然背道而驰。但由于媒体、商家和不能胜任的批评家的炒作，一时遮蔽了对具有中国本土特色的女性主义文本的关注力，从某种程度上导致了人们对严肃的女性主义文学及其批评事业的误解误读。王安忆、张洁、张抗抗等女作家所宣称的“不”，实则是与某种严重脱离中国国情的“伪女性主义者”相区别；正是在对西方女性主义标签式拒绝的意义上，她们说“不”。

《简史》认为，真正体现中国本土女性主义的是张洁、谌容、王安忆、铁凝、张抗抗、徐小斌、方方、池莉、徐坤、蒋韵、迟子建、孙惠芬等优秀女性作家及其文本。她们所创作的具有中国女性主义先驱意义和启蒙精神的文本，一直影响并贯穿在当代女性写作中。她们在其文本实践中力图改写传统女性性别角色规范，突破文化传统对女性的命名与塑造，传达出女性由作为客体、他者、次性身份到女性主体价值弘扬这一历史必然要求。并以开放的心态在其文本中成功实现了私人空间与外部沧海桑田的对接，既获得了女性内心世界的深度与厚度，又获得了与历史、文化、现实对话的广度与力度，获得了更加广阔自由的写作空间与艺术的弹性与张力。她们的女性主义文本，不仅表现了对具有中国本土特色女性性别境遇的深层文化思考，也直接或间接表达了对具有中国本土特色的社会、历史、民族、家庭、阶级、阶层的文化思考，无不显现了中国女性主义文本与中国历史、中国文化、中国现实，尤其与变动的中国现实渗透融合的丰富异质。她们成功地表现了女性主义文本的中国本土特色，为21世纪中国当代女性文学更加健康发展，昭示了一个更加广阔也更具中国本土特色的创作前景。

正是这一批优秀的中国女性作家，代表着中国女性主义文学的主潮。对这一批优秀的女作家文本意义的开拓性挖掘，则构成了具有中国本土特色的女性主义文学批评的主潮。

诸多中国女性主义文学批评论文论著，均在借鉴西方女性主义文学批评理论的基础上，立足于对当代经典女性文本具有开拓意义的解读。尤其是20世纪90年代以来，中国女性主义文学批评显示出一种综合和扩展的趋势，开始从一种较为单纯的文学研究转向跨学科的文化批评。如果说西方女性主义文学批评，重要的在于重新审视西方文化传统实践，那么，中国女性主义文学批评，重要的在于重新审视中国文化传统实践。即，将女性主义的基本理论与中国女性主义文本的具体实践相结合：致力于对中国女性在中国文化传统中具体性别境遇真相的揭示；致力于中国文学史中女性“空白之页”的发现与改写；致力于对具有“中国本土特色”的男性中心文化久远传统的清理与批判；显示出其典型的女性主义文化批判和中国本土特色。“橘生淮南则为橘，生于淮北则为枳。”在中国女性主义文学及其批评中奉行“拿来主义”，那种源于本土特有的历史文化的特殊性，不仅没有被消解，反而越发清晰、深刻地凸现出来。

正是中国女性主义文学及其批评所具有的鲜明中国本土特色，为笔者所充分吸纳融合，方玉成了《简史》鲜明的中国本土特色。

诚然，《中国当代女性文学简史》着力彰显中国本土特色，但并不排斥西方女性主义理念中适合于中国国情的真理部分。从某种意义上说，女性主义在中国由计划经济向市场经济转轨，并与世界经济接轨的历史进程中，在中国遇到广阔的发展空间，主要是由中国女性在中国文化传统中性别境遇的鲜明中国本土特色所决定的；是由中国特定历史阶段所提供的具有鲜明中国本土特色的时代可能性所决定的；同时，也是由世界女性主义谋求两性平等、和谐、发展的共同宗旨所决定的。女性主义来自西方，但它不是西方女性主义学者的专利。女性主义是全球性的人类共有的学术概念和思想财富。在当今国际学界，女性主义已成为学者必备的常识。女性主义是来自西方还是来自东方，并不十分重要。“实践是检验真理的标准”，正如马克思主义来自西方而丝毫无损其真理的光芒一样，重要的在于以一种民族自信心、自豪感，以开放博大的胸怀，“拿来”其真理部分，建立一种中西互惠互补的先进性别文化，建构女性（主义）文学的中国学派（张炯语），才是凌驾于一切纷争之上的理想彼岸。但是，彼岸还很遥远。

笔者从 1988 年涉足女性文学研究，至今整整三十年了。三十年，我作为中国当代女性文学的亲历者、探索者，从遥远的新疆走来，一路与它风雨同行，情牵之，奉献之。我荣幸地见证了它在荆棘中生长、成长、枝繁叶茂，如今后来者居上华盖满园的美丽风景。我视它为精神家园。今为《简史》撰文，所为滋前露以润年华，会师友以慰初心矣。三十年岁月，女性文学犹如日月之光赋予我生命价值与心灵温暖。我深知，我的女性文学研究心性，已然燃烧殆尽，犹如《廊桥遗梦》中弗朗西斯的爱情。但是，它的灰烬，却足以温暖余生。

（任一鸣：中国当代文学研究会理事，中国教育家协会理事）

名家研究

论"五四"女性文学的自然观

李　玲

"五四"女作家，以刚刚解除束缚的青春女性胸怀面对自我以外的广阔世界，在对自然的感性欣赏中、在与自然的心神交融中，大大拓展了女性的生活面与心灵空间，表现出现代女性熔铸着人道主义思想内涵的人格特征。除了把自然作为独立的审美对象外，"五四"女作家还继承了中国古代以自然物象征、比喻伦理道德、人生景况的文化传统，并且对之进行现代转换，借助自然物积极思考现代女性乃至于现代人的人格重塑、理想追求等问题，并以觉醒的人的眼光审视自身处境。"五四"女性文学首次从根本上改变了女性文学中自然美欣赏匮乏的状况，改变了以自然作比为比喻象征的审美内涵。

一

对自然美超越一时现实功利的欣赏几乎遍及每一位"五四"女作家的创作。花草树木、大海山川、月光繁星等都频繁地出现在她们的诗歌、散文、小说中。而大量歌唱自然美的则主要有冰心、陈衡哲、凌叔华、庐隐、石评梅、冯沅君。她们对自然美的欣赏主要在两条思路上展开。一是借助拟人化手法直接抒发自己与自然景物为友的心情；二是通过具体景物的描绘，创造出富有诗意的意境，给读者以美的享受。

"五四"女作家首先把自然景物拟人化为与自己精神相通的朋友，直接抒发主体对自然景物魂绕梦牵的热爱之情。这主要体现在冰心的哲理诗《繁星》《春水》中：

儿时的朋友：
海波呵，
　山影呵，
　　灿烂的晚霞呵，
　　　悲壮的喇叭呵；
我们如今是疏远了么？

（冰心《繁星·四七》）

荡漾的，是小舟么？
青翠的，是岛山么？
蔚蓝的，是大海么？
我的朋友！
重来的我，
　何忍怀疑你，
　　只因我屡次受了梦儿的欺枉。

（冰心《繁星·一二六》）

这里，自然景物给予冰心的主要不是“极视听之娱”的感官享受，而是“犹恐相逢是梦中”的朋友真情。冰心常常以对话的方式与拟人化的自然景物交流情感，并且把自己对童年的留恋、对时光流逝的感伤这些丰富的人生感触都交融在对自然的热爱里，让拟人化的自然景物与自己共同分享、承受人生的种种况味。这种与自然山水风物进行深层精神交流的审美观照，有李白“相看两不厌，只有敬亭山”的亲密、平等，而没有李白知己寥落的不平之气与落寞感。在冰心创作中，人与自然山水风物的和谐，并没有与社会上人际关系的不和谐直接形成对比，一般并不直接指向对现实社会的批判。

父亲呵！
出来坐在月明里，
　我要听你说你的海。

（冰心《繁星·七五》）

造物者——
倘若在永久的生命中
　只容许有一次极乐的应许。
我要至诚地求着：

“我在母亲的怀里，
母亲在小舟里，
小舟在月明的大海里。”

（冰心《春水·一〇五》）

对自然景物的热爱在冰心心目中倒是常常与人间亲情水乳交融。有时冰心甚至用和谐的人间亲情来比拟自然物之间的关系，把对自然的赞美与人伦亲情相融合，如“西湖呵，你是海的小妹妹么？”（《春水·二九》）自然对于冰心和一些女作家来说，实际上意味着是人类社会的延续，而不是与现实社会相对峙的另一个世界。这说明“五四”女作家投身大自然一般不含高蹈出世的意味，而包含着关怀现实人生的温暖情愫。通过拟人手法，把自然景物认同为亲密的朋友，“五四”女作家大大拓展了女性文学的人生内容，并为直接欣赏自然景物的感性美做好了思想、情感上的准备。

除了大海、明月、朝霞、青山这些具体的自然风物外，冰心诗中还不断出现一个作为集合概念的拟人化自然形象。

我们都是自然的婴儿，
　卧在宇宙的摇篮里。

（冰心《繁星·一四》）

自然的微笑里，
　融化了
　人类的嗔怨。

（冰心《春水·四九》）

万能的上帝！
求你默默的借着无瑕疵的自然，
造成我们高尚独立的人格。

（冰心《人格》）

自然在冰心的心目中显然有两个层面的意味。第一层含义中，自然不仅包括人类社会以外的自然界事物，还包括人类社会本身。而自然景物和人就像卧在同一个摇篮里的孩子一样和谐安宁。第二层含义中，自然仅仅指人类社会以外的自然界，但它也与人类生活密切相关。这两层含义上的自然概念外延大小不等，但在冰心的拟人化想象中都是一个具有母性情怀的人格化形象。冰心认为自然比人类更高一等，但她对自然的崇拜一般并没有引向对人类生活的否定。在她的心目中，自然令人仰视的特征不仅没有形成对人的压抑，反而具有温暖人心、协调人类嗔怨、培养人性的功能。基于这样的自然观，冰心只有在诗化小说《月光》一篇中，赞同主人公维因的看法，认为人只有“打破了烦恼混沌的自己”才能达到与自然的调和。这里，人对自然的崇拜导致对自我肉体生命的否定。而多数时候，冰心都认为人与万物的和谐是“不可分析，不容分析的”真理。她用“万全之爱”来概括人与自然界万物“共同卧在宇宙的摇篮里”（冰心《“无限之生”的界线》）的和谐的世界本质特征。冰心在自然观、宇宙观上显然综合继承了中国古代文化“天人合一”的思想与印度哲学“梵”的观念，而区别于强调人与自然的对立性的西方文化。这样的哲学观念，与冰心自小培养起来的对自然事物感性美的敏锐直觉相结合，各种自然风物就自然而然地成为冰心与之“心有灵犀一点通”的亲密朋友。

在从哲理层面确认自然对于人类生活的正面意义的同时，“五四”女作家还开放心灵，从感性层面大量感受自然美。在她们笔下，自然景物或直接出现在写景抒情散文中成为主要表现对象，或穿插在小说中作为人物心理、情节氛围的衬托。对自然美的表现，在冰心、陈衡哲、凌叔华的多数创作中，以及庐隐、冯沅君、石评梅的部分创作中，均达到了创造意境美的高级审美层次。自然景物，在冰心、凌叔华、石评梅笔下趋向雅致优美，在陈衡哲、庐隐、冯沅君笔下则优美、壮美两种美学形态兼而有之，但细加分析，各人又有所不同。

同是趋于优美，冰心、凌叔华、石评梅的自然美感仍然有着较为明显的差异。冰心喜爱的自然景物，面极广。无论是外部形态辽阔的大海高山，还是细小的几朵石竹花，都在她的视野内。她主要不是通过描写微小精致的事物来实现其优美的艺术风格。她从自己清新优雅的审美趣味出发，在一个事物的多个侧面中选择符合自己个性的特点来进行艺术表现。自然事物在其勃勃生机中透出的和谐感、静穆感，是冰心笔下景物优美风格的主要构成因素。大海高山屡屡出现在她的创作中。这些一般是以壮美面目出现的事物在她独特美感的观照下，常常隐去了其浩大壮观的一面。海常常出现在冰心的笔下，但她从未详细描画过大海波涛汹涌的狂暴面目，《寄小读者·通讯七》中提到“海波吟啸着”，但并不进一步描写海面壮观的景象。《寄小读者·通讯二十》也只微微涉及“悲壮的海风”而已。不仅拟人化的大海是一个柔美的女神（《往事（一）之四》），而且冰心对海的正面描写也以和谐、平静、绚丽见长。

> 我自少住在海滨，却没有看见过海平如镜。这次出了吴淞口，一天的航程，一望无际尽是粼粼的微波。凉风习习，舟如在冰上行。到

过了高丽界，海水竟似湖光。蓝极绿极，凝成一片，斜阳的金光，长蛇般自天边直接到栏旁人立处。上自穹苍，下至船前的水，自浅红至于深翠，幻成几十色，一层层，一片片的漾开了来……（冰心《寄小读者·通讯七》）

“海平如镜”的景象虽然见得少，但一旦相遇，便恨“文字竟是世界上最无用的东西，写不出这空灵的妙景”。它比海涛拍岸的景象更深地占据冰心的心灵。风雪阻隔的沙穰青山在冰心的感受中“只能说是似娟娟的静女，虽是照人的明艳，却也不飞扬妖冶；是低眉垂袖，璎珞矜严”（《往事（二）之三》），具有明显的阴柔气质。作者温柔、矜持而又不失活泼的青春女性情怀，使得她忽略过各类自然事物壮阔、狂暴的一面，而着重发掘其和谐、温婉的特征，造成了创作中景物描写的优美风格。

冰心擅长在光的变幻中捕捉自然景物清新绚烂的风采。诗化小说《悟》中，主人公星如半夜见云收雨霁的湖上风光：

他凝住了，湖上走过千百回，这般光明的世界，确还是第一次！叠锦般的湖波，漾着溶溶的月。雨过的天空，清寒得碧琉璃一般。湖旁一丛丛带雨的密叶，闪烁向月，璀璨得如同火树银花，地下湿影参差，湖石都清澈的露出水面。

以“火树银花”做比，扫尽夜色的沉寂；而光由树叶带雨向月而生，再加上天空“清寒”的感觉，又不失其自然清新的品位，避免了错彩镂金之病。月光给雨后宁静的湖山带来了灿烂的生机。日光、月光、朝霞、繁星所产生的光明不时笼罩着冰心笔下的山水花树，带来秀丽端庄的美感，从中也折射出冰心纯洁明净、积极健康的心怀，达到了“物与神游”的境界。

与冰心长于表现光的美感不同，凌叔华更擅长把握自然景物细腻的色彩变化。她这时期对自然美的描写大都镶嵌在小说中。它们在小说的整体构思上起到衬托气氛或折射人物心理的作用。前者如《中秋晚》《再见》《花之寺》；后者如《春天》《疯了的诗人》。凌叔华“五四”时期对自然美的敏感点在春天的山，以及与之相关的天空、花草树木、飞禽昆虫。《春天》与《疯了的诗人》两篇均以大量的篇幅出色地传达出了春天的神韵。秋天的景物只寥寥几笔出现在《中秋晚》与《再见》两篇中。夏与冬的景物这时期一直未曾进入凌叔华的审美视野。

廊下挂了一个鸟笼，里头一双白鸽正仰头望着蔚蓝的天空咕咕地叫着，好象代表主人送迎碧天上来往的白云。西窗前一架紫藤花开了

几穗花浸在阳光里吐出甜醉的芬香；温和的风时时载送这鸟语花香，装点这艳阳天气。（凌叔华《花之寺》）

灰褐色的天幕已经抹上一层粉蓝，一层密黄了。院子里一株海棠，好象一个游春的妙年女子穿着葱翠色衣裳，头上满簪着细花朵的神气。许多粉蝶黄蜂都绕着树飞，她连头都不动一动，这样更显出她的娇矜风度。（凌叔华《春天》）

在对景物的描绘中，凌叔华长于充分调动五官感觉，从色彩、气味、声音多方面表现大自然的韵味。她对色彩的感觉尤为细腻，特别善于调配多种粉色，造成柔婉而又鲜明的画面效果。各种细致的感觉再配以想象丰富的比喻，共同创造出春天万物初醒的醉人气氛，巧妙地传达出小说主人公因感应春色而产生的骚动且又茫然的情绪，达到了境象与意韵的和谐统一。

而在远景的描绘中，凌叔华除保持对色、味、声的细腻敏感外，还借鉴了中国山水画的透视特色。“中国画的透视法是提神太虚，从世外鸟瞰的立场观照全整的律动的大自然，它的空间立场是在时间中徘徊移动，游目周览，集合数层与多方的视点谱成一幅超象空灵的诗情画境。所以它的境界偏向远景。……在这远景里看不见刻画显露的凹凸及光线阴影。……一片明暗的节奏表象着全幅宇宙的氤氲的气韵，正符合中国心灵蓬松潇洒的意境。”[①]《疯了的诗人》中，诗人兼画家觉生骑驴缓行在迂曲的小路上，随着云雨阴晴的变化和立足点的变迁，展现在他面前的连绵的山景正是这样一幅幅气韵生动的长方横轴全景中国画。其云雾开合以及细腻的色彩变幻带来一种空灵缥缈而又清逸柔婉的艺术趣味，得宋元文人山水画超然玄远的神韵，而又比之多一分温婉的气息，体现了女作家高远的襟怀与细腻的柔情。

石评梅对自然景物进行大段描写的文字并不多，但在倾诉情绪、叙述事件时她常常穿插一些小段的景物描写。

旧日秃秃的太行山，而今都批上柔绿；细雨里行云过岫，宛似少女头上的小鬟，因为落雨多，瀑布是更壮观而清脆……（石评梅《素心》）

石评梅喜欢用拟人化的比喻来描述自然的面貌。她的自然美感偏于清新绮丽，由此造成一种优美婉约的效果。

---

① 宗白华：《论中国画法的渊源与基础》，见《艺境》，北京大学出版社1986年版，第119页。

冰心、凌叔华、石评梅对自然美的描写均以优美典雅见长。而陈衡哲、庐隐、冯沅君对自然景物的审美感受则融秀丽雄伟于一体。庐隐、冯沅君是在优美中糅合着壮美的分子，主要仍以婉约优美为主调；而陈衡哲则以壮美瑰丽为基调，而辅之以秀丽优美。

庐隐曾说："……我是喜欢暗淡的光线，和模糊的轮廓，我喜欢远树笼烟的画境，我喜欢晨光熹微中的一切，天地间的美，都在这不可捉摸的前途里，所以我最喜欢'笑而不答心自闲'的微妙人生。雨丝若笼雾的天气，要比丽日当空时玄妙得多呢！"[①] 在实际的描写中，庐隐确实多写清晨、黄昏的景物，文中也常常出现斜阳、月亮等意象，而少见"丽日当空"之景。但在用色上她却多用对比鲜明的色彩，而且常常以红色为主调。所以画面的总体效果还是以鲜明醒目为主，而不以朦胧为特色：

> 呵！多美丽的图画！斜阳红得象血般，照在碧绿的海波上，露出紫蔷薇般的颜色来，那白杨和苍松的荫影之下，她们的旅行队正停在那里，五个青年的女郎，要算是此地的熟客了，她们住在靠海的村子里；只要早晨披白绡的安琪儿，在天空微笑时，她们便各人拿着书跳舞般跑了来。黄昏红裳的哥儿回去时，她们也必定要到。（庐隐《海滨故人》）

这黄昏景象中，血红、碧绿两种浓重的色彩形成对比，画面比凌叔华《疯了的诗人》中太阳下的九龙山明艳得多。即使写梅，庐隐写的也是红梅（庐隐《丽石的日记》），而非白梅；月亮意象常常在庐隐创作中出现，而描写最为细致的也是红月（庐隐《月下的回忆》），而非冷月。偏向浓墨重彩、喜用红色的用色偏向，常常造成一种热闹的效果。这表明庐隐精神上更贴近世俗人生，而少一点凌叔华的清逸之气与冰心的肃穆情怀；也暗示庐隐创作中不断宣泄的人生痛苦是一种蕴含着生命炽热的悲哀，而不是心如枯井的绝望。有时红色的使用，也使庐隐笔下的风景在婉约优美中带上一点粗犷壮美的气息。

庐隐写景，尤喜欢通过拟物、拟人、比喻赋予自然事物以生动的活力。上文把夕阳比作"红裳的哥儿"即是显例。同是《海滨故人》一篇中，她又把下山的太阳比作"如狮子滚绣球般，打个转身沉向海底去了"。活泼的拟人、拟物、比喻同样表明，庐隐满纸悲哀的背面还隐含着富有生机的精神活力。但有些比喻、拟人，如黄昏雨后"……淡薄的斜阳，照在一切沐浴后的景物上，真的……比美女的秋波还要清丽动怜"（庐隐《愁情一缕

① 庐隐:《愁情一缕付征鸿》，见《庐隐散文》，中国广播电视出版社1993年版，第297页。

付征鸿》)，喻体陈旧庸俗，反而掩去了自然事物清新灵动的本色。庐隐的景物描写有时也存在情景乖离的毛病，使得自然景物对主人公情绪的影响缺少内在必然，也达不到创造意境的艺术效果。《或人的悲哀》中，女主人公亚侠九月五日的一封书信，先抒主人公不绝如缕的种种愁情，末尾一段转而说，“现在已经黄昏了。海上的黄昏又是一番景象，海水被红日映成紫色，波浪被余辉射成银花，光华灿烂，你若是到了这里，大约又要喜欢得手舞足蹈了！”说对方一定会喜欢，实际上表现的是说话人自己的欣喜。这里主人公心境由悲转喜，由于缺少对自然景物意韵的细腻体会，变化就不免流于简单突兀，缺少层次感，难以在读者心中引起共鸣。

冯沅君对自然美的描写主要在她的日记体长篇游记散文《苏鄂晋越旅行记》以及《隔绝》等部分小说中。其中既有壮美之景，亦有优美之景。即使是雨前云势“嵯峨、峥嵘”的怪景(《苏鄂晋越旅行记·二十一日》)、花木衰残的“萧条凄凉”之丑景(《苏鄂晋越旅行记·十九日》)亦落人冯沅君的审美视野中。这间接体现出作者思维开放、个性兼具豪爽与秀媚的特点。但就总体而言，冯沅君在《苏鄂晋越旅行记》中的写实之景，多因对景象的意味挖掘不够而流于粗陋；小说中的想象之景，意象新意不足。其对自然美的表现整体成就不大。

名家研究

陈衡哲是“五四”时期唯一一位在描写自然风景时以壮美为主要风格的女作家。陈衡哲这时期较多描绘自然美的创作，只有游记散文《加拿大露营记》与《北戴河一周游记》两篇。荒芜的小岛、宽阔的大海、风雨交作的天气、淡红的霞光以及火红的太阳、明净的月亮都是陈衡哲倾心的自然美景。从选材上看，她对海上风光的青睐超过对山中景物的喜爱。这点正与凌叔华形成对比，而与冰心接近。所不同的是，大海在陈衡哲笔下总是以廓大的景象出现。对色彩的敏感是陈衡哲与凌叔华的相同之处。所不同的是，陈衡哲喜欢恰当调配相对浓重的颜色，大面积挥洒：

> 那时的海水，已完全失却了它昨日的恬静与苍翠；弥眼但见灰蓝夹着灰绿，拥托着层层的白浪，向着岸上打来。天上的颜色，起初是与海水一样的灰暗；但不久即有红霞一缕，呈现在西方的天际。那一缕的红霞渐扩渐大，后来直把半个天空，都染得象胭脂一样。地上的草木，经过雨的淋洗，本已苍翠欲滴，此时再衬上那淡红的霞光，更是妩媚到了万分。(陈衡哲《北戴河一周游记》)

雄浑的海天、瑰丽的红霞、妩媚的草木，共同造成开阔的景象，鲜明、富有变化的色彩美，构成既雄伟壮阔又不乏秀逸妩媚的艺术境界，从中也折射出陈衡哲豪放潇洒而又不失细腻秀美的心怀，突破了中国传统女性独偏阴柔温顺的气质特点。

此外，陈衡哲还善于化用古诗意境，使其豪放中仍然蕴含着典雅之美，而不失于粗疏：

> 当我们坐在一个短墙之上，正向海面凝望之际，忽见有帆船一只，在月光波影间，缓缓驶来，因念乘坐此船之人，定非俗子。是时月华愈升愈高，海上的银波，也是愈射愈远，直至天际。明知隔海的故人们，离此处的天际仍是甚远；但目见海天交尽，总不免思念到远在他洲的许多故人，好象他们就在那天涯海角似的。“一水牵愁万里长”，遂忘凉露的沾衣了。（陈衡哲《北戴河一周游记》）

这里显然是化用了唐诗“孤帆远影碧空尽，唯见长江天际流”与“春江潮水连海平，海上明月共潮生”的意境，使得宽广宁静的海上风光与“一水牵愁万里长”的悠远情思相结合。其境象廓大舒展，而思念友人的情谊深邃、绵长。二者相交融，表现了陈衡哲胸襟开阔、情深意长的个性特征。

“五四”女作家对自然景物的哲理赞美与具体描写，从理性和感性两方面表现了第一代现代女性面对自然的态度。通过对自然的理性认同与审美把握，“五四”女作家把现代女性的人生关注范围拓宽到了包括自然界在内的广阔世界。

二

冰心、陈衡哲、凌叔华、庐隐等“五四”女作家还继承了中国古代文化以自然比拟伦理道德、人生理想的传统，借助自然物来表现“五四”女性对人性的思考。以物比拟伦理道德、人生理想，最早见于《管子》，管仲认为禾“可比于君子之德”[①]。在这种比拟中，人们着重考察的并不是自然作为物的特性或者自然作为审美对象的美学意趣，而是赋予自然物以人格特征，使自然物具有比喻、象征人类某一抽象品格的作用。其考察的着重点是人性问题，但因为这种考察与自然物的形象性相连，并且常常还伴以拟人化手法，并不完全摒弃自然物的美感作用，只是把自然的美感意义置于附属位置，所以，其中所包含的对人性的思考、表现，就能取得了抽象性与形象性相结合的特点，往往能达到既言简意赅又具体可感的效果。《论语》中的“智者乐水，仁者乐山”、《楚辞》中的《橘颂》就是典型的以物比拟道德理想、人生理想之作。

---

① 李浩：《山水之变——论先秦至唐代自然美观念的嬗变》，见人大复印资料《美学》1996年第2期。

以自然物比拟伦理道德、人生理想，“五四”女作家扬弃了表白女性忠贞守节、卑顺多情品格的古代女性文学传统，从现代女性独立面对人生的态度出发，思考现代女性乃至于现代人人格重塑的问题。

在对人格修养的思考中，“五四”女作家表现出第一代现代女性截然不同于旧时代女性的独立自强的自我意识。她们继承了传统文化中关于莲花、松柏、幽兰等自然风物的道德、人格含义，经过重新阐释后，赋予它们更为宽广的外延。

> 向日葵对那些未见过白莲的人，
> 　承认他们是最好的朋友。
> 白莲出水了，
> 　向日葵低下了头：
> 她亭亭的傲骨，
> 　分别了自己。
>
> （冰心《繁星·二四》）

莲花自古就被赋予“出污泥而不染”的高洁品格，但在古代文化中，其亭亭傲骨一般只是用于赞美男子尤其是士大夫的人格美，而较少包含对女性人格的赞誉。莲花如果用在女性身上，一般只意味着贞洁。冰心把白莲的“亭亭傲骨”与向日葵的低头做比，从女性角度扩充了白莲高傲品格的比拟范围，也拓展了女性的人性深度。它表明冰心心目中的理想人格已全然不是封建男权强加给女性的“敬顺”“曲从”[①]的奴隶品性，而是带着人的尊严的自傲自强。凌叔华在小说《绮霞》中也继承了中国古代关于柏树的文化意蕴，并且把它的象征意蕴拓宽到女性生活领域。秋风中：

> 只有几十株古柏仍然稳立在游椅左右，显出饱尝风霜，睥睨一切的庄严老练的神态，不但衰柳残荷见了自愧形秽，即园中傲风戴雪之假山石也似乎惭愧不如，蜷伏着不动。

柏树傲立秋风的人格化形象，显然是对《论语》“岁寒然后知松柏之后凋也”的详细描述。睥睨一切人生艰险时的“庄严老练”，正是初步觉醒的“五四”女性带着青春的稚嫩时所特别渴望拥有的坚定品格。柏树就成为凌叔华用以鼓舞、鞭策女主人公绮霞奋发上进、独立自强的人格楷模。

自尊自傲、独立自强的人格理想，在“五四”女作家思想中，具体落

---

① （东汉）班昭的《女诫》中说“……敬顺之道，妇人之大礼也。”“勿得违戾是非，争分曲直。此则所谓曲从矣。”见《女诫》，中央民族大学出版社 1996 年版，第 2—3 页。

实为把握自身命运的个性主义思想与牺牲自己、服务社会的事业追求。陈衡哲更注重表现觉醒的现代人把握自身命运的个性主义思想，冰心则更注重思考青年服务社会的问题。

陈衡哲在诗歌《鸟》、散文诗《运河与扬子江》与《老柏与野蔷薇》中，以鸟儿、运河、扬子江、老柏与野蔷薇作为比拟，表达自己渴望把握自身命运、追求生命价值的个性主义的人生理想。运河象征着命运"成也由人，毁也由人"的顺命者，是"快乐"而不觉悟的奴隶。而扬子江穿岩凿壁，自己创造命运，高唱着"生命的奋斗是彻底的，奋斗来的生命是美丽的"之歌(《运河与扬子江》)。鸟儿、扬子江象征着不惜代价、追求自由、执意创造自我生命的奋斗者。老柏与野蔷薇则分别代表了坚贞不移与绚烂短暂的两种生命形态。野蔷薇"美丽""柔媚"，虽然只有三日的寿命，但那"仅仅三日的光荣，终究完成了生命的意义：圆满、彻底，和尽量的陶醉"(《老柏与野蔷薇》)。这些动植物形象相互对比，表现了现代女性摆脱了奴隶命运之后的独立不羁、豪迈坚定的精神面貌。陈衡哲的个性主义思想带着"五四"青年刚刚冲破封建桎梏时的自信、坚定，而没有同时期西方个性主义文学的颓废、绝望。在她心目中，与个体生命相对立的是外在于个体力量之外的命运，而不是代表群体力量的社会。高扬主体生命意义的奋斗行为，赋予个体生命以战胜命运并且创造命运的力量。鸟儿、扬子江、野蔷薇等动植物的比喻、象征内涵，因为注入了刚健的个性主义思想内容，取得了以往女性文学所不可能拥有的现代意识，代表着觉醒女性的心声。陈衡哲的个性解放思想没有与群体意识相融合，也没有走向对群体观念的否定。运河与扬子江、老柏与野蔷薇的对话，显然在拟人、象征之外，还借助了对话体寓言的表现手法。

冰心常常以植物的花、果、树的关系来比拟、表现自己对生命意义的思考：

嫩绿的芽儿，
　和青年说：
　"发展你自己！"

淡白的花儿，
　和青年说：
　"贡献你自己！"

深红的果儿，
　和青年说：

"牺牲你自己！"

（冰心《繁星·一〇》）

"十年树木，百年树人"，以树木比拟人的成长、变化本是常见的联想，而冰心赋予相关的青年成长以"发展""贡献""牺牲"的内涵，就在其中熔铸了"五四"青年的现代人生观。把青年的发展与不惜牺牲自己、为社会做贡献的人生理想相结合，冰心的人道主义思想区别于强调个体有别于群体，甚至把个体置于群体对立面的个性主义思想。

墙角的花！
　你孤芳自赏时，
　　天地便小了。

（冰心《春水·三三》）

冰心摒弃个体的孤芳自赏，始终把个体生命存在、发展的意义与社会整体的进步紧密结合，显然是把现代人道主义思想与古代兼济天下的士的人生追求、与注重整体观念的民族文化传统结合起来，在对传统的现代性转换中努力建构符合历史发展与民族生存要求的人生观。

冰心的人道主义思想还表现出关怀弱小事物、注重发掘弱小事物价值的特点，从而区别于居高临下同情下层人民、带着贵族主义色彩的古典人道主义，而表现出价值观上的平民主义倾向。对蒲公英、小草、小松树的比喻、象征表现就体现了冰心的这一思想特点。

弱小的草呵！
　骄傲些罢，
　　只是你普遍的装点了世界。

（冰心《繁星·四八》）

三

推广以自然物比拟伦理道德、人生理想的思维方式，还可以以自然物比拟人生景况。以自然物比拟人生景况，赋予自然物以象征、比喻意义，借以观照人的生存真相。中国古代文化也形成了自然物比拟人生景况的丰富传统。"驿外断桥边，寂寞开无主。……零落成泥碾作尘，只有香如故。"陆游的《卜算子·咏梅》就是以自然物比拟人生景况与以自然物比拟人格理想的结合。

作为第一代摆脱封建束缚、初次获得人的生存权利的现代女性，“五四”女作家在执着追寻新生活的同时，不免时时还感受到处在历史转折时期的黎明寒意与青春柔弱，对生命常常有许多偏于伤感的喟叹。总的来说，冰心、陈衡哲、冯沅君虽然也不免有低回哀伤，但整体上是趋向积极乐观的；而庐隐、石评梅、陆晶清虽然也憧憬未来，但整体上却是沉浸在无法排遣的悲哀中的。她们在直抒胸臆或借叙述故事、描绘客观景象间接抒情之外，还常常以自然物为象征、比喻，形象地传达出自己对生存真相的体悟。以自然物比拟伦理道德、人生理想，“五四”女作家思考的是人性建设的问题；以自然物比拟人生景况，“五四”女作家关注的则是生命的普遍本质与女性的特殊生存处境。

> 可怜我们都是在静寂的深夜，追逐着不能捉摸的黑影，而驰骋于荒冢古墓间的人！（石评梅《漱玉》）

石评梅以“静寂的深夜”与“荒冢古墓”比拟自己的周遭环境，以“追逐着不可捉摸的黑影”比拟自己的生命状态，喻体与象征意象造成一种极度荒凉的画面效果，传达出了“五四”女性梦醒后无路可走的深切痛苦。

> 我坐在甲板上一张旧了的藤椅里，看海潮浩浩荡荡，翻腾奔掀，心里充满了惊惧的茫然无主的情绪，人生的真相，大约就是如此了。（庐隐《或人的悲哀》）

庐隐作为石评梅的精神盟友，在浓重的社会黑暗中，也感到惊惧茫然。在她眼中，奔腾浩荡的海潮成为人生无法驾驭的象征，丝毫没有冰心把波涛摇荡比作是“海的母亲，在洪涛上轻轻的簸动这大摇篮。几百个婴儿之中，我也许是个独醒者……”（《往事》（二）之五）的从容安恬。石评梅、庐隐代表了一批搁浅在“五四”落潮后的社会现实中、无力解救自己的柔弱的觉醒者。她们同样是感应“五四”思潮而成长起来的时代儿女，只是羽翼未丰，无法克服生命的种种障碍而陷入悲观颓唐中。

作为第一代觉醒的女作家，冰心同样经历着“五四”落潮后的黑暗，也难免有生命孤寂的感叹：

> 只是一颗孤星罢了！
> 　在无边的黑暗里，
> 　已写尽了宇宙的寂寞。
>
> （冰心《春水·六五》）

由孤星与夜空的黑暗而体会到宇宙的寂寞，折射出的实际上是作者自身的生命孤独感。但与同时代女性相比，冰心格外幸运地生长在一个具有民主思想的家庭中，从童年到青年的人生道路都很顺利，因而培养了一种特别健康的心态，再加上她始终怀着服务社会、安慰青年的使命感，所以，“五四”时期冰心虽然忧郁但并不悲观，而且“忧郁是第一步，奋斗是第二步”。忧郁只是一种悲天悯人的沉思，并不是对生命的绝望（《一个忧郁的青年》）。她说：

沉寂的渊底，
　却照着
　　永远红艳的春花。

（《春水·六九》）

渊底的春花是作者生命信念的物化表现，它红艳的暖意传达出作者乐观的精神，慰藉了无数在黑暗中摸索的青年，所以“冰心女士的作品，以一种奇迹的模样出现，生着翅膀，飞到各个青年男女的心上去，成为无数欢乐的恩物”[①]。

以自然事物比拟人生景况，“五四”女作家不仅从各自的心态出发，从不同角度阐发生命的真相，而且还以敏锐的女性意识思考妇女的独特生存处境。着意于以比拟的方式表现这一主题的女作家主要是庐隐：

他看那封信上说，他的爱神已不是含苞未放的花了，他怀疑着想，这大约是梦吧！世界上那有这种可惊异的事呢？她娇羞默默，谁说她不是处女的美呢……竟有这种的事吗？……赵海能可鄙的武夫，他也配亲近她吗？那真是含露的百合，遭了毒蜂的劫了！（庐隐《沦落》）

庐隐小说《沦落》中的男女主人公，都以“不是含苞未放的花”比喻女性失去处女身份，在谴责对女性进行性侵犯的男子时，也包含着对受害女性生命价值的否定。庐隐以女性的敏感对女性柔弱被动的命运表示深切同情，对男子恣意伤害女性的行为感到愤慨，却也与笔下的男女主人公一样，无法进一步批判传统文化中的处女崇拜情结，仍然把受到性侵犯的女性当作生命已经贬值的次品看待。其深层心理还是摆脱不了把女性价值定位为男人的性享乐、性专制对象的封建糟粕。这说明庐隐作为第一代觉醒

名家研究

① 沈从文：《论中国小说创作》，见《冰心研究资料》，北京出版社1984年版，第196页。

女性，既有批判封建男权的强烈意识，具有可贵的人的自觉，又在一定程度上接受了封建男权对女性的贬抑。“当女人变成花朵的时候，在一种隐喻的物神式距离之中，我们就可以避开女性的欲望与差异，也避免见到她的非‘菲勒斯’本质，这样，菲勒斯的完整性就受到保护。”[①] 庐隐以“含苞未放的花”“含露的百合”比喻女性，与以“毒蜂”比喻男子相比，隐匿了女性的主体性，而强调女性传统的被动特质，同样表明庐隐的深层心理中受到封建男权文化的影响。

自然对于“五四”女作家来说，既是独立的审美对象，又是借以思考人性建设、表现自身生存处境的工具。在对自然的审美观照中，“五四”女作家拓展了女性的生活视野、心灵空间。自然美在各位“五四”女作家创作中呈现出不同的美学风格，折射出的是“五四”女性丰富多姿的心灵特征与美学趣味。以自然物比拟伦理道德、人生理想，比拟人生景况，“五四”女作家从女性角度参与了民族性格的现代重塑工作，丰富了自然物的象征意义，也表现出观照自身生命存在的自觉意识。在继承以自然物为比拟的传统思维方式时，“五四”女作家吸收、保留了民族文化中的优秀成分，并且对之进行了现代性的转换，从而否定了封建男权对女性生命的贬抑、对女性心灵的压制，但她们中的有些人在批判封建男权的同时，思想上又难免还渗透着一些封建男权意识，从而表现出意识形态上的复杂性。

（李玲：北京语言大学教授）

① Dorothy Kelly, *Gender and Rhetoric*，转引自陈顺馨著《中国当代文学的叙事与性别》，北京大学出版社 1995 年版，第 111 页。

女性世界的现代性审视

——论“五四”女作家小说的异化意识

张　浩

摘　要：女性异化是“五四”女作家小说中女性生存处境的体现。在异化意识的影响下，袁昌英的《孔雀东南飞》等作品着重表现了女性亲情关系的异化，丁玲《莎菲女士的日记》等小说描写了由于禁锢和压抑而形成的女性爱情的异化，同时也出现了诸如凌叔华的《酒后》《绣枕》《中秋夜》等描写女性心理异化的作品。“五四”女作家的异化主题不仅仅是对女性异化生存处境的真实展示，更是对这种异化的颠覆性批判。

关键词：“五四”女作家　小说　异化意识

名家研究

随着本世纪初西方现代派哲学和文学影响的逐渐深入，“五四”文学中出现了明显的异化意识。异化意识是现代派文学最经常表现、最具实践意义的文学活动，“西方现代主义文学可以概括为四个方面的主题，即人与自然、人与社会、人与人、人与自我关系的全面异化。”[①] 异化意识弥漫和渗透了20世纪中国文学的方方面面。在“五四”新文学中，异化意识不仅出现在鲁迅、郭沫若和创造社的诸多作家作品中，同时也大量出现在丁玲、凌叔华、袁昌英、沉樱、冯沅君、庐隐等早期女作家的创作中。

女性异化是“五四”女作家小说中女性生存处境的中心体现。在异化意识的影响下，袁昌英的《孔雀东南飞》、沉樱的《欲》等作品着重表现了女性亲情关系的异化，冯沅君、丁玲等小说描写了由于禁锢和压抑而形成的女性爱情的异化，同时也出现了诸如凌叔华的《酒后》《绣枕》《中秋夜》等描写女性心理异化的作品。因此从女性亲情层面、爱情层面和心理层面来把握和理解“五四”女作家的创作，解读其女性异化的具体形态和表现内涵，是开启“五四”女性文学研究大门的一条崭新的路径。

① 袁可嘉等：《现代主义文学研究》（上），中国社会科学出版社1989年版，第309页。

一、亲情的异化

异化意识对“五四”女性文学的最初渗透表现为对亲情异化的开拓。中国是一个注重血缘伦理关系的国度，儒家文化的“人性善”观念被大众普遍接受，并督导着人们的日常行为方式。“人性善”的核心是“亲亲”，它强调血缘关系的重要表现，强调父母与子女及兄弟姐妹之间天然的情爱。正是这“亲亲”的观念，给每个家庭血缘关系蒙上了一层温柔的面纱，使人相信家是温暖所在，是释放与获取感情的居所。“五四”女作家们在西方现代哲学思潮的影响下，对亲情关系进行了重新审视，她们不再借助传统的儒家思想，而是从一己的体验，从人们的日常行为方式上来认识和抗拒这种根深蒂固的传统习惯心理。在她们看来，亲情之间往往因切身的利益冲突，已把本然应有的情感冲淡到乌有。那么关于家庭生活、亲情关系的话题，在“五四”女作家的笔下究竟呈现出怎样与以往迥异的状态呢?

袁昌英的《孔雀东南飞》为“五四”女性文学提供了亲情关系异化的范例。在中国传统的宗法大家庭里，因婆媳不睦使儿子夹在中间左右为难曾是一个很普遍的现象，也是文学作品中经常出现的一个“母题”。“在西洋家庭里，丈母娘跟女婿间的争吵是至今保持的古风，我们中国家庭里婆婆和媳妇的敌视也不输他们那样悠久的历史。”[①]汉乐府民歌《孔雀东南飞》最早也最生动完整地抒写这一“母题”，在现代文学中如巴金的《寒夜》、曹禺的《原野》等也分别表现了这一母题。由于异化意识的介入，这个古老的婆媳冲突悲剧得到了重新诠释。“有一些题材具有一个特殊形式或者模型，这个形式或模型在一个时代又一个时代的变化中一直保存下来。并且这个形式或模型与被这个题材所感动的人们心中的某一个模型相呼应，我们可以断定诗歌中这样一些题材的一致性。”[②]剧本《孔雀东南飞》对原诗所做的变动是明显的。首先主人公由原诗中的兰芝与仲卿变为了焦母，原作重点是对这一爱情悲剧本身的描写，通过兰芝与仲卿的爱情悲剧去进一步发掘反封建的主题，剧本则主要是对悲剧造成者焦母与儿子之间亲情异化的刻画，在一个更深的层次上强化了这一悲剧的哲学意义。

剧中的母亲焦母三十六七岁，却已有十多年守寡的历史，自丈夫死后焦母一颗心都放在儿子身上，“其实也是我对于你特别的用心。自你爸爸去世之后，我又没有别的事好做，我的全心都用在你的身上，一天到晚就只

① 钱锺书:《围城》，人民文学出版社 1980 年版，第 90 页。

② 莫德·鲍特金:《悲剧诗歌中的原始模型》，见《西方二十世纪文论选》第 1 卷，中国社会科学出版社 1989 年版，第 401 页。

顾着你的美。”[①] 苦熬了几十年，她对儿子的爱到了变态的地步，“只要你常常在我身边，让我时时摸抚你这美发（又摸抚儿子的发），这二十几年来我无日不摸的美发，我一生精力造出来的美发，我也就心满意足了。”直到儿子二十二岁了，还把他当作小孩一样关心照顾、体贴爱抚，更时时担心儿子的失去。“我这十几年来就只觉得我的心由丈夫身上搬到了儿子身上，也还很安宁妥帖的。”守寡的女人将这种被压抑的强烈的性爱转移到儿子身上，由对丈夫的爱转移到对儿子的爱，性爱转化为母爱，或者说母爱中凝聚着被扭曲的性爱。

长大成人的仲卿逐渐从母爱的甜蜜中挣扎出来，他更向往的是另一种异性之爱，结婚之后的两三年，仲卿、兰芝沉浸于恩爱甜蜜的夫妻生活之中，于是焦母“这颗已经残缺不全的寡妇心”就无法承受了。自从儿子娶了媳妇之后，她的性格就变得越来越沉郁和易怒。对焦母来说，儿子便是一切，儿子娶妻就等于夺走了她的灵魂，“说出来真是太露骨了。我们寡妇的心，丈夫死后，就全盘放在儿女身上，儿女就变成我们精神上的情人。一旦儿女们别有所爱，正如你对于你表妹不理你一样的难受！我们这颗孤寂的心，被媳妇由儿子身上挤了出来，着实没地方安置。少年寡妇更加痛苦。年纪大了，倒也淡漠了，好像心里的血也冷薄了，或是干枯了，用不着迸流进别人的心上去。”这种母爱一旦被另一个女人夺取，必定遭到守寡女人疯狂的诅咒和反抗，因为对儿子的这种爱是她付出了重大人生代价换来的，而且是她全部的爱欲之情在人生中的最后一点寄托。于是势必会展开一场富于悲剧意味的母爱与夫妻之爱的斗争，也就是母亲与儿媳争宠的戏剧冲突。在这种心理驱使下，勤劳温顺、活泼美丽的兰芝，在她眼里只是一个不明礼节的贱妇，是暗伤她母子情分的仇敌，焦母嫉妒儿媳，很有些情场角逐、争风吃醋的意味，她势必要将儿媳赶回娘家。这种心理无疑带着一种病态性质。然而，焦母最终并未重新得到儿子。兰芝、仲卿痛苦生离彼此山盟海誓，只待来日再去迎娶。可兰芝回到娘家不久，母兄逼其改嫁。就在出嫁前夕，仲卿赶来相会，二人为求“爱的不朽”终于双双沉入清水池中，以死获得永生。当焦母得知儿子投水自尽之后神经错乱，她的生命之柱也坍塌而陷于癫狂。

焦母对儿子的异态亲情，显然与她多年寡居的变态生活有关。封建时代的妇女，没有独立的社会经济地位，她们是依附于男子而存在的。所谓“在家从父，出嫁从夫，夫死从子”，“三从四德”的信条死死地捆绑着她们，否定着她们作为人的独立存在，也压抑着她们作为人的种种本能的欲望。她们没有工作，丈夫就是她们的职业，丈夫一旦早死，儿女就成为她

① 袁昌英：《孔雀东南飞及其他独幕剧》，商务印书馆1930年版，第17页。

们"精神上的情人"，而儿女一旦另有所爱，她们的这颗"心"也就没有了着落。因此，她们的痛苦不仅在于渴望爱而不能被爱，更在于有所爱而无处施其爱。处于这种境地的妇女，一种人是在宗教里去寻找解脱，她们吃斋念佛苦度今生，渴望来世的幸福；另一种人则被强大的封建礼教和法规所征服，甘心做个"顺天之民"，等待"暮年图个族表"，像剧中十九岁就开始守节的姥姥就是以此作为精神支柱，她"一生的功绩就在征服了这颗心"。这些人虽然也曾尝尽苦难，婆媳之间也难免有些小摩擦和小风波，但最后都能渡过危机，不致酿成悲剧。而像焦母这类寡妇（《寒夜》中的汪母、《原野》中的焦母）则性情刚烈，对儿子过于溺爱，这样矛盾就更为突出。焦母的变态心理产生于她的变态生活，而她的变态生活则源于那灭绝人性的变态社会，因此剧本《孔雀东南飞》中焦母形象的意义，不仅在于她是一个封建礼教和封建家长制权威的代表，更在于通过对这一人物心理的发掘，在更深的层次上揭露了封建礼教的残忍。它对妇女的残害，不仅体现在肉体上，更体现在精神上。

袁昌英依据自己对历史和人性的理解，以古代叙事诗《孔雀东南飞》为题材创作了三幕悲剧《孔雀东南飞》，一方面揭示了病态自私的亲情关系的实质，构成了对儒家家庭观念最决然的否定，从理性上承认了人性最阴暗的一面，这一认识与西方现代派强调的异化意识达到了同步共识；另一方面袁昌英通过亲情关系本相的透视，由外在家庭问题的提出进入到内在症结的揭示，阐释了母子之爱与夫妻之爱的矛盾冲突而导致的异态亲情，从而以新的角度揭示了这幕心理悲剧，使异化亲情成为文学透视人类心理和人性的一个窗口。

二、爱情的异化

异化意识对"五四"女性文学的渗透还表现为对爱情异化的阐释上。丁玲在五四运动落潮之际发表《莎菲女士的日记》，以日记式文体和"我"的口吻，描写了都市知识女性莎菲苦闷绝望的精神状态，这篇以莎菲为第一人称的日记体小说共有日记 34 条，"故事的核心和意义的核心，是在抒发女主角内心深处灵与肉的冲突，情欲与思想的冲突，以及最后灵怎样战胜肉，尊严怎样战胜欲望，真实怎样战胜虚假。"[①]《莎菲女士的日记》揭示在黑暗时代压抑下女青年情感生活的创伤与挣扎，表现女性对以性别等级为根基的文化秩序、思维习惯的反叛，并以鲜明的自述风格和强烈的叛逆色彩震惊文坛，"女作家笔底的爱，在冰心女士同绿漪女士的时代，是母亲

① 蓝棣之：《现代文学经典：症候式分析》，清华大学出版社 1998 年版，第 117 页。

的爱，夫妇的爱；在冯沅君时代，是母亲的爱和情人的爱相冲突的时代；到了丁玲女士时代，则纯粹是‘爱’了。”[①]

《莎菲女士的日记》的内容是莎菲寻找爱情伴侣及其与凌吉士的爱情纠葛。在这场难分难解的情场风波中，自始至终贯穿着爱情和性的冲突。莎菲是一个大胆追求真正爱情的知识青年。在她刚懂事的时候，就开始了个性的觉醒，刚和凌吉士见面时，莎菲就“用一种小儿要糖果的心情在望着那惹人的两个小东西”（指嘴角）。但是“在这个社会里不会准许我去取得我所要的来满足我的冲动，我的欲望”，渐渐地，本能欲望越来越膨胀，性本能与自我本能的冲突越来越尖锐，甚至在她发现其卑劣灵魂、理智上憎厌鄙视他的时候，性本能仍在呼唤着莎菲接受了他的亲昵，本能冲突得到满足。于是她不得不折磨着自己，否定着自己。“如若不懂得我，我要那些爱，那些体贴做什么？”

从根本上讲，莎菲只有获得真正理想的爱情，达到灵与肉的统一，才能缓和性本能和自我的冲突。然而，由于社会环境和本身性格的局限，她接连碰壁，并未找到合适的恋人。她并未沉迷于性满足中，而是经过痛苦斗争，继续寻找灵与肉的统一，寻找真正的爱情。她最后拒绝了卑琐的苇弟和秀外絮中的凌吉士，“你以为我希望的是‘家庭’吗？我喜欢的是‘金钱’吗？我所骄傲的是‘地位’吗？”莎菲的理智促使她战胜了本能冲动，她追求真正爱情、实现社会解放的理想阻止色的诱惑和进一步的“堕落”，表明她实现真正个性解放的决心和勇气。

性本能与自我本能的冲突，也影响了莎菲复杂丰富的矛盾性格。从日记的第四则直到最后都是性本能和自我本能之间无休无止的对立和斗争，有时性本能占上风，自我本能被征服；有时则是自我本能抑制了性本能。“莎菲女士是‘五四’以后解放的青年女子在性爱上的矛盾心理的代表者，也是心灵上负着时代苦闷的创伤的青年女性的叛逆的绝叫者。”[②]现代心理学认为，心灵冲突的本源在于性本能与自我本能、生本能与死本能的矛盾，本能只求一时快乐，不顾任何条件和道德观念，而自我本能却要求寻找真实爱情，实现个性解放的理想。对莎菲来说，性本能即不顾一切想得到肉体快感的内心冲动，它是生本能的最重要的内容。莎菲时时处在矛盾挣扎中，她如果满足了自己的性冲动，自我意识就会自责产生罪恶感，“我用所有的力量来痛击我的心。单凭了一种骑士般的风度，就能使我堕落到如此地步吗？总之我是给我自己糟蹋了，凡一个人的仇敌就是自己。”在莎菲的

---

① 沈从文:《中国现代创作的小说》,《沈从文文集》（第 11 卷），花城出版社 1984 年版，第 382 页。

② 茅盾:《女作家丁玲》，转引自《丁玲研究资料》，袁良骏编，天津人民出版社 1982 年版，第 253 页。

形象上，作者深刻、真实、细腻地表现了性本能与自我本能不可调和的矛盾及在此基础上形成的复杂矛盾的性格，以此弘扬个性解放，控诉专制社会对人性的压抑和对人格的摧毁。

丁玲在五四运动落潮后描写了一些诸如莎菲一样具有了个性觉醒的品质且自强自立的女性人物，描写了她们“知识女性高傲而自尊的身影，破碎而滴血的心灵，拒人千里的任情任性，以及外强内弱的本来面目”[①]。她们走出了封建家庭的藩篱，带着强烈的反叛意识来到都市里，在情感的追求中普遍存在着理智与感情的冲突，以及由此而来的难以排解的焦虑。“丁玲小说最初产生影响的原因是对于性欲和失意的毫不隐讳的描写达到了强烈的刺激效果。从某种意义上说《莎菲女士的日记》和鲁迅那篇著名文章一样，写的都是‘娜拉走后怎么办’这样一个问题。小说所考虑的仍是在一个没有经历改革的社会里，当一个人脱离了以往有规律的生活环境之后，她所陷入的走投无路的窘境。”[②]

丁玲小说在西方现代哲学思潮影响下呈现出了特异的质感。“早在1930年，钱谦吾在《丁玲》一文中就说：‘一切在小说的描写技术方面，我认为她是所有女作家中最发展的一个，并被誉为表现了Modern Girl的新姿态。’在当时人们的眼里，丁玲的小说从内容到手法都是现代化的。”[③]丁玲专注于对女性心理和感情冲突的刻画，无论是写女性的情感扭曲，还是正常感情的异态表达，都向着人物心理的更深层次突进，都触击到了女性心理最深处的战栗。

三、心理的异化

异化意识对“五四”女性文学的渗透还表现为对心理异化的关注。现代哲学层面的异化意识揭开了人性隐秘的帷幕，打开了认识心灵深处的通道，这使“五四”女作家发现，在人的精神世界中还存在着一个未被认识的无意识王国，其中隐藏着人的许多隐秘的本能的欲望，而正是这些潜隐的种种心理异化在不自觉地影响和支配着人的有意识活动，无意识的世界是人的心灵的本原空间。这无疑启示了中国现代女作家向人物心灵挖掘的途径。事实上，凌叔华、袁昌英、苏雪林和丁玲等女作家都在创作中描写了具有浓厚异化色彩的心理揭示。

① 姚玳玫：《冰心·丁玲·张爱玲——“五四”女性神话的终结》，载《学术研究》1997年第9期。

② 梅仪慈：《不断变化的文艺与生活的关系》，转引自《丁玲研究资料》，袁良骏编，天津人民出版社1982年版，第566页。

③ 陈鸣树：《论丁玲早期小说的独创性》，《丁玲创作独特性面面观》，湖南文艺出版社1986年版，第117页。

凌叔华发表于1925年并使她一举成名的小说《酒后》是一篇十分出色的描写心理异化的小说。小说写一对青年夫妇永璋和采苕伴男友子仪饮酒，子仪酒醉睡倒在他们家中，这对夫妻也微有醉意。虽然丈夫在她耳边甜言蜜语地赞美她，但是采苕却心不在焉，心思已经跑到子仪身上。采苕酒后吐真言，压抑到潜意识中的性爱情感流露出来。她望着醉倒的、两颊红如胭脂的子仪，“脸上忽然热起来”，她要求丈夫答应自己一件事，“我只想吻一吻他的脸，你许不许？”她说明自己从认识子仪就非常钦佩他的举止容仪，言谈笔墨，待人接物。因为他是个有妻子的人，“我永远没有敢露过半句爱慕他的话。”他的妻子是个毫无感情的人，不体贴他，她想与子仪接吻，“只要去KISS他一秒钟，我便心下舒服了。”丈夫无奈，只好答应了她。她此时心跳得厉害，走到睡着的子仪身边，“她此时脸上奇热，心内奇跳，怔怔地看着子仪，一会她脸上的热退了，心内也猛然停止了强烈的心跳。”她回到丈夫身边，一言不发，低头坐下，“我不要KISS他了”，小说至此结束。长期以来采苕因道德意识（他是有妻子的人）而压抑着自己对子仪的爱欲，然而正如弗洛伊德所说的，被压抑的欲望并没有消失，而是顽强地隐藏在潜意识里。在酒后意识的监督作用松弛了，潜意识冒出来，她的脸热热的，要吻他。然而当她的意识上升时，潜意识退潮了，她怏怏而回，不想吻他了。

心理异化的描写在凌叔华的一系列小说中都有体现。《绣枕》里年过芳龄的大小姐，年复一年把青春年华虚掷在无目的无意义的刺绣上，一对绣枕绣了半年，“光那只鸟就用了三四十样线”，这漂亮的绣枕是她心血汗水创造的美，她把梦幻和对爱情的渴望寄托在这个精美的绣枕上。她的父母把绣枕送到白公馆，希望白总长看上自己的女儿从而把她许配给白家二少爷，也就是说只有在这时候大小姐这一精美的创造物才体现出她的价值，她才可能以此获得男性的青睐。然而出乎意料的是，绣枕当晚便被喝酒打牌的人吐上污秽物，踩上泥脚印，被用人捡了去，转送给了大小姐的女用人小姐儿。小姐儿把弄脏的一半剪下来拼成一对绣枕，又回到了大小姐面前。她的少女梦也随之破灭了，而被毁的绣枕便成了被毁的爱情的象征。大小姐的价值并不取决于她自己绣制的绣枕，而是取决于外面那个陌生的男性的取舍，绣枕由闺房送到白公馆，被践踏被玷污后又回到闺房，象征着传统女性被男性所主宰所践踏的命运。在《绣枕》中凌叔华对心理分析的成功运用，借用梦境和幻觉来揭示人物的精神迷茫与情感，捕捉那埋得很深很深的潜意识与性心理，把女性的心灵战栗刻画得深刻而丰富。

《吃茶》里的小姐芳影的生存空间，比起大小姐已经不那么封闭了。芳影能够上电影院看电影、到茶会上喝茶、去公园里听音乐，并且在这样时髦的社交活动中被留洋归来的淑贞的哥哥王斌撩拨得春心荡漾。然而在王斌这个现代青年看来，给女子让座、帮助女子提东西、搀扶女子上车、对她们说几句恭维话等等，不过是“外国最平常的规矩”，而对芳影这闺房深院的少女来说，却被认为是男子向女子传情的表示：既是无意，又何必如此殷勤，既如此殷勤，必定有意。新旧观念在男女两性交往中的心理逻辑就这样出现了错位。芳影接受了这一错误的行为信号，“整天都觉得心口满满的，行也不安，坐也不宁，只倚着窗台发愣。”直到收到王斌寄来的他与另一女子结婚典礼的请帖，才从幻梦中醒过来，“恰似一盆冷水，从她头上泼下来”。凌叔华运用心理分析方法表达人物的喜怒哀乐、命运变迁，表现女主人公的生理欲望与人的道德规范的内心冲突，表达了特定情况下女性心灵世界的丰富内涵。

凌叔华小说善于描写女性心理，在擅长心理描写的女作家中，她有着独特的艺术建树。在心理小说方面，凌叔华虽然没有参与理论倡导，但她在自己的创作实践中自觉运用现代心理学的无意识理论，对那些生活在高门巨族中的贵族女子在婚恋上的内心隐秘和由此而生的种种“白日梦”，做了体贴精微、出神入化的描写。和中国传统的现实主义比较注重外部叙述的表现方法相比较，凌叔华大胆地将变态心理的描写引进自己的创作中，在心理异化的开掘方面进行了积极的探索，丰富了自己的心理表现技巧，也为后来的心理现实主义文学流派的形成与发展做出了贡献。

结　语

20 世纪 20 年代，“五四”女作家从女性特有的心理和视角出发，在西方现代哲学思潮的熏陶下，从爱情的异化、亲情的异化以及心理的异化等三个方面，对女性异化的生存处境做了一次次真实而透彻的描摹。那么，为什么“五四”女作家对女性异化进行如此集中而深刻的探询和透视呢？

五四运动以后，在“人的发现”“女性的发现”“妇女解放”等西方现代人本思想的影响下，从封建意识形态的桎梏下解放女性成为这个时代的启蒙命题。两性关系是人类诸关系中最基本的关系之一，它本应该是相互平等、相互需要、协调自然的，但是女性作为一个性别群体在人类历史的发展过程中成为一个被男权统治和控制的性别。“自从父权制社会以来，人类便朝着性别统治、性别依附的方向发展，出现了漫长的以男尊女卑、男主女从的两性关系为基础的社会诸关系”，“这种扭曲了的两性关系贯穿于父权制以来的种种社会形态中，成为人对人的压迫、依附的基础。”[①] 在早期“五四”文学中，鲁迅、陈独秀等男性作家在“社会责任感”和“为人生”

① 刘思谦：《“娜拉”言说——中国现代女作家心路纪程》，上海文艺出版社 1993 年版，第 3 页。

目的驱使下，也致力于对家庭问题和妇女问题的探索，以及对封建制度和伦理道德的反抗与批判。这些作品发出了愤怒的控诉和生命的悲音，然而缺少对人性的深层挖掘和真实体验，缺少内在的张力，人物过于理念化，因此无法表达女性更为深层次的生存处境和生命困惑。女性仍然处于或基本上处于男权中心社会中，女性异化仍然是一个无可避讳也无从遮掩的事实。

在这样的时代背景和文化背景之下，丁玲、袁昌英和凌叔华等“五四”女作家以女性的直感临摹了新旧交替之际女性的历史悲剧命运，展示了男权统治时代女性异化的真相，显露出女性精神深处的“异化意识”。这种“异化意识”的形成，主要是由于女性长期以来生活在男权统治之下的被压迫的环境中，女性渐渐被奴役成了男性的附庸，成了被男性社会役用的什物，甚至养成了自甘依附于男性的“自奴化”的奴性心态，女性自主意识彻底地失落与泯灭。“只要不自由的社会仍然控制着人和自然，被压抑和被扭曲的人和自然的潜能只能以异在的形式表现出来。艺术的世界就是另一个现实原则的世界，另一个异在的世界，而且艺术只有异在化，才能完成它的认识的功能。”[①]

综上所述，“五四”女作家从感情、家庭和心理等多个层面展示了女性从生理到心理，从本能到精神深层的整体变异，对女性异化的生存处境做了一次彻底的大暴露，为思索女性的历史命运和寻求妇女解放的道路，给予了多方面的启示。“真正的艺术尽管本身可能带有这种异化的烙印，但是它始终是克服这种异化的一种独特形式。真正的艺术始终是反对异化的一种斗争形式，它是以人道的名义批判异化的最严厉的批判者。”[②] 从这个意义上看，“五四”女作家的异化意识不仅仅是对女性异化生存处境的真实展示，更是对这种异化的颠覆性批判。

（张浩：北京语言大学教授，北京语言大学汉语国际教育学部党委书记）

① 〔美〕赫伯特·马尔库塞:《审美之维》，广西师范大学出版社 2001 年版，第 197 页。
② 陆梅林等:《异化问题》(上)，文化艺术出版社 1986 年版，第 402 页。

“繁星”闪耀着光芒

——再议冰心作品中的“新女德”

李东芳

提　要: 在冰心的创作中，冰心试图建构起一种新女德人格，这种人格范式的建立是基于冰心的生命哲学。冰心的新女德人格用王国维的人生三境界来描述，就是人生境界的至高处，是一种高尚的女性人格。这种高尚人格对宇宙有一种敬畏与爱，在宇宙的无限与浩渺中，个体生命借以博大胸襟，从而超越纷乱的现实带给人的不确定与不安全感，以忘我无私地服务社会找到安顿心灵的家园。其次是向孩童的审美化眼光学习，从而以无利害关系的纯真性情，调和现实矛盾。还有就是对母职与家务劳动的肯定，使得女性不会偏离生命的坐标，不偏离女性生命本体的特点与需要。这种人格范式，对于建构当代女性价值观，对于救治社会价值失范导致的精神危机仍然具有积极意义。

关键词: 人格　范式　境界　女德　现代性

可以看到，所有对冰心的批评均源自评价者自身的价值体系，就如同鲁迅关于《红楼梦》那一段最著名的话，“经学家看见《易》，道学家看见淫，才子看见缠绵，革命家看见排满，流言家看见宫闱秘事……”[①]

对冰心的批评主要有这样几种代表性观点：一些批评家把她看作“一个没有出过学校门的聪明女子”，其他人则认为她“企图把现实来诗化……很受了基督教教义和泰戈尔哲学的影响”[②]。20世纪50年代的马克思主义历史学家倾向于把她的叙述立场界定为“小资产阶级感伤的唯心主义”[③]。在80

① 鲁迅:《鲁迅全集——集外集拾遗补编·〈绛洞花主〉小引》，人民文学出版社1981年版，第147页。

② 陈西滢:《冰心女士》；茅盾:《冰心论》，《冰心研究资料》，北京出版社1984年版，第194，243—244页。

③ 范伯群，曾华鹏:《论冰心的创作》，《冰心研究资料》，北京出版社1984年版，第262—296页。

年代一些女性主义学者那里，她们发现冰心有一种“拉康式的幻象”，在那里母亲和孩子融合为“一种前俄狄浦斯情结的场所”[①]。

尽管冰心在20年代至30年代的评论界眼中，只是以一种“清新和美丽”，以母爱的呼唤，震荡着当时在愁苦的黑暗现实中四处碰壁迷茫彷徨的青年人：“母亲啊！天上的风雨来了、鸟儿躲到它的巢里，心中的风雨来了、我只躲到你的怀里。”[②]当时著名的文艺评论家沈雁冰（茅盾），在阅读关于母爱感化充满怨恨的青年《超人》时，也流下了眼泪。[③]但更多的一种主流批评意见是批评冰心的作品“缺少更广大的社会关怀”，认为冰心笔下的主题是书写“母爱”、童心和对大自然的爱，被阿英称作“爱的哲学”，都因其来自亲身体验而较为狭窄，在当时的时代背景下，是有“局限性”的。[④]

冰心本人一直不同意某些人在20年代把她界定为“闺秀文学”作家，或者在50年代把她界定为“儿童文学”作家。[⑤]

由于批评家们都试图将冰心纳入自己的价值体系，来论证和言说自己的价值立场，从而并不能深入到冰心的创作系统中去体会她所精心建构的人生哲学。而轻易地以“闺秀派”的所谓“局限性”贬低其作品的价值，从而错失了一次与这位20世纪初以“繁星”般闪耀的光芒照亮文坛，重建中华民族优秀人格的伟大作家的相遇。

这繁星，与其说是昏黄的宇宙、纷乱的时势中一点“清新和美丽”，不如说是引领迷茫和恐慌的青年人找到可以超越乱世，超越个人际遇不幸的那点光亮——这是多少有点悲剧感的一种努力，也是有点“出世精神”的。它的意义在于于世界的无意义处找到属于自己的意义。那就是属于自己的那一点光芒，个体生命将因为有理想人格的追寻而充满价值。

我们可以借用阿英对冰心的评价——“爱的哲学”来概括冰心的生命哲学。我本人和一些研究者曾经试图辨析冰心“爱的哲学”中，基督教和佛教的因素有多大。但今日我觉得不妨将这些辨析绕过，可以清楚地看到冰心的生命哲学中理想的女性人格有一种道德理想：“小朋友，请你们监察我，催我自强不息的来奔赴这理想的最高的人格！”在作品中，她多次强调“创造高尚人格”“建立高尚独立的人格”。这种人格是建立在服务大众，贡献众生的信仰基础上的。[⑥]这种人格摈弃掉世俗观念的人生价值，而以忘我，无私地热爱人类，热爱生命，热爱宇宙，热爱家庭为旨归。所以“闲

---

① 孟悦，戴锦华：《浮出历史地表》，中国人民大学出版社2004年版，第122页。
② 冰心：《繁星》，《冰心全集》第1卷，卓如编，海峡文艺出版社2012年版，第261页。
③ 冬芬：《〈超人〉附注》，《冰心研究资料》，北京出版社1984年版，第306页。
④ 《冰心研究资料》，北京出版社1984年版，第193—418页。
⑤ 子冈：《冰心女士访问记》，《冰心研究资料》，北京出版社1984年版，第107页。
⑥ 盛英：《冰心：一个大写的女人》，《在全国冰心文学系列讲座上的演讲》，载《扬州大学学报》2008年第4期。

居小村的威廉帝，流放荒岛的拿破仑”这些帝王将相，是她所不屑于一顾的，因为他们图谋的不过是“数十百年一己的功业”。而冰心所理想的“女学生”图谋的却是“永远无穷数千万人的幸福”[①]。

可以说，冰心一生都在探索和实践“爱的哲学”。她的女德人格只是这个哲学系统中的一个分支。在此意义上，每一个生命都仿佛闪耀在宇宙星空间的一颗星，其所有存在的意义均在于提升自己达到“理想的最高的人格”，从而闪烁出自己的光芒！而并不会因为外界的乱离，而失去奋斗的方向；不会因为价值观的混乱，导致信念的动摇；不会因为身份与阶级的卑微，就失去生存的希望。可以说，冰心讴歌和实践的是一种人生的高层境界和心灵体验。

王国维曾经在《人间词话》中这样描述人生的三大境界：“古今之成大事业、大学问者，必经过三种之境界：昨夜西风凋碧树。独上高楼，望尽天涯路。此第一境也。衣带渐宽终不悔，为伊消得人憔悴。此第二境也。众里寻他千百度，蓦然回首，那人却在灯火阑珊处。此第三境也。”冰心所要寻找和建构新女德人格，也经历了这样的心路历程。

让女性自我达到“理想的最高的人格”之境界，我认为就是冰心自青年时代开始寻找，并且切身实践的“新女德人格”范式。而这种人格范式，并非回到具有裹脚布气息的“三从四德”的“传统”中去重新捡回那副套在女性脖子上的枷锁——即便它再华丽，也仍然是囚禁女性生命权利的枷锁，它是基于男性中心主义的伦理架构。

在冰心看来，女人，首先是人，有独立的人格，才谈得上作为“女人”的权利。但是冰心并不认为“独立”是一种表面上的“经济独立”（如鲁迅等男性启蒙者所认为的，《伤逝》中的子君因为经济不独立而遭到遗弃，甚至失去了作为人的资格）。冰心的“独立”是一种气质温柔，然而内心强大的生命智慧，它也同样可以超越时代，而在男性、女性因时代变迁而变异的关系模式中找到“不变”的那种东西，这便是“新女德”人格的核心。在冰心看来，不管世事变幻，女性总要负责家庭运转，“相夫教子”的职责是不可能改变的，因为这是女性独有的生理特点使女性区别于男性的生命需求。正如有的研究者发现，冰心关于“贤妻良母”“相夫教子”的家庭结构和家庭角色没有改变，只是内涵发生了深刻的变化：比如《两个家庭》中的亚茜通过现代教养知识来服务家庭。[②]

“五四”启蒙家对“贤妻良母”“相夫教子”的认知结构进行了批判，一度认为它是男性中心主义的，更有女权主义者认为它是男性对女性的压迫和剥削。冰心却并不一味地否定传统，而是将其改造，结合西方现代民

① 谢婉莹：《破坏与建设时代的女学生》，载北京《晨报》1919年9月4日第7版。
② 林丹娅：《冰心早期女性观之辨析》，载《南开学报》2005年第5期。

主思想，糅合为“新女德人格”。

这种新女德人格是一个内在丰富，充满生命智慧与女性魅力的德性人格。这个女德人格处处以“德”字为先，离不开道德自律：虽然小说中多数只写了人物的外在行为、外在神貌，但其实可以看到其根本性。她们都有一颗处变不惊、乐观坚韧的心灵，有一种经营家庭，处世圆融的智慧，有一种善良温婉的性情，自尊自重，不以俗艳装点自己，从言语、外在打扮到行为上都显得得体而有分寸。

这种新女德人格，离不开对生命意义的追问。这就必须回答人与宇宙的关系，人与自然万物的关系。将人置于宇宙中去定位，就避免了惯于从社会功利角度去思考“人”的价值的偏狭。女性，更应该有博大的胸怀，在对“梵”的敬畏中与“梵”合一。冰心从基督教的博爱思想中，更从泰戈尔“梵我合一”的思想中，在宇宙中定位个体，从而找到了人生可以依附的价值体系。她将其归纳为“爱”——一种博大的、绝对的，对宇宙与自然的爱，从而超越性地将个体从纷繁变动的现实中抽离出来，寻找到灵魂依托的忠实坐标。

对生命意义的探究是青年冰心的兴趣点之一。生命到底是什么？死又是什么？怎样在“有限”中活出“无限”的光彩与价值？在写于 1920 年 4 月的《“无限之生”的界线》一文中，通过与亡友宛因的对话，以“人—鬼”对话的叙事结构，表达了青年冰心对生的了悟：既然生命是无限的，那么死就不过是另一种生命形式，生与死的界线是可以逾越的，因为它们终将会与宇宙实现“完全的结合”。

我认为，此文应该是冰心哲学思想中最为重要的篇章之一，可惜似乎在冰心研究界并未引起足够的重视，人们更多将视线停留在她的一些美文和小诗上。这篇文章涉及如何看待个体生命与宇宙之间的关系，涉及“梵”（这个出自印度教的概念，类似于中国道教的“道”和儒家的“天”）与“人”的关系，其中包含了“天人合一”的东方智慧。

既然生命是无限的，那么此生不过是生命的一个阶段，不过是宇宙间的沧海一粟。由此显示出人类的渺小，个体生命唯有通过与宇宙的联接而显示出意义。在冰心看来，生命的一个重要支点就是个体生命与宇宙和自然的联接。西方先哲康德曾经说过：“有两种东西，我们越是经常和持久地思考它们，我们的心灵之中就会充满越来越新奇、越来越强烈的惊叹和敬畏：那就是我头上的星空和我心中的道德律令。”其实在中国的古圣先贤对于世界的认知结构中，“天、地、人”是宇宙间的三才，如果忽视了宇宙、自然的存在，去妄谈“人”的存在，是不完整的。这样的“人”终将困守在人类建构的各种价值体系的牢笼里难以自拔，这其实也是现代性带给现代人的困境之一，这一点，深深予冰心以影响的印度先哲泰戈尔早有明示。

泰戈尔1912年10月到1913年4月在美国讲演、写作，他把在哈佛大学的讲演以及其他文章编成了《人生的亲证》（*Sadhana*）一书，于1913年10月在伦敦出版，一个月后赢得诺贝尔文学奖，此书的第一篇文章是《个人与宇宙的关系》（*The Relation of the Individual to the Universe*）：

> 人们应该认识生存的完整意义，认识在无限中的位置。人们应该知道无论怎样竭尽全力都无法在自己的蜂窝中酿出蜜来……人们应该知道如果把自己关在无限的创造与净化的神力之外，就会在生活与医疗的圈子中自我挣扎，把自己驱使到疯癫，把自己撕成碎片，消耗自己的元气……当人们只意识到自己眼前的空间，他们的本性就不能在永恒的土壤中生根，他们的精神就会掉到饥荒的边缘，他们只能用刺激来代替健康的力量！①

人与宇宙、自然失去了连接，正是现代文明的病症。失去自然这一重要参照物，人也就失去敬畏，可以为所欲为，导致“疯癫”。

冰心创造性地融合泰戈尔的人之“有限”与宇宙之“无限”进行连接的思想，将其诗化并改写为对大自然的欣赏和赞美，可以说，自然——包括大海、星空、森林、湖泊等自然风物，在冰心的小说中是一个重要的叙事角色，在冰心的诗中是一个主要意象，在其散文中则是一个情感对象。而重要的是，冰心的理想化人格是以自然为兄弟，在与自然的对话中，找到超越“有限”之渺小、之困惑、之苦痛的力量，这是一种将自然审美化并内化为人格力量的智慧。

此外，新女德人格要恪尽母职，家庭内部劳动具有重要意义。这主要是受到梁启超女性思想的影响。

在冰心看来，女性从生理特点上，有着妊娠、怀孕、哺育的职责，故而女性的性情与德行，关系到家庭的幸福、孩子的人格成长。而中国人的政治伦理是“修身齐家治国平天下”的家国同构，家庭的幸福与否，决定了社会的安定，因而对民族国家有着重要的作用。无论世事纷纷扰扰，社会怎样变革和动荡，却不能改变女性的这一生理特点带来的社会角色。冰心从“生命哲学”的角度，发现女性除了直接进入社会公共领域服务社会以外，在家庭空间的劳动也对民族国家具有重要作用。她认为相夫教子，以平静然而坚强的心灵慰藉家人，不失为乱世之时对社会的一种贡献。这从《两个家庭》等几篇小说中都可以看得出来。这是一种跳出历史的局囿，跳出意识形态的纷争，直面个体生命价值的认知方式。这与认同封建礼教

① 曾琼：《泰戈尔对中国作家冰心的影响》，转引自《泰戈尔与中国》，中央编译出版社2011年版，第174页。

中的女性是有着本质区别的，冰心的新女德人格是一个思想独立、人格平等、胸怀博大的女性，就如《两个家庭》中亚茜对待丈夫的恭顺，对待孩子的慈爱，治理家政井井有条的贤淑，也如小说《我的学生》中那个聪明美丽的“她”，于战乱与困窘时刻依然乐观并淡定自处的浪漫主义精神。这些女性并非绝尘于世的空谷幽兰，而恰恰是游走于尘世间，以奉献的品格救世，散发出玫瑰般芬芳馥郁的女子。

冰心的新女德人格，没有裹脚布试图压制女性鲜活生命的那种令人窒息的气息，更没有误解自由与权利的那种走向放纵的佻挞不羁，自我放逐，而是心怀大爱，集传统妇德中优良部分与西方现代民主意识糅合一体的德行兼备者。

女性在家庭中的重要作用，直接影响到家人的健康、新一代国民的素质，也就是对社会起着重要作用的力量，间接地对民族国家有着重大作用。强调女性在家务劳动和相夫教子活动中的角色与功能，具有积极的意义，肯定这种“劳动”的价值。

“五四”以后，特别是新中国成立以来，女性参与社会劳动成为女性人格独立的标志，“家庭妇女”成为落后于革命的代名词而遭到贬斥，一度彻底否定了家庭空间中女性的重要价值。对“贤妻良母”的认识经历了一个意识形态上的变迁过程。贤妻良母被误解为不顾及自己的精神需求，一味地忍辱求全，漠视自己利益，逆来顺受的形象。它受到“五四”以后的启蒙主义者批判的原因是它满足了男权中心主义的需要，它是一种性别压抑机制，压制了女性的生命权、发展权和公民权。女性被剥夺了涉足公共领域，介入国家事务的权利，而被局限于家庭私人空间之内。在“五四”时期，旧的家族无疑是一个落后、封闭、压制青年人的空间（就如巴金的诸多作品所描写的那样）。而冰心却将家庭讴歌为疲惫的身心安顿的幸福港湾。在家庭中，女性是“新国民”的孕育者，因此责任重大。她继承了梁启超女性思想，认为女性必须通过学习现代知识，才能够知书达理，成为丈夫的贤内助，担当起母教责任，“上可相夫，下可教子，近可持家，远可善种。”[①] 冰心的可贵之处在于，越过“五四”意识形态的纷争，不为时势所动，从个体生命体验出发，而非一味吸纳和借鉴他人的思想，认真思考有志青年如何面对黑暗的社会现实，并求得生存与发展。重新思考站在“古”与“今”、“中”与“西”的交叉点上的中国女性的出路，如何在鄙视“女学生”的世俗力量与走向革命的十字街头的“新女性”的知识分子启蒙思潮中走一条切实可行的道路。

这个思考的基点就是个体生命面对世事纷繁怎样安顿身心。人生充满

① 梁启超：《倡设女学堂启》，林志钧编，《饮冰室合集·文集》第2册，中华书局1989年版，第20页。

了苦难与波折，是变幻无常的，什么样的立场可以化解苦痛，将生命之旅从悲愤、郁闷中转变为向风而立的积极勇敢？冰心的生命哲学很好地回答了这些疑问。

再次，这种新女德人格具有大“爱”品质，以一颗孩童般纯真向善的心灵使得女性人格超脱于世俗的利益关系，而达到心灵的纯净之美。

在“爱的哲学”的伦理里，人类因为都是母亲的孩子，就应该相爱。这是以孩童的眼光看待世界，在这样一种超越利益关系的审美眼光里，世界的苦难因为母亲温暖的怀抱而变得温暖，母爱既可以救赎失望郁闷的灵魂，也可以弥合不同国族的矛盾与差异。比如《超人》（1921 年）描写的一个有自杀倾向的青年和一个忍饥挨饿的小伙子之间，通过对母爱的回忆，在母亲之爱中达成了情感的共鸣，而治好了自己的病。《国旗》（1921 年）中，一个男孩和一个日本女孩超越了国族之间的敌意，而保存了友谊。《好梦》（1923 年）描写的是一个来自中国的女学生和一个来自埃及的女学生之间真挚的友谊。虽然这种想象式的写作与构思遭人诟病，但是我却把它看作是冰心力图通过书写行为超越动荡纷杂的时势与社会带给人的不确定感和不安全感。通俗地说，就是假如不幸地生活在那个时代，不幸地遭遇到经济的窘迫和被盘剥，那么是否还有生的意义？青年人还有没有希望？女性是否可能逃离这样的怪圈——刚从“三从四德”的纲常礼教中逃出又步入了盲目的社会认同的误区之中，迷失自我，难以自拔？冰心认为一个高尚的人格，一个尊重生命需求的人格，就会超越这些艰难，而活出生命的美丽。

简而言之，冰心力图站在普通个体生命的角度，去超越性地、想象性地解决时代的“病症”。她力图构建一个有超越性品质的“人格”大厦，以高尚的理想人格作为人生追求的范式，臻于人生的至高境界。

中国的禅宗思想中，人生也有三境：看山是山，看水是水；看山不是山，看水不是水；看山还是山，看水还是水！就如冰心晚年的散文《霞》，那抹“窗前的晚霞”，已非青年时代所思考和寻找人生意义的瑰丽，而是经过乌云压顶和风雨交加的磨炼之后，在晚霞的万丈光芒之后，必然迎来繁星满天的灿烂，只是此繁星，不是彼繁星了！

（李东芳：北京语言大学副教授）

关于凌叔华集外文札记（之二）

陈学勇

拙编《凌叔华文存》（上、下卷）于1998年出版，第一次大量辑入凌氏的集外文，遗憾它仍有不少遗漏。编“文存”时有些作品虽然已经知晓篇目及其出处，但一时没能得到文本，付梓时无以辑录，如凌氏唯一的中篇小说《中国儿女》。后来撰写了札记《读凌叔华集外文》，才逐一披露、评介，十年后拙编《中国儿女——凌叔华佚作·年谱》面世才了却补救心愿。此后又是十年，陆续发现了数量依旧可观的凌氏佚文，有的请人按图索骥代为抄录，有的承友人热诚提供。这些作品、文章、书信，无疑有助于更为全面深入地研究这位著名女作家。无奈始终未能再得机会结集出版，这于学界自是一件憾事。今撰“读凌”札记续篇，聊以减除一点点缺憾。

《阿昭》

《阿昭》属凌叔华小说创作的早期作品，发表于1928年初《燕大月刊》第一卷第四期。作品正文尾注:“录自一九二四年旧作。”

小说写活了清末民初京城大宅门里一个厨师的形象。阿昭虽是用人，却身怀技艺，烧得一手好菜，自然比众多用人有了些资本，身份便稍稍不同，于是带点派头，长点脾气。他的主人系清廷大臣，阿昭于主人于皇上的愚忠可就不是一点儿了，骂起革命党来激昂慷慨。无奈皇朝气数已尽，阿昭有心无力，终究目睹了改朝换代，颓然不再言政。民国以后的阿昭，不再激昂慷慨。头发剪短了，皮鞋穿上了，对襟大褂胸前悬着怀表。而且，相好了一个不算漂亮的女仆。此女已是他人老婆，阿昭和她苟且而已，不能名正言顺过上夫妻日子。最终两人随新主人去了南方，小说没有交代结局如何，只说留在叙事人小女孩心里，阿昭身影是可爱的。一个小人物性格变化显示了一个大时代的翻天覆地。

这篇小说很有几处值得注意。

凌叔华以“新闺秀派”作家著称，笔下成功的人物形象均系女人（多为太太小姐）和儿童（亦非下层子弟），阿昭无疑是个醒目的例外，男性，引车卖浆者流。凌叔华小说里有了《阿昭》，增添了她作品的丰富性。

阿昭形象呼之欲出，这般栩栩如生的小说人物，凌氏作品里不多见。读者印象中，凌叔华总是不动声色地叙事，着力描述人物心理，人称“心理写实”，赢得“中国的曼殊斐儿”美称。《阿昭》则不同，浓墨刻画人物性格，用心塑造人物形象。凌叔华的许多小说，善于精巧构制情节，透视特定情境中人物细微心态，借此表达题旨。而人物仅是情节驱使的剪影，类性强于个性。但《阿昭》全凭人物自己的言语举止，情节随人物设定，依赖于人物言行变化表现题旨。凌叔华的代表作品，并不追求叙述过程的引人入胜，直到完篇来过情节“反转”，回味起来才咀嚼出妙处。《阿昭》却是自开篇始，一路读来饶有兴味。如果说《花之寺》等篇不无西方作品影响，那么《阿昭》颇见古代小说技法精髓。虽说审美各具情趣，可单就可读性而言，《阿昭》或尤胜一筹。当然，温婉还是一致的，《阿昭》同样带着些许闺秀气。

凌叔华小说创作起步于1924年，学界以为翌年面世的《酒后》才标志她小说艺术的成熟。其实她创作成熟已经体现于《阿昭》，与同时的著名女作家冰心、庐隐、沅君的名篇相比，《阿昭》更具“五四”女作家小说的成熟魅力。而且，这篇小说早早呈现了稍后形成的“京派”小说诸多特色：童年视角、乡土、怀旧、人性，乃至意境、韵味等等，比之她后来的小说似体现得更加充分典型。

凌叔华后来的小说格调，并没有延续《阿昭》的路子发扬，倒是同时的另外一篇《我有那（哪）件事对不起你》，开启了如今读者熟知的凌叔华创作风格。平心而论，《阿昭》纵然出手不凡，到底与京派作家的优秀作品大同小异，不似《酒后》《绣枕》别树一帜，得到文坛那般热烈追捧。倘若凌叔华谨守《阿昭》格调走下去，幸耶不幸？

《阿昭》完稿搁了三年多才发表，何故如此不得其详。既已发表，又未编进当年出版的凌叔华第一本小说集《花之寺》，缘故在哪里呢？小说集书前陈西滢的《编者小言》说：有几篇小说没有编入集子，是它们“文字技术还没有怎样精炼。”这一理由似不充足，看《阿昭》文字，其简练毫不亚于她的代表作品。又据“小言”，小说集合计作品十四篇，但出版成书只见到十二篇，却无对此说明。删去的两篇可能正是《阿昭》和另外一篇《我有那（哪）件事对不起你》。可见，陈西滢的按文字精炼与否的取舍标准，应该不是针对《阿昭》而言。《阿昭》的艺术性已具相当水准，它的意义，标志着凌叔华小说创作步入成熟阶段，即使置于整个文坛考察也并不逊色。陈西滢说，小说集负担了“收集编理的责任”，那么删去它显然是女作家本人付梓时的临时主意。大概阿昭形象太靠近生活中的原型，有所顾忌，除此很难猜想其他原因了。

多年后凌叔华的长篇自传体小说《古韵》出版，原本可以收入《阿昭》的,《古韵》就有十分贴近生活原型的小说《八月节》(易题《中秋节》) 和《一件喜事》。何况,《古韵》另外还有一章《老花匠和他的朋友》，题材与《阿昭》更为相似。《阿昭》竟依旧摒弃在外，又是什么原因呢？好甚费解。

无论如何,《阿昭》应是凌叔华的不宜忽略的小说，这么一篇重要作品，未及编入凌叔华任何一种作品集，长期散佚在故纸里，遁于学人视野之外。学界遗忘了《阿昭》，凌叔华自己似乎也遗忘了，十分惋惜。

附:

阿 昭

阿昭是我童年最感兴味的一个人，他的姓名籍贯，已经“语焉不详”了。只记得他是广东佬，三十来岁；一交五月，就穿一身油亮黑绸衣裤；直穿至八月中旬，以后便是一身黑羽毛纱夹的短衣裤，冬天便穿德国黑假缎衣裤，一年如几日，未尝或变。他的姓氏，从来没人提过，他的名字似乎叫阿昭或阿超的声音。有时小丫头叫不清楚，喊歪一点:“糟师傅，老爷叫！”他便急跳起来，把烟卷甩在地上，含怒含笑的提起拳头示威的说:“小母猪，给你一个五指果吃吧。”他见小丫头抱头窜走了，才慢吞吞地喝一杯红茶，一边噘嘴说:“大热天，传老爹做甚？不知哪个黄瘟想起塞菜了！”

咕嘟完了这样的几句话，他才提起那对在香港买的没后跟的黄皮拖鞋，地蹋地蹋地出了厨房去。

他常常支起一只腿坐在厨房门口的藤椅上抽香烟，喝绍兴酒；起码的要过够五支香烟七杯陈酒的瘾，才站起来指挥二厨子及小徒弟做菜。我与一个堂哥哥两个姊姊等的不耐烦，就轻轻跑到厨房院子那里激他生气；因为他发出怒来，就七手八脚的做菜，那菜是非常可口。据我们经验过的厨子比较起来，他真可称国手：弄的菜味不浊不清，不咸不淡，似酸似甜，而又松脆鲜洁，美味爽口。明明想只能吃一碗饭的，因菜好却吃到两三碗的很有一些人呢。他很有一些名士气，纵情烟酒不用说了，而且每当酒酣耳热，他还引吭高歌。他的歌只是广东人人能唱的“龙丹（舟）歌”罢了。

那一年我才六岁，住在北京城，两个姊姊也和我年岁仿佛。那正是味觉发育时期，除了睡觉时间外，其余的时候没有不心心意意想到满足味觉的欲望的。我很记得我们放学回来，第一件要事，是去见爹娘；第二件要事就是跑到厨房问有什么吃没有。但阿昭远远看见我们影子就高声说道:

“那群生猴子又来寻吃食了！别来了，今天没预备点心，你爹爹晚上还请贵客，我要动手作菜呢！”堂兄就答他说：

“别放你的——吧，糟糕师傅——”

大些的姊姊就说：

“说谎话，是会掉牙的，我问你请哪家的贵客？”

阿昭扬扬得意地回答说：

“请你的姑爷和亲家老爷太太，他们却要‘我’做菜才来呢！”

大些的姊姊脸变得通红，就教我们小的不饶他；于是我们如得军令，一拥前进，一个揝住阿昭的辫子，一个翻他储藏食物的柜子，一个去握（捂）紧他眼，一个去用大巾缚住他手，叫他赔罪认错，否则把他预备的菜都倒了。

阿昭明知我们为满足味觉欲望而来，捣乱是无意的，所以他仍旧说：

“小姐少爷们，快放手！姑爷亲家老爷太太也不是私货，却怕人说？奇怪极了！”

大些的姊姊就揝紧他的辫子，他还唉呀地喊：

“小姐！放手，你不要姑爷也不犯着揝我辫子，算了我的好吧？”

正在此时，那个小些的姊姊从柜橱格子找出一大碗烂鸭掌和新笋尖，又找出一大盘蔗渣熏鱼，她得意地从椅子跳下来喊道：

“放手饶他吧，你们快来瞧瞧我找出的好东西！”

我们于是都放了阿昭，拉住那个拿住盘碗的姊姊，一拥而出，跑到亭子上大吃起来。

从亭子上望阿昭，他正噘着嘴，很不自在的在那里抽烟。我们却觉得大乐起来，因为要表现心中快活，大家又信口编了一歌去逗阿昭；由大的姊姊开口先唱，我们便跟着：

“阿昭昭，运气真是糟，心爱的好菜给我们嚼。”

阿昭又气又笑，只是跺脚叫“小活猴！看着吧”。

因为他生气时，那个酒糟鼻子常会动的，所以我们又唱道；

“阿昭昭，鼻子用酒糟，鼻子且别动，好东西已经到了我们肚子里了。”

他急起来了，要上亭上来捉我们。我们哑的一声，带笑带喊跑下亭子在园中乱窜。

一边还撕长声音，学“小上坟”唱的调法逗他：

“阿昭呀阿昭——，糟——了，鼻子真可惜，我的大鼻子，糟了糟了，真糟了——”

他急的满园乱跳，也没捉住我们一个。二厨来喊他几次老爷催着开饭了，他才照空狠狠的打了几拳，向我们努一努嘴，提起拖鞋，一步一（回）头的走了。

这样恶剧，我们兄弟姊妹一日中必作七八次。有一回真把阿昭逗的哑哑哭起来，账房先生出来看他，问起原因，反骂他是小孩子气，教训他一大顿。我们看见阿昭泪痕满面，鼻子蠕蠕动起来，又唱道：“阿昭呀阿昭——糟了，鼻子——”

第三年，我们全家搬到保定府来，哥哥留在北京。大的两个姊姊和小些的姊姊都上学校正正经经做学生去了。我在家里请画师教画，自己一个人也无味去厨房里找阿昭闹去；可是常常拉着女仆的手到厨房去听听阿昭谈论。有时阿昭见我忽然变的很老实，反而在食厨内拿出焖好的鸭脚熏鱼、笋干来请我吃。我倒觉不好意思吃，只可摇摇头装大方了。

阿昭此时也觉得很无聊。他常对人说，自从小姐少爷们不来闹我，我不觉得清闲的乐，倒觉得没了什么似的不痛快。

他在保定认识的人很少，闷闷时，便以杯酒浇胸中愁闷。有时我专等到姊姊们放学时，拉着小些的姊姊，跑到厨房院子里看阿昭喝酒。他还是从前光景，穿着一身黑衣裤，坐在藤椅上，支起一只腿，一边喝酒，一边发议论。那竹床上、条凳上、台阶上常常坐满一些听差、跑上房、马夫、支帖、挑水的、花匠等等，都仰起头睁大眼睛听他底宏论。内中有些很佩服他，觉得他懂的事，他们都不懂的；他说的话，他们都举得对的。内中也有一些人，因为喜欢阿昭的绍酒和红茶的香味，所以去瞻仰他底公开演讲。

有一天吃完夜饭，我也去了，不言不语坐在竹床上，只见阿昭手里拿着香烟，兴高采烈，指手画脚地大声讲话。那时正是九月底的天气，人人都穿上薄绵衣，阿昭可是只穿夹的，因为他说话出力所以不见冷了。只听阿昭说：

“这回我跟老爷去天津，听了很奇怪的新闻来。说给你们听听，偲（崽）子们，可别把脖子吓的缩进去伸不出来呀！”

那群听话的人一齐回答：

“别管我们哪，快说吧！”

阿昭哈哈大笑说：

“倘或你们脖子不会伸出来，老爷高兴吃嘉（甲）鱼，也不用劳我驾上菜市找去，——哼！这些新闻，你们做梦也做不着吧？”他接着小声音说：

“可别乱嚷嚷，你们知道那群夹命党（那时粤人说革命党多说夹命）造反，要把大清皇帝推下来，提另叫一个汉人去坐金龙殿呢。——呵，我到天津那一天听说夹命党已经把湖北夺了！”

那群听的人都一齐惊异起来，脸上都改了色。有几个精干些的，还装镇静，急急问道：

“什么是夹命党？”

有一些也急问：

“湖北离这里多远？”

阿昭很着急他们没有这些常识，发这些愚问：

“夹命党都不知道吗？真是昏虫！你们没事就躲回家陪老婆说笑，也不打听打听国家大事，咳！亏你们还是大爷们！这夹命党闹了也不止一天了。去年抛炸弹炸端方那伙小子们，就是。很多的夹命党都剪了辫了！听说那天攻入武昌城的，都是穿了白盔甲，抗着红旗的。”

“这很像戏上的赵子龙呀，嘿！”一个小听差说。

“别胡说，小顺！赵子龙是忠臣，夹命党配比的上吗？夹命党是什么东西！”一个年老的马夫，连忙止住道。

接着许多人都喳喳的议论，好像夹命党已经攻进北京。又有人说夹命党是与梁山泊人马仿佛，又有人说朱洪武后代已经出去了，真命天子快要坐龙庭，把头发统统要从新留起，仍然在头上挽个抓髻。谈到这里，便有一个年轻的跑上房问阿昭：

“昭师傅，若是夹命党成功，我们还要留头发梳抓髻呢，你说对吗？”

“你这小子有几个脑袋瓜？好大胆，竟敢说出夹命党成功不成功的话！咳！这年头真过不了：皇帝还好好坐在金銮殿上，底下百姓便胡思乱想；你没听古语说过生为大清国人死为大清国鬼吗？”阿昭很生气的教训那年青的跑上房。

“听说那夹命党的元帅是广东佬呢，你怎不帮他说个三言两句？”一个中年的马弁问。

阿昭听了这个人说这糊涂话很生气，重声地答道：

“别混说吧，难道他是广东佬，我就帮他吗？你还姓曹呢，你帮曹操吗？难为你倒活了三四十岁，连这个道理都不通？还有一样，我们也知道广东风水坏，地土薄，没有皇帝从我们那里出的。这回夹命党简直是像长毛那样胡闹罢了，那会成功呢？”

于是大家又啧啧连声称赞阿昭深明大义。这时女仆来找我去睡觉，我快快地走了回去，一路还和女仆说阿昭方才发的议论，她说：

“阿昭师傅说的真是明白话！古语说的‘忠臣不二主，烈女不二夫’，这些大爷们都不懂得，他不害羞！”

从这次以后，厨房里听新闻听演说的人更多了。上至衙门里支帖、跕堂们，下至扫地夫、倒泔水的都成了阿昭的听经传道的大弟子了。那时官军消息一天比一天坏，革命党军很得势，阿昭去一次天津，必从广东铺里或轮船上打听些新闻回来，就告诉这衙内听讲员。说到消息不好，天子快要退位，官军大败而逃，阿昭的鼻子蠕蠕动着，渐渐更加红起来，终于一把鼻涕一把眼泪呜呜地哭了。有些义气的衙役马弁也陪他掉泪。有些年纪大些，没有临时眼泪的只点头自慰说：

"有这些义气年青的人。老天爷亦不会灭大清国的！"

因为阿昭也认识些字，所以小厮们常把看完的官报请他念给大家听；这官报一到阿昭目前他就发火生气，愤愤的骂道：

"这时候，还登出这些穿什么什么皮的朝服，有什么用？"

阿昭发怒的结界（果），把官报撕得粉碎。有些人很佩服他的义愤；支帖、跕堂的却躲回屋里，一边吃新下来的炒栗子，喝茉莉花熏的香茶，一边还切切的议论阿昭的胆量太大，目无官府。

有一天北风初起，纸窗刮的瑟瑟作响。我才吃过午饭，便看见有七八个小厮，黑压压地围坐在厨房门口板凳上。阿昭很庄重地把两腿分开坐在藤椅上，也不抽烟，也不喝茶，却提起两手，时而拍拍大腿时而指天指地。他的鼻子连受冷带生气，愈显得糟红大且蠕蠕的动颤。我轻轻的走入厨房院内，照例坐在小竹椅内，仰脸看着阿昭发议论。只听阿昭高声道：

"从来说'养兵千日，用在一朝'。做公事的人，平常吃朝廷俸禄，养活家小儿。到这样紧急的时候，不出来报答皇恩，还拼命的向官里要钱，真是忘八羔子——混蛋养的——！"

那群小厮儿住口不讲，还瞪大眼等他说。有一个忍不住便问道：

"昭师傅，你说的是谁呀？今天那些军官很急用催着大人发大批兵饷，大人连点心都没吃，一直和那个什么伍六精大人谈到现在。"

阿昭耸一耸眉急忙答道：

"就是那个伍六精小子作怪！什么大人，他娘的——"

"昭师傅，小点声音吧。伍大人的卫队就在隔院吃茶，连大人还不敢得罪他呢！"年纪大些的茶炉说。

阿昭满头青筋暴涨起来，胸口气的起伏不已。他的鼻尖正被太阳照着，愈觉红亮夺目。忽然啪的一声大响，把大家吓了一小跳；争着眼望住阿昭，只见他已经把切菜刀拿起，又啪的一声放在棹（桌）上，恨恨的高声说：

"放屁——什么伍大人六大人的，阿昭若怕他，就是狗娘养的。我不怕这吃朝廷俸禄而又反叛朝廷的人！来！有血性的兄弟们，咱们别让他在这里死缠，把这家伙带去，叫他认识认识我们粗人也有懂得忠孝节义的！叫他当堂出彩！我和他拼个他死我活，给皇上除个汉贼，老爷也不用为难了。"他说完竟把菜刀高提起来，明晃晃的倒也真足使人惊心落胆。我当时不禁打了个寒噤，只听见唉了几声，三四个年轻些的小厮都跕起来跑开了。此时阿昭的眼瞪得更大，鼻子醉得更红，高声喊道：

“这群忘八偲（崽）子们吓的这样！哼，你们别想可以去伍小子那里学是非逞本事，咱老不怕那个！好，去伍小子那里学舌去。我看他来切我舌头不？”

他没说完这段话，不但三个小厮走远了，余下的五六个也慢慢跕起来，装洗家伙的，装倒水的，装上厕所的，都偷偷溜开了。阿昭气的满脸发青，狠命的把菜刀啪一声，甩在砧板上，板就裂了。那些放在石板上的碟碗，乒乓的都碎了，水溅了我一身，那时我正靠砧板立着。

我出其不意的吓了一跳，连忙跑前，只喊跟我的女仆名字，她原没来，我忘了。阿昭也觉出自己粗鲁，叹口长气，跑过来拉着我手，问碰着没有。我见他抚慰，反抽抽咽咽的哭起来。

第二天早晨，我还挂记着这件事，吃完点心，便跑到厨房去听新闻。那小院子依然坐了八九个当差们，面上都微微带笑。阿昭坐在藤椅上，支起一只腿，托住左腮，歪着头使劲的抽香烟。眼望着众人微微作笑，见我来了招呼道：

“好了！又来一个。今天告诉你们好新闻吧。——来，坐在这边有垫子的椅上。”我坐下，他开口说道：

“昨天我们说的那混账行子，伍六真给他自己手下的兵杀了。这个兵真可佩服！真是大丈夫！大清国还不当亡呢。”

我说：

“哦，就是那个伍六真给人杀了？今早上爹爹说什么伍将军给人杀了，还说是给一个什么老圆（袁）的兵杀的，那个兵立刻就要进京城做大官呢。”

阿昭听完怔怔地似乎想什么，接着说道：

“那个伍六真也该死了。杀了他倒是痛快！——哦，原来还是老圆闹的鬼呀！那行子也不是忠臣——咳——！”

阿昭说完闷闷地重新换支香烟抽着，两眼望天，似乎有无限心事。大众也跟着他沉默了一会儿。一个年青当差不耐烦沉静问道：

“昭师傅，谁是老圆呀？”

“你们是真混。老不打听打听时事。老圆还不知道是谁？——就是现在请出来做军机大臣那个夹命党，都是他调唆出来的。——他瞒那班旗下混虫可以哪，瞒昭大爷那可不行！去年他们那一党在河南聚会打算欺负这孤儿寡母，我都——知道。咳——还说什么呢？”

阿昭说到这里，似乎又添一重心事似的。两眼怔怔的望着天，嘴里徐徐地喷吐香烟。我们见他不理人就散了。

过几天，革命党北伐消息愈嚷愈高了，于是我们家中妇孺都搬到天津去。阿昭还跟着父亲住在保定，我也无从听新闻了。

* * * *

转眼已是民国元年了，阿昭看见五色旗飞扬于天津制台衙门那一天，大大的不高兴。饭也没有吃，酒也没有喝，连菜也没有做，只是坐在屋里唉声叹气。二厨子来问问买好么菜，怎样做，他便大大的申斥了他一顿。再问时，他不分青红皂白，提起拳头就要打他。没人敢和他说话，也没有人敢劝他。只有小丫头在窗缝偷望看，告诉我们阿昭在屋内哭了。我和姊姊们又去窗缝偷看他，见他蒙被大睡。我们偷偷的笑着走去。

* * * *

后来阿昭因事去广东，就跟了蔡姓仍做厨师了。蔡宅搬到天津，住在我们隔壁，因为蔡老太太欢喜和小姑娘谈话的，所以我有机会再见阿昭。

一个七月的午后，蔡老太太请我姊姊和我吃鱼粥，我姊姊本有些发烧的，母亲也不让他（她）出门，因为来人阿秋嘴巧能说，就许我们都去了。

阿秋一手携住我们一个，一边走一边说话。我问她今天是谁做鱼粥。她答：

“就是你们那个宝贝厨子阿昭做！”

我们两个都喜的喊道：

“他做，我要吃三碗的！我们好久没有好鱼粥吃了。”

阿秋听见我们的话露出她的两个金镶牙笑了一笑，眼睛也亮了一亮。她的赭黄色的脸也显出老玫瑰色。接着她说道：

“你爹爹来和我们大人说了好多次叫嚷阿昭回到你们宅里去，我们老太太到底不许他走。——什么了不得的手艺？我就不佩服他的！”

姊姊说：

“阿秋姐，你倒没尝过他的蔗渣鱼和焖笋尖呢，你吃了也要佩服他。”

阿秋微笑也不答话，不觉已来到蔡宅，一进门口，女仆说老太太歇晌未起，阿秋就带我们到厨房看看阿昭。

人人都说阿昭脾气改了，黑绸对襟短褂已换了白绸的了，上旁还有小口袋装表，一条银晃晃的练（链）子露在外边。头发也剪去了，皮鞋也穿上了。他从前吃烟素来不用烟嘴，现在却也用一根化学制造的了，我们进小院时，他正坐在椅上抽烟，便跕起来招呼：

“怎么只请了两个小姐来呢？两位小姐还想吃笋干吗？我好好的孝

敬旧主人一些。”

我和姊姊弄的很不好意思说话，只是笑着摇头。阿昭却连忙入厨房找笋干去，还是姊姊出声说：

“我们不想吃——”

因为声音太小，他没听见，只听阿秋喊道：

“聋子，怎不听见小姐说话呀？”

阿昭听见了，连忙回身问小姐说什么。

阿秋看他微微一笑，见他鼻子上有几颗汗珠，就用他（她）自己的雪白手巾给他，说：

“死猪，看你鼻子上的汗！”

阿昭接过来笑着擦了，又连忙搬出一条板凳请阿秋和我们坐。他仍坐在方才那张椅上。阿秋说：

“今天夜饭，你给我做点什么吃？胶笋买了没有？”

“买了一条踏沙鱼，给上头弄一块，其余的留给你。怎样做好呢？胶笋没有买，人家说常会肚子痛的不好吃胶笋，——”

“去你的吧，杀头，哪来那些妈妈例？你忘了买就是哪。”

“我那会忘了？好些人都说胶笋性质是很寒的，你这样身子敌不住呢。”

“死肉！怕寒？不会拿它下酒吗？”

阿秋说完很不高兴的看了阿昭一眼，阿昭立刻不安起来。炉上水沸的声音很高，他站起说：

“等我起（沏）一壶香茶请你们喝了再走。”

阿秋却止住他道：

“你这些茶碗，不知多少脏男人喝过的。我们不喝。快动手弄鱼粥吧，老太太必定已经起来了，我们去吧。”

她跕起来手携我们俩去了。

我们俩吃完夜饭才回家。我和母亲说：

“为什么人人都说阿昭和阿秋姐相好，阿秋还只骂他死猪、死肉呢？”

表姊在旁掺口道：

“你哪知道？他们俩好的似糖黏豆，人人都说阿昭不肯回你们这里，还为秋姐呢。但是阿秋姐已经有丈夫的，所以不能嫁他。”

舅母瞪了表姊一眼说：

“女孩儿家议论人家这事做甚？”

于是我们都默默认阿昭是爱阿秋了。又都理会两人到了最要好时，不能提名唤姓，却要用“死猪、死肉、杀头”等名词代替。我们愈去常找阿昭、阿秋，听他们俩说话，愈承认我们印象不差。有一回表姊和我小姊姊很要好起来，不想彼此呼名字，就也模仿阿秋的法子，彼此叫起“死猪、杀头”来，头几次相叫时，都彼此相视而笑，还很腼腆。后来惯了，竟在母亲跟前也这样称呼，经母亲大大的说了姊姊一顿才止。

后来日子多了，我们也和阿昭、阿秋混熟了。有一天我竟把表姊和姊姊仿他们称呼的故事，告诉他俩，阿秋脸上飞红，低头不语；阿昭却看住她含笑。我不明白他们什么原故，也随阿昭目光射住阿秋。

“死人头，看我做甚？”阿秋微抬双目，向阿昭说道。

“你——你看——连小孩子们都知道了。”

阿秋两腮很红，竟不敢抬起眼脸来，但她还说：

“别嚼舌头哪！难道你前世死时没东西压口不成？”

阿昭仍看她笑了一笑；拉我去看他新买的小鸭子去。

这年的冬天；蔡家搬去广东，阿昭阿秋都跟主人去了。

此后不得他们底音讯，但至今却仍在童年的回忆里；清浅地印着两个可爱的影子，

一个是赪（赧）然的赭黄的脸，一个是抖颤不住的糟红鼻子。

（完）

一组信函

致徐志摩（片段）

我觉得自己无助的可怜，但是一看小曼，我觉得自己运气比她高多了，如果我精神上来，多少可以做些事业，她却难上难，一不狠心立志，险得狠。岁月蹉跎，如何能保守健康精神与身体，志摩，你们都是她的至近朋友，怎不代她设想设想？使她蹉磨下去，真是可惜，我是巾帼到底不好参与家事……

此片段见于《爱眉小扎》，是徐志摩信中转述给陆小曼的，有引号，当为原信过录，常为读者忽略。徐本是借凌叔华之口劝诫难办的夫人，这里值得关注的，不仅是凌叔华对陆小曼的关心，更可留意的是凌叔华本人心态的流露。说自己无助、可怜，怕属虚晃一枪的“自谦”，至多是豪门千金顾影自怜的矫情。信约作于 1925 年，她已因小说《酒后》名噪一时，此后又连连在颇有影响的《晨报副刊》《现代评论》上发表作品，赢得“闺秀派”代表作家声誉。加之与陈西滢恋情浓浓，可谓事业、人生双丰收。凌叔华表示对朋友的关心，潜意识里隐含着成功人士的自信和自诩。凌氏性格不大为读者所知的一面约略可窥。

此时凌叔华与陆小曼已经是“闺蜜”，彼此都有给对方千字以上一封的信函，陆致凌甚至长达五千言。那么，凌叔华对徐志摩的这一番话，何以不当陆小曼面坦诚直言呢？陆和诗人尚未成家嘛，谈不到“参与家事”。

写信时社会上对凌、徐往来正风言风语，今人仍不乏信有其事者，此信亦可旁证传闻为捕风捉影。

致林徽因（便条）

昨归遍找志摩日记不得，后捡自己当年日记，乃知交我乃三本：两小，一大，小者即在君处箱内，阅完放入的。大的一本（满写的）未阅完，想来在字画箱内（因友人物多，加意保全），因三四年中四方奔走，家中书物皆堆叠成山，甚少机缘重为整理，日间得闲当细捡一下，必可找出来阅。此两日内，人事烦扰，大约须此星期底才有空翻寻也。

此信事涉纷纷扬扬的徐志摩“八宝箱”（又称“文字因缘箱”）公案。公案头绪纷繁，当事人各执一词，孰是孰非后人莫衷一是。简而言之，徐志摩罹难，朋友为筹备出版徐志摩遗著，征集徐的信函、日记，凌叔华交出徐志摩生前托她保存的“八宝箱”，但留下徐留学英伦的“康桥日记”。凌叔华拟编“徐志摩书信集”，趋林宅征集徐志摩致林英文信函，林徽因婉拒，林顺便提出想看看“康桥日记”，两人约定两日后凌叔华面交。林按期如约登凌门取阅，凌叔华竟外出，留下此便条。凌叔华趋林宅在 1931 年 12 月 7 日，便条言“昨归”，日期当为 12 月 8 日。9 日林徽因见条很是不快，并猜疑，凌叔华故意延宕数日，留出复抄存底的时间。后凌叔华去的“康桥日记”，并非全部，又留了一部分，是关于徐志摩追求林徽因的日记，是林徽因最想看或最不想外人看的那部分。后经胡适催问，凌叔华不得不补交。为此林徽因与凌叔华结下众人皆知的芥蒂，林致信胡适信中还说了些有失淑女风度的话。便条透露凌叔华当年写过日记，今不见存世。或毁于战乱，或自己处理以免披露于世。

致张秀亚（片段）

……我已来到北平家中，你要不要来玩玩呢，你可于一个星期六的下午搭车由津来平，在我处住一晚，我们仔细谈谈，第二天下午再回天津，不会耽隔了你星期一上课的。……这两天春当真来了，丁香开了，杏花也在打苞儿，我的院后有很多的花木，清香满庭，你来了一定会喜欢……我有的是诚挚的性情与坦率的谈吐，也许不会令来看我的朋友失望的……

录自张秀亚文《我与文学》。张秀亚的《其人如玉》记述，她应约拜见凌叔华时，凌说有篇小说马上要发表在《创作十年》上。1936年开明书店纪念特刊《十年》即刊登了小说《死》，此信应该写于该年。

那时张秀亚、凌叔华“很会谈话，亲切，从容，使一个生客听了感到舒舒贴贴。在言语中，她并不自炫所学，掉弄书袋。但她的机智与才华，闪动于词句中，如同松间明月，流照出一片清辉”（《忆闺秀派女作家凌叔华女士》）。

莫非受到这位前辈激励，张秀亚思如泉涌，年底便推出小说集《在大龙河畔》，那年她也才十七八岁。后考入辅仁大学，以学生身份主编《辅仁文苑》，刊登过凌叔华的《“椰子集”序》。毕业后奔赴后方四川，其时凌叔华同在川地，想必有过从，惜无相关文字留存。40年代末张秀亚迁居台岛后成大器。得知旅居英国的凌叔华走访台湾，和林海音等特去看望。

以名家之重，写如此热忱、亲切的信函给初出茅庐的孺子，提掣后进的精神可感。最末一句显示，外人以为文静的凌叔华，内含善于自我“推销”。她同样健谈，只是与口若悬河的林徽因风采不同。凌叔华、张秀亚之间是否存在传承，未必不是个可探索的课题。

（陈学勇：南通大学文学院教授）

哈尔滨叙事：萧红城市地理镜像

郭淑梅

摘　要：哈尔滨是萧红走出呼兰县城，居住的第一个国际大都市，是她初登文坛的人生福地。在萧红短暂的生命历程中，不仅对家乡呼兰县城进行了《呼兰河传》的地域性书写，且运用写实手法将哈尔滨纳入《商市街》《弃儿》等文学地理建构中。面对着百年间的城市自然风光和人文风情随着大拆大建的城市改造风潮的席卷而陷入急剧消失的窘境，萧红的哈尔滨叙事日益凸显其活化石作用。同时，萧红文学地理存储传递了这座城市的国际化视野及追求自由平等的左翼立场。而香港的"萧红地标"提醒着哈尔滨萧红遗址遗迹未纳入保护开发的遗憾。

关键词：哈尔滨　萧红纪实作品　地理镜像

与同时代其他哈尔滨作家如白朗、罗烽、舒群、金剑啸、罗荪相比较而言，萧红是唯一对哈尔滨街道、宾馆、公园、江畔等城市公共设施空间提供写实功能的作家，对于后世而言这是值得庆幸的一件事情。在萧红的文学建构中，20 世纪 30 年代的哈尔滨被纪实了，被凝固了，被摄录了，这无论如何都是一种意外的收获，也是不以作家意志为转移的潜在价值。恰是由于城市老建筑、老物件和旧有的生活方式的日益淡化乃至消失，而松花江水[①]流淌依旧，冷暖季节依旧变幻的人文与地理空间、物象、面貌的巨大变迁，激活了萧红纪实作品回望历史的价值，萧红作品如同纪录影片一样，保存了清晰完整的特定的社会场景。在此，借用镜像（Mirroring）[②]旨

① 松花江是中国七大河流之一，发源于长白山天池，在同江汇入黑龙江，古代称之混同江。传说古代松花江两岸长满了松树，松树雄枝开有松花，遇大雨江面上则松花点点，故称松花江。松花江流经内蒙古、吉林、黑龙江三省区，是黑龙江在中国境内的最大支流。流经哈尔滨段的松花江为这个城市带来丰沛的水资源的同时，使这个城市变得灵动唯美。

② 镜像是冗余的一个类型，是指一个磁盘上的数据保存在另一个磁盘上。镜像通常意义是指对某个事物保持它的一个副本。

在考察萧红文学中关于人物、事物、遗址遗迹、自然现象等地方志式的存储功能，从而探析萧红文学地理建构的深层文化内涵。本文借助文学地理学，从镜像出发，对松花江记忆、萧红旧址等哈尔滨地理特征存储，萧红文学地理遗产，设立“萧红地标径”构想等三个方面展开深入探讨。

一、文学地理存储

（一）哈尔滨：松花江记忆

哈尔滨是满语，意谓“扁状的岛屿”，旧时也称晒网场。从自然地理环境上讲，哈尔滨地处东北平原，松花江宛如玉带横贯南北两岸，江水滔滔，土地肥沃，高大的古榆树呈现一派繁茂勃发的自然生机。哈尔滨四季分明，中温带大陆性季风气候。冬季寒冷而漫长，冰雪覆盖山川，室外哈气成霜。夏季虽然炎热，却也时常微风拂面凉爽宜人。春秋两季属过渡性气候，似乎是为冬夏两个主打季节提供中间地带一样，相当具有跳跃性，不规律且短暂。从开发史上讲，18 世纪的哈尔滨还是自然渔村，渔户在松花江畔奉打贡鱼。“哈尔滨一带水泊、沼泽、小河纵横交错，草木繁盛，禽兽麇集”[①]，纯自然的未被开发的野生资源状态，源自清王朝将东北视为祖先发祥地而实施的“封禁政策”。为保祖宗王气不散，旗人不被汉民族异化，以使清王朝基业传之千秋，康熙下令废除辽东招民开垦例[②]，严禁关内流民进入该地区开垦，致使东北大片山林矿藏土地河流资源开发处于停滞状态。松花江一带在清前期生态优良，是水产品相当富足的渔场，盛产鲟鳇鱼、鲤鱼、鲫鱼、白鱼、大马哈鱼等。鲟鳇鱼俗称牛鱼，是松花江流域的特产，也是清朝宫廷每年除夕必备的贡品。一条鱼的力量之大，能把船拱翻。运送贡品时，由于路途漫长，需要掌握一些技巧，尤其运送鲟鳇鱼是渔户的一门独特技术。大鲟鳇鱼可达八九尺长，最大有两三丈。18 世纪中叶，关内王姓移民从“闲散满洲”手中承领水域官网，负责哈尔滨一带贡鲜鲟鳇的捕捞。当时的哈尔滨，人口稀少，肥沃的土地上种植着玉米、谷子、高粱。打鱼、种田，自给自足，农人渔户过着悠闲的日子。

晚清以来，清政府为挽救王朝的没落，被迫向西方列强打开国门。在“联俄拒日”的外交政策下，1896 年 6 月，与沙俄签订了《中俄御敌互相援助条约》（即《中俄密约》）。沙俄政府以借地筑路名义获取了修建中东铁路干线的特权，在哈尔滨建立中东铁路行政中心。一条西起满洲里、东至绥芬河，北由哈尔滨起，南至大连，全长 2489 公里的 T 字型中东铁路建成通车。经济上，中东铁路加速了城市化进程，哈尔滨跃升为远东著名的国

① 纪凤辉：《哈尔滨寻根》，哈尔滨出版社 1996 年版，第 88 页。
② 张向凌主编：《黑龙江历史编年》，黑龙江人民出版社 1989 年版，第 188 页。

际贸易城和国际性大都市，[①] 崛起为联结欧亚大陆桥的中心城市。

在萧红写作的20世纪30年代，松花江畔昔日的小渔村早已不见踪迹。

但哈尔滨最初给予萧红的并非国际化大都市的歌舞升平，繁华胜景。1932年，她与哈尔滨一道遭遇了日军侵略和松花江百年不遇的洪灾（如左图，1932年8月的洪灾中，人们出行需要划船）。1932年8月5日起，松花江连续几次暴发大洪水，她住在道外东兴顺旅馆[②] 等待救援。散文《弃儿》中，萧红记载了松花江泛滥，道外洪水漫到旅馆二楼，旅馆和住家纷纷逃命的事情。

> 每天在马路上乘着车的人们现在是改乘船了。马路变成小河，空气变成蓝色，而脆弱的洋车夫们往日他是拖着车，现在是拖船。
>
> 松花江决堤三天了，满街行走大船和小船，用箱子当船的也有，用板子当船的也有，许多救济船在嚷，手中摇摆黄色旗子。
>
> 住在二层楼上那个女人，被只船载着经过几条狭窄的用楼房砌成河岸的小河，开始向无际限闪着金色光波的大海奔去。她呼吸着这无际限的空气，她第一次与室窗以外的太阳接触。江堤沉落到水底去了，沿路的小房将睡在水底，人们在房顶蹲着。[③]

萧红以摄像机的纪实手法，将这场洪灾肆虐后的场景记录下来，并对水灾前后街道的变化配了画外音。日常生活的场景发生了变化，马路变成了河，楼房变成了岸。日常运输工具由车变成了船。江堤和小房子沉在水底，一个突兀的场景是房顶上蹲着被困的灾民。洪水泛滥改变了正常生活样貌。不仅人陷入困境，小猪也不知所措。"在水中哭喊着绝望的来往的尖叫。水在它的身边一个连环跟着一个连环的转，猪被围在水的连环里，就如一头苍蝇或是一头蚊虫被缠入蜘蛛的网罗似的。"[④]

八十多年过去了，萧红居住的道外区十六道街东兴顺旅馆（见下页右图，作者拍摄），现已成为批发商品的玛克威商厦。商厦窗外有一棵老榆

---

① 据不完全统计，1928年，仅外国商社就有2000余家，同世界40多个国家和地区的100多个城市和港口保持经常性的商贸联系，使哈尔滨外贸出口额直线上升。1928年达9946万海关两。外国使领馆19家之多。

② 东兴顺旅馆位于道外区十六道街，今玛克威商厦。萧红居住的房间在旅馆二楼。

③ 《萧红全集》第4卷，黑龙江大学出版社2011年版，第135页。

④ 同上，第134页。这里所说的连环，指水中的漩涡。

树，在萧红曾经往来的二楼阳台旁设立了萧红陈列室。每年都有一些国内外游人到此一探究竟。

作家萧红，对于养育哈尔滨人的这条自然江河洪水泛滥的纪实性描写，喻指着她个人无可选择的生存困境。洪水过后，是生命的重生，这原本是民间叙事大洪水原型意象，却偶然与萧红的境遇巧合，她怀着身孕，在洪水中颠簸，洪水退后她将诞生一个生命。船在浪中打转时，她用手抚摸着突出来的肚子。她以母亲的孕妇形象镌刻在哈尔滨这场著名的大洪水中。她为松花江泛滥立传的用意与她当时怀孕的现状直接相关。

关于松花江，萧红还有另一种写法。回归正常不再暴发洪水的时候，松花江水对哈尔滨人可以起到抚慰作用。夏季，哈尔滨这座国际化大都市流行着消夏风俗。暑热来临时，以松花江为中心聚集起全城的人，涌向松花江边。划船、游泳、戏水，整个城市都沉浸在消夏的气氛中。夏天的到来，让萧红快乐起来。她融入人群，和哈尔滨人一道享受避暑生活。读"东特女一中"[①]时，萧红和好友沈玉贤、徐淑娟就喜欢一起去划船。一开始，三个女孩没有经验，劝走船老大，决定自己划。去时顺风顺水，越划兴致越高。回来时天色已晚，逆风逆水，船老是打转。划到岸边时，手上都是血泡。

萧红居住的商市街25号[②]离松花江江边不远。萧红顺着中央大街溜达，可以直接到江边游玩。结伴去江里划船，到僻静的江湾处戏水，对她是常事。

> 第二天她又是去洗澡。我们三个人租一条小船在江上荡着。清凉的，水的气味。郎华和我都唱起来了。汪林的嗓子比我们更高。小船浮得飞起来一般地。[③]

商市街25号房东的女儿汪林和萧红萧军在江上"摇船到太阳岛去洗澡"是瞒着她母亲的。去江里玩，划船只是一种惯常的消夏形式，去掉暑气的江底洗澡和游泳，才是最终目的。

---

① "东特女一中"，指东省特别区区立第一女子中学。现萧红中学。位于南岗区邮政街135号。
② 商市街25号，今道里区红霞街25号。1933年，萧红居所遗址现已翻建成商业铺面。
③ 《萧红全集》第1卷，第207页。

郎华故意把桨打起的水星落到我的脸上。船越行越慢，但郎华和陈成流起汗来。桨板打到江心的沙滩了，小船就要搁浅在沙滩上。

一入了湾，把船任意停在什么地方都可以。

我浮水是这样浮的：把头昂在水外，我也移动着，看起来像是在浮，其实手却抓着江底的泥沙，鳄鱼一样，四条腿一起爬着浮。

那只船到来时，听着汪林在叫。很快她脱了衣裳，也和我一样抓着江底在爬，但她是快乐的，爬得很有意思。[①]

消夏直到今天仍然是哈尔滨人的最爱。由于城市规划的缘故，昔日的太阳岛现已成为一个封闭的休闲公园。住宅楼房都装有淋浴房、浴缸，以洗澡为目的的消夏基本不存在了。不过，夏季到来，大量的人涌向江北，通往对岸的交通工具不只是船，松花江大桥、阳明滩大桥、松浦大桥的建成通车，极大地缓解了江南江北的交通不便。开私家车和乘船，赴对岸的江北沙滩，仍然可在江湾处自由地享受开放性的避暑空间。

（二）几张萧红旧址底片

哈尔滨市立医院，萧红女儿出生地。《弃儿》中萧红产女的哈尔滨市立医院，属于今哈尔滨市儿童医院（道里区友谊路 57 号）的房产。原建筑二层红砖小楼尚存，紧邻着道里公园[②]。20 世纪 80 年代，萧军等一众萧红的故交曾旧地重游，感慨万端。萧军在外楼梯上留影存念，回忆他拯救萧红于危难的 1932 年，斯人已去物是人非。《弃儿》不仅描述了 1932 年萧红亲历的哈尔滨洪水暴发场景，也记录下她产女前后的生产困境。当年孩子的父亲汪恩甲不知所踪，两人住旅馆的费用 400 块钱萧红无力偿还，被扣在东兴顺旅馆。与萧军相爱后，借住在道里区中国四道街裴馨园[③]的家，受到裴家人的排挤。产前的萧红折腾得非常厉害。在裴家没有铺被褥的土炕上，萧红疼得号叫着像个泥人。萧军筹不到住院费让她入院，但是目睹萧红满炕打滚，萧军最终下决心以东北硬汉的蛮力和“无产者”“耍无赖”的坚持强行让萧红住进了哈尔滨市立医院（见左图，作者拍摄）。这是萧军为萧红做的最为自豪的事情。萧红记录下

① 《萧红全集》第 1 卷，第 208—209 页。

② 道里公园，即今天的兆麟公园。

③ 裴馨园，《国际协报》副刊编辑，萧红、萧军的朋友。

在红砖小楼里，她所经历的一场与女儿的生离死别。

> 产妇室里摆着五张大床，睡着三个产妇，邻边空着五张小床。看护妇给推过一个来，靠近挨着窗口的那个产妇，又一个挨近别一个产妇。她们听到推小床的声音，把头露出被子外面，脸上都带着不可抑止、新奇的笑容，就好像看到自己的小娃在床里睡着的小脸一样。
>
> 第三个床看护妇推向芹[①]的方向走来，芹的心开始跳动，就像个意外的消息传了来。
>
> 手在摇动："不要！不……不要……我不要呀！"她的声音里，母子之情就像一条不能折断的钢丝被她折断了，她满身在抖颤。[②]

走投无路的萧红并无能力抚养孩子，送他人养育之前，萧红害怕看到孩子的面孔，在她打定主意不要这个孩子的时候，她的内心充满纠结。

> 月光照了满墙，墙上闪着一个影子，影子抖颤着。芹挨下床去，脸伏在有月光的墙上："小宝宝，不要哭了，妈妈不是来抱你吗？冻得这样凉呵，我可怜的孩子！"

萧红被母性煎熬着，记录下自己悲惨的人生一幕，就在一座二层红砖小楼里，她的孩子生下五天一直在隔壁哭，她不管孩子死活，以空洞的"向人林里去迈进"的理想，压抑了所有的母爱。第六天萧红在同室产妇和看护妇"不知为什么！听说孩子的爸爸还很有钱呢！这个女人真怪，还有钱的丈夫都不愿嫁"的质疑中，把孩子送给一个身穿白长衫三十多岁的女人。这件事是她一生的痛。临终前，她不忘嘱咐端木蕻良到哈尔滨寻找这个女儿。

萧红当年生下女儿的二层红砖小楼，如今隐身在周围高大的建筑中，看上去非常渺小、孤单。笔者探寻这处遗址时，并没有发现有人进出小楼，像是座被废弃的仓库。走到小楼的背面，才发现小楼屋檐窗框等标志性部位用本色砖镶嵌出错落有致立体凸凹的墙体，虽然不及中央大街等临街建筑工艺繁复讲究，但就20世纪上半叶，哈尔滨风行世界顶级建筑艺术背景来说，这种红砖小建筑也非潦草而就。可见建筑风气趋向艺术之一斑。当然，曾经在这里生产的萧红，并不愿意回顾这段不堪回首的往事，在两萧关系紧张的上海时期，萧军撰文《为了爱的缘故》重提患难与共的小楼旧事，他对萧红的付出，希望能够挽回萧红感情，萧红对此是不满的。

欧罗巴旅馆（下页左图，作者拍摄），萧红与萧军的第一个家。位于道

---

① 芹，指萧红。

② 《萧红全集》第4卷，第143页。

里区新城大街拐角处[①]，是由白俄经营的一家旅馆。穷困潦倒的萧红萧军，揣着裴馨园资助的五元钱，搬进这座俄罗斯风格的旅馆。散文《欧罗巴旅馆》[②]是一篇居住在此的生活纪实。

产后的萧红，没有营养和足够的休息，像丧家之犬，被裴馨园岳母赶出家门。窘迫和尴尬她都不在乎了，气力已消耗殆尽。旅馆的房间在三楼，面向道里区西八道街。对面的楼房顶上布满着小烟囱、小窗户。终于有个属于自己的家，身边的男人虽然是个穷文人，可他们恋爱着，这让贫困流浪中的萧红心满意足。

> 我躺下也是用手指抚来抚去，床单有突起的花纹，并且白得有些闪我的眼睛，心想：不错的，自己正是没有床单。我心想的话他却说出了！
>
> “我想我们是要睡空床板的，现在连枕头都有。”
>
> 说着，他拍打我枕在头下的枕头。[③]

一个高大的俄国女茶房和中国茶房相继敲门进来，询问是否需要租铺盖。当听到一天五角租金时，两个没钱的人顿时打消了租铺盖的念头。接下来惊人的一幕出现了。

> 那女人动手去收拾：软枕，床单，就连桌布她也从桌子扯下去。床单夹在她的腋下。一切夹在她的腋下。一秒钟，这洁白的小室跟随她花色的包头巾一同消失去。
>
> 小室被劫了一样，床上一张肿胀的草褥赤现在那里，破木桌一些黑点和白圈显露出来，大藤椅也好像跟着变了颜色。[④]

欧罗巴旅馆的俄国女茶房手脚麻利地按规则办事，她没有必要为穷人提供免费铺盖。在欧罗巴旅馆讨生活的俄国女茶房，在20世纪上半叶的哈

① 新城大街即今天的尚志大街。位于拐角处的欧罗巴旅馆旧址上，原建筑仍在。

② 散文《欧罗巴旅馆》写于1935年3月，首刊于1936年8月上海《文季月刊》第一卷第二期，署名悄吟，1936年8月收入萧红散文集《商市街》，由上海生活出版社出版。

③ 《萧红全集》第1卷，第138页。

④ 同上。

尔滨极为常见。哈尔滨“华洋杂处”，外侨尤其是俄侨人数众多。中东铁路的建成通车，客观上为欧美及亚洲移民提供了大量就食机会，其中俄侨占有相当大的比重。沙俄在实施“亚洲黄俄罗斯计划”中，反犹排犹浪潮和经济扩张政策使国内一些具有经济实力和经营才能的犹太工商业者迁移哈尔滨。日俄战争失败后，沙俄再次反犹，在华犹太官兵、从西伯利亚远东外逃的犹太人留在了黑龙江。“十月革命”后，出于对新政权的恐惧或其他原因，大批白俄定居在以哈尔滨为中心的中东铁路沿线。1922 年，仅哈尔滨一地，俄国侨民就达 185042 人。哈尔滨成为融合各种不同文化风尚的国际化大都市，生活变动不居。

俄侨并非都是富豪和贵族，萧红在《索非亚的愁苦》中写道，侨居在哈尔滨的俄国人那样多。白俄当势时“连中国人开着的小酒店或是小食品店都怕穷党进去。谁都知道穷党喝了酒常常付不出钱来”。十月革命后，情形大变，“现在那骂着‘穷党’的，他们做了‘穷党’了；马车夫，街上的浮浪人，叫花子，至于那大胡子的老磨刀匠，至于那去欧战的独腿人，那拉手风琴在乞讨铜板的，人们叫他街头音乐家的独眼人。”[①] 阶层不同，却彼此比邻而居的事情时有发生。1931 年 8 月抵达哈尔滨的朱自清，认为俄国人地位并不比中国人高，“与洋大人治下的上海，新贵族消夏的青岛、北戴河，宛然是两个世界。”[②] 因此，萧红写俄国女茶房、写她的俄文家庭教师索非亚（左图，萧军脖子上的围巾有家庭教师索非亚，原名佛民娜绣的字）都是哈尔滨地理空间特有的人物关系。她的写作是以 20 世纪 30 年代哈尔滨侨民生活为原型的。

萧红以其居住的欧罗巴旅馆为原型，共计写了七篇散文（《欧罗巴旅馆》《雪天》《他去追求职业》《家庭教师》《来客》《提篮者》《饿》），详细地记录两人的点滴生活。如今，这些散文在历史文化资源急遽消失的日子里，都成为具有风俗画、历史影像意义的标志性纪事，为后人提供 20 世纪 30 年代哈尔滨的俄罗斯式的风土人情。

从秋天到冬天，萧红都住在欧罗巴旅馆。在爱人身边，穷困潦倒的萧红仍然会有“囚犯”的感觉。

小窗那样高，囚犯住的屋子一般，我仰起头来，看见那一些纷飞

① 《萧红全集》第 1 卷，第 281 页。
② 张福山，周淑珍:《哈尔滨与红色之路》，黑龙江人民出版社 2001 年版，第 305 页。

的雪花从天空忙乱的跌落，有的也打在玻璃窗片上，即刻就消融了！变成水珠滚动爬行着，玻璃窗被它画成没有意义无组织的条纹。

我想：雪花为什么要翩飞呢？多么没有意义！忽然我又想：我不也是和雪花一般没有意义吗？坐在椅子里，两手空着，什么也不做；口张着，可是什么也不吃。我十分和一架完全停止了的机器相像。[①]

萧红身体虚弱，贫血，一直病着，既不能做事，也没有饭吃。生存的窘境让她无所凭依，就在这些困顿的生命状态下，她居于“欧罗巴”这个来自西方文化的命名空间内，展开了充分的文学想象。文学为她插上了一双会飞的翅膀，引领她洞开了生命的联想，让她对生命产生了深邃而广袤的拷问。一些美妙的句子，都是她病中冥想得来的，甚至，她把雪花都赋予生命。

还有一篇散文，把饿写得生动异常，轻灵无比。生活在社会最底层的萧红，感受着贫穷到没有饭吃的滋味。住在欧罗巴旅馆里，她饿得想偷别人挂在门上的面包圈吃。

厕所房的电灯仍开着，和夜间一般昏黄，好像黎明还没有到来，可是“列巴圈”已经挂上别人家的门了！有的牛奶瓶也规规矩矩的等在别人的房间外。只要一醒来，就可以随便吃喝，但，这都只限于别人，是别人的事，与自己无关。

过道尚没有一点声息，过道越静越引诱我，我的那种想头越想越充涨我：去拿吧！正是时候，即使是偷，那就偷吧！

我抱紧胸膛，把头也挂到胸口，向我自己心说：我饿呀！不是“偷”呀！

第二次又失败，那么不去做第三次了。下了最后的决心，爬上床，关了灯，推一推郎华，他没有醒，我怕他醒。在“偷”这一刻，郎华也是我的敌人；假若我有母亲，母亲也是敌人。[②]

在欧罗巴旅馆，萧红在“偷”吃“列巴圈”问题上辗转反侧，反复纠结，把陷入饥饿的小知识分子心理活画出来，也将民国时期女性接受教育后就业艰难的严峻现实披露出来。饥饿落到小知识分子头上，说明当时的社会现实存在相当大的问题。教育是东北乃至哈尔滨“启发民智”白话文教育的进步硕果，然而，教育并未从根本上解放女性，使其走上社会发挥聪明才智。读书识字的女性大都将受教育作为一种嫁给有钱人的必备条件，选

① 《萧红全集》第1卷，第140页。
② 同上，第153页。

择回到家庭相夫教子。有社会地位的男人也将女人受教育作为一种文明开化的标配，为显示门面，娶回家来。萧红这样一批走出家门寻求经济独立，不想要嫌贫爱富的父亲和丈夫的豢养的知识女性受到的不仅是背叛家庭的压力，还有来自社会的经济压力。她以写作获取稿费生存，报纸副刊的微薄的稿费让她挣扎在社会底层。社会和个人陷入生存困境，使萧红早期坚定地站在左翼立场，为悲惨的下等人鸣不平。

饿到中午的萧红，披着棉被站在窗前，看到一个手里牵着孩子，衣襟里裹着孩子的女人在一家药店门口讨钱。她把自己的饿融入这个讨饭女人的声音里。对于吃饭问题，有知识与否在这里起不到什么作用，她与没文化的逃荒女人一样会感到饥饿。

> “老爷，太太，可怜可怜……”可是看不见她在追逐谁，虽然是三层楼，也听得见这般清楚，她一定是跑得颠颠断断地呼喘：“老爷……老爷……可怜吧！”
>
> 那女人一定正相同我，一定早饭还没有吃，也许昨晚的也没有吃，她在楼下急迫的来回的呼声传染了我，肚子立刻响起来，肠子不住地呼叫……
>
> 郎华仍不回来，我拿什么来喂肚子呢？桌子可以吃吗？草褥子可以吃吗？[①]

生活极度的困窘，化成萧红不动声色的笔调。这一段淡定的描写，没有呼号，没有遭到不公平待遇的气愤，甚至没有底层阶级常有的诅咒式的暴力式的反抗。她只是秉持着记录者的冷静客观，像是一名忠于历史的书记官，记下日常生活的每个瞬间。她的这一段记录，与1929年元旦史沫特莱来到哈尔滨，在《中国的战歌》记录下的情况别无二致。挣扎在死亡线上的哈尔滨大众，让史沫特莱不得不奋笔疾书。

> 我在中国听到乞丐喊叫，最初是在哈尔滨听到的“打发、打发吧！天老爷保佑你升官发财！天老爷保佑你当军长！”。
>
> 在哈尔滨老区富家巷[②]，有成群结队由河北、山东关内来的农家妇女，携儿带女沿街叫化讨要。我走过街上时她们把自己的婴儿裹在脏旧的棉袄大襟里，跪在冰地上喊叫：“上帝保佑你到中国发财！”
>
> 我走过时，她们跟着。苦苦哀求打发、打发吧！又一群孩子跪到

---

① 《萧红全集》第1卷，第153页。

② 富家巷，指道外区，彼时也称傅家甸、傅家店，是关内“闯关东”移民聚集区。

我的前面，扑通跪倒在冰地上，哀哀向我乞讨。[①]

史沫特莱到哈尔滨之时正值东北易帜，她记录了日俄角逐下的东北，日本人的狂妄。对于东北易帜，日本人认为是政治上的失败，“据说日本人正在沈阳同少帅交涉，恐吓威胁，提出抗议。但少帅很少答复，从现在起一切涉外事务权在南京。”[②]张学良将责任推到南京方面，毫无疑问对付日本侵略中国的野心，易帜是明智之举。1929年，距离日军侵占哈尔滨，松花江暴发大洪水的1932年还有三年，史沫特莱预见了日本要发动侵华战争。萧红与史沫特莱对哈尔滨市面上穷人的描绘何其相似。饥饿与贫穷，是当时中国社会的一个毒瘤，国家运势如此差，百姓饥肠辘辘，又摊上日本这个如狼似虎的邻居，史沫特莱和萧红作为作家对国家运势的敏感判断是极具超前意识的。

2011年6月，在萧红诞辰100周年前后，我前往道里区尚志大街拐角处，探访了欧罗巴旅馆。沿着木质有些陡峭的楼梯向上走，三楼她居住的房间已成一座教室。从窗户望去对面耸立着一排百年沧桑的红砖小楼，一些旧时的烟囱记录着这座城市曾经烧煤样冬天取暖的日子。道路上再听不到昔日乞讨的声音，时过境迁，“闯关东”逃荒成为陈年旧事，河北山东后裔成为地道的哈尔滨人，踏实地生活在黑土地上。

道里公园（左图，1932年大洪水中逃出东兴顺旅馆的萧红，在萧军陪同下于罗锅桥边留影），即今天的兆麟公园[③]，是萧红萧军经常光顾的公园，也是一群文人墨客经常出现的公共场所。借住在裴馨园家的两人，担心影响到裴家人，在外面谈恋爱，这是两人喘息、互怜互爱的地方，是两萧最值得纪念的青春和爱情浪漫滋长的地方。

公园在两萧的恋爱史上占据重要地位。居无定所的两萧，在公园里谈情说爱，热恋中的他们还会碰上熟人和朋友。报社里的编辑、文人墨客，常在公园里发出谈恋爱不成的无病呻吟、抒发空虚情怀。萧红的笔活画了当年哈尔滨文学圈青年人逛公园、编稿子、谈恋爱的生存相。

---

① 史沫特莱:《史沫特莱文集》(一)，新华出版社1985年版，第35页。
② 同上。
③ 道里公园始建于1906年。1946年3月9日，李兆麟将军安葬在道里公园，省政府将其改名为兆麟公园。

"你们来多久啦？"他一看到我们两个在长石凳上就说。"多幸福，像你们多幸福，两个人逛逛公园……"

"坐在这里吧。"郎华招呼他。

我很快让出一个位置，但他没有坐，他的鞋底无意的踢撞着石子，身边的树叶让他扯掉两片。他更烦恼了，比前些日子看见他更有点两样。

"你忙吗？稿子多不多？"

"忙什么！一天到晚就是那一点事，发下稿去就完，连大样子也不看。忙什么，忙着幻想！"

"幻想什么？……这几天有信吗？"郎华问他。

"什么信！那……一点意思也没有，恋爱对于胆小的人是一种刑罚。"①

逛公园不仅谈情说爱，也可以庆祝好事降临，就如同当今社会饭店的功能。

1933年，是两萧文学创作大丰收的一年。两人印刷出版合集《跋涉》。对于这本册子，舒群贡献很大，借钱帮助两萧出书。萧红到工厂看到排字工人正在排《夜风》，非常高兴。他们跑到公园里，去庆祝创作的成功。

走进公园，在大树下乘着一刻凉，觉得公园是满足的地方。望着树梢顶边的天。外国孩子们在地面弄着沙土。因为还是上午，游园的人不多。日本女人撑着伞走。卖"冰激凌"的小板房里洗刷着杯子。

道里公园，在萧红生命最困窘的时候，在她成功地获得了写作成果的时候，扮演着生命中的憩园和乐园。公园既是她与萧军爱情的庇护之所，也是文学青年聚会照相述说友情的地方。萧红萧军都是喜欢交友的人，他们常常会聚集一批人到公园聊天照相。现保留下的公园照片除了萧红挺着孕肚在"罗锅桥"②旁边与萧军合影，还有

① 《萧红全集》第1卷，第205页。

② 罗锅桥，真实名字是彩虹桥。由于桥体中间是拱起的弧状，看上去像是罗锅病人背后隆起的鼓包。

萧红、萧军、金人、舒群、黄田、裴馨园、樵夫七人的照片（上页图）。

道里公园的“罗锅桥”见证与铭刻着那段惊世骇俗的爱情故事。笔者曾多次探访那桥小桥。尽管世事沧桑，人去匆匆，经过八十多年的风霜月影的洗礼，木桥仍静静地“拱”在那儿，偶尔木桥会刷上新漆，换上彩虹装，注视着人间冷暖。

商市街 25 号，是萧红萧军的第二个家，旧址在今道里区红霞街 25 号，邻近中央大街。与中央大街横向交叉的一条街道，大铁门门洞，对面是座小洋房，西侧有个小矮房带个木头门斗。进门要下几级阶梯，类似于半地下室。经过黑乎乎的两平米的厨房，才是十平米左右的里屋。门左是张大床，被子叠起来。墙角挂一张油画。靠院子一侧是玻璃窗，窗户下摆着张旧桌子和凳子。萧红在商市街居地，是她和萧军融入哈尔滨百姓邻里生活的一个缩影。在商市街这个邻近中央大街的封闭空间里，萧红过上了柴米油盐的日子。

有了新家，不再租住旅馆，一切似乎走上正轨。新的问题也来了，萧红要操持一个家先要学会做饭。萧红住旅馆时，尽管很穷很苦，也算是过得潇洒，有钱两人就去小饭馆吃一顿，或者买来面包沾盐末，没有钱就饿一顿两顿的。萧红是不用操心做饭取暖的。

哈尔滨的冬天寒冷到零下三十多度。萧红住在欧罗巴旅馆时，窗外飘着雪花，打到窗玻璃上就会变成水珠滚动爬行着。关上窗户，玻璃上立刻长了霜，不一会儿这霜就化了，“玻璃片就流着眼泪了”。之所以会出现玻璃窗流眼泪，是因为欧罗巴旅馆取暖设备很先进，房间都很温暖。窗户内外冷热对流就会产生霜花和水珠。住在旅馆里，所担心的是挨饿，是不必担心受冻的。

到了商市街 25 号，萧红冬天取暖成大问题。取暖的木柈[①]要花钱购买，以前愁着填饱肚子，现在炉子和肚子两样，她都要填饱。让屋子暖和起来，必须烧掉木柈。哈尔滨是中东铁路中转站，往来大小兴安岭的木材通过火车运送过来，在城市里标价售卖，为这座城市的人生火做饭和过冬取暖提供资源。

> 等他买木柈回来，我就开始点火。站在火炉边，居然间我也和小主妇一样调着晚餐。油菜烧焦了，白米饭是半生就吃的，说它是粥，比粥还硬一点；说它是饭，比饭还粘一点。这是说我做了“妇人”，不

① 木柈，指由圆木劈开或锯开的烧材，居家取暖做饭必备之物。由于20世纪80年代以来，黑龙江林木资源枯竭，城市住房改造建立起集中供热的暖气输送管道，城市取暖均由热力公司通过管道向住户集中输送热气，使室内温度达到二十多度，做饭使用煤气和天然气，烧木柈的日子便成为记忆中的事情了。

做妇人，哪里会烧饭？不做妇人，哪里懂得烧饭？①

20世纪30年代，哈尔滨道里区和南岗区居住着中东铁路局人员。他们的房产多半是俄式建筑。砖房和板加泥建筑，室内流行烧暖墙、壁炉、铁炉，一到取暖做饭，都要用上木柈。木柈和煤不同，烧得很快，屋内可以马上就暖和起来，不过，持续的时候短。一旦木柈烧尽，炉子马上降温。屋内又恢复到冰冷状态。因此，萧红对于木柈是“又爱它，又恨它，又可惜它”。

关于木柈，她有刻骨铭心的记忆。到1933年3月，她日子稍微好过点的时候，不必去向房东借木柈了，她开始雇木柈车夫把木柈送到家里。

木柈车在石路上发着隆隆的重响。出了木柈场，这满车的木柈使老马拉得吃力了！但不能满足我，大木柈堆对于这一车木柈直像在牛背上拔了一颗毛，我好像嫌这柈子太少。②

商市街25号是个大铁门，门栏外面有人看到装木柈的马车进院，就会问，“柈子拉不拉？”“拉”③，这个词在哈尔滨土语中是“锯开”的意思。木柈一般都长，粗，难于直接送进炉膛，需要锯再加工一下，或者用斧子劈开。萧红的木柈显然与别人家的一样需要“拉”。

柈子拉完又送到柈子房去。整个下午我不能安定下来，好像我从未见过木柈，木柈给我这样的大欢喜，使我坐也坐不定，一会跑出去看看。

我先用碎木皮来烘着火。夜晚在三月里也是冷一点，玻璃窗上挂着蒸气。没有燃灯，炉火颗颗星星的发着爆炸，炉门打开着，火光照红我的脸，我感到例外的安宁。④

木柈给她带来兴奋，她用大大咧咧的口吻记述了拉木柈、被偷木柈、被强行索要木柈、被锯木柈和她先用碎木皮烘火的全过程。一路上，小偷从马车上抢了二块木柈，马车夫说他们“这些东西顶没有脸，拉两块就得啦吧！贪多不厌，把这一车都送你好不好”，表现出他对小偷的不屑，也暗示着偷是可以的只不过要少偷点。这是很有意思的铺垫。马车夫卸完车，

① 《萧红全集》第1卷，第157—158页。
② 同上，第203页
③ 拉，发音lá。
④ 《萧红全集》第1卷，第204页。

留下五块顶大的木柈放在车上，不往下卸了，说是拉家去烘烘火，孩子小屋子冷，马车夫盘算着如何占萧红更大的便宜的形象就这样立住了。在寒冷的冬天，这车木柈让她感到安全。她不是个贪婪的人，由于拥有了一车木柈，“富有”的她就不在乎别人搜刮去一些。生活的不易让她能够体会小偷、马车夫的难处。即使对油嘴滑舌的马车夫的无理要求，萧红也没有指责，只是幽默地说:“他对他自己并没有说贪多不厌，别的坏话也没说。”关于木柈的使用是气候寒冷的哈尔滨上世纪一个最明显的标志。这种生活习俗，是其他南方城市所不知晓的事情，在哈尔滨却是一个日常生活场景。

二、国际化与自由平等精神：萧红文学地理遗产

上述的文学地理存储并不意味着简单的照相式的复制，而是充满着萧红的文化选择，她所要表达的文化立场。纪实性写作给予我们的不仅是历史风俗的活化石，还有沉积在血液中的精神，那些在多元文化交融碰撞中生长出来的文化特质，需要辨析传承。

我们从萧红的哈尔滨叙事中，至少可以得到两点最重要的精神传承，一是国际化的开放心态。二是自由平等的左翼精神。

在萧红写作所提供的哈尔滨城市地理空间叙事中，季节变化是突出的特征。而在寒冷的冬季和暑热的夏季中，国际化大都市的风土人情浸润其间，为哈尔滨装扮出异域风貌。中东铁路建成通车带来的世界性视野，影响着萧红对华洋杂处的日常生活百态的记录。萧红在进行文学地理构建时，体现出其国际化的开放心态。这与近现代以来东北地理空间范围内所进行的改革有关。晚清时期，清政府为制衡沙俄和日本，在东北全境展开“新政”，对外开放商埠地。北满重地哈尔滨作为中东铁路枢纽，迅速崛起为国际化大都市和商贸中心，国际商社、洋行云集，不同肤色和操持不同语言的侨民和移民，纷纷涌向“东方小巴黎”“东方莫斯科”，以获得新的生存空间。哈尔滨人口构成“五方杂处”，生活方式千变万化。十月革命后，在处于国际共管与移归中国争论之中的中东铁路附属地的哈尔滨，俄国卢布、日本金票、中国银票混杂使用，更使多种语言夹杂的日常生活添上变幻不定的“国中之国”的色彩。

萧红的国际化来自哈尔滨。在哈尔滨读中学、结交朋友、参与社会政治活动、塑造社会化人格，都使萧红呈现出国际化大都市的思维方式和行为准则。在文坛闯荡后，萧红加入“维纳斯画会”“牵牛坊”“星星剧团”，每天都与诵诗、画画、写小说、编演戏剧的城市文化人打交道，很快就熏染上文化人的生活习惯。萧红日常审美情趣深受多元文化影响，不仅使她的生活方式和行为都带有哈尔滨的烙印，也使她成为一个国际化的人。生

活习惯欧化和多元化，使萧红的饮食、服饰、歌唱等许多日常生活习惯都已脱离了小城镇呼兰的圈囿，带有地道的哈尔滨风格。朋友经常忆起萧红拿手的牛肉汤，罗荪说："逢到精神好的时候，萧红便去买了牛肉、包菜、土豆和番茄，烧好一锅汤，吃着面包，这时候，可以说是我们最丰盛，而又最富有风味的午餐了。"梅林忆起在青岛报馆任编辑时，和萧红、萧军的日常生活，"日常我们一道去市场买菜，做俄式的大菜汤"。这种汤是哈尔滨最流行的移植于俄罗斯口味的家常菜"苏泊汤"。萧红率性而为，喜欢和朋友叙谈，喜欢唱歌跳舞，在流浪中具有乐天品性，《索非亚的愁苦》写到她与俄文家庭教师的关系，"后来，我们再熟识的时候，不仅跳舞，唱歌，我们谈着服装，谈着女人：西洋女人，东洋女人，俄国女人，中国女人"。萧红爱唱歌，孙陵回忆，"我还记得你那天吃过酒后唱的歌，你说是在日本从一个俄国影片上学来的。那歌词是：'窝尔卡，窝尔卡，/ 鲁斯卡呀列卡，/ 涅未答啦……' / 当时你还加以解释，'列卡'就是'河'，'涅未答啦'就是'没有看见吗？'"然而，萧红欧式审美趣味和时髦服饰，并非总是受到朋友赞赏，好友聂绀弩认为："萧红，是我们的朋友，是朋友的爱侣，是一个最有希望的女作家，是《生死场》的作者，我们对她的尊敬是无限的。今天，却看见她不过是一个女人，一个搽脂抹粉的，穿时兴的衣服的，烫什么式的头发的女人！"萧红的服饰、生活方式，在她从哈尔滨走向内地的时候，并不被人接受，只有孙陵这样从国际化都市哈尔滨走出去的人，见惯了奇装异服和随心性活着的人，才能够欣赏到她。在《索非亚的愁苦》中，萧红与索非亚的对话很说明当时哈尔滨的"半吊子"俄语的流行。"嗯哼，好看的指甲啊！"我笑着。"呵！坏的，不好的，涅克拉西为。"可是她没有笑，她一半说着俄国话。"涅克拉西为"是不美的、难看的意思。萧红所用的"嗯哼""涅克拉西为"就是引进的俄语，中国话夹杂着俄语是哈尔滨社会的真实写照。①

萧红文学地理建构，集中在哈尔滨国际化城市风貌。20 世纪初哈尔滨的现代工业和国际贸易极其发达，时尚性开放程度可与巴黎、伦敦、纽约、莫斯科、东京相媲美。哈尔滨在其创作格局中，主要分布在道里区、道外区和南岗区，道里区是她的生活中心，因而写这一地区的作品居多，松花江、道里公园等由自然景观演化为城市文学地理景观，就是作家萧红的作用。在哈尔滨城市文学地理，尤其是多元文化建构成就上，无疑萧红是第一位的，我们理解了萧红就理解了 20 世纪前半叶的哈尔滨，也就理解了 20 世纪 80 年代萧红为什么可以走红，直到今天萧红故居纪念馆为什么是唯一

① 小时候，笔者居住在哈尔滨市南岗区，邻居是俄国人。外祖父带着我去邻居俄国人家里用土豆换鸡蛋，外祖父说的就是俄语。

被文学地理学专家列为中国境内东北文化区中的著名文学景观。[①]

二是自由平等的左翼精神。萧红生活的时代，哈尔滨引进了很多俄文原版文学名著和红色书籍，萧红初习写作操持哈尔滨青年文艺家喜欢的左翼话语。“牵牛坊”参与者舒群、温佩筠、姜椿芳、金人等都有很好的俄文底子，圈中俄语颇为风行。把俄语当作直接阅读外国名著和交际工具是两萧一直以来都很认同的观点。从中东铁路传过来的红色书籍也让哈尔滨的红色文化积淀深厚。瞿秋白曾在1920年赴俄前滞留哈尔滨，他说第一次在哈尔滨听到《国际歌》，哈尔滨先得共产党空气。罗烽在作品中发出了“起来全世界的奴隶，起来全世界的罪人”的呼喊。这种左翼立场是其他关内文化所不具备的。聂绀弩在胡风主持的《七月》座谈会上，“起来不愿做奴隶的人们”在西北战地服务团的演出中被当地人认为是“洋歌”非常陌生[②]，但在哈尔滨文化人的圈子，尤其是“牵牛坊”文化圈中，是大家都熟悉的。

萧红的左翼写作，体现在哈尔滨地理建构中。这与哈尔滨的左翼风潮有关，也与她所处的小知识分子社会地位有关。追求自由的萧红，与这一社会主张持有的平等理想契合，促使她在城市文学地理建构中，坚持了国际化与左翼立场。

三、哈尔滨设立文学地理景观“萧红地标径”构想

2011年，香港“萧红地标”《飞鸟三十一》获香港南区举办的“文学地标径”设计大赛冠军。2016年10月，笔者在香港浅水湾见到了刚落成尚未揭幕的“萧红地标”（左图，作者拍摄）。“萧红地标”在香港落成原因在于香港对内地南来的作家高度重视。香港乃萧红仙逝地，是她创作的终点。1940年，萧红与端木蕻良前往香港，居九龙诺士佛台和乐道，写下蜚声中外的名著《呼兰河传》《马伯乐》《小城三月》等。1941年，太平洋战争爆发，日军攻占香港，1942年1月22日上午，萧红病逝于圣士提反女子中学，年仅31岁。端木蕻良将萧红的骨灰分别埋于圣士提反女子中学和她经常散步的浅水湾，从此她与浅水湾紧密相连。

① 曾大兴等主编:《文学地理学》，中山大学出版社2014年版，第41页。

② 《宣传文学旧形式的利用》，载《七月》1938年第3期。

1942 年，获知萧红死讯的诗人戴望舒到浅水湾祭奠萧红，留下千古绝唱《萧红墓畔口占》：

走六小时寂寞的长途
到你头边放一束红山茶，
我等待着，长夜漫漫，
你却卧听着海涛闲话。

1946—1949 年，郭沫若、曹禺、夏衍、丁聪、吴祖光、张瑞芳、白杨、周而复等大批内地文化人不断到香港祭拜萧红墓。浅水湾因萧红“埋幽之处”而永载史册。

战后，香港经济高速发展，萧红墓面临被毁危险。香港记者陈凡投书《人民日报》为萧红奋笔疾呼：“生死场成安乐地，岂应无隙住萧红！”引发香港文化人保护萧红墓声势浩大的请愿。1957 年 8 月 3 日，萧红骨灰由中国作协广州分会接收，迁往广州银河公墓。六十年后，香港人再次记起萧红，在南区“文学地标径”中给予“萧红地标”一席之地，以示纪念。

对于萧红来说，与其文学创作终点的香港相比较而言，哈尔滨是她初登文坛的人生福地，她第一篇小说、第一篇散文、第一首诗、第一部作品合集都诞生在这里。她的创作遗产丰厚，却没有一处正式的旅游景点，没有一处可供游人完整了解其哈尔滨生平的“萧红地标径”，无疑是萧红文学景观的巨大缺憾。

萧红用摄影机式的镜头，为急遽消失的哈尔滨城市地理风貌提供了珍贵的镜像，还原了 20 世纪哈尔滨的人文风情。但是，作品中出现的与她相关的遗址遗迹东兴顺旅馆、欧罗巴旅馆等地却没有纳入文物保护单位。“牵牛坊”活动地、商市街 25 号居地也已无存。

“萧红地标径”的设立首先可以整合哈尔滨文化名人资源，如“牵牛坊”的活动可以纳入其中。其次，可以整合道里区、道外区、南岗区三区现存的萧红遗址遗迹，围绕着她的纪实创作，进行资源深度开发。再次，将“萧红地标径”纳入旅游线路，与呼兰萧红故居纪念馆、香港“萧红地标”形成联动效应，延长萧红文学景观路线。

（本文为黑龙江省哲学社会科学研究规划项目“萧红地域镜像文学地理学研究”17ZWD268 阶段性成果）

（郭淑梅：黑龙江省社会科学院研究员）

浅析张爱玲《金锁记》中的情节叙事

吴丹凤

摘　要：在小说叙事中，情节叙事占据重要的位置，情节设置巧妙与否影响作品质量和对读者的吸引力，即使现代小说中性格概念摆脱了情节概念，甚至意识流小说对情节特意忽视，都无法完全摆脱情节编排的考虑。从叙事学的角度重新审视张爱玲作品，其《金锁记》作为中国现代小说中的代表作之一，情节叙事颇典型，呈现出一种秩序的闭锁与规整。本文主要探讨其情节叙事中的切入、情节叙事中的追忆及情节叙事中的叙述者。可以说，《金锁记》的情节叙事以及对不同叙事线索的整合，展示了作者对文本的掌控能力，颇值得探究。

关键词：张爱玲　《金锁记》　情节叙事　叙述者

对小说的创作而言，情节叙事占据重要的位置，情节设置巧妙与否影响作品质量和对读者的吸引力。无论是希腊神话《奥德修纪》还是阿拉伯故事《一千零一夜》，都是由叙述者重新编排情节展开叙事的作品。亚里士多德在《诗学》中就对情节做出限制性与强制性的阐释，亚里士多德曾说："悲剧中没有行动，则不成为悲剧，但没有'性格'，仍然不失为悲剧。"[①]一针见血地指出"行动"是"成为""悲剧"的关键，而情节恰是由"行动"连缀组成，尽管对情节的追求不可过分狭隘，但即便是现代小说让性格概念摆脱了情节概念，甚至意识流叙事对情节的特意忽视都无法完全摆脱对情节编排的考虑。故而，热奈特对于故事—时间与话语—时间之间的关系所做的经典分析应该引起我们重视。故事如何开始？何时开始？故事中事件的自然顺序与话语中的呈现顺序是什么关系？"话语呈现之跨度与实际故事事件之跨度又是什么关系？话语如何描述再次发生的事件？"[②]诸类问

① ［古希腊］亚里士多德：《诗学》，人民文学出版社1982年版，第21页。

② ［美］西摩·查特曼：《故事与话语：小说和电影的叙事结构》，中国人民大学出版社2013年版，第48页。

题应该成为小说文体叙事探讨中的重点之一。从叙事学的角度重新审视张爱玲作品，其《金锁记》作为中国现代小说中的代表作之一，情节叙事颇典型，呈现出一种秩序的闭锁与规整，而其情节叙事中对叙事时间的切入、叙事的追忆等安排，尤其体现出作者对情节叙事的匠心。

一、情节叙事中的切入

米克·巴尔认为："小说惯常的结构是从中间事件开头，这使读者卷入到素材的中间。从这一中间点上，再后涉到过去，从那以后，故事或多或少按时间先后顺序展开直到终结。"[①] 这种惯常结构是从荷马的《奥德修纪》就已经应用的经典情节安排，有利于读者迅速被卷入具有冲突性的剧情中去。《金锁记》的开头亦如此。我们都知道《金锁记》中主角是曹七巧，事件叙事从曹七巧嫁到姜公馆之后的第五年开始叙述，"月光照到姜公馆新娶的三奶奶的陪嫁丫鬟凤箫的枕边。"[②] 当叙述者选择在中间事件开始叙述（即曹七巧嫁入姜公馆的第五年开始叙述），就开始面临一个问题，那就是必须对故事中所留空白进行补充。曹七巧在这五年中经历了什么？她是一个怎样的人物，她周围的人是怎样的？她所处的环境是怎样的？

文本中相关情节的叙述是通过两个丫鬟的对话透露出来的，而对话的起因是姜公馆又新娶了三奶奶（曹七巧是二奶奶）：

> 小双道："也难怪三奶奶不乐意。你们那边的嫁妆，也还凑合着，我们这边的排场，可太凄惨了。就连那一年娶咱们二奶奶，也还比这一趟强些！"
>
> ……
>
> 两人各自睡下。凤箫悄悄地问道："过来了也有四五年了罢？"小双道："谁？"凤萧道："还有谁？"小双道："哦，她，可不是有五年了。"凤萧道："也生男育女的——倒没闹出什么话柄儿？"[③]

故事从中间开始叙述，对故事情节开展的好处是明显的。一来，各种冲突已经开始凸显，故事已经发展到次高潮，人物与人物之间的关系形成了较为复杂的网络。在这种情况下，叙述者可以通过叙述技巧，对不同的叙述线索加以整合，将故事剧情不同线索进度加以展示。而人物与人物之间的关系也就脱离了单一线性关系，开始相互嵌入、纠结，增加读者的阅

① 〔荷〕米克·巴尔：《叙述学：叙事理论导论》，中国社会科学出版社1995年版，第77页。
② 张爱玲：《张爱玲文集》（第二卷），安徽文艺出版社1992年版，第85页。
③ 同上，第86—87页。

读乐趣。因而很自然的，曹七巧的人物形象就在关于往事的不同倒述中得到了鲜明展示。在姜公馆丫鬟小双的叙述中，我们在文章的一开始就知道曹七巧是怎样的人物。小双讲述了两件事，一是曹七巧的谈吐，“一点忌讳也没有”，“姑娘们什么都不懂。饶是不懂，还臊得没处躲！”[①]二是曹七巧对财物的欲望，“前年老太太领着合家上下到普陀山进香去，她做月子没去，留着她看家。舅爷脚步儿走得勤了些，就丢了一票东西。”[②]情节叙事从中间开始，可以通过倒述填满叙述空隙，一系列事件的罗列将主人公曹七巧的性情、处境暴露出来。

叙述者从曹七巧嫁入姜公馆的第五年开始叙述，可能考虑了两个重要的因素。第一，倒述的时间跨度。时间的距离是小说情节叙事中需要考虑的一个问题。时间距离过大，往往变成了一种回忆，而且往往因其朦胧而变得模糊不清。譬如曹七巧临死前回忆起她的少女时代，她当麻油西施时期“喜欢她的有肉店里的朝禄，她哥哥的结拜弟兄丁玉根、张少泉，还有沈裁缝的儿子”[③]。世上没有后悔药可吃，若曹七巧嫁给少年时期的其他男性，以她的刀子嘴与爱财的性子也未必就能得到幸福，但是或许可能得到某种程度的幸福。因此，对恰当时间跨度的安排是情节叙事中需要考量的，只有在恰当的时间，才会有恰当的情绪，才会有恰当的冲突。五年足够丫鬟了解曹七巧，也足够事件发展到次高潮，而此时曹七巧还有几分姿色，对世事还有几分寄望，对爱情还有几分憧憬，给剧情的进一步发展留了一定的余地。故而，从曹七巧嫁到姜公馆的第五年开始切入情节叙事恰当且合理。

二、情节叙事中的追忆

当情节叙事从中间开始，就会涉及对往事的回忆，一方面得以解释当前局面，另一方面在情节叙事继续开展的同时，把人物的过去相关信息填满。在上面论述中我们指出，作为旁线叙述的丫鬟对曹七巧的相关情况进行了一定程度的补充，但是还不够，要想对主人公进行更为深入的观照，还必须进入主人公自己的补充叙述中去。因而，在《金锁记》中我们可以看到，文本在持续情节叙述之外，在中间插入了一些片段叙述。片段叙述中的时间当然指的是时间的过去或未来某一片段的呈现。持续的叙述非常重要，它基本展示了故事的主要内容，而插入的叙述也很重要。因为，插入的叙述很多是对重要事件内容的唤起。在《金锁记》中，张爱玲对片段

① 《张爱玲文集》(第二卷)，第86页。

② 同上，第87页。

③ 同上，第124页。

叙述的插入运用非常独到，不多但值得我们重视，主要是曹七巧的回忆，而且是两处，分别如下：

> 七巧立在房里，抱着胳膊看小双祥云两个丫头把箱子抬回原处，一只一只叠了上去。从前的事又回来了：临着碎石子街的馨香的麻油店，黑腻的柜台，芝麻酱桶里竖着木匙子，油缸上吊着大大小小的铁匙子。漏斗插在打油的人的瓶里，一大匙再加上两小匙正好装满一瓶——一斤半。熟人呢，算一斤四两。有时她也上街买菜，蓝夏布衫裤，镜面乌绫镶滚。隔着密密层层的一排吊着猪肉的铜钩，她看见肉铺里的朝禄。朝禄赶着她叫曹大姑娘。难得叫声巧姐儿，她就一巴掌打在钩子背上，无数的空钩子荡过去锥他的眼睛，朝禄从钩子上摘下尺来宽的一片生猪油，重重的向肉案一抛，一阵温风直扑到她脸上，腻滞的死去的肉体的气味……她皱紧了眉毛。床上睡着的她的丈夫，那没有生命的肉体……[①]

这一段的追忆是今昔相比的追忆，呈现曹七巧与他人相处的一种活泼的生命状态。有她当麻油西施时候的情景“熟人呢，算一斤四两”，也有她上街时候的一些情景，“朝禄赶着她叫曹大姑娘”，追忆中她是自由的，有熟人，有追求者，有青春。而现在，只有没有生命的肉体陪伴，为了那黄金的枷锁，她抛弃了鲜活的生命。这是她所有怨恨的源头。这种体悟到她临死之前，感触更深：

> 七巧似睡非睡横在烟铺上。三十年来她戴着黄金的枷。她用那沉重的枷角劈杀了几个人，没死的也送了半条命。她知道她儿子女儿恨毒了她，她婆家的人恨她，她娘家的人恨她。……十八九岁做姑娘的时候，高高挽起了大镶大滚的蓝夏布衫袖，露出一双雪白的手腕，上街买菜去。喜欢她的有肉店里的朝禄，她哥哥的结拜弟兄丁玉根、张少泉，还有沈裁缝的儿子。喜欢她，也许只是喜欢跟她开开玩笑，然而如果她挑中了他们之中的一个，往后日子久了，生了孩子，男人多少对她有点真心。七巧挪了挪头底下的荷叶边小洋枕，凑上脸去揉擦了一下，那一面的一滴眼泪她就懒怠去揩拭，由它挂在腮上，渐渐自己干了。[②]

她一遍一遍回忆年轻时候，“十八九岁做姑娘的时候”，那时候喜欢她

① 《张爱玲文集》（第二卷），第98页。
② 同上，第124页。

的有那么多人，而现在她身边围绕的都是恨她的人。一爱一恨，对比何其鲜明。在这里，叙事片段的嵌入与相互连接，更有助于读者对曹七巧的深刻理解。信息的传递通过片段的对比，让人印象深刻。片段叙述追忆的是她一生中唯一值得回忆的往事。可以看到这两段文字嵌入正文中，其追忆的内容是一样的，那就是曹七巧年轻的时候，那时候她长得好看，生命还充满了无限的可能。她的追忆，表明她对当下生活的一种后悔，假如人生可以重来，她是否有更美好的一生呢？重复性的片段追忆，从情节叙事中来考量，是一种深层次的传递，体现出叙述者对曹七巧的复杂情绪。这种传递越充分，其重要性就越突出。因而，叙述者在文本中进行了两次的重复叙述，这种叙述考量应得到读者的重视。

三、情节叙事中的叙述者

在《金锁记》中，主要采用的是内在式追叙的方式来对情节进行补充，曹七巧和小双都是故事中的人物，因而她们的讲述都是内在式叙述。通过内在式倒述，我们可以更加清楚地看到曹七巧的性格缺陷与处境。比如小双的用语和叙述者是不同的，叙述者是上帝视角，爱憎较隐晦，而小双作为当事人则情感更强烈。小双对曹七巧的用词是充满了鄙视的，比如这一段："小双抱着胳膊道：'麻油店的活招牌，站惯了柜台，见多识广的，我们拿什么去比人家？'凤箫道：'你是她陪嫁来的么？'小双冷笑说：'她也配！我原是老太太跟前的人，二爷成天的吃药，行动都离不了人，屋里几个丫头不够使，把我拨了过去。'"[①] 同样一件事情，内在式的追述让人物的情感投射在读者面前，读者感受更直接强烈。尽管《金锁记》的讲述风格有时给读者一种错觉，那就是试图成为类传统的话本故事，将叙述者尽可能地隔绝在故事之外，拉开叙述者与事件行动者之间的距离，让叙述者成为一个说书人般的存在。但是并不意味着叙述者就脱离了文本。在《金锁记》的情节组织中，充分展示了叙述者的掌控力。文本中对情节的部分补偿内容充分展示叙述者的存在，增强了文本的叙述层次，形成更复杂的叙事基调。

小说关于曹七巧与季泽的情感有这样的片段：

> 季泽看着她，心里也动了一动。可是那不行，玩尽管玩，他早抱定了宗旨不惹自己家里人，一时的兴致过去了，躲也躲不掉，踢也踢不开，成天在面前，是个累赘。何况七巧的嘴这样敞，脾气这样躁，

① 《张爱玲文集》（第二卷），第86—87页。

如何瞒得了人？何况她的人缘这样坏，上上下下谁肯代她包涵一点？她也许是豁出去了，闹穿了也满不在乎。他可是年纪轻轻的，凭什么要冒这个险？他侃侃说道："二嫂，我虽年纪小，并不是一味胡来的人。"①

在这里叙述者回归到全知的叙述视角，解答了一个困惑读者的谜题，那就是季泽对曹七巧有没有情感？这里可以看出是有的，而从季泽的心里话中，看出其之所以远离曹七巧原因是两方面的，一方面是季泽自身的宗旨，另一方是曹七巧的性格缺陷。这些片段展示了作者的人物设置考量，重点并不在爱情，连爱情都是为了刻画人物的缺陷：

七巧低着头，沐浴在光辉里，细细的音乐，细细的喜悦……这些年了，她跟他捉迷藏似的，只是近不得身，原来还有今天！可不是，这半辈子已经完了——花一般的年纪已经过去了。人生就是这样的错综复杂，不讲理。当初她为什么嫁到姜家来？为了钱么？不是的，为了要遇见季泽，为了命中注定她要和季泽相爱。她微微抬起脸来，季泽立在她跟前，两手合在她扇子上，面颊贴在她扇子上。他也老了十年了，然而人究竟还是那个人呵！他难道是哄她么？他想她的钱——她卖掉她的一生换来的几个钱？仅仅这一转念便使她暴怒起来。就算她错怪了他，他为她吃的苦抵得过她为他吃的苦么？好容易她死了心了，他又来撩拨她。她恨他。②

在这里叙述者同样转向读者，讲述文本主人公的复杂心理，曹七巧的人生缺陷在于其心理的扭曲与多疑。对于曹七巧而言，爱情在她的人生中是一种可望不可即的东西，这种可望不可即源于其自身的欲望，而情感的痛苦源于其自身的性格：不信任任何人又不愿自我麻醉的痛苦。

联想小说的开头，叙述者在讲述故事之前讲述了这样一段话，"三十年前的上海，一个有月亮的晚上……我们也许没赶上看见三十年前的月亮。年轻的人想着三十年前的月亮该是铜钱大的一个红黄的湿晕，像朵云轩信笺上落了一滴泪珠，陈旧而迷糊。老年人回忆中的三十年前的月亮是欢愉的，比眼前的月亮大，圆，白；然而隔着三十年的辛苦路往回看，再好的月色也不免带点凄凉。"③这部分补充，让曹七巧的人生具有了一种共性，而并不是一个个例，人生的悲剧往往并不是一种骇人听闻的悲剧，而是一种惆

① 《张爱玲文集》（第二卷），第94页。
② 同上，第86—87页。
③ 同上，第85页。

怅的悲剧，一种迷惘与困惑。为了金钱而舍弃情爱的悲剧依旧在上演，人性的迷惑与贪婪三十年前与三十年后又有什么不同？不过是各有各的悲苦，众生皆苦。叙述者的参与是巧妙的，“我们也许没赶上看见三十年前的月亮”，一句话就自然地将叙述者与读者共同拉进了故事里。文本营造出一种叙述者与读者共处一个叙述时空，一种既梦幻又惆怅的封闭空间。

叙述者的讲述是完整的，不仅仅在文本开头铺垫了基调，而且在文本的最后也做了悲剧的补充（长安与长白的悲剧，尤其是长安的悲剧）：

> 他果真一辈子见不到她母亲，倒也罢了，可是他迟早要认识七巧。这是天长地久的事，只有千年做贼的，没有千年防贼的——她知道她母亲会放出什么手段来？迟早要出乱子，迟早要决裂。这是她的生命里顶完美的一段，与其让别人给它加上一个不堪的尾巴，不如她自己早早结束了它。一个美丽而苍凉的手势……[①]

叙述者在这里同样跳了出来，作为一个全知全能的叙述者，给读者讲述了长安的内心世界，这些情感讲解，让叙述者的存在贯穿了所有重要剧情的发展。因此，文本最后一句话就更显得意味深长了，“三十年前的月亮早已沉了下去，三十年前的人也死了，然而三十年前的故事还没完——完不了。”[②]

总而言之，《金锁记》的情节编排是一种形式层面上的整合，“它从种种事变中抽出一个统一和完整的故事，或者说把种种事变化为一个统一和完整的故事。”[③]在小说的叙事中，往往需要将很多不同的素材通过不同的叙事线进行合并，《金锁记》的情节叙事以及对不同叙事线索的整合，展示了作者对文本的掌控能力，颇值得探究。

（吴丹凤：广东肇庆学院文学院讲师）

① 《张爱玲文集》（第二卷），第 120 页。

② 同上，第 124 页。

③ 〔法〕保尔·利科：《虚构叙事中时间的塑形：时间与叙事卷二》，三联书店 2003 年版，第 2—3 页。

“新女性”还是“旧淑女”？

——论张爱玲小说中的婚恋焦虑与文化虚无感（上）

王晓平

名家研究

摘　要：张爱玲的小说显示了在一个半传统的（半）殖民城市里，婚姻与恋爱作为社会（与文化）机制的困境。它总体上反映了作为中产阶级世界的主导价值的个人主义处于一种深刻的危机之中，这导致了一种繁复的文化虚无感浸透了小说的情节和人物语言。这种个人主义的失败或无效，是因为社会历史现实限制与制约了一个文化上资产阶级化的过程。因此这些故事里展示的婚恋综合征含有一种特定焦虑：它不但关乎个人的身份升迁，实际上也是一种集体性的阶级/国族身份难以建立的征候。

关键词：张爱玲　新女性　个人主义　文化虚无主义

引　言

作为20世纪90年代以来中国文学界归来的“英雄”，张爱玲的作品被认为是“纯文学”的象征。作为一个发展迅速的“文化产业”，对这一作家的研究在大陆一直方兴未艾。在英文世界里，关于她的人生经历与作品的论文和专著也是汗牛充栋，但其中以夏志清、李欧梵、王德威的研究最为内地学界关注。将张爱玲推上神坛的夏志清在他的开山之作《中国现代小说史》中不遗余力地歌颂她：张爱玲小说“意象的丰富性，在中国现代小说家中可以说是首屈一指的”；《金锁记》“是中国从古以来最伟大的中篇小说”，其中结尾曹七巧的内心独白那一段“实在是小说艺术中的杰作。……力量不在杜斯妥也夫斯基之下”[①]。

李欧梵的研究从夏志清所说的“意象的繁复和丰富”入手，引进“现代性”观念。用所谓的“现时感”（现代时间哲学视角）替换了“历史感”（传

① 夏志清：《中国现代小说史》，香港中文大学出版社2001年版，第340—348页。

统历史哲学视角），用“现代都市空间”分析取代了传统文论中的“环境”研究，将问题置于中国现代总体文化意象（时空观、日常生活、物质文化等）演变的逻辑中，凸显“现代感性”问题，即现代都市日常生活，物（商品）、景观（现代都市）、时间（命运）所引出的荒凉感、破碎感、不安感。①

王德威的张爱玲研究则试图将张爱玲的创作放到整个20世纪中国文学史和“现代性”潮流之中加以考察，认为“现代文学与文化的主流一向以革命与启蒙是尚……出现各种名号的写实/现实主义，要皆以铭刻现实、通透真理为思辨的基准。……（张爱玲）以‘流言’代替‘呐喊’，以重复代替创新，以回旋代替革命，形成一种迥然不同的叙事学”②。他称之为“重复修辞学”。他引入精神分析学、叙事学、结构主义和解构主义等新的理论资源，认为从《金锁记》到《怨女》同一个故事用中英文两种语言进行了四次改写，从精神分析学角度看，是对“始原创伤”的治疗和救赎；从叙事学角度看，是对现实的不确定性的着迷，对“现实”进行多元再现的冲动，借以消解那种确定无疑的“现实观”。张爱玲通过其“重复修辞学”所展现的如梦幻泡影般的“现实”，是对传统“现实主义”世界里那种没有疑问的“圣像”般的“现实”的颠覆。③

王德威一方面认为，《金锁记》“显现传统家族制度对女性的钳制，而张爱玲的白描功夫确为写实主义技法作了最佳示范”；另一方面，他却称“如果现代中国的写实/现实主义总是讲求纯粹且唯一的反映、模拟论”，那么“张的（重复）写作手法……其实已隐含了对写实主义的一种批判”。这一所谓“反写实的层次”在他看来是因为“当历史已然崩解，现实四分五裂，任何要在历史废墟中建立现实真相的努力，注定要丧失其合法及合理性。作家（如张爱玲者）的因应之道，不是与现实作硬碰硬的接触，甚或开立未来的预言，而是托身于‘古老的记忆’”；“当同辈作家大谈历史进程的必然与应然时，唯独张爱玲求助于不由自主的回忆，而她有意识的重复（重写），也成为对现实经验不可逆性的挑战。”④

在我看来，上述解读大多只是从女性主义角度和弗洛伊德心理学出发，而缺乏对她故事的文化政治内涵的阐释——婚恋焦虑（症）作为一个身份（政治）难以建立的征候，以及个人主义的无效——因此也缺乏对她的“苍

① 参见李欧梵《苍凉与世故》（三联书店2008年版）一书，其中包括《张爱玲：沦陷都市的传奇》和《张爱玲笔下的日常生活和“现时感”》这两篇论文。

② 参见王德威《张爱玲，再生缘——重复、回旋与衍生的叙事学》，载王德威《落地的麦子不死》，山东画报出版社2004年版，第21—22页。

③ 参见王德威《张爱玲与海派小说传统》《张爱玲的文学影响力与张派作家的超越之路》（见王德威《落地的麦子不死》，山东画报出版社2004年版）；王德威《祖师奶奶的功过》（见刘绍铭等《再读张爱玲》，山东画报出版社2004年版）。

④ 参见王德威《此怨绵绵无绝期——从〈金锁记〉到〈怨女〉》，载王德威《如何现代，怎样文学？：十九、二十世纪中文小说新论》，麦田出版社（台湾）2008年版。

凉”和“琐碎”美学的美学特征的有效和全面说明。本文因此意图提供关于这位作家20世纪40年代主要作品的新解释。在方法论上，它也采取了一个“心理分析”的步骤来理解她的文本符号与寓意的建筑学。但这个“心理分析”却并非建立在弗洛伊德的病理学上，而是分析角色（文中与作家本人）对外在社会—政治冲击的身心反应。一旦这一步骤前进到在社会空间里进行的寓言性的解读部分，她的小说风格，一种传统趣味与西方技巧的混合，就成为形象与象征的迷宫，吸收与抑制她所经历的挫折与震惊的多重机制。通过后者，她似乎可以有效抗拒在一个恶劣的环境下对身为弱者的市民阶层的个人攻击。结果，她的叙述与一种丰富的暧昧性相关联：虽然没有对过去时代的感伤主义怀旧，一种对逝去事物的遗憾感与对她笔下角色的世俗关怀与奋斗的怜悯（或嘲讽）性的提示仍然充斥叙述的空间，这使得似乎非历史性的“普遍”的叙述的语言仍然有一种历史感的印迹。另一方面，尽管悲观性的情绪似乎常常占主导，有时，一种关于救赎的乌托邦感与对一种长存的幸福的过度乐观（尽管被努力加以抑制）却越过了警戒，这也对叙述行为的艺术整体性造成了伤害。

不难发现，作者全部作品主题关怀的原型是在一个被围困的城市里关于婚恋的复杂的焦虑。它们显示了在一个半传统的（半）殖民城市里，婚姻与恋爱作为社会（与文化）机制的困境。其实，张爱玲的小说总体上反映了作为中产阶级世界的主导价值的个人主义处于一种深刻的危机之中，这导致了一种繁复的文化虚无感浸透了小说的情节和人物语言。这种个人主义的失败或无效，是因为社会历史现实限制与制约了一个文化上资产阶级化的过程。因此这些故事里展示的婚恋综合征含有一种特定焦虑：它不但关乎个人的身份升迁，实际上也是一种集体性的阶级/国族身份难以建立的征候。职是之故，作者本人关于个人需要可以被达成的信或不信，与她对自我欺骗的主题的关注，就只能从社会—历史“背景”作为文本潜文本的解释中最终得到全面解释。

一、半传统社会与殖民地文化的诱惑：《金锁记》

作为作者最享盛名的中篇，《金锁记》已经获得许多精彩的分析。我只是提出一个略有差异的角度：与此前分析多注重人性的缺陷（如虚荣、拜金主义以及性欲等作为常人难以躲避的“金锁”而导致的悲剧）不同，我则侧重指出曹七巧的变态是社会系统性的矛盾所导致的后果：在她被哥哥唆使嫁入豪门后，她的悲剧注定要发生，问题在于以何种方式与程度发生。因此与其怪罪她的种种不齿恶行，不如思考是哪些多元社会因素（矛盾）决定了她的结局。

小说中接连不断的关于烦琐礼仪与程式的介绍并不能给人以富丽堂皇的快感，而是给人以一种幽闭恐惧症患者所能感受的阴冷潮湿的气氛。这是一个处在颓败期的贵族家庭：由于朝代更迭，这个以“姜公馆”为号的家族作为遗老遗少“避兵到上海来”。传统的家庭结构与文化体制并没有多大变动，古老得像考古发掘的场所。

当我们初次听到七巧之名时，她只是丫鬟们口头闲言碎语里的“二奶奶”。从这些不敬的带着对这一人物不屑鄙视之气的闲话中，我们知道了七巧的出身：来自社会的最底层，家庭是开麻油店的；并且也得知她嫁到这个没落但仍有一定钱势的官宦家族的原因：本来由于她的卑贱出身，她最多只能成为这个上层家族内的一个填房，但因为她待嫁的丈夫是个不能为人的残废而无法再找到地位和财产相当的女子为正妻，因此他家“索性聘了（她）来做正头奶奶，好教她死心塌地服侍二爷”。这些下等丫鬟之所以瞧不起她们的这个主子，是因为她的低贱出身给予她的下等人的粗鄙的行为作风和俚俗的说话方式，这些已经成了她无法察觉的无意识而深深印刻在她心底，常常无意中显露出来，而她本人却认为自己的言行是能引人好感的行善之举，其实却只能令这些耳濡目染上层习气的丫鬟脸红。由于家人的教唆，她也染上了抽鸦片的陋习。她已深深陷于自身的阶级惯习中，所以尽管她通过嫁入豪门进入了本不属于她的门户，她并不习惯于它的做派和规矩，而是将自己的固有观念和下层习气投射于她所生活的环境。她试图让自己的举止像一个“二奶奶”，但她其实与这个家庭上下格格不入。

七巧颓丧的生活与暴戾的脾气可以追溯到她残疾而不能为人的丈夫。她因此不得不压抑自身的欲望，翘首等待他死后自己继承大笔遗产。十年后这个时刻似乎来临，但她等来的不是从无尽的厌烦和望眼欲穿的期待中解脱。相反，她从过去所过的屈辱生活中所得的回报甚少：作为孤家寡妇，她在分家产的争斗中并没得到梦想的份额，她过一种更好的生活的愿望落空了。这些年，她还暗含对家族内的英俊男子三爷姜季泽的欲望。而后者作为有公子哥儿习气的主子虽在外面游荡，却因惧怕闲言碎语影响自身利益而不敢与她有染。只有在分家完后，他才抱着不可告人的目的：从孤儿寡母手里再骗得一笔钱的愿望而来。当七巧觉察到这个阴谋时，甜蜜的喜悦迅速转为歇斯底里的愤怒。然而，这一发作不但打碎了她心中爱的幻影，而且也摧毁了支撑她生活的一大支柱。因此季泽走了以后，她就落入懊恼之中，叙述的声音以完全认同她的感情的方式通过叙述性独白呈现：

> 今天完全是她的错。他不是个好人，她又不是不知道。她要他，就得装糊涂，就得容忍他的坏。她为什么要戳穿他？人生在世，还不就是那么一回事？归根究底，什么是真的，什么是假的？她到了窗前，

揭开了那边上缀有小绒球的墨绿洋式窗帘，季泽正在弄堂里往外走，长衫搭在臂上，晴天的风像一群白鸽子钻进他的纺绸裤褂里去，哪儿都钻到了，飘飘拍着翅子。

这种无法分辨对错之感延伸为视听的幻觉：当七巧看到窗前走过的各色人物（警察、车夫、男孩与邮差）的幻影时，叙述者再次道出她的情感触动："都是些鬼，多年前的鬼，多年后的没投胎的鬼……什么是真的，什么是假的？"由于七巧的心被为保全自身生存与虚幻的"荣华富贵"的金锁（让我们想起了宝黛终归一场空的"金玉良缘"）所禁锢，她的过去、现在和未来的生活被连成一线并被封锁住。

然而，将真纯的意图与虚假的感觉等同，将有意味的生活与浑噩异化的生存相混淆的原因，只能在她所生活的这个特定时空状况或特定的社会里才能被理解。而非简单归于所谓"普遍的人性（弱点）"：其时纯真情感不得不常被牺牲、妥协以求得生存的首要需求；婚姻作为一个社会机制很大程度上不是出于爱的需求，而是出于延续（个体和群体）持存的要求。

当这一最后的爱的希望被她自己扼杀之后，七巧的生活只是在一个空洞的、同质的时间内漫无目的地游走。更糟的是，她受扼制的欲望与无望的向往似乎将她变成一个无情的摧毁她自己子女的恶魔。她和独生子保持暧昧关系（后者在她的调教下成为顺服的脆弱意志的人，没受过多少教育，很早就染上荒唐生活的恶习），要他整夜伴其说话，并且要他报告他和妻子床笫间的秘密。他的妻子无法忍受这种羞辱而自尽。她还将自身的悲剧传于她女儿长安，出于嫉妒恶毒，以精巧算计的闲言断送了她和一位男子纯真的感情。她知道女儿为此恨死了她。

这种对周遭人群（尤其是她的亲人）的非人的阴毒是她对毁了她一生的社会的变态报复。虽然她从来没能适应"上层等级"的作风和规范，她却成为后者最痛切的发言人。僭越阶级界限的行为使她付出了远远超过她自己所料的代价。她在这个过程中性格受到扭曲，直至最终被这个阶级系统所吞噬。这个系统以此惩戒在不受欢迎的情况下意图跨越阶级区隔与分化的企图。

由此看来，小说是对一个已石化的历史的令人恐怖的叙述性描写。在她对隐藏在历史死亡面具下无意义的空洞的恶毒反抗中，七巧同时在读者中引起了同情和厌恶的情感；而这一世界抑闷的深度、厚度与繁复网络也得到暴露。她在这个世界笼罩一切的总体性中无处可逃。七巧静默的、如鬼一样的出没是在时间流逝中以阴影般存在的传统生活形式的人格隐喻和象征。以形象和物质具体性而非概念出现的传统生活的遗留方式和它的枷锁，展示了它的衰老的面庞和无情的规训。深陷于传统家族网络和阶级等级的社会状况中，这个悲剧在根本上是反浪漫的社会悲剧。

在上海这个遗老遗少聚居区，颓废狭邪的世纪末文化不但吞噬了原属于那个阶层的最后的贵族，也将一些无辜的原不属于那个群体的民众拖入泥潭中陪葬。而作为“双城记”之一的它的镜像香港，其时生活在那个殖民地上的人们命运也好不到哪里去。《沉香炉：第一炉香》描写了一个少女在香港这个病态都市里心灵如何受创乃至堕落的过程。这个堕落既来自薇龙自己（并不工于）算计的内心，也来自其时其地堕落的社会和文化。

二、被封锁的“理性”与虚无主义的产生:《倾城之恋》

然而，这种“打错算盘”的“个人主义”的无效并非仅仅由于半传统社会与殖民地腐朽文化的诱惑，而更多是由于受到帝国主义的“封锁”导致的“理性”的无能为力。我们从《倾城之恋》和《封锁》中将看到，被“封锁”和“禁闭”的理性导致畸变发生，一种关于文化、文明甚至历史的虚无主义油然而生。它本质上反映了“新文化”在“封建主义”和“帝国主义”双重压迫下的命运。

作为作者笔下关于“社会风俗”的典型描绘，《倾城之恋》也“充满了机智的交谈、冷酷的闲言碎语，关于衣饰、宴席和社会交往的精细的符码化描绘……以及对于那些有闲暇的日常人物视作事关生死的大事的、在私人与公共领域内都充满虚饰的模式与习俗”[①]。但女主人公流苏虽然是一个“典型”的接受过很少教育的半传统中国女性，在张爱玲的小说里多少是个罕见人物，因为她敢于因为丈夫的虐待而主动“休夫”。这一不寻常的举动（在传统型女子中从未听闻）显示了她身上具有不同寻常的气质与个性。当小说开始时，她已经返回原有的大家族内七年之久，现年已是二十八岁的半老徐娘。她被家族内的妯娌嘲讽与排斥，后者显然还持有旧脑筋、遵循旧礼俗。流苏因此不得不寻找再嫁的可能以获得已岌岌可危的经济保障与社会身份。

从这一想脱离窘境往上爬的愿望，一种上升到更高阶层以保证她的生存安全与避免更多羞辱的冲动里，产生了一个发展下续全套情节的“叙事实验”，后者“打开了一个在一个物化的生存中和一个在实践中无法改变的命运里的、令人窒息的环境中无法实现的空间”[②]。一个亲戚向她提供了一个

---

① 这些形容性话语原是形容当代小说家王安忆的，但它们在这里显然也适合张爱玲，因此我借用来形容。见 Zhang Xudong, “*Shanghai Nostalgia*：*Postrevolutionary Allegories in Wang Anyi's Literary Production in the 1990s*”, Positions：*East Asia Cultures Critique*, Volume 8, Number 2, Fall 2000, 359.

② Fredric Jameson, *Political Unconscious*, *Narrative as a Socially Symbolic Act*（Ithaca, N.Y.：Cornell University Press, 1981）, 20.

赴宴机会，从中她可以寻找夫婿。她内心充满隐秘欣喜地返回到楼上的闺房里，在镜子前端视自己。一个类似电影“近镜头”的描绘微妙地呈现了她的心中隐秘的欲望。她的表演是一个学习，一个在现实中将要付诸实施的行动的预演。她的行为像“一个严肃的宫廷舞蹈”，踵迹于中国古典文学史中流传的佳人的事范。这一叙述暗示了她的冒险的性质：一个对文学传统中流传的“女人赢得其主人欢心”的主题的现代演绎。但也正由于此，这一叙述话语也对她的最终命运投下了阴影：正像传统故事里的这类女性大多“红颜薄命”一样，她意图驾驭她的命运，以在现代社会环境里获得一个不同下场的计划的前景，也并不乐观而显得可疑。

流苏的自我欣赏并不止于此。“她忽然笑了——阴阴的，不怀好意的一笑，那音乐便戛然而止。外面的胡琴继续拉下去，可是胡琴诉说的是一些辽远的忠孝节义的故事，不与她相关了。”她心中的旋律是她自我的内心运动，它欲图打破旧世界及其道德伦理束缚，而勇敢地在新世界里冒险。不管是否虚伪，这种角色扮演将定义她的新身份。这一新身份既是她个人的，也是某个阶层的国族身份，因为她目前身为中国女性的身份是由传统符码所规定的，而这目前与她丝毫无关。这种对传统中国伦理道德观念的拒斥同时是一个新的主体性，也是一个新的阶级身份形成的过程。在这一过程完成以前，她是一个在两个不可兼容的世界里彷徨、备受折磨和撕扯的女人。

（一）一个（并不）浪漫的冒险

在宴会上，流苏遇到了柳原。后者是一个常居香港，在英国受教育的花花公子，年近三十，刚从海外归来。他既是受压制的上海市民的镜像，也是后者的“它者”。因为他似乎在这个粗俗时代拥有一些优雅的趣味：他对中国传统高雅文化有某种怀旧感。但是怀利·西佛指出，一个花花公子（dandy）只不过是“失掉他的盔甲的贵族的替代……一个中产阶级的贵族，一个只能在成为市民阶级环境的城市中出现的角色”[①]。与它在西方原初环境里的形象相比（在那里诗人作为“花花公子”，与形成他的文化的市民阶级的价值观保持距离），[②] 柳原的花花公子作风更多是上海的准市民阶层的价值观的副产品，而不是对它的嘲讽。但与波德莱尔笔下的纨绔浪荡子作风类似，他也“对存在于可见世界之外的精神领土或城市有一种怀恋”，有一种内化的那种文化的“颓败感”[③]。

---

① Wylie Sypher, *Loss of the Self in Modern Literature* (Westport, Conn. : Greenwood Press 1979), 36.

② 同上。

③ Richard Lehan, *The City in Literature* : *An Intellectual and Cultural History* (Berkeley : University of California Press, 1998), 75.

流苏将柳原的出现看作一个难得的机会。当他返回香港时，流苏将她的女性矜持感与传统伦理观念抛之一旁，来到香港疯狂地追求她的梦想。一系列精致微妙的调情在舞场、餐厅、旅馆大厅、海滩与女主角的闺房内发生。虽然这些都是有闲中产阶级的生活空间，但它现在却是在一个海外殖民地[①]。李欧梵曾经暗示这并非一个"现实主义"的情节故事，因为流苏作为"一个传统的、近乎文盲的女人"，看起来不可能做出这些"精巧的调情与充满机智的应答"（它似乎"与她的性格完全不合拍"）[②]。然而，在一个战乱年代里，由于僵硬的阶级等级制的暂时软化，以及柳原由于特别生活经历所养成的特殊癖好，可以解释他对流苏的兴趣。何况，流苏关于再婚的欲望是由于她在大家族内艰难的生活所决定的，而柳原却只想将她作为情妇。对于二者来说，爱作为浪漫热烈的激情与自我牺牲的热忱（西方处于上升期的市民阶级对于"爱"的理解）都不过是一个不能也不敢企及的奢侈品。

在传统中国社会，"爱"并不只是一种个人化的情感，而是一种有着伦理重要性的感情，因为它镶嵌于一个社会网络之中，与社群（宗族）的福祉密切相关。这个范围以外的个人私通被认为是非伦理、不道德的。婚姻是为了宗族的兴旺以及保证家族血脉的延续。这一社会—历史的体制只是到了现代社会，随着传统世界观的整体变迁与社会关系的总体演变（特别是士绅家族体系的瓦解）才受到挑战。现代西方世界（以市民阶级为载体）关于爱的观念——认为它是一个与外界（他人、群体和社会）无关的私人化的情感，是一个道德上合法的婚姻的基础所在——广为流行，并在五四时期被争取个体权利的知识分子传播。但这种"开明"的新观念却并不被现代中国的半传统的社会、经济结构所支持，更不用说被传统心态的强大遗留所拒绝。流苏是否受到现代观念的洗礼我们并不知晓，但她敢于"休夫"的举止却表明她有某种异于传统的自主性。而她寻求再婚的可能更多是由于她寻求经济安全的需要，而非出于对爱的真正信仰。她的"献身"并非出于对爱的奉献，而是出于无奈地出卖剩余青春价值的招摇。

因为柳原显然知道她的这个愿望，因此他只"把她当作一个在他的殖

① 香港自1842年中英鸦片战争以后就成为英国的殖民地。它因此逐渐形成了比上海更充满殖民地建筑风格色彩与社会氛围的城市（因此在这一充满异国风情的地方，我们甚至见到了据说来自印度的萨黑荑妮公主。柳原与她约会调情，并利用她来刺激流苏的嫉妒感）。但就它们与传统中国文化无法割断的丝丝缕缕联系而言，香港是上海的镜像。

② 这是因为他们的阶级等级的差别使他们的浪漫史变得不大可信："在现实主义的范畴里，就他们如此相异的背景而言，很难设想一个更不可能相容的一对"。参见 Leo Ou-fan Lee, Shanghai Modern: *The Flowering of New Urban Culture in China*, 1930-1945（Cambridge: Harvard University Press, 1999), 293.

民目光注视之下的东方女人"[①]。这对她显然也是个充满羞辱的经验。意识到柳原不但不想娶她，而且意图公开和她保持一个模棱两可的暧昧关系的外表以让她承担公众舆论的压力（为了征服她的矜持，让她心甘情愿地成为他的玩物和情妇），流苏回到了她在上海的家族内。但她仍然暗藏柳原有一天会召她回去的愿望，特别是因为柳原还未能拥有她的身体，这个可能性显然仍然存在。

一个秋天过去了，柳原果然给她发来一封电报，但流苏却有种时不我待的失败感：因为她已经老了，已经经不起任何拖延。但她并没有完全失败，因为她到达香港后当晚发生的一切正是她此前在镜子前所学习时预料过的。在这个你情我愿的高潮中，他静静地从背后走向她，扭过她的脸而亲吻她，"这是他第一次吻她，然而他们两人都疑惑不是第一次，因为在幻想中已经发生过无数次了"。在这一场景中，欲望胜过了任何世俗考量。在这个"欲望与苍凉的阴暗世界，欲望成为苍凉"（李欧梵说道："一旦他们掉入镜中，他们进入了一个现实考察不到的世界"）[②]，两个人都向欲望缴械投降，向真爱的不可能性屈服。

这个镜中场景——它让我们想起了《红楼梦》中的"风月宝鉴"的相关场景与警训——所提示的不过是表明他们关系的脆弱与浮华（非真实）性质。因此在占有她的身体之后，柳原就打算远赴英国。他拒绝带流苏随行，因为只想把她当作需要发泄情感和欲望时的情妇。但日军轰炸香港使他这一计划搁浅。在柳原心头曾经笼罩的浓厚阴影（对战乱的莫名预感）现在成为现实。因为两人都需要在一个被围困的拥挤城市里挣扎着生存，不知战争何时结束，失去仆从的他们现时只好互相依偎取暖。为驱除如此不快乐的意识，他们只好苟且度日，勉强结合。他们彼此相爱吗？唯一能表明"爱意"的段落是如此传达的："她突然爬到柳原身边，隔着他的棉被，拥抱着他。他从被窝里伸出手来握住她的手。他们把彼此看得透明透亮。仅仅是一刹那的彻底的谅解，然而这一刹那够他们在一起和谐地活个十年八年。"从一开始，他们就明白彼此的自私。在这个似乎充满温情的时刻，他们只不过达到了一个彼此的妥协和谅解。但它同时意味着柳原对他自己先前某种理想主义乌托邦状态的爱的概念的让步：他所欲求的其实不是这种暂时的苟且偷欢，而是永久的快乐和幸福。

如果认为爱是由于这次你情我愿的交媾所促成，那么它只是另一种幻觉。但我们必须理解的是这种"相信"由它特定的社会—历史的多元决定：

名家研究

① 这是因为他们的阶级等级的差别使他们的浪漫史变得不大可信："在现实主义的范畴里，就他们如此相异的背景而言，很难设想一个更不可能相容的一对"。参见 Leo Ou-fan Lee, Shanghai Modern : *The Flowering of New Urban Culture in China*, 1930-1945 (Cambridge : Harvard University Press, 1999), 295.

② 同上，第 300 页。

因为孱弱的中国市民阶级既缺少经济上的安全感，又缺少政治权力，专注沉浸在浪漫之爱中对他们是“生命中无法承受之重”，因而暂时的欲望满足成为更可欲的选择。同时值得指出的是，虽然描写交媾这一段中的意象（“他们似乎是跌到镜子里面，另一个昏昏的世界里去了，凉的凉，烫的烫，野火花直烧上身来”）让我们想起鲁迅著名的“死火”，它却与后者的内涵截然相反：对鲁迅来说，死火易于被转化为赤诚的奉献：它燃烧自己，为某种崇高事业献出激情与生命[①]；而对张爱玲而言，当炙热的激情欲火燃烧完，它的残渣……只能装饰“地老天荒的冰冷”。易言之，“在张爱玲的苍凉的世界里，激情只能成为……死火”[②]。

然而，此时再次出现了高墙的意象（在他们此前散步时此高墙曾经出现）：

> 流苏拥被坐着，听着那悲凉的风。她确实知道浅水湾附近，灰砖砌的那一面墙，一定还屹然站在那里。风停了下来，像三条灰色的龙，蟠在墙头，月光中闪着银鳞。她仿佛做梦似的，又来到墙根下，迎面来了柳原，她终于遇见了柳原。……

这是一种得其所愿、庆幸如愿以偿的“梦境”。与此同时，传述语言如此庆祝这个“胜利”：

> 在这动荡的世界里，钱财、地产、天长地久的一切，全不可靠了。靠得住的只有她腔子里的这口气，还有睡在她身边的这个人。她突然爬到柳原身边，隔着他的棉被，拥抱着他。他从被窝里伸出手来握住她的手。他们把彼此看得透明透亮。仅仅是一刹那的彻底的谅解，然而这一刹那够他们在一起和谐地活个十年八年。
>
> 他不过是一个自私的男子，她不过是一个自私的女人。在这兵荒马乱的时代，个人主义者是无处容身的，可是总有地方容得下一对平凡的夫妻。

我们无法分别这究竟是叙述者的声音还是流苏的内心活动。实际上二者密不可分，这对于作者来说似乎是个例外，因为她在小说中惯于持有一

---

① 鲁迅的《死火》写于1925年4月23日，发表在同年5月4日《语丝》周刊第25期，后收入《野草》。这篇散文诗的最后两段值得咀嚼：死火“忽而跃起，如红慧星，并我都出冰谷口出。有大石车突然驰来，我终于碾死在车轮底下，但我还来得及看见那车就坠入冰谷中。‘哈哈！你们是再也遇不着死火了！’我得意地笑着说，仿佛就愿意这样似的”。

② Leo Ou-fan Lee, *Shanghai Modern*, *The Flowering of New Urban Culture in China*, 1930-1945, 301.

种讽刺性的距离。从流苏的角度看来，这是一个高潮的时刻，也是她（非）"浪漫"冒险的顶点。对她来说，在她身边的男人确实是她在这一关键时刻唯一可依靠的男人，对于柳原来说似乎也如此。但如果这是一个彼此的"彻底的理解"，那么，他们应该都知道当战争过去，他们还将在一起生活多久将很难预料（这一点连叙述话语都没有否认）。作为批评家，我们不得不努力让我们避免掉入这一抒情感怀所显露的感伤情绪，并且足够诚实地质疑这一"文学性"的修辞：既然叙述者告诉我们在这个战乱时代个人主义者无处藏身，那么这一对自私的男女是如何可能找到一处可以苟且度日的地方，不管他们是不是"普通人"[①]？

显然，这种关于永恒和平的生活的愿望与幻想（"愿岁月静好"）不但属于主角，也属于叙述者，后者现在成为前者的另一个自我或分身（alter ego）。无疑，他们意识到在令他们手足无措的混乱之中，他们自身生存的脆弱性，但这种认识无法保证一个"花花公子"如流苏所意愿的那样一夜之间改变他的本质。然而，叙述者仍然发出了一个热切的抒情。

> 香港的陷落成全了她。但是在这不可理喻的世界里，谁知道什么是因，什么是果？谁知道呢？也许就因为要成全她，一个大都市倾覆了。成千上万的人死去，成千上万的人痛苦着，跟着是惊天动地的大改革……流苏并不觉得她在历史上的地位有什么微妙之点。她只是笑吟吟的站起身来，将蚊香盘踢到桌子底下去。
>
> 传奇里的倾国倾城的人大抵如此。

这一私人感情的夸张的同时令人感到惊异的表达，并非仅仅是出于一个显然是女性叙述声音的修辞性情感抒发。就这种拒斥对导致战争与冲突的社会经济矛盾以及政治状况进行探究（引起战争的原因被不假思索地归于非理性，而没有意识到这种解释本身是非理性的）的做法并不仅仅是一个个体性的选择，而是一个由一定社会群体所常进行的做法，它应被看作一个特定的文化—政治（无）意识的表达，而并非仅是一个文学修辞手法。

尽管这似乎只是在表达一种受到天佑的幸运感，它却同时微妙地产

① 当与叙述语言所告诉给我们的下列事实相对照，他们显然远远不是"普通人"："成千上万的人死去，成千上万的人痛苦着。"实际上，与那些缺少基本生存条件的人相比，他们应该被视为属于一定特权的市民阶级，虽然这是一个岌岌可危的生存权利。耿德华也注意到，虽然"小说"是一个精致的玩笑，它也显示了一种非道德的无情性，她认为这深藏于"人类欲望的核心及欲望存在的这个世界"。参见 Edward M Gunn，. Jr, Unwelcome Muse：*Chinese Literature in Shanghai and Peking 1937-1945*（New York：Columbia University Press，1980），217. 耿德华强调"人性邪恶"的"普遍性"，而我却想提醒读者注意这种特定人性的特别性质，因为耿氏也承认"组成这种（心理）现实主义的细节是被组织来体现一种对于心理现实的特定看法"。同上。

生了一种反讽性效果，最后解构了它所要传达的表层意义。人们不难觉察到，最后一句话带出了小说标题（以及小说整体）的内涵。但“倾城之恋”有两种阅读方法，一是“在一个倾覆的城市里的爱恋故事”，一是“一个令整座城市倾覆的爱恋”，而后者却是这个成语其历史上的真实来源。“一笑倾人国，二笑倾人城”，是汉朝李延年向汉武帝推荐他妹妹为绝色佳人时的赞语。而周幽王为了讨好褒姒而“烽火戏诸侯”的故事导致“倾国”则更为有名。从女性主义的角度来看，这个传统故事可以被解读为一个厌女症的叙述（不管它是否是历史上的史实）。但这里的叙述声音——它超越了心理叙述的范畴而近于被叙述的（人物）独白，甚至将它与女主角的心理相混淆——却恰恰遵循了这样一种（厌女症叙述的）表达来传递一个完全“非理性”的感觉和一个“荒谬”的推理：当前的战争倾覆了这个城市，使得成千上万的人死去，以此来“成全”流苏的欲望。这一叙述确实颠覆了传统的男性主导的历史或父权体制下的历史编纂学，但这种过于女性化的沉浸于她的“胜利”的欣快感不但发出了令读者（或者说至少是一部分读者）毛骨悚然的寒心感，也恰好掉入了传统的厌女症表达的窠臼。换句话说，虽然这一句子表面上表达的是对于传统厌女症笼罩下的父权历史和历史写作的强烈复仇快感，但当这种恶毒的欣快感与其所承认的事实（因为她的行为——或者与她的“幸福”共存——致使“成千上万的人死去，成千上万的人痛苦着”）并列，显示了它无情冷酷的个人中心主义（就这种恶毒的欣快感被许多人以一种美学性的快感来享受，这一修辞并非仅仅是一个文学性的修饰，而是包含了一种根本性的贵族精英〔即“资产阶级”〕意识）。

（二）两种价值系统与爱的（不）可能性

这种对文明的拒斥有它自身的理由，而这主要由上述一个破败的高墙所传达。当他们徘徊在废墟中，观看这个物体时，柳原告诉流苏：“这堵墙，不知为什么使我想起地老天荒那一类话……有一天，我们的文明整个的毁掉了，什么都完了——烧完了、炸完了、坍完了，也许还剩下这堵墙。流苏，如果我们那时候在这墙根底下遇见了……流苏，也许你会对我有一点真心，也许我会对你有一点真心。”根据这个“真诚的告白”，如果他们的婚姻确实证明他们之间有任何真诚可言，那么至少部分是因为在他的眼里，文明差不多已走到了尽头。实际上，柳原的话是对他暗中引用的中国成语“地老天荒不老情”彻底的语意上的颠覆，它表明他彻底不信有任何真诚的感情能在这个世间生存。

对“地老天荒”的相反意味的引用在读者（也在流苏）心头笼罩上了阴影，因为它指涉了朝代的变迁、人们的流离失所，甚至悲剧性的死亡。

甚至在高潮性的导致最后他们身体欲望得以满足的电话调情中，这种末世般的预感也占了上风。这一场景表面上看来像好莱坞浪漫喜剧的程式性桥段。一个深夜里，柳原给流苏打了电话并快速地说了句“我爱你”就挂断了电话。过了一会儿，他又打了电话来问了句“你爱我吗？”同样是与他纨绔作风格格不入的是，他引用了一个古典名句来表达一种复杂的焦虑：

> 我念你听：“死生契阔——与子相悦，执子之手，与子偕老。”我的中文根本不行，可不知道解释得对不对。我看那是最悲哀的一首诗，生与死与离别，都是大事，不由我们支配的。比起外界的力量，我们人是多么小，多么小！可是我们偏要说：“我永远和你在一起；我们一生一世都别离开。”——好像我们自己做得了主似的！

这一感叹提示了柳原末日到头的预感以及他的“花花公子作风”所依赖的玩世不恭的来源。的确，这种沉重的感觉到“隐隐的威胁”的气氛浸透了整个故事。当我们透过这种私人性的令人头晕目眩的调情和求爱的外表，把这段言辞和广阔的历史背景作为情节的潜文本联接到一起时，柳原的话就显得不再那么难懂：他所属的阶级，作为处于残留的士绅贵族与新兴但十分脆弱的市民阶级之间的一个不成形的阶层，已经丧失了它可能的历史发展机遇。陷于一个缓慢发展的“理性化”过程，而后者更被强大的帝国主义入侵所中断的历史关头，它面临着一堵破败的高墙：它作为一个不成熟的缺乏保障的社会群体面临末世般的宿命，带给了它一种“历史终结”的感觉。

这里柳原对爱与婚姻的不信任，不能仅仅理解为他作为花花公子玩世不恭的本能，而应该与历史场景相提并论。尽管他所预见的“有一天，我们的文明整个的毁掉了，什么都完了”，还不是一个近在眼前的事实，却已经是一个可以在头脑中想象得到的场景。这一悲观情绪反映了面对日益严重和扩大的“二战”与国内社会矛盾带来的毁灭性结局的绝望预感，以及这一无助的市民阶层对获得权力与财富的希望的丧失。因此，虽然柳原的焦虑是作者自身观点的表达和投射（张爱玲在她的《传奇》的前言中几处表达了这一观点），它与他的性格并非完全不符。

另一方面，尽管是个根深蒂固的花花公子，柳原确实也在寻找纯真的感情，他也企望获得流苏的理解。所以他甚至打破他冷漠的玩世不恭的外表而引用了《诗经》的名句。这种对纯真爱情的渴望可以被视为对一个“天长地久”的精神恋爱的欲望：他也并不满足他的异化了的、堕落的生活。但是，学者如李欧梵曾经质疑这个情节的“本真性”，或它的现实主义可能：一个没有多少中国传统文化的花花公子，如何有可能记起这么抽象深奥的古诗？[①]这里，我建议我们不妨暂时先抛开虚构与真实的界限，而把它读作另一种历史现实投射入小说角色的叙述行动。

张爱玲落入一个花花公子兼汉奸胡兰成的情网。在他们的结婚证书上，胡据说写下了“愿岁月静好，现世安稳”的词句。张显然喜欢这一愿望。但作家的良好愿望却无法在现实中成为事实。她的婚姻的失败证实了她对胡的信赖的虚幻性质。现实的事件因此也对小说中的这种投射的可靠性投下巨大疑问。但不像在现实中所发生的是，作者这里显示了对这个唐璜的更严肃的质疑：虽然柳原诵读这首诗可以看作他某种婚誓的表达，他紧接着对诗歌的评论显然更表达了他犹疑的内心。如果在现实中张爱玲未能深解唐璜的多变本质，那么在小说的这一特定时刻，她在某种程度上保持了一种较为清醒的现实原则。

但柳原的话也并非仅仅是花花公子的托词。他无法成为自身主人的感觉也是其时在他所属的阶层里被广为分享的一个感觉。作为对这一情绪的反映，一种对何为永恒的疑问成为笼罩小说的一个巨大阴影。因此我们看到对流苏这个自恋的、经济上十分脆弱的小市民阶层妇女来说，对唐璜来说只不过是一生漫长冒险生涯中的一个小插曲却被她视为整个人生，视为她的永恒的黄金时代。她的坚韧与务实，恒心与忍耐，都是为了让她的梦幻成真的努力。她的女性的“智慧”和她不可竭尽的生命力、狡黠与坚忍，都拥抱一个铁一般的原则：表面上，她无所顾忌，充满冒险精神；但在她心中，她却随时都在估量与算计。

柳原和流苏都有异化的感觉。柳原的异化感来源于他跨身于两个世界之间：在英国的生活给了他一个“理性化”的头脑（也就是接受了西方“现代”的，意即市民阶级的观念），所以他对上海的旧式女人觉得无聊没有兴趣，而向往一些东方化的风味；但中国的社会经济情况是如此之糟，以致他包养一个情妇的计划都被突如其来但却并不令人讶异的外国入侵所打断。流苏也被两个世界所撕扯：一个是她想脱离的传统大家族，一个是“理性化”的西式市民阶级生活。但在后一世界里，由于她的背景和卑微地位，在“正常情况”下，她只能成为他人的情妇。[②]虽然看似“异常”的时空导致两人两个世界出人意料的联合与交易，但是当“正常”的时空返回时，我们将期望何事会发生呢？也正是在这一背景下，我们可以理解为何“苍凉”会成为作者对爱以及对世界的总的看法与创作中的美学原则。

但是李欧梵的判断也仍然在理：“作为一个浮华浅薄的男人……一个玩

---

① Leo Ou-fan Lee, *Shanghai Modern*, *The Flowering of New Urban Culture in China*, *1930-1945*（Cambridge：Harvard University Press，1999），300.

② 杰姆逊曾经告诉我们：“异化表明了阶级的异化与在两个社会世界和两套阶级价值和权利义务间永久悬荡的知识分子的‘客观背叛’。”Fredric Jameson，*Political Unconscious*：*Narrative as a Socially Symbolic Act*（Ithaca，N.Y.：Cornell University Press，1981），200.

世不恭的花花公子是不可能做出这种关于爱与奉献的永恒誓言的。”[①] 我认为超出这种不可能性之外的可能性存在于既不可见但又无处不在的叙事操控的腹语术，它通过这种间接的渠道发泄了它压抑的无意识。但柳原并非这种发泄的唯一渠道。

另一个渠道当然是通过流苏来实现。她拒绝了柳原的理由，颇有见地地将它看作不娶她的借口。她通过故意误解他的言辞转变了谈话的方向：“你这样无拘无束的人，你自己不能做主，谁替你做主？”流苏当然可能因为充盈她头脑的都只是婚娶的愿望，以及她对古典文学与当前政治社会时势的无知而误解了柳原的原话，但柳原却也特意踵其舞步，接其话头，将对末日预感的传达转向关于私爱的关怀。当流苏冷冷说道：“你不爱我……”他回击道：“我犯不着花了钱娶一个对我毫无感情的人来管束我。”并且他指责她“根本你以为婚姻就是长期的卖淫”。他们在这第二阶段的交锋中谈的并非流苏不感兴趣也无知识的社会政治问题，而是围绕着他们间“真爱”是否存在，以及婚姻作为一个社会体制的问题。它微妙地通过反面形式传达了“真爱”乃是婚姻的道德基础的“现代”观念，而非婚姻作为个人经济保障的功利观。

如上所述，流苏对于个人经济安全的充满心机的斗争反映了她不屈服于命运安排的决心；她对细节无瑕疵的掌握显示了她对表现个人性魅力的能力的精确掌握。她的女性气质与情感的纤细，与她以一种不自恋不伤感的方式坚持一种自我意识与自存之道的能力息息相关。她的头脑常是冷静地不假他求地认识到自我和他者的经济和阶级地位和利益，对现实原则的斤斤计较是她以及柳原自我意识的坚核。自始至终，她对自己在这个社会中的脆弱地位有清醒评估。她对将自己生活方式以礼仪式的技巧与特有方式来加以坚持的世俗的享乐，呈现了脆弱的经常觉得受到威胁的小资产阶级的压抑的意识。故事里，这一对男女似乎天生地具有对他们所属的各自阶层的无助与危境的本能敏感。因此流苏对柳原的话的“误解”不妨看作不仅仅是作者故意加以安排的情节：以这种方式作者设置了一个彼此协商的情境，它将导致最后二者据认为是互相谅解的结局。对我们来说更重要的是，这个协商过程包含了异质的声部的声音，在其中两个彼此冲突的价值系统于碰撞中擦出火花。一个是柳原所暗示的真爱乃婚姻道德基础的现代观念，这是他从现代西方学习所获得的观念；另一个是流苏的话所显示的基于传统做法和道德准则的婚恋惯习（她表面上要柳原自己做主，但故意忽略两人之间是否有真爱的存在）。

这两个价值系统之所以能够共存是因为有两个世界的同时存在。这一

① 参见 Leo Ou-fan Lee, *Shanghai Modern*, *The Flowering of New Urban Culture in China*, 1930-1945（Cambridge：Harvard University Press，1999），300.

“罗曼史”的冒险经历只能发生在香港，因为后者如李欧梵所说的是“一个彻底陌生的殖民地，上海的本土景象和声响在此一丝不存”。在这个异域，在内地根深蒂固的传统观念不再占主导地位（因为那里来自内地的市民阶层的居民并不多），因此在此流苏可以不顾上海的亲戚的闲言碎语。她可以自由扮演各种角色，使出各种小奸小坏，展示各种她欲图展示的不寻常的举动。易言之，他们在一个“借来”的时空里彼此挑弄对方。虽然，这一殖民地情境也对她设置了一定不利的条件：因为它也是众多海外流民的避难所，所以柳原可以和其他东方女人调情，包括那位流亡中的印度公主，以此来驱除对流苏的诱惑的冲动并刺激后者的嫉妒和欲望。

（三）颓败的高墙和强健的女优

如果两个世界的共存导致了爱的（不）可能性，那么是什么样的墙垣在两人散步到浅水湾畔时引起了柳原的情感的波动和热切的感叹呢？“这堵墙，”他说道，“不知为什么使我想起地老天荒那一类的话”。我们被告知，“墙是冷而粗糙，死的颜色。”它是历史浩劫的遗留，是死亡的象征。

然而，这却只是事物的一面。仍易被忽略的是这堵墙“极高极高，望不见边”。作为一个历史沧桑的遗物，我们可能很难想象它仍会如此雄伟（正像我们很难想象一个只有半调子中国文化教养的西式唐璜如此深沉地表达对永恒之爱的复杂向往）。关于这堵墙的相异的双重特色可以被读作形式上的不一致处。但杰姆逊却已经告诉我们“形式上的矛盾本身，其实正是我们怎么面临当前时刻社会生活的具体现实的最珍贵的指标”[①]。因此它需要从作者的主观介入角度来加以考虑。这并不意味在现实生活中一个历史遗留物不会碰巧这么高大，而是我们应该质询的是为何“望不到边”的高度和死灰的颜色被并列在一起强调和呈现：无论如何，当我们想到中国传统成语“断壁残垣”，这堵墙在读者的心中显然不会如此高大。

杰姆逊的另一教诲给了我们一些启发：“阶级意识对思想的影响不是在对现实中的个体细节的把握中被感受到，而是对格式塔（总体结构）的整体形式的理解中被把握，那些细节正是根据这个总体结构来组织和被阐释的。”[②] 问题并不在于墙在现实中是什么样的，而是它如何呈现在观者的头脑里。以此观之，这堵墙，以它的雄伟、崇高的外形（在它的“冷而粗糙，死的颜色”之外），不顾时间的腐蚀与任何外在他物的入侵的经历，也象征了市民阶级对一个“天荒地老”、亘古不变、一个可持续的“岁月静好”的

---

① Fredric Jameson, *Marxism and Form*（Princeton, N.J., Princeton University Press, 1974）, 57.

② Fredric Jameson, *Political Unconscious*, *Narrative as a Socially Symbolic Act*（Ithaca, N.Y. : Cornell University Press, 1981）, 184.

"自然状态"的意识，或者说对这样一种生活的意欲。它是一个外在变动不居的世界被凝固后的物化产物。尽管这个愿望只是一个意识形态的幻想，但它同时是一个乌托邦。或者说，尽管对"命运"或"历史"有一种无可奈何的宿命感，柳原的心中仍然有强烈的对"永恒和平""岁月静好"的生活的潜藏欲望。它是乌托邦的，因为这种情绪认为"人类生活的最终伦理目标是这样一个世界……在这个世界里，意义和生活是再一次不可分割的，在其中人和世界重新合而为一"[①]。因此流苏将她生存的意义和她的生活合而为一，她所生活的世界和她本人是同一的，而这是她终极的伦理准则。由此看来，这堵墙是这样一个意志的象征：它象征了不顾一切外在历史变迁，以钢铁般的意志来苟且度日，来保存一个自我满足的自足世界。

与此同理，我们可以领会另一个与小说中提及的这堵墙内涵相近的意象，这就是在一个地方戏曲剧种"蹦蹦戏"里的一个女性角色。在《传奇》再版序里，张爱玲曾以一种令我们想起柳原谈论高墙的口吻谈起她："将来的荒原下，断瓦颓垣里，只有蹦蹦戏花旦这样的女人，她能够夷然地活下去，在任何时代，任何社会里，到处是她的家。"我们不难观察到，墙的"崇高性"与这个女人的"旺盛生命力"在本质上同一。李欧梵因此曾敏锐地观察到流苏"正是以这一个女性为原型的"[②]。张爱玲在她十分简短的二版《传奇》的序言中专注于描写这一角色是值得注意的，因为它表明这一女优的精神是她笔下大多数强悍的、"无羞耻心的"女性角色的核心。因此，对这一角色的内涵的进一步探讨就成为必须的了。

蹦蹦戏是一个满足底层平民喜好的地方戏。在上海，这一粗俗的剧种在当时已不流行。但尽管犹豫再三，张爱玲仍想前往观看，"我一直想去看一次，只是找不到适当的人一同去；对这种破烂，低级趣味的东西如此感兴趣，都不好意思向人开口。"观看后，她描述了两幕场景，其中有两个著名人物：一个是李三娘，她曾是五代十国后汉的一个皇后，但在剧中她还只是发迹前一位普通的劳苦的农妇；一个是一个谋杀了她的亲夫的荡妇，在剧中她试图在判官前掩饰她的罪行。

将这两位角色作为充满生命力的花旦的代表，作者的用意显得些许暧昧。尽管她否认人们的一般印象："蛮荒世界里得势的女人，其实并不是一般人幻想中的野玫瑰，燥烈的大黑眼睛，比男人还刚强，手里一根马鞭子，动不动抽人一下"，认为"那不过是城里人需要新刺激，编造出来的"，但她并没有给出清楚的解释。根据两位女子所展示出来的粗鄙的言语和原始

---

① Fredric Jameson, *Marxism and Form* (Princeton, N.J., Princeton University Press, 1974), 173.

② Leo Lee, *Shanghai Modern*, *The Flowering of New Urban Culture in China*, *1930-1945* (Cambridge : Harvard University Press, 1999), 297.

的生命力，她们的特质可以理解为强悍、大胆，甚至缺少世俗文化所带来的羞耻感。

作为一个从高等贵族家庭（虽然已是遗老遗少）出来的有着优雅趣味的文化人，张爱玲对这些粗鄙角色的认同，正像她对下层的民间文化的喜好一样，表面上是令人十分诧异的。但这种癖好其实只不过是她固有的自觉有丰富而精致的文化品位的一个变体，以及对她作为一个半传统的脆弱女性，对在“新社会”里没有实际职业技能因而缺乏生存保证的市民阶层妇女的焦虑的投射。她在描述中所暗示的是：在艰难时代，只有原始的“本真”的人类本能（既从女性特质而言，也从性本能上而言），一种去除任何虚伪和男性（父权）矫饰特征的人才能在世上存活。然而，因为这种母系氏族的神话彻底摒弃了男性的角色（或者后者沦为如此强悍的女权统治者的性奴），它不过是一个形而上的缺乏历史现实依据的迷思。易言之，虽然作者的上述断言可以被读作“对现代性的反动”，将它视为“返回乡土中国资源来寻找思想滋养与美学享受”[①]只不过是一个幻觉，因为无论是李三娘还是弑夫的荡妇，都无法肩负起实现“任何时代，任何社会里，到处是她的家”的和平理想或乌托邦。其实，它是另一种被传统中国民间文化所滋养而获得的“灵感”和受现代西洋文艺所影响而产生的感受性的投射（前者从“封建”的高等宫廷文化中吸收意识形态养分，而后者是从“奥尼尔”的戏剧《大神布朗》的妓女形象中得其意象）。张爱玲把这两种资源中得来的灵感都投注于本土民间俗文化中，而这种投射是基于她的“原始主义”表象后的在文化—政治意义上的她的无政府主义意识。但是为何她有这种对强悍的艳舞女郎的奇怪召唤，后者甚至表现得像一个天启？张爱珍曾在《谈女人》一文中以谈艳舞女郎的相同口吻谈论这一形象。这还需详细分析。

（四）神话，象征，与文化虚无主义

众所周知，天启经常出现在战乱之时，其时整个笼罩在灾难之中的群体皆牵涉其中。在张爱玲的小说和散文里，启示的突然出现似乎源于一些流行小说和戏曲，但我们需要分辨那种顽强的“生命力感”与这里显现的“陈腔滥调”或“野性思维”。无疑，神话与民间传说深深印刻着迷信思想、无知愚昧与盲从的痕迹。但小说里的角色似乎是被普通人中存有的坚韧、乐观力量与想象力所启发。我们为此需要细致分析作者提到的两位人物。

李三娘(913？—954）是五代十国后汉皇帝刘知远(895—948）的夫人。历史传奇告诉我们虽然她出身卑微，但由于她的活力与忍耐，她终成大富

① Leo Lee, *Shanghai Modern*, *The Flowering of New Urban Culture in China*, 1930-1945（Cambridge：Harvard University Press, 1999）, 288.

大贵的皇后。她也凭借智慧得以善终，而她的独生子即位后则由于试图斩杀一名权贵，不顾三娘的劝阻而被杀。显然，在舞台演绎的这一人物身上，老百姓以及创作者寄托了他们在艰苦生活状况（包括战乱时刻）下对和平、舒适生活的向往，以及时来运转跻身宝贵的企望。如果张爱玲在介绍这一角色时没有把她要说的意思说明白，那么这个含义在她讨论弑夫的淫妇与蹦蹦戏中的跳舞女郎上时就足够明显了。尤其是蹦蹦戏中的艳舞女郎实际与尤金·奥尼尔的戏剧《大神布朗》中的地母形象紧密相关。

在奥尼尔的戏剧中，代表地母形象的是一个叫赛贝儿（Cybel）的妓女。张爱玲曾经从剧中翻译了描绘这个角色的几个关键性段落："一个强壮，安静，肉感，黄头发的女人，二十岁左右，皮肤鲜洁健康，乳房丰满，胯骨宽大。她的动作迟慢，踏实，懒洋洋地像一头兽。她的大眼睛像做梦一般反映出深沉的天性的骚动。她嚼着口香糖，像一头神圣的牛，忘却了时间，有它自身的永生的目的。"（见张爱玲《谈女人》）这些语句当然让我们想到了张爱玲所描绘的蹦蹦戏女郎，但对于它们彼此关联秘密的提示却另存他处，即两位作家都拥有的深藏在心底的冲动：把地母塑为一个救世主的形象。

张爱玲显然拥有和奥尼尔类似的母神信仰。但是奥尼尔的信仰来自爱尔兰天主教传统，以及他感到自己"被他最向往的母神抛弃"①，张爱玲的信仰却来自她的女性意识与她的被国家和时代抛弃（以及被生身父母抛弃——尤其是父亲——因为他们从小没有给她什么家庭的温暖和父爱 / 母爱）的感觉，一种孤独无助的脆弱感。因此她对于蹦蹦戏女郎的想象和描绘带有很多荣格所描绘的地母原型的许多特征。因此，她的母系神性的感觉来自神秘宗教的地母崇拜，而意图驱除任何（来自父系社会的）对女性的不人道的攻击。在这一推崇性生命力的信仰中，女性被视为人类本体与文明本身。在它的充满性诱惑力的形象中，它被象征为生命力再生的精灵，拥有一种无法想象的、能够赐予新生活与不朽的政治权力。

然而，如果不是不名誉地苟活的话，一个阴性的中国文化，甚至是这位缺少羞耻感的蹦蹦戏女郎，如何能在死亡与末日来临预示的阴影下夷然地生存？在我看来，这一看上去是建立在性别差异基础上的救赎性的救世主形象是对一个政治立场的移置，杰姆逊在论吉辛的小说时所做的断言在这里仍然有用：阶级冲突被以性差别与"女性问题"的方式所重写；以这种方式，它允许这一试图超越人的既存等级的"实验般的情境"在一个更加普泛化的关于婚姻的小说框架中被建立，从而获得一种不寻常的阶级的回

① See Thomas E Porter, "*The Magna Mater*, *the Maternal Goddess in O'Neill's plays*," *Eugene O'Neill Review*, No. 27, 2005, 41.

声。[①]在这里，这两个意象都是象征市民阶层的人士坚忍地在任何艰难处境下顽强苟活的决心。在此看来，这一源于"地母"的悍妇兼荡女的形象有两层意义：它既是一个物化的意识形态，也是一个不屈不挠的乌托邦愿望。虽然《倾城之恋》并没有结合社会（政治）内容呈现一个整体性的企图，但是这并不妨碍它所表现的个体的经历成为一个群体命运的故事的一部分。就这种历史想象最后指向社会与个体一种延宕的结合（颓败的社会似乎无意中促成了个人愿望的达成），这一准寓言（"爱在倾城之中"）转身而成一个象征主义的作品，一种对社会问题的想象的和形而上的解决，它们内在隐藏于小说叙事之中。

虽然这一象征有一个非历史的倾向，但这种形而上的选择本身是对一个历史情境的人为反映。然而，这个反映是一种以非历史的形而上的方式观察人类生活的方式。颓败的高墙与蛮顽的蹦蹦戏女郎两个意象互相牵扯、纠缠在一起。它们都是被自然化的历史中的事物，却被表现为非历史性和永久的。颓败的高墙上见不到社会政治的变迁，它被引用作为一个"自然史"的物件来传达一个市民阶级关于永久性的"非中介的美学化的世界，通过它一个异化的生活方式得以延续"[②]。这一墙垣本是一个死亡的象征，但它却也是被用来表达关于永恒之爱的观念的工具。就它是关于这个表达的不可缺离的物件与工具而言，通过一种借喻的移置，它转而成为关于爱的象征（柳原正是这样做的）。这种将死亡与永恒之爱相关联的（无）意识颇具反讽性。将它们联结在一起的是一个对他们所居住的无情世界的历史意识，这个冷酷的世界毁灭了真诚永久的爱的可能性。这是一个将非人性的处境视作人类世界的异化世界，在这个世上只有死亡使每个人最终彼此平等。面对这一"非理性的世界"，他们觉得如此无助。

在这里，作为无情历史经历的遗留的高墙，被当作自然物，从而成为生活与爱的普遍性的象征。因此，这一表面上是自然史的意象，实际上却是"自然史"原来意义上的反面：它是一种有复杂内涵的文化（与历史）虚无主义的表达。这一被崇高化地提升的墙的意象是对社会—政治变化的历史阐释的替代。它所传达的是在面对巨大的、非人的、自然化了的历史力量时自我意愿和自我意志的放弃。原子化的柳原和流苏没有力量对抗这个巨大力量，无论他们如何以一种强劲的个人主义来最大化地保护他们个体的利益。由高墙（及不顾世俗道德风俗、自我中心、放下羞耻心地追求个

---

① Fredric Jameson, *Political Unconscious: Narrative as a Socially Symbolic Act* (Ithaca, N.Y.: Cornell University Press, 1981), 204.

② Zhang Xudong, "*Shanghai Nostalgia: Postrevolutionary Allegories in Wang Anyi's Literary Production in the 1990s.*" in *Positions: East Asia Cultures Critique*, Vol.8, No.2, 2000, p.372. 流苏在镜子前对自我形象的爱恋也是一个将稍纵即逝的美貌时刻转化成有永久性的可依靠的事物的努力。

人利益的蹦蹦戏女郎——流苏是这一形象的写照）所代表的（对）爱的（意欲的）象征在这一观照下转向了它寓意的反面：它所反映的心理补偿机制只不过反映了一个自我中心的个人主义处在一个历史性的危机状况中，因此它怀有一种文化的（以及历史的）虚无主义。夹在反叛的大众与入侵的帝国主义之间，在高度专制的国家与半传统的社会之间，当野蛮与文明之间的最后界限在新文化建立之前就崩塌之时，作者和她笔下的男女主角一样感到面临文明即将覆亡的深渊。

（王晓平：华侨大学特聘教授，上海交通大学人文与艺术研究院兼职教授）

施济美小说色彩与背景意象研究

田莹皓

摘　要： 施济美是中国现代文学史上个性独具的一位女作家。这种独特的个性，在她作品的色彩意象与背景意象的选择提炼上，有集中而强烈的体现。本文撷取施济美小说中蓝色、紫色两个主要色彩意象，以及黄昏、月亮、园林三个重点背景意象，着重加以分析，以期发掘内在的美学价值，和作家深藏其中的复杂情感与精神。

关键词： 施济美小说　色彩意象　背景意象

施济美（1920—1968），小名梅子，笔名方洋、梅寄诗等。祖籍浙江绍兴，生于北京，长于扬州，在上海读的中学和大学，其间开始发表文学作品。大学毕业后，一直在中学担任教职，直到“文革”时自尽离世。1947年上海大地出版社出版了她的小说集《凤仪园》，1948 年上海大地出版社出版了她的小说集《鬼月》。另有长篇小说《莫愁巷》。

新中国成立以后，钱理群、吴福辉、温儒敏在《中国现代文学三十年》中把施济美与张爱玲、苏青共同视为“兼具通俗、先锋品格”的作家。[①] 张爱玲与苏青的研究现已成为显学，施济美却鲜为人知。这位边缘、寂寥的作家虽然从未属于中国文学的高光部分，但其作品中蕴含的严肃的人生观、反抗世俗与平庸的精神坚守却值得得到更多的目光。本文将从施济美作品中的色彩意象和背景意象切入，尝试窥探其精神世界的一隅。

一、色彩意象

所谓“意象”，南北朝时刘勰在《文心雕龙·神思》篇中释曰：“夫神思方运，万涂竞萌，规矩虚位，刻镂无形；登山则情满于山，观海则意溢于海，是以意授于思，言授于意。”这里的“思”指神思，“意”指意象，“言”

① 钱理群等：《中国现代文学三十年》（修订本），北京大学出版社 1998 年版，第 521 页。

指的是语言文辞。刘勰对“思—意—言”三者关系做出了清晰的描述，即神思产生意象，意象构成语言。面对某种情景，人产生神思，而后想到了某些意象，之后诉诸语言，传达给他人。从这三个步骤中可以看出，“意象”是情景与神思结合而成的，带有特指内涵的艺术形象。

色彩意象作为传达情感的途径，是艺术活动的重要手段。作家将情感或理念投射于色彩，以审美的方式来表达体验和思想。

由于语言局限和主观能动性的缘故，作家对色彩的感受与表达，不会是照相机式的客观呈现。“文学中的色彩世界是作家创造出来的，这和自然界的色彩是不一样的，除了形态和色彩的丰富性存在差异外，主要是文学作品中的色彩具有作家的审美和情感意义。”[①] 在施济美的小说中，作家经过对色彩意象的主观提炼和审美改造，创造了一个蓝色和紫色主导的想象世界。

1. 蓝色

蓝色是施济美在创作中最为偏爱的色彩意象之一。

《色彩的性格》一书中有如下数据：“与其他颜色相比，蓝色更受人欢迎，它是40%的男性和36%的女性最喜欢的颜色，而且几乎没有人不喜欢蓝色，只有2%的男性和1%的女性在调查表中填写蓝色为我最不喜欢的颜色。”[②] 照此来看，施济美擅用蓝色，非但算不上个性独具，简直是“泯然众人”。

不过这项当代的研究有着明显的时代局限。古代，何等人使用何等颜色，世界各地都有严格规定，中国尤甚。《尚书·益稷》曰：“天皇氏尚青，地皇氏尚赤，黄帝尚黄，金天氏尚白，高阳氏尚黑。”由于传统文化和染织技术的影响，中国历代都将颜色分以等级，不能随意使用。故此在人们的观念中，每种颜色都有特定的含义。在民国前，少有人将色彩意象作为重要表达手段，直到封建统治倾覆以后，对颜色的禁忌放开，色彩作为一种文学意象才开始逐渐被重视。在当时来看，施济美对色彩的运用是非常先进的，具有非凡的艺术敏感性。

在施济美的小说世界里，蓝色意象有两大类：一类来源于现实生活的色彩经验，用以还原事物的真实色彩，晕染小说氛围；另一类是对于蓝色的创造性运用，即对某些本非蓝色的事物（有时是“国”这样的抽象之物）施以蓝彩，传达一种特殊的情愫或认知。此外，对作品中的人物，施济美还偏爱以“蓝”名之。

最常见的蓝色是天蓝，通过无边无际的透明叠加产生，是一种范围广大、无边无际的颜色。《紫色的礼赞·孤独篇》中赞美世界的美丽。“这蓝

① 刘烜：《文艺创造心理学》，吉林教育出版社1992年版，第304页。

② 〔德〕爱娃·海勒：《色彩的性格》，中央编译出版社2013年版，第4页。

得叫人想飞的天，瑰丽的黄昏，书与诗，典雅的乐章。”《晚霞的余韵》中开篇描述景色：“五月，晚风吹着，一片蔚蓝的天，连着开遍了鲜花的原野，大自然像一幅美丽的图画。”

蓝色在这里就是对现实的还原。最能代表自然的就是蓝天，这些片段描写都是施济美对自然事物精心选取后的成果。由此可以想见，身处在世相迷离的魔都，对某些现实的抗拒、对自然的向往是施济美精神世界的一个重要方面。

蓝色与海洋、天空关系密切，会给人广阔遥远的联想。《紫色的礼赞》中说：“我渐渐喜欢素静的蓝色，蓝天，蓝色的海水，不时地被我歌颂，我还祈祷着最好有一位蓝天使，将绿叶红花都抹上轻轻的，淡淡的，一些微蓝，我盼望着绝美的大自然界里有一个可爱的蓝的国。”施济美盼望的“蓝的国”表现了施济美构筑精神乌托邦的梦想，这种哺育精神的梦想又返回来，赋予蓝色一种生命的力量。小说《巢》中，婉华知悉爱人大卫去世的消息，心绪绝断，但是想起大卫告诫过自己人生最重要的并非爱情而是工作，走到窗口看到从未有过的天的蓝，死灰覆盖的心中又有微小却顽强的火苗开始摇曳生姿。

在伊斯兰教中，蓝色是一种纯洁的颜色，象征着忠诚与信任。“忠诚并非一种需要证明给人看的品德，比如那些不引人注目的蓝色的花朵，婆婆纳属，勿忘我，它们都是忠诚的象征。”[①] 这些蓝色的小花代表着忠诚。《我不能忘记的一个人》中每当“我”走入自己的记忆回廊时，最先映入眼帘的，是几朵蓝色的小花，勿忘我。那是朋友秦湘流送给“我”的见面礼。虽然在旁人口中，这位朋友是一名蛇蝎心肠的浪荡女子。但“我”对此并不理会。相反，我同情她失败的婚姻，相信她的忠诚。在“我”——和施济美——看来，初识之下她送的蓝色小花就是明证。

在中世纪欧洲宫廷文学中，“忠诚”化身为一位身着蓝色长裙的女子。英国有种婚礼风俗，每位新娘身上都要戴一些蓝色的东西，譬如蓝宝石。因为据说蓝宝石戴在不忠诚的人身上，就会立马失去光彩。[②]《三年》中当柳翔初遇司徒蓝蝶时，后者身穿海水蓝的衣裳，上别一枚极大的蓝宝石胸针。施济美一开始就通过颜色暗示我们，被柳翔斥为不忠的司徒蓝蝶才是忠诚与纯洁的化身，故事最后的真相也明明白白地道出了这一事实。

蓝是一种神奇的颜色，总是让人联想到友好、和谐、忠诚等美好的事情。施济美甚至把天使都想象成蓝色，她的作品中，举凡名字里带“蓝”的人物——《悲剧与喜剧》风华绝代的蓝婷，《三年》中美丽神秘的司徒蓝蝶，《口啸》中妩媚又孩子气的凯蓝——都像天使一样忠诚、美丽。

① 〔德〕爱娃·海勒：《色彩的性格》，第 8 页。
② 同上。

2. 紫色

紫色是蓝色和红色的混合色，蓝色给人的印象是“冷”“暗”以及“静”，而红色给人的印象却是“热”“动”以及“明”。蓝色和红色在表现状态上是完全相反的，可是紫色却是这两种颜色的混合，既具有蓝色的特征也具有红色的特点，这两种截然相反的特征混合在一起，使紫色这个颜色具有复杂性与矛盾性，也有明显的神秘性。

《我不能忘记的一个人》中“我”初见秦湘流时，她穿了暗紫色的有闪光的袍子，戴着暗紫色的耳珠，鬓旁垂着紫色的藤萝花。尽管都是冷色，但如果谁把紫穿在身上，就能不同寻常地耀人眼目。紫色是时尚、冒险的颜色，它结合了感性与智慧、情感与理智、热爱与放弃。[①]代表着妩媚而多愁善感的女性。[②]秦湘流是一个媚而近妖，又兼具悲剧性和喜剧性的女人。施济美认为只有紫色这极具暧昧的颜色，才配得上秦湘流，身穿紫衣时的秦湘流显得独特而非常规的。

《紫色的礼赞》中施济美写道：“不知从什么时候起，我忽然觉得紫色的可爱，这美丽而忧伤的色彩，像抒情的乐章，黄昏时节的斜阳，蒙了尘埃的五彩夕阳油绘，艳如桃李而又冷若冰霜的美妇人，声声唤着‘不如归去’的杜鹃，紫荆树，紫色的丁香，淡紫色的紫藤萝……只是全能的造物为什么不让每一朵郁金香也幻作紫色？我总觉得只有紫色才配这有郁金香名字的花朵。”在描写伤感别离的情景时，施济美有意无意地选择紫荆树、紫藤萝、紫丁香这些紫色的意象来描写。似乎窗外凄迷、哀婉杜鹃声，也染上了紫色的忧郁。

《凤仪园》通篇都氤氲着忧郁的紫色，冯太太屋子的灯光永远是紫色的。颜色虽美，却传达给读者无穷的孤独感，暗示了冯太太孤苦和寂寞的人生。但当冯太太暂时走出房间，和热情洋溢的朋友们欢聚时，“楼厅里的布置和楼下一般的古色古香……色彩以富丽的鹅黄为主，没有紫色。”

“颜色感应该是艺术家所特有的一种品质，是他们所特有的掌握色调和就色调构思的一种能力，所以也是再现想象力和创造力的一个基本因素。”[③]施济美赋予颜色明确的情绪，在合适的情景中加以应用，不仅为小说营造出气氛十足的环境，也创造出一幅幅色调和谐、色彩感强烈的画作。

二、背景意象

背景意象，即小说背景中的意象。小说背景，即人物活动和故事发生

---

① 〔德〕爱娃·海勒：《色彩的性格》，第 245 页。

② 同上，第 250 页。

③ 〔德〕黑格尔：《美学》（第三卷上册），商务印书馆 1979 年版，第 282 页。

的背景。施济美小说中的背景意象可分为两类：一是自然意象，二是空间意象。本文将讨论施济美创作中较为重要的自然意象——黄昏与月亮，和空间意象——园林。

1. 自然意象——黄昏

施济美对黄昏情有独钟，她把小说中大量的情节都设置在黄昏。《黄昏之忆》中被问到为什么每天黄昏一个人在学校时，施济美这样说道："因为我欢喜傍晚的景色。"黄昏本身蕴含了许多情感内涵，很容易激发人的审美和情感。有人对其司空见惯，在他人看来可能就是富含诗意的美景。

关于黄昏的心理感受，清代杨恩寿在《坦园日记》中记载有二，一曰"夕阳贴水，归鸦噪林，良足玩也"[①]。寥寥几笔，描绘出一幅黄昏特有的水墨风景，传递出一种简淡深长的审美意味。

黄昏时的光线是一天当中最为柔和的，但在施济美的笔下，它给人的审美刺激却是最为强烈的。《凤仪园》中，夕阳西下，当憔悴的冯太太站在盛开的红白荷花前，让青年教师康平感到，这位黑衣女人身上散发出难以比拟的孤清和华贵，那是康平从未感觉到的，而这种情绪直接指向他们将要发生的爱情。黄昏的魔力赐给人一种无法言说的美丽与魅惑。

《坦园日记》中关于黄昏时的心理感受记载其二是"归鸦噪而落日黄，野钟鸣而江月白，眷言益友，弥切离愁，双丸不居，三春易逝"[②]。施济美亦通过黄昏来慨叹岁月的流逝，但捕捉时光而不得，只有靠回忆为精神取暖。她在《三年》中直陈心迹："黄昏乍去，是回忆的时候，世界上有谁能够毅然决然地将过去和现在隔绝呢？只怕古往今来没有一个。"对施济美而言，现在的感受永远都是不稳定的，是无休止的磨难，过去才是永恒的人生珍宝，存在的本质就是逐渐地失去时间。黄昏汇聚了人类对时光流逝的感受，显示出自身具有的悲剧式主题意义。

《口啸》开场就说："这不过是十年前的一个旧梦，没想到在微雨蒙蒙的凄清的今夜，偶尔回忆起来，会觉得这么美丽和可爱。"而叔本华认为，回忆天然具有一种审美的本质。此言一出，让黄昏的时光悲叹又复归于审美。

施济美的审美取向总是指向那些类似"黄昏"的东西，喜欢凋谢了的东西胜过繁茂的东西，喜欢古寺的晚钟胜过破晓的号声。这种"凋谢和荒凉"的审美倾向其实指向了中国古典文化。中国文学时常流露出日暮途远的人生嗟叹，"大漠孤烟直，长河落日圆""暮霭沉沉楚天阔"，这些美学情景形成了浓厚的日暮情思，经过千百年的文化沉淀，成了一种文化心理的象征典型。

---

① （清）杨恩寿：《坦园日记》，上海古籍出版社 1983 年版，第 50 页。

② 同上。

2. 自然意象——月亮

人类文化充满象征的形式。象征形式的构成并不是主观任意的拼凑和规定，在人类运用自如的象征形式里，埋伏着生动的生命意味和生活经历。作为一个文学意象，“月亮”以其多变的形状、丰富的色彩备受古今中外众多文人的关注与青睐。施济美小说中的“月亮”更是意味丰厚，它既继承了中国古典文化中月亮的文化底蕴，又接受了20世纪西方唯美颓废派文学的影响。在“月亮”这一意象的指征上体认了人生的荒诞和孤独，具有鲜明的现代主义倾向。

《礼记》曰：“大明生于东，月生于西，此阴阳之分，夫妇之位也。”《礼记》中这句话的意思是天上的月亮和地上的女性是互相对应的。《本草纲目·人部·妇人月水》说：“月有盈亏，潮有朝夕，月事一月一行，与之相符，故谓之月信、月经。”月亮的圆缺周期与女性的生理周期是基本一致的。有学者说：“中国美感心态的深层结构的基本特色其实可以称之为一种女性情结。”月亮象征了母系社会的宁静与和谐。

《井里的故事》中克清看着窗外，月在中天，子夜了，一切都是这么静，他故意不拉上窗帘，让水一样的月光直泻进来，他要在这月光里，睡一个恬静的觉。月亮浸润着宇宙万物，在月光下，克清像是回到了母体，被温柔地包围。月亮是诗化的女性，这诗化的女性代表了美。如《诗经》中的一篇《月出》：“月出皎兮，佼人僚兮。”韦庄的《菩萨蛮》：“垆边人似月，皓腕凝霜雪。”月亮在这里散发着美学的光辉。从月亮指代女性这一基本的象征意义出发，可以看出月亮反映着人们找寻美好家园的象征意义。《井里的故事》中克清和克庄聊天时的背景是皓月当空，河面上映着圆圆的月影，风吹过的时候，月影子在水里直晃动。街道，树木，庙宇，房屋，渔船，宝塔，荒场……在月光下全黯得一种异样，异样的情趣。克庄轻轻地叹了一声道：“我第一次觉得月亮这么可爱。这里月亮是美的，月亮映照下的一切事物都是美的，连这个村庄都被这样的月色装扮得可爱了。”可见，月亮表达了一种心灵和空间澄澈的审美意境。

月亮带有非常强烈的阴郁色彩。《凤仪园》中“怎么今宵的月色这样的淡？淡得惨白”。这样的月色为冯太太的伤感做了铺垫。在冯太太眼中月亮是不会明亮的。正所谓心晴时雨也是晴，心阴时晴也是雨。在冯太太看来整个人生就是漫长的阴雨季。月亮象征着相思与离愁之苦。《嘉陵江上的秋天》中暮色渐渐地浓了，返校的途中，丽珠想起了“举头望明月，低头思故乡”，乡思禁不住油然而起。丽珠在异乡四川嘉陵江，看着明亮的月亮和点点的星光，禁不住想起了家乡与母亲。月亮在此已经不是一个简单的自然物象，月亮意象是思乡离愁的典型寄托。

"月亮是情景交融的结合体，它蕴含的情感不只是离别，文人们透过月亮联想到永恒，看到月亮古往今来连为一体。月亮这一没有生命的自然之物启发和引导人类对自身价值存在探索和对人生归宿进行思考。"[①] 于是象征着无限的月亮总是作为有限时空的对照物出现，对月亮的慨叹流露出人们对时空局限的悲哀之情。《悲剧与喜剧》中蓝婷拒绝了范尔和之后，看到窗外的月亮分外清辉皎洁，虽然不是秋天，可月亮还是那个月亮。人世荒凉，唯有月亮永恒存在。月亮总是能唤起人们苍茫的宇宙意识和历史意识。施济美曾引张若虚的《春江花月夜》："江畔何人初见月？江月何年初照人？人生代代无穷已，江月年年只相似，不知江月待何人，但见长江送流水。"江月年年如此，而人物代代无穷。诗中呈现了澄明广阔的宇宙，诗人感叹个体生命的短暂，而人类的存在却是绵延不绝的。月亮跨越了时间与空间，永恒地注视着人类。《莫愁巷》："一代接着一代，生命接着生命，悲剧和喜剧也没有完的时候……""人的故事多半就是这样平庸，这样可怜的……"施济美表达了生命代代更替的悲哀，体认了生命存在的无奈和孤独，月亮映照下的人间，总是在重复着悲剧，沉重的命运一次又一次压在人类身上。

3. 空间意象——园林

巴赫金把西方小说中经常出现的时空体——故事发生的场所——划分为五种，其中一种名为"沙龙客厅"时空体。意思是：故事在这里开始，实现对小说具有特殊意义的对话，揭示主人公的性格、思想和欲念，最后也经常在这里结束。[②] 曹文轩将巴赫金的时空体称为"空间意象"，因为该空间在小说中经常出现，并且渗透着作者强烈的情感，所以表现出了"意象性"特点。施济美小说中的"园林"就属曹文轩所说的空间意象和巴赫金所说的"沙龙客厅"时空体。

笔者认为施济美园林意象有两层含义：较浅的一层，作为一个由亭台楼榭和植物组成的纯粹物理空间，在小说叙事中发挥作用；其二，则是"一座诳人的花园，一处真实的梦幻佳境，一个小的假想世界"[③]。园林意象使得文学作品有一种梦幻神秘的色彩。园林承载了男女的情爱，园林还担当了人物记忆载体的形象。于是园林这一纯粹的物理空间生成为精神空间。

中国古典园林大致可分为皇家园林、私家园林和寺观园林。施济美描绘的园林属于私家园林，以杭州、无锡、扬州的江南园林为主要代表，是旧时达官贵人居住、休憩的去处，其特点是色彩素雅，写意幽静，充满浓

---

① 刘怀荣，宋巧芸：《20世纪以来古典诗词月亮意象研究综述》，载《聊城大学学报》（社会科学版）2005年第3期。

② 〔俄〕巴赫金：《小说理论》，河北教育出版社1998年版，第446页。

③ 童寯：《童寯文集》（第一卷），北京建筑工业出版社2000年版，第279页。

厚的书卷气。

园林的空间由假山、水池、亭台、花圃和居所几部分构成，每个部分在小说的情节建构中都发挥着重要的作用，也影响着小说叙事的面貌。表现之一是以园林空间场景的切换来串联故事情节，每个空间承接一个故事片段，由这些故事片段连接成整体。《凤仪园》中康平和冯太太在听雨轩中畅聊，场景转换移至荷花池畔的花鼓凳和假山背后，继而场景移换到举行宴会的楼厅，最后康平走进冯太太紫色的屋里，于是康平和冯太太的爱情在这间紫色的屋子里发生。在空间场景变换的过程中，我们可以很明显看到康平对冯太太的态度也在发生变化，从初进凤仪园的不快，变成理解冯太太的怪癖，继而对冯太太产生好感，谈话时康平知晓冯太太的身世，被冯太太对艺术的热爱吸引，继而爱情生发。凤仪园的每个空间分别承载一个故事片段，之后将这些故事片段连接，于是成为一个整体的故事。园林是一个孤立的小世界，所有的日常生活围绕园林空间这个点循环往复，园林空间是始发点，也是终结点。康平与冯太太的爱情发生在凤仪园中也结束在凤仪园中。《悲剧与喜剧》中的蓝婷与范尔和的爱情也是始于凌园，终于凌园。园林作为一个聚合人物、发展情节、结束情节的地点，既见证了人物的命运的变迁，又使得故事的结构呈现为一个完整、封闭的圆环。

“园林”在施济美笔下还蕴含着丰富的感情因素。以《凤仪园》为例，这篇小说讲述了孀居十三年的冯太太与青年教师康平之间的爱情故事。施济美将爱情故事的发生地点设置在私家园林内，随着情节的发展，对园内的景物细致地刻画，人物的活动内容就像展开画卷一样呈现在读者眼前，读者的视角被接连的画面和场景调动，像一个游览者跟随着故事的发展去体味园林的美景，园林被赋予了厚重的经验感情和审美取向。

台伯特·哈姆林在《二十世纪建筑的形式与功能》一书中阐述了苏州园林的各种景观与四季变化，强调了园林的神秘特性。康平初进凤仪园时，看到的是褪色的朱红油漆，半裸的泥金楹联，断了的雕栏和石桥，孤独的古柏苍松。他一下子就被园中的神秘感与凄凉感所震撼。追求多层次的意境是中国艺术的共性，园林也不例外。

造园师们使用各种方法来分隔空间，最有特点的就是用墙上的窗洞，这是园林中一个十分有情趣的成分。墙上开各种形状自由曲线或几何形的窗洞，透过窗洞，人们可获取邻院景色。窗户除了采光通风的效果，还是取景的画框。窗户与景物相对，形成了框景。康平的卧房朝西面有一个月牙形的小窗，透过窗可以看到石榴花开的红火，初夏的风可以透过小窗吹进来。康平在听雨轩讲课，听雨轩是一个无比清雅的书房，在书房朝南的窗下栽了芭蕉，朝北的后窗小院栽了翠竹，左通客厅，右出花瓶形的门洞，就是荷花池。这些既隔又漏的方法，让景色和空间具备了丰富的视觉层次和深远的精神体验。

中国园林中具有极大美丽的独特成分是假山，中国艺术家喜爱假山，不仅由于其逗人的形状，而且由于石头具有人类往往缺乏的坚固持久性。假山在中国园林设计中不可或缺，它使植物、水与建筑群巧妙结合，作为自然与人类创造的中介，假山将前者生命的搏动，优美地带给后者。[①]

凤仪园的景物设置里起到决定性作用的是假山。康平为了不打扰冯太太和程师母的谈话，躲到了假山后面。这假山傍池而筑。江南园林意境营造常常使用“障景法”。所谓“障景”就是用假山、植物等“阻断”游人的视线，游人通过假山洞口、婆娑的树影来观景，景物藏漏有趣，起到了曲折含蓄的作用。康平躲到假山里，情节才得以发展，若没有这一障景之物，康平将不会了解冯太太的身世，爱情也不会发生。

时间流逝，凤仪园里的花开了，竹篱上的牵牛花、墙角的凤仙、鸡冠、洗澡花，通通开得灼灼明艳，寂寞的凤仪园也生出了光彩，不似康平初来时那般惆怅。植物是园林中生命力的重要构成要素，随着四季的变化，植物的形态、色彩会发生改变。植物景观不仅丰富了园林的图景，形成了宛自天开的环境，通过描写景物的变化，也使凤仪园里的氛围逐渐走向明朗。

曲桥、曲径、回廊在交通意义上，是为了从一点到另一点。逶迤的路线延长了人的脚程，园内风景又让人不由得左右顾盼，空间和时间被大幅延展，趣味加深。[②] 在园林设计中，曲线和有意识的不规则使得时间在考验爱情，宴会结束后，康平带着十分的醉意，沿着荷花池，走过了石榴树，走到了长长的石级前，在通向二楼的石级前，康平徘徊了一阵子。这描写了康平想要向冯太太表达爱意却又纠结不定的心绪。园林中曲曲折折的建筑阻挡了康平表达爱意的心。园林空间的曲折往复体现了人物心里的挣扎，表现出康平的爱的重量。思考延宕着行动，思考恰恰表明了康平对这份爱的责任。康平离开之时，冯太太在楼上的窗边目送康平，因为有距离，所以这送别场景的美得以产生。生发在园林里的爱情因为有园林景色的陪衬便更显出其美感。

蒙田说：“人类张开怀抱迎接未来的事物，而我却有个坏毛病，张开怀拥抱过去的事物。尤其是当人们回顾早年生活时，一切都是快乐，人们是在延长所爱的生命，是在美化故去的生活，是在给青春做补偿。”施济美也像蒙田一样，喜欢回顾过去的事物。所以施济美笔下的女性都在回忆逝去的园林。《蓝园之恋》中叶湄因结婚二十年，但仍旧留恋昔日的故园，也就是蓝园。“二十年前的旧梦再也不能重温了，因为再度重来的人不复似二十年前了，除去那些永不被遗忘的，在蓝园的记忆。”蓝园承载了叶湄因所有

① 《童寯文集》（第一卷），第66页。

② 陈从周：《说园》，山东画报出版社、同济大学出版社2002年版，第16页。

逝去的回忆，丈夫病逝后，叶湄因返回家乡，买下了蓝园。叶湄因的小女儿雯儿说：妈在这儿度过了生命中最好的时光，她老了返回蓝园来，是找寻她当年失落的旧梦。施济美笔下的女性都坚守在最后的“园”中，“园”代表了人的精神坚守。

私园作为象牙之塔，仅供少数人使用，曲桥曲径、剪树绿篱、石舫假山除了表达主人闲情逸致，也暴露了其消极颓废的人生观。[①]园林是介于幻想的美丽与现实的冷酷之间的世外桃源，这些女性执着于过去，是因为她们没有勇气与美丽的幻想告别，无法面对冷酷的现实。园林作为城市与山野的调和之地，反映了人们逃避现实，充满矛盾的心理。由此可见，施济美笔下女性的孤单“坚守”其实是一种消极的逃避。

中国园林与任何其他地方的园林一样，是真正和平的艺术。[②]施济美除着力描写园林的美以外，还着力描写现代都市社会的肮脏。她在乱世中构建了美好的生存净土“园”，究其根源还是施济美对现实社会污浊的极度排斥，现实社会是“废园”。“废园”象征着现实和精神的荒凉。施济美认为人间总是乱糟糟的。《提防》中写道：“我素来害怕上海的紧张生活，那飞也似的车辆，急匆匆的路人。忙的人忙，不忙的人也忙，急的事急，不急的事也急，好像永远没有休息的时候，要休息就除非待在家里。”《郊游两题》中说：“上海似乎永远只是上海而已，不知竟属那个国度，然而在龙华，那情景就不同了，好像我们这才到了真正的中国。”施济美追求的是温和的生活节奏，和平的处世态度，被商业、欲望控制的大都市是不会放缓前进的脚步的，施济美对这种物质膨胀、欲望泛滥的社会充满了批判的态度。这就导致了施济美向内去回溯记忆中美好的精神“园林”。施济美在面对世俗生活以及都市社会的物质膨胀、欲望扩张的种种现象时没有选择妥协，而是选择回归传统，回归故园。她以一种绝望的态度来表达自己对精神家园的执着守望。

施济美通过一系列意蕴丰厚的色彩意象与背景意象书写，使她笔下的人物形象鲜明，作品意蕴隽永。施济美在意象选择上，深受中国文学传统的影响和启迪，在意象营造上既继承了传统文学，具有古典文学的余韵，又突破了传统文学，结合时代背景，使这些意象有了独特的情感特点和文化内涵。从这些意象的选择上，我们可以感受到施济美对高雅的精神境界的坚守，对时间、命运无奈的抵抗以及对人类生存的悲悯。

（田莹皓：北京语言大学研究生）

---

① 《童寯文集》（第一卷），第 252 页。
② 同上，第 277 页。

张抗抗研究

张抗抗采访录

采访者　舒晋瑜

张抗抗简历

1950年生于杭州市，祖籍广东江门。1966年杭州市第一中学初中毕业。1969年赴北大荒农场上山下乡，在农场劳动、工作八年。1977年考入黑龙江省艺术学校编剧专业，1979年调入黑龙江省作家协会，从事专业文学创作至今。现为一级作家、黑龙江省作家协会名誉主席。中国作家协会第七、八、九届副主席。第十届、十一届、十二届全国政协委员。2009年被聘为国务院参事。现定居北京。

已发表小说、散文共计700余万字，出版各类文学专著近百种。代表作:长篇小说《隐形伴侣》《赤彤丹朱》《情爱画廊》《作女》《张抗抗自选集》五卷等。曾获“全国优秀短篇小说奖”“优秀中篇小说奖”“第二届全国鲁迅文学奖”，三次蝉联“中国女性文学奖”，多次获“东北文学奖”“黑龙江省文艺大奖”“精品工程奖”，曾获“黑龙江省德艺双馨奖”“第十二届中国人口文化小说金奖”“第二届蒲松龄短篇小说奖”“第七届冰心散文奖”第十一届“上海文学奖”，以及全国各类报纸杂志奖。

2015年荣获“第四届世界知识产权组织版权保护金奖”。

有多部作品被翻译成英、法、德、日、俄文，并在海外出版。

曾出访前南斯拉夫、德国、法国、美国、加拿大、俄罗斯、马来西亚、日本、印度，进行文学交流活动。

张抗抗:“我”就是我最好的作品

她像一个实力派演员，从本色到演技逐渐成熟。

作为一个新时期的写作者，张抗抗曾经历了20世纪70年代末的反思与呼唤，经历了80年代中期到90年代中期的现代主义实验文本，90年代中期以后面对市场大胆尝试，再到近十年来不断反思、沉淀之后的新长篇创作，尽管在叙述方法上有许多变化，但她对人的精神世界的关注一直在延续。

她的写作反差很大:《隐形伴侣》充满实验精神，《赤彤丹朱》严肃悲壮，《情爱画廊》唯爱唯美，《作女》则充满了自我挑战，及至新的长篇创作，其厚重与深刻堪称史书……张抗抗曾在“西湖论剑”论坛上提出“中国文学缺钙”的论点，认为中国的文学创作需要更多批判意识，很多文学作品缺乏硬度和骨气。我想，她是以实战展示文学的勇气和骨气，她对中国社会各层面的敏锐洞察力和秉笔直书，让人感佩。

回想起来，认识张抗抗十几年，最集中的采访是两会期间。她是第十届、第十一届、第十二届全国政协委员。每次采访她都会有意外收获，因为张抗抗每年都会有七八份提案，十五年间约有百余份提案，内容涉及著作权保护、遏制网络侵权、建议政府扶持传统书店、倡导阅读等诸多方面。她的提案既有生动的案例，又有理性分析和具体措施，像她的文学作品般富有说服力和吸引力。

喜欢张抗抗的文字，爱她的优美灵动，爱她的大气厚重；及至接触，才发现张抗抗的直爽干练和她精致优雅的容貌，与她笔下的文字一样是有反差的。这反差来得自然真实，因此让人格外愿意亲近。

“我愿这世上的一切，都是自自然然，诚实坦白，按自己的意愿生长，万不要为了取悦于谁，拗着自己的本意扭曲变形。”张抗抗是这么写的，也是这么做的。

谈知青:“我只是借用了知青生活这块乡间‘宅基地’，在上面盖了自己的房子。”

问: 您文学的理想是从什么时候确立的？ 1961年您还在小学五年级时，就在《少年文艺》上发表作品。1972年，您在上海《解放日报》上发表了第一篇小小说，后来又在《文汇报》上发表了长散文。1976年长篇小说《分界线》出版——您走上文坛如此顺利，对于确立写作的信心大有益处。很想知道您的创作状态，为什么一直都那么饱满，那么生机勃发？让您坚定执着地走下去的原因是什么？

张抗抗: 少年时代的“理想”，只是一种兴趣爱好而已。父母都是20世纪40年代成长的知识分子和进步“文青”，他们把对文学的热爱传导给了我，家庭的文学氛围对于我有着潜移默化的影响。进了中学后，我参加了杭州一中（现为杭高）的“鲁迅文学兴趣小组”，初三还遇上了很好的语文老师，作文发表和获奖，确实培育了我的自信心。60 年代末“上山下乡”运动开始后，我去了北大荒一个农场，那时候除了孤独寂寞一无所有，只能在文学中寻求安慰。即便在“文革”那样严酷的环境下，在知青连队宿舍和探亲回家的假期里，很多人私下里阅读的都是偷偷流传的“封资修”读物。文学伴随着我度过了知青整整八年时间，是文学让我没有虚度青春年华。如今回头看，早期的写作不仅无知，更是幼稚肤浅。并非“饱满”，而是“无奈”。在极度的无望中，无从选择自己“该做什么”，只有“能做什么”。尽管当时的“革命文艺”，与我童年少年接受的那些“资产阶级文学”，观念上有冲突和抵牾，我心里也由此生出很多对现实的疑问。“真善美”的文学种子一旦播下，“疑问”积累到了相当的数量，它会在不断的“反刍”中，最终成为体内爆发的能量。所以当 70 年代末开始“改革开放”，早年“暗藏”的那些文学种子、人性和良知，很快就在我内心复苏了，也就很顺当很自然地回归到“文学的正途”上来。如果从 1972 年起算，我从事写作已有四十五年；从 1979 年起算，我从事写作已近四十年。我“坚定执着地走下去”的原因，除了诸如“热爱文学”等陈词滥调，更多是因为我希望通过文学来“解决”自己的问题，这个“问题”就是“不明白”，是“困惑”，是对人生、生命、社会和自己的困惑。困惑之后，发现自己“有话要说”。就这样，一年一年便过去了。“饱满”和“生机勃发”只是表象，只有我自己知道，如何度过一次次精神危机。不过，我父亲的性格顽强锐利，我母亲天真善良，我或多或少继承了父母的部分遗传基因吧。

问：您如何看待知青生活？我知道您写过随笔《无法抚慰的岁月》，还有很多小说，您早在 90 年代末期就坚决否定了“青春无悔”那种说法。可见知青生活在不同人的记忆中有不同的版本。知青生活对您的写作带来怎样的影响？在您的作品中，有一部分是描写知青生活，但比例不算大。相对于梁晓声、叶辛等作家而言，您的“知青题材”有何特点，愿意谈谈吗？

张抗抗：八年的知青生活，大多数人都是浑浑噩噩地打发时间，可我全部的业余时间，都用在读书和练笔上。我心里揣着一个小秘密，内心有一个与命运抗争的声音：“我要写作！”每天记下一段有趣的对话，或是读到一个好故事，就觉得自己没有浪费青春。那时候知青的前景黯淡，我不可能指望写作来改变命运，只希望通过写作排遣孤独，为这种看不到前途的生活增加一点亮光。当我沉浸在阅读和写作中，现实的艰苦与荒诞，都被文学暂时化解了。我在场部文艺宣传队的时候开始写长篇提纲，后来三易其稿“自学成才”，再加上编辑的指导，小说《分界线》1975 年在上海文艺出版社出版。历史的吊诡之处在于：曾让我迷途的文学，果然拯救了我；但我感激涕零地走近它，它在给予我慰藉与温暖的同时，也收回了我的尊严；它以正当、正确的名义，诱使我交出了思想的自由作为发表作品的代价。那时候“作家”的称号虽然已被消灭，但“革命的文学”戴着革命的面具，以文学的崇高名义，要求我屈从宣传，顺应时代的潮流，我的文学起步就这样被纳入了体制的轨道。那部文字还算流畅、发行量巨大的“知青小说”，为我赢得了文学之路上最初的声名。当时没人能预知几年后中国将会开始一个拨乱反正的新时期。但是，无论我有多少种理由为自己辩解：比如我渴望通过写作实现自己的价值，比如这部作品完全出于“自发”而非某种政治授意，比如文学不可能脱离当时那架庞大的宣传机器而独立存在，比如在那个蒙昧无知、信息封闭的集权年代，如何要求一个未谙世事的小女生具有分辨是非的火眼金睛呢？然而，当我在后来的岁月里一次次回头审视那些所谓的“作品”，我仍然会为自己感到羞愧。若是正视自己，我必须承认，除了对成功的向往、对虚荣的渴慕、对孤独的恐惧，还有潜意识中本能的自我保护、趋利避害平庸愚昧，最后不自觉地用笔说假话……我就是这样丧失了对真假善恶美丑的辨识力。

1976 年以后，我有一段沉寂时期，几年没有发表作品。风起云涌的启蒙新思潮，使我重新认识了“文革”、知青时代。1979 年，我发表了短篇小说《白罂粟》，这是一次重要的人性回归。这篇小说对知青自身的错误和弱点，已有了一点朦胧的警觉。尽管我对于“忏悔”意识也有一个认知过程，曾经认为知青拒绝忏悔，因为没有人有资格担任知青的“忏悔神父”，这个想法依然沿袭了社会批判的指向，而后才逐渐“向内转”叩问知青自身，寻找那段历史与人性弱点之间的内在联系。在我几十年的创作中，有关知青题材的作品占比其实并不高，与其他几位知青作家的侧重点也有所不同。我不认为自己是一个专事“知青文学”的作家，间断性地写过那些知青生活的中短篇小说，只是借用了知青生活这块乡间“宅基地”，在上面盖了自己的房子。目前为止我的“知青小说”代表作是短篇小说《无以解忧》《干涸》，中篇小说《沙暴》《永不言悔》《残忍》《请带我走》等。改革开放已经近四十年了，老知青要从“红卫兵”和“造反派”的思维模式、语言、行为方式，“脱胎换骨”成为“公民”的身份认同，这个转换很艰难。1997 年知青上山下乡三十年，我写了那篇“著名”的随笔《无法抚慰的岁月》，表述了我对知青运动的看法。我认为老知青所谓“无悔”的豪言壮语，作为个人体验尚可理解，若是成为一代人“追忆往事”的口号，就有些自欺欺人之嫌了。整整一代人牺牲和浪费的青春、时间和生命，不能用“青春无悔”这种空洞和虚假的豪言壮语一笔抹去。直到现在，我们还常常会从某些人的日常用语里，看到“文革”的影子。如果“文革”那种非理性、反人性的暴力行为始终不能得到彻底清理，在某些条件下，会像土壤中没有得到杀灭的细菌一样被激活。我也不太认同“知青作家”这个标签，知青只是我们曾经的一个身份，我们早已融入了社会的知识阶层。当年的知青写作，也早已超越了知青生活，进入更广阔的社会领域。丑陋的不是知青，而是那个“文革”年代。“知青”像一座不可逾越的界碑，矗立在我面前，让我随时随地提醒自己：我们是从那里过来的，但愿再也不要踏上那个地界。

尽管我对知青运动持批评态度，但那片黑土绿野蓝天白云是没有过错的。基于个人的审美情趣，我曾经写过一篇散文《最美的是北大荒》。记忆会不自觉地进行筛选，留下来的大多是美好的事情。北大荒的夏天，草甸子里那么多的野花，我幽闭的心情一下子就灿烂了。从地平线尽头漫上来的云彩，层层叠叠变化无穷，令人着迷，我经常傻傻地坐在地头看云，痴迷陶醉。有时候傍晚下了工，到小河边洗衣服，岸边是各种野花，河水很清，小鱼小虾在水里生动地游来游去。月亮圆了的日子，亮晃晃地照在冬天的雪地上，空气冰冷而透明，月亮在雪地上反着光，刺得人睁不开眼睛。那时候知青都穿棉胶鞋，里面有毛袜子和毡垫。棉胶鞋很笨重，踩在新鲜的雪地上，发出咔嚓咔嚓的声音……很多很多美的瞬间，会让自己感动，那一刻就会觉得生活还值得过下去。一个人只要没有失去发现并感受美的能力，心灵就不会枯竭。多年以后我们陆续离开了北大荒，离开了我们曾经流血、流泪和流汗、痛苦与欢乐交织的土地，我们心中却留下了对它千丝万缕的眷恋。尽管后来我去过祖国和世界上许许多多美丽的地方，但在我的心灵深处，将永远固执地认定北大荒是最美的地方。因为这种美属于我自己——属于我们苦难生活的一部分。

问：您是“文革”后文学讲习所的第一批？进入讲习所时，您已是颇有名气的作家了。那个时候文学讲习所集中了一批知名作家，写作的氛围也很浓吧？您是怎样的写作状态？

张抗抗：1980 年 4 月中国作协举办的第五期文学讲习所，集中了当时崭露头角的多位中青年作家，比如蒋子龙、叶文玲、乔典运、贾大山、韩石山、陈国凯、叶辛、孔捷生等人。严冬刚过，寒意未消，暗流涌动波澜起伏，各种新思潮纷至沓来。讲习所邀请了多位大家崇仰已久、劫后余生的前辈作家和学者为我们授课，讲座内容大多围绕着如何打破桎梏解放思想，重新树立正确的文学观以及文学创作的常识。再晚几年，其中大多数“文学大家”恐怕就见不到了，这也算是“最后的文学盛宴”吧。所学课目多以文学经典为主，还组织观看经典电影新电影或欣赏新上演的舞台剧等。这是中国当代文学史上一个极其重要的“回春期”，同学们都“如饥似渴”地学习，课余也在讨论或埋头写作。因为班上要开《红楼梦》讨论会，记得我重读了一遍《红楼梦》，还写了“论文”。学期即将结束时，讲习所组织了同学和驻校老师去北戴河度假，在那里我度过了三十岁生日。讲习所学习期间，我们在课余参加京城各种文学活动，休息日我常去拜访父母亲的老朋友，也交了不少新朋友。东北十年封闭的生活，使我特别希望自己开阔眼界祛除旧习，了解并懂得“新时期”之新、“文革”之恶，只有思想的解放，才能真正解放文学。记得有些同学对我这种方式的“勤学”不太理解，曾在背后对我多有非议。京城的三个月很快就过去了，前几年我写过一篇回忆文章记述讲习所的学习生活，老师同学可谓各美其美、各妙其妙。

值得一说的是，我从北京回哈尔滨之后，很快写出了中篇小说《北极光》，发表在 1981 年《收获》第三期。读者认为这部作品表现了青年一代在新时期的迷惘和希望。实际上当时我已受到存在主义思潮的影响，试图在作品中探讨现实的“无”和观念的“有”之间的关系。新时期文学从“破旧”到“立新”的“双重转折”，我完成得并不艰难。

“80 年代是我写作的‘成长期’，用‘蝉蜕’两个字来形容最为贴切。”

问:《隐形伴侣》中吸收了现代主义的创作方法。能谈谈您是从什么时候开始自觉投入创作上的学习吗？在这一过程中，您受到哪些作家作品的影响？可否谈谈您的写作营养来自哪里？

张抗抗:《隐形伴侣》写于 1984—1985 年。之前几年已有不少西方新思潮译作陆续问世，从港台带进来的弗洛伊德、尼采繁体字书籍，为我打开了一个从未涉足的潜意识王国。与此同时，我也在“异化”理论中找到了时代变革的思想依据。当时出版的所有先锋文学译作我几乎都读了，除了南美的马尔克斯、略萨之外，我尤其喜爱加缪和卡夫卡，也对美国的《二十二条军规》如此奇特的文本感到震惊，它们几乎颠覆了以往“小说作法”的全部信条。还有高行健的《现代小说技巧初探》那本小册子，也使我受益匪浅。对我直接发生影响的是弗洛伊德的心理学，他揭示了人类潜意识和人性“假恶丑”的本质，私欲是人性最基本的特性。当时我正在构思一部以知青生活为依托的长篇小说，我发现若是用传统的叙事方式，已经难以表现自己对“人”的新认识。我下决心“颠覆”自己之前的小说做法，采用意识流、梦境、呓语等荒诞手法，以亦真亦幻、现实与意识流交错的个人化叙事，表现人对自身善恶的辨识，它超越了“知青文学”的苦难和伤痕，进入到对“人”本质的探究。这部长篇小说名为《隐形伴侣》，1986 年 6 月由作家出版社出版。可以说，这部小说是我在新时期重要的代表作，也是我文学道路上的里程碑。

问: 很多人怀念80年代的理想氛围，比如文学界的作家和评论家。您能谈谈您经历的80年代写作和生活的状态吗？那一时期您的写作有怎样的变化？

张抗抗: 20世纪80年代中后期，新书译作带来的新思潮新观念如此密集，犹如一批批轰炸机运来重磅炮弹，落地后掀起的石浪土渣，与文学界的激烈争议释放的烟雾混在一起，沙尘滚滚令人窒息。我敏感到文学又一次“告别”即将到来——告别“革命”也告别过往的自己。乔伊斯、普鲁斯特、艾略特、迪伦马特等“先锋”的祖师爷，早在二三十年代就进入中国并影响过我们的父辈那代人，却被屏蔽半个世纪后才重续“前缘”，历史兜了一个大圈儿又回到原处再出发。那不是单纯的文学技巧之变，而是一种认识论，它打开了人类了解自身的地窖之门，是当代文学绕不过去、必须攀登的一座高峰；更是意识和观念之变，是走向开放的中国文学绕不过去的海滩。这些振聋发聩的新理念极大地影响了我后来的创作。在现代主义文学思潮影响下，一部分作家已经开始了新的创作实践，并取得了极大成功。先锋小说、寻根文学、“文化热”已渐成气候，打破了传统“现实主义”创作方法的绝对性和唯一性，我对此极为关注。整个80年代，我都是在不断学习中度过的，情绪亢奋惊悸欢快慨叹跌宕起伏。80年代是我写作的“成长期”，用“蝉蜕”两个字来形容最为贴切。我犹如在不断地蜕壳，脱去了笨重的冬装，换上了清凉的夏装，再穿上华美的秋装……更重要的是，我心里的“硬茧”开始软化，“茧子”里的蛹开始化蝶，意味着我的作品从形式到内容的双重蜕变。

“如果我的写作仅仅满足于讲述一个离奇或平庸的故事、为了炫耀自己的文学技巧、为了获奖或迎合某种潮流，抑或三者合一，我将会失去写作的动力。”

问: 您的很多作品在关注现实、表现当代人困惑的同时，始终在追问历史、挖掘人性的深度，具有将当代性与历史性融为一体的特色。例如长篇小说《赤彤丹朱》、中篇小说《斜厦》《第四世界》《残忍》《请带我走》等，都为我们展现了一种沉重的回望和思考，与当代女作家的写作风格有很大差异。我很好奇，您是怎样成为“这一个”，而不是“那一个”的呢？

张抗抗: “这一个”是由作家自觉或不自觉的选择确定的。有些作家为爱而写，有些作家为美而写；有些作家为追名逐利而写，有些作家为克服恐惧而写；如果一个人心里有痛，就会写出具有痛感的文字。女作家中的方方可为一例。“我”之所以成为“我”，必有我的伤痛触点和精神缘由。《赤彤丹朱》用不同于传统小说的叙述方式和文体结构，从“女儿”的视角讲述了“我”的父辈，一对“红色恋人”在长达半个世纪的时间里，从参加“革命”到被“革命”拒斥的坎坷经历。小说采取了叙述者在出生前及出生后，与被叙述的“母亲”合为一体的新奇构思，以表现更为真切同步的生命体验，写出了历史烙刻在“我”身上的那个样子。我将四个不同的红字有机排列，构成了一幅悲壮而瑰异的历史景观；四个红色的汉字垂叠交错，彼此挤压，奏出一首哀婉凄凉的红色变奏曲。涉及对“抗战”“牺牲”“爱情”“背叛”“阶级”“文革”“家族”“血缘”“人性”“冤案”“真相”等诸多词汇的解构与颠覆。那些惨痛而凄楚的记忆，并非我个人的“家史”写实，正如我在《残忍》和《请带我走》所写的知青故事，只是对知青素材和人物原型的部分借用，意在揭示一个扭曲的年代中人性的异变。它们早已超越了个体的意义，成为解读当代史的一小块模板。如果我的写作仅仅满足于讲述一个离奇或平庸的故事、为了炫耀自己的文学技巧、为了获奖或迎合某种潮流，抑或三者合一，我将会失去写作的动力。

问：进入90年代中国改革的市场经济时代，您的中篇小说《银河》《寄居人》《钟点人》和长篇《情爱画廊》等作品，较多地关注了女性地位和命运。您的笔下似乎一直有两条线并行不悖。那么，作为女性作家，您对于女性是否有格外的体贴？尤其是《情爱画廊》，因在书中对两性关系的描写备受争议，改编成电视剧后引起更广泛的轰动。多年过去，您如何看待当时那些不同的声音？那些声音对您产生过一些影响吗？

张抗抗：没有什么影响。写作的人都是一贯我行我素的。在一个除旧布新的变革时代，读者或是批评家停留在原有的审美习惯中，误读、短视都很正常，我早已学会了倾听不同的声音。《情爱画廊》在1996年由“布老虎丛书”出版，这部书的写作其实带有某种“突发性”。20世纪90年代商品经济的冲击力，把传统文化中有关情爱的禁忌冲出了一个缺口，出现了一大批涉猎性爱的小说。然而，几千年的男权社会延续下来的传统观念，深入于我们的日常生活和文人的审美趣味里，也浸润在一部分男作家的骨髓里，那种把女性作为赏玩肆虐对象的控制心态，基本成为他们的“集体无意识”。所以中国产生不了像雨果、劳伦斯、小仲马、川端康成那样善写美雅纯正情色小说的作家和作品。在我们这样一个所谓男女平等的社会，就算是共和国以立法的形式给予男女平等，其实男女在心理上、情感上仍然是不平等的。我对男作家没有偏见，是对中国传统文化中的那种畸形变异的趣味不满。此前我对爱情小说并没有特别关注，但是受到了当时那种情形的“刺激”，创作冲动活生生被调动起来。商品经济时代也意味着进入了一个不相信爱情的物质时代，空气中所有的信息都在刷新（也毁坏）我们原有的价值观念。经济和商业的浪潮，在冲垮了文学中“性”的禁区的同时，也带来了污浊和低俗的性文化。《情爱画廊》一厢情愿地想要给读者展现一种“美的性”“纯的爱”，以唯美唯爱的情感抵抗世俗社会。我可以容忍精神的萎靡，但不能赞同趣味的低级，我相信世界上总有“劫后余生”的爱情理想主义。而一部作品若是不“矫枉过正”，是很难产生冲击力的。优秀的文学作品不是描写那些已经发生的事，而是书写那些应该发生的事——这是现实主义和理想主义的区别。我希望以此书告诉人们：我们应该拥有如此美好的生活，未来社会男人和女人之间的关系就应该是这样的。这部小说和我以往作品最大的不同，还在于小说故事和人物，超越了“政治化”的意识形态。我们即将进入千辛万苦、千呼万唤而来的自由经济时代，每一个人都不可能把自己排除在外。我只是做了一次比较勇敢的尝试，带领读者在《情爱画廊》中提前过了一把瘾。我写《情爱画廊》的另一个原因是，希望探讨我们这些一直被“豢养”的体制内作家，究竟能不能靠版税来养活自己？《情爱画廊》可以试一试市场的号召力，探讨与读者的关系。其实，我自己最“得意”的是，我在这部作品中找到了用色彩和形象，来代替爱情业已陈旧的文字语言，用绘画来连缀故事、刻画人物。绘画语言具有一种可容纳丰富想象、文字难以到达的可视性“参与”。“画廊”建成之后，才有了爱与美的载体。多年过去，偶尔会觉得当年那些批评者如此大惊小怪，好像有点“幼稚”。但与此同时，我仍然会被那些有关理想主义和浪漫主义争议的认真态度所感动。

“我从来没有把‘成功’作为衡量作品的唯一标准，而是听从服从自己内心的声音。”

问：进入21世纪，《作女》《芝麻》《请带我走》《干涸》等作品，表现题材和手法更为丰富。您总是执着地探索新的风格和手法，但是这种探索也是需要勇气的。您担心过不成功的尝试吗？

张抗抗：正如你所说，我的探索与实验已持续了几十年。我很高兴你注意到这一点。20世纪90年代，我已有了文体创新的自觉，不愿意让自己的创作风格停留在80年代或过早定型，更不能容忍内容与形式的重复。我在90年代初期和末期创作的多部中短篇小说，如《因陀罗的网》《沙暴》《斜厦》《残忍》《银河》等，都在寻求叙事方式和语言的变化和创新。年轻时的探索，是因为心里燃烧着不甘平庸的火焰，充满了“实验”的热情，宁可作品写“废”，也要冒险一试，不怕失败。我从来没有把“成功”作为衡量作品的唯一标准，而是听从服从自己内心的声音。如今回首，我既庆幸其中有些作品获得了较大突破，也为自己写作的仓促抱憾。有些题材假若能想得更透彻、打磨得更精致些再发表，想必会更好些吧。我们总是在事后才恍然大悟，自己为哪些可有可无的作品浪费了宝贵的时间。我的文学观以及写作方法，晚至21世纪才基本定型。

问：作为职业作家，如何在创作中持有饱满的激情和动力，您有何经验可以分享？最初写作的时候，您有没有文学上的偶像，或为自己树立过什么目标？现在看，目标达到了吗？

张抗抗：细细梳理下来，我的文学五十年，大体可分成四个阶段：1972—1979年的习作期；1979—1989年的成长期；1990—2002年的探索期；2002年至今，成熟期。再往下就该进入晚霜期了。经年累月，看似硕果累累，真正能够留下来的作品，却少而又少。半个世纪的文学路，有如沙上筑塔，根基肤浅，难成大家。由于起步于愚昧年代的泥淖，三十岁以前的文字，如今几乎不忍卒读。渐醒渐悟的后半生，依然在一次次艰难的蝉蜕中挣扎，每一部新作品，都是精神与文学的极地重生。我的写作从未设定目标，径直往前走，前面永远是地平线，没有目标也就无所谓到达，那个无法到达的远方就是艺术女神的应许之地。我不喜欢偶像，所以不选择任何作家作为我的偶像。半生写作，并无可供分享的经验，只有惭愧和太多教训。作为职业作家，能否保持恒久的创作激情，取决于内心的创作动力。动力也可补给，源头是对世上一切生命的怜爱和悲悯之情。

“这些年我为实体书店为遏制盗版为作家版税的种种呼吁，都是因为‘履职’之需，是我应尽的公民之责。”

问：很长一段时间，我们经常看到您在两会上的声音，看到您作为国务院参事为国计民生鼓与呼。这些社会角色，会不会影响您的创作？

张抗抗：作为全国政协委员，一年要付出大半个月用来开会写提案；作为国务院参事，两周要集中学习一次，还有一年两次的调研活动等等，从时间上看当然是影响创作的。但如果从长远看，或许是另一种形式的“体验生活”。作家不能总是坐在家里，在这些职务的履职中，我了解了国家机器的运行规则，多有裨益。

问：感觉您是一位热衷于公益事业，“国事家事天下事事事关心”的作家，这种关心，不仅仅是读书看报，也不仅仅是以作品反映现实生活，而是亲力亲为。比如您不惜时间和精力多次为“全民阅读”，为维护作家权益跑前跑后，多次调研并在不同场合发表言论和文章。当您冲在前沿做这些事情的时候，是否依然有一种激情或理想主义的情结？

张抗抗：我早年的那些理想主义浪漫主义情结和激情，已经消耗得差不多了，快要变成一个事务主义者了。这些年我为实体书店为遏制盗版为作家版税的种种呼吁，都是因为“履职”之需，是我应尽的公民之责，这是实实在在的话。也许我身上还残留着一些传统观念，认为自己应该言行一致表里如一。我在作品中倡导的那些价值观，应当身体力行。如果我不说不做，没人会责怪我。相反，我说了做了，有些人反而不舒服。但我没有办法，我做不到坐视不管。有时候我觉得这些事情并不是为“他人”做的，而是为我自己的良心做的。我因此觉得心安。

问: 您对实体书店日渐衰落的现状，融入中篇小说《把灯光调亮》，这篇小说读来非常亲切，在《上海文学》发表后多次被转载，并获《小说选刊》《上海文学》年度大奖。好像很久没有读到您的中篇了，也许我视野有限。可否谈谈您对短篇、中篇和长篇不同体裁的看法，更偏爱哪种？

张抗抗: 短、中、长篇小说，我各有所爱，缺一不可，因为它们所承载的任务是各不同的。就像自行车、小轿车、巴士，各有不同的用处。其中最难写的是短篇，我不认为那些篇幅和字数少的小说就是短篇。好的短篇需要独立的构思，“独立”指的是这个故事往往处于一种封闭状态，并不与其他故事发生关联，无论外在条件怎样变化，无论你把它安置在哪一种环境下，它都能够“不增不减不生不灭”，能够“一丈以内绝无旁枝”，能够“以不变应万变”；它对文中的人物描述和句子的简省度，要求近乎苛刻，几乎到了“多一字则长”的程度，而且小说结尾必须做到“反转式”的意外。多年来，我喜欢浏览短篇小说，但每当我发现这个短篇小说篇幅过长，便兴味索然了。由于我对短篇小说抱有这样的“偏见”，所以如果没有遇到恰当的题材，轻易不敢写短篇。2016 年上海的九久文化公司出版了我的短篇小说集《白罂粟》，其中我只选了几十年来创作的九个短篇，可见短篇之难。如果说短篇小说是一个“点”，那么中篇小说也许可称为一个“面”。它的表述空间略大，我通常会用来表现那些可以“装下”三五个人物的故事。但无论时间跨度有多长，也有一个“故事出发点”的约束，好比圆规的一只脚，一定是立于中心不动的。另一只脚拉出去，以此距离画一个圆，便是中篇小说的基本内容。小说体量的大小，取决于圆规的“腿”长。腿可长可短，但不可以没有圆心。那些优秀的中篇小说，都是因为有一个牢固的圆心，站住了，才可能把“另一条腿”甩出去，收放自如地构成圆圈。这个“面”的内部是有牵制的，不是一滴水随心所欲洇开去的那种面。再说长篇小说，一般人都以为长篇小说写作可以信马由缰，其实不然。长篇小说并不是以“长度”作为衡量标准的，仅以长度敷衍成篇，就容易变成一本“流水账”。好的长篇小说应该呈网状、立体交叉的时空结构。从“点”到“面”，再进入“二维”或“三维”空间。长篇小说艺术是一种比较复杂的文学形式，这里不展开了，我本人认为写长篇叙事有较大的自由空间，不仅“十八般武艺”都用得上，还可以完整地表现一个“大主题”。只是长篇小说需要丰富的素材积累和认知积累，很见功力、易露破绽，只能“三年打鱼、两年晒网”，写作前的准备时间，往往多于写作所耗费的时间。

谈散文：“小说若是‘旁白’，散文就是‘独白’。小说是写给他人的，而散文是写给自己的。”

问：您的散文堪称经典，可否谈谈最近出版的《回忆找到我》？

张抗抗：这本散文集收录的大多是旧作，这十年来我由于写长篇，散文创作量有限，所以只能把旧作分类，按“主题”进行编选，这样便于读者选择。《回忆找到我》就是一部有关乡情、亲情、友情的主题散文集。

问：记得好像是在20世纪90年代末，《张抗抗散文》获得第二届鲁迅文学奖散文杂文奖。还记得当时的情况吗？您是在什么情况下获悉自己得奖的？

张抗抗：《张抗抗散文》是解放军出版社2000年出版的，责任编辑李鸣生。他不仅是个好编辑，还擅长纪实文学创作，连续荣获过三届“鲁迅文学奖报告文学奖”。我这本散文集的编选很精心，装帧很精美，拿在手里很喜欢，觉得有“资格”去申报鲁奖，并于2001年如愿获得第二届“鲁迅文学奖散文杂文奖”。那年颁奖是在鲁迅先生故乡绍兴，记得我和贺捷生大姐在会中忙里偷闲去了鲁迅先生的外婆家安桥头。我们问了好几个人才找到那个小镇，水乡老街的石板路、沿河的黛瓦木墙店铺、长满青苔的石桥、尖尖的乌篷船和乌柏树……大半个世纪过去了，它们仍然是鲁迅先生笔下描述的故乡风情。联想到我在初中时期参加过杭高母校的“鲁迅文学兴趣小组”（20世纪20年代，鲁迅先生曾在杭高任教），在一个周日组织我们来绍兴参观，第一次走进“百草园和三味书屋”；想到我在北大荒农场的时候，曾捡回一张废弃的小炕桌，由于未经抛光的桌面太毛糙了，我用自己从杭州带来的一张鲁迅先生16开油画头像印刷品（“文革”时印制鲁迅的画像很普遍）铺在桌上，下面垫了一层纸壳，画像上盖了一层透明的塑料纸，一只干净光滑的小书桌就做成了。我每天伏于书桌上读书写字，常常觉得鲁迅先生的目光正在凝视我。所以，2001年那个阳光灿烂的秋天，当我走进绍兴县城的颁奖会场时，忽然觉得那么多年的文学之路，鲁迅先生其实一直都在前方引领着我。

问：您认为什么样的散文才是好散文？

张抗抗：好散文要有真情实感，这是常识；好散文要言之有物，这是通识；好散文要有美的语言，这是定识。现代流行的白话文散文作法，脱胎于唐宋赋格、明清小品，已摈除了"八股文"的死板教条规则，变得富于创造性。现代散文是一种散漫无定的文体，既可寄情山水，亦可直抒胸臆；既可叙事亦可咏物，亦可抒情亦可言志，是一个"无限大"的自由空间。然而，散文须有散淡之心，不可服务于某种浅近的功利。散文须有形不浮于色的章法，断不可散乱无序，近年来我们读到的那些好散文，大多遵循以上原则。我本人多年从事散文创作的心得，尤以第二点"言之有物"为要。若说小说中的"我"隐没在故事后面，那么散文就是一个站在前台的"真我"。小说若是"旁白"，散文就是"独白"。小说是写给他人的，而散文是写给自己的。

在我看来，小说叙述是旁白，而散文是心灵独白。小说是写给他人的，而散文是写给自己的。

问：无论散文还是小说，您的语言都非常美。能谈谈您在语言上的追求吗？

张抗抗：文学作品的语言必须有艺术追求，美感流畅简洁凝练，都是基本要素。但我们常常容易把"语言"和"文字"混为一谈。我说的不是书面语言与口语的那种分别，而是作品所运用的那些文学语言与汉语文字之区别。文字是固定不变的，中性的，是基础材料，带有工具性质。语言并非文字的机械组合，而是一门"语言的艺术"。就是说，文字在成为"语言"的过程中，所传递的信息已经开始转换了，它携带了文学语言所要求的内容、情感、思想等等。如此看来，语言所携带的那些情感和思想，才能使文字变成"有机物"。我不觉得自己的语言有多么讲究，我缺乏古典文学功底，也缺少外国文学修养，既不华美也不精致。但为什么不少读者喜欢我的语言？大概因为我的语言不是苍白无物或故作高深的那一类，而是"有感觉""有内容""有质地"的，它们由于融入自然而变得鲜活，由于思绪纷扰而变得灵动。这些句子感动或打动了读者，语言成为我和读者之间最直接的介质。20 世纪 90 年代，汪曾祺先生读了我的《牡丹的拒绝》，还为我这篇散文画了一幅牡丹图。但他同时也对我说：你的文章写得还不错，可惜就是太用力了。这个"用力"，也许是"刻意""过度"的意思。汪老先生的审美理念是自然素朴、风轻云淡的那种，也是我喜欢的散文语言之一。去年秋天在杭州和《浙江散文》主编陆春祥先生对谈，他提到博尔赫斯的一段话，说散文是"诗歌的复杂形式"。博尔赫斯的这个"复杂"耐人寻味，可做多种复杂的解读。诗歌的节奏在散文中的表现，是潜在和隐性的；诗歌的音律用于散文的语言，是弥漫而铺张的；诗歌的哲理体现在散文中，比诗歌更为丰富舒展。散文的结构和内蕴应当比诗歌更为立体；诗句有如雪山飞瀑奔流之下，而散文，则是宁静泊淡却深不见底的湖水。

问：在您的创作过程中，会留意对您的评论文章吗？有评论直接影响到自己的创作吗？您希望看到怎样的评论，您认为哪种评论才是真正有效的？

张抗抗：我不认为自己丝毫不在乎评论家的意见，事实上我们每一个写作的人都在不自觉地留意批评家的评价。无论他们是否契合作者的原意和本意，都可以让我们换个角度看自己的作品。我觉得评论家的分析往往比作者所想所写的复杂，也可学到很多东西。但那些意见，无论是赞赏还是批评甚至抨击，都不会影响或改变我的写作。我希望看到的评论，不是从某种“正确”的理论或理念出发，而是从作品的文本出发，对作者和作品有起码的善意和理解。不必指望评论文章的“有效性”，作家中像我这样“虚心”的人不多。还是让评论家和作家各写各的、各说各的吧。

问：您至今获奖无数，那么您如何看待这些荣誉？您对自己的文学人生，一定很满意吧？接下来还有怎样的规划？

张抗抗：我写于2016年长篇休整期的那个中篇小说《把灯光调亮》，试图借助沉默的书籍，追索文化残存无几的“剩余价值”，追问世态的病相与病症，追填现代人的心灵空洞。这获奖当然令人高兴，但是到了我这个年龄，获奖与否真的已经不那么重要了。不够好的作品能够获奖，或是好的作品不能获奖，全世界乃至诺贝尔奖都有先例。我对自己的文学人生并不满意，因为当我们懂得什么样的作品才是真正的好作品、懂得自己怎样才能写得更好的时候，文思泉涌精力充沛的好时光已经差不多过去了，这令人悲哀。我对自己早期的作品不满意，原因在前面已经讲过了。我对自己的几部长篇尤其是新的长篇比较满意，但可能有些人不满意。总体而言，我对自己六十多年“心灵的成长”比较满意，因为我有了独立意志以及表现生活的能力，“我”就是我最好的作品。接下来没有明确的具体的写作规划，我累了，也许，回到散文休养身心。

（张抗抗：中国作家协会副主席、国务院参事；舒晋瑜：《中华读书报》记者）

时间的证人

——《张抗抗文学回忆录》自序

张抗抗

大半生的岁月，在写作中流逝。留下的文字，是时间的证人。

寻常日子，回忆常常猝不及防袭来，丝缕状或条索状或碎片，无规则地发生蔓延。回忆是一个陷阱，将人诱入昏暗的隧道，徒劳地究根寻底。

而“文学回忆录”应该是理性和节制的，它是个人与文学关系的回顾与表述，意味着一次冷静的自我评判。

迄今为止，我已出版了一百种以上的各类文学著作，总计发表短、中、长篇小说和散文七百万字左右。若是从 1979 年我正式调入黑龙江省作家协会从事专业写作起算，那么我的“从业”年龄已近四十年了。

经年累月，看似硕果累累，真正能够留下来的作品却少而又少。无论怎样小心翼翼地倒计时，翻动的日历却令人心惊。半个世纪的文学梦，有如沙上筑塔，起步于愚昧年代的泥淖。三十岁以前的文字，如今几乎不忍卒读。渐醒渐悟的后半生，依然在一次次艰难的蝉蜕中挣扎，每一部新作品都是精神与文学的极地重生。

细细梳理下来，我的文学五十年，大体可分成四个阶段：1972—1979 年的习作期；1979—1989 年的成长期；1990—2002 年的探索期；2002 年至今的成熟期。再往下，或许就该进入晚霜期了。

从这部书中可以看到，本人的作品以及文学观，晚至 2000 年以后，才算基本定型。

这部书中收录本人的文学随笔、创作谈、访谈录，都是过往历史的真实产物。尽管个人的回忆录，于历史、文学史而言，是如此轻微而渺小，但因它所印证的时代刻度，或许尚有一点文学史料的价值。

奔七的年龄，趁着头脑还算清醒，记下那些该记住的思和事。检审自己几十年的写作，于自己而言，应当是一次无忌无碍的剖析和矫正。

我幼年最早接触的是儿童文学和西方童话，阅读依年龄循序渐进，以至于“文革”时期我的情感思维依然滞留于童年的天真和少年的幼稚。十六七岁第一次阅读《红楼梦》和鲁迅，这些作品的“复杂性”令我颇感无趣。我的父母属于20世纪40年代的典型“文青”，把他们未能实现的文学梦想嫁接到我的身上。母亲出生于江南小镇富裕开明人家，天性自由，拥有丰富的文学感觉和优美的文笔，我父亲慨叹说她本可以成为一个优秀的儿童文学作家，却在新中国成立后“被迫夭折”。我和母亲血脉相通，植入了她的文学基因，但在20世纪60年代社会环境的严厉制约下减持多半。较之国内几位十几岁才读到第一本小说、成年后却一举写出惊天杰作的乡村作家而言，我在人生的任何一个阶段都没有显示出超天赋的文学才华。发表于1962年第12期《少年文艺》杂志“少年习作”栏目的《我们学做小医生》及中学时代发表的几篇习作，仅仅是不算太差的作文，“早慧”是绝对没有的。在父母的影响下，我从小养成了阅读的习惯以及对文字的兴趣（“文革”中我躲在家里读《静静的顿河》与屠格涅夫的系列小说），觉得书籍总是慈爱宽厚地对我说：拿去吧，这里的一切都是你的。父母的“历史问题”所带来的政治歧视，使我很早就学会自立与慎思，懂得此生能够接纳我的，唯有那些沉默的书籍；能够善待我的，只有那个隐藏在心里的“文学”。1969年初夏，我怀抱着文学之梦，自愿去北大荒“深入生活”。从文学绚丽的世界跌落到严酷的现实，是一次必然要经历的文学劫难和错位。一无所有的孤寂中，文学成为唯一的精神慰藉。我开始在油灯下烛光下阅读，在炕沿上木箱上练习写作，记下每一天所见所闻。文学是我迷惘的精神轮椅和依傍，我并未奢望文学能改变命运，只乞求文学给予我冰冻的心以光和热。1972年，我在上海《解放日报》上发表了小小说《灯》，自此开始了“文革”写作。历史的吊诡之处在于：曾让我迷途的文学，果然拯救了我；但我感激涕零地走近它，它在给予我慰藉与温暖的同时，也收回了我的尊严；它以正当、正确的名义，诱使我交出了思想的自由作为发表作品的代价。那时候“作家”的称号虽然已被消灭，但“革命的文学”戴着革命的面具，以文学的崇高名义，要求我屈从宣传，顺应时代的潮流，我的文学起步就这样被纳入了体制的轨道。1975年10月，上海人民出版社出版了我的长篇处女作《分界线》，这部文字还算流畅，发行量巨大的知青小说，为我赢得了文学之路上最初的声名。

无论我可以有多少种理由为自己辩解：比如我渴望通过写作实现自己的价值，比如这部作品完全出于“自发”而非某种政治授意，比如文学不可能脱离当时那架庞大的宣传机器而独立存在，比如在那个蒙昧无知、信息封闭的集权年代，如何要求一个未谙世事的小女生具有分辨是非的火眼金睛呢？然而，当我在后来的岁月里一次次回头审视那些所谓的“作品”，我仍然会为自己感到羞愧。我知道它们经不起更多的追问：我为什么要主动去写这些“文学”呢？我少年时期读过的好书、血液里流动的那些文学因子都到哪儿去了？我是如何丧失了对真假善恶美丑的辨识力？若是正视自己，我必须承认，除了潜意识里对成功的向往、对虚荣的渴慕、对孤独的恐惧，还有本能的自我保护、趋利避害、平庸愚昧，以至于不自觉地用笔说假话……我如何能够轻易原谅自己？

1976 年 6 月，我从上海回农场途经北京小住，了解到天安门“四五事件”的真相，大梦初醒。一年后的 1977 年 6 月，我从农场到哈尔滨黑龙江省艺术学校编剧专业学习（高考尚未开始），直到毕业前夕，我再也没有发表作品。

作者自有个人立场，但文学绝不是工具，更不应当顺服于任何利益集团。懂得这一点虽然有点晚，但是足够我一生遵循。

1977 年上学后的两年，寒暑假我频繁去北京，与外界的信件来往也很密切。那两年是我的“凤凰涅槃”——1979 年，我写出了新时期开始后的第一个短篇小说《爱的权利》，经茹志鹃老师推荐，发表在上海《收获》杂志第五期。那一年我二十九岁。紧接着我写了短篇《白罂粟》和《夏》，还有中篇小说《淡淡的晨雾》，表现了我内心萌动的人性之光，呼唤人的尊严。这一组作品意味着我与“文革”文化的告别，我的文学观得到了初步清理，也找到了“我”的存在价值。

20 世纪 80 年代开初，1980 年 4 月我到了北京，参加中国作家协会第五期“文学讲习所”（现今的鲁迅文学院）为期三个月的进修。严冬刚过，寒意未消，暗流涌动波澜起伏，各种新思潮纷至沓来。学习期间，崇仰已久的多位前辈作家来文讲所授课：周扬、冯牧、萧军、丁玲、秦兆阳、曹禺、吴组缃、袁可嘉、王朝闻、沙汀、王蒙、刘宾雁……大多是“文革”劫后余生的文学前辈（再晚几年，其中大多数“文学大家”就再也见不到了），也算是“最后的文学盛宴”。文学讲习所还为我们请来其他领域的专家开讲座，课余参加京城各种文学活动，休息日我去拜访了父母亲的一些老朋友，也交了不少新朋友，三个月时间安排得满满，加上同学间的交流，长了不少见识。“思想解放”也解放了文学，我觉得自己心里蛰伏的情愫和灵性全被唤醒了。

1981 年，《收获》第三期发表了我的中篇小说《北极光》，大部分读者认为这部作品表现了青年一代在新时期的迷惘和希望。实际上当时我受存在主义思潮的影响，试图在作品中探讨现实的“无”和观念的“有”之间的关系。那时已有部分西方新思潮译作面世，从港台带进来的弗洛伊德、尼采繁体字书籍，为我打开了一个从未涉足的潜意识王国，与此同时，我也在“异化”理论中找到了时代变革的思想依据。那几年新书新思潮新观念如此密集，犹如一批批轰炸机运来重磅炮弹，落地后掀起的石浪土渣，与文学界的激烈争议释放的烟雾混在一起，沙尘滚滚令人窒息。当时出版的所有先锋文学译作我几乎都读了，尤其喜爱加缪和卡夫卡。我已敏感到文学又一次“告别”即将到来——告别“革命”也告别过往的自己。那不是单纯的文学技巧之变，而是意识和观念之变，是走向开放的中国文学绕不过去的山峦。这些振聋发聩的新理念极大地影响了我后来的创作。1986年6月，作家出版社出版了我的长篇小说《隐形伴侣》，这部小说以亦真亦幻、现实与意识流交错的个人叙事，表现人对自身善恶的辨识，它超越了“知青文学”的苦难和伤痕，进入到对“人”本质的探究。这是我在新时期重要的代表作，也是我文学道路上的里程碑。2017年，《隐形伴侣》三十周年纪念版的精装本面世，也许说明了这部书至今还有残存的读者，对此我颇感欣慰。80年代中后期，寻根文学、先锋小说、“文化热”已渐成气候，我对此多有关注。然而，以文学的样式回归传统文化，已有太多的作家在努力，我志不在此。我关心的是自己应该如何“成长”，关心的是我和这个世界的关系，我要通过写作来“解决”自己内心太多的困惑疑虑。这些问题不解决，仅以技巧取胜，难以成为一个真正的优秀作家。老知青原本就没有太多“知识”和“文化”，如果连“思想”都没有，我们就真的一无所有了。

回顾80年代我的写作“成长期”，用“蝉蜕”两个字来形容最为贴切。我犹如在不断地蜕壳，脱去了笨重的冬装，换上了清爽的夏装，再穿上华美的秋装……更重要的是，我心里的“硬茧”开始软化，“茧子”里的蛹开始化蝶，意味着我的作品从形式到内容的双重蜕变。

90年代在寒风霜雪中来临。对于我本人来说，唯一令人兴奋的事情，是“换笔”学习电脑写作。我并没有那么高瞻远瞩地意识到一个高科技信息时代即将到来，而是由于我写作的稿面总是很凌乱，每改一稿都需要誊抄，我担心今后抄写稿子的人可能越来越不容易找到了，看来使用电脑更为简便。老作家吴越老师，还有韶华老师的儿子周海虹（现中央音乐学院副院长）是我学电脑“自然码”的指导老师。我尝试用电脑写了一部儿童文学中篇小说《七彩圆盘》，能够熟练打字之后，又写了不少散文，并开始酝酿一部新的长篇小说《赤彤丹朱》。

这部小说故事背景在20世纪20年代的江南水乡—上海—浙西天目山—杭州等地展开，直至1979年结束。以“女儿”的视角，用不同于传统小说的叙述方式和文体结构，讲述了父辈的历史以及“我”对历史的反思。描述了一对“红色恋人”从参加“革命”到被“革命”拒斥，在长达半个世纪的时间里的坎坷经历。小说的构思将叙述者与被叙述的“母亲”合为一体，表现出真切同步的生命体验，写出了历史烙刻在“我”身上的那个样子。这一段惨痛而凄楚的记忆，早已超越了家族的命运，被赋予审美与思考的价值。内容涉及对“抗战”“牺牲”“爱情”“背叛”“阶级”“动机”“文革”“家族”“血缘”“人性”“冤案”“真相”等诸多词汇的解构与颠覆。

小说酝酿多年，90 年代中期成书。这部长篇小说以汉字中的“红”字为贯通全书、聚焦故事的“天眼”。在中国丰富的语言文字中，每一种颜色的色性、色素和色调，都可用特定的单字来加以区别。比如“赤”字，意指略带暗色的红；“彤”指红色中透出亮丽的光泽；“丹”是艳红，蓬勃而热烈，但色泽稍稍浅淡；“朱”——大红，正红，在中国文化系谱中，是皇权、豪门的象征。将四个不同的红字排列组合，便构成一幅悲壮而恐怖的历史景观；“赤彤丹朱”四个红色的汉字垂叠交错，彼此挤压，奏出一首哀婉凄凉的红色变奏曲。在那块猩红色的底版上，留下了辨不清颜色的血迹与泪痕；最后演化成一个现代的红色神话。尽管风暴与神话最终被岁月消解，但心灵的创痛仍与沉重的历史同在。

小说的构思时间较长，但写作很顺畅，1994 年交稿，1995 年 5 月《赤彤丹朱》由人民文学出版社出版，获得多方好评。此时商品经济的大潮已汹涌而至，辽宁“布老虎丛书”推出了长篇系列，旨在倡导文学性较强而又好看耐读的小说。我应出版社的诚意相邀加入该丛书，有自己的多方考虑：即将到来的市场经济，是中国计划经济重大的转型期，我们这些多年活跃在“体制内”的作家应当持欢迎支持的态度，而不应该置身事外。中外文学史上那些优秀的作家和经典作品，也是以其文学的魅力，引领市场征服读者。我一直对美术感兴趣，多年来积累了很多艺术家的生活故事，若是以一幅幅可视的绘画来表现爱情，让读者参与想象，将是一次何等美好新奇的艺术实践，也将更新文学作品糜旧的爱情语言。我的电脑写作在这时候发挥了巨大的作用，文思泉喷，只用了几个月时间就完成了长篇初稿，加上修改时间，1996 年初交稿，为此我累得大病一场。1996 年 5 月《情爱画廊》由“布老虎丛书”出版，在各地签售大受读者欢迎，也引发了批评界有关理想主义和浪漫主义的激烈争议。

20 世纪 90 年代，我已有了文体创新的自觉，不愿意让自己的创作风格停留在 80 年代或过早定型，更不能容忍思想与形式的重复。为此我在 90 年代初期和末期创作的多部中短篇小说，如《因陀罗的网》《沙暴》《斜厦》《残忍》《银河》等，始终在寻求叙事方式和语言的变化和创新。如今回首，我既庆幸其中有些作品获得了较大突破，也为自己写作的仓促抱憾。有些题材假若能想得更透彻、打磨得更精致再发表，效果想必会更好些吧。我们总是在事后才会恍然大悟，自己为哪些可有可无的作品浪费了宝贵的时间。

也因此，我将 90 年代的创作称为“探索期”。

那些或长或短、或大或小的小说和散文，是岁月的证物，留在我的文学之路上。我面对它们，犹如看着生命骨血的一块块结晶体。那时的“我”是什么样子，作品就是什么样子，无法重写或修改。

此生我只写过一个剧本，是我 70 年代在艺术学校学习戏剧创作的作业。尽管我中学时代就开始接触舞台表演，但我缺乏戏剧创作才华，这个剧本并不成功。

所以，散文就成为不得不说一说的话题。

从我发表于 80 年代那些引起关注的散文《橄榄》《地下森林断想》《峨眉山启示录》等，到 90 年代以后的《牡丹的拒绝》《仰不愧于天》《雾天目》《红树林思绪》《无法抚慰的岁月》《感悟珍珠港》《走过莺声地板》《骑兵军飓风》等篇，应该承认自己还是写了一些有意思的散文和随笔。散文坦诚率真，行文散淡散漫，无须搭建故事人物合理的逻辑关系并进行虚构和编织；散文总有属于自己的独特发现，散文之眼的目光，射向事物的深处；以散文特有的精致与优雅的语言，来传递表达自己的发现和感受。若说小说中的“我”隐没在故事后面，那么散文就是一个站在前台的“真我”。小说若是“旁白”，散文就是“独白”。小说和散文两种体裁的妙处，让人各有所爱。

新世纪开初至今，又十几年过去。我的写作真正进入了“成熟期”。

2002 年，我出版了长篇小说《作女》。此前我很少写作“女性文学”。我曾说过，当“人”的尊严还没有得到的时候，谈何女性之尊。到了新世纪初，我终于有一点时间和心情，用小说来表达自己的女性观。我很高兴自己能够提炼出“作女”这一现代都市女性的特质，以此来表现女性的生命力和创造力。

《作女》是一个句号，意味着我对形式、对市场的探索就此可以告一段落了。我已年过五十，应该去写自己真正想写的作品了。新世纪是我文学之路的新开端，因为我知道自己应该去做什么，为此我已准备了五十年。

从 2006 年开始创作前的准备：搜集资料、读书、补充采访、提纲……这些工作整整持续了一年多。以至我从 2007 年夏天才开始这部新长篇的初稿。我似乎对自己的要求过高，而对这部长篇的难度估计不足，一稿二稿出来，对结构不满，推倒重来重起炉灶。三稿的构思终于有了较大突破，我所要表达的那些内容，与创新的文体达成了高度默契。然后是人物性格、叙事语言、细节描述的打磨，一次次修改，四稿、五稿、六稿……

一部三卷本、百万字的长篇小说，用去我整整十年时光。

——为什么会有20世纪80年代？它究竟是什么样子？它给后人留下了什么？

历史拒绝遗忘。文学是拒绝遗忘的最好方式。

一个作家一生的作品，不同阶段的艺术风格会有很多的变化，但一定会有一个不变的内核。那个从童年时期就困扰她、迫使她思考的东西，像一粒种子，顽强地沉默着，在岁月里悄悄长大，终有一日，修成正果。

人各有志。

这部书无论在将来什么时候出版，它都是我这一生中最重要的作品。

在我大半生的写作中，“写什么”和“怎么写”永远是同样重要的。如果一个作家不知道自己究竟要“写什么”，那么，任何精心设计的“怎么写”，都是没有依托甚至是空心的。我愿以一个写作者的悲悯之心，与读者分享对人自身以及对世界的认识。对于我来说，身前的赞誉非我所欲，身后的文名亦非我所系；写作不是我的全部生命，而是我人生的一个组成部分。我在文学中日臻完美，从而成为一个丰富的人、一个合格的公民、一个有尊严的作者。

借《文学回忆录》的“自序”，梳理自己半个世纪的文学之路。

坦率地说，我对自己的作品满意的不多，最满意的作品尚未出版，但我对自己的人生态度很满意。我热爱生活，善待他人，我思我悟我读我写——今天的这个“我”，就是我想要得到的最好的作品。

2018年3月20日于北京

青藤双面绣

张抗抗

“青藤茶馆”在杭州久负盛名，差不多家家有人多次去青藤喝过茶的。20世纪90年代中期，青藤茶屋在西子湖畔悄然而生。2003年西湖扩建工程中，青藤搬到一公园对面南山路口的“元华广场”裙楼二层，面积扩大了几十倍，宽敞气派。前些年又开了一家分店，在环城西路与凤起路交叉口的温德姆豪庭大酒店裙楼二楼，名为青藤茶馆锦绣店。

元华店和锦绣店各有千秋。元华店质朴亲和，锦绣店典雅婉约，都是有品位有情调的茶艺馆，更是杭州的城市地标和名片。这么些年，有多少店家开了又关了，茶楼易主酒店更替都是常事。而青藤，青枝绿叶，依旧悄悄地站在那里。

常去青藤的茶客，晓得青藤有两位老板，都是女的。

一个叫清清，一个叫毛毛。

清清和毛毛都是地道的杭州人，一个单位的同事，1996年她俩决意辞职去开茶馆的那一年，才二十多岁。西湖边三公园对面开的第一家茶屋，只有十几平方米，但是茶好、茶点好，茶屋的客人像茶水一样续了又续。几年工夫，茶屋升级成了茶楼，后来几次扩充搬迁，店面选址始终围绕着湖滨一带。她们是西湖的女儿，茶馆必须在“看得见西湖”的地方；喝茶不是喝水，龙井茶一定要配上西湖的风景，才能品出水波盈盈远山淡淡桃花灼灼柳丝依依桂花腊梅香气袭人那样的情致。

多年前我在《守望西湖的青藤》一文里，写过两位女馆主沈宇清和毛晓宇。恰巧两个人的名字里，都有一个“宇”字，宝盖头下一个于，于是就有下文，于是就有了两人二十多年不离不弃、淡泊随缘的青藤茶业。

每次去青藤喝茶，茶馆茶香袅袅，慧心禅意。低头饮茶，抬头看人。看一眼自信潇洒的毛毛，再看一眼柔声细语的清清；看一眼大方干练的毛毛，再看一眼聪慧内向的清清。看见清清的时候，不一定看见毛毛；看不见清清的时候，也许会看见毛毛。看来看去，只觉得眼前这两个清清爽爽的江南女子，真是好看。开了那么多年茶馆，依旧是从里到外清清爽爽。岁月的尘埃，没有在她们脸上留下丝毫印迹，是让湖水与清茶洗去了吗？

看来看去，也看出了一些名堂：两个女人平日里各忙各的，自有心照不宣的分工。清清的老公是研究茶叶的专家，负责给青藤进茶验茶，从龙井到白菊到普洱，茶品都是最好的，清清把茶叶这一摊搞定，青藤就有了坐稳的底气；店里的日常事务，那些前厅后厨运营应酬管理，种种烦琐细致的杂务，能干的毛毛一只手管两家店，轻轻松松一手包揽了。清清比毛毛大几岁，对毛毛有几分宠爱；毛毛比清清小几岁，情愿自己多辛苦一点，好让清清有时间专心写诗修禅。毛毛不写诗，但喜欢听清清念诗，听清清像唱歌一样流畅诵读《心经》《大悲咒》……

盖碗里青绿的嫩芽，被碗盖拂开，心里久伏的那个念头，随着绿莹莹的茶水，沉下去又浮上来：

世上的女人合伙开店，可有如此和谐的先例吗？日日月月朝朝暮暮，茶馆样样事体都要尽善尽美妥妥帖帖，这非亲非故的两个人，怎么就能相处得像一个人？就算是闺蜜，就算是亲姊妹，就算是夫妻，也不可能不吵架不争执不怄气吧。需要何等的信任与理解、何等默契的经营理念，才能有二十年的互相体贴与包容？多少生死患难之交的友情，却承受不起好日子的福泽。也许换了别人，生意做大了之后，那元华店和锦绣店，早就是一人一家店，各管各的了？

我喜欢青藤，不如说更喜欢青藤的两位女老板。

那一夜，我们坐在锦绣店的大露台上喝茶，暗处飘来桂花浓郁的香气。街对面的树林后面，温软的西湖水幽幽闪烁。我犹豫着说出了心底的疑惑：清清和毛毛，你们就没有闹别扭的时候吗？

毛毛快人快语抢答：我们总是看对方的优点，谁要是不开心了，一杯茶下去，火气就没有了……

清清拿出手机翻找了一会儿，有些羞涩地笑着说：毛毛前年在加拿大旅游，我写了一首诗给她做生日礼物，我念一段给你听：

> 毛毛，你的生日快乐，就是我的快乐
> 你在骑车，我在你的身后唱歌
> 你骑得超快，爽朗的笑声里，有初夏的大风
> 今天，在你生日的鲜花里，可有一只蜜蜂在嗡嗡地歌唱，你要仔细听，那不是加拿大的蜜蜂
> ……我愿这一生，鲜花，在我俩的车轮边开放
> ……

车轮、鲜花、歌唱，这就是两个人如同茶与水的命定缘分和半生的情谊。

如今人人皆说茶文化，可是，茶文化内蕴的清静柔和含蓄谦让的品质，可进入了你浑浊的身体、清洗了你烦躁的心扉吗？

青藤茶馆的清清和毛毛，才是真正懂茶的女人。

我总希望给清清和毛毛送一幅精美的苏式双面绣。双面绣就是一针下去，同时绣出正反色彩一样的图案的绣法。无论从正面、反面看，针脚都一样整齐匀密。清清和毛毛两人叠在一起，就像一幅精致的双面绣。她们的元华店和锦绣店，也是一幅精美的双面绣。画面上有一株茁壮的青藤，垂下瀑布般浓密的紫藤花。无论从哪一面看，长藤弯弯叶片青青，每片椭圆形的叶子都是浓淡均匀；水灵灵的紫藤花葡萄串似的挂下来，好似映在窗玻璃上，在房间里看是它，走到房间外看还是它。它们是一个整体，镶嵌在一个镜框里。

只有绣娘知道，双面绣的丝线正反面一针不乱，绣的是互相牵绊的岁月。

作家是怎样成长的

——张抗抗小传

李杨杨

和大多数20世纪50年代初出生的同龄人一样，人人都是中国生活舞台中的一个角色。张抗抗的青少年时期，除了微弱的阳光，更多是坎坷，并遭遇过“文革”的苦痛。然而，张抗抗能成为一名作家，经过四十年的笔耕历练与奋斗，达到思想与艺术的辉煌，却是中国这个特殊背景与家庭背景，以及属于她自己的人生故事三者合一，成就了的。

这位一级作家，已经发表和出版小说和散文800多万字，是20世纪80年代至21世纪中国极具影响的著名作家，曾获“全国优秀短篇小说奖”“优秀中篇小说奖”“庄重文文学奖”“第二届全国鲁迅文学奖”，三次蝉联“中国女性文学奖”，多次荣获“东北文学奖”“黑龙江省文艺大奖”“精品工程奖”，还曾获“黑龙江省德艺双馨奖”“第十二届中国人口文化小说金奖”“第二届蒲松龄短篇小说奖”，以及全国各类报纸杂志奖和“中国版权事业卓越成就奖”“联合国国际版权保护金奖”。她先后出任黑龙江省作家协会副主席、名誉主席，黑龙江省第六、七、八届政协委员，第五届中国作家协会全国委员会委员，第七、八、九届中国作家协会副主席，中国文字著作权保护协会副会长，国际笔会中国笔会中心副会长，第十、十一、十二届全国政协委员。2009年被聘为国务院参事。多部作品被翻译成英、法、德、日、俄文，并在海外出版；曾出访法国、美国、加拿大、德国、俄罗斯、前南斯拉夫、马来西亚、印度、匈牙利等国家，从事文学交流活动。

张抗抗说：“我大半生的岁月，都在写作中流逝；留下的文字，是时间的证人。回忆是个陷阱，常常猝不及防地将人诱入昏暗的隧道，那些丝缕状或碎片的回忆，无规则地蔓延着，徒劳地寻根问底……半个世纪的文学梦，有如沙上筑塔，起步于愚昧年代的泥淖”，“三十岁之前的文字，几乎不忍卒读：渐醒渐悟的后半生，依然在一次次艰难的蝉蜕中挣扎，每一部新作品，都是精神与文学的极地重生。”她这些肺腑之言，道出了生活之不易和创作的艰辛。

张抗抗说:“作家的个人价值，是通过作品的社会价值及文学价值而得以体现的。文学作品的价值观，直接渗透在文学的叙述语言、故事情节、人物塑造的表现方式之中，文学是不可能离开价值观而独立存在的。”作家“写什么”和“怎么写”，永远同等重要。她说，作家一生的作品尽管艺术风格会有很多变化，“但一定会有一个不变的内核，那个从童年时期就困扰她、迫使她思考的东西，像一粒种子，顽强地沉默着，在岁月里悄悄长大，终有一日，修成正果。”

那么，研究一位作家的成长，还得从童年说起!

一

张抗抗在新中国成立后的第二年，即 1950 年 7 月 3 日出生于杭州，祖籍广东新会。关于她的名字，张抗抗说:“按照我父母后来的解释，‘抗抗’这两个字，不仅因为他们相识于抗战时期，也不仅因为我在‘抗美援朝’开始的这一年夏天呱呱落地，而是父母寄希望于我，因此能获得顽强的抗争精神。由于我的名字注定要同抵抗、抗御、反抗等相联系，我想我的一生大概将会永远不得安宁。”张抗抗的父母都是 20 世纪 40 年代的“文青”，但在抗抗两岁那年，就跟着父母进了审干学习班。爸妈这对抗战后期参加革命的知识分子，因受到政治误解，被迫离开《浙江日报》。为革命做过多年记者、编辑的父亲，有一段时间不得不去当车工、泥水工、搬运工。几十年的逆境，他对人生没有气馁，也不向任何人诉苦，这对女儿的成长，有着深刻的影响。张抗抗说:“我从小看到他那种对党、对革命的真诚和豁达开朗的性格，常常使我深深感动和难过。这对我这个有志于文学创作的女儿来说，不仅在心灵上打下深刻的烙印，也对我的世界观、道德观和意志产生了极大的影响。”

生于江南小镇富裕开明人家、天性自由的母亲，单纯、善良、富于同情心和幻想，拥有丰富的文学感觉和优美的文笔;“我父亲慨叹说，她本可以成为一个优秀的儿童文学作家，却在新中国成立不久‘被夭折’。”她母亲青年时代也曾热爱写作，1948 年出版儿童文学作品集《幼小的灵魂》。这位有志于文学的青年，由于受到丈夫牵连，改行当了中学语文教员。在逆境中，她把对生活的爱、对文学的爱，全部倾注在女儿身上。张抗抗刚会说话就开始背诗。上小学的时候，她跟随母亲一起去学校，每天步行，早出晚归，在路上听母亲讲故事、念诗、学普通话。回到家里，母亲就让她读《金蔷薇》;张抗抗说:“帕乌斯托夫斯基对自然万物与艺术的热爱，其中充满了对真善美的追求，足够我们享用一生。”她还说，“我和母亲血脉相通，她的理想破灭之后，便直接将自己的文学基因和未实现的文学梦想嫁接到我的身上了。”母亲过生日，她写诗送给母亲，第一句是：“我不知道妈妈为什么那样爱诗？”大概从那时起，她对文学就发生了兴趣。

读书是张抗抗生命的一部分，从幼小到长大成人，像吃饭一样不可或缺。一个作家，一般说来，其成长，除了家庭影响，与读书绝对大有关系；当然，出道之后，还得有“生活”，天才也是绝对需要的。

家庭经济不宽裕，母亲不能打扮女儿，平时连冰棍都很少给她买，但女儿的学习用品却无论如何也要保证。北京、上海来了好剧团，一定要买甲级票，带着女儿去看；回来后，要求女儿复述故事。

十岁那年，她从客人那里得到一个漂亮的日记本，就用歪歪扭扭的字把每天做的事情记下来，整整记了四大本。

有一次，在回家的路上，她突然问妈妈：“你和爸爸常常讲到的‘点心’（典型）为什么不给我吃呢？”妈妈吃惊而又好笑地看着女儿说：“点心（典型）是在书本里的，你长大就可以吃到了。”

张抗抗幼年最早接触的是儿童文学和西方童话；用她的话说，“文革”时期她的情感思维依然滞留于童年的天真和少年的懵懂，十六七岁才第一次阅读《红楼梦》和鲁迅，且对于这些作品的“复杂性”并不理解。但那时非常吸引她的是《西游记》，因为孙悟空的叛逆精神给了她很大的想象空间。

西湖的群峰和岩洞给了年幼的抗抗许多美好的幻想。玉泉植物园是他们全家星期天最爱去的地方，在松软的草坪上铺一块塑料布，吃着从家里带来的榨菜炒肉丝就着烤饼，接受父亲关于草木常识的严格考试，然后给母亲朗诵一首新准备的将参加电台录音的儿童诗……

每到暑假，母女便去乡下外婆家。江南水乡的拱形石桥，两岸的桑林，绿色河道两边开着的紫色小花，游到淘米箩里的小鱼……都使小姑娘充满了对生活的爱。

母亲常从学校借来许多书：《灰姑娘》《丘克和盖克》《鲁滨孙漂流记》，都是小姑娘非常爱看的书。有一天，她生病在家休息，儿童书都看完了，便从妈妈枕边摸出一本刚出版的《苦菜花》，这个三年级的小学生，就似懂非懂地看起来。小说中广阔的世界使她惊奇和神往，她觉得当文学家真有意思，能告诉人们什么是好，什么是坏。张抗抗说：“我在人生的任何一个阶段都没有显示出超天赋的文学才华，1962 年在第 12 期《少年文艺》上发表“少年习作”《我们学做小医生》及中学时代发表的几篇习作，仅仅是不算太差的作文，“早慧是绝对没有的。”在父母的影响下，她从小养成了阅读的习惯以及对文字的兴趣，“觉得书籍总是慈爱宽厚地对我说：拿去吧，这里的一切都是你的。”

从那以后，她读了许多小说和散文，凡是出版的新书，只要能够弄到的，她几乎全读了。初中阶段，她喜欢《青春之歌》《红岩》《欧阳海之歌》和《青年近卫军》《卓娅和舒拉的故事》《钢铁是怎样炼成的》。她说："这些充满革命英雄主义的作品，对我世界观的奠定和文艺观的形成，发生了积极的影响，古丽雅的第四高度，对于启发我不畏艰险攀登文学高峰是一种巨大的力量。我觉得文学应当帮助人们的精神变得高尚，帮助人民铲除一切自私和不道德的东西，去保卫和建设自己的祖国。"

小学五年级那年，她在上海《少年文艺》发表了第一篇习作不久，还收到一位编辑的来信，叮嘱她千万不要骄傲。这位编辑就是儿童文学作家任大霖。她不仅是张抗抗少年时代学习写作的引路人，也是她之后创作的老师。她考进中学后，又发表了记叙文《五彩的墙壁》和《采茶》。她较早地开始尝试创作实践，且看到了自己掌握文学形式的可能性。

张抗抗说："政治歧视，使我很早就学会自立与慎思，懂得此生能够接纳我的，唯有那些沉默的书籍；能够善待我的，只有那个隐藏在心里的'文学'。"她还说："文学是我迷惘的精神轮椅和依傍，并未奢望文学能改变命运，只乞求文学给予我冰冻的心以光和热。"

二

1963年，张抗抗考上了浙江省的重点中学杭州一中。当年，鲁迅先生从日本回国后曾在此任教，现在校园里还设有鲁迅纪念亭。张抗抗高兴地迈进了这所学校，但是不久，她就感到了社会、学校对她的冷漠：班级文艺委员的"职务"被罢免了；不断地向她提出与家庭划清界限的要求。而对她多次提出的入团申请，却是考验了又考验；政治课考试，她只得了三分；政治老师认为，关于"如何同家庭划清界限"一题，出身不好的学生，答得再好也不配打五分；到文化大革命前夕，她连参加国庆游行的资格也没有了。她过早地承受了精神压力，也过早地成熟起来。当然，那时她还弄不明白为什么社会越来越向"左"倾斜，阶级斗争的弦越绷越紧。

她感到幸运的是，在中学的三年时间，遇到好几位极好的语文教员：应守岩老师和姜美琳老师，语文课使她受到较好的教育和文学熏陶，使她懂得了祖国语言的美，文学遗产的丰富和宝贵。她的作文经常被拿到班上当作范文分析，还得过年级作文比赛第一名。她在回忆那一段生活时说："像我这样一个被人另眼看待的'丑小鸭'，也只有在语文老师那里才能得到一点温暖、鼓励和关怀，至今我还感激我的几位语文老师。"

那时候，学校每年都有文艺会演，她和同学一起自编小话剧参加演出，像《斗争在继续中》《地下少先队》等，这些戏表现出作者的才能和天真活泼的心灵。妈妈为自己学校编写的小歌剧《放学以后》，也被她们拿来排演并得到好评。她少女时代的爱好十分广泛，喜爱朗诵诗、演戏、音乐和几乎所有的艺术形式，更喜爱读文学作品，特别是童话和苏联的名著。

社会、学校、家庭和书本，不断浸润她的头脑。尽管有父母、老师、同学的爱，但现实中许多无法理解的矛盾，使她决心执行“出身不由己，道路自选择”的崇高格言。

从那时起，文学就和她结下了不解之缘，使她确立将来一定到工农中去从事文学创作的思想；她甚至有过不念高中，要到新疆生产建设兵团去的打算。

到了十六岁，正是她狂热地接受外界思想的时候，十年动乱开始了。报上那些激烈的极左宣传，一个骇人的浪头接着一个骇人的浪头，把她卷进旋涡，又一步一步地把她从父母身边卷走。

批判《海瑞罢官》，是全国上下大批判的开始。这时，她躲进阅览室，写出一篇万言的批判文章，题目是《〈火种〉必须批判》，批判艾明之的长篇小说《火种》。尽管她根本不了解工人阶级，却指责作品严重歪曲了工人阶级的形象。她不是超人，和当时千千万万在中国这块土壤上生长起来的青少年一样，感染了时代的通病、历史的通病。但她是个善于思考的青年，十多年过去了，这个“幼稚病”经过思想的自我治疗，她慢慢走向成熟。在我和她第一次见面时，她就讲了当年这个教训，并且说：“今天我回忆这件事，为自己当年的愚昧感到羞愧。我们这一代青少年，刚刚开始寻觅真理，就在混乱中迷航了。当我到工农中间，经过十多年的磨炼之后，我才明白当时对老作家轻率狂妄的指责是多么无知。1978 年夏天，一个作家访问团来到哈尔滨，我去看望一位上海来的老诗人。没想到和他同屋的另一位作家，竟然就是艾明之先生。那个时刻，我脸红了，惶惑不知所以。我很想问他，我们这一代人曾经做过的那种蠢事，你会原谅吗？我犹豫了好久，终于没有说。因为老一辈文学家需要的不是忏悔，而是永远不再重复那种可怕的年代。”

在那疯狂、是非颠倒的最初年月，她在学校狠批“修正主义文艺路线”，狠批“封、资、修的大毒草”，回到家里，却帮助父母把所有“封、资、修”的书籍转移出去；她日夜提心吊胆，怕有人抄她自己的家；批判别的“黑六类”子女，她照样不肯落后，但又怕批到自己头上；社会上“破四旧”“大民主”的轰轰烈烈的气氛，使她产生对斗争的渴望，但又痛恨和担心斗争到自己家庭的头上。

她和当时的青少年一样，参加了红卫兵的大串联、大检阅。她扎着短辫，背个黄书包，整天在外边东奔西跑，抄大字报，听大辩论，看批斗会，喊口号，光阴就在这种狂热中白白溜走了。

妈妈不愿女儿这样混下去。有一天，妈妈教过的一个女学生在农场劳动时下水救人牺牲了，妈妈便带着女儿去采访，女儿的心灵被触动了。她为英雄写了一首诗，题目叫《你只有十六岁》，并在报上发表出来。这首诗体现出十七岁的张抗抗初步形成的人生观：一个人的生命要为人民发光。

当文化大革命进入夺权阶段，青少年可干的事情不多了，她便开始从家里幸存下来的书籍中寻找精神寄托。从书林里，她认识了普希金、托尔斯泰和屠格涅夫，并爱上了他们。对肖洛霍夫的《静静的顿河》，她是硬着头皮读完的。当时她还无法理解格里高利那样复杂的人。书本上的东西和现实生活的矛盾，使她深深陷入苦闷之中。她决定离开城市，离开家，到外边去看看，这个世界到底是什么样子?

1969 年春节过后，她来到外婆家附近的水乡插队。

富庶而美丽的水乡没有给富于幻想的女孩子带来欢乐，单调平淡的农村生活很快就使她厌倦了。当支援边疆农场的名额一下达，潜伏在心里的远走高飞的念头一下子活跃起来。她迫不及待地报名去黑龙江；妈妈从“牛棚”里偷偷带给她一张字条——“我的小鹰长大了，你飞吧，飞到高高的蓝天中去练翅膀……”1969 年 6 月，她踏上了远赴冰天雪地的征途。没有家人来为她送行，火车开动了，月台上下一片哭声，她却没有掉泪，书包里藏着一本书——法捷耶夫的《青年近卫军》。

前面是什么？她想——自然是铺满鲜花的无边无际的大草原，在上面打个滚，花粉会落在唇上……

三

张抗抗“从业”创作四十年了。她说自己起步于愚昧的年代，文学梦筑在泥沙上，当她渐渐梦醒之后，还依然艰难地挣扎在蝉蜕之中，“每一部新作品，都是精神与文学的极地重生”。

她把自己半个世纪的文学之路分成四个阶段，即“习作期”“成长期”“探索期”和“成熟期”。她不无幽默地说，再往后，也许就是她的“晚霜期”了。

1969 年，张抗抗到黑龙江鹤立河农场劳动。在那里，她当过农工、砖厂工人、通讯员、报道员和创作员；整整八年，苦难的磨炼，只是为了一个梦想。然而，现实严峻而复杂，远方的黑龙江也是一样。她厌恶在艰苦和困难面前怯懦退缩的人，同时，也为当时恶劣的生活环境而感到不满。生活中缘何有那么多虚假丑恶的东西？它们又是怎样产生的呢？她说：“天真美好的主观愿望与客观世界的矛盾，理论与实践的脱节，充斥了当时文坛的文化专制主义……这一切，都使我陷入深深的苦恼之中，却找不到答案。”这位善于思考的年轻人，又往往因此而使自己痛苦得不能自拔。

四年过去了，她在农场种菜、压瓦、伐木、搞科研、当过通讯员……生活中有过艰辛曲折，学习和创作也有过酸甜苦辣。写字没有桌子，只好趴在炕沿上写，垫在膝盖上写。后来捡到一张人家不要的破炕桌，她在桌面上贴上鲁迅像，又包上一层透明的塑料布，每天做笔记，好像鲁迅先生时时都在望着她。她的业余写作，也颇遭别人的中伤和诽谤，什么“名利思想”“成名成家”，常常扣在她的头上。她咬着牙，顶着别人的白眼写下去。农场没有书读，读文学书还会惹麻烦，她就啃《中国通史》；只有回到杭州探亲的时候，才算回到书的乐园里。父母想尽办法借书，一家人互相传阅、朗读，还有争论不休。在假期里，她如饥似渴地读完了《红与黑》《欧根·奥涅金》《高老头》《静静的顿河》与屠格涅夫的系列小说等名著。在温暖和谐的家庭气氛里，一切不悦的遭遇都会烟消云散。文学作品不断治愈她心灵上的创伤，敲开她的心扉，使她变得更加坚强。

生活的磨炼和文学作品的熏陶，使她的个性越发鲜明。一位女友曾推荐给她一本《简·爱》看。在那位女友看来，张抗抗就是类似简·爱那种依靠自己的力量与命运搏斗的女性，为了追求平等与自立，她可以忍受最大的痛苦，做出崇高的牺牲。但是，张抗抗却说：“我不否认这一点，我愿意做一个个性顽强、意志坚定的人；但我最喜欢的小说，却是哈代的《苔丝》和托尔斯泰的《安娜·卡列尼娜》。这两个女性为反对封建的传统习俗和邪恶势力所做的斗争，使我震惊，也使我深受感动。我敬佩她们为争取自己的幸福不惜一切代价的勇气和信念，喜欢她们那种丰富的感情和复杂的内心世界。作为叛逆的女性，我认为她们要比简·爱更彻底。”

张抗抗所处的生活环境，与同龄人相比更多了几层苦痛。在阳光明媚的日子里，因为父母蒙冤，她也跟着倒霉。来自学校和社会的伤害，政治上的不平等，使她过早地承受了精神压力；而在北大荒的日子里，除了饱尝知青的艰辛之外，她由于轻信和幼稚而和一位同去北大荒的杭州知青结了婚，希望能以此摆脱连队的集体生活。但愿望破灭，现实令人失望，她很快下决心离了婚。这件“出格”的事情，使得她备受争议和歧视，精神上的压抑和折磨达到了极点，她只能在文学中寻求安慰和解脱。磨难愈烈，抗争愈强，这就是人生最普通的哲学。她不甘于命运的摆布，敢于追求美，追求爱，追求光明，拼搏向上。十年“文革”大乱的滔天洪水，并没有把她淹没冲垮。

20 世纪 70 年代初，她开始尝试写作。但那时没有任何美好的“前景”在等待写作的人。她说：“其一，‘文革’期间所有的作家全都被打倒了，作家这个称呼也被取消了，代之以‘革命文艺工作者’，而真正能够成为‘革命文艺工作者’何其遥远；其二，‘文革’中连稿费都被取消了，不可能以写作改善生活；其三，想通过写作改变身份回城工作，户籍指标、名额哪里来？完全不可能。排除了这些直接的功利目的的话，写作对我来说真的就是一种纯精神的需求。当我逐渐发现自己能够写作，报纸上开始发表我的短文，文字尽管很幼稚，内容也不可能摆脱那个时代的影响，但我证明了自己的能力、证明了自己的存在价值，我的生活就有了方向和目标。我的写作始终在追求自己心目中的'理想色彩与品质'。"尽管"四人帮"以"无产阶级全面专政"的招牌推行的文化专制主义，埋葬了一切优秀的文艺作品，也蹂躏了一切优秀的作家。爱好文学的青年想要写书，只能在荆棘丛中悄悄地向前摸索。她明知走上这条道路的后果，但她还是一个二十出头的知青，被强烈的创作欲望冲动得不能自已。

1971 年 9 月，林彪倒台时，张抗抗正在杭州探亲。尽管人们沉浸在兴高采烈之中，但政治空气依然咄咄逼人。不过，她却毫不灰心，坚信前面一定会有春天。翌年初，她写过一篇《北大荒早春的歌》的散文，表达了她当时痛苦挣扎的复杂情感。1972 年夏天，张抗抗在砖厂劳动，以她亲身的经历，写成小小说《灯》，发表在《解放日报》上。这篇小说是她"文革"写作的开始，小说的"烛光"虽短，却照亮了她在北大荒朦胧的暗夜。关于这篇小说，她说没想到历史竟有如此吊诡之处，迷惘的文学，竟然拯救了她。文学给了她慰藉与温暖，使她收回了尊严，并以正当的名义诱使她自由地发表作品。张抗抗说，那时人人熟读毛主席《在延安文艺座谈会上的讲话》，把文艺为工农兵服务作为自己写作的宗旨；来到北大荒以后，她总想把在农场的生活和战斗经历描绘出来。"那时候'作家'的称号虽然已被消灭，但'革命文学'戴着革命的面具摇旗呐喊，并以崇高的名义，要求我屈从宣传，顺应时代潮流，我的文学起步就这样被纳入了体制轨道。"

从 1973 年夏天开始，她着手准备素材，酝酿提纲，想试一试自己的才能和力量。1974 年春天，她回到杭州治疗甲状腺囊肿。病情稍有好转，她就全力以赴，投入长篇小说创作，两个月写了二十多万字。稿子还没有誊清，就因劳累过度而高烧不退，住进了医院。一天，她正在堆满书的床头量体温，两个陌生人拎着一筐苹果走了进来。他们是上海人民出版社的编辑，特地从上海赶来，一边安慰病人静心养病，一边悄悄向她母亲要去了小说原稿。编辑回上海后，很快表示希望她继续认真修改，并向农场给她请了创作假。她出院以后，又用三个月的时间，写完了第二稿。接着，又去上海修改定稿。一部长篇小说，从初稿到出版，仅仅用了一年时间。

"编辑谢泉铭和陈向明是两位严格的老师，常常是前一天改完的一章交给他们，第二天又退回来。他们的文学修养高，又善于辅导，不断启发我挖掘生活素材。这是我一生中永远怀念和感激的两个人。"

张抗抗的小说由于表述了对"文革"叙事模式的认同，便得到了"文革"主潮的接纳，使她迅速成名。

这部描写知识青年在黑龙江农场生活的长篇小说，取名《分界线》。它反映了张抗抗在长期正统教育下所形成的一种政治信念。她看到年轻人在逐渐分化，每个人都面临着新的抉择；农场办场中存在的一些难以解决的问题与知青中那些难以解决的问题纠葛在一起，出路究竟在哪里？作者试图用自己的政治信念给复杂的生活一个答案。她在作品中赞美了脚踏实地、搞农场建设的人。作品中的典型人物是主人公耿常炯，他是个实干家，在战胜涝灾、洪水的斗争中所表现出的高尚精神和思想品质，令人感动。1975 年 10 月，发行量巨大、反映黑龙江农场知青生活的长篇小说处女作《分界线》问世，为她赢得了文学之路上的最初声名。小说出版后，她写过一篇《在生活的激流中》的创作体会，强调生活是创作的源泉，并用自己的创作实践证明主题是在深入生活的基础上产生的，这倒是对当时“主题先行”一类文艺理论的有力反驳。

关于这部作品，张抗抗后来反思说：“这部小说最大的误差，似乎不是它反映生活是否真实，而是它仅仅凭着青年人一种善良的愿望，去呼吁人们分清真理与谬误的界线，而当时，我本人对这种界线也是模糊不清的。我在小说中鞭挞了口头革命派，但作为具体的人物形象，却是不准确的。我批判了一个故步自封、因循守旧、不懂生产而又看不到青年力量的干部，但我无法从根本上指出这种错误的根源。这部小说出现在历史转变的前夕，由于个人思想认识的局限性，它没有揭示出生活中矛盾冲突的本质。在很大程度上，是不够真实的……也许我那时过分重视‘浪漫主义’，而使人物过于理想化，这是极左文艺思潮时期文学作品的通病，应引为教训。”

《分界线》作为“练笔”，使她尝试了长篇创作的甘苦，这对张抗抗是重要的。但在文学的文本意义上，《分界线》不可能超越那个时代，虽然小说中的人物塑造、语言、结构等等，都有其特色。但是，大概研究者少有人注意到这部长篇，这正像很少人关注谌容早期的长篇《万年青》和《光明与黑暗》一样。

这部小说出版之后，她的创作就进行不下去了。日益尖锐的社会矛盾，使她苦恼，使她难以动笔。她说：“我祈求社会进步，希望变革，对旧的‘传统势力’我无所留恋，希望看到针砭时弊的文学作品。可是，这种变革的希望在哪里呢？我摸索着，寻求着，一遍遍，一次次，每到那不可逾越的高墙面前，只有退回来……”

一个作家的崛起，绝非一日之功。张抗抗就是在不断的探索中，认识社会，解剖自己，提高自己的；真正的“分界线”在何方？也许她还未意识到，但是，真正的“分界线”，已经不远……她回到农场不过三个月，所祈求的变革真的到来了。“四人帮”的垮台，迎来了祖国的新生，她也迎来了创作的新生。

她最初发轫于“知青文学”，写北大荒“老三届”那代青年的追求与痛苦，揭示那场革命给这一代人留下的难以治愈的创伤。虽然《分界线》是张抗抗迈上文坛的重要一步，但在她后来的岁月里，回望审视那些“作品”时，总是深怀愧疚；她说：“无论我有多少理由可以为那个时代一个不谙世事的小女生辩解，但它们都经不起更多的追问——我为何去写那些‘文学’呢？我少年时代读过的那些好书、血液里流动的那些文学因子都哪儿去了？我是如何丧失了对真假善恶美丑的辨识力？我必须正视自己，承认自己除了潜意识里对成功的向往、对虚荣的渴慕、对孤独的恐惧，还有本能的自我保护、趋利避害、平庸愚昧，以至于不自觉地用笔说了假话……”

当时，农场生活中可以利用的业余时间并不多，当别的女孩都在织毛衣时，她却在削铅笔；人家在扯皮聊天，她却在做笔记；每逢假日，连队里几乎所有的人都出去串门玩耍，她却趁此良机静静地写上几天。

1972 年冬天，她曾主动要求参加伐木队，进了久已向往的东北大森林——小兴安岭。每日清晨，她起得很早，事先磨好斧子，上山就拼命地干起来，一天任务半天完成，余下的时间就看书写作。那黑暗的帐篷，杨木杆儿搭成的床铺，烤不干的棉靰鞡，对她都是那样亲切。当湿漉漉的树干在她枕边发出嫩芽的时候，诗情画意便从她的笔端流淌出来；她在《文汇报》上发表了散文《大森林的主人》和短篇小说《小鹿》。进入新时期后，由于头脑中翻江倒海的深刻反思，创作思想和文学价值观的提升，她的创作不断超越自我，拓展文本的书写空间，其创作开始了真正的转型。

1976 年 6 月，张抗抗从上海回农场途经北京小住，了解到天安门“四五”事件的真相，大梦初醒。翌年初春，她在《黑龙江文艺》上发表了散文《迎新》，表达了祖国和人民在经历十年动乱之后，迎接新时代来临的激动心情；1977 年 6 月，她离开生活了八年的农场，走进省文化局在哈尔滨黑龙江省艺术学校开办的编剧学习班学习。这两年，她读了很多古典名剧和近代优秀剧目，却没有写出一个拿得出的剧本。第二学期，她尝试写了个电影剧本，第三学期写过一个多幕话剧，都失败了。张抗抗说：“失败的原因，看来不单纯是技巧问题，而是我的创作思想没能突破禁区，还在老框框里打转转。”从 1972 年至 1979 年，尽管她的创作有了质的升华，但是，这依然只是她的习作期。

伟大的思想解放运动给我国的文学创作开辟了广阔的天地，许多老中青作家都在展翅飞翔，新形势的发展鞭策着张抗抗。在北京、上海、杭州的良师益友常常写信给她，给她带来各种新鲜思想。她的父亲，对于女儿的创作思想比别人有更多的了解，他尖锐地批评女儿，指出她的弱点。对此，她说：“我是一个固执己见、自信而又骄傲的人，对这种批评经常不服气，就在信上同他展开了激烈的辩论。这场论战持续了很多次，最后，我不得不承认自己是一个用心良苦而技法蹩脚的画匠，总想回避模特儿本身的缺陷，把他画得太美，结果反倒不像。”父亲抓住了女儿的要害，女儿也意识到了自己的弱点。终于，这位年轻作家的创作思想有了新的飞跃。她在给友人的信中写道：“我们常说要反映社会主义革命和建设的某些本质方面，可是我们的小说中所描写的现象，都是虚假的，变了形的现象，还能反映出什么本质呢？我们就这样背叛了生活的现实，成了一个说谎的孩子。”对于她过去的创作，她说：“这些习作虽然有一定的生活气息，但却过于浅浮。”1977 年上学后两年的寒暑假，她频繁去北京，与外界的来往密切。用她自己的话说，那两年是她人生“涅槃”的两年。

“一位作家应该有个人的立场，文学绝不是什么驯服工具；懂得这一点虽然有点晚，但是足够我一生遵循。”这便是照亮她一生不断探索前行的文学观。不到三十岁的张抗抗，经历了中国社会的非常时期，终于跳出无形的缚绊，思想注入了新的血液，于是，创作上逐渐形成了自己的风格。这一思想革命的标志，就是《爱的权利》的诞生。

1979 年，她创作了新时期第一个短篇小说《爱的权利》，经茹志鹃推荐，发表在当年的《收获》杂志第五期。这是新时期文学中，张抗抗写作的一个重要转折点。农场八年，生活条件是艰苦的，“但最艰难的不是物质生活条件，而是那种令人窒息的环境，自己对于文学事业的热爱得不到理解的环境。我从谣言和中伤中走过来，伤害我的人有的是因为忌妒，有的却是当时那个年代的必然。我由此深深憎恶扼杀一个人纯真的愿望和感情的那种世态，《爱的权利》就是从我自己这种感受出发写成的。”关于这篇小说，她还说：“‘爱’是个范围很广、含义很深的圣洁的字眼。我的同伴们都有过对于自己未来的甜蜜的梦，他们有过自己的爱好、兴趣、愿望、理想。但是，‘文革’这十年中，许多人都因为各种各样的原因，忍痛抛弃了它们。人们常常不能去爱自己所爱的人，不能去爱自己所爱的事业，爱情与社会的冲突、与环境的冲突，依然顽固地存在着。甚至因为爱人民、爱祖国，所做的一切事都会被罗织各种莫须有的罪名，最普遍的、最可悲的是，爱情竟成了可以用物交换的廉价的东西。粉碎‘四人帮’以后，人们并没有立即恢复对生活的热情，愤怒和眼泪依然存在，阴影并未在人间消失。这到底是为什么？频繁的政治运动，使人们几乎忘记了自己热爱生活、憧憬未来的权利。阴影不驱散，新时期阳光便透不进那些创伤深重的青年人的心胸。我是用我心中对‘四人帮’及封建残余的仇恨来揭示这个主题的。在塑造舒贝时，我倾注了我心中全部被新时代唤醒的爱。如果没有比常人强烈得多的爱憎和鲜明得多的认识，作品能给予别人一些什么呢？”这篇小说能够引起反响，获得成功，原因就在这里。

从此，她的笔一发不可收拾了，在短短一段时间里，中篇、短篇、儿童文学作品、散文、杂文不断产生出来。1979 年 6 月，她调入中国作家协会黑龙江分会，从事专业创作。1980 年 6 月，她被吸收为中国作家协会会员。在这一年，她又参加了中国作家协会第五期文学讲习所的学习。接着，她又发表了“表现了我内心萌动的人性之光，呼唤人的尊严”的短篇小说《白罂粟》和《夏》，以及中篇小说《淡淡的晨雾》。其中《夏》获得了 1980 年全国优秀短篇小说奖，《淡淡的晨雾》获得 1980 年全国优秀中篇小说奖。

这一组作品影响广泛，是她进入中国文坛的“洗礼”，意味着她与“文革”文化的告别！张抗抗说:“在我的文学观得到初步清理之后，我找到了‘自己’存在的价值。”

四

1980 年春，乍暖还寒，张抗抗到北京参加中国作家协会第五期“文学讲习所”的学习。这个讲习所肇始于 1950 年，是丁玲为主任委员的中央文学讲习所，前后举办四期，1958 年停办，1980 年恢复。1984 年更名为鲁迅文学院。

这次为期三个月的进修，堪称最后的文学盛宴。4 月 1 日开学，为期三个月，学员 32 人，他们中有竹林、王安忆、蒋子龙、贾大山、申跃中、韩石山、王宗汉、王士美、张林、刘亚洲、张抗抗、高尔品、陈世旭、乔典运、叶文玲、刘富道、古华、陈国凯、杨干华、孔捷生、叶辛、莫申、郭玉道、戈悟觉和艾克拜尔·米吉提。

张抗抗说:“严冬刚过，寒意未消，暗流涌动波澜起伏，各种新思潮纷至沓来。”学习期间，给这些年轻作家授课的都是文学大家，他们是丁玲、周扬、萧军、曹禺、吴组缃、冯牧、秦兆阳、王朝闻、沙汀、袁可嘉、王蒙、刘宾雁等。这些人们久仰的文学大家，全是“文革”劫后余生的文学前辈。这次终生难忘的“最后的文学盛宴”，不仅张抗抗开了眼界，长了见识;她的感觉是:解放了思想，解放了文学，“我觉得自己心里蛰伏的情愫和灵性全都被唤醒了”。

张抗抗是一位嗜书如命的人。那时弗洛伊德、尼采的著作，已经为她“打开了一个从未涉足的潜意识王国”；与此同时，她也在“异化”理论中找到了时代变革的思想依据。“当时出版的所有先锋文学译作我几乎都读了，尤其喜爱加缪和卡夫卡。我已敏感到文学的又一次‘告别’即将到来——告别‘革命’，也告别过往的自己。”

1981 年，《收获》第三期发表了她的中篇小说《北极光》，赢得了如潮好评。对于这篇小说，不少评论者都认为作品表现了青年一代在新时期的迷惘和希望，但是，张抗抗自己则说，她那时因为受了存在主义思潮的影响，“试图在作品中探讨现实的‘无’和观念的‘有’之间的关系……那不是单纯的文学技巧之变，而是意识和观念之变，是走向开放的中国文学绕不过去的山峦。这些振聋发聩的新理念，极大地影响了我后来的创作。”

20 世纪 80 年代，她从“实习期”进入“成长期”，也是她成长的关键时期。1986 年作家出版社出版了她的长篇小说《隐形伴侣》。这部长篇从女主人公肖潇的外视和内省的心理活动两条线索，“打破时序，超越时空，忽实忽虚、忽梦忽幻，一任心态的流动”，深层地传达作者对社会、人性的哲学思考。“这部小说以亦真亦幻、现实与意识流交错的个人叙事，表现人对自身善恶的辨识，它超越了‘知青文学’的苦难和伤痕，进入到对‘人’的本质的探究。这是我在新时期重要的代表作、也是我文学道路上的里程碑。”张抗抗如是说。

20 世纪 80 年代中后期，寻根文学、先锋小说和“文化热”已成气候。但是，这时候，她最关心的是自己应该如何“成长”，“关心我和这个世界的关系，我要通过写作来‘解决’自己内心太多的困惑疑虑。这些问题不解决，仅以技巧取胜，难以成为一个真正的优秀作家。老知青原本就没有太多‘知识’和‘文化’，如果连‘思想’都没有，我们就真的一无所有了。”

她回顾自己的写作“成长期”时用“蝉蜕”两个字来形容。她说：“我犹如在不断地蜕壳，脱去了笨重的冬装，换上了清爽的夏装，再穿上华美的秋装……更重要的是，我心里的‘硬茧’开始软化，‘茧子’里的蛹开始化蝶，意味着我的作品从形式到内容的双重蜕变。”

这位青年作家的成名作短篇小说《爱的权利》，在 1979 年第三期《收获》上发表后，即被六家出版社分别收入年度小说集中。1980 年，她在《人民文学》《上海文学》《小说季刊》等杂志上发表了《悠远的钟声》《鸡蛋里的哲学》《夏》《白罂粟》《飞走了，鸽子》《去远方》六个短篇小说和《地下森林断想》《天鹅故乡琐话》《云中谁寄锦书来》等数篇散文。人民文学出版社 1980 年的《短篇小说选》收入了她的《白罂粟》;1980 年三月号《收获》上发表了中篇小说《淡淡的晨雾》。中国青年出版社出版的《收获》丛刊第一集收入了她的《淡淡的晨雾》，并以此为书名。《夏》被评为 1980 年全国优秀短篇小说，《淡淡的晨雾》被评为 1980 年全国优秀中篇小说。黑龙江人民出版社以此篇为名出了一本短篇集，还出版了她的中篇童话《翔儿和他的氢气球》等等。

从 1980 年下半年到 1981 年初，张抗抗的名字引起了文坛的广泛注目，《光明日报》《中国青年报》《文汇报》《文艺报》《小说季刊》等报刊上，陆续可以看到对这位文学新人及其作品的介绍与讨论。评论者说她的作品“正视现实生活中的矛盾，显示了对不合理事物的谴责和对于美好生活的向往之情”，她的作品“多数都在读者心灵中激起了共鸣的波澜”;《北方文学》还特辟专栏对她的短篇小说进行了讨论。

多年的大动荡创伤了人们的身心，但在灾难里，生活中的高尚、纯洁、勇敢的美好事物依然存在。文化大革命后，中国基本上恢复了平静的生活，然而这场“革命”带来的后遗症，仍然危害着今天的社会；新时期，又产生一些新问题，紧迫地摆在人们面前，但是许多新生的、美好的人和事更多地出现了。面对现实，张抗抗严肃地思考起我们的时代，特别是她的同龄人。

在张抗抗的小说里，主要人物多是富有个性的青年，故事多是发生在当下。《爱的权利》透过一个音乐家的家庭在文化大革命中的悲剧，不仅描绘了老一代知识分子在文化专制年代的遭遇，而且写出他们的美好品德。重点还是写三个年轻人：姐姐舒贝屡遭挫折，受伤太深，当光明真的到来之时，她变得麻木的心还醒不过来，拒绝深深爱恋着的人的爱情，并阻碍弟弟爱好音乐，她仍然固守自己的信念——一切都不能爱；弟弟舒莫，勇敢地“加入了‘异教徒’的行列”，他坚持爱好，准备爱一切值得爱的东西；姐姐的男朋友李欣，思想敏锐、深刻，对待生活既有诗人一般的热情，又有哲学家的理智。这个故事里没有更多的悲欢离合的情节，也没有把社会的弊端丑恶简单地摆给读者，而是通过三个青年人思想的冲突，从更深的角度开掘人性、人的价值、人的权利等重大问题。长达七万字的中篇小说《淡淡的晨雾》，描述了一个激动人心的故事：被错划成右派已得到改正的思想家荆原，被邀到大学讲演，由此掀起不小的风浪，不同人物在这场风波中充分表露出自己的思想面貌；荆原经过二十二年的苦难，失去了家庭、妻儿，但他深邃的思想、正直的品德、磊落的心胸，却磨炼得更高尚了；这个过去被人踩在脚下的人物，在新时期又发出震撼人心的力量；他的两个儿子却被改造得面目全非，大儿子郭立柽由于屡遭打击，在政治风浪中学会看风使舵，变成唯利是图、专门整人、连起码的父子之间的人性都丧失殆尽的政治小丑；而前妻罗阡也成了没有独立人格的依附者。这些被异化了的人物，表现出当代历史的一个侧面。罗阡的小儿子郭立楠，与荆原并无血缘关系，但在他身上充满新时代青年的朝气和勇敢；而郭立枢的妻子梅玫，经历痛苦的思考之后，有所醒悟，精神焕发出新的光彩。他们是新时代积极向上的青年代表。小说通过这几个主要人物的语言行动，描绘出中国思想解放运动的波澜。《夏》的故事发生在恢复高考以后的大学里，岑朗，明朗、大方、热烈、浪漫，她思想敏锐活跃，有独立见解，这是作者歌颂的具有鲜明个性的新型青年。吕宏是个入党多年的学生干部，她思想僵化，虚伪，居心不善，对岑朗与梁一波的友爱关系横加干涉，这不只是因为她看不惯岑朗，而是她自己爱上了梁一波。为了达到目的，她整人、报复，要了不少手腕。年轻人由于性格、爱好的不同，而产生纠纷是很自然的，但小说揭示的却是他们在思想方法、精神境界、情操修养个性上的截然不同，表达了人们对思想解放的向往。这篇小说在读者中引起了不同反响，《北方文学》从 1980 第十期至 1981 年第一期，发出八篇文章展开讨论。《白罂粟》的主人公是一个已经刑满就业的老头，作者通过他在文化大革命中完全失去了人的起码待遇的种种描述，揭示出他勤恳、善良、助人为乐的可贵品德。有的评论者认为："《白罂粟》是当之无愧的'真正的艺术作品'。"

《去远方》是张抗抗 1980 年献给读者的最后一件礼物，它是《夏》的续篇，继续描绘新一代青年人的成长。故事十分简单：岑朗、梁一波和一群大学生要骑车去镜泊湖旅行，但遭到梁一波父母的反对，在两代人的矛盾分歧展开之后，岑朗、梁一波又以更高的思想面貌向前进了。

当时刚满三十岁的张抗抗，用她热情、深刻、大胆、富有个性的笔触，向人们描述了一个个激动人心的故事。她能深刻地认识现实生活，把握人物的精神面貌，塑造性格鲜明的形象。在她的笔下，人、景、物往往带着时代色彩和深刻隽永的哲理，这种特色又常常把读者引入诗一般的意境。她的语言爽朗明丽，富有哲理性，又充满抒情韵味。那时她的创作还有不够成熟的地方，例如在创作过程中，由于强烈的冲动，往往按捺不住，急切地将自己的思想塞给读者；对她不熟悉的人物，有时描绘不出更真实的生活细节；有的小说情节过分巧合，有明显的人为痕迹等等。

进入 80 年代之后的张抗抗，似乎没有片刻歇息。也许是因为北大荒生活积淀得太多太多，也许是哲学思维、人性、人道主义思考的激化，也许是艺术表现走向成熟，也许是新的婚姻给她带来甜美的人生，张抗抗在文学创作上再次出现爆发力。

她的中篇小说《北极光》的发表引起广泛影响及热烈争论，继《白罂粟》之后又发表了《无雪的冬天》《红罂粟》《黄罂粟》以及《国魂》《在丘陵和湖畔……》《塔》等有影响的中、短篇小说及一些散文篇章。张抗抗在文学上的成就使她成为国家一级作家，并担任了黑龙江省作家协会副主席。那几年，她还有机会作为中国作家代表团成员的身份到法国、德国、美国、加拿大等国访问游历，使她的人生体验不断升华。

《北极光》话题的表层仍然是一个爱情故事。二十五岁的回城知青陆岑岑与三级技工傅云祥已办了结婚登记手续，然而她在心底厌烦他庸俗实际的人生态度。傅云祥爱问"这白菜多少钱一斤？"爱谈"结婚礼服便宜一半价钱"，她认为傅云祥及他的朋友是一群物质主义者，自己从来没有爱过他。这时她对大学生费渊生发生兴趣，此人聪明，高谈阔论，愤世嫉俗，可是不久，她发现费渊在本质上更为自私冷漠，他的"自我拯救"的人生哲学具有某种虚假性，令她倍感失望。水暖工曾储的出现，使岑岑找到了北极光。他忧国爱民，对经济改革充满理想，岑岑觉得他的每句话都在启迪自己，她真正爱慕的是曾储。陆岑岑并不是一个爱情至上主义者，她在不长时间里，与三个男青年所发生的感情纠葛，其实是在对三个青年内在素质的比较中，找到自我的人生观价值观的选择过程，代表了“北极光”在不同人心目中的理解。因而可以说，《北极光》企图对人的内质在比较中进行审视和表现，具有一种激情和理想的光芒。“这一生中，你无论能不能见到北极光，它都是存在的”——“北极光”美好寓意的象征性，对青年读者具有极大的吸引力，甚至可以说影响了整整一代人。但由于主人公情感变化时空跨度太短，条件不够充裕，提供给读者的艺术想象力不够丰厚，因此人物形象仍未摆脱理念痕迹，作者对崇高的追求，仍然有一种政治道德的外在附加感。然而，《北极光》毕竟是张抗抗在写作技巧上的一次新尝试，将人物情感意识流化，把跳跃很大的人的内心独白与传统故事叙述较好地结合在一起，这是她艺术追求的新突破。

从20世纪80年代到90年代初，张抗抗从短篇小说集《夏》(1981年，黑龙江人民出版社)、《红罂粟》(1986年，北方文艺出版社)，中篇小说集《塔》(1985年，四川文艺出版社)，中短篇小说集《陀罗厦》(1991年，华艺出版社)、《张抗抗代表作》(1991年，北方文艺出版社)，到长篇小说《隐形伴侣》(1986年12月，作家出版社)，加之散文集《橄榄》(1983年，上海文艺出版社)、《地球人对话》(1990年，中国华侨出版公司)、《野味》(1992年，百花文艺出版社)，散文随笔集《小说创作与艺术感觉》(1985年，百花文艺出版社)、《你对命运说：不！》(1994年，上海知识出版社)及《恐惧的平衡》(1994年，华艺出版社)，可谓硕果累累。

五

中国妇女出版社1990年出版的《中国当代青年女作家评传》中《张抗抗评传》说张抗抗“是一个特别有个性、有独特追求和自己风格的作家。对文学的那种挚爱与忠贞；那种自信、骄傲而又永不满足的对文学内容形式的求索；那种顽强表现自我的强烈的主体意识；那种对现实的敏感、执拗和反压抑的抗争精神，张抗抗正是由这些层面结构而成的‘这一个’”。

张抗抗的创作中那些非常女性化的因素，几乎都是她自己亲身体验过。她不善于把自己隐蔽得很深，即使表现与她生活相距遥远的人和事，有时也是直抒胸臆。她紧扣青年的生活，“从他们的历史创伤与现实际遇中寻觅与自己个性心灵相契合的主题”。无论散文还是小说，都充满强烈的爱与憎，那属于张抗抗特有的感情比比皆是。难怪在她的小说系列中，主人公往往是青年女性。这一点上体现出一个女性作家的特点。另一方面，张抗抗文学创作的理性思维十分突出。前期作品往往是直露胸臆，后来则是透过人物内心独白、梦境、意识流等更复杂的手法表现出小说里深刻的哲学内涵。她说过“哲学是文学的底肥”，“如果没有对现代艺术真正具有一种哲学意义上的理解与把握，以及对人生、生命和自我意识在本质上的认识，所谓作品的‘突破’仅仅是一种虚假的表象。”这一点不像一般女作家的气质，但是，这是她的高度。

反映张抗抗创作深化具有更高美学价值的作品当属她的长篇小说《隐形伴侣》。这部至今被先后N次印刷，具有七八种版本、被认为具有自述传色彩的长篇小说，在艺术上也打破了传统的叙述模式。1987年8月29日张抗抗曾在《文艺报》上发表长文《心态小说与人的自审意识》，深刻阐释这篇小说的创作思想。开篇便说："近年来，我越来越多地思索着人究竟是一种怎样的东西；人为什么无法摆脱那种与生俱来、由始而终的痛苦；真善美作为一种美学理想普照人类，然而三者真正达到过内在的和谐吗？人追求真实而真实永远是地平线吗？在对于人的观念一次一次重新思考中，我想为人的灵魂写一部小说。”这就是小说创作的动机。她自己解释这部小说“绝不是一部反映‘文革’十年的作品，也无意再现北大荒的知青生活，更不想探讨爱情与婚姻的道德观念。尽管我的小说在取材上涉及以上几个方面，但我更希望它是一个大容量和高密度的载体，在通往广阔的宇宙空间的进程中完成对自身的超越”。小说的脉络大致是这样的：一对在“文革”初期相爱的红卫兵陈旭、肖潇满腔热忱从家乡杭州来到北大荒。陈旭看破红尘、玩世不恭，他以机敏、强悍、自信、欺骗的态度对待时世，裹挟着单纯天真的肖潇闯荡于艰苦之中，终于在北大荒结了婚、生了子。但婚后不久，两个人的精神追求相距越来越远。肖潇看不惯陈旭的消极、怠惰、酗酒、恶作剧，对他的撒谎恶习更是不能容忍，终于从爱到不爱，酿成离婚的结局。也恰恰在离婚之后，肖潇摆脱了陈旭，却恍然发现自己也是虚伪的、隐有恶念，周围的人几乎无一例外地有伪装、欺骗和撒谎行为。小说的最后，男女主人公在火车站相遇。陈旭正在看肖潇写的报道《一条河堤，两条路线》。他说："我晓得你是不喜欢听假话的……我看如今你说假话的本事老早超过了我……你只要闭上眼睛说什么‘一条河堤两条路线’，乌鸦都变成了喜鹊，你向几千几万个读者不负责任地描绘这种假象、重复这种谎言，你还要受表扬、重用、提拔，哼，你敢说你没骗人，没有学会说谎？你，你是骗人有功啊！”小说借助另一个人物陶思竹的疯话："就好像是，好像我不是一个我，好像有两个我，两个我叠在一道，你要往东，他就要往西，你要往南，他就要往北，专门同你作对。”来暗示每个人一隐一显地有着两个“自我”。人的欲望、恶念、潜意识如同“隐形伴侣”一样，终生跟随着每一个人。由此可知，对于张抗抗来说，文化大革命中的种种事件，知青部落中的种种人物，婚姻爱情等，在小说中只不过是一个个载体，让它们载起她那一代“人在本质上走过的心路历程”，甚至透过这些揭示人性神秘的帷幕，引导读者对人性世界的双重性进行反思、反省。

张抗抗从这部小说中找到最能发挥其思想与艺术个性的形式。她打破了长篇小说一般传统的叙事模式，从人的主观心态出发，进行总体构建。以肖潇这位年轻女性主角为中心，拉开她的外视及内省的心理活动线索，打破时序，超越时空，忽实忽虚、忽梦忽幻，一任心态流动。让读者跟着肖潇的心理活动走，以此传达作者对社会、对人性的哲学思考。

张抗抗从1979年新时期之初，表现经历了“文革”一代的青年人极度的精神苦闷与彷徨的《爱的权利》，到1986年带有自述传色彩的《隐形伴侣》，都以其极佳的艺术素质和女性的温婉细腻，探索人的生存追求与痛苦，揭示人性及其心灵深层的底蕴，在广阔的社会背景上，细腻地揭示人的内心创伤和矛盾。她的作品从不被感觉和情绪所左右，那种独到的深邃理性思考，总能引导读者进入更多的思索。在创作中，她既没有陷入纯粹的思想的泥淖，又没有陷入纯艺术的追求，始终兼顾两者的完美结合，展现了作为人类灵魂工程师的文学的伟大魅力。

六

据我所知，张抗抗是一位嗜书如命的人，小时候受父母影响，是那些优秀的文学作品引导她走入了文学世界。青少年时代，读过曾经使她热血沸腾的俄苏文学《安娜·卡列尼娜》《复活》《静静的顿河》，后来深深吸引她的是令她心潮起伏的法国文学《巴黎圣母院》《九三年》《包法利夫人》等，改革开放之后，她大量接触了现代主义文学作品，例如《百年孤独》《麦田里的守望者》《第二十二条军规》《追忆似水年华》等欧美现代派小说。在她成为专业作家之后，更把读书视为自己必修之功，依然将大量的时间和精力放在读书上，不仅读中国的古代文学经典，也特别选择那些思想内涵深厚和文学性独具的外国名家和中国当代作家的优秀作品，比如宗璞的《野葫芦引》、阎连科的《坚硬如水》《受活》等，她都会情有独钟地从头细读到尾。她家的藏书很多，她说每天看一眼自己书柜里那些鸿篇巨制，除了望书兴叹外，还有对自己极大的激励作用。她曾多次强调说：“读书对作家特别重要，甚至是最重要的。作家既要学习书本，又要学习生活，然后从中提炼出跟文学相关的东西。现在世界发展的速度特别快，身为作家，更要注重学习，我对自己就是这样要求的。”她说她很少看电视，但她家里的十多种报纸杂志她是一定要看的。

20世纪90年代，她开始学习电脑，并写了第一部数字版的儿童文学中篇小说《七彩圆盘》，之后创作了长篇小说《赤彤丹朱》（1995年5月，人民文学出版社）。这部小说以20世纪20年代的江南水乡—上海—杭州天目山等地至1979年为背景，以“女儿”的视角展开，讲述一对“红色恋人”从参加“革命”到被“革命”拒斥，在长达半个世纪的时间里的坎坷经历以及“我”对历史的反思。这部小说以不同于传统小说的叙述方式和文体结构，“小说的构思将叙述者与被叙述的‘母亲’合为一体，表现出真切同步的生命体验，写出了历史烙刻在‘我’身上的那个样子。”张抗抗说，“这一段惨痛而凄楚的记忆，早已超越了家族的命运，被赋予审美与思考的价值。内容涉及对‘抗战’‘牺牲’‘爱情’‘背叛’‘阶级’‘动机’‘文革’‘家族’‘血缘’‘人性’‘冤案’‘真相’等诸多词汇的解构与颠覆。”小说以“红”字为贯通全书，聚焦故事。赤、彤、丹、朱都是“红”，但它们色调不同。张抗抗说：“四个不同的红字排列组合，便构成一幅悲壮而恐怖的历史景观；‘赤彤丹朱’四个红色的汉字垂叠交错，彼此挤压，奏出一首哀婉凄凉的红色变奏曲……在那块猩红色的底版上，留下了辨不清颜色的血迹与泪痕；最后演化成一个现代的红色神话。尽管风暴与神话最终被岁月消解，但心灵的创痛仍与沉重的历史同在。”

张抗抗从小就对美术感兴趣，多年的积累，终于有了一部以艺术家的生活故事为题材的小说《情爱画廊》（“布老虎丛书”之一；1996年4月，春风文艺出版社）。这部小说构思奇异，“以一幅幅可视的绘画来表现爱情”，试图让读者参与想象，这是她的一次新奇的艺术实践。从《赤彤丹朱》到《情爱画廊》，实际上她只用了几个月的时间便完成了这部长篇，为此她累得大病一场。

《情爱画廊》书写一些知识分子、白领阶层、艺术家和一些普通人对于高雅生活和爱情的向往，深刻表达了人类文明发展史上，人们天性对于美德的憧憬和不断追求生之完美和爱之完美的过程。张抗抗曾说，“我早已‘扬弃’了所谓‘完美女性’的理想。完美就是最大的不完美。事实上，世界上也不可能有完美的女性。我的《情爱画廊》中的水虹，是个美丽聪慧的女人，但她‘背叛’了丈夫，用传统的道德标准衡量，恐怕是最大的不完美。”

张抗抗说，始自此时，她已有了文体创新、突破自己的自觉，不愿意让自己的创作风格定格于一种模式，更不能容忍思想与形式的重复。为此，她在90年代初期和末期，以新的叙事方式和语言变化与创新，发表了《因陀罗的网》《沙暴》《斜厦》《残忍》《银河》等多部中短篇小说。她把整个90年代，称为自己的“探索期”。她这样评说自己的创作历程：“那些或长或短，或大或小的小说和散文，是岁月的证物，留在我的文学之路上。我面对它们，犹如看着生命骨血的一块块结晶体。那时的‘我’是什么样子，作品就是什么样子，无法重写或修改。”

七

张抗抗是当代重要的小说作家，也是重要的散文作家。研究张抗抗，绕不开她的散文。张抗抗的写作生涯是从散文起步的。她说：“我爱散文，爱读，也爱写……写散文总觉得是一种享受。”她自己将写作散文分为两个阶段。第一阶段是学写作之初，因为写小说拿出去难发表，“思想性”的限制太多，而散文是“最少束缚的一种文体”，于是便正式写起散文。《大森林的主人》一文 1973 年在《文汇报》上发表，给她初期创作带来巨大鼓舞。到了 70 年代末，她写出《地下森林断想》，坦坦荡荡地泄露爱与憎，表现与天地山林融洽无间的情致；当她的散文创作进入第二个阶段，张抗抗说：“我已经有意无意地注意到，除了真实和自然之外，散文还必须有一个不散的‘魂’、一个坚固的‘核’，才能使文中的琐碎与闲趣，产生一种内在的向心力与凝聚力，上升到超越于现实之上的艺术境界和智慧境界；才能在‘事’上得‘情’、‘实’中求‘虚’、‘景’外取‘意’。”从此她按照自己的散文观和散文个性去写散文，情感篇、人物篇、杂感篇、游历篇……五光十色，读者总会在她漫不经心的文字漫游中找到那个“魂”。两千字的散文《恐惧的平衡》参加深圳优秀文稿公开竞价，以千字 8000 元的最高竞价成交，这篇短文将竞争社会里现代人的心理通病——猜疑、隔膜，浓缩进出租车里，司机与乘客短短数分钟的恐惧关系之中，写得惊心动魄发人深思，由此可知张抗抗散文的力量。

张抗抗是一位既写小说又写散文，左右开弓的作家。有人说她的小说的光彩可能把她散文的“亮色”遮蔽了不少，其实不然，读者和评论界还是非常在意她的散文和随笔的，对其评论极佳。张抗抗自己说：“小说是我，散文更是我。虚构的小说，真实在生活的本质；而散文，本应是一个里里外外透明的真实。”所以，诚如诗歌评论家谢冕教授所说，张抗抗“是个心里万马奔腾的女孩，写作是她的魅力之一，别看她看起来文文静静，她的文笔总让人感到惊讶，她的才气像某种舞蹈一样，而且看不出一点别人的痕迹，在看似简单的表象中踢打而出，创造出完全属于自己的风格，在通俗文学与严肃文学间闯出了一条新路”。

自她走上文坛，从 1983 年至今，出版的散文集计有《橄榄》（1983 年）、《地球人对话》（1990 年）、《野味》（1992 年）、《你对命运说：不！》（1994 年）、《恐惧的平衡》（1994 年）、《牡丹的拒绝》（1995 年）、《张抗抗散文自选集》（1995 年）、《故乡在远方》（1995 年）、《柔弱与柔韧》（1996 年）、《沙之聚》（1996年）、《山野现代舞》（1998年）、《沧浪之水》（1998年）、《风过无痕》（1998年）、《鹦鹉流浪汉》（1998年）、《女人说话》（1999年）、《张抗抗散文》（2000年）、《诗意的触摸》（2001年）、《我的节日》（2001年）、《天然夏威夷》（2002年）、《嫁衣之纫》（2004年）、《女儿湖隐喻》（2006年）、《张抗抗随笔》（2006年）、《张抗抗散文赏析》（2006年）、《在时间的深处》（2007年）、《悦己》（2007年）、《白色大鸟的故乡》（2007年）、《追述中的拷问》（2008年）、《张抗抗散文》（2009年）、《君子不独乐》（2012年）、《有女如云》（2016年）、《回忆找到我》（2017年）、《诗性江南》（2017年）、《书之书》（2017年）、《故乡在远方》（2018年）、《仰不愧于天》（随笔集）（2018年）、《瞬息与永恒的舞蹈》（2019年）、《散文精读——张抗抗卷》（2019年）、《南方》（2019年）、《北方》（2019年）等四十余部，几乎每年都有一部或多部散文集出版。

从20世纪80年代起，其散文《橄榄》《地下森林断想》《峨眉山启示录》等，到90年代之后的《牡丹的拒绝》《仰不愧于天》《雾天目》《红树林思绪》《无法抚慰的岁月》《感悟珍珠港》《走过莺声地板》《骑兵军飓风》等，用她自己的话说，"应该承认自己还是写了一些有意思的散文和随笔"。"散文坦诚率真，行文散淡散漫，无须搭建故事人物合理的逻辑关系并进行虚构和编织；散文总有属于自己的独特发现，散文之眼的目光，射向事物的深处；以散文特有的精致与优雅的语言，来传递表达自己的发现和感受。若说小说中的'我'隐没在故事后面，那么散文就是一个站在前台的'真我'。小说若是'旁白'，散文就是'独白'；小说是写给他人的，而散文是写给自己的。若说小说中的'我'隐没在故事后面，那么散文就是一个站在前台的"真我"。小说若是'旁白'，散文就是'独白'。小说和散文两种体裁的妙处，让人各有所爱。"这是多么精彩而哲学的对于小说与散文的形象阐释啊！

这是她对散文认知的不可小视的真知灼见。她的散文、随笔和创作杂谈，诚如她所言，"都是自己过往历史的真实产物"；"尽管它们都是个人生活的真实记载，或者属于回忆，属于历史，虽然轻微而渺小，但它们印证的都是时代的刻度"。

进入21世纪，对张抗抗散文的好评如潮，散文研究家王冰发表在2006年《美文》第1期上的《在人性中沉稳与升华——张抗抗的启示》是无数评论中令我赞赏的一篇。王冰说："人性的开端其实与哲学的开端是一致的，都包含一种或善或恶，或崇高或卑微的意识，它就像人的脊背，承载着谦恭、忠诚、高洁、无畏、宁静和平和等诸多品质……人性的浮沉决定了一个人的精神位置，一种高贵、自尊、温和、具有爱意等人性的丢失，无论如何也是对人而言的一种灾难。作为一个艺术家或作家，首先就是从人出发，从人性出发，在对艺术或作品的凝望中，去打磨自己和别人的心境，使之沉稳与坚定。张抗抗的散文是在精神的提升和美的建构中，即在人类如何实现自身价值、发掘自身潜力、实现对人性和他人的终极关怀中，以其审美的态度、超越的精神来观照人生，透视自我的，这有利于帮助我们的心灵摆脱本能和物化的压迫。”他用张抗抗的自问自答展开对其作品的评论：“谁将带我走？要去哪里？我为什么希望被人带走？我难道需要被别人带走吗？我是否真的会跟那个人走？最后究竟是谁带走了谁？”张抗抗答：“是生活本身，引领着我的思维与笔，在行走。”

张抗抗文笔潇洒，揭示人的心灵波涛，笔下不仅闪烁着思想的火花，还总是洋溢着魅力无穷的诗意。在她的散文中，可以随时捡拾到经典美句：“我们一直在试图往前走。前方或尽头，究竟是什么在等待，我们并不真正清楚。那是人类难以把握的未来，我们只是希望和期待，它也许或者至少能比昨天好些。”“所以时不时需要回头看看。阳光若从前面来，只有回头才能清楚地看见自己的影子。”“许多年过去，多少往事都被湮没了，我却始终无法忘记那些故事。岁月像是一条被荒草掩埋的小径，直觉告诉我，拨开那些荆条杂草走下去，前面一定会有废墟与人迹。尽管那个年代似乎已经十分遥远，却又分明就在眼前。回忆往事不都是为了怀旧，而是因为往事仍在继续，从未在根本上了断结束。”

“张抗抗的散文从回忆出发，拎着一个人性的口袋行走在往事和现实之间，对人性中的恶进行贬斥，对人性中的善力求张扬，不断拯救因邪恶而扭曲了的人性，试图把处在灵与肉矛盾冲突困扰下的人们，带进自由理想的境界，实现了人性的升华。”王冰说，“张抗抗的散文体现了一种自然的人性之美，加之其散文题材的日常化、平民化，散文表现手段的圆熟凝练，使她的散文以一种扑面而来的力量，直接冲击着我们，让我们感觉到自己的内心有一股不断升腾的激流，这是一种人性的光辉。镇定自若，气若闲兰，在浅谈细语中赋予了我们一种存在的希望。”王冰还说，“张抗抗是从风光旖旎的江南，怀着青春的热情、豪迈的热血、无限的激情，走到冰天雪地的白山黑水间的，因此在她执着的写作中，必然有两种声音或清晰或含混地追逐着她：一种是从她背后而来的江南风韵，一种是使她成长成熟的北大荒的粗犷，而她却能娴熟地在中间取得一种协同感，把自己的精神和所抒写的事物的主题意蕴结合起来，这为她的散文写作提供了一种独有的契机，可以使她的写作极大地避免世俗化、平面化、游戏化和批量复制等写作的诸多顽疾。”张抗抗的散文关心普通人的命运，具有强烈的社会参与意识，始终把是否具有社会责任感作为构成她理想人格的重要因素之一。王冰吃透了她作品的精神世界，所以他能发现其涤荡到我们内心的散文作品的这种互补与融合的神态、意态。张抗抗的散文是自然化的散文，是生命纯化的必然结果，也是一种人生修养的极致；是一种更为广泛和深刻的人性显现，它在作品中体现出的当然首先是对人的关注、关心、关怀。

八

张抗抗的作品以及文学观，到了 21 世纪才算基本定型。她说，从 2002 年起，自己才真正进入了创作的成熟期。

2002 年是个什么年份？那一年，她出版了长篇小说《作女》。21 世纪以来，她陆续有中篇小说《请带我走》《把灯光调亮》、短篇小说《干涸》等作品问世。《干涸》获得第二届蒲松龄短篇小说奖，《把灯光调亮》获得 2017 年“上海文学奖”“小说选刊奖”“黑龙江省文艺大奖赛中篇小说一等奖”等多种奖项。这期间她一直在进行那部有关 80 年代的长篇小说写作。

回头说《作女》，这部小说终于被人们视为“女性文学”。80 年代她曾说过，当“人”的尊严还没有得到的时候，谈何女性之尊！“到了新世纪初，我终于有一点时间和心情，用小说来表达自己的女性观。我很高兴自己能够提炼出‘作女’这一现代都市女性的特质，以此来表现女性的生命力和创造力。”不过，她还说，“《作女》是一个句号，意味着我对形式、对市场的探索就此可以告一段落了。我已年过五十，应该去写自己真正想写的作品了。新世纪是我文学之路的新开端，因为我知道自己应该去做什么，为此我已准备了五十年。”

2005 年，作家出版社将《隐形伴侣》编入“重温经典丛书”；2009 年，人民文学出版社将她的《赤彤丹朱》《情爱画廊》和《作女》三部长篇同时纳入“共和国文库”。这显示了她的作品的分量。

时光，看似美好，实则异常残酷！它以不慌不忙慢腾腾的脚步，却快过我们的“高铁”和飞机的速度。2006 年，张抗抗当选第七届中国作家协会副主席，至今已连任三届。在接受采访时，她说：“创作好作品高于一切，好作品是最高的荣誉；一个作家，最重要的是把自己的作品写好！”这是她永远不负众望的追求。她还说：“我会一如既往地关注生活，关注人的精神世界，对于文化艺术的公益活动将尽力而为。”从那时起，她便开始了创作前的准备——“搜集资料、读书、补充采访、提纲……这些工作整整持续了一年多。从 2007 年夏天，才开始新的长篇初稿的写作。”作为一位作家，既要具有深邃的思想高度和对社会生活认识上的高度敏感，更要具有审美的艺术感觉和艺术素质。张抗抗的家庭和自己的生活铸就了她在文学创作方面的优势。在性格上，她既有女性的温婉细腻，又有特有的自信与刚强。

作为 20 世纪中国文学的最后辉煌时期和 21 世纪初中国文坛的代表作家之一的张抗抗，她从北大荒起步，其文学创作跋涉至今，却不肯停下来；

她依然锲而不舍，以敏锐的艺术嗅觉，在感觉时代运行的脚步声中寻找人的尊严与价值，刻意追求作品的艺术风格，建立与完善思想的深度与哲学意蕴。她在2018年末出版的《张抗抗文学回忆录》的“自序”里说：“写作不是我的全部生命，而是我人生的一个组成部分。我在文学中日臻完美，从而成为一个丰富的人、一个合格的公民、一个有尊严的作者。”她还说，以后的日子，我也许还会继续流浪，在这极大又极小的世界上，寻觅着、创造着自己精神的家园。

1995年2月10日初稿

2019年8月8日三稿于巴黎

（李杨杨：北京语言大学教授）

张抗抗著作列表

短篇小说集

1.《夏》 黑龙江人民出版社 1981 年
2.《红罂粟》 北方文艺出版社 1986 年
3.《白罂粟》 华东师范大学出版社 2017 年 6 月

中短篇小说集

4.《张抗抗中篇小说集》 中国青年出版社 1982 年
5.《塔》 四川文艺出版社 1985 年
6.《陀罗厦》 华艺出版社 1991 年
7.《永不忏悔》 河北教育出版社 1995 年
8.《银河》 长江文艺出版社 1996 年
9.《热石头》 河北少年儿童出版社 1996 年
10.《请带我走》 华艺出版社 2003 年
11.《性情张抗抗》 北京广播学院出版社 2004 年 12 月
12.《黄罂粟》 江苏文艺出版社 2005 年 1 月
13.《北极光》 人民文学出版社 2006 年 1 月
14.《张抗抗小说》（学生版） 吉林文史出版社 2006 年
15.《张抗抗自选集》 现代出版社 2006 年 12 月
16.《鸟善走还是善飞》 上海文艺出版社 2007 年 8 月
17.《请带我走》 中国社会出版社 2012 年 2 月
18.《把灯光调亮》 太白文艺出版社 2018 年 11 月

中短篇小说散文合集

19.《张抗抗代表作》 北方文艺出版社 1991 年
20.《张抗抗儿童文学作品选》 少年儿童出版社 1991 年
21.《张抗抗知青作品选》 西苑出版社 2000 年
22.《钟点人》 中国文联出版社 2001 年
23.《还有一次机会》 华文出版社 2002 年
24.《中国当代作家选集丛书——张抗抗卷》
人民文学出版社 1998 年
25.《张抗抗作品精选》 长江文艺出版社 2012 年 11 月

散文集

26.《橄榄》 上海文艺出版社 1983 年
27.《小说创作与艺术感觉》 百花文艺出版社 1985 年
28.《地球人对话》 中国华侨出版公司 1990 年
29.《野味》 百花文艺出版社 1992 年
30.《你对命运说：不！》 知识出版社 1994 年
31.《恐惧的平衡》 华艺出版社 1994 年
32.《牡丹的拒绝》 春风文艺出版社 1995 年
33.《张抗抗散文自选集》 百花文艺出版社 1995 年
34.《故乡在远方》 四川人民出版社 1995 年
35.《柔弱与柔韧》 湖南文艺出版社 1996 年
36.《沙之聚》 吉林人民出版社 1996 年
37.《山野现代舞》 陕西人民出版社 1998 年
38.《沧浪之水》 江苏文艺出版社 1998 年
39.《风过无痕》 江苏人民出版社 1998 年
40.《鹦鹉流浪汉》 重庆出版社 1998 年
41.《女人说话》 江苏人民出版社 1999 年
42.《张抗抗散文》 解放军出版社 2001 年
43.《诗意的触摸》 当代世界出版社 2001 年
44.《我的节日》 知识出版社 2001 年
45.《天然夏威夷》 河南文艺出版社 2002 年
46.《嫁衣之纫》 新华出版社 2004 年
47.《女儿湖隐喻》 上海三联出版社 2006 年 6 月

48.《张抗抗随笔》　　中国社会出版社 2006 年 9 月
49.《张抗抗散文精品赏析》　　学林出版社 2006 年 12 月
50.《在时间的深处》　　江苏文艺出版社 2007 年 8 月
51.《悦己》　　中国青年出版社 2007 年 6 月
52.《白色大鸟的故乡》　　上海人民出版社 2007 年 8 月
53.《追述中的拷问》　　中国海关出版社 2008 年 1 月
51.《张抗抗散文》（插图珍藏版）　　人民文学出版社 2009 年 10 月
52.《君子不独乐》　　长春出版社 2012 年 1 月
55.《汉语魔方》　　中国社会出版社 2013 年 1 月
55.《张抗抗经典散文》　　山东文艺出版社 2014 年
56.《北方》　　高等教育出版社 2016 年
57.《有女如云》（精装）　　北方文艺出版社 2016 年 7 月
58.《回忆找到我》（精装）　　长江文艺出版社 2017 年 4 月
59.《诗性江南》　　华文出版社 2017 年 5 月
60.《书之书》（精装）　　河南文艺出版社 2017 年 7 月
61.《故乡在远方》　　上海教育出版社 2018 年 7 月
62.《仰不愧于天》（随笔集）　　中国文史出版社 2018 年 9 月
63.《张抗抗文学回忆录》　　广东人民出版社 2019 年 1 月

长篇小说单行本

64.《隐形伴侣》　　作家出版社 1986 年
65.《隐形伴侣》　　华艺出版社 1995 年
66.《隐形伴侣》　　时代文艺出版社 2001 年
67.《隐形伴侣》　　作家出版社“重温经典”丛书 2005 年
68.《隐形伴侣》　　武汉大学出版社“知青”文库 2012 年 8 月
69.《隐形伴侣》（精装本）　　河南文艺出版社 2017 年 10 月
70.《赤彤丹朱》　　人民文学出版社 1995 年
71.《赤彤丹朱》　　人民文学出版社 2007 年再版
72.《赤彤丹朱》　　人民文学出版社 2009 年 8 月精装版
73.《赤彤丹朱》　　人民文学出版社 2013 年 1 月再版
74.《情爱画廊》　　春风文艺出版社 1996 年
75.《情爱画廊》　　西苑出版社 2001 年
76.《情爱画廊》　　时代文艺出版社 2005 年
77.《情爱画廊》（精装）　　江西教育出版社 2010 年 2 月

78.《情爱画廊》20 周年纪念版（精装）

当代中国出版社 2016 年 8 月

79.《作女》 华艺出版社 2002 年

80.《作女》 长江文艺出版社 2004 年

81.《作女》（精装本） 安徽文艺出版社 2014 年 9 月

82.《作女》（精装本） 北京联合出版公司 2014 年 6 月

83.《赤彤丹朱》《情爱画廊》《作女》

人民文学出版社 2009 年 4 月 “共和国文库” 系列

其 他

84.《张抗抗自选集》（5 卷） 贵州人民出版社 1996 年

85.《张抗抗影记》 河北教育出版社 1998 年

86.《大荒冰河》（老三届著名作家回忆录丛书）

吉林人民出版社 1998 年

87.《我游画海》 西苑出版社 2001 年

88.《你是先锋吗》（张抗抗访谈录）

文汇出版社 2002 年

89.《彼岸的风》 浙江摄影出版社 2002 年

90.《过眼铭心录》 湖北美术出版社 2003 年

91.《情爱画廊》绘本 苏州古吴轩出版社 2005 年

92.《谁敢问问自己》（人生笔记丛书）

时代文艺出版社 2007 年 1 月

93.《张抗抗自述人生》 时代文艺出版社 2010 年 1 月

94.《问问自己》 时代出版社 2011 年 11 月

港台版

95.《永不忏悔》 香港天地图书出版公司 1994 年

96.《情爱画廊》 台湾业强出版社 1998 年

97.《女人的极地》 台湾业强出版社 1998 年

98.《女人向前走》 台湾宏文馆 2001 年

99.《作女》 台湾九歌出版社 2003 年

100.《请带我走》 台湾九歌出版社 2005 年

101.《牡丹的拒绝》 台湾新地文学社 2012 年 8 月

外文版

长篇小说《隐形伴侣》

北京外文局 1997 年

中篇小说集《残忍》（法文 *L'IMPITOYABLE*）

法国《蓝色中国》"*BLEU DE CHINE*" 出版社 1997 年

中短篇小说集《残忍》（英文 *LIVNG WITH THEIR PAST*）

香港中文大学出版社 2003 年

中短篇小说集《白罂粟》（英文 *WHTE POPPIES*）

美国康奈尔大学出版社 2011 年

王安忆研究

老城旧巷、寻常阡陌，钟灵毓秀所在

——由王安忆《天香》的人物谈起

赵冬梅

摘　要: 王安忆的“小说地理学”，包括她曾经下乡插队的农村和短期居住过的小城镇，以及她于国内外旅行、考察、走访时足迹所至的农村、小城镇和香港等国际大都市，但她讲述最多的无疑还是上海故事。这些不同地方的故事，在差异之中又有着明显的共性，其中之一便是对老城旧巷、寻常阡陌以及生活于其中的钟灵毓秀者的偏爱。因此，王安忆的乡村故事、小城镇故事，既自成格局，又与她的上海故事相互关联、形成比照，它们烘托、弥补甚至参与了她的上海故事。《天香》的独特之处，在于将她之前小说中曾反复出现的“元素”，如来自不同地方——上海近郊的小镇、村落以及古城苏州、杭州，不同阶层——没落淡泊的诗书世家、怡然自得的能工巧匠、一派天籁的乡野人家，却又有着相近性情的人——都是钟灵毓秀或貌似寻常却天赋异禀，汇聚于上海申家，最终成就了天香园绣。随着沧海桑田的变迁，这些人以及他们的身世来历、精神气韵，遗留、散落在了尚未被现代化潮流席卷而去的老式弄堂、拥挤棚户，而这也正是王安忆一直在寻找的上海这座城市浮华外表之下、人们刻板印象之外的内在本质。

关键词:《天香》　老城旧巷　寻常阡陌　钟灵毓秀　上海故事

常以写实主义自况的王安忆，她的“小说地理学”也充分体现了这一“写实性”。首先是作为她成长、工作、生活的上海，出现在了《流逝》《69届初中生》《长恨歌》《妹头》《富萍》《启蒙时代》等她创作至今的众多作品中，成就了她的所谓“海派的当代传人”；而出现在《大刘庄》《小鲍庄》《岗上的世纪》等作品中的乡村，出现在《小城之恋》《临淮关》《隐居的时代》等作品中的小城，则与她早年在安徽淮北插队、后考入徐州文工团的经历密切相关。这些年来，随着她国外旅行、考察、走访的足迹所至，她小说中的地理空间也在不断扩展，如《上种红菱下种藕》里的浙江水乡小镇华舍、柯桥，《遍地枭雄》中浙江临安大明山里的废矿山，《匿名》中浙江大山褶皱里的林窑、九丈等；另如为父亲寻根的《伤心太平洋》中的新加坡，《香港的情与爱》《红豆生南国》中的香港，《向西，向南，向南》中的柏林、纽约等。但王安忆讲述最多的，无疑还是上海的故事，即使作品主要讲述的是那些乡村故事、小城镇故事或香港、新加坡、纽约等大陆之外的城市故事，也大都离不开作为背景、参照以及作为人物、情节出发点或落脚点的上海，就像勤奋如她的作家每当完成一部长篇小说后，都会写一些中短篇或散文随笔等作为调剂、过渡。当她创作一些上海之外的小说后，也会像归来的游子一样，让她笔下的人物和她一起再次回到上海，如接续《匿名》《红豆生南国》之后新近出版的《考工记》；而本文着重分析的《天香》，则是她于新世纪书写了《桃之夭夭》《启蒙时代》《月色撩人》等一系列当代的上海故事后，并继为母亲寻根的《纪实与虚构》之后，将目光又一次投向历史的纵深，为所有来自的上海寻根、立传。

如上所述，王安忆笔下不同的地理空间源于或重合于她的人生足迹，并构成了她的小说地形图。这一文学地图涵盖范围之广——包括如地标式存在的上海、香港等国际大都市和广泛存在于中国大地的乡村、小城镇，在中国现当代作家中是极为少见的，那么，这些不同的地理空间之间的关系以及它们在作家小说创作中的意义，都是值得加以探讨的问题。本文将会就此展开讨论。

一

有论者曾将“物”——以上海顾绣为原型的“天香园绣”，看作王安忆《天香》的中心，[①] 将“天香园绣”的历史，看作是沈从文后半生所投身其中的物质文化史的一支一脉，并以“一物之通，生机处处”，分析了“天香园绣”所连接起来的几个层次——由向上是艺术、向下是百姓生活与民间生计连接起不同层面的世界，由天工开物、假借人手连接起各种人事、各色人生尤其是三代女性的寂寞心史，由其所产生的时代连接起一个阔大的晚

① 王安忆：《天香》，人民文学出版社 2011 年版。

明全景图，并与时势、气数、历史的大逻辑相通。[①]有如此气象万千并充满哲思、妙想、诗情的“物论”在前，本文关注的仍是“天工开物、假借人手”的“人”，且首先是常被论及的共创了“天香园绣”的几位女性，小绸、闵、希昭和惠兰。

这几位女性中，除了辈分最低的惠兰是生养于天香园中的申家女儿，其余则都是带着各自的身世嫁入申家，与申家的富庶奢华、锦衣玉食却没有“渊源”（小说中写道，申家到儒世、明世一辈也即明嘉靖年间，才与仕途经济有涉，并多次提到或者说强调申家的“没什么渊源”）不同，她们的家世都颇有来历。

明世的大儿媳妇、柯海的妻子小绸，是距上海城七八里的七宝镇徐家的女儿，徐家本是北方陇西人，祖上在宋时有封地，随康王南渡，在南宋做官，子孙由于兵乱而逐渐定居七宝，徐家的来历虽早已随宋世湮灭而销迹，日子还有些拮据，可修有宗祠，代代相继，是有踪可循的正统人家。小绸在家读过书，出嫁的妆奁中有一箱书画、一箱纸和墨锭，柯海纳闵为妾后，小绸还曾作璇玑图寄托情思。闵家虽非书香世家，却是世代织工，从苏州织造局领活计供宫内所用，闵师傅是花本师傅，负责织工中最精密的一道工序，柯海随阮郎到扬州游玩，途中在胥口停靠，穿街走巷造访了闵家，遇见了坐在廊檐下俯头绣花的闵，被柯海比作“活脱是乐府诗的意境”，柯海的驻步微笑被闵师傅看在眼里，由此结成了一段并不幸福的姻缘，但却将绣艺带入申家。小绸的决绝，使伤心的柯海冷落着闵，在镇海媳妇的联络下，被冷落的闵一心想与小绸交好，镇海媳妇去世后，闵更是一心要与小绸做伴，有意疏远柯海，于是小绸的书香诗心加上闵的绣艺，便开创了天香园绣。生于观音诞辰日的希昭，是杭州城沈家的女儿，沈家祖上在南宋做过盐茶钞合同引押的官，家道中落后定居到候潮门直街的打绳巷，处处是南宋遗址的打绳巷，随着岁月流逝、朝代更迭，早已变成烟火濡染的市井里巷，但沈家却闹中取静、性情淡泊，仍以诗书传家，颖慧的希昭自幼被老太爷当男孩养，七岁请了蒙师破蒙，八岁时因想当晋太元中桃花源的武陵人，被蒙师吴先生起号“武陵女史”，等她嫁给镇海的儿子阿潜，以绣作画时，则以“武陵绣史”落款，将天香园绣推至更高境界。

以气运相通观之，小绸、闵、希昭的家世来历使没有渊源的申家有了些历史感，也因她们的家世来历，为申家在“一夜莲花”“香云海”“天香桃酿”“柯海墨”之外，增添了更为雅致更有生命力的“天香园绣”，而这又离不开申家的讲究排场、喜爱玩乐为她们搭建的施展才华的天地；反过

① 张新颖:《中国当代文学中沈从文传统的回响——〈活着〉〈秦腔〉〈天香〉和这个传统的不同部分的对话》，载《南方文坛》2011 年第 6 期;《一物之通，生机处处》，载《当代作家评论》2011 年第 4 期。

来，天香园绣又延缓了气数已尽的申家的败落，甚或说为申家又添了生机。而在这个过程中，镇海的孙女惠兰走进了天香园绣的历史。

比起伯祖母、伯姨祖母和婶婶家的家道中落或窄门小户，惠兰可说是贵族之家的金枝玉叶，惠兰的外婆家是上海名园愉园的彭家，彭家的门第、渊源、声誉比申家还胜一筹。耐人寻味的是，小说在描写惠兰或惠兰母亲这样的金枝玉叶时，却不像写小绸、闵、希昭时的不吝赞美，这也许是为了在富华门第与天资容貌之间取得一种平衡？与小绸、希昭的能诗会画不同，惠兰对读书却始终不开窍；与小绸、希昭的气度不凡、容貌俊逸或闵的形容姣好不同，惠兰的长相是脸颊丰圆、眉眼浓浓、鼻梁略平、鼻尖略翘起，像个俏皮的乡下丫头，而这两点都随她那爱笑的母亲，小说的解释是“大家子的人多少有些混沌，是不更世事所致，别一种的娇贵”。可与母亲的“一路蒙到底”不同，正在天香园绣扬名天下时出生的惠兰，一下地便摸针，一旦到了花绷上，对着丝线绣针，便顿生慧心，但她的绣艺又并非十全十美，从孩童时喜欢俗艳颜色，到渐渐有了鉴识清雅下来，可不时还会冒出像个乡下丫头似的村气，不过这蒙塞中透进的分外明亮的一隙光，还是为她日后设幔授艺、终至绣成四百八十八字的“字字如莲，莲开遍地”的《董其昌行书昼锦堂记屏》埋下伏笔。天资、相貌似乎都要比几位长辈逊色的惠兰，却能够将天香园绣发扬光大、另创一境，其中的因缘际会，与她的出嫁密切相关。

惠兰的婆家姓张，住在三牌楼新路巷巷底一座不大的宅院里。张家与小绸家一样也是北方人，祖上做过正三品的官，元明鼎革之际迁来上海，家族已经零落，如今只有几十亩薄地、百来卷诗书，勉强可称小康，因两个儿子张陞、张陛双双通过院试取了生员，渐有些兴起的声色。张家不得不提的是张夫人，小说对她的描写是身量高大、仪态端庄、素雅沉着，是“巾帼中的英雄”，没裹脚，家中大小事都由她做主，且以“治国之才治家”，因此她并不以申家的“阴盛阳衰”——男人们都喜欢稀奇古怪的玩意儿，往往一事无成；女人们的绣倒成天下一绝，闻名四方——为怪，却以为这家人有性情，当她在惠兰父亲的“亨菽”豆腐店看到形容天真的惠兰，打定主意向申家提亲时，因着家世渊源和儿子的前途无可限量，并不因家境寒素而觉高攀。因此，张家的精气神儿，并不是那两个有天智且勤勉的儿子，而是张夫人，这里显示出作者设置人物时的独特之处，比如闵与希昭，她们的出类拔萃除了天资与家世濡染外，还离不开身边都有一位像张夫人似的不凡长辈，那就是闵师傅与沈老太爷，他们也和张夫人一样，一心促成了女儿或孙女的姻缘。小说曾多次或直接或间接对闵师傅大加褒奖，如闵师傅在第二卷中到申家走亲戚时，借小绸之口赞他不卑不亢、出语大方、很有见识，又借他之眼指出希昭的不可小视，并因此改变了他认为申家气数将尽的看法，而是有更大的势不可当、摧枯拉朽的气数，这其实亦是他有见识的体现；而在希昭的成长过程中，从开蒙、读书、临帖、临画到日常游冶，都有着沈老太爷希望孙女长成才女的悉心调教。

在申家人看来有些“憨傻”的惠兰的出嫁，在富华门第与天资容貌之间的平衡关系似乎又回来了。与小绸、闵、希昭因家世渊源、天资容貌嫁入申家相反，欠缺这些“资历”的惠兰却嫁到了拥有这些“资历”的张家，但此一时非彼一时，爱面子的申家因置办不出惠兰的嫁妆，而将婚期一拖再拖，最终在张家的催促下，贱卖田地才拼凑出七零八落的嫁妆，惠兰向小绸讨要了“天香园绣”的名号做压箱的妆奁，谁知竟派上用场。张家并未如张夫人设想的事在人为，惠兰进门两年，儿子灯奴半岁时，一向体弱的张陛染伤寒而去世，张老爷一日日委顿下来终至逝去，大儿子张陞携妻儿入赘岳丈家，留下要强的张夫人与惠兰母子，为生计所迫，寡居的惠兰由在白绫上绣《昼锦堂记》打发时光，开始绣素净的佛像换钱度日，而她向张夫人明志时剪下的一束头发，被小丫头戥子辟成丝，竟又创了发绣。惠兰因同情乖女的不幸遭遇（儿时因意外受伤毁容），为给她一个安身立命的归宿，在戥子姐姐的请求下（乖女为戥子姐姐的小姑），与张夫人商议后，拜嫘祖为师，收下戥子、乖女为徒，使原本来自民间生计的天香园绣又回至民间生计。

在惠兰将天香园绣另创一境的过程中，还有一个重要人物，就是柯海小妾落苏生的儿子阿暆。阿暆落地时天有日再旦，已令家中人惊诧，与申家人的身个颀长、脸型匀长、修眉秀目不同，他是敦实有力、圆头大眼、眉间宽、鼻翼宽，且自幼出言有趣，在塾中读书时，因过于活跃多思而学业平平，被先生谑称为“异端”“偏德”，长大后越发风趣，结交广，却全是市井的三教九流，是申家头一个会办事的“务实”的人。阿暆虽是叔叔，由于与惠兰年龄相差不大，两人自幼就交好，惠兰出嫁后遭遇种种变故，他一直勉力照应，惠兰的绣活就是他找龙华寺一位名叫畏兀儿的朋友接来的，惠兰也因此以绣佛像而得名。

由申家的“异数”阿暆，可牵出《天香》中的另一脉人物。首先是他的母亲落苏。小说中写道，阿暆的外貌长相、言语风趣，都随他的母亲，而他被称为“异端”的胡思乱想，有一半也来自母亲的村俗见识。落苏是浦东菜农家的女儿，被申夫人买来专门伺候柯海，因见她憨态可掬、皮实开朗，不像小绸、闵那样需提着精神应对，便收了房，落苏虽呆愣，但耿出来的心机却颇为可叹，比如她不识字却会自创文字，一个圆是日头的意思，一个半圆是月亮，一堆墨点围在圈里是米，如此等等。等到申家式微，柯海、小绸等相继过世，阿暆因加入东林党被捕时，心宽的落苏自在门前开了一畦菜地，既够一大家的日常食用，也可送左邻右舍，“生出一股怡然自得，不把落魄当回事的样子”，而这也颇合乎申家人的性情，好比紫藤一类的花，“开相好，败相也好”。而柯海对落苏，有些类似父亲当年对荞麦，两人都是乡间野地里无拘束地长成，属《诗经》里面“国风”一派，这就回到了小说开始申家初建天香园时，为请大木匠造园子，儒世、明世兄弟曾专程去了一趟章师傅居住的白鹤村，遇到了章师傅的小妾荞麦，明世见她发黑黑、颊红红、笑眼弯弯，便心生怜惜，自此决意要觅一个没怎么见过世面的乡下丫头。章师傅一手建造了天香园，同时又是柯海的玩意儿老师，申家轰动一时的“一夜莲花”“香雪海”都出自他的手，是木匠行中的状元。

于是，来自不同地域——上海近郊的小镇、村落以及历代古城苏州、南宋旧都杭州，不同阶层——没落淡泊的诗书世家、怡然自得的能工巧匠、一派天籁的乡野人家，不同气质——或天资聪颖、世事练达、风趣彪焕或混沌、朴拙中透出一隙亮光、一点心机，却又有着相近性情的人——都是钟灵毓秀或貌似寻常却天赋异禀，汇聚于商渎之邦的上海申家，最终成就了天香园绣。

二

综观王安忆之前或之后的作品，不难找到与《天香》中相似的人物或人物设置，而这些人物的生活背景，也不外乎上海这样的大都市、苏杭、七宝等古城镇、白鹤村等山野村落的寻常巷陌。

比如《上种红菱下种藕》中，秧宝宝、蒋芽儿等几个水乡小镇的女孩，应属于荞麦似的《诗经》里的“国风”一派，只是小说截取的、细致描摹的，正是她们在乡野间无拘无束成长的纯真岁月，而不是荞麦们十几岁就已为人妾、母。[①]《富萍》中的富萍，应属于混沌、朴拙中透出一隙亮光的类型，她是扬州乡下的农家姑娘，父母早亡，跟着叔叔婶婶讨生活，没读过书，因被人介绍的对象的奶奶在上海帮佣，就被奶奶接到了上海来住。富萍长了一张圆脸、一双单眼皮的小眼，鼻子和嘴都是小而圆，两颊红红，皮肤粗糙，表情呆滞，行动迟钝，但是她的眸子是清亮的，她的迟钝中透着一股子劲道，并且有一种妩媚，不是在长相、神气里，而是在周身散发的气息里，尤其是晚上，她的脸变得生动，浮着一层薄光。所以，看上去很“木”的富萍，却是在全身心地感受、体验着大城市的生活。她尝试着从奶奶东家所居住的淮海路，慢慢找到了在苏州河上开垃圾船的舅舅家所在的梅家桥，与繁华闹市的淮海路相反，这是一片破旧的棚户区，居民来自各地，靠捡垃圾、磨刀、镶牙、贩小食、折锡箔、糊鞋靠为生，然而在卑琐的营生下面，这里的人却有着“一股踏实、健康、自尊自足的劲头”。

① 王安忆:《上种红菱下种藕》，南海出版公司 2002 年版。

正是有了梅家桥这里的生活经历，富萍拒绝回乡，跟挑着一大家子生计的奶奶的孙子成亲，但她也没有像奶奶那样留在市区给人帮佣，而是来到了梅家桥，最终在一间潮湿的小破屋里、在境遇连她都不如的一对母子那里，找到了自己的归宿。[①]

富萍最后的人生选择，与惠兰有些相像。那对母子原也有过好日子，男孩的父亲是上海中国银行的一名职员，只可惜早早病故，回到老家的母子受尽亲戚的白眼，难以立足，男孩也在期间患小儿麻痹症，瘸了一条腿，母亲为了儿子的将来，又回到上海，在一位老工友的帮助下，在厚道、与人为善的梅家桥安顿下来，母亲靠干各种杂活，供成绩优秀的男孩读到初中毕业，因没有高中收这残疾孩子，就待在家中和母亲糊纸盒为生，并自学成了一个小修理匠。在这家中，母亲坚强、能吃苦，在困顿中长大的男孩生性温和，有着弱者的自尊自爱，当富萍遇到这对母子，心境变得很安谧，有了“于归”之感。这就如同《天香》中的张家，故的故、病的病、走的走，生计艰难之时，惠兰既不听阿畹的建议，带灯奴回申家度日，更是拒绝了大嫂劝其再嫁，而是告诉张夫人，自己和她有缘分，所以今生要长相厮守。小说中写道，当她向希昭要来佛像的花样，不听母亲的挽留，连夜赶回张家时，看到张夫人和灯奴坐在院中数星星，“忽觉着无比心安”。

而《临淮关》中的船工老杜，则属于闵师傅、章师傅一类的人。老杜言语不多，却有人缘，这一半得自老辈人的秉传，因上几代就有人在淮河滩上背纤，老杜家在镇上人心目中的位置，便具有历史性的社会基础；另一半则来自老杜，在他沉默少语的表面下，有着豪爽的心胸，那些水路上往返的常客，渐渐成了老杜的朋友，有错过航次的就在老杜家过宿，事后常会让人捎东西给老杜。而老杜女人待客的饭菜虽家常却不凡，糖醋渍的旋成螺旋形的黄瓜皮，用火慢烤的整个油浸茄子，一层白菜叶一层槽鱼煨成的酥鱼，片下来透亮的酱猪腿，使老杜和客人之间自酒菜中生出温煦的情义。[②]这情景仿如明世兄弟造访白鹤村时，在章师傅家吃到的“外一路”的饭菜，小半块砖头样大的豆腐、半臂长的四鳃鲈鱼、蜜色的大馒头、斟在大碗里简直就是酒母的酒等，渲染着小康人家的安乐自在。

生养在这样的人家，女儿小杜自然与众不同，俊俏加上父亲朋友捎来的衣服用品，在同学眼里、在她插队的乡人眼里，她比那些上海知青更像“上海人”。小杜且聪敏也随父亲，和上海学生相处时不远不近、不卑不亢，和乡人相处则晓得进退轻重，得到乡人的夸奖。因着父亲朋友的帮忙，下乡不满两年的小杜，就被借调到公社广播站做广播员，后又被推荐

① 王安忆：《富萍》，湖南文艺出版社2000年版。

② 王安忆：《临淮关》，载《上海文学》2004年第7期。

到县委广播站，被热心人介绍给一位副县长的独生子海林。出生在旧镇上老户人家的小杜，将谁上谁门看得很重，这意味着女孩身份的贵贱，也决定了今后在婚姻生活中的地位如何，因此喜欢海林在她的宿舍进出，而执意不去海林家，在两人几乎闹僵的情形下，还是副县长在工间休息时，亲自到广播站请小杜到家吃饭，小杜才去了海林家。结婚时，小杜不愿自己的父母见公婆，怕见出高下不好做人，结果父亲竟写来有礼有节、不卑不亢的信，解释走不开，欢迎新姑爷来家看看，海林就随小杜去了临淮关，小杜家则样样安排舒齐，父亲还特意留了位过路的蚌埠客，陪姑爷说话解闷，使生长在机关大院的海林处处觉得新奇。小杜虽没有小绸、希昭的诗书修养，但自旧镇老户人家得来的教养，那份聪慧、矜持与强势则像极了她们。

像小杜这样来自巷里坊间，相貌出众，天资聪慧，虽不是高门大户却被父母捧在手心里养着的女孩，应是王安忆比较偏爱的一类人物，《长恨歌》中的王琦瑶就是另一个著名的典型（在人物设置上，这部小说也体现出了某种平衡关系，如王琦瑶的两个闺中密友，吴佩珍与蒋丽莉，两人的家境都远优于王琦瑶，但天资容貌却又远逊于她，因此她们忠实地崇拜着王琦瑶，随时准备奉献热诚，而等到她的女儿薇薇长成少女时，薇薇和她的女友——来自淮海路某条窄小弄堂里的张永红之间的关系，则又颠倒了过来）。[①] 只是一个生在水边旧镇，一个生在十里洋场，虽然有着一样的相貌、天资，但出身境遇的不同，还是显出了两人的差别，小杜与上海知青交往时的拿捏分寸、对待海林家的矜持自尊，其实亦有一种掺杂着自卑的复杂心情，远没有王琦瑶的从容自信、宠辱不惊，所以她才会在乡人们夸她像上海人时感到悲哀，因为她竟合了乡人没见识的品位，那些上海知青再怎么在长相、穿戴上不如她，他们也是上海人。也正是由于这自卑做底子，有父亲这样的家世做支撑，在人生的选择中，小杜要谨慎得多，或者说聪明得多，并不会像王琦瑶总是将自己逼入绝境，再置之死地而后生，最终永无生机。这或许就是小镇女孩与“沪上淑媛”的不同，虽都小心经营、很有主见，但一个满足于嫁个好人家，一个因着“上海三小姐”的名号，不再安分于平凡的家常夫妻，可以说王琦瑶和她生活的那座城市一样，既有着穿衣吃饭、细水长流的“生活芯子”，又有着冒险精神，有着敢于独自面对、承担的勇气。也正因为如此，王安忆才会将王琦瑶看作上海的“代言人”，才有了女性与城市“同构书写”的论述。

不过，却很难说小杜就是小镇或小镇女孩的“代言人”，因为同样是来自小镇，小绸的气度，是申家所有的男性甚至男客都要避让三分的；即使将

① 王安忆：《长恨歌》，作家出版社 1995 年版。

时间拉回到现在，比如《上种红菱下种藕》中，秧宝宝寄居的华舍镇李老师家的女儿闪闪，这又是一个被父母娇惯、从小被人们叫作“上海人”的小镇女孩，她的有主见，还表现在连哥哥的对象都是她找的。闪闪幼师毕业后先在镇政府幼儿园工作，后应聘到一所私人开的“贵族”幼儿园，辞职后开了间“闪亮艺术画廊”，因给人画新娘妆而出名，店门口终日车水马龙、生意红火，但不安现状的闪闪早另有打算，准备挣些钱后去杭州接着读书，再寻发展机会。小绸、小杜、闪闪之间固然有着家世的差别，但是否也说明比起同质化较高的现代大都市，那些尚保留着较多传统的小镇，即使是在相似中，也还有着更为多样的个性特征或可塑性。

时移事往，无论是小杜、闪闪还是王琦瑶，尽管和小稠、闵、希昭一样，都是来自市井里巷的出类拔萃者，或许是没有了踵事增华的申家做背景，她们无法像小绸们将所有的天资、慧心悉数倾注于一“物”之上，即使是这“物”后来在市上沽售、用作稻粱谋，小绸们仍然是在天香园的绣阁或楠木楼上净手、焚香后专心于绣，仍然可以从世俗中超拔出来，不用参与其中的烦琐、卑微。在这点上，小杜们可能更接近惠兰，有了更多的人间烟火气，但惠兰毕竟是经历过富贵荣华，同样是为生计所迫，她依然能够气定神闲，在张家花木扶疏的小院里专注于一“物”，而不是像小杜或王琦瑶，将天资都用于人事的计较、应对。因此，虽然是相似的人物或人物设置，其实只保留了“形”似，如同天香园绣，固然由惠兰传至处处生机的民间，且那一颗锦心犹在，但那份由诗书、繁华浸染出的高雅与矜贵，随着申家的式微、天香园的颓败，终究还是失落了。

也许是早就意识到了这份失落，王安忆才会对老城旧巷、寻常阡陌情有独钟。她在《天香》中借希昭之口讲道：“莫小看草莽民间，角角落落里不知藏了多少慧心慧手，只是不自知，所以自生自灭，往往湮没无迹，不知所终。”所以，在描写了那么多生养其间的钟灵毓秀的人物后，还是试图在这些地方寻找些什么。比如在《隐居的时代》中，当讲完“我们”插队的乡村、县城里那些非同寻常的人物后，在小说结尾又讲了一则传闻，在“我”曾居住过的苏北城市徐州，夜深的时候，如果“我们”穿街走巷，来到一座大杂院的背后，伏在一扇朝北的糊着旧报纸的窗户下，耳朵贴在墙缝，会有留声机的声音，放的是贝多芬的第五交响曲，“我们”相信，“在这条莫名的巷子里，有可能潜伏着莱茵河畔的那位巨人”[①]。

另如在《启蒙时代》(2007年)里，如同《富萍》在最后几节把叙述场景完全转到梅家桥一样，在文化大革命时期的上海，作者在描写了南昌、陈卓然这批干部家庭的子女，成群结队、从早到晚地高谈马列经典、政治

---

① 王安忆:《隐居的时代》，载《收获》1998年第5期。

哲学后，在第五章时（全书一共六章），把笔锋从高干公寓转到了南市区的市井里弄。小说中写道：南市区是这城市最具历史感的区域，所谓殖民地、十里洋场、东方巴黎，都是后来的事情，这里曾是古老防御体系的城墙所在地，这里有参与纂修《四库全书》的某官的私宅，有学铁路制造的商贾子弟，这里到处是零落于民间的历史，陈卓然正是通过来自这地方的阿明，改变了对“小市民”的看法，由热衷于激情燃烧的生硬教条转向真实可感的生活。阿明的高祖是浙江南浔缫丝业的中等商人，曾祖将丝厂移到上海，直奉战争时破产，就到一家新崛起的丝厂应差。他们家最初住一幢弄堂里的洋房，几经变迁，就四散了，在阿明眼里，祖父就是一个养一只画眉鸟、每日喝几两花雕、与人说说掌故的老头，而在南市，尽是这样身后带着一串历史的老头。陈卓然在南市人的日常生活方式以及阿明的表情中，看到了既不是为生计劳苦、也不是纯精神活动的内心生活。他们没有一点虚无，身体力行着思想者、革命者对于人类社会的理想，他们的家长里短、茶咸饭淡，未必就不是哲学，而其中的资质优秀者，将会有嬗变来临。[①]

《启蒙时代》的最后，当南昌响应上山下乡的号召，准备离开上海时，站在冬日的街头，感觉到这城市的静谧使它变得庄严了。他承认这城市有着它的思想，不是深邃，而是隐匿。南昌对上海的评价，涉及了王安忆创作中的一个核心问题，就像王晓明在分析《富萍》时指出的，这部小说的叙述重心虽然不断转移，大部分叙述都是盘绕在梅家桥之外的淮海路、苏州河，但如同一番长长的开锣鼓，最后要引出真正的主角，那就是梅家桥，在这里，王安忆改变了她素来在描写上海弄堂时混合着欣赏和挑剔的叙述态度，热烈地赞美梅家桥人的生活，特别彰显了一种勤苦、朴素、不卑不亢的生活诗意，并更改女主人公的心意，让她最后在梅家桥扎根，借此叙说一个独特的上海故事。[②]是的，“上海故事”。尽管在王安忆的“小说地理学”中，包含着她一直生活的大都市、她曾经下乡插队的农村和短期居住过的小城镇，但如前所述，她讲述最多的却是上海故事，给她带来“茅盾文学奖”(《长恨歌》)、“红楼梦文学奖”(《天香》)等诸多荣誉的，也是上海故事。也只有她，被称作“海派的当代传人”。

如同鲁镇之于鲁迅、湘西之于沈从文、商州之于贾平凹、高密东北乡之于莫言，或伦敦之于狄更斯、巴黎之于巴尔扎克、都柏林之于乔伊斯、约克纳帕塔法县之于福克纳，当我们感叹于又一段作家与她的“文学王国”之间的佳话时，应该还记得，王安忆在二十年前曾经讲过，至今仍令朱天心、骆以军、董启章等台港作家念念不忘的“城市无故事”。她的观点是，

① 王安忆：《启蒙时代》，人民文学出版社2007年版。

② 王晓明：《从淮海路到梅家桥——从王安忆近期的小说谈起》，收入王晓明《半张脸的神话》，广西师范大学出版社2003年版，第105页。

在乡村里，人们一代一代相传着祖先的事迹、演绎着传宗与发家的历史，长期稳定地集合在一起，互相介入，难得离散，有始有终地承担着各自的角色，伴随和演出着故事；而在城市，人们来自四面八方，互相都不知根底，城市的生产方式又将创造与完成的过程分割成简单和个别的动作，人们永远处在一个局部，再不可能经历一个过程，过程被分化瓦解，故事也被分化瓦解，再没有一桩完整的事情可供讲述，所以，城市无故事，每个人只拥有各自内心的故事。[①] 也许，首先的疑问就是她的"上海故事"与"城市无故事"之间的矛盾，王安忆在同文中的解释是，在那些居住拥挤的棚户或老式里弄里，还遗留着一些故事的残余，如邻里纠纷、闲言碎语，或对田野旧梦的缅怀、对人心不古的感慨，但这并不是城市的故事，仅是乡村里故事的演变或余音。

我们先可不必去探究王安忆所强调的"故事"的具体所指，城市是否真的无"故事"，以及她的上海故事是否就是"乡村里故事的演变或余音"。对于一位作家而言，仅从写作的技术层面来看，当她意识到她所居住的城市"无故事"，因着创作的需求，必然会到她认为有故事的地方去寻找，所以有着"故事的残余"的老式弄堂、拥挤棚户，便成为她所讲述的上海故事的重要发生地，而不是被王晓明称为"新意识形态"（譬如"现代化"名号下的"小康社会""国际大都市""成功人士"等）的一部分，随着浦东开发而兴起的诸如二三十年代的十里洋场、花岗石银行、花园洋房、舞厅、咖啡馆等符号化的上海[②]，即使是被误读为怀旧风中的老上海故事的《长恨歌》，曾经入住过爱丽丝公寓的"上海三小姐"王琦瑶，依然是"典型的上海弄堂的女儿"；即使是以讲述南下干部子女这样的"新市民"为主的《启蒙时代》，最终仍将视线拉到了南市区的老城旧巷。

而王安忆"小说地理学"中的乡村与古城旧镇，无疑是具备了她所认为的产生故事条件的地方，不论是反复讲述的知青插队的故事（如《大刘庄》），还是小城镇女孩的成长故事（如《妙妙》）、情爱故事（如《荒山之恋》），这些故事自然不同于她的上海故事，但在差异之中又有着明显的共性，其中之一便是前面曾谈到的，她对老城旧巷、寻常阡陌以及生活于其中的钟灵毓秀者的偏爱，以及她对家庭出身与天资容貌之间的平衡关系或者说优点（福）缺点（祸）相依相转等唯物辩证观念的应用与偏爱，这或许正是王安忆所讲的"对人的性格有兴趣"的具体实践，也是她的小说风格、审美惯性之体现，是她小说创作中的一个重要元素。比如她于《天香》前后出版的、属于"同一个故事的核"的《遍地枭雄》（2005 年）和《匿名》

① 王安忆：《城市无故事》，收入《王安忆自选集：漂泊的语言》，作家出版社 1996 年版，第 427 页。

② 王晓明：《从淮海路到梅家桥——从王安忆近期的小说谈起》。

（2016 年），两部小说中的主人公毛豆与老新都因被绑架，离开了繁华的大上海，在仿若世外的古老的乡村城镇或蛮荒山林遭遇了一系列的钟灵毓秀或天赋异禀者，如《遍地枭雄》中绑架毛豆的大王，出生在浙西山坳的小村子里，有着异于当地人的高身材和白皙的外貌，初中毕业有过五年军旅生活的大王，又有着超过一个大学生甚至研究生的阅读量和惊人的记忆力，并因这能力获得了两项成就：在军区的知识竞赛上取得第一名和热衷于抽象的雄辩才能；《匿名》中绑架了老新的麻和尚、老新后来在养老院时打过交道的九丈镇当地的狠人敦睦，都是和大王一样属于行走江湖的特异之人，而在老新的变故中曾帮助过他的人，像追随麻和尚的哑子、最后一家搬离林窑住在野骨的男人和他的傻弟弟二点、养老院里出生在白窑的有着白化病的鹏飞等，亦是深山褶皱里看似寻常甚至是有着不同缺陷的特异之人。在这两部小说中，因这一系列遭遇，令原本陷入绝境的悲剧另开出一条生路，也令主人公在逸出庸常的“无故事”的都市生活后，有了不一样的类似“南柯一梦”式的人生经历。尽管故事的结尾，毛豆和绑匪一道被警车押回已然陌生的上海，通过 DNA 比对即将回上海与家人团聚的老新意外落水而亡，但这难道不是人生之无常、福祸之相依相转的又一轮回或体现？

所以说，王安忆的乡村故事、小城镇故事，在她的创作谱系中，既自成格局，又与她的上海故事相互关联、形成比照。它们烘托着、弥补着甚至参与了她的上海故事。这也就是为什么王晓明会认为《富萍》是借梅家桥，在叙说一个独特的上海故事，而《上种红菱下种藕》中的水乡小镇华舍，则是又一个梅家桥，而这“梅家桥”的寓意，又远远超出了上海这一座城市的范围，因为王安忆用梅家桥人的勤苦和仁义、华舍镇布局的和谐之美，在向读者呈现生活的本相——它的“恒定的性质”、它的“辛勤”、它的“单纯的自然力”——的同时，也在竭力远离被时尚化、被新意识形态化的老上海故事，在用一种浪漫主义的情味，反抗因现实变化而生的悲哀，反抗顶着现代化名号的强势潮流。[①]《天香》的独特之处，既在于她作为时代的参与者和反思者、小说艺术的实践者和反思者的作家风格的延续，也在于它将乡村与古城旧镇的人，或者说她之前小说中曾反复出现的“元素”，因天香园和天香园绣，不可或缺地汇聚于上海。所以，当我们讲《天香》是王安忆借顾绣为上海“寻根”“立传”时，她所“寻”所“立”的，并不仅仅是在怀旧风中被忽略的四百多年前的上海老城，还包括带着各自的身世来历参与这个老城（天香园 / 天香园绣）形成的人，随着沧海桑田的变迁，这些人以及他们的身世来历、精神气韵，则遗留、

① 王晓明：《从淮海路到梅家桥——从王安忆近期的小说谈起》。

散落在了尚未被现代化潮流席卷而去的老式弄堂、拥挤棚户区内，而这也正是王安忆一直在寻找的上海这座城市浮华外表之下、人们刻板印象之外的内在本质。

（此文原载《扬子江评论》2013 年 4 月，后修改增补重发）

（赵冬梅：北京语言大学人文社会科学学部教授）

学习者，斜行线

——我所认识的王安忆

张新颖

王安忆和我是两代人。1993 年，她送我两本书，其中一本中篇小说集《神圣祭坛》，我读简短到一页半的自序，忽然强烈自省，年纪轻，对有些问题特别敏感，而对另外一些问题，则可能完全没有体会。这本书里的作品，之前我都读过，特别喜欢《神圣祭坛》和《叔叔的故事》，这样的作品，与写作者"身处最哀痛最要害的经验"相连，满溢着迫切要表达的情感和思想，对我这一类沉溺于"精神生活"的青年人——后来才明白，那个年纪，除了所谓的"精神生活"，也没有别的了——有极大的吸引力，这也就是我说的特别敏感之处；而当王安忆将注意力放到别人的经验上，特别是写市民世俗生活，她和她的个人经验拉开了距离，她的作品也就和我拉开了距离。这个集子里最早的一篇《逐鹿中街》，1989 年我写过一篇短评，题目叫《庸常的算计和爱情追逐》，虽然是称道作品"不同于常人眼光的洞见和不动声色的表述"，但其实，并不懂这世俗人生中的庄严。譬如我用的词，"庸常""算计""追逐"，和王安忆在这篇自序里的说法对比一下，就知道差异多么分明："《逐鹿中街》，我要表达市民的人生理想和为之付出的奋勇战斗，以及在此战斗中的变态"——1989 年我大学毕业，二十二岁，还待在校园里继续学业和"精神生活"，能看出"变态"，却不能从"庸常的算计"里看出"人生理想"和"奋勇战斗"。这种情况，也比较普遍吧。

1996 年，《长恨歌》出版，把她作品中不断增扩的世俗人生故事，推上了一个高点。她赠书，在我名字后面加上"小友"两个字，这两个字本身也写得小小的——这个称呼，清楚地表明，我们是两代人。

我所以要强调"代"的不同，是因为，从我个人的经验来说，我们最直接的学习对象，就是上一代。他们是"文革"后的新生群体，到 80 年代中期前后，下一代成长到开始有意识地寻找走在前面的人，寻找老师的阶段，他们就成了我们的年轻老师。譬如，我读大学的时候，陈思和老师就是现当代文学研究领域，我们这些学生最关注的青年学者。王安忆和陈思和老师是同龄人；但她在学校之外，自己正奋力往前走，也许意识不到跟在后面的年轻人。

2004 年春季，王安忆调入复旦中文系，我们成了同事。她最初讲课，是在我开的一门课程里，讲了三次。我印象至深，她每次走上讲台，都先从包里拿出厚厚一叠卡片，然后按照已经理好的顺序，一张一张讲下来。卡片，当它出现在王安忆手里的时候，我一愣，我也曾经做过卡片但早已不再做，连图书馆的卡片箱都废除了，连中文系资料室几十年累积的卡片资料也都不知道扔到了哪里。此时，不期然地，卡片现身于她的课堂。卡片上的内容，卡尔维诺《未来千年文学备忘录》，卡森·麦卡勒斯《婚礼的成员》，苏童《沿铁路行走一公里》，如此等等，不一而足。卡片之外，我想她还有详细的备课笔记，几年之后她能完整地整理出讲稿，就是靠笔记和卡片的详细。这三次课的讲稿，分别是《小说的异质性》《经验性写作》和《虚构》，与此后五六年间的讲稿汇集起来，就是《小说课堂》这本书。在这本书之前，她还有一部小说讲稿，叫《心灵世界》，再版时又叫《小说家的十三堂课》，90 年代中期她在复旦站了一个学期讲台，讲的就是这个，手握粉笔，遇到关键处，转身写黑板。王安忆喜欢讲课，但不喜欢演讲——喜欢作为一个专业教师讲课，不喜欢被当成一个名作家演讲——这之间的差别，其实比通常以为的，还要大一些。

2004 年 12 月下旬到 2005 年 1 月末，我和王安忆做了个漫长的对话，陈婧祾录音，后来整理出版为《谈话录》。我们谈了六次，五次是在王安忆定西路的家里，一次在我们文科楼的教研室；次与次之间有意隔几天到一个星期，做点准备；每次围绕一个主题，约两三个小时。谈完之后，一直忙乱，等到 2006 年秋冬，我到芝加哥大学，每周除了讲两门课没有别的事，才在空闲中整理出来。书的出版，更迟至 2008 年。我一向就不是一个好的对话者，因为话太少；不过这一次，我本来就定下来自己少说，请王安忆多说，我多听。王安忆几次提议我应该多说一些，似乎效果不大。从头到尾整个谈话过程，我都感到愉快而轻松，因为重量多由王安忆承担。她认真，诚恳，坦率，说的都是实实在在的内容，没有一点花哨。我接触过的作家，能说会道的不少，在中国的环境里，他们不得不培养出针对不同对象与场合的说话策略和技巧，时间久了，运用自如，连他们自己都忘记了这些策略和技巧的存在，而这些东西已经悄然内置成他们说话的语法。我与王安忆谈话所感受的愉快，来自没有策略和技巧的语言，我无须分辨其中什么样的成分占比多少。这份对当年“小友”的信任，也是她对自己的忠实。没有互相的信任，没有对自己的忠实，还谈什么话？不由得想起好多年前，上海作协开一个王安忆作品的讨论会，请来钱谷融先生，钱先生开口即说，安忆的作品我没有看，我觉得安忆这个人最大的特点，是真诚。哄堂大笑。

此时回想起来，尤能体会钱先生的话，似乎无关且言浅，实则意深，又朴素又重要。

转瞬间，王安忆到复旦已经十二年；她的创作，更是几近四十年——有了这样的时间长度，文学道路这类的说法，才更有意义吧。与王安忆一同上路的人，不算少；走到今天还在走的人，已经不多。长路本身，就是考验。

如果让我用最简单的形象来描述王安忆的创作历程，我首先想到的，是一条斜行线，斜率在过程中会有变化，向上却是不变。这条斜行线的起点并不太高，可是它一直往上走，日月年岁推移，它所到达的点不觉间就越来越高；而所有当时的高点，都只是它经过的点，它不迷恋这暂时的高点，总在不停地变化着斜率往上走。它会走到多高？我们无从推测。我想，这条斜行线自己也不知道。如果不是从事后，而是在事先，不论是读者还是作家本人，都很难想象，从《谁是未来的中队长》或者《雨，沙沙沙》起始，会走到《小鲍庄》和“三恋”，走到《爱向虚空茫然中》（这只不过是我随手写下的篇名，随意取的点，完全可以替换成其他作品）；即使站在为她赢得更多读者的《长恨歌》那个点上展望，也没法预见《天香》，更不可能预见《匿名》——这是一条什么样的道路，要保持着近四十年的斜率，才绵延至现在暂时的位置。

与斜行线相比较的，有平走的线，可能起点比斜行线的起点高，但它基本一直保持这样的高度。当然，能如此，也不容易；还有抛物线，由低到高，高点出现之后，就是往下而去；还有的，不成线，就是一个点，这个点的位置也可能很高，但孤零零，无法延展。

为什么王安忆的创作历程会是一条向上的斜行线呢？这个问题，虽然不会有完满的答案，但我还是要试着给出我的一个观察，这个观察应该是答案的一部分。

我想到的是一个特别常用、常用到已经很难唤起感受力的词，学习。

不论是作家还是学者，在他经过努力达到成熟状态之后，我们通常看到的情况是，他很难再有明显进步。他还在写作，还在研究，可是，用W.H. 奥登所给的一个简单的指标检验，拿出他的两本书，单从书本身，你分不出哪本是先写的，哪本是后写的。随着成熟而来的止步，很重要的一个原因，是丧失了学习的能力。他可能还在读书，甚至读得很多，可是没有真正地学习。学习当然不仅仅指书本知识，它说的是一个人在处理和整个世界的关系时，呈现出来的一种身心和精神状态。学习，是对知识、对世界的持续兴趣和好奇。古人说，学而不已，其实很难。一个人如果终生都是学习者，终生保持着学习的能力，那真是了不起的事情。王安忆迄今都是一个学习者，我有时不免惊讶，她的学习欲望和学习能力如何能够一直旺盛不衰。

学习肇始于不足和欠缺。王安忆第一部长篇叫《69 届初中生》，她自己就是六九届初中生，十六岁去安徽插队，所受学校教育不足，知识系统有欠缺，这是一个方面；另一方面，从经历来说，虽然有知青生活，但算不上特别波折，回到上海之后，做过几年编辑，即进入职业写作状态，要说人生经验，同代作家中丰厚复杂的，大有人在，比起来也是不足和欠缺。这两个方面，王安忆都有相当自觉的意识。

经验的相对平淡，反倒促成了王安忆对经验的精细分析和深度挖掘。她懂得珍惜，不会浪费，不会草率地处理；经验对她的写作来说，是一个出发点，而不是目的地。除此之外，她更另辟新路，思考和实践不依赖于自身经验的文学写作。考虑到中国当代创作中并不少见对经验的过度依赖，肆意挥霍，或为经验所束缚——经验把一些作家的想象力局限于经验本身，王安忆这种文学上的实践和思考即显出特别的价值，这里不论。

回到教育的欠缺。2012 年，在复旦大学研究生毕业典礼上，王安忆发言说："我没有受过正统的高等教育，是我终身遗憾，也因此对学府生活心向往之，可说是个教育信仰者。请不要把我当作一个在大学门外完成教养的范例，事实上，倘若我能在学府中度过学习的日子，我会比现在做得更好。"这个想法，此前她多次表达过。

不足和欠缺本身是限制性的，但意识到它，而且意识达到一定的强度，有可能反转出破除限制的能量。

王安忆的解决方法不是避重就轻，不是扬长避短，而是最朴素最老实，学习。这个方法短期不能奏效，也没有捷径可走，就是得踏踏实实，一点一滴积累。所以就成为一个长期的方法，日积之不足，月积之不足，年积之仍不足，那么年复一年，总会有可观的收获；同时，与时日俱移，逐渐也就内化为习惯，内化为需要。

我们有意无意间，会把学习当成人生早期阶段的主要任务，当这个阶段完成，特别是人成熟之后，它便不再是重要的事情。如果是一个写作者，成名成家，更额外带来一种满足感，学习也就更容易被当成已经过去的阶段。但是，人的成熟，仍然可议。成熟不一定是固定在某一种状态，也许还有成熟之后的再成熟，再再成熟，即不同层次的成熟；或者干脆地说，所有的成熟都是不成熟，因而还可以继续生长，也就还需要继续学习。

如果说王安忆早先是对自己客观存在的不足和欠缺，产生自觉意识而努力去补偿性地学习，那么到后来，她甚至常常是主动地"制造"、主动地暴露自己的不足和欠缺，由此而"再生产"出继续学习的欲望和能力。比如《纪实与虚构》的写作。一个优秀的作家经过较长时期的实践，总有办法把写作控制在自己驾轻就熟的范围内，写出较为完满的作品；但当不满足于轻车熟路，想要扩大写作实践的范围时，就要吃重，就要冒险，就可能露出弱点，显出欠缺。王安忆时不时就会给自己这样一个机会，把斜行线的斜率调到很大。但走过去之后，就是迈过了一道坎，上了一个台阶。我很喜欢《纪实与虚构》这样有野心的作品，不断有野心，也就不断把心野大了，也就越来越不容易满足。在跨六十岁的年龄段，王安忆完成了长篇《匿名》，与以前写个人经验、写人情世故、写市井现实、写城市身世的作品更大有不同。她说，写这部小说，是因为不满足于以前那样的写作；写这部作品的时候，心里不像以前那样有把握和胜算；写好之后，更是困惑，以后要写什么呢？使我满足的写作是什么呢？

不满足，没有把握，困惑，发问，这些从写作开始到结束之后的感受，不也正是学习过程中的应有之义？学习和写作是两回事，可是你看，写作在这里就变成了学习。《匿名》，不正是对知识，对世界，对文明，对人，怀着强烈的好奇、一而再再而三地探询、大胆地刨根问底、小心翼翼地尝试求解？

学习，这个词太平淡了，说一个人是学习者，通常就比不上，比如说一个人是天才，有魅惑力。而创作，我们强调它不同于普通的工作，因此也就常常突出天分、才华、灵感、启示等等的非凡作用。有的作家喜欢讲类似于神灵附体的极端体验，不明就里的人崇拜神秘性，愿意相信某首诗是上帝借某个诗人的手写下的。当然，我们无法否认这些，也不必否认。我不会无视王安忆独特的天分和才华，我想她一定也偶尔经历过灵感和启示降临的特殊时刻，但是这几样，没有一样能够支撑任何一个作家走三十年、四十年的写作上坡路。一个学习者，却能够以持续的学习不断开发出的能量，充实自己，走得更长更远。天才害怕时间的消耗，而学习，恰恰需要时间结伴而行，需要时间来帮助，来成就。一个学习者不怕年岁的增长，只会担心时间不够用。而且，在学习中激发天分，擅用才华，创造灵感，发现启示，也正是学习分内的事情。一个有才华的写作者，如果同时还一直是一个勤勉、诚恳的学习者，一个时间都愿意持续帮助的人——还有什么样的帮助比时间的帮助更为长久——你真的很难预测，这一条写作的道路会伸展到什么地方。

从对不足和欠缺的补偿性学习，到努力把学习所得吸收和融化于写作，再到把写作变为一种特殊方式的学习，我觉得，在绵延的时间中，王安忆把学习的精义发挥得淋漓尽致——与此同时，她写作的斜行线，也层层上出。

这条长长的上出的斜行线，是学习对学习者的回馈，也是学习者向学习的致敬。

（本文为《斜行线：王安忆的“大故事”》的前言，张新颖著，商务印书馆 2017 年版）

（张新颖：复旦大学中文系教授）

历史困境中的女性成长

——以王安忆《桃之夭夭》为例

陈　红

摘　要:《桃之夭夭》以上海为背景书写了笑明明和郁晓秋母女两代上海人在特定历史境遇中的命运遭际。王安忆试图通过女性自身的成长记忆，来探讨个体与历史的关系，以及内在生命的纯净美好。在这部小说里，王安忆坚持她对于日常生活审美的挖掘，但不同于以往的上海书写，城市在文本中开始隐没，人物凸显出来。新世纪以来，王安忆开始反思宏大历史和后现代困境，试图通过女性个体柔韧、自然的生命形式，在想象中建立一个完满的世界。

关键词: 王安忆　《桃之夭夭》　上海　历史　女性成长

关于历史与个人的关系，王安忆一直在不断探索。20世纪90年代以来，王安忆以上海为中心书写了一系列长篇小说，从《长恨歌》《富萍》到《桃之夭夭》，她笔下的女性，从历史繁华处走来，愈来愈落入凡间俗世。不同于《长恨歌》以一个女人写一座城市、充满了世纪末的华丽与颓废，《桃之夭夭》则从外部历史、城市，转向女性内部神话建构，在历史无常中探讨了柔韧且充满爆发力的生命形式。这种面向未来的历史书写，带来了世纪初的清新之气。

一、历史，从传奇走向日常

在王安忆眼中，历史是日常的。她认为，"历史的面目不是由若干重大历史事件构成的，历史是日复一日、点点滴滴的生活的演变。"[①]《桃之夭夭》延续了《长恨歌》所开启的日常生活叙事，又有所突破。在这里，历史的暴风骤雨在女性成长体验中退隐成背景，作者试图从琐碎日常生活中找寻

① 王安忆:《王安忆说》，湖南文艺出版社2003年版，第155页。

被历史遮掩的碎片真实。“桃之夭夭”出自《诗经·周南·桃夭》，小说借“桃之夭夭，灼灼其华”来比附在特定历史状态下具有坚韧生命力的郁晓秋。全书分为五章，第一章写母亲笑明明传奇的前半生，后四章写郁晓秋从出生到生育、从女儿到母亲的成长过程。王安忆没有正面去书写宏大历史，而是以“物化”叙事表达了疏离历史的态度，将郁晓秋这个出身微妙的弄堂女儿置于上海这座城市的低微处、边缘处，不厌其烦地铺陈生活场景，繁复细密地描述生活细节。对出生名不正言不顺的郁晓秋而言，岁月并不静好，“绵密不尽的日常生活其实早有十面埋伏；炊烟尽处，正是硝烟起时。”[①]相对于充满传奇色彩的笑明明的前半生，郁晓秋的人生从一开始就是一地鸡毛，毫无传奇可言。

“吃”是日常生活最基本的物质生存层面。食欲代表了人类最本质的欲求。“所有欲望都源于缺少，一个欲望不断努力去补充的缺少。”[②]正是物质奇缺的历史困境激发了最原始的食欲，才有对于“吃”的反复书写。童年时代，郁晓秋常常发明出五花八门的吃法，一边嚼奶油软糖一边往嘴里扔花生米，制造出奶油花生糖的效果，或者将棒冰夹在圆面包里吃出冰淇淋的意思。“文革”期间姐姐生病时，郁晓秋有机会当家，也能将贫乏的“吃”变出各种花样。这是一个集体性的饥荒年代。“在此人物的行动也主要表现为吃饭，这是一种最古老最简单的活动方式，它与历史变化无关，也与城市无关，它是源自乡村的经典生存方式（民以食为天）。”[③]下乡插队后，何民伟专程去安徽看郁晓秋，两人之间情感的微妙蜕变也是围绕着“吃”进行。王安忆对于“吃”不厌其烦地叙述，是对个体生命和日常生活原貌的尊重，反诘了宏大历史的僵化、概念化。

日常生活审美化，为历史叙事开辟了一个感性诗意的平台。《桃之夭夭》在充分肯定世俗生活的前提下，借助日常生活的开放性和审美性，打开了错综复杂历史的另一面。日常历史叙事是建立在人类基本欲求层面的满足上，引导人们从疯狂的信仰世界回到具体而微的日常生活之中。小说对郁晓秋从出生、上学、下乡、回城、失恋、结婚、生产等一系列日常做了绵密细致的叙述，解构了宏大历史叙事的整体性。“女性所能够书写的并不是另外一种历史，而是一切已然成文的历史的无意识，是一切统治结构为了证明自身的天经地义、完美无缺而必须压抑、藏匿、掩盖和抹杀的东西。”[④]当外在历史被质疑时，从日常生活中更能发现被隐匿的女性内在的历史，这种历史自然离不开外部历史的左右、裹挟，却可以在某个瞬间使个

① 王德威：《当代小说二十家》，生活·读书·新知三联书店2006年版，第19页。
② 〔英〕特雷·伊格尔顿：《二十世纪西方文学理论》，北京大学出版社2007年版，第146页。
③ 陈晓明：《城市文学：无法现身的“他者”》，载《文艺研究》2006年第1期。
④ 孟悦，戴锦华：《浮出历史地表》，中国人民大学出版社2004年版，第4页。

体生命回到原初的纯净状态。

在黯淡荒芜的时代，服饰承载着女性日常生活的重量。“文革”时，郁晓秋“抓住夹缝里的时机，添了几件行头，又正到夏季，立即派上用处，穿上身来。那旧旗袍料，颜色尽管暗了，布质亦有些发脆，因迁就材料，布纹拼得又不对路，难免就要掀起着不服帖，可毕竟有颜色啊！一件月白底蓝圆点，一件绛红与墨绿浑花，一件毛蓝般的蓝里面交织着白，另有一件闪光缎，织锦似的金丝银缕。”“有颜色”是一种小资产阶级的情调，对“月白底蓝圆点”“绛红与墨绿浑花”的勾绘，实质上是对“蓝色”“灰色”历史的质疑。无论是穿母亲旗袍改制的家常衬衣，还是穿姐姐的格子线呢外衣，在那个凄凉的时代里，郁晓秋显得格外鲜艳且快活。正如《长恨歌》所言，服装“是真正的女人的心。无论她们的躯壳怎样变化和不同，心却永远一样。这心有着深切的自知，又有着向往。别看这心只是用在几件衣服上，可那衣服你知道是什么吗？是她们的人生”。对女性而言，服饰不只是对日常生活的尊重，更是自我主体意识的萌发。

从王琦瑶到郁晓秋，都是个体与历史相遇，也都从传奇走向了日常。或许是父亲的缺席，郁晓秋的生命里较少受到权威历史的制约。不同于风情万种的王琦瑶，郁晓秋以柔韧的生命之美去对抗历史之重，告别了世纪末的繁华旧梦。

二、母系脉络的延续与蜕变

《桃之夭夭》充满了基因遗传意识。对私生女郁晓秋而言，父亲是缺席的，而母亲也没有真实名姓，只有艺名“笑明明”，自然母亲家族谱系的历史也是断裂、缺失的。那么，郁晓秋只能从母亲个人历史中寻找渊源脉络，而其生命基因也只能从母亲身上传承。小说试图以母女历史的延续来探讨生命形式的“常”与“变”。那也就不难理解在原本不多的五章里，王安忆还单独用一章去写笑明明的传奇故事。

笑明明是旧上海的滑稽戏演员，郁晓秋没有遗传母亲的清丽，却遗传了妩媚眼梢，因而有了“猫眼”的狎称。郁晓秋还有一头天然卷发，肤色也有种不属于母亲那一半的不洁净之感。郁晓秋是在母亲离婚后两年内出生的，“无父”的身世给了邻里街坊无限的想象空间。过气女演员本身就能给人带来关于风月的传奇，而“一个女演员的没有父亲的孩子”更是传奇中的传奇。因此郁晓秋从小就生活在一种难堪的境遇当中，甚至其性别特征也被附加上并不属于她的“风流”遗传学。此外，郁晓秋有着类似母亲的“沙喉咙”，虽不如母亲嗓音圆润，但也口齿伶俐，吐字清晰。她从小就认可母亲的演剧生涯，哥哥姐姐却极度嫌恶，延续了父系的脉络。哥哥姐姐不仅遗传了父亲的清秀外形和洁净肤色，甚至连性情都遗传了郁家。郁家是苏州败落的大户人家，虽然穷困，世家风范还在，郁母就保留了冷淡清高的脾性。两兄妹也都是矜持淡漠、生活素净，这与郁氏家族是一脉相承的。脾性淡漠在兄妹俩身上形成了一种隔代遗传。郁晓秋的父系脉络则是缺失的、空白的，她的基因遗传只能在母系脉络中寻找。她不仅遗传了母亲饱满结实的身体，在脾性上也延续了母亲年轻时热烈、随性的一面。

对郁晓秋而言，基因传承更多体现在性情上，母女俩都是"性情中人"。笑明明不仅在剧团人缘好，与"老大哥"无关风月的友情也延续了大半生，待郁子涵更是情深谊重。母亲年轻时在苏州瞥见花影中的少年之后，遂产生了怜惜之情。这种怜惜，并非男女爱恋，而是一种惺惺相惜之情，是逢场作戏生涯中难得的真情。家庭生活清到寡淡的郁子涵被笑明明的活泼世俗所吸引。笑明明通过"老大哥"让郁子涵去念书并提供费用，而郁子涵并无心思求学，在乱世中几度辗转、吃喝玩乐。再次相见，正是笑明明和广东先生谈婚论嫁之时。26 岁的笑明明不顾"老大哥"劝阻果断解除婚约，和 21 岁的郁子涵结婚并为其谋职。虽然广东先生是理想丈夫，但在"性情中人"笑明明心里，郁子涵不管变化多大，依然是梨花影中的少年。这里自有乱世中女子的率真任性和侠义之气。笑明明懵懂、天真的性情后来也毫无保留遗传给了郁晓秋。而笑明明和郁子涵的感情，经过婚姻竟然传奇般转化成爱情。有了两个孩子之后还像热恋中的男女一样，看戏，吃宵夜，因怕吵醒孩子笑明明脱了高跟鞋蹑手蹑脚上楼，足像瞒着父母偷跑出去跳舞回家的女学生。这大概是笑明明人生中最甜蜜幸福的静好时光。然而好景不长，郁子涵后来因涉嫌贪污和玩弄女性受了牢狱之灾。笑明明在完成退赔之后果断离婚，这依然是一种侠义风范。

郁晓秋的爱情也如母亲，自懵懂始，至伤痛终。不同的是，她始终保持了生命中的良善与本真。下乡劳动时，郁晓秋和何民伟分在日常饮食的合作中产生了少年人的友谊。下乡插队时，何民伟曾隐瞒家人改道安徽看郁晓秋，他俩像兄弟一样坐在矮案板两边喝酒叙旧。男女之间的微妙情绪在"改道"和"吃"的形式下正悄然萌发。郁晓秋提前返城后，两人开始了在信件、邮包、长途电话中互诉衷情，这是 80 年代前后典型的悠长而微妙的恋爱方式。在何民伟返城之前，郁晓秋曾被不少怀有婚娶愿望的青年追求，然而她宁可相隔两地，也不考虑眼前利益，像极了母亲。笑明明曾因郁子涵放弃了稳妥的未来，郁晓秋也因渺茫前景而放弃了眼前的机遇。她天生信赖人生。何民伟返城后，两人越过了禁区并开始谈婚论嫁。而此时，何家出现的女孩柯柯给他带来了全新感受。何民伟开始动摇，最终选择了家境优越、白皙清丽的柯柯，并在分手之事上煞费心机，郁晓秋因其天生的混沌及对爱情的无条件信任，并没有思考当时的变数。分手时，郁晓秋也没有以两人有了亲密关系来为难他。后来何民伟被柯柯抛弃，郁晓秋经过“前男友”经营的小餐馆时，突然想起两人下乡办伙食的情境，在时过境迁之时感伤了一下，甚至觉得同何民伟的一段称得上幸福，即使没有结果也比周遭的人都好。对世事的态度，母女俩表现了惊人的一致。笑明明对女儿的婚恋一直冷眼旁观，因相信凡事都有定数而采取无为而治。郁晓秋与姐夫的结合，其实是本着世事看淡与无为妥协的态度，却意外收获了真情，其混沌生命也因女儿的出生得以传承和升华。

三、以内部成长对抗外部历史

郁晓秋所处的历史时代和周遭环境其实是非常恶劣的。这种恶劣不只来源于社会外部，也来源于家庭内部，不但亲人，甚至是保姆，都厌弃她的存在。郁晓秋最初的隐忍，就是从保姆手中磨砺出来的。虽然从小备受弃绝，她却会择善，以天性中趋向和暖的成分去填充心里的小世界。这种择善、随遇而安或者说无为而治的生命状态，完成了一个女性在特殊历史年代的成长。

郁晓秋的成长始终不能脱离外部历史的制约，但在严密的历史缝隙之中，她建构了属于自己的独立的小宇宙。年少时她乐于分享自己从剧院、少体校学来的招式，在少体校宣传队也乐意被人支使并心生感激。下乡插队时，她很快就和村民打成一片。上中学时，郁晓秋和几个女生成立的腰鼓队被学校收编后却没有她的名单，听说是家庭原因后，她反倒因不是本人错处而释怀。她总能避开外部历史的凄凉，以内部活力充盈自己。这种老庄式的超然态度很难和一个具有蓬勃生命力的少女联系起来，或许这只是王安忆的一种自我矛盾的想象。当然，郁晓秋也会反抗。她曾因别人针对自己性别特质起“S”绰号而扑上前去打耳光，自知无不良记录的她也曾跑去质问工宣队为何游行方队中没有自己的名字。这些反抗虽然不能挽回尊严，但也是对抗外部历史的一种努力。不过总的来说，她是以守为攻、与世不争的。年少时，她从未因父亲缺席而对世界不满，长大后，也不因遭遇初恋背叛成为大龄剩女而自怜。这种从小就洞悉世事的悲观智慧，对于还是孩子的郁晓秋而言，有些不真实，这大概是作者为表现柔韧生命力的一种固执。

小说多次提到郁晓秋的成长。她没有母亲漂亮，也不如姐姐清澈，生长激素的不平衡让她显得粗陋。她的成长正如世间万物的成长，在阳光与阴霾中交替。与成长中身体荷尔蒙不稳定相对应的，是其意识的混沌、茫然。郁晓秋有自己的一套“茫然”哲学。无论是下乡或返城，她不积极也不消极，只是顺从历史的安排。直到爱情到来，郁晓秋才破茧成蝶。她和何民伟多年来的友谊，在返城后蜕变成爱情。直到这时两人才达到彼此眼中“好看极了”的状态，即“桃之夭夭”。诚然，郁晓秋是懵懂的，她只是无意识地去顺应历史，或者说顺应命运，去拯救历史困境中的自己。然而，她混沌未开的一己的生命力无法承担起拯救充满阴霾和暴力的历史的重任。

四、从“母女爱恨”到“姐妹情谊”

《桃之夭夭》很少正面去写男性，男性退隐成背景或者配角，只作为叙事符号而存在。小说意在从母女之间、姐妹之间以及同性之间复杂而微妙的爱恨情仇中建构郁晓秋的个人历史。

在郁晓秋的成长记忆中，笑明明总是手不离烟，带着过气伶人的颓败气质。对于这个性情最像自己又代表不齿历史的女儿时，笑明明习惯以暴烈表达温情。郁晓秋和母亲曾有过翻箱底改制家常衬衣的温情记忆，母亲也因女儿遭受不公正待遇而去工宣队讨尊严。在郁晓秋插队前晚，母亲和姐姐调铺位同郁晓秋睡，虽然还是背靠背的淡漠态度，不舍之情却是真实的。“文革”后期，母亲取出解冻存款分作三份，两份存入两个大孩子名下，第三份用于调离郁晓秋回沪。这位看似冷漠的母亲，却毫无保留把存款分给了三个并不亲近的儿女。后来郁晓秋和姐夫结婚时，母亲喝了满杯之后照例骂了郁晓秋，以凶悍来抵抗内心的软弱和依恋。不同于哥哥姐姐对母亲的疏离，郁晓秋一直很在意和认同母亲。

在母亲之外，和郁晓秋相处最多的亲人就是同母异父的姐姐了。姐姐从小就对郁晓秋很淡漠，而郁晓秋把姐姐看得高，包揽家务以讨好姐姐。“文革”初期，十三岁的郁晓秋担当起“小主妇”，探视并照顾患肝炎的姐姐。在陪同母亲和姐姐一起去见姐姐亲生父亲时，懵懂的郁晓秋竟能感觉到姐姐内心的寂寞。当然姐姐也不是完全漠视郁晓秋，在目睹哥哥打她时本能地发出了尖叫，最后在医院生产时也认可了她。只是在面对凄凉荒诞的历史时，姐姐与郁晓秋选择了不同的方式。姐姐以疏远、逃离历史来保护自己，而郁晓秋则是以坚韧、混沌去顺应历史。其实，郁晓秋和姐姐早就被命运拴在一起了。当郁晓秋返城工作后，姐姐也找到了俊朗深情的姐夫，郁晓秋无法预料这样深情的姐夫后来会和自己牵上姻缘。小说还书写了郁晓秋和女友之间的微妙关系，这是姐妹情谊的另一种形式。郁晓秋曾被公寓弄堂里的小女朋友家里和睦的兄妹关系所吸引，为报答友爱，她铤而走险，小女朋友却因哥哥对她产生了少年的爱情而心生芥蒂，嫌恶并疏远了她。另一女友则是何民伟的姐姐何民华，在认识何民伟之前，郁晓秋与她已是朋友，但何民华并不喜欢有人来分享自家兄弟，这像极了公寓弄堂的小女朋友。后来，这个专制的姐姐甚至不顾少年情谊，成了郁晓秋何民伟在一起的最大阻力。

关于姐妹情谊，在王安忆的很多作品，比如《弟兄们》《长恨歌》《富萍》中都有提及。"'姐妹情谊'（Sisterhood）最早是由艾丽斯·沃克提出并在其作品中进行展现的。""在她的很多作品，如广为国内读者熟悉的小说《紫色》中鲜明地体现了她的妇女主义观和黑人女性寻求自我解放的互助精神——姐妹情谊。"[①] 不同于张爱玲《半生缘》里将姐妹情仇写至绝境，王安忆是留有余地的。王安忆所热衷的姐妹情谊，与"五四"新文学传统不乏因缘联系。"五四"女作家处于新旧转型时代，写作与自身都处于青春期。在那个具有启蒙精神的年代，致力于婚恋自由的女性，对男性多半是隔膜的，唯有依靠姐妹情谊和母女之情来填补这项空缺。"五四"以来，姐妹情谊就成为女性历史的重要组成部分。当女性在外部世界遇挫时，一般会转向母亲或姐妹 / 同性寻求安慰，而非异性。这在"五四"的很多文本中，都不难找出例证。比如，冰心曾在《秋风秋雨愁煞人》书写了三个女生的梦想与命运遭际，而冰心近年被发掘的尘封多年的小说《惆怅》则探讨了两个女生在爱情角逐中的小心思小算计。更不用说凌叔华《吃茶》《茶会以后》《小刘》等女生间的相惜情谊和幽微心思了。钱锺书《围城》虽有意贬苏文纨而褒唐晓芙，但不难发现这对表姐妹之间微妙曲折的情谊。若要追踪女性之间微妙情谊的渊源谱系，追溯到《红楼梦》钗黛之间也未尝不可。不过，这一传统在《桃之夭夭》里面仿佛断裂了，而换以一种疏离、决绝的姿态呈现。

不厌其烦描写女友间的情谊怨仇，或许与上海独特的地域性有关。繁华拥挤的都市，幽微寻常的弄堂，神秘忧愁的南方气韵，与女友间绵密细致的气质禀赋其实是一致的。姐妹、闺蜜、情敌三重角色往往交织在一起。比如陈丹燕的《女友间》，将上海女子之间复杂微妙的恩怨爱恨描摹得细致贴切。王安忆在主编"三城记小说系列（上海卷）"时，选用了《女友间》来为书命名，不能不说没有寓意。在女性成长史中，姐妹情谊似乎是难以割舍的记忆。离开这一部分，女性历史也就不甚完整了。

五、结语

不同于《长恨歌》的世纪末情调，《桃之夭夭》更关注生命本身，是面向未来的写作。与王琦瑶的女性风情不同，郁晓秋是脱离了脂粉气的个体。关于郁晓秋的成长记忆，跨越了三十多年的历史，从 50 年代末，到"文革""上山下乡"，再到返城，大历史绵延在女性对时间与性别敏锐的

① 吕雪:《从女性主义角度分析小说〈小姨多鹤〉中的"姐妹情谊"》，载《安徽文学》2009 年第 10 期。

生命体验中。外部世界对郁晓秋而言充满了敌意，但这并未影响她与人为善、率真自然的天性，虽然这天性当中也含有混沌。在郁晓秋的哲学里，有一种“往下比”、自动降格的自我优越感。也许王安忆想把郁晓秋塑造成一个不论历史待她如何始终坚守着生命尊严并能拯救自我和世界的“市井观音”，但实际上她的良善和豁达更多是一种顺应命运的被动姿态。郁晓秋正是以守、非攻来承受外部历史对个体成长造成的伤痛。直到女儿出生后，“无父”的郁晓秋才找到了合法性。“在她身上，再也找不着‘猫眼’‘工场间西施’的样子，那都是一种特别活跃的生命力跃出体外，形成的鲜明的特质。而如今，这种特质又潜进体内更深刻的部位。就像花，尽力绽开后，花瓣落了，结成果子。外部平息了灿烂的景象，内部则在充满，充满，再以一种另外的肉眼不可见的形式，向外散布，惠及她的周围。”至此，郁晓秋终于告别了她曲折漫长的女儿式的成长，通过孕育新的生命，完成了母亲角色的蜕变。对女性个体成长及其所蕴含力量的认同，不仅是对宏大历史叙事的质疑，也是对女性历史神话的重构，从而在想象中抵达“桃之夭夭，灼灼其华”的境界。郁晓秋正是以其柔韧的生命力，随遇而安的姿态，在历史困境中完成了个人成长。这种弱势姿态，使得她能够疏离于大历史，在历史边缘处自由地生存。这或许就是一种纯属上海女性的如张爱玲所言的“奇异的智慧”。

（陈红：北京大学博士）

王安忆小传

习城乡

王安忆于1954年3月6日生于江苏省南京市，原籍福建省同安县。1955年一岁时随母亲茹志鹃移居上海。1961年入淮海中路小学读书。由于自幼受父母影响，爱好文学，经常参加区和市里的儿歌写作比赛。1967年至1970年在向明中学“读书”，没有上过一节文化课，及至初中毕业，即在“上山下乡”的大潮中赴安徽省五河县头铺公社大刘大队插队劳动，并被评为县、专区和省积极分子代表大会代表。从小受父母文学影响的王安忆，于1972年考入徐州地区文工团工作，在乐队拉大提琴，同时参加创作活动。1976年，在《江苏文艺》上发表散文处女作《向前进》。1978年，调回到上海，在中国福利会《儿童时代》杂志社任编辑，发表短篇小说处女作《平原上》。1980年，参加中国作家协会第五期文学讲习所学习；翌年，王安忆的创作进入旺盛季节，创作的灵感与冲动使她“旷职”离开《儿童时代》到徐州写作。1979年，她的儿童文学《谁是未来的中队长》获上海《少年文艺》好作品奖之后，出版首部颇具影响的短篇小说集《雨，沙沙沙》。自此，她的文学创作以上海为“根据地”，以自己的生活阅历开始了漫长的艰苦耕耘和收获的季节。1983年，到美国参加“爱荷华大学”聂华苓的国际写作计划文学活动。1986年应邀访美，翌年调上海作家协会创作室从事专业创作。2016年被选为中国作协副主席和上海市作家协会主席、第十三届全国人民代表大会代表，并被聘为复旦大学教授。

兼具小说家和文学理论家身份的王安忆，在至今四十年的文学生涯里，曾荣获许多文学奖项，是中国当代作家获奖最多的作家之一；她的《本次列车的终点》获“全国优秀短篇小说奖”（1981年），《小鲍庄》获全国优秀中篇小说奖（1985年），《纪实与虚构》获台湾《联合报》读书人最佳书奖文学类（1996年），《长恨歌》获台湾《中国时报·开卷》好书奖十大好书中文创作类荣誉奖（1996年）、第四届上海文学艺术奖（1998年）、《亚洲周刊》20世纪中文小说100强提名（1999年）、第五届茅盾文学奖（2000年），《富萍》获《中国时报·开卷》十大好书中文创作奖（2001年）、第一届《星洲日报》花踪世界华文文学奖（2001 年）、马来西亚《星洲日报》最杰出的华文作家（2001 年）、长篇小说二等奖（2003 年），《上种红菱下种藕》获《中国时报·开卷》十大好书中文创作奖、台湾《联合报·读书人》最佳书奖文学奖（2002 年），《发廊情话》获第三届鲁迅文学奖优秀短篇小说奖（2004 年），《遍地枭雄》获《亚洲周刊》中文十大好书奖（2005 年），《启蒙时代》获第二届红楼梦评审团奖（2008 年）、华语文学传媒大奖年度小说家奖（2008 年），获提名布克国际文学奖（2011 年），《天香》获年度优秀女性文学奖（2011 年）、第二届施耐庵文学奖（2012 年），散文《教育的意义》获华文最佳散文奖（2012 年），2013 年获法兰西文学艺术骑士勋章，《向西，向西，向南》获第五届郁达夫小说奖"中篇小说奖"（2018 年）、首届汪曾祺华语小说奖（2018 年），《考工记》获第七届花城文学奖长篇小说奖（2019 年）。

写作是王安忆安身立命的精神家园。除了苏北插队的收获，上海也是这位潜能巨大的小说家创作的人物与故事来源的数据库。她从儿童文学起步，经过《雨，沙沙沙》《小鲍庄》等作品的历练，很快以"大家"凌厉之势跃上中国文坛。她的文学天分与灵感自然有其家庭的启迪与熏陶——母亲茹志鹃和父亲王啸平都是新中国成立前后至 20 世纪 80 年代颇具影响的著名作家，加之她对中外文学大家诸如鲁迅、茅盾、巴金、沈从文、张爱玲、陀思妥耶夫斯基、托尔斯泰、契诃夫、巴尔扎克、雨果、塞林格等和同时代中国优秀作家作品的阅读，使她丰富了对于历史和生活、思想与感情的陶冶和积累。这些都是她成长不可或缺的因素。

王安忆对生活的观察和对历史的思考，尤其是对社会的深度探索和人物内在情愫的开掘，使她的创作走上成熟。她是一位永远看着前方，流着汗水不停攀登的作家。即使她收获了《黄河故道人》《流水三十章》《米尼》《纪实与虚构》《长恨歌》《富萍》《上种红菱下种藕》《桃之夭夭》《遍地枭雄》《启蒙时代》《天香》等长篇巨制之后，也没有停下脚步。

王安忆的创作方法主要是现实主义的，这种创作方法体现在她的大部分作品之中。在我的微信里，就有位评论者说，她的小说的笔路主要表现对故事的叙述，内容偏重于写实，记叙成分明显多于议论和抒情。细心的读者会发现，在她的故事里，几乎都有一个人物原型在支撑着她进行叙述。20 世纪 70 年代初，王安忆作为城市知识青年曾有短暂的农村插队经历，后来调回上海，于是才有了《本次列车终点》返城知青微妙而细腻的心理描写；80 年代，王安忆到美国爱荷华州参加聂华苓夫妇创办的国际写作计划，与在那里的张贤亮有接触，于是她便以张贤亮的"右派"经历为原型创作了《叔叔的故事》。她所有的小说几乎都是如此诞生的。

从具有世情小说特点的《长恨歌》到《天香》，读者和评论者喜欢把她与张爱玲比较，认为她是世俗民间的一个"海派"代表。对此，王安忆认为“海派文学”是个“伪命题”，“从哪一点论，我都不在其中，既不承认我是‘海派作家’，也不认为有‘海派文学’这一门类。”2005年，她的《遍地枭雄》面世，这被认为是她“想象”的突围和创作转型的“标志性事件”，是她的“文学革命”。

“世俗”的故事和思想里有个强大的“灵魂”，不少作家曾把它锻造为成功路上的丰碑。张新颖说，王安忆的笔下，表现较多的就是“世俗人生中的庄严”。王安忆则说，“阿成曾说中国的传统小说的精华，就是中国的世俗精神。我的小说就是元曲的‘曲’。小说一定是世俗的，其肉身就是我们的日常生活。”这个庸常说法很朴素，道出了她心目中小说写作的真谛。她的小说是她在不断回忆自己的历史，回忆安徽五河，回忆江苏徐州，上海的弄堂也是她回忆的内容。她还说过：“其实我们每个人的写作都是回忆，因为写的东西一定是发生过的，对于你来讲一定已经成为历史了。当你坐下来写故事，你一定是在回忆了。尤其像我这样一个比较写实的作家，很难去写一个未来的东西，我总是写发生过的、经验过的事情。”

艺术上，有评论者认为她的创作是以营造象征化、隐喻性的叙述空间和鲜明的意象为其特征，这种虚实交错、明暗掩映的模糊风格，使她的小说文本的叙述空间更富立体感和层次感。王安忆不止一次谈到自己的创作时说：《长恨歌》是从大处着手，从全景推到细部，《天香》也是从背景到前景；《匿名》则不同，是从断裂处起头，从写实到“抽象”；从讲故事到议论故事，《考工记》又回到了写实，是沿着人物一路写去，“以人物带故事”，比较老实规矩，自觉沉着而大方，给人的印象是“举重若轻，化简为繁”。关于这些，她还说过：“多年以来，‘具象’和‘抽象’交替上演，《流水三十章》以后写了《米尼》，《纪实与虚构》之后写了具象的《长恨歌》；然后是《富萍》等一串叙事性小说，写到《启蒙时代》时，野心又来了，企图为时代画像。接下来，从《天香》再回到具象。到了《匿名》，在某种程度上是受陈思和的鼓励，他让我放弃阅读性，不要怕写得难看，还举诺贝尔文学奖得主托马斯·曼（Thomas Mann，1875—1955）的《魔山》（*Der Zauberberg*）为例，意思是有一些小说就不是为大众阅读写的。他的激将很有好处，扩充了小说的文类，让我尝试了叙述边界的无限风光……”

极具叙事特色和思辨意味的《匿名》，是她文学创作上的一部全新的探索。小说是她以记忆中发生在20世纪80年代一个大学教授失踪的故事而写成的具有悬疑探案特色的小说，与此前的小说没有雷同之处，她甚至说《匿名》的写作超出了她的驾驭范围。她从《长恨歌》日常化的闺阁写实，又从“弄堂”发展到《遍地枭雄》城市中心空间的边缘，到了《匿名》，则是把人物直接扔到一个主流以外的“社会”里，不再是人们熟悉的生活空间了。“我以往的小说人物比较生动，靠近日常生活，主角以女性为多，而

《匿名》的主人公变成一个面目模糊的男性，反差很大。”王安忆说，《遍地枭雄》和《匿名》有一种相通的精神。“从《遍地枭雄》开始，我一直就有一种欲望，想做这样一种叙事的努力——把一个人从他原本的生活环境中连根拔起，把他放到一个没有任何参照物的虚空茫然之中。在《遍地枭雄》中我还没有让人物走那么远，只是把他放到了‘江湖’上，而这个江湖也是一个有限的空间。”

2018 年，王安忆出版了长篇新作《考工记》。有人把《长恨歌》和《考工记》视为姊妹篇。虽然它们同是以一个人物的命运勾勒上海历史的，但《长恨歌》里王琦瑶的命运是被几个男人左右的，而《考工记》里孑然一身的陈书玉，其命运更多是被裹挟在历史的旋涡中。就艺术而言，《长恨歌》抒情色彩浓郁，《考工记》则多见白描。王安忆说，这两部作品相隔二十四年，无论叙事还是语言，都有很大的变化。“倘若是在二十四年前，我不会写《考工记》，而现在也不会写《长恨歌》。写《长恨歌》的时候，文字追求旖逦繁复，所以才能写‘弄堂’‘流言’等等那么多，还不进入故事；之后文字不断精简，精简到《考工记》，恨不能一个字当一句话用，弃‘文’归‘朴’……”

许多作家成长都离不开读书。人世间爱读书的人很多，但并不是爱读书的人都能成为作家。一次她在与《新京报》记者柏琳的访谈中说，她爱看长篇，看长篇过瘾，她也特别爱看如英国阿加莎·克里斯蒂（Agatha Christie，1890—1976）等人的推理小说。她提到严歌苓，说“撇开美学观、价值观不谈”，严歌苓的长篇结构做得好，有可以调动起感情和素材的匠气与套路。她也喜欢具有学院派气质的格非和对历史与文学具有自觉性认识的韩少功。苏童、迟子建、刘庆邦的短篇写得非常好，尤其是苏童，是有神来之笔的。长篇难写，“需要有成熟的技巧、智慧和控制力，一个作家刚开始写作时，才华很脆弱，经不起长篇的能量，需耐心地等待自己的才华成熟，再去试水长篇写作。”作家成功的因素很多，既要有内在的天分，也需要外在的影响，更离不开自己的勤奋。作家的作品就像土地，如果没有辛勤的耕耘，再好的土地也长不出庄稼。

王安忆曾在《故事和讲故事》中提出被广泛关注的小说创作“四原则”（即“写作的四个注意点”）：“小说创作不要特殊环境和特殊人物；小说创作不要材料太多；小说创作不要语言的风格化；小说创作不要独特性。”文学界对她创作上独有的心得体会虽有争论，但其道理也显而易见。关于“男作家”和“女作家”，她曾说：“男性和女性真是不同的，女性还真就比男性写得更好。”因为“小说没有‘帝王之心’，是很凡俗的东西。小说跟日常生活有关，而女性对日常生活有莫大的兴趣，她们对生活的关心和对人心的深刻体察，是男作家远远不及的”。这种体会还道出了“文学”的性别差异。

2018 年，王安忆在接受木叶的访谈中说：作家对人生是有义务的，一个作家的高低，最后就是看思想。我在写作中对自己要求很高，我的要求里边有一点很重要，就是好看不好看。米兰·昆德拉说过一句话，大意是什么是小说？小说就是只有小说才能说的东西。我对现实非常关心，但我对现实的态度不尖锐，不大喜欢那种粗暴、尖锐的，即便有这样的事情，总好像有一种“不知有汉，无论魏晋”的感觉。我对现实始终是有批判的，但是我的批判可能比较温和……

王安忆的创作艺术不拘一格，不断转变与创新为其特点。但她尊重生活，包括生活的表象。她说：“我要求任何事情的发生都必须合理，不想一上来就写个‘史诗’，我没有写大世界的妄想。”但是，她是一位既看着远方又踏实走路的作家；这样的作家，一定能给读者创作出更好的作品……

王安忆主要作品目录

《雨，沙沙沙》（小说集） 百花文艺出版社 1981 年

《黑黑白白》（小说集） 少年儿童出版社 1983 年

《王安忆中短篇小说集》 中国青年出版社 1983 年

《流逝》（小说集） 四川人民出版社 1983 年

《尾声》（小说集） 四川人民出版社 1983 年

《小鲍庄》（中短篇小说集）
上海文艺出版社 1986 年，有英、荷、日、泰译本

《69 届初中生》（长篇小说 1） 中国青年出版社 1986 年

（《69 届初中生》1984 年 3 月 12 日三稿毕，发表于《收获》1984 年第 3-4 期；中国青年出版社 1986 年初版，北岳文艺出版社 2001 年版，云南出版集团、晨光出版社 2016 年 5 月版，人民文学出版社、99 读书人 2018 年 8 月版。）

《黄河故道人》（长篇小说 2） 四川文艺出版 1986 年

（《黄河故道人》1985 年三稿毕，发表于《十月》1986 年第 2 期；四川文艺出版社 1986 年初版，人民文学出版社、99 读书人 2018 年 8 月版。）

《母女漫游美利坚》（与茹志鹃共著） 上海文艺出版社 1986 年

《蒲公英》（散文集） 上海文艺出版社 1988 年

《海上繁华梦》（小说集） 花城出版社 1989 年

《旅德的故事》（长篇游记） 江苏文艺出版社 1990 年

《流水三十章》（长篇小说 3） 上海文艺出版社 1990 年

（《流水三十章》1987 年 9 月 10 日二稿毕，发表于《小说界》1988 年第 2 期；上海文艺出版社 1990 年 4 月初版，人民文学出版社 1993 年 6 月版，人民文学出版社 2019 年 8 月版。）

《神圣祭坛》（小说集） 人民文学出版社 1991 年

《米尼》（长篇小说 4） 江苏文艺出版社 1992 年

（《米尼》江苏文艺出版社 1992 年初版，北京联合出版公司、英特颂 2014 年 11 月版，人民文学出版社 2019 年 8 月版。）

《故事和讲故事》（文论集） 浙江文艺出版社 1992 年

《纪实与虚构》（长篇小说 5） 人民文学出版社 1994 年

（《纪实与虚构》（三分之二节选版）发表于《收获》1993 年第 2 期；人民文学出版社 1994 年初版，人民文学出版社 2001 年 6 月版，人民文学出版社 2019 年 8 月版。）

《荒山之恋》（跨世纪文丛） 长江文艺出版社 1993 年 10 月初版

《乌托邦诗篇》（中篇集） 华艺出版社 1993 年

《父系和母系的神话》（作品集） 浙江文艺出版社 1994 年

《乘火车旅行》（散文集） 中国华侨出版社 1995 年

《长恨歌》（长篇小说 6） 作家出版社 1995 年

（《长恨歌》1994 年发表于《钟山》；作家出版社 1995 年初版，南海出版公司 2003 年 8 月版，人民文学出版社 2004 年 5 月版，北京联合出版公司、英特颂 2014 年 11 月版，人民文学出版社 2019 年 8 月版，人民文学出版社 2019 年“新中国 70 周年 70 部长篇小说典藏版”；另有英、法、西、意、俄、塞、韩、越译本。）

《伤心太平洋》（小说集） 华艺出版社 1995 年

《人世的沉浮》（中篇小说集） 文汇出版社 1996 年

《王安忆短篇小说集》 明天出版社 1997 年

《心灵世界》（文论集） 复旦大学出版社 1997 年

《姊妹们》（小说自选集） 华夏出版社 1997 年

《重建象牙塔》（散文集） 上海远东出版社 1997 年

《屋顶上的童话》（小说集） 山东友谊出版社 1997 年

《一个故事的三种讲法》（儿童长篇小说）

明天出版社 1997 年

《独语》（散文集） 湖南文艺出版社 1998 年

《接近世纪初》（散文集） 浙江文艺出版社 1998 年

《塞上五记》（散文集） 吉林摄影出版社 1999 年

《王安忆散文》（散文集） 华夏出版社 1999 年

《王安忆小说选》（英汉对照） 中国文学出版社 1999 年

《隐居的时代》（中短篇小说集） 上海文艺出版社 1999 年，2002 年

《我爱比尔》（中篇小说） 南海出版公司 2000 年

《妹头》（中篇小说） 南海出版公司 2000 年

《男人和女人，女人和城市》（散文集） 云南人民出版社 2000 年

《岗上的世纪》（中篇小说集）

云南人民出版 2000 年；上海文艺出版社 2013 年

《富萍》（长篇小说 7） 湖南文艺出版社 2000 年

（《富萍》发表于《收获》2000 年第 4 期；湖南文艺出版社 2000 年初版，上海文艺出版社、文汇出版社 2005 年 8 月版，人民文学出版社、99 读书人 2018 年 6 月版；

有《收获》60周年纪念文存《富萍》珍藏版；另有英、日译本。）

《剃度》（短篇小说集） 南海出版公司 2000 年

《我读我看》（散文集） 上海人民出版社 2001 年 4 月版

《弟兄们》（中短篇小说集） 中国文联出版社 2001 年 9 月版

《三恋》（中篇小说集）

浙江文艺出版社 2001 年 9 月版，有英、德、法、西译本。

《伤心太平洋》（中国小说 50 强 1978—2000）

时代文艺出版社 2001 年 10 月版

《寻找上海》（散文集） 学林出版社 2001 年 11 月版

《窗外与窗里》（散文集） 沈阳出版社 2002 年 1 月版

《上种红菱下种藕》（长篇小说 8） 南海出版公司 2002 年 1 月版

（《上种红菱下种藕》南海出版公司 2002 年 1 月初版，云南人民出版社 2013 年版，北京联合出版公司、英特颂 2014 年 11 月版，人民文学出版社 2019 年 8 月版）

《流逝》“新经典文库”（中篇小说集）

春风文艺出版社 2002 年 5 月初版，另有英译本。

《小鲍庄》（中短篇小说集） 上海文艺出版社 2002 年 10 月 2 版

《茜纱窗下》（散文集） 上海文艺出版社 2002 年 10 月版

《现代生活》“金收获丛书”（中短篇小说集）

云南人民出版社 2002 年版

《忧伤的年代》（中国作家档案系列）

新世界出版社 2002 年 10 月版，另有法译本。

《酒徒》（二十世纪作家文库） 江苏文艺出版社 2003 年 1 月版

《王安忆说》 湖南文艺出版社 2003 年 10 月版

《桃之夭夭》（长篇小说 9） 上海文艺出版社 2003 年 12 月版

（《桃之夭夭》发表于《收获》2003 年第 5 期；上海文艺出版社 2003 年 12 月初版，北京联合出版公司、英特颂 2014 年 11 月版，人民文学出版社 2019 年 8 月版；另有法译本。）

《王安忆中篇小说选》（99 新经典文库）

上海社会科学院出版社 2004 年 10 月版

《稻香楼》（新经典文库 / 王安忆短篇小说代表作）

春风文艺出版社 2005 年 1 月版

《街灯底下》（简朴生活丛书） 山东画报出版社 2005 年 5 月版

《遍地枭雄》（长篇小说 10）

上海文汇出版社、上海文艺出版社 2005 年 5 月版

（《遍地枭雄》2005 年发表于《钟山》；文汇出版社、上海文艺出版社 2005 年 5 月初版，北京联合出版公司、英特颂 2014 年 11 月版，人民文学出版社 2019 年 8 月版。）

《小说家的十三堂课》（王安忆作品系列）
上海文艺出版社、文汇出版社 2005 年 6 月版
《心灵世界：王安忆小说讲稿》　复旦大学出版社 2007 年 11 月 2 版
《乘公共汽车旅行》（看看丛书·柔情散文）
中国福利会出版社 2005 年 5 月版
《叔叔的故事》（九元丛书中篇金典）　人民文学出版社 2006 年 1 月版
《王安忆精选集》（世纪文学 60 家）　北京燕山出版社 2006 年 5 月版
《悲恸之地》（当代名家代表作）　文汇出版社 2006 年 6 月版
《华丽家族：阿加莎·克利斯蒂的世界》安徽文艺出版社 2006 年 11 月版
《王安忆读书笔记》　新星出版社 2007 年 1 月版
《王安忆导修报告》　新星出版社 2007 年 1 月版
《启蒙时代》（长篇小说 11）　人民文学出版社 2007 年 4 月版
（《启蒙时代》发表于《收获》2007 年第 2 期；人民文学出版社 2007 年 4 月初版，人民文学出版社 2019 年 8 月版。）
《王安忆散文》（插图珍藏版）　人民文学出版社 2008 年 1 月版
《上海女性》（人文精品）　中国盲文出版社 2008 年 2 月版
《陆地上的漂流瓶》（人文精品）　中国盲文出版社 2008 年 3 月版
《王安忆小说》　吉林文史出版社 2008 年 6 月版
《王安忆散文选》　吉林文史出版社 2008 年 6 月版
《谈话录》（与张新颖合著）　广西师范大学出版社 2008 年 6 月版
《对话启蒙时代》（与张旭东合著）　北京三联书店 2008 年 7 月版
《海上》（大雅中国风系列）　华东师范大学出版社 2008 年 11 月版
《王安忆小说选》（中国文库）　人民文学出版社 2009 年 9 月版
《七月在野八月在宇》　解放军出版社 2010 年 3 月版
《伤心太平洋》　黄山书社 2010 年 4 月版
《骄傲的皮匠》　海豚出版社 2010 年 8 月版
《流逝》（名家中篇小说经典）　浙江文艺出版社 2011 年 1 月版
《雅致的结构》（海上文库）　上海书店出版社 2011 年 1 月版
《谈话录》（新版，与张新颖合著）　人民文学出版社 2011 年 1 月版
《故事和讲故事》（好书库 GBS1）　复旦大学出版社 2011 年 3 月版
《天香》（长篇小说 12）　人民文学出版社 2011 年 5 月版
《发廊情话》　江苏文艺出版社 2011 年 6 月版
《乌托邦诗篇》　华东师范大学出版社 2011 年 10 月版
《空间在时间里流淌》（新经典文库·王安忆作品 01）
新星出版社 2012 年 4 月版
《小说课堂》　商务印书馆 2012 年版

《喜宴》（名家自选学生阅读经典） 辽宁人民出版社 2012 年 7 月版
《姊妹行》（中国短经典 99 读书人） 上海文艺出版社 2012 年 8 月版
《男人和女人，女人和城市》（新经典文库 · 王安忆作品 02）
新星出版社 2012 年 8 月版
《麦田物语》（茅盾文学奖获奖作家的短经典）
人民文学出版社 2013 年 1 月版
《众声喧哗》（中篇小说） 上海文艺出版社 2013 年 1 月版
《剑桥的星空》
北京出版集团公司、北京十月出版社 2013 年 1 月版
《波特哈根海岸》（新经典文库 · 王安忆作品 03）
新星出版社 2013 年 3 月版
《面对自己》（典藏版） 湖南文艺出版社 2013 年 7 月版
《中国好小说 · 王安忆》 中国青年出版社 2013 年 7 月版
《上种红菱下种藕》（王安忆经典小说作品）
云南人民出版社 2013 年版
《放大的时间》（我们小时候丛书） 明天出版社 2013 年 9 月版
《今夜星光灿烂》（新经典文库 · 王安忆作品 04）
新星出版社 2013 年 11 月版
《王安忆的上海》（作家与故乡丛书）
北京生活 · 读书 · 新知三联书店有限公司 2014 年 3 月版，另有法译本
《天香》（王安忆长篇小说系列）
人民文学出版社 2011 年 5 月版 2014 年 6 月 1 印
《临淮关》（世纪作家文库） 江苏文艺出版社 2014 年 7 月版
《安忆六短篇》（短篇经典文库） 海豚出版社 2014 年 10 月版
《丰饶与贫瘠》（脉望丛书） 上海人民出版社 2015 年 6 月版
《王安忆精选集》（世纪文学经典） 北京燕山出版社 2015 年版
《匿名》（长篇小说 13） 人民文学出版社 2016 年 1 月版
《红豆生南国》（中篇小说集）
人民文学出版社、99 读书人 2017 年 6 月版
《仙缘与尘缘》（散文集）
人民文学出版社、99 读书人 2017 年 6 月版
《众声喧哗》 人民文学出版社、99 读书人 2017 年 10 月版
《小说与我》 广西师范大学出版社 2017 年 8 月版
《麻将与跳舞》 人民文学出版社 2018 年 1 月版
《69 届初中生》 人民文学出版社、99 读书人 2018 年 8 月版
《黄河故道人》 人民文学出版社、99 读书人 2018 年 8 月版

《旅行的印象》（散文集）　　人民文学出版社、99读书人2018年8月版
《小说课堂》　　人民文学出版社、99读书人2018年8月版
《考工记》（长篇小说14）　　花城出版社2018年9月版

结集出版

自选集六卷　　作家出版社1996年出版
短篇小说编年四卷　　人民文学出版社2009年出版
中篇小说系列八卷　　99读书人、上海文艺出版社2013年出版
短篇小说系列八卷　　99读书人、上海文艺出版社2015年出版
新时期小说名家名篇彩图珍藏版六卷　　中国电影出版社2004年2月出版

港台版

《雨，沙沙沙》（当代中国大陆作家丛刊·女作家卷2）
台湾新地出版1988年2月
（雨，沙沙沙·流逝·荒山之恋）
《小城之恋》（中国大陆作家文学大系2）台湾林白出版1988年2月
（锦绣谷之恋·小城之恋·小鲍庄）
《荒山之恋》（新探索丛书）　　香港南粤出版社1988年2月
（面对自己（序）·荒山之恋·小城之恋·锦绣谷之恋·男人和女人，女人和城市）
《母女同游美利坚》　　三联书店香港分店1986年10月
（游美百日记：茹志鹃、美国一百二十天：王安忆）
《叔叔的故事》（文学风情34）　　台湾业强出版1991年12月
（自序·叔叔的故事·妙妙·歌星日本来）
《逐鹿中街》（麦田文学10）
台湾麦田出版1992年10月初版，2003年7月二版
《长恨歌》（麦田文学72）
台湾麦田出版1996年4月初版，香港天地图书1996年初版
《纪实与虚构》（当代小说家2）　　台湾麦田出版1996年10月初版
《忧伤的年代》（麦田小说1）　　台湾麦田出版1998年7月初版
《处女蛋》（麦田文学98）　　台湾麦田出版1998年10月初版
《纪实与虚构》（当代小说家2）　　台湾麦田出版1999年3月二版
《隐居的时代》（麦田小说9）　　台湾麦田出版1999年9月初版
《独语》（麦田文学108）　　台湾麦田出版2000年5月初版
《长恨歌》（麦田文学22精装）　　台湾麦田出版2000年12月二版

《妹头》（麦田文学 28）　台湾麦田出版 2001 年 2 月初版
《富萍》（麦田小说 29）　台湾麦田出版 2001 年 3 月初版
《剃度》（麦田小说 39）　台湾麦田出版 2002 年 9 月初版
《寻找上海》（文学丛书 003）　INK 印刻出版有限公司 2002 年 5 月初版
《小说家的十三堂课》（文学丛书 021）
INK 印刻出版有限公司 2002 年 10 月初版
《上种红菱下种藕》（一方文学 01）
一方出版有限公司 2002 年 5 月初版
《我读我看》（一方文学 11）　一方出版有限公司 2002 年 9 月初版
《米尼》（王安忆作品集 1）　INK 印刻出版有限公司 2003 年 2 月初版
《海上繁华梦》（王安忆作品集 2）
INK 印刻出版有限公司 2003 年 4 月初版
《流逝》（王安忆作品集 3）　INK 印刻出版有限公司 2003 年 9 月初版
《阁楼》（王安忆作品集 4）　INK 印刻出版有限公司 2003 年 4 月初版
《冷土》（王安忆作品集 5）　INK 印刻出版有限公司 2003 年 4 月初版
《伤心太平洋》（王安忆作品集 6）
INK 印刻出版有限公司 2003 年 4 月初版
《岗上的世纪》（王安忆作品集 7）
INK 印刻出版有限公司 2003 年 4 月初版
《现代生活》（一方文学 18）　一方出版有限公司 2003 年 4 月初版
《儿女英雄传》（王安忆经典作品集）
台湾麦田出版 2004 年 1 月初版
《桃之夭夭》（文学丛书 047）　INK 印刻出版有限公司 2004 年 1 月初版
《叔叔的故事》（王安忆经典作品集）
台湾麦田出版 2004 年 5 月初版
《王安忆的上海》　三联书店香港有限公司 2004 年 8 月初版
《遍地枭雄》（王安忆经典作品集）　台湾麦田出版 2005 年 7 月初版
《长恨歌》　台湾麦田出版 2005 年版
《上种红菱下种藕》（王安忆经典作品集）
麦田出版 2006 年 2 月二版
《化妆间》（文学花园）　二鱼文化事业有限公司 2006 年 4 月初版一刷
《遍地枭雄》　天地图书 2006 年 9 月初版
《启蒙时代》　麦田出版 2007 年 4 月 1 日初版
《月色撩人》　麦田出版 2008 年 12 月版
《弄堂里的白马》（九歌文库）　九歌出版社有限公司 2009 年 6 月版
《茜纱窗下》（王安忆经典作品集 9）　麦田出版 2010 年 3 月初版

《什么是幸福——战争与和平》

大块文化出版有限公司 2010 年 5 月版

《天香》(王安忆作品在麦田 10) 麦田出版 2011 年 3 月初版

《剑桥的星空》 牛津大学出版社香港公司 2012 年版

《众声喧哗》(王安忆作品在麦田 11) 麦田出版 2013 年 5 月初版

《故事与主题》(余光中人文讲座・王安忆驻校系列专辑)

台湾中山大学 2015 年 4 月初版

《匿名》(王安忆作品在麦田 12) 麦田出版 2015 年 10 月初版

《小说与我》(中国文化中心讲座系列)

香港城市大学出版社 2017 年 5 月版

《乡关处处》(王安忆经典作品集 13) 麦田出版 2017 年 9 月版

《考工记》(王安忆经典作品集 14) 麦田出版 2018 年 8 月版

《王安忆: 2000 年文库——当代中国文库精读》

香港明报出版 1999 年 12 月版

(《姊妹们》《隐居的时代》《岗上世纪》)

新加坡版

《采萍采藻》(世界当代华文文学精读文库)

香港明报月刊出版社、新加坡青年书局联合出版 2008 年 11 月初版、新加坡青年书局联合出版 2008 年 12 月初版

剧　作

《金锁记》(舞台剧，改编自张爱玲同名小说，2004 年由上海话剧艺术中心演出、2000 年由香港焦媛剧团演出)

《发廊情话》(舞台剧，改编自托马斯·哈代的小说《挤奶女的浪漫史》，由上海话剧艺术中心 2008 年演出)

《风萧萧》(舞台剧，改编自徐訏同名小说，2018 年由上海话剧艺术中心演出)

《色・戒》(舞台剧，改编自张爱玲同名小说，2019 年由香港焦媛剧团演出)

《第一炉香》(电影剧本，改编自张爱玲同名小说，摄制已完成)

画出苦难者之魂

——石楠传记小说论

江　飞

引　言

20 世纪 80 年代初，安徽作家石楠以传记小说《画魂·张玉良传》风靡文坛，此后一发不可收拾，先后创作出版了《寒柳·柳如是传》《美神·刘苇传》《从尼姑庵走上红地毯》《一代名优舒绣文》《回望人生路·亚明的艺术之旅》《沧海人生·刘海粟传》《百年风流·刘海粟大师的友情和爱情》《不想说的故事》《红颜恨·陈圆圆》《张恨水传》《海魄·杨光素传》《另类才女苏雪林》《中国第一女兵·谢冰莹全传》等 14 部长篇传记文学，以及《真相》《生为女人》《爱之歌》《寻芳集》等小说散文集 6 部，共计 700 余万字。2005 年，石楠被评为"当代十大优秀传记文学作家"，这是对她二十多年坚持传记文学创作的充分肯定。

必须强调的是，石楠既不同于为历史上具有卓著功业的领袖、伟人立传的一般传记作家，也迥异于为太后宫妃记录轶闻趣事的通俗作家。她所选择的立传对象，几乎全是社会地位低微，甚至为上层社会所不齿的弱女子。这些弱女子个个不屈于命运摆布，在多舛偃蹇的人生历程中，显示出对光明的追求和顽强的意志，显示出善良的愿望和高尚的品节，显示出独立的人格尊严和崇高的社会价值；她们是具有中华民族特色的才女形象，是一个个与命运抗争的灵魂，是承受着人生疼痛并背负疼痛不断抗争的巾帼英雄，归根结底也是创作者本体人格与气质的彰显。纵观石楠的传记小说，其成功之处和魅力之源在于作者始终如一地行走在传记小说这一边缘领域之中，游走于纪实与虚构之间，不求形似，但求神真，以真为骨，以美为神，追求史实与艺术的完美统一，实践着“传者为被传者雕塑人生，也用被传者注解自己”的创作宗旨，以现代女性意识塑造出一个又一个与苦难搏斗的灵魂，建构起一个跨越时空的“心灵世界”和情理兼备的艺术世界：这一切真正构成了石楠传记小说独特的美学特征和个性气质。

一、爱与苦难：主客为一的生命叙事

综观当下的小说，炫目的技巧，质感的语言，精致的叙述，诱人的故事等等，应有尽有，而越来越缺少的恰恰是小说里的情感，生命的体验。情感与体验的缺失常常导致作品华而不实，即使再精致的叙述也无从动人，反而显出虚伪，经不起读者的心灵过滤和精神观照，因为“对真正的伟大的作家来讲，无论是以悲剧方式叙事，还是以喜剧方式反讽，写作的基本精神都是爱，基本态度都是同情，尤其是对底层人和陷入悲惨境地的不幸者的同情”[①]。而爱与同情恰恰是石楠传记小说创作的情感出发点和文本内质，按其自述所言，“我爱她们，她们是我生命的载体，我们血肉难分”，爱在苦难中孕育，苦难在爱中升华，“你”中有“我”，“我”中有“你”，传者（主体）与被传者（客体）相融为一，共同建构了一个温暖而残酷的生命世界。

爱：情感指引和精神向导

1982年，石楠的第一篇小说《张玉良传》首发在《清明》杂志第四期上，在海内外产生了强烈反响，同时也引起了诸多是非争议。在摈弃意识形态的遮蔽和曲折之后，1983年7月，《张玉良传》终于以《画魂·张玉良传》单行本的形式由人民文学出版社率先出版。在《画魂》问世之前，没有人关注过她——一位膝下有两儿一女、承担繁重家务的四十多岁的母亲，一个身体虚弱、眼有重疾的中文自学者，一名在工厂工作了二十年后才调到市图书馆的古籍管理员。而《画魂》问世二十七年来，已被韩国、中国台湾等十家出版社再版十余次，被改编为电影、电视、黄梅戏、话剧、沪剧等多次，而关于该作的评论更是不计其数，可以说，《画魂》已成为当代艺术领域里一部具有深远影响和巨大魅力的作品。石楠创造了《画魂》，或者换句话说，《画魂》造就了石楠。

需要指出的是，由小说《画魂》（“第一文本”）衍生出的诸多影视版本（“第二文本”），尽管执导的都是海内外知名大导演，出演的皆为大牌明星，在艺术方面可圈可点，但也正如石楠自己所说，这些改编无不阉割了

---

① 李建军：《作家的态度》，载《小说评论》2002年第2期。

第一文本的灵魂和主题，存在着多种多样的误读和歪曲，那么，《画魂》究竟是怎样的一部小说呢？

小说以旅法女画家潘张玉良的故事为蓝本，这样的题材在“文革”之后、新时期之初自然显得格外独特，人们的思想还没有一下子从对艺术的诋毁和摧残中复苏或解放过来，因此而招致是非争议似乎也不难理解。“孤儿—雏妓—小妾—艺术的追求者—中国最高学府的教授—世界艺坛出名的艺术家”，如此具有传奇色彩的女性，古今中外张玉良都可算是一个非常特殊的典型，而以这样的真人真事为基础创作小说难度依然不小。面对仅有的几千字的简历和几张作品图片，作者只能循着张玉良断断续续的足迹去神游，细节几乎全是想象和虚构的，是石楠自己生活经历和情感思想的融注，而创作的全部情感动力只有一个字——爱。“爱”是传者（主体）与被传者（客体）共同的情感指引和精神向导：

> 由于我没有办法掌握传主的生活细节和她的真实内心和情感，我只能采用小说的形式来刻画她。这是我第一次尝试着写小说，又是真人真事的传记小说，虽然我还不知道如何去塑造人物形象，只是由于爱，爱文学，爱笔下的人，爱一个顽强与苦难搏斗的灵魂，就那么随着感情流淌下去，以至不能自已。①

因为“爱文学”，所以作者“尝试着写小说”；因为“爱笔下的人，爱一个顽强与苦难搏斗的灵魂”，所以作者用爱去刻画“传主的生活细节和她们的真实内心和情感”，塑造她们的形象。潘玉良是作者选择的第一个爱的对象。从一个自幼父母双亡被舅舅卖到妓院的孤儿，到一个世界艺坛著名的画家、雕塑家，潘玉良的苦难历程本身就崎岖而辉煌，但石楠并没有因为传主的传奇人生而进行更加传奇化的叙述，也没有将苦难进行简单的堆砌叠加，以攫取同情的眼泪，而是在“爱”的灌注和引领下，不拘泥于史实，突出心理分析，着重刻画人物的精神、心态和性格，着力渲染主人公张玉良对人生价值的无限追求，在追求中展现她特有的骨气、志气和才气，叙述情感平缓而浓重，匀撒在每一章每一节里，有克制，有节奏，更有深情：这种创作方式完全应和着作者心灵的参与，完全是顺着“爱”的流动而超越时空进行自由叙述，从而赋予了作品以强烈的震撼力和感染力，以爱动人，以情感人，把读者领进了一个既深邃又博大、既苍凉又灿烂的立体空间。

而小说感人至深处也正在于贯穿张玉良一生的种种真“爱”：对丈夫潘

① 石楠：《总序·我为苦难者立传》，《石楠文集》第1卷，中国戏剧出版社2006年版，第3—4页。

赞化感激的情爱，对刘海粟、洪野两位伯乐的敬爱，对艺术无怨无悔的痴爱，对身居异国他乡却无法割断的对祖国的挚爱，“爱”在种种怨恨的包围下更显出珍贵和沉重。如小说不惜笔墨，细致地描绘了远在异乡却心恋故土的张玉良内心那排山倒海似的痛苦与屈辱、乡愁与国恨交织的情愫：

> 乡愁就像钱塘江的潮水，铺天盖地向她扑来，淹没了她。她仿佛正兴致勃勃地攀登在峻峭的黄山石阶上，沉醉在瑰丽多变的云海中；又仿佛回到了故乡扬州，嬉戏在古老的石板路上，迷恋着明澈的小溪和漂浮在碧波上似洁白云朵样的鸭群；耳畔好似传来了浮山古刹肃穆的钟磬声，空气中飘荡着香火散放的异香；家园庭院的慈竹，婀娜滴翠，扬子江涌起堆堆白雪似的波涛；苏州河上林立的桅杆，袅袅渔烟，点点白帆……一齐来到她的心头，她像热恋中的情人样激动不已。突然间，她的眼前幻映出一个个可怕的景象：中国大地，硝烟弥漫，大火焚烧着村庄，日寇残害着父老兄弟，奸淫姐妹，杀戮儿童，美丽的黄山被膏药旗强占，扬州明净的小溪水变得血红……她骇得用手蒙上了眼睛，不敢再见这些影像。她一下子衰弱下去了，完全被痛苦和悲哀压倒了。她忧虑的是美好河山遭践踏，人民受涂炭，这是每一个中国人的耻辱。她不能理解，政府为何不大胆领导民众坚决抵抗？在这国难当头的时候为何不能以民族存亡为重？地大物博，人口众多，还打不过一个小日本，国家误就误在争权夺利的达官贵人之手，致使美丽的河山遭受无尽的苦难。她长叹一声：“耻辱呀耻辱！中国，你何时才有天亮的时候？”[①]

浸润在字里行间的强烈愤懑、悲哀和无奈，二十七年后的今天读来依然情深谊重，让人动容。如此“哀其不幸，怒其不争”的叹息，似乎在现代文人郁达夫的小说《沉沦》里同样得以窥见，一个是远涉重洋埋首于绘画雕塑的艺术家，一个是身陷苦闷无助之中的留日青年知识分子，面对的都是国家的羸弱、苦难和伤痕，而发出的呐喊也有着相似的雷同，只是郁达夫笔下的那个受五四思潮洗礼而觉醒的现代知识青年因为“性的要求与灵肉的冲突”而多少有些变态的性心理，所以在对中国喊了几句“祖国呀祖国！……你快富起来！强起来罢！”的口号之后，便投海自尽了。而张玉良则不然，她身处困境却坚决拒绝加入法国国籍，她废寝忘食地制作《中国女诗人》（李清照）的塑像，并刻上“生当为人杰，死亦为鬼雄”的警句，她在筹备个人作品展览时每幅作品上都要题上“中国张玉良”的字样。她

① 石楠：《画魂·潘玉良传》，《石楠文集》第1卷，中国戏剧出版社2006年版，第120页。

的奋斗、抗争和人格操守，都让人感受到这个外表柔弱的女子却蕴藏着火一般的爱国热情，金子一般的赤子之心。可以说，这是新时期女性形象中非常独特典型的“这一个”。

自《画魂》为肇端，石楠便有意识以“爱”为情感指引和精神向导，选择那些背负苦难而又得不到公正评价的苦难者为叙述对象，以满腔虔诚的爱塑造人物和自身。正如冰心为石楠题词所言，“真实的情感是一切创作的力量和灵魂”，情感，构成石楠全部创作的内驱力，也是形成她传记小说诗化和抒情特色的根源，而情感的核心便是“爱”。在石楠传记小说中，“爱”往往是多重复杂的，大体说来有三种：（1）男女情爱。张玉良与潘赞化、田守信，柳如是与宋徵舆、陈子龙、钱牧斋，刘苇与A远、倪贻德，陈圆圆与冒辟疆、吴三桂，谢冰莹与符号、顾风城等的情感纠葛便是如此，而这种情爱常因为世俗的偏见、命运的愚弄或女性的弱势而最终演变为一幕幕悲剧，让人嘘叹。（2）对艺术事业的挚爱。张玉良、刘苇、杨光素、亚明、刘海粟对绘画，梁谷音对昆曲，舒绣文对话剧和电影，秋云（作者化名）、苏雪林、谢冰莹对文学，都充满着迷恋并为之不懈追求。这种挚爱让他（她）们获得了超越苦难的勇气和力量，成就了他（她）们的事业和人生价值，照亮了他（她）们的精神天空，让人感动。（3）对国家、民族的大爱。张玉良远在异国他乡，却时刻不忘祖国的前途和命运；一代名妓柳如是，舍生取义，表现出令男子汗颜的民族气节和爱国精神；一介文人张恨水以一己之力为抗日大业奔波操劳，办报著文，揭露国民党独裁统治、反对内战、呼吁和平，如此等等，这种大爱都超越了有限的个体生命而抵达高远的人类情怀，让人崇敬。爱是美好的，但追求爱的实现却是痛苦而歧路丛生的，石楠为这些被“爱”所灌注的灵魂设计的结局几乎都是“爱而不得”的悲剧命运，他（她）们在追寻爱情与事业的途中不得不经历苦难的洗礼，才可能迎来凤凰涅槃一样的新生。爱因为苦难而更显珍贵苍凉，苦难因为爱而平添柔美厚重，二者构成石楠传记小说坚实的情感支柱。

苦难：超越体验的生命叙事

苦难，是人类生存境遇中无可规避的本质属性，也是文学表现的最基本的主题之一。苦难意识不仅是主导石楠传记小说的核心意识，也是石楠本人面对现实世界的生命体验。所以在这里，我以为“苦难意识”至少包含两个层面的意思：一是指创作者主体即传者对苦难的深切感知和体验；二是指呈现在文本中艺术客体即被传者对其所承受的苦难的感受和认知。正如有论者所言，苦难是石楠逼近创作对象的途径——无论是选择传主、取舍素材、落于笔端的情感倾斜，还是充满生活气息的细节铺排，凡与石楠的苦难情结相契合相沟通之时，便是创作主体与对象最贴近之处。[①]正是从这个意义上说，“爱一个顽强与苦难搏斗的灵魂”，是石楠文学创作（不仅仅是传记小说）的核心纲领，这里面包孕着石楠一以贯之的“爱和苦难的哲学”：既爱那些在纸上重新复活的灵魂，也爱与他（她）们一样顽强与苦难搏斗的自己，她把自己对生活、对文学的爱倾注于为那些苦难者立传，又从它们身上获得了关于苦难、中国女性和世界艺术的一种独到而深层的认识，同时再现了那种作为历史环节的人生风貌。她和他（她）们的生命轨迹相似，都是以苦难为原点向无穷远处发射；她和他（她）们的生命质量同构，都把生活给予的苦难统统看作生活给予的特别恩赐和厚爱，她和他（她）们都不懈地把苦难酿制成美酒，将痛苦化作欢乐，用痛苦创造辉煌：二者达成了生命的契合。所以，石楠传记小说是在历史与现实、传者（主体）与被传者（客体）之间建立的一种独特的主客为一的“生命叙事”。

石楠常说：“苦难是我的财富和老师。”这并非矫情之言，多舛的命运造就了石楠的人生。1938年石楠出生于安徽省太湖县李杜乡笔架山下一个贫穷的农民家庭，祖上都是文盲，祖父是铁匠，父亲是农民，石楠的四个姐姐都被迫送给他人，只有她侥幸留了下来，谱名纯男，小名男伢。石楠想上学却没有读书机会，十六岁前只在夜校的扫盲班识得几个字，后在乡里老师的帮助下走入校门，插班进五年级。小学毕业时，石楠以全区第一名、全县第二名的成绩考入太湖中学，靠几元钱的助学金和一些老师的资助，勉强升学。初中毕业后，尽管成绩优异，但无奈父亲病重，母亲双目失明，弟妹较多，石楠不得不辍学到安庆市的集体小工厂当学徒，一干就是二十年。在强调阶级成分和阶级斗争的年代，祖父临终前买下的地主帽子成为压在石楠心头乃至生命里的一块沉重的石磨，饱受冷漠、歧视和担惊受怕，其间身体经受着病痛的折磨，又承受着婚姻变故的精神创伤。在如此艰难的情况下，石楠没有屈服消沉，她不放弃任何读书和自学的机会，遍读古今中外名著，写了成麻袋的读书笔记，在逆境中累积了丰富的语言和人生体验，将苦难经历最终升华为历史的反思、博爱的情怀和审美的慧心。正因如此，作为当代众多历史事件的见证者和反思者的石楠，对贫穷、战争、饥饿、冷漠、歧视、流言、攻讦等人生苦难的亲身经历和体验无疑要比一般人都深广得多，而一直与她的生活和写作如影相随的身体苦痛，像双目神经疲劳症、眼底黄斑部分陈旧性病变、眼压升高、风湿病等等，似乎在当代作家中也难有可比拟者。

石楠曾在多本传记的后记中反复阐明了自己的“苦难意识”：“世界上没有征服不了的苦难，人类的命运可以通过抗争来改变！……只要有个崇

① 王海燕：《血相通、情相通、搏相同》，《石楠文集》第14卷，中国戏剧出版社2006年版，第28页。

高的目标，坚定的意志，执着追求，刻苦进取，就能够得到自己想要的东西，这东西就是人生存在的价值！”“苦难是财富，苦难是老师，苦难使人奋进，苦难造就不朽，苦难可以增添人生的光辉，苦难也可把我们的灵魂引到光明的祭坛，我歌唱苦难！”石楠正是将这种豁达的生命体验和深重的苦难意识潜移默化地移置于文本之中，成为其苦难叙事的生命本色和乐观底色，正如评论者所言，“对待苦难的态度构成了石楠传记小说主题意识的基石，而超越苦难的方式所体现的精神内涵形成了主题意识的价值核心。两个层面相互补充又相互制约，共同赋予石楠传记小说替苦难者立碑，为苦难者作传的主色调。”[①] 直面苦难显示出生命的勇气和从容，超越苦难则尽显生命的执着与壮美，合二为一的苦难哲学显示出人类生命的执着与壮美，也让石楠的传记小说超越历史表相而抵达形而上的意蕴层面，成为其作品一以贯之的结构范式。

石楠传记小说中的主人公十之八九都是出身卑微的底层人物，与当下不少作家在表现底层苦难时常走抽象化、概念化、寓言化和极端化的道路不同，石楠选择了一种比较温和深情的独特方式，既不哭天抹泪，也不夸张煽情，而是以一种平实坚忍的道德激情与那种撕裂感无力感性命相搏，看似诗意浪漫，却从未丧失对人性的关怀和信念，彰显出一种与艰难时世、苦难人生分量同等的深重情怀，苦难的意味没有因此而减轻，反而更加重了历史与人生的哲思意味与象征意味，从而超越了苦难和悲剧，也自然超越了那些不痛不痒的虚伪的苦难叙事作品。

还是以《画魂》为例。诗人、评论家公刘说，《画魂》的最大特色也许在于它的具有时代和地域特征的传奇性，“时间和空间规定了主人公张玉良由青楼女子演变为大艺术家的充满艰辛和苦难的独特命运——而张玉良的命运又透过体现着必然的偶然，联系着许许多多人的命运；因此，她的极端令人惊叹的传奇性就不能不同时又是完全令人信服的代表性：张玉良的苦难历程象征着中国历史的坎坷道路，张玉良的美好品格象征着中华民族的固有素质，张玉良的自我完成象征着中国人民的最后胜利。”[②] 即是说，“苦难”既是传主个人的传奇经历，也是传主所生存其中的那个时代的历史的集体象征，超越苦难是张玉良完成自我的生命体验，更是中国人民特别是底层的中国女性实现自我的必然方向和努力。所以，我认为除了“时代和地域特征的传奇性”，我们或许还可以根据这二十多年来《画魂》的接受、传播、改编的过程，发掘出作品更大的隐秘的内在精神——超越性，在张玉良辗

① 丁增武：《“镣铐”禁锢下的生命之舞——评石楠的长篇传记小说创作》，《石楠文集》第14卷，中国戏剧出版社2006年版，第41页。

② 公刘：《传记文学的重大收获——评〈张玉良传〉》，《石楠文集》第14卷，中国戏剧出版社2006年版，第71页。

转曲折的求索之路上，我们的灵魂仿佛也随之上路，与苦难遭遇，既而通过自我努力超越苦难，修得正果，获得生命意志的洗礼。从这个意义上说，《画魂》传达给读者的还有间接的励志精神，这种精神也成为一种稳定的个人风格延续在石楠此后的所有传记小说中，并在广大读者那里获得了长久的应和与赞颂。而改编之后的《画魂》（或冠以其他名字）的影视剧，则将叙述重心放在张玉良、潘赞化二人的情感纠葛或是“自画裸体”等情节上，得之皮相，却失去了作品的灵魂，原因正在于他们爱的是具有收视效应的感官诱惑，而并非“爱一个顽强与苦难搏斗的灵魂”，所以，他们获得了金钱或收视率的超越，却阉割了原著的灵魂，获得不了精神的超越、心灵的震颤，理解不了作者投入其中的“超越体验”。

在这里，超越体验是指传者与被传者超越实用功利和超越个体实存时的经历和感受。如传者石楠在创作《画魂》时正值1981年严冬，拖着病躯，冒着严寒，眼睛常痛得全身痉挛而无法控制。她超越了个体存在，超越了当时功利的文化环境，只听从内心爱的召唤，完成了创作。《画魂》让石楠一举成名，紧随而来的流言、质疑、批评也让她“感受到了女子成名的种种莫名压力”、迷惘和痛苦，而“一切的非难，一切的歧视都没有抑制住作家的创作激情，反而铸造了她‘穷且益坚’的人格精神，并外化为寄情志于戒律之外，出新意于法度之中的审美意识”[①]，她以继续创作的方式对非难和歧视作了最有力的回击，这在其自传体小说《不想说的故事》中有非常真实的表露。这种超越体验对于作家而言，意味着对写作伦理和文学信念的坚定持守，而这种持守若只停留在“光荣与梦想”的80年代语境中自然算不得什么，令人崇敬之处在于石楠将这种超越体验贯穿于她的整个文学创作历程中，灌注在她笔下所有“类我”人物的生命之中，从而达到主客为一的境界，既凸显了传主的历史意义和现代意义，又实现了自我的历史理性和文学理想，从而获得了创作者本体与文本实体的双重价值：这在当代文学史上也是少有的景象。

作家张炜曾经说：“我从来不把这种意识（苦难意识）当作一种风格或手法。它只是一种朴素的认识和自然的表达。它可以不知道表达的结果，我害怕那种刻意的书写苦难。因为苦难让生命敬畏。”[②] 正是出于对苦难的敬畏，对生命的珍视，长久以来，石楠一直是用一种自然、朴素的语言表达方式叙述苦难的，在她的传记小说中，我们常常读到许多沉重的东西，在她的角色身上仿佛承载了太多的苦难，这种承载甚至溢出了角色本身的承受能力，直接化为作者心底的喟叹。而作为一个优秀的作家，她不仅要洞

① 丁增武，《“镣铐”禁锢下的生命之舞——评石楠的长篇传记小说创作》，《石楠文集》第14卷，中国戏剧出版社2006年版，第46页。

② 张炜，王尧：《伦理内容和形式意味》，载《当代作家评论》2002年第3期。

察和深刻地表现苦难这一主题，更要指给苦难者苦难的根源和救赎的途径。纵观石楠的传记小说，体现在文本中的苦难，除了作为男人的，更有作为女人的，而在反思人性的同时，也特别包含着对女性自身的审视与反思。石楠以其独特的性别意识，生动表现了女性意识的觉醒、抗争以及难以逾越的悲剧命运。

二、传统与现代：女性意识的觉醒、抗争与悲剧命运

按上所述，苦难意识来自人类生命意识的自我觉醒，而无论中国还是西方，女性意识的觉醒都是其中尤为重要的一部分。在西方文化传统中，男性优越、女性低劣的观点由来已久，亚里士多德认定，女性天生是缺乏某些品质的，圣·托马斯则明确地把女性界定为“不完满的人”（imperfect man），实质上这种“缺乏”和“不完满”是男权中心主义者的偏见，正如法国现代女权主义者西蒙娜·德·波伏瓦（Simone de Beauvoir）所言，女性（female）天生地属于第二性，在一个以男权（Patriarchy）为特征的社会里，女性天然地处于从属的被统治的地位；在中国文化传统中，长期以来，女性作为一种性别往往被置于主导意识形态的边缘，虽然其意识存在不仅是人类精神财富的一部分，还具有社会边缘角色的边缘文化特质。当女性作为一个性别群体整体性地沉没于历史地表之下时，女性只能处于集体无意识的状态之中。因此，女性主体性的确立必然是以女性意识的觉醒为标志的；反之，女性意识的发展程度是衡量女性主体历史性进程的标尺。

正是凭着和笔下人物心相知、血相融的生命同构，石楠以特有的敏锐和感悟，透过历史、社会和文化诸因素加于女性身上的种种压迫、偏见和误读，深入到女性精神世界内部，记叙下她所触摸与理解到的女性传奇故事和灵肉疼痛，并试图建构起女性叙事的新伦理，使之成为一种心理蕴涵丰富的文学叙事范式。迄今为止，她的 14 部长篇传记小说中除一部自传体小说和四部为男性传主立传之外，剩下 9 部都是为“不见经传的才媛立传”，以女性意识消解男性意识的戕害，以个体意识抵制集体无意识的蒙蔽。

“生为女人”的疼痛与抗争

按作者所言，女性为人类生存和繁衍做过伟大牺牲和贡献，但历史长河的漫漫泥沙和世俗偏见淹没了她们的光辉，“作为一个女性，我感到遗憾和不平！我决意去寻找女性中即将被历史埋没了的星星，我想努力去工作，用自己微薄的力量去擦拭裹挟她们的泥沙，让她们重放光彩。”[①] 毫无疑问，

① 石楠：《画魂后记》，《石楠文集》第 1 卷，中国戏剧出版社 2006 年版，第 181 页。

这种以传记小说的形式为女性去除历史之污、世俗偏见之垢的努力是建在性别立场之上的主体意愿，充满着浓郁的生命体验和女性意识，由此也可见出一个优秀作家所拥有的崇高品质和道德情怀；而这些重新恢复光彩和价值的知识女性形象，潘玉良，柳如是，刘苇，梁谷音，舒绣文，陈圆圆，杨光素，苏雪林，谢冰莹，与中国传统语境中逆来顺受、缺少独立精神与人格的女性形象迥然不同：她们的女性意识体现在“她们是属于最先意识到自己的价值及其处境和命运的女性，也是最先能够面对世界表达和申诉自己的女性。她们对于时代变迁的敏感，对于外部世界和自己内部世界的深刻的体验，使她们更能表达、反映中国女子内心的情感、欲望和理想。一句话，她们是‘女性世界’中最先觉醒的一群”[①]。她们在偏见中成长，在桎梏中前进，虽身份卑微，却敢于面对生活的苦难，不懈地与命运抗争，即使是沦落风尘，遭受歧视与侮辱，也不放弃对精神解放和灵魂自由的追求；虽难以掩饰“生为女人”的疼痛，却以抗争的方式表现出巾帼不让须眉的果敢与坚定：她们的存在理所当然成为当代女性文学领域里一道醒目的风景。

对于写作者而言，他（她）必须怀着恒久不变的对人的尊重态度，才能使他（她）的写作长久地得到读者的尊重。这种尊重——最深切的尊重，就是你能感受并能表达的人在生存中疼痛的苦感，人在人生与命运中无处不在的对疼痛的忍耐与热爱，这既是一个作家写作伦理的体现，也是来自他（她）对灵肉疼痛的切身感知。对此，石楠深有体会，她的传记小说写作常常是因为“作家的良知和写作冲动撞击着她，撞得生疼”。或许可以说，石楠的女性传记小说就是疼痛的产物，是“用生命的丝结就的茧”。

“生为女人”，在男权中心的世界中不得不遭遇身体与心灵的双重危险与疼痛。张玉良被卖身妓院，成为雏妓；柳如是更是征歌侑酒的青楼名妓；刘苇、舒绣文皆是地位卑下的庶出，且前者还是难以启齿的父亲与弟媳的私生子；沦为倡优的陈圆圆被当作特殊礼品，劫来掠去，抢进送出；生于乱世的梁谷音被尼庵收养，又背负着“反革命分子子女”的沉重十字架，如此等等。她们无法选择出身，也无法安排自己的身体，不但如此，还要忍受因此而带来的歧视、侮辱与损害，并在追求爱情与理想的途中遭遇拒绝与伤害，追根究底，是男尊女卑的封建传统道德和历史舆论对她们的身体和心灵造成了严重的制约和囚禁，而生为女人，她们的意识想要逾越几千年来传统道德的藩篱和舆论的重重围剿可谓艰难，更何况舆论和封建传统道德的评价原本就不是十分公正，自古以来，对女性的责难或惩罚远远甚于对男性蜻蜓点水式的批评，以至于日常生活和历史传统根本不能容忍女性身体内在的生命渴望和爱的愿望，所以，祸水、淫妇、虔婆、夜叉等成

① 余昌谷：《为巾帼才女立传》，《石楠文集》第14卷，中国戏剧出版社2006年版，第21页。

为她们在文本中流传的普遍形象，而历史为女性强制规定的“流芳百世”的选择仿佛只有两种：做烈妇或者贞女，又无一不是对人性的钳制和摧残，对女性肉体和精神的变相折磨。如果说传记小说创作是“一种戴着镣铐的舞蹈”，那么小说中这些女子们的命运便只能是在文本规定与历史规定的夹缝中做背负疼痛的飞行！

实际上，当代女性写作一直都是在身体和心灵的双重疼痛重压下小心翼翼地做着如此的疼痛飞行。以 20 世纪 80 年代初谌容的《人到中年》(《收获》1980 年第 1 期）为例，女医生陆文婷作为政治时代背景下为党的事业献身的知识分子的女性形象，其被压抑的自然的母性和妻性只有当濒于死亡和无意识的边缘时，才隐隐约约地浮现出来，而在生活和工作的双重重压之下，她所担负的双重角色人格最终给其身体（累倒在工作岗位上）和心灵（社会职责与家庭职责的冲突）都造成了极为严重的伤害和痛苦。这其实也是一代知识女性的疼痛。而自从 20 世纪 90 年代以来，像林白、陈染、海男、卫慧、棉棉、魏微等一批生于六七十年代的女性写作者的先后出现，女性写作又呈现出新的征状：她们不约而同地将思想的触角和审美体验伸向长期以来饱受禁锢的叙事禁区——身体以及与身体有关的感官体验，“通过身体将自己的想法物质化了，她用自己的肉体表达自己的思想”[①]，即“身体写作”，而其中最核心的意识无疑是一种来自身体和内心的疼痛以及对疼痛的思考。正如卫慧所说，“在字里行间我总想把自己隐藏得好一点，更好一点，可我发觉那很困难，我无法背叛我简单真实的生活哲学，无法掩饰那种从脚底升起的战栗、疼痛和激情”(《上海宝贝》后记）。这实际上说出了 90 年代以来女性写作的动机和心声，那就是她们自身对女性解放了的疼痛和激情的理解。

与石楠不同的是，她们对女性肉体或心灵疼痛的表达，前者深沉含蓄素朴，后者激烈张扬妩媚，但对于女性在这个世界上仿佛不可改变的被动性，女性所面对和承受的苦难现实，她们这些女性作家几乎都有着比男性作家深刻得多的感知和理解。无论是陈染的《私人生活》、林白的《一个人的战争》，还是卫慧的《上海宝贝》、棉棉的《糖》，往往都带着明显的半自传色彩，所表现的内容也大多是女性个体的心理历程和成长疼痛，是生命个体在社会、家庭、婚姻中的种种体验和努力，但也因其极端的私人化表述和欲望化抒写，而遭到声势浩大的舆论上的批判，甚至有的至今还处在被批判的高潮和旋涡之中。石楠的聪明之处在于并没有将这种女性之痛停留于私人化的低语，而是通过解剖一个个女人，解剖一个个时代，从而展示一种文化，展现在历史重负之下顽强生存的中国女性的疼痛和坚忍，一

① 〔法〕埃莱娜·西苏：《美杜莎的笑声》，《当代女性主义文学批评》，北京大学出版社 1992 年版，第 195 页。

个时代的隐痛以及价值与道德的内伤。

“女性不是生为女人的，而是变为女人的”（波伏瓦语），面对各种外在因素重压之下的灵与肉的疼痛，女性以及女性写作都面临着如何释放如何缓解的难题，或许可以换个角度言之，这些生命中无法避免的疼痛和苦难，成就了她们的追求和事业，也成为她们“变为女人”的助动力和精神财富。正是由此出发，石楠的每一次写作都充满着生命内在的灼痛感，她以一个女性作家敏锐而充满同情的眼光关注着女性既往和当下的命运，喁喁低语着历史中的女人和女人的历史。石楠说，一个好女人就是一所净化灵魂的大学，而她和她所塑造的女性形象无一不与疼痛进行着长期的抗争，“守住了灵魂的贞操”，而这也是与90年代以来女性写作疼痛意识的个性呈现和倾诉所不同的。

“以陈染、林白等为代表的20世纪90年代以来的女性写作则回到女性的身体性存在，一种感性主义的写作态度。她们的主体意向都是个人性的。那种将审美作为一种生活理念的写作态度已经消失不再，那种将文学当作社会责任感之表现的写作已经不再。她们写作的重点放在一种个人性的情绪、感受上。”[①] 为了表达这种来自心灵深处无法掩饰的激情和疼痛的情绪、感受，这些60年代和70年代出生的女性作家不约而同地用小说来表达自己对疼痛的倾诉，而倾诉则成为她们唯一和最有效的抗拒疼痛的方式和手段。林白在《玻璃虫》中曾这样表述：

> 过了很多年，心痛这种感觉才真正落到我的身上，我才开始知道，当你爱一个人的时候，心是会很痛的，那不是一种精神的假想的痛，而是一种真实的生理的疼痛。[②]

这些女性作家敏感而强烈地凸现出对生理（身体）的个人化关注，更多的也表现出私人生活的记忆碎片，而这种疼痛感也并非如我们想象的上升到形而上的精神（心灵）层面。所以，在她们，尤其是在卫慧、棉棉等70年代生的女性作家的文本中，我们看到的是赤裸裸的“她”或“我”与众多男性之间各种各样的情感纠葛与身体关系。她们只听取自己身体的声音，及时行乐，放纵不羁，最大程度地寻求感官欲望的释放与满足。这种欲望化的倾诉无疑是来自女性“身体的声音”，是对疼痛的展示和表现。它是真实的，而未必是审美的、严肃的。

而同样经受着苦难和疼痛的作家石楠选择的是“将文学当作社会责任感之表现”，把写作的重点放在为那些长期被侮辱被损害的女人大声疾呼。

---

① 郝雨：《女性：关于疼痛的述说或尖叫》，载《社会科学论坛》2003年第3期。

② 林白：《玻璃虫》，作家出版社2003年版，第78页。

“我有个设想，要让她在每一个人生道口活过来，叫她喊出我的心声：世界上没有征服不了的困难，人类的命运可以通过抗争来改变！”[①]这种解放了的女性意识的心声无疑是一种反叛之声，强者之音，在《红颜恨·陈圆圆》的序章中石楠便让陈圆圆“活过来”，让她以一个“自由的魂灵”的身份为自己的命运呐喊：

> “如今，我是一个自由的魂灵，不再在乎尘世人如何看我，我可以真真实实说话了！我可再也不怕你们男人了！”她越说越激动，“谁人不向往幸福、爱情？谁不希望自己长得美丽动人？我却遭到男人们的掳掠争夺，这是我的错么？我的错就是生做了女人！不该如花似玉，不该歌喉如莺，不该误入歌栏！”她说到这儿泪水潸潸，“我有什么罪？你们中有人把我比作惑君的褒姒、张丽华！把男人的错误嫁给女人，能算真正的男人么？”[②]

在男性作家的女性叙述中，他们把女性的深重灾难完全归之于社会，归之于男性中心社会，少有人对女性自身在漫长的男权社会逐渐形成的精神奴役的创伤有所审视，而石楠对女性的心理痼疾和潜意识心理有更为清醒的认识，在她的笔下出现了女性的自我观照、自我审判、自我解构的气象。在这里，作者以这种独特的“灵魂出场”的方式复活了一个有血有肉、有情有义的女子形象，她掷地有声的血泪陈述和诘问直指几千年来男性的专横、自私和虚伪，体现出一种难能可贵的叛逆精神和审判意识。当然，这种精神由一个已死去三百年的魂灵站出来亲自表述，这种自我观照和自我解构更显出男性对女性的奴役、统治之深重，女性争取“做一个人”的资格与尊严、冲破封建思想和男权中心的藩篱何其艰难，而这样的呐喊之声对于唤醒被蒙蔽被压抑的“铁屋”中的传统女性无疑具有振聋发聩的作用和意义。

“小说可以疏远现实，可以在桃花源中漫步细语，但不能长久地漫步在现实的伤痛之外，不能长久地面对现实的疼痛而无动于衷。”[③]一个有良知和责任感的知识分子作家，必然要承担起对现实疼痛和生存之痛的深切观照与体恤，对良知、道义、尊严与灵魂的呵护，对生命本体的价值关怀，为人们提供缓释疼痛的方式，它应当是人类抗争的共声，而非个人放纵的低语。正是在疼痛意识的引领下，石楠在一系列的女性传记小说中保持着思

① 石楠：《总序·我为苦难者立传》，《石楠文集》第1卷，中国戏剧出版社2006年版，第4页。
② 石楠：《红颜恨·陈圆圆》，《石楠文集》第6卷，中国戏剧出版社2006年版，第8页。
③ 阎连科：《关于疼痛的随想》，载《文艺研究》2004年第4期。

想精神的高度同一性，并在同一性中呈现出不断深化的层次和境界，为我们传达出了深厚的疼痛与人性的呐喊。

命运悲剧与超越悲剧

石楠女性传记小说系列，虽然所涉及的时代不同，主人公的出身不同，命运也不尽一致，但都具有一种悲剧情结，悲剧构成了这些作品的主要基调和内核。亚里士多德在《诗学》中早已给“悲剧”作了经典定义：“悲剧是对于一个严肃、完整、有一定长度的行动的模仿；它的媒介是语言，具有各种悦耳之音，分别在剧的各部分使用；模仿方式是借人物的动作来表达，而不是采用叙述法；借引起怜悯和恐惧来使这些情绪得到净化。”并强调悲剧结构最好应该是复杂的，而不是简单的，应该描述能够引起恐惧和怜悯情绪的事件，这是悲剧模仿艺术的特殊功能。我们的怜悯之心，是由于感觉某人遭受了不应遭受的灾难而产生；恐惧的产生，是由于这些遭受灾难的人与我们相似。比照来看，石楠传记小说通过语言和复杂的结构讲述了一个个严肃、完整而有一定长度的传奇故事，故事中善良的主人公总是遭受不应遭受的灾难，而这些遭受灾难的人正与我们相似，我们的性情借由此而引起的怜悯和恐惧得到净化、陶冶，悲剧的审美效果从而得以实现，柳如是、陈圆圆、张玉良、苏雪林等从古至今的女性人生可谓集中体现了这一点，她们既具有传统女性的优良品质，更具有强烈的独立自主、自立自强的现代女性意识，然而在现实与理想、传统与现代之间，悲剧是她们无法逾越的必然命运。

柳如是（《寒柳》），明末清初名妓，一位集美女、叛女、才女、侠女于一身，追求人格独立、忧国忧民的古代奇女子，“她时而是深闺中人面桃花、长裙曳地的丽质佳人，时而是高朋满座中把酒论诗、谈笑说文的江南才子，时而是儒服方巾、风流倜傥的美少年，时而是浪迹天涯、放歌大江的女艺人，时而是剑啸长空、气冲斗牛的侠女，时而是温柔可人、愁肠百结的怨妇，时而又是怒斩奸贼、血奠英烈、以身殉国的壮士”[①]，为了争取人身自由，改变卑微的地位，她饱经风霜，历经坎坷，先是摆脱了盛泽归家院，多年浪迹于江湖，后又断然离开了心有所念的宋徵舆、陈子龙，表现出一种对自身人格尊严和独立的追求，却最终嫁给了长她三十多岁的钱牧斋，尽管钱牧斋以正室夫人的名分迎娶她，但在世人心目中，她依然改变不了钱牧斋小妾的形象，反而以自己的爱国行动减轻了钱牧斋的叛国罪名，钱牧斋一死，她就很快被封建势力吞噬了。作者说：“柳如是令我难忘和感动的正是她为追求自由独立与命运矢志不移的搏斗。她是生活在社会最底

① 黄书泉：《纯正的历史小说》，载《文学自由谈》1990年第3期。

层的弱女子，可她凭着那颗不甘被奴役的心，临死还给封建势力一剑！她被邪恶势力吞噬了，做了封建祭坛上的牺牲品。”[①]柳如是是石楠苦心经营五年、四易其稿的典型女性形象，她的柔情、温情与多情让她把改变自身的希望寄托在能够与自己情投意合而又品学兼优的士子身上，她为独立、自由、平等而与命运苦苦相搏，却最终仍然未能摆脱悲剧的命运，只能用自己的生命做最后的抗争。

与柳如是所处环境相似的陈圆圆，命运里虽少了些磨难，生活得比较优裕，饱受吴三桂的宠爱，但由于一直背负骂名，陈圆圆内心从未能得到真正的舒展，虽有满腔爱国之志，却不能像柳如是一样直接参加反清复明的大业。作为养在深宫中的一介女子，她将全部希望寄托于吴三桂，然而连这点希望也最终破灭了，归根结底她不过是吴三桂宠爱的一只花瓶和玩物而已，她只能以一死表示与吴三桂的决裂，保全个人的名节和人格尊严。陈圆圆敢爱敢恨、冲破礼俗、深明大义的大胆、勇敢和人民性是冒辟疆、吴三桂等男性所难以比拟的，然而她的抗争依然无法改变不得不依附于男性的悲剧命运，在爱恨矛盾、情理煎熬中最终走进悲凉的悲剧结局。“国破岂是红颜罪，兵败终非偶然因。”在小说中，石楠借助梦幻的方式对男性是真正爱一个女人还是爱自己和功名的心理进行探寻，为背负历史冤屈的弱女子陈圆圆洗刷尘封的污垢，还原历史本相，替红颜释恨。然而，这种“恨”却是难以完全消解的，对于陈圆圆乃至中国女性来说，历史的误读和现实的偏见依然存在，她无法超越她所生活的历史时代，所以她的命运悲剧归根结底是历史的悲剧，是女性的悲剧。

三百年后的现代女性的境遇又如何呢？张玉良（《画魂》）通过自身的奋斗，终于成为一个著名的大学教授和国际知名的艺术家，然而她努力所争得的社会地位（家庭地位也是一种社会地位）与她的主观向往并不完全相符，她的人生基本上还是悲剧性的。她一直处在传统的社会习惯势力和偏见的包围中，世俗社会始终未能接纳她这样一个从青楼走出的女子，面对潘赞化的正室夫人，堂堂大学教授不得不俯首拜跪，屈居妾位；面对强大的封建保守势力和口舌舆论，她最终只能选择再次背井离乡，远离祖国和亲人，与爱人天涯相望。她的独立自主、自立自强是性格使然，也是环境逼迫，而女性意识在实现自身存在价值的觉醒过程中又与人类社会的发展及发展程度有着密不可分的关系，所以她的成功是不完美的，她的爱情是有遗憾的，她一生盼望并追求的人格尊严和存在价值也并未完全实现，最终孤独地客死异乡，这一切充满了悲剧色彩。

“另类才女”苏雪林所承受的误读和批判可谓更深更重。在时代潮流和

① 石楠:《寒柳·柳如是传》,《石楠文集》第2卷，中国戏剧出版社2006年版，第403页。

进步思想影响下，她靠个人不屈的奋斗，从一个乡下旧式女子成为一名女师大学生，并出洋留学，最终成为一位著名的作家学者和教授。从国内到国外，从内地到香港最终流落台湾，其百岁人生路颇为坎坷。《另类才女苏雪林》通过再现苏雪林一生的“另类”行为，如在鲁迅去世时全国一片悼鲁声中，祭出反鲁大旗，以及晚年不顾国民党政府的反对，毅然重返大陆等一系列惊世骇俗的举动，为我们刻画了一个争强好胜、率性不屈、充满矛盾性格的女性。而正是这种矛盾性格也造成了她的婚姻悲剧，虽然她在事业上功成名就，但她终究未能摆脱父母包办的婚姻，终身维持的只是一桩名存实亡的婚姻，这正是作为一个现代女性最可悲的地方。

当然，如果因此而认为她们悲泣的命运是毫无意义的，则是对她们抗争精神的抹杀与亵渎，悲剧的结果并不能掩盖悲剧过程中个体精神与民族精神的不朽。正如雅斯贝尔斯所说，“在它沉默的顶点，悲剧暗示出并实现了人类的最高可能性”[①]，即悲剧英雄穿越煎熬、痛苦、毁灭的情境和他（她）坦然、执着的行动，其实也就是他（她）对这些有限情境的超越，于现实中对自我真实存在的体认，对悲剧的超越。因此，在《红颜恨》的后记中，石楠说：“从她这个封建时代弱女子的身上，看到我中华民族向往自由、坚强不屈的伟大魂灵。陈圆圆之所以被古今文人学者咏唱了数百年，我想并非仅仅是她的美丽，而是她身上折射了的闪光的民族精神。”[②]“她”其实也是“她们”，她们以破碎而悲壮的人生历程呈献给我们以悲剧的崇高与壮美，赋予痛苦以哀婉动人的情致，显示出人性的光辉和力量，让我们在对痛苦的不和谐的审美体验中获得生命意志的丰盈、自由与超越。

总之，石楠从人性和人的价值的高度探寻女人的生存处境和精神解放的道路，实现了对人的终极关怀。“她们”鲜明的作为人的性别意识无论是体现在对父权制男性中心意识的批判、对抗，还是体现在对女人自身的认识、对母性和爱的新的认同以及人性的审视，都立足于人性的提升完善和女性的成长与解放这一女性人文理想的价值立场，体现了石楠对封建男权社会本质和男权文化的思考和反抗。我想这也正是石楠的女性传记小说能够超越悲剧、超越时代、超越性别、超越时效性和功利性而具有长久的历史价值和美学价值的根本原因。

三、纪实与虚构：石楠传记小说的“心灵世界”与“艺术世界”

黑格尔在评论《伊利亚特》时写道：“《伊利亚特》之所以成为有名的史诗，是由于它的诗的形式，而它的内容是遵照这形式塑造或陶铸出来的。”

---

① 〔德〕雅斯贝尔斯：《悲剧的超越》，工人出版社 1988 年版，第 6 页。

② 石楠：《红颜恨·陈圆圆》，《石楠文集》第 6 卷，中国戏剧出版社 2006 年版，第 414 页。

（《美学》）由此观之，石楠创作上的成功也正在于她找到了与其创作个性相适应的艺术表现形式——“传记小说”。这样说并非对其创作实绩的贬低或个人偏执，恰恰是对其准确把握个人气质、艺术素养、人生体验、审美视角等并进行“研究性活动”的肯定。早在1985年诗人公刘便有此切中肯綮之言：

> 依我的观察，石楠同志是一位内向的、娴静的、刻苦的女性，基本上属于“东方型”，传统的东西比较多；目前所处的岗位又相对稳定，正便于进行研究型的劳动。在石楠同志身上，人们的确很难发现那种才女式的光华夺目、锋芒毕露的瑰宝，但却肯定能感觉到一种自甘淡泊而又孜孜不倦的学者风范。后者如前者一样，应当被当作一宗财富，加以开发利用。鉴于石楠同志更像一位考古工作者，长于在大的框架结构中作细致入微的修复填补，相对而言，比较更不擅长由一点生发开去的神骛八极，思骋四荒；我建议，石楠同志还是以文学传记的写作为主攻方向，兼顾其他。①

可以说，石楠是遵循这样的建议而专心致力于传记小说创作的，虽然其间她也兼顾了散文、中短篇小说等其他形式，也取得了一些成就，但无论是作品的叙事风格、情感体验还是思想意蕴，都无法达到其传记小说的深度与高度。安徽资深评论家苏中先生干脆直接将这种“新型小说体例”命名为“石楠体”②，我以为这并非过誉，而是因为石楠独自以近三十年的创作实践与理论探索将这一文体发展至成熟之境，不仅丰富了文体学的研究视域，更促进了中国当代文学格局的多元化，意义独特而深远。

心灵世界：以真为骨，以美为神

《画魂》的成功让默默无闻的石楠从此走上了文学创作的道路，同时也让“传记小说”这一独特的体裁样式成为关注争议的焦点。传记小说在西方比较盛行，卢梭的《忏悔录》，邓肯的《自传》《戈雅》，以及被称作传记小说大师的美国作家欧文·斯通的众多作品都属此类。著名传记文学家茨威格一生更是写下了大量的传记文学作品，其中负有盛名的有《巴尔扎克传》《罗曼·罗兰传》等，如《罗曼·罗兰传》就是一部思想性较高的传记巨著。作者在书中不仅揭示了罗兰作品在人类精神世界中产生的巨大震动和深远影响，同时，作者的笔触还探及到了罗曼·罗兰的思想境界形成、

---

① 公刘：《走自己的路》，《石楠文集》第14卷，中国戏剧出版社2006年版，第165页。

② 叶全新：《传记小说与石楠体》，《石楠文集》第14卷，中国戏剧出版社2006年版，第56页。

发展和变化的深层原因，茨威格深刻的心理分析和精巧的艺术构思都可在其中窥豹一斑。而影响石楠一生的作品正是罗曼·罗兰的《三巨人传》和《约翰·克利斯朵夫》，[①] 冥冥中的约定使石楠对受难、对传记文学、对心理分析等有了比常人更敏锐的心灵感知，所以 20 世纪 80 年代石楠选择传记小说作为其作品整体审美形态的外观形式是超前的，也是合情合理的必然。

就“传记小说”这一范畴来说，不见于中国的传统文论，而现代文论中也只有“人物传记”“自传体小说”“传记文学”等含混的概念，文学史中更是难以见到传记小说的踪影。传记小说作为一种现代小说演变中的独特的文学样式，是传统的史传文学与艺术化的小说交叉而形成的边缘性文体，是传记文学中最自由、最具文学色彩的一类。它既不同于以虚构情节和人物为主要特征的现代小说，也不同于以纪实性为基本特征的“纪实文学”“报告文学”。英国《大百科全书》中关于“传记文学”词条的诠释认为：传记小说完全可以处“传记”（以纪实为主）之外，虽然也以真人真事为依据，但从艺术要求的角度出发，可以虚构情节和人物。传记小说兼具了传记和小说各自的叙事特征，所以它的创作也比单纯的传记（以纪实为主）和小说（以虚构为主）创作难度更大，因为它是“戴着镣铐的舞蹈”，“作家必须以‘史蕴诗心’写出传主的人性光辉和历史真实，塑造出传主丰满而完整的生命与独特而鲜活的灵魂。真实、历史、艺术地解释传主的性格和生命历程，是传记文学成功的标志”[②]。以此来衡量石楠的传记小说也是比较恰切的。总之，“传记小说”这一概念应是偏正结构式的，它更倾向于小说的审美特征以及作家的主体创造和个体心灵，因为一切作品都只能是作家的精神自传，而小说在某种程度上可以看作一种特殊的个人传记，和与个人传记相关的社会编年史，它是一种特殊类型的个人传记，所以，优秀的传记小说就必须在传者与被传者、历史性（纪实）与艺术性（虚构）、现实性与可能性之间保持恰到好处的张力。

我以为石楠传记小说之所以成功的文体形式原因正在于坚持了“以历史真实为依据，合理想象；以艺术真实为根本，不避虚构”，即“以真为骨”，纪实与虚构相结合。无论是传述较远的历史人物（如柳如是、陈圆圆），还是较近的现实人物（张玉良、刘苇、梁谷音、苏雪林、谢冰莹、张恨水、刘海粟、亚明），石楠同其他传记作家一样，总纪以时代大背景讲究历史的真实性，并在此背景上传以人物复杂的生存境况或生存状态，传以人物丰富的精神生涯和心灵世界，使传主的生命历程得以完整而丰满地呈现：这充分体现出作者石楠不盲从迷信于历史的现代历史观和文学观。“历史”是对

① 石楠：《文学作品应是滋润心灵的甘霖》，《石楠文集》第 13 卷，中国戏剧出版社 2006 年版，第 234 页。

② 阎纯德：《中国第一女兵·谢冰莹全传·序》，江苏文艺出版社 2008 年版，第 2 页。

实践的真实记录，而“小说”虽然与“历史”的性质不同，但也可以作为描写历史的工具，更何况历史真实亦恐非绝对真实，“史传记言乃至记事，每取陈编而渲染增损之，犹词章家伎俩，特较有裁制耳。”[①] 渲染，增损，裁制，正是小说的文体特征所在，“小说是这样一个场所，想象力在其中可以像在梦中一样迸发，小说可以摆脱看上去无法逃脱的真实性的枷锁”[②]，所以，无论历史的“事实”（fact）还是小说的“虚构”（fiction），都具有同等的文学意义。由此出发，石楠的传记小说在潜心研读史料的基础上，以想象和虚构填充历史空白和生活细节，当然这种想象、虚构是以传主的生平事迹为依据，基本情节和人物性格与传主的经历、气质、精神相符的，是为了突出、强化历史的真实性和塑造主要人物的性格，体现出作者高于历史人物的现代意识和追求史实与艺术统一的当代创作意识。

正因如此，石楠传记小说体现出“以美为神”的艺术追求和审美效果，即不重在直陈传主的经历行状，而重在表现传主的思想风貌、精神品格即心灵之美，不求言行的形似，而求逼真的神似，这是与作者的创作动机紧密联系的。“作家之所以写传记小说，主要不是因为再现历史上某一个人，而是在他（她）的杰出事迹和巨大精神力量感召下，产生了一种表现他、希望社会向他学习的强烈愿望。他在选择主人公并着力塑造这个艺术形象时，总是倾注了自己的情感，流露了自己对人生和历史的某种评价。”[③] 文学对生活的反映，是在再现与表现统一的基础上实现的，对于传记小说而言，没有再现，表现会因失去具体可感的历史形态而无法传达给他人；而没有表现，再现只能停留在复制现象、记录历史的层面上而无法进入审美的艺术境界。所以传记小说作家更倾向于表现，这种情感灌注与历史评价使艺术形象就具有了艺术美、心灵美的可能——石楠是深谙此道的，她的传记小说“创作是在我心中完成的”，且总是“以一个女人的心来写她们的心”，正如她在《从尼姑庵走上红地毯》后记中所写，“我的心灵也曾历经过她的不平和冷漠，我的心和她的心在这里撞击出火花，引爆出强烈的共鸣声。”所以，石楠的传记小说写的虽然都是他者，却融进了作者的血肉，是传主们的传记，也是作者心灵的传记，而这种经过了艺术家心灵的冶炼而诞生出的美便成为一种升华了的美，是打动读者并唤起读者奋进之情的小说理想所在，而“小说的理想是，以语言为材料的故事形态，建设一个心灵的世界。这世界和我们赖以生存的现实世界是不同的两个，它自有其独立的逻辑、原则、源头和归宿，它的一切都是非现实性的，却是合理性的”[④]。对

① 钱锺书:《谈艺录》，中华书局 1984 年版，第 364 页。

② 〔捷克〕米兰·昆德拉:《小说的艺术》，上海译文出版社 2004 年版，第 21 页。

③ 段儒东:《传记、传记文学与传记小说》，《石楠文集》第 14 卷，中国戏剧出版社 2006 年版，第 136 页。

④ 王安忆:《小说家的十三堂课》，上海文艺出版社 2005 年版，第 1 页。

于传记小说来说，有限的史实强化了小说的合理性，而小说自有的“逻辑、原则、源头和归宿”又赋予史实无限的拓展空间，归根结底，传记小说在有限中抵达了无限，在以语言为媒介的故事形态中超越了“现实世界”而建构起一个跨越时空的更美好的“心灵世界”。我以为这正是石楠传记小说的终极意义所在。

艺术世界：意以象尽，象以言著

“没有一件艺术品不是独创一个新天地的。”（纳博科夫语）石楠传记小说不仅开创了一个让人心动神摇的心灵天地，更是以优美的语言、繁复的意象、情景交融的意境为我们构筑了一个情理兼备、极富人生哲理的艺术世界。三国时期的著名经学家王弼在对《周易》进行诠释时，已详明地厘清了言、象、意三者之间的关系，“夫象者，出意者也。言者，明象者也。尽意莫若象，尽象莫若言。言生于象，故可寻言以观象；象生于意，故可寻象以观意。意以象尽，象以言著。”石楠传记小说的艺术世界正是这样一个由表及里的审美层次结构。

与一般的人物传记以客观平实的话语铺叙传奇故事不同，石楠传记小说十分讲求文辞的华美，重排比，重比喻，重叠字韵句，重画面营造，擅长以女性所特有的细腻敏锐感知自然万象，以言明象，以景传情，情景合一，呈现出一种清丽典雅、纤丽阴柔的古典美：

> 草尖上颤动着莹洁的雨珠，润湿了她黑亮的高跟皮鞋，有种凉意从足底悄然上行，润凉了她的心，不由漫起了种隐隐的悲哀，路还是这路，她走过无数次，给她以亲切，也给予她酸楚，它像一条被人遗落的粗布带子蜿蜒在田畴间，渠塘里映着落霞，她走它也走，她停它也停，她和它赛过跑，她害怕它那变幻莫测的图像，有时它又像泓泓金液，有时幻化成摊摊血浆。暮色和夕阳在拥抱亲吻，光线逐渐暗淡朦胧，路上已没有行人了，炊烟仿佛凝固在一幅描写黄昏的油画上。她望到了那棵和那两座坟茔一样总是牢系着她思念的千年银杏，它那高大冠盖，像一把巨伞，风姿绰约，超众脱俗，没染半点杂色，没着一丝纤尘，闪着淡淡的银灰光晕，有如祭坛前一柱冲天而起的香烟，夏日，它绿荫如盖，秋天，一树累累白果，初冬寒风吹起，它那满枝苍叶，顷间丹黄如枫。它目睹了她童年的世界，它历经劫难而不死。它是她寂寞童年的伙伴，是她命运的见证。[①]

① 石楠：《从尼姑庵走上红地毯》，《石楠文集》第3卷，中国戏剧出版社2006年版，第3页。

在这里，叙述语调委婉从容，又不乏凄婉忧伤，叙述话语在景物与心理、过去与现在、真实与想象之间腾挪跳跃，轻盈婉转，又沉重苍凉，表现出梁谷音此时此刻细密复杂的情绪。而描摹的物象排列有序，雨珠、道路、落霞、暮色、夕阳、炊烟、银杏等，充满诗情画意，已非自然环境的实写，而成为主体内心情感的物化与外化；作者在驾驭这众多的抒情意象时，举重若轻，点化有致，突出渲染银杏的“风姿绰约，超众脱俗”的风格与气质。它“是她命运的见证”，更是她“历经劫难而不死”的象征和隐喻，主体形象的审美心理与客体对象的审美特征交融互渗，情景交融，虚实相生，以摇曳多姿的语言技巧体现出作者对真善美的审美意境的追求。

这种艺术追求不仅体现在语言技巧上，更表现在形象塑造和意蕴内涵上。石楠传记小说的传主多为女性，而对女性心理和性格的刻画是形象塑造乃至整部作品成功与否的关键所在。在这一点上，石楠充分体现出一个女性作家笔触的细腻和深刻，其作品表现出的准确深刻的心理分析和精巧的艺术构思堪与茨威格的杰作相媲美。在上述引文中，梁谷音悲哀酸楚、千转百回的心理、“历经劫难而不死”的顽强性格便被刻画得十分真挚鲜活，显示出不俗的艺术功力。这在近期的传记小说《中国第一女兵·谢冰莹全传》中得到了更充分更成熟的表达：

> 她越说越愤慨，“凤城，我看不起那些看轻自己人格的人！我以为，我是属于社会的，我像男人一样为社会工作，我更需要自由，爱人可以占有我的心，我的爱情，但他不能干涉我的事业，不能禁止我或干涉我跟朋友来往，那是绝对不成的！这就是我的爱情观。我和符号为何从爱得死去活来，到走向毁灭，就是他无视我的自由，不相信我对他爱的真诚，诬蔑了我的人格，这是我不能容忍的。”①

石楠相信“性格决定一个人的命运”，而她也总是以传主对待爱情的态度来表现传主的性格与命运。上文中，“她”（谢冰莹）坚定追求的爱情是自由的、真诚的、有独立人格的爱情，“我”拥有自己的事业，“我”是属于社会的，是属于“我”自己的，不能容忍别人（即使是爱人）的干涉和诬蔑，这是经过“五四”革命洗礼的女性解放的呼声，是“柳如是、陈圆圆们”以爱情与自我的毁灭也不能换来的。“尽象莫若言”，这段如火如荼的爱情宣言将谢冰莹豪爽、坦白、真诚、坚毅的性格表露无遗，其形象呼之欲出，从中也不难看出有过一次不幸婚姻的作者对爱情、事业、人格、自由等人生主题的生命体悟与现代阐释。值得注意的是，作者并没有因此

① 石楠：《中国第一女兵·谢冰莹全传》，江苏文艺出版社2008年版，第223页。

而对人物形象作单一化、符号化处理，而是在情节的不断发展中显出人物形象的多面性与复杂性，当谢冰莹的上述爱情观屡屡受挫、尝尽追求真爱而不得的痛苦之后，她不得不选择了容忍和默默承受，甚至皈依佛门，“她生活的地方本来就是块封建沃土，一回想起她奋争的旅程就有种恐惧，她已遍体鳞伤，疲惫不堪了，她对她爱的信念动摇了，对真爱的希望绝望了，再也无力去继续与封建意识抗争了。她也不想为了个人的解放，让她心爱的儿女忍受痛苦的分离和心灵上的伤痛，她只能默默忍受着，把所有的委屈和懊丧吞到肚子里。”[①] 此时，恐惧、动摇、绝望、无力的“隐忍者”形象与上述为争取独立、自由、真诚而抗争的“斗士”形象相去甚远，这不仅无损于形象的完美，反而更强化了形象的真实感和立体感，最终使其成为一位既符合历史史实又具有现代审美价值的艺术形象：这是石楠传记小说中人物形象塑造一贯坚持的尺度与高度。

寻象观意，石楠传记小说的意蕴比较丰厚，呈现出深层的历史内容和深刻的哲理意味。首先，石楠传记小说具有深层的历史内容。历史影响人，环境造就人，任何人都无法逃离她所生活的时代和环境，历史在石楠的传记小说中既是人物存在和行动的巨大背景，也是推动故事前进和形象塑造的叙述动力，还可能是整部传记小说最终的归宿，如在《一代名优舒绣文》的最后作者写道：“历史是公正的，人民是公正的。不过，这公正的评价来得太晚了，她去到另一个世界已十个春秋了，她已听不到了。昭雪于死者没有价值了。其意义在于生者，但愿历史不再重复，但愿我们这个时代更加看重活着的人们。”这毫无疑问不是标题所示的“多余的话”，而是对历史和死者最沉重的悼念和价值评判。所以石楠传记小说的表层内容是对传主传奇经历的叙述，是对传主精神品质的讴歌，而深层内容是一种深切的历史沉痛感，对历史的个体反思与阐释，她的每一部传记小说都是作者在对历史史实进行艰苦的研究和梳理基础上，以科学的、现代的、自我的意识去观照历史，以严肃的创作态度刻画这些被历史尘埃遮蔽的苦难者的：这与20世纪传记小说彻底的历史主义趋势并不完全一致。石楠的多部传记小说如《画魂·潘玉良传》《寒柳·柳如是传》《红颜恨·陈圆圆》等更接近于新历史小说的话语模式，它们打破了传统历史小说的写作范式，构建出一种过去时态的人生，时间背景的历史性与历史人物的现代性二者融为一体，从而重建客观存在的历史客体以及观念中的历史客体，表现出与传统历史小说的根本不同。这些传记小说注重的不是一种历史事实，而是一种历史话语，石楠一向对传记作品中的历史真实抱有足够的警惕和怀

① 石楠：《中国第一女兵·谢冰莹全传》，江苏文艺出版社2008年版，第406页。

疑，[①]她不愿臣服于一种既定的历史观念，而是以鲜活敏感的客体融化、重铸历史，把历史主体化，在这一过程中，其中心始终是人的存在，即一种人的存在状态，并由个人叙述完成，共同组成个人历史话语，这里，石楠对于历史中人性的认识和体验是用虚构、想象代替考据实现的，借助虚拟的历史画面实现对历史对生活对人性的种种理解与感悟，从而实现了历史真实与艺术真实的新的融合。

其次，由于石楠格外重视主体体验在文学活动中的美学功能，力求“入乎其内”与“出乎其外”的统一，从而使其传记小说能够保持相当高的整体质量和哲理意味。王国维说：“诗人对宇宙人生，须入乎其内，又须出乎其外。入乎其内，故能写之。出乎其外，故能观之。入乎其内，故有生气。出乎其外，故有高致。”（《人间词话》第六十则）意即作家体验不是作为一个旁观者对对象作外部的观察和描写，而是要进入对象，即“入乎其内”，达到物我同一的境界。那么，作家笔下的艺术形象就会生气勃勃，就像活的一样；而当作家的体验达到“出乎其外”的境界时，所写事物的根本性质就会显著地突现出来，放射出诗意的光辉。对于传记小说创作，石楠认为“入乎其内”就是“围绕选题阅读大量的有关史料，弄清所要写的人物和那个时代的关系，他和一些历史事件所发生的关系，以及他们和同时代各阶层人物之间的种种关系，必须充分掌握所要写的时代的脉搏，研究、感受和体验那个历史时代的风土人情，民俗生活，搜寻与自己所要写的人物生活经历、心灵相通的历史素材、细节，和这一人物的有关传说、野史等等资料”，这是传记小说“纪实”特征所必需的进入和占有；而“出乎其外”就是“从史料中突围出来，根据自己对所写人物的理解和对历史的认识，以小说独有的表现手法，创造出合乎那个历史时代的生活图画”[②]。这是传记小说“虚构”特征必须的突围与超越。“入”与“出”，“内”与“外”，历史与艺术，纪实与虚构，石楠对这些关系的辩证理解与把握已内化为自觉的创作原则和创作理念，并实践于文本创造，在对立中完成“有生气”的形象的塑造和“有高致”的人生哲理的揭示：

> 溪水潺潺，野绣球花盛情地开放在溪边岩岸上。那由无数的白蝴蝶似的小花组成的雪样皎洁的大绣球，晶莹似玉，掩映在五月的林木

① 石楠说：“纵观古今中外的传记作品，又有哪篇不参与了作者的意识，构想绝对真实呢？就拿《史记》中的列传来说吧，司马氏及时掌握了详实的史料，但他又怎么可能掌握到前人的一言一行和思维的真实活动呢？他笔下的列传理所当然也渗透了他的想象、推测。我认为，自有传记作品产生以来，就从来没有一部文学作品绝对真实过。”见石楠：《海魄·杨光素传·后记》，《石楠文集》第9卷，中国戏剧出版社2006年版，第503—504页。

② 石楠：《艺术和历史的统一》，《石楠文集》第13卷，中国戏剧出版社2006年版，第236页。

中，有似十五的皓月，丝毫不逊于高洁的琼花，它那种美却是琼花所无法比拟的。它立足于岩缝陡峭石隙间，依着那很少的一点土过活，上被乔木抢去了阳光雨露，四周都是荆棘，他赖以生存的就只那捧土，它向自然索取的那么少，花却美丽硕大，若不是奉献使它沉醉，若不是不停的搏击，它能有如此蓬勃的生命么？①

琼花与野绣球花，阳光雨露与岩缝石隙荆棘捧土，索取与奉献，这不仅仅是对“艺术叛徒”刘海粟的歌咏，也是对所有苦难者晶莹似玉、蓬勃奉献的生命礼赞，凝聚着作者对人生处境和强者生命的诗意体验和哲理思考。

当然，如果我们以经典作品或文学史的高度和标准来严格审视石楠的传记小说，也不难见出其中的缺憾与不足。在题材选择和叙述上，石楠习惯于选择具有传奇经历的人物作为传述对象，这固然是由于传记文学的体裁特性所决定的，但作为“考古工作者”，石楠对历史史料的择取有时为追求面面俱到而过于繁杂，不够谨严，导致叙述过程中枝蔓横溢，叙述节奏缓慢拖沓，可能会造成读者在阅读过程中迷失于过分戏剧化的传奇故事或历史探秘，止步于共鸣、净化，而难以达到领悟或延留等接受高潮；在创作手法上，或许是因为其日常个性与创作个性的缘故，又或是出于真实性的要求，石楠所有的传记小说乃至其他的文体作品，都被现实主义的背景和严格的时间顺序所束缚，虽然不乏浪漫主义的隐喻、现代主义的象征、荒诞等新潮手法，虽然作者在每部作品中也试图做出不断创新和调整，虽然单篇来看比较丰富，具有较强的可读性，但总体看来创作手法还是显得相对传统、保守、单一；在文本内容与形式上，基本以爱情与事业为横纵轴，铺陈传主一生所经历的种种苦难，以“序章”（或“前言”“卷首语”“引子”“引言”）、传奇故事和尾曲（或“尾声”）结构作品，有时因为主体情感投入过度缺少节制而造成叙述语言的过分抒情化和唯美化，在语言运用上缺少更多变化，比喻句（尤其是“……像……”“仿佛……”之类的明喻句式）较为普遍，喜用白描手法写景状物摹情，不太善于用不同的语言来刻画不同的人物等，总体看来存在着模式化、雷同化的倾向，容易造成读者接受的审美疲劳；在形象塑造和意蕴内涵上，因为作者的创作动机是“弘扬传主的精神，给当代人和后代人以楷模、以激励”，所以作者选择的传主不仅“类我”，而且彼此相类，苦难和苦斗是作者和传主们共同的生命主色调，悲剧是他（她）们共同的命运指向，整体看来，人物形象性格相近，精神相似，灵魂相同，缺少独特的个性发掘、精神区分和灵魂独立；而作者

① 石楠：《刘海粟传》，《石楠文集》第5卷，中国戏剧出版社2006年版，第58页。

潜在的是非善恶、非好即坏的二元思维方式不免制约了作者对人性进行出乎意料的独特发现，人物性格的刻画往往是在同一方向同一质量（如顽强坚韧、不屈不挠等）上的延伸、深化，缺少合理的应有的变化，从而有时将复杂的历史事件与人物简单化；这也造成作品的道德伦理意识非常强烈，而未能在文化批判和文化意味上作进一步拓展，未能在更深层的人生领域充分展示出历史的复杂性与人性的复杂性，最终未能超越特定的社会历史内容而抵达思想深度和审美意蕴的更高境界。

结　语

德黑兰半岛上有种敢与坚定人类较量的顽强野草，叫石楠；江南林园中春开伞状白花，秋结球形红果，别号“千日红”的常绿灌木，也叫石楠。而对于安徽作家石楠来说，坚定，顽强，常绿，不仅仅是其在传记小说中塑造的一系列苦难者形象的集体共性，更是其自我本真的写照，“为苦难者立传”，画出苦难者之魂，是石楠传记小说创作始终如一的坚守，也是她贴近人类心灵的最好方式。

在安庆锡麟街石楠旧居的客厅里，有一幅装裱精致的字画，画面上是一个婀娜修长的古朴女子，题款录的是李易安的《醉花阴》。作者是多才多艺“直欲压倒须眉”的女子，写的也是一位重阳日表秋闺之思的女子，李易安称词“别是一家”，而对于坚持“走自己的路”的女作家石楠来说，为那些被历史的枯枝败叶遮蔽的苦难者尤其是那些女子们立传，在当代文坛乃至世界文坛恐怕也“别是一家”吧！如今已七十有余的石楠虽然已著作等身，虽然身体的苦痛越来越多，但仍然笔耕不辍，徜徉在她热爱的文学海洋中，正如她所说，“苦难造就不朽，苦难造就辉煌，苦难增添人生的光辉，如果老天假我以年，如果老天赐我健康，我会继续用我的传记小说艺术歌唱苦难，继续为苦难者立传。”[①] 我们期待着这位老当益壮的“歌者”为我们为苦难者吟唱出更嘹亮更激动人心的青春之歌！

（江飞：安庆师范大学文学院教授）

① 石楠：《总序·我为苦难者立传》，《石楠文集》第 1 卷，中国戏剧出版社 2006 年版，第 17 页。

石楠及其“石楠体”传记小说的诞生

钟　扬

一

石楠是1982年以其成名之作《画魂·张玉良传》登上中国文坛的。

《画魂》是一部以真人真事为基础创作的传记小说。当时的石楠并不知道传记小说这个概念，也不知道该如何去塑造人物形象，只是由于爱，爱文学，爱笔下的人物，爱一个顽强的与苦难搏斗的灵魂，腕底文字就那么随着感情的激流涌荡着，于是一个鲜为人知的女画家由“孤儿—雏妓—小妾—教授—艺术家”的传奇历史，伴随着求索—奋斗的主旋律，走进了千家万户，令人耳目一新。于是，在海内外掀起了一股“张玉良热”。该作品在《清明》杂志上刊登后，立即有数十家电台（包括台湾的两家广播公司）竞相连播或改为广播剧演播，《文汇报》《中篇小说选刊》等二十几家报刊相继连载，十家电影制片厂争相组稿，最后由上影厂与台湾金鼎影业公司搬上银幕，五个剧种把它搬上了舞台，先后由人民文学出版社、台湾海风出版社、安徽文艺出版社等出版了17种版本的单行本。此外，还有四个版本的连环画，海内外报刊发表了五十多篇评介文章，安徽省文联召开了专题研讨会。同时，作者还接到来自各方读者热情洋溢的书信三千多封，并获《清明》文学一等奖，真可谓好评如潮。《画魂》的意外成功，对文艺理论界提出了尖锐挑战：何谓传记小说？颇令传统文艺理论踌躇。于是，在如潮的好评之外，出现了一种声音，说既叫传记就不能叫小说，既叫小说就不能叫传记。旨在将传记与小说对立起来。虽然已有理论家写出“传记、传记文学、传记小说”之类的文字，但真正从理论与实践上探索传记小说创作规律的还是石楠自己。她终于从英国《大百科全书》中获得了“传记小说”的权威定义。该书认为传记小说作为一种文学体裁，不同于史传，它虽然也以真人真事为依据，但从艺术要求出发，可以虚构情节和人物。这叫石楠欣喜不已，使她对“传记小说”的艺术创造已开始由感性认识向理性认识飞跃。于是，她在作品后记中引用了这段定义，以坚定自己传记小说的创作道路。

石楠毕竟不是理论家，她一门心思地用创作实践来探索传记小说之真谛。直到一口气写完八部长篇传记小说，她才缓过气来在《不想说的故事》一书的后记中较完备地叙说了她的传记小说观。她说，我写过八部长篇传记文学，我把它们称作传记小说。顾名思义，这种文体是以真人真事为依据的小说，它是传记，又是小说。既是小说，就允许合并、虚构人物，腾挪细节，合理想象和艺术加工。她进而说，这种体裁，国外早就风行。卢梭的《忏悔录》、邓肯的《邓肯女士自传》，都是有名的自传体小说。被称作美国传记小说之父的欧文·斯通，一生写了二十五部传记小说。他为荷兰后期印象派画家凡·高写的《渴望生活》，为意大利文艺复兴时期绘画、雕塑大师米开朗琪罗写的《痛苦与狂喜》，为美国总统林肯及其夫人玛丽写的《爱情是不朽的》，为奥地利心理学创始人弗洛伊德写的《理智的激情》等，都是运用小说手法来写传记的经典之作。她还拿《史记》中的人物传记为例，说司马氏即使掌握了翔实的史料，但他又怎么可能掌握到前人的一言一行和思维的真实活动呢？他笔下的人物形象理所当然也渗透了他的想象、推测。由此，她断言，自有传记作品以来，从来就没有一部绝对真实过。她在回顾当初围绕《画魂》的争论之后，坚定地说，写传记的目的，旨在弘扬传主的奋进精神，给当代人和后代人留下人生的楷模。平实的记述，读者不爱看，怎能唤起其奋进之情？若采用小说艺术的笔法，优美的文字，使传主在各个人生当口活跃起来，读者就容易被感动，并与之产生强烈的共振。她的传记小说，深受读者喜爱，就在于她舍弃了传主一言一行的形似，追求神真而形似，史实与艺术相统一的小说艺术手法。理性的自觉，带来了艺术的升华。石楠继《画魂》之后，相继创作了十多部传记小说，已构成一个庞大系列，这在国内作家中并不多见。这些传记小说以时代远近不同，而虚实相配有别。其远者如《柳如是传》《陈圆圆传》《张玉良传》，大抵为七虚三实；其近者如《刘海粟传》《舒绣文传》《刘苇传》《梁谷音传》《亚明传》《张恨水传》《杨光素传》等，则大抵为七实三虚。就传记因素而言，后者似较前者更真实；但就小说因素而言，则前者远胜后者，因其创作的空间与自由度更大，更能发挥其艺术创造力。石楠的传记小说已经是中国文坛不可忽视的文艺现象。对此，苏中先生在为《安徽文学五十年》丛书作评的《包容与个性》（《文艺报》2000 年 2 月 1 日）中有精到的评说：“以《画魂》为代表的石楠的传记小说系列，是作家借鉴古人经验，独自探索出的新型小说体例。”

二

石楠首登文坛就选择一个相当复杂的人物——张玉良作为传写对象。张玉良的生活地域是那样广阔，从扬州到巴黎；经历的时间是那样漫长，从辛亥革命到粉碎“四人帮”；性格是那样复杂，从孤女到艺术家。这对于一个初学写作者来说，难度是相当大的，历史的、地理的、民俗的、文学的、艺术的、美术的各种知识，都不够用。石楠既没有条件去看看张玉良足迹所至的地域，也没有条件去采访她的亲戚朋友，于是，只能沿着她的足迹到书海中求索。凡是她到过的地方，石楠都跟踪去研读那里的史志、游记、民俗，以至名胜古迹、城市建筑——里昂的丝织业、巴黎的艺术、罗马的颓垣残柱，哪怕文中只提一笔，也要围绕着它去翻阅大量的资料。这样，石楠才真实而生动地再现了张玉良传奇式的人生道路与艺术道路，再现了她所生活的社会环境与时代风云。这样，《画魂》不仅在普通读者中产生了强烈反响，也在学术界尤其是美术界产生了震动效应。首先是张玉良当年的美术教授，其时已九十高龄的绘画大师刘海粟先生看了《画魂》之后十分激动，不止一次热情地致信或会见作者，感谢她写活了张玉良，写活了当年的上海美专，不止一次为作者题词：“一卷画魂书在手，玉良地下有知音”；“纸上人间烟火，笔底四海风云”；并与作者结为忘年交，在他百岁盛典上欣然同意石楠为之作传。《画魂》传到海峡对岸，立即受到桐城张英后裔、台湾资深作家张漱菡的青睐，她主动写信给石楠，还写了评论文章《画魂之光》，热情地向台湾读者推荐《画魂》。以书为媒，她们从此结为文坛姊妹，每月皆有飞鸿往来，且有诗相酬：“幽愫满怀凭纸寄，言多笺短莫相忘”；“梦断思君年复日，何时把酒共高吟”。又因张漱菡的《画魂之光》，曾与张玉良同窗巴黎的著名学者型作家、皖籍才女、百岁老人苏雪林也看到了台湾版的《画魂》，老人致作者信中写道：“我一口气读了一遍，以书中情节复杂，一时理不出头绪，又读了一遍。一部十几万字的书，两天内连读两遍，在我是从所未有的事，若非你的文笔优美，而书的主角故事又十分感人，又何能如此？”她抚今追昔写了篇长达一万五千言的文章追忆张玉良，评论《画魂》，连信一起由张濑菡转给作者。在苏一百〇三岁归省黄山太平时，她们终于得以相见，并合影留念（石楠最近萌念为苏雪林这位学者型作家立传，只是这部传记写起来难度更大，石楠正在啃她数十卷的日记与著作……）。《画魂》问世之后，曾在中国画界诱发了一次激烈的流派之争，其间孰是孰非，姑且不问，但由此可见《画魂》的艺术世界里有相当浓厚的学术含量。《画魂》之所以能被台湾海风出版社出版，缘于台湾留法攻读艺术史的李松泰之推荐，可能亦看重《画魂》在艺术世界中的学术含量，这或许涉及王蒙所谓作家学者化的倾向问题。虽然不指望每个作家都成为学者，但作家学者化云云旨在从根本上提高作家之精神与文化素质。从创作《画魂》起，石楠似乎就较自觉地走在作家学者化的道路上。这对只读过初中的石楠来说尤为艰难，但她却知难而进。她所传写的多为画家、表演艺术家、诗人。时势造英雄，任何人也离不开时代的铸造。要写他们就得研究他们所生活的特定历史时代，掌握他们所从事的特定专业知识，从而塑造出他们所具有时代感的独特的艺术个性。比如她写梁谷音，就得了解昆曲发展的历史与现状；写舒绣文，就得研究中国的电影发展史、中国话剧运动史以及抗战时期的戏剧活动史……要写刘海粟，则更为艰难。他的人生像沧海一样，十七岁创办中国第一所美术学校上海美专时，就有“艺术叛徒”之称；为捍卫新兴美术，与专横野蛮的军阀孙传芳论战；为了中国的文艺复兴，他经历了无数的风雨与磨难。苦难造就了他。三十岁时他就被法国艺术评论家称作中国文艺复兴大师。他借鉴、融合中外绘画传统，创造了无数艺术珍品，享誉世界。可艺术家的超前意识往往难为普通人所接受，误解像影子一样跟随着他，使之成为中国现代画坛颇有争议的人物。写好这个人物谈何容易！经过倾心交谈之后，石楠终于找到了传写刘海粟的特殊角度，以及作者与传主的精神契合点、共鸣区。剩下的工作是在书海中寻求刘老在“别人活不下去的环境”中的生活情节：信念—气节—作为，以及那环境本身的气象。于是，她潜心研读了刘老晚年全部著作，谈艺录及其年谱、传记等；此外，还借阅了《世界美术史》《西方美术史》《西欧近代画家》《印象派》《欧洲艺术》《米开朗琪罗传》《凡·高传》《达尔文传》，以及中国历代画史、画论，还有当年的《申报》《辛报》《中央日报》，包括各种美术报刊等。经过几番锤炼淘洗，《刘海粟传》海外版 1994 年 10 月由台湾地球出版社出版，50 万字。上海文艺出版社于 1995 年 12 月出版了该书的修订本。刘海粟传此前已有两本，石著以新的光彩，赢得了读者与学术界的好评。上海文艺出版社于 1996 年 3 月 14 日在沪举办了《刘海粟传》研讨会，上海学术界权威人士钱谷融、徐中玉、张德林、谷苇等出席了研讨会，一致对之给予了高度评价。上海《文汇读书周报》《新民晚报》以及《澳门日报》都发表了评介文章。安徽人民广播电台将之录制成长篇连播节目，并参加全国连播节目交流，使得它在十多家省市电台播出，也颇受听众欢迎。石楠每写一部传记小说，都得到一次灵魂洗礼、精神升华，也相应经历了一次学术操练。正因为石楠努力行走在作家学者化道路上，海纳百川，不断给自己充电，所以她的传记小说系列中学术含量相当浓重。《寒柳 · 柳如是传》一经问世，著名评论家冯英子立即做文惊呼：美哉《寒柳》！著名红学家冯其庸在旅途中读了《寒柳》，即兴赋诗云：“读君新著意难平，一树垂杨万古情；我亦虞山拜柳墓，短碑荒草卧纵横。”想方设法递到素昧平生的石楠手中，从此与之订交。或许是学术情结太浓了，石楠时而以艺术形象提出种种闪光的观念，如她认为与命运顽强搏斗的柳如是尽管终竟“被邪恶势力吞噬了”，可是，“历史与文化不仅仅是胜利者们创造的，也有失败者的功绩，是败者和胜者共同创造了历史。河东君败而不输！”再如在《陈圆圆传》中说：“尽管吴三桂对国家、民族犯了不可饶恕的罪过，但他敢于‘冲冠一怒为红颜’，在名节大事与一个女人之间，他毅然选择了陈圆圆，这是需要勇气和力量的”，“如果仅从对待爱情这一点上来看，吴三桂是个勇敢的男子汉！”这些观点未经得起学理考验，却是作家对学界、对史界的大胆挑战，学理上的文章得由学者去完成。还因其学术情结太重，石楠写完《刘海粟传》之后，意犹未尽，又咬牙从刘海粟情感角度出发，写了一部他的情史：《百年风流·刘海粟大师的友情和爱情》，由冯其庸推荐在文化艺术出版社出版。这部书引经据典，几乎真的成了一部学术专著。据说她还打算以此去申请社科奖哩。

三

石楠是个“大器晚成”的作家。她发表处女作《画魂》时已四十五岁，人称她的作品是开在人生秋季的花。石楠的书迷徜徉在多彩的艺术世界之余，多么想了解石楠何以能创作出那么多富有学术含量的传记小说，让人生秋季的花开得那么绚丽多姿？要回答这个问题，得从石楠之成长过程说起。石楠是从苦难中走出来的作家，贫穷、落后、政治偏见三座大山与生俱来地压在她头上，扫盲班—初中生—集体工—图书管理员—作家，一步一个脚印艰难跋涉，使之深知苦难的滋味。但她并没有被苦难所淹没，而是将自己苦难的历程升华为历史的反思、博爱的情怀、审美的慧心。苦难成了石楠难得的财富，她从苦难中奋起成长为一个著名作家。从苦难中奋起的石楠，乐于为苦难者立传（其间尤其是苦难的女性）。她曾对一位书法家好友说，我的墓志铭你只用写一句话：“这里埋着一个为入地狱者立传的人。”她说这虽为戏言，却导自真心，在我人生的晚秋时节，我向读者许诺，要为不见经传的巾帼才媛立传。我选取的传主，多为毁誉参半，备受争议屡遭磨难的人物。我写了张玉良、刘苇、柳如是、阮丽珍、言慧珠、梁谷音、舒绣文、叶未然、金竹芳、吴恩女画、汪学春……她们无不是走过棘丛荆林，泥潭滑路。苦难虽淹没了她们，却也辉煌了她们，她们高唱出一曲曲发奋自强的人生之歌。她进而说，倘若没有与她们同历冰雪的人生体验，我又怎么能体味到她们苦难的人生？石楠的文友海燕为之杜撰了一个词，说石楠的传记小说总是精心选择“类我”角色做传主，苦难与苦斗是她与传主共同的人生主旋律，其间洋溢着石楠的人生感慨、人生智慧与人生追求。石楠以自己的苦斗精神和传主的苦斗精神，共同营造了一个充溢着阳刚之美的艺术世界。这里激荡着一股浩然正气，而毫无“凄凄惨惨”之类的女儿吟；这是升腾起我们民族精神的主旋律，而绝无旁门左道的靡靡之音。因而其传主的苦难经历都令人震撼，其人格魅力都令人仰慕，其辉煌业绩都会促人奋进。石楠不是那种才华横溢、下笔千言的作家，她是靠着拼命精神写作的。当年写《画魂》时，她还是名图书管理员，白天有繁重的工作，写作只能是工余与晚上。往往写到深夜直到双眼干涩，次日清晨四点又强迫自己起床继续写。那是1981年严冬，本来曾经大手术的她体质就不好，凌晨从热被窝里爬起来，更是喷嚏接喷嚏。她凭着一股勇气和热情，凭着对张玉良这个从社会最底层奋进成著名画家的敬爱之情，蘸着自己的汗和泪去描绘她，讴歌她。《寒柳》涉及的历史与生活层面较《画魂》更为广阔，为把握那个时代的历史脉搏，石楠做过艰苦的案头研读与田野调查。为了搜集被历史尘封了三个世纪的秦淮名妓柳如是的资料，她于大雨滂沱中奔波在江南泥途，辗转于博物馆、文物处、传主足迹所至的地方。一路上染疾两天两夜没吃没喝，仍马不停蹄地寻访传主芳踪，下车时，若不是旅伴相扶就要栽倒在泥泞中。这部《寒柳》，石楠苦苦经营了四年，四易其稿，终于由人民文学出版社出版。识者以为此书不啻一部形象化的南明史，头绪繁多，被作者处理得有条不紊，难怪学界颇重视它。写《一代名优舒绣文》时，石楠又是带病而为之，她从上海广泛深入采访舒的亲朋故友后，回程的船上胆囊炎复发，继而又祸及心脏，于是利用输液的时间构思，一拔掉针就艰难地拿起笔，每天只能写一点点，多坐一会儿心房就发慌发颤……她甚至不止一次地想，也许写不完这部书就要追随舒绣文而去了。书终于在与疾病的抗争中完成了。八十八岁高龄的阳翰笙先生为之写了情真意挚的序言，予以了高度评价。她为采访刘苇、亚明，多次住进他们的家，情同手足，这样才更贴近、把握传主之精神风貌。采访亚明后，她写了首小诗，记叙其采访时是何其投入：

> 两度寒暑两度秋，伴公欢笑伴公愁。
> 为求真魂与真相，不施脂粉懒梳头。

正是如此之投入，如此之刻苦，石楠每写一部书都要经历心身的磨难，每写一部书她几乎都要病一场，以致经历一次生死搏斗。行文至此，我又想起海燕不止一次说，面对一个字一个字“爬”出来的文稿，我明白了“劳动模范”的光荣称号对石楠意味着什么。“爬格子”的劳动模范，她要以怎样的勤奋，才能“爬”出今天的成就啊！回顾自己成功的道路，石楠始终铭记着冰心老人的题词：“真实的情感是一切创作的力量和灵魂。”她以真情投入创作，也以真情回报社会。这些年她一直致力于扶持青年作者的希望工程，每年都不厌其烦地为青年作者看稿作序，常到家乡的高校、中学甚至小学去讲创作，担任各种文学社的顾问与指导；去年她主持策划了一套由中国文联出版社出版的“皖江走廊丛书”，共有 16 本本地青年作者的作品（其中多数为处女作），有力地推动了安庆地区的文学创作。石楠要用自己的心血营造一片抗文化沙漠化的绿化树——石楠林。这才是一道风光独秀的文化风景线。

（钟扬：安庆师范大学文学院、南京财经大学新闻学院教授）

宜城圆梦，拜访石楠

余秋慧

立冬刚过，气温还停留在深秋，只是天空偶尔飘点细雨，使得晴了一个多月的秋燥顷刻间润泽了许多。

提前两天订了去安庆的高铁票，当期盼已久的拜访就在眼前时，心无论如何也平静不下来。

还记得学生时代，我第一次从同学手中得到《画魂·张玉良传》时，只给了我一节课的时间，我顾不上自己的好学生形象，四十五分钟，中途被老师提问打断了两分钟，剩下的每一分钟都被《画魂》深深地吸引住了。我拥有第一本《画魂》时，如获至宝，怕弄脏了封面，用牛皮纸包起来，不舍得折页，中间夹了檀香木的书签。这么珍爱的一本书，后来被要好的同学借去，几经周折，杳无踪影。但张玉良的故事却一直萦绕在脑海中，从未离开过。

对安庆的了解，除了历史文化古城，还有黄梅戏；对安庆的向往，除了未攀登过的迎江寺旁的振风塔，还因为那里住着著名作家石楠先生。

冥冥之中，是怎样的因缘，三十多年后，让我有了这样的机会，与曾经打动过我并且激励着我一直在人生道路上不断前行的《画魂》的作者——著名传记小说家石楠先生得以见面。

我轻轻地敲开先生家的门，忐忑的心顿时平静，站在我面前的分明就是一位慈祥的老阿妈，家中的亲人。先生握着我的双手，引我进屋，坐在她的身旁，我清晰地听到她轻声地念叨着："这么老远地赶过来，一定累了吧？渴了吧？"恍惚间，我回到了小时候，回到了那个疼爱我的外婆身边了。

身披大红披肩的石楠先生，知性优雅，背后书架上排满了先生一生的皇皇著作。作为八十多岁的老人，皮肤润泽，精神矍铄，加我微信时竟然使用五笔字型输入法修改备注名，速度之快令人惊叹！

我小心地捧出寻寻觅觅得来的第二本《画魂》，看着先生饱蘸浓墨，写下"余秋慧惠正，石楠——戊戌初冬"，不觉湿了双眼。

趁先生去照顾老伴程伯伯的间隙，我欣赏起了先生的绘画，站在那一幅幅轻巧灵动、形态各异的花卉间，仿佛置身于姹紫嫣红的春天里，耳边似乎还传来几声欢快的鸟鸣——先生不知何时又回到我身边，见我如此投入，问我喜欢哪一幅便可送我。我有些惶恐，眼睛却盯着一幅兰草图无法移开：几条墨色的枝干柔韧地伸展着，顶端盛开着几朵粉蓝色的兰花，恣意地起舞。眼前是迎风摇曳的幽兰，隐约的兰香飘出画面，沁入心脾。正如诗云："婀娜花姿碧叶长，风来难隐谷中香。不因纫取堪为佩，纵使无人亦自芳。"她让我想起曾经种过的那盆兰草，一生只开过一次花，而先生的这幅兰草图使我心中的兰花永不凋谢。

接过先生端来的一杯热茶，坐在这位一生坎坷，却造就了非凡成就的女性身边，心中不禁激荡着崇敬之情。

在先生的娓娓诉说中，我的思绪被带到了 1938 年的秋季，日军侵华，炮火横飞，在安徽太湖县李杜乡笔架山下一个贫穷的小山村里，一个出生时差点被遗弃的女娃，降临在母亲逃难的路上。秋季并没有带来收获，战争更是带来无休止的灾难。先生就在那里度过了凄楚寂寞的童年。

新中国成立前夕，兵荒马乱，地主纷纷卖地逃跑，穷怕了的祖父买了份便宜地，却不曾想到为后代买了顶地主的帽子，这顶帽子使先生受尽了磨难。

先生求学的道路是艰难的，这个地主的女儿，没有机会读书，只在夜校扫盲班认得几个字，到十六岁，才在乡里老师的帮助下走进校门，直接插班五年级。尽管只读过五年级，却以全区第一名的成绩考进太湖中学，仅靠几元钱的助学金和老师们的资助，才勉强升学。可是初中毕业后，父母病重，学校因她是地主女儿而不再资助，先生便失学了。

先生工作的道路也是艰难的，到安庆当学徒工，每月十二元钱生活费，还要省下五元钱接济家里，五分钱的萝卜角当菜吃一个礼拜。她在三家小工厂里一待就是二十年。

在这二十年里，地主女儿的帽子像块沉重的石头压得先生喘不过气来，使她饱受冷漠和歧视。无论她如何努力地工作，工作有多么出色，好事从来没有她的份儿，运动一来却是提心吊胆，生怕有什么祸事降临。

就在这样艰苦的环境下，先生依然没有湮灭强烈的求知欲，看一切能够找到的书，不放过任何自学的机会，上函授，读夜大，图书馆是她最爱去的地方。她用知识的甘霖滋润着痛苦的心灵。在这二十年里，她阅读了大量的古今中外名著，写了成麻袋的读书笔记，这为她后来的写作积累了丰富的知识和人生体验。

石楠先生把贫穷当作财富，把苦难当作天赐的礼物。她说：如果没有那些苦难的磨砺，怎么能去感受平等人格的珍贵？怎么会有与命运抗争、不懈追求的力量？

正因为自己经历了凤凰涅槃，才有了破釜沉舟的勇气。先生发现，为人类生存和繁衍做出伟大牺牲和贡献的才女，在历史的星空上是那样稀疏和黯淡，她为此感到愤愤不平，她要为她们立传，为苦难者立传。她要用手中的笔，树立起一个个从社会底层经过努力而成功的人物形象，从而激励那些正在经受磨难，或对人生感到迷茫的人们。

我就是那被先生的书激励着在人生道路上不断前行的千千万万中的一个。每当在人生的关口，我都会用先生书中的人物形象激励和鞭策自己，不懈怠，不沉沦，坦然面对，勇于挑战，使自己一次次地活过来。与先生的美好遇见是我人生的又一次幸运，犹如这初冬雨后的第一抹暖阳，促使我重新审视自己走过的路。

曾经因为不在父母身边长大，与母亲情感隔阂一直是我心中除不去的梗儿，并因此影响到我的学业、工作和婚姻生活的选择。我困惑过，也抱怨过，但并没有消沉，仍然认真生活，努力工作。

但当我在职场奋力打拼时，却被别人排挤，遭受到不公正待遇，而产生了郁积在心、无法排遣的苦痛，我委屈、迷茫，那段时间甚至沉沦了，久久不能自拔，那是我职业生涯中最黯淡的阶段。我在思考，我的职业生涯就此结束了吗？还是这片土壤不适合我？我试着从书中寻找答案，那段日子，我常常泡在图书馆和新华书店，先生的《生为女人》再次激励了我，使我幡然醒悟，让我重新找回失去的人生方向。

跟石楠先生相比，我们的生活环境和学习条件要优越许多，但我们缺少的是勤奋和勇于挑战的精神。先生一生遭遇了无尽的坎坷和苦难，受歧视，遭冷漠，看白眼，这些都没有让她屈服。先生忘我写作，身体严重透支，时常依靠药物支撑自己。她患病时，都是输液时构思，拔掉针头就拿起笔写作。她就是这样凭着顽强的毅力与病魔做斗争，写出一部又一部长篇著作的。石楠先生是在用生命写作，她与笔下的人物完全融合，同悲同喜，同歌同哭。她把心里要说的话倾泻在纸上，让书中的人物喊出自己的心声：只要追求，就有收获，追求可以改变命运！先生说：尽管求索道路布满荆棘，也许终生追求而不能如愿，但会在追求之路上留下深深的屐痕，不会因虚度年华而抱恨。

看着先生慈祥的面容，听着她亲切的话语，感佩着这位非凡女性不屈的灵魂。石楠先生中年开始写作，成为中国当代优秀传记文学作家，如今已是著作等身。而她在七十七岁高龄时又开始学画，去年金秋时节在安庆举办了画展，一时轰动宜城。先生用她的一生谱写着一个女人独立自强、不屈不挠的奋斗史，她用一生创造着一种精神——“石楠精神”。

曾经以为，人到中年的我，已过了奋斗的年龄，想在安逸中度过余生。对照先生的一生，我没有理由停止奋斗。石楠先生使我再次坚定了重拾文学的梦想，我要用手中的笔，记录人生，书写美好。如同那画中的幽兰洁身自好，优雅脱俗，远离尘世的喧嚣浮躁，永不停止追梦的脚步。

2018 年 11 月 18 日

（余秋慧：马鞍山青年作家）

石楠小传

濮之阳

著名作家石楠，本名石化男，1938年10月10日出生于安徽省太湖县黄镇区李杜乡转桥村，排行第五（她的四个姐姐，两个送人领养，两个死于饥饿）。祖父也要把小石楠送人，由于祖母哭着求情，才被留了下来。新中国成立前，石楠家里没有耕地，祖父靠打铁维持着一家艰难的生活。当家乡即将解放时，村里的地主纷纷抛售土地外逃，她父亲却借机买下地主的二十多亩土地，没想到买下的却是一顶“地主”的帽子。“地主”帽子，使石楠从小失去了上学的机会，直到十五岁，才进村里的夜校扫盲班学文化。1953年，她不满足“夜校”那点知识，几个月后，插班义仓小学五年级。1955年，她以全区第一名考入太湖中学；但在初中毕业时，尽管学习成绩名列前茅，却因为她是地主的女儿，无法继续升学。为了生计，1958年初中毕业后即到安庆市五金厂做统计员。1960年秋，二十二岁的她进入安徽财贸学院政治理论进修班学习，1962年又回安庆市，先后在五金厂和棉毯纺织厂担任统计员、文书、工会干事、制图员。石楠即使在平凡而紧张的工作之时，也没有放弃对于“学习”的追求，最后她获得的“最高文凭”是合肥师范中文系函授班毕业证。而一个人的成功，“文凭”不是决定的因素，尤其对于作家而言更是如此。1976年，石楠调入安庆市图书馆担任古籍管理员。书是她的朋友，“听讲座”是她低头看历史和开窗看世界的绝佳机会，安庆市图书馆这个知识宝库，便是她跑进文学殿堂追梦的理想通道。就在这里，阅读使她心里升腾起写作的愿望。她在这个图书馆工作、“蛰居”二十余年，也是她在中外文学名著的汪洋大海中修炼的二十余年。名著是她的导师，使她的才华在勤苦之中变得更加睿智，“最终悟出苦难或许就是她一生无价的财富”。

后来，有一位李先生听说石楠喜欢文学，想写人物传记，就跑来告诉她潘玉良与潘赞化感人的爱情故事：潘玉良不姓潘，姓张；她命极苦，很小就成了孤儿，十四岁又被卖进了妓院。民国时期桐城名士、参加过辛亥革命、任过芜湖海关监督的潘赞化留洋归来，花钱将她赎出妓院，并与她结婚，不仅给了她生死不渝的爱情，还花巨资送她留学法国，使其成为大画家。潘玉良的艺术成就很大，她的画作巡展于法国、瑞士、意大利、希腊、比利时、日本、美国，先后荣获“法国自由艺术协会国际沙龙国际画家奖”“法国艺术家协会沙龙奖”等二十多次，其中 1957 年和 1966 年两次荣获法兰西学院授予的“多尔烈”（THORLET）巴黎市银奖，巴黎市长亲自为她颁奖。她的画被巴黎国立现代美术馆、英国皇家学院所珍藏，也是唯一被卢浮宫收藏的中国画家。1977 年 7 月，潘玉良病逝，葬于巴黎市公墓，碑刻汉字“潘玉良艺术家之墓”……从妓女到画家，她的一生演绎的是苦难与爱情的传奇，其艺术，则是熔中西于一炉的典范。

潘玉良的血泪身世，深深打动了石楠。为此，她找到潘赞化的儿媳的住址并访问了潘赞化的儿媳，还从那里得到一幅潘玉良的自画像、一张《潘玉良夫人画展》的说明书和潘玉良的生平简历及一篇介绍其艺术成就的短文。据此，石楠写了一篇关于潘玉良的文章，《艺坛》发表后即被《新华文摘》转载。心潮起伏，抑制不住激动的石楠，决心将潘玉良的悲催奋斗的人生写成感天动地的纪实性小说。之后，她根据已掌握的材料，凭着自己的天才想象，在十冬腊月最寒冷的三个多月里，“以最温暖的心”，写就长篇传记小说《画魂 · 张玉良传》。这部成名作在 1982 年第 4 期《清明》杂志发表后反响巨大，她先后接到老教授、侨属、工人、农民、大中学生、知识青年、图书馆管理员、离退休干部、文坛前辈、著名作家，甚至还有囚犯等三千来封信件。她万万没有想到，第一次文坛精彩“演出”，竟使她与文学结缘终生。该作品问世后产生强烈影响，先后被《中篇小说选刊》《文艺报》等二十多家报纸杂志连载，被改编成十六集广播剧在全国数十家电台播演，十家电影厂争相拍摄，最后由上海电影制片厂和台湾金鼎影业公司合作搬上银幕，黄梅戏、话剧、沪剧将其改编为《画女情》《女画家的前半生》搬上了舞台。从 1983 年起，先后由人民文学出版社、作家出版社等多家出版社出版了 16 种不同的版本，还被译成外文出版。首版二十年后，北京亚环影音公司又将其改编成 30 集电视连续剧搬上了屏幕。被岁月风尘淹没的潘玉良的故事，成为大众对于中国这个感人的凄美故事永久的怀念。

2010 年，石楠对采访她的王觅说：“传记小说是我创作的主体。我在写作实践中对传记小说的创作也慢慢有了些感悟。它既要是人物传记，又要是小说；既要符合人物的历史真实，又要有血有肉的艺术形象。比如我写潘玉良，首先要研究她所处的时代、她足迹所至的地域、她从事的绘画和雕塑艺术的经历，以至 20 世纪二三十年代巴黎和罗马的城市布局和结构都得搞清楚，为的就是把人物放到特定的历史环境和生活中来写。进入到创作阶段，就要从所掌握的琐碎纷繁的史料中走出来，站在艺术的高度来塑造人物。”

一个作家，要想创作出能给历史留下的优秀作品，天分只是一个方面，最重要的，除了热爱生活，具备广博的生活实践、丰富的人生阅历，更要有刻苦的奉献精神。这些，石楠都具备了。自《画魂》出版之后，石楠便开始了文学的奋斗人生；接着，她创作了长篇传记《美神·刘苇传》《寒柳·柳如是传》《一代明星舒绣文》《从尼姑庵走上红地毯》《刘海粟传》《亚明传》《陈圆圆·红颜恨》《不想说的故事》《张恨水传》《百年风流·艺术大师刘海粟的友情和爱情》《另类才女苏雪林》《海粟大传》《中国的女凡·高·杨光素传》《中国第一女兵·谢冰莹全传》，长篇小说《真相》《生为女人》《漂亮妹妹》《一边奋斗一边爱》等，以及中篇小说集和文集、散文集等，总计600多万字。

石楠于1988年加入中国作家协会，被安徽省授予劳动模范称号。再后，被选为中国作家协会第五、六届全委会委员、第七届名誉委员，安徽省作家协会副主席、名誉副主席，中国作家协会名誉委员。2005年，开创了国内长篇传记小说创作新体例的石楠，以高票当选全国首届“传记文学优秀作家”。在海峡两岸屈指可数的数位传记小说作家中，作为代表之一的石楠曾说：“贫穷是我的财富，苦难是我的老师，没有坎坷磨难，就不能算完美的人生……”她还说，一个人活着总要无愧于人生！“为什么人要到世界上来走一遭？人不是来享受的。来一次总得给这个世界留下一点东西。一个人，不管他所处的地位如何低下，环境如何不好，只要有理想并为之不断奋斗和努力，不放弃坚持和守望，一定能得到自己所要的东西，这就是人生的价值。”她记忆中的岁月，就是她写作的财富，她在创作中，总是找寻与作品中主人公相似的“切入点”，“从而形同一人，同甘共苦”，这就是她的作品能够打动读者的文学情怀。晚年，她没有间断写作，她还以画笔创造了另一个艺术人生。

石楠创作编年

（1982—2019 年）

长篇传记小说

1.《画魂·潘玉良传》

1982 年,《清明》第 4 期

1983 年,《中篇小说选刊》第 2 期

1983 年 7 月，人民文学出版社

1990 年 3 月，台湾海风出版社

1993 年 9 月，军事谊文出版社

1994 年 6 月，安徽文艺出版社

2000 年 1 月，珠海出版社

2003 年 5 月，时代文艺出版社出版“插图珍藏本”

2003 年 12 月，台湾正展出版公司出版“插图珍藏本”

2004 年 8 月，韩国汉声研究所翻译出版韩文版

2005 年 11 月，作家出版社

2011 年 4 月，江苏文艺出版社

2019 年 7 月，江苏凤凰文艺出版社

2.《美神·刘苇传》

1987 年,《江南》第 5—6 期

1988 年 5 月，北方妇女儿童出版社

2000 年 1 月，珠海出版社

3.《寒柳·柳如是传》

1987 年,《人间》第 6 期

1988 年 7 月，人民文学出版社

2005 年 6 月，作家出版社（书名《一代名妓柳如是》）

4.《从尼姑庵走上红地毯》

1991 年 2 月，北京十月文艺出版社

5.《一代名优舒绣文》

1991 年 3 月,《重庆晚报》连载

1992 年 5 月，四川人民出版社

2009 年 6 月，文化艺术出版社

6.《回望人生路 · 亚明艺术之旅》

1993—1994 年,《江淮文史》第 1—5 期

1995 年 12 月，海南国际新闻出版中心

2008 年 7 月，文化艺术出版社

7.《沧海人生 · 刘海粟传》(55 万字本)

1994 年 10 月，台湾地球出版社

1996 年 3 月，黑龙江人民出版社

8.《刘海粟传》(35 万字修订本)

1995 年 12 月，上海文艺出版社

2009 年 1 月，北京航空航天大学出版社

9.《百年风流 · 刘海粟大师的友情和爱情》

1997 年 1 月，文化艺术出版社

2005 年 11 月，作家出版社

10.《不想说的故事》

1997 年 6 月，沈阳出版社（“当代中国作家自况体丛书”）

11.《陈圆圆 · 红颜恨》(“花非花”历史小说系列)

1998 年 12 月，上海古籍出版社

2003 年 3 月，台湾古籍出版有限公司

12.《张恨水传》

2000 年 1 月，江苏文艺出版社

2005 年 8 月，作家出版社

13.《海魄 · 杨光素传》

2000 年 1 月，珠海出版社

2007 年 1 月，河南文艺出版社（书名《中国的女凡·高·杨光素传》）

14.《艺术“叛徒”刘海粟》(“插图珍藏本”)

2003 年 5 月，时代文艺出版社

15.《另类才女苏雪林》

2004 年 8 月，东方出版社

16.《海粟大传》

2007 年 1 月，上海远东出版社

17.《中国第一女兵 · 谢冰莹全传》

2008 年 5 月，江苏凤凰出版传媒集团、江苏文艺出版社

18.《刘海粟传》（21 万字版）

2009 年 1 月，北京航空航天大学出版社

19.《潘玉良画传》

2013 年 9 月，中国青年出版社

20.《刘海粟艺术世界》（与岑其合作编著）

2019 年 4 月，上海人民美术出版社

长篇小说

1.《真相》

2002 年 5 月，作家出版社

2.《生为女人》

2006 年 1 月，上海远东出版社

3.《漂亮妹妹》

2010 年 4 月，上海文艺出版社

4.《一边奋斗一边爱》

2013 年 10 月，长江文艺出版社

中篇小说集

1.《弃妇》

1986 年 7 月，北方妇女儿童出版社

2.《晚晴》

1993 年 1 月，台湾海风出版社

散文集

1.《爱之歌》

1994 年 8 月，安徽文艺出版社

2.《寻芳集》

2004 年 1 月，时代文艺出版社

3.《心海漫游》

2015 年 1 月，长江文艺出版社

文集

1.《石楠女性传记小说选》
  1993 年 9 月，军事谊文出版社
2.《石楠女画家系列》（3 卷）
  2000 年 1 月，珠海出版社
3.《石楠文集》（14 卷）
  2006 年 12 月，中国戏剧出版社

电影文学剧本

《女画家潘玉良》
1989 年,《戏剧与电影》第 2 期

作家作品论

激活现实的审美式乡村书写
——读葛水平长篇新作《活水》

马明高

一

“当山神凹大面积土地种植了旱地西红柿时，申小屠明白了，拥有土地的人才能理解生活的美好。”(《人民文学》2018 年第 9 期，142 页，下同)

放下葛水平新写的长篇小说《活水》，我不由得长长地出了一口气。我在为山神凹村的第三代人，大约是 80 后的申小屠感动的同时，也在为同代的申小满惋惜。两个年轻而美丽的 80 后女孩，都是这个时代与社会“现实主义”的产物。我为申小满的年轻、美丽和聪慧却误入歧途与衰败惋惜并遗憾，但申小满却觉得不以为然，说我是“替古人担忧”，说申小屠就是“傻 ×”一个。多元化的社会，各人有各人的“活法”。这就是现实，这就是“现实主义”。

人心的混乱比失去土地、失去村庄、失去河山更可怕。“山河破碎”可以“重新收拾”，可以“振兴乡村战略”，但人失去“正常的心”，成为“异化的心”“混乱的心”，却是更可怕的，是最难以“重新收拾”和难以“振兴”的。这就是这个时代与社会坚硬的现实。这也是“现实主义”。

现实主义书写是不能看到新的现实方向与端倪而不顾不屑的。葛水平无疑是“清醒的现实主义”，她“不假道学，不假斯文，不假装蒜”(葛水平语，见昆仑出版社 2013 年版《走过时间》)，她写申小屠“回返守望”是那样的水到渠成和顺其自然。因为在这个不算短的“尾声”里，她对“山神凹最后一个人物”申小屠的“出场”是经过“慎重考虑”的，是认真而诚恳的。小说中那个被一生宠爱送到海外“天堂”生活的儿子范小晨不顾，却被申小膚无私帮助的“空巢老人”连喜凤说：“她心地善良，帮助人没有度，一个山里女娃，那么多走出山的人都学坏了，她没有，我就担心有一天她会被人欺负。”（137 页）小说中那个喜欢申小膚，并在小说最后与申小膚举行婚礼的医生张宏明“爱小膚”，“正是喜欢小膚从里到外的那种平实，与奢华欲望无关，与贫穷也无关。小膚身上有一种颜色，是其他女人身上没有的，虽然城市的喧嚣模糊了她，让她淹没在人群中，但看见她，张宏明就觉得属于黑白电影的时代，而且今天仍然停留在那个时代。”（140 页）这可能吗？但在真正的现实主义作家眼中是可能的。因为现实主义书写不能没有人类的理想，不能没有作家们的思想与价值观。不管他们怎么说，众人怎么看，申小膚是这样认为的，“咱山神凹出来的人得有一副好心肠，得让世人看得起。”（134 页）多么美妙的一个人呀！这就是现实主义的书写力量。

理想是美好的，但现实却是坚硬的。“风来吧，雨来吧，除了时间、风、雨，没有人能收拾凹里的一切”，“冬天的山神凹因为丧葬喧闹了几日，之后，山神凹人就琢磨着离开山神凹了”（133 页）。美妙的人儿，死的死，没有死的，也都纷纷离开了自己的故土，到外面的世界里“混江湖”和“刮野鬼”去了。我的眼睛里满是苍凉。我的心里还是放不下那几个可爱而美妙的人儿！那个为了爱情奔命不惜的锔缸的申寒露，那个善良而苦命又不断挣扎的李夏花，那个一生都在找“放在心尖尖疼”的人的放羊老汉韩谷雨，那个用尽力量寻找爱情却与心爱的张老师仅一夜之情而“出事”的拉二胡的申丙校，还有申秀芝、申国祥和宋拴好等等。

《活水》以充满诗意和饱满深情的笔调书写了中国农村从 20 世纪 70 年代至今四十多年的历史变化，有奇绝大气，有灵动朴野，有山里人的大悲大喜，有山里人的敢爱敢当，还有乡村里久远的美好时光与回忆，以及那些美好的事物与匠艺，诸如锔瓷、拉二胡、杀猪、做豆腐、打铁、擀毡和熟羊皮，没有戏剧化的冲突，却有着细腻的诗性抒情，没有刚硬的时代符号，却充满了对传统与民间的深切怀念，处处隐含着一种充满审美眼光的挽歌情怀。

我把她的这种新的乡村书写，称之为审美式的乡村书写。当然是有别于“五四”新文学以来四种乡村书写的第五种书写。从过去百年乡土文学的书写历程来看，大致有四种书写模式：一是启蒙批判式书写，典型的就是 20 世纪二三十年代鲁迅、蒋光慈、萧军等的小说，直至 80 年代的高晓声、何士光，批判暗黑的时代与落后的社会制度，反省国民的劣根性；二是浪漫理想式书写，从废名、沈从文到孙犁、汪曾祺，还有迟子建，以城市和现代意识观照乡村生活，充满健康人性、田园风光与士大夫情怀的浪漫与忧伤；三是政治图解式书写，从 20 世纪三四十年代的赵树理到新中国成立的

“山药蛋”派文学，以及丁玲的《太阳照在桑干河上》和周立波的《暴风骤雨》等等，虽有浓郁的乡土气息，但迫于战争与时局所需，难免有宣传与图解政策之历史局限；四是现代性观照下的现实或文化式书写，从新世纪前后开启，一直绵延至今，以贾平凹为代表的日常生活经验现实主义书写，以吕新为代表的现代主义书写，还有以蒋子龙、李佩甫、关仁山为代表的文化冲突式书写。这些乡村文学总与城市化、工业化有着丝丝缕缕的关系，其形象大都是随着国家、民族意识的自觉、炽热而逐步清晰的，有着浓郁的物质与精神世界的体察，以及对人性的勘探。

而《活水》充满了对上述四种乡村书写模式的敬意与吸纳，但又增添了审美式的自然灵动、人间清欢、乡村情怀与现实召唤。从小在乡野中泡大的人生经历，让葛水平有了与现时代很多作家不一般的情怀与洞见。正如她所说：“我出生在乡村，乡村让我的精神饱满，让我有无法述说的喜悦，那些人事感动着我，时间长了，我想写出来。”“我无法摆脱对一些事情乡下人的好奇”，“保持着乡下人的判断”，“乡下连着我的脐带，供我养分”，“对事物最朴素的感情和判断帮助了我”。这些最自然、最直接的感情与经验，使她的这部长篇小说没有过多的“思想”“主义”与“文化”，而是充满了生活质感、细节力量、包容大度与对时代足音的真诚谛听。但不改的初心依然是：“我用我有限的文字记下爱我并关心我的人和事，记下我曾有过的呼吸。在山川河流村庄，岩石和乱丛棵子中间我停下来面朝尘世，双手合十：天在上，地在下，人生百年。时间中我祝福所有平安！”（均见《走过时间》一书）

二

感动我们的，还是那些随着时光渐行渐远的乡村生产劳作、生活琐碎和信仰情感，以及人们的有情有义、敢爱敢当和大悲大喜。整个小说分上、下两部分，虽然书写的是山神凹村四十多年三代人的人生经历，但贯穿全书的却是申寒露与李夏花，韩谷雨与申秀芝、韩巧玲，申丙校与张老师三对普通得再不能普通的农民的爱情故事。一个锔缸匠，一个放羊汉，一个做二胡、拉二胡的，三个乡下人“不世俗”的对真爱漫长而曲折的追求，见证了四十多年中国农村改革开放的艰难历程，见证了久远乡村文明在大变革时代的衰败与崩溃，当然也无比痛心地呼唤着“乡村振兴战略”的“回返守望”与“开启希望”。

申寒露是申广建家老二。老大叫申白露，是申小眉的父亲。我喜欢作家对这弟兄俩的外貌描写：“弟兄俩如模子脱出来似的，都是那种瓦刀脸、枣肠嘴、内双眼、皮肤酱紫，走路稍有驼背，说话语调拉音很长。”（35 页）

典型的山里人。但弟兄俩性格不一样，老二是典型的山里能人，一位不种地靠锔缸糊口的手艺人，身处 20 世纪 70 年代末，改革开放之初，山外走多了，长了见识，对爱情有了不同于山里人的看法，就是喜欢上了本村大自己十岁的“眉清目秀的妖娆”女人李夏花。李夏花是一个苦命的女人，有一个十五岁的弱智儿，丈夫常年在外乞讨，一年才回来一次，就靠她和年老的公公婆婆苦苦地支撑着这个家。被生活所逼，她才和村里的两个男人好上。一个就是申寒露，另一个是山神凹小学的教师郭放歌。申寒露是真爱这个李夏花，“我养活你母子，从今黑起，你把裤腰带系好了。”（39 页）他要把这个家当作自己的家。“他要这个女人把积了多年的抱怨、失意、愁苦、愤懑从肩上卸下来，随意放在窑内的脚地上。他要和那个走外的男人摊牌，叫他放弃这个闲置的女人并且离婚。”（49 页）但是，李夏花也是典型的一个山里心强命不强的好女人。她不仅漂亮，而且自尊自爱，为自己这样久而久之的生活失去尊严而痛苦而自责。她觉得自己不能害了那两个爱自己的青年男人。一场山里的大洪水冲走了她那个弱智儿大嘎，也彻底冲醒了她做人的底线、尊严，以及对这些的反省。“她开始想：总有一天，她也必须死，迟和早不能确定。这样她就惶惑地相信，自己有选择真正需要的另外一种生存的权利。她一时还不知道是什么样子的生存权利，但是，她知道，从前的李夏花死了。”（43 页）为了告别那种没有人的尊严的生活，为了告别那个苦难的家庭，在漆黑的夜里，祭奠了自己苦命的弱智儿大嘎申有余，也祭奠了自己过去那不人不鬼的生活，逃向了山外面的世界。申寒露为了寻找自己心爱的女人，也走出了山外。李夏花的男人从山外回来了，不仅被人砍断了脚筋成了残疾人，而且带回了一个憨女人和一个健康的小儿。为了给申家有个健康的后人，他觉得对不起美丽的妻子李夏花，“他掩面而泣，他无法把持自己，大白天，他实在无法控制自己的行为，他勇敢地睡了这个憨女人。”（59 页）他以为光是自己原先的女人跑了，回来才知道自己那原先的弱智儿也走了。“一切无法控制，无法预测，这是他对命运最无奈的感慨。”（59 页）为了寻找李夏花了结前面的姻缘，从此他决定不在城市里捡拾垃圾了，他买了崩爆米花机器，到处在城市的小巷口摆摊崩爆米花。

到了下部，已经是新世纪之后了，找不到李夏花的申寒露又回到了山神凹，锔瓷的手艺再不能给他带来风光的生活，只能和为了发家致富梦从山外带回来的种猪过着孤寡的生活。越发年轻的李夏花也回来了，“烫了头发”，“四十多岁了”，“还光腿穿裙子”，“这么大岁数的人居然疯得裤子都不穿了”，“对山神凹来说心里还是不能接受的”。（77 页）她是回来找小队支书玉茂才开离婚证明的，她要彻底结束过去的生活，有机缘了，找个爱自己的人，重新开启新的生活。但她要找的人不是申寒露，她说：“回不去从前了。”她觉得“曾经互相拥有的人，只有清白才对得起从前啊”。申寒露不理解，“我找了你十年。回山神凹是为了等你，迟早有一天你会回来，只要你还活着，我就要像这蜘蛛结网吐丝一样缠死自己，我不怕死，我就怕见不着你”，“你是不是在外久了，闻见了我身上腥臊难闻的气味？”她说：“不是。”他说：“你视我而不见。”她说：“死了。不是人的命死了才叫死，好多东西死了，最后才是命。”（89 页）我喜欢并敬佩作家对山里人的这种绵长而充满韧性的曲折爱情的精心描绘。但是，申寒露并没有理解可爱而可怜的李夏花已经受了伤、现在还在继续受伤的那颗心。四处流浪的李夏花终于被青州市梆子剧团收留了，给人家做饭。剧团唱戏的于喜明师傅“看得上她”了，想“正面下手”，但她“记得从前的羞耻”，“她这一辈子不能再祸害人了”。她不能，只能躲，“她知道她就是一只麻雀，只有低眉顺眼，踏实做人，才能长久停留在剧团，她珍惜这份工作，任何多余的想法都不敢产生。”（81 页）于师傅就开始时时处处找茬儿，肉丸子事件，申国祥引着傻女人到剧团找她离婚，厕所茅粪事件，一波三折，她的心“碎成了几瓣儿”，受尽了被人不信任与小看的屈辱。申寒露对深爱的追求决不罢休。开春后，他和苦命的申丙校一起相约出山，开始了寻找李夏花的行动。终于在剧团演出的乡村找到了李夏花。舞台上演出的《玉堂春》激发了申寒露，他走到台上，“扑通一声单腿跪在了舞台中间”，“横着话筒”，开始了爱的表白：“青州人民剧团的李夏花是我一生追求并爱恋的女人，她就是我的农田，我种我收。从今天起，你们都要给我做主，你们就是我的婚姻的见证人，我要娶她！”（121 页）台下的掌声响成一片，感动得申丙校和剧团团长都来当媒人。当然，最感动的是李夏花了，眼泪断了线地流下来，“一个女人的身后有一个男人护着，世人谁还敢欺负？”（121 页）这种通过典型环境来塑造和刻画典型人物的传统手法，让我们又充分感受到了现实主义的书写力量。

三

放羊汉韩谷雨也是小说从始至终精心刻画的人物形象。他其实就是这部小说的隐含叙述者。他一直生活在山神凹村里，从没有离开过一步。他熟悉山神凹的一草一木，熟悉山神凹的每家每户，熟悉山神凹白天与黑夜的故事，是申寒露人生故事与内心世界的倾听者与同谋者，是山神凹从兴盛到落拓到衰败再到希望开启的见证人。但他不是附庸人物，他也是有血有肉的典型人物。这个光棍汉寻找爱情的故事也令人唏嘘不已。山神凹的人都说他和申秀芝好。申秀芝是山神凹村的神婆子。她是申荫富二娃申双庆的女儿，女婿是从山外招来的，当然，家里肯定是她做主。她有一个漂亮的女儿，就是我们熟悉的申小满。申秀芝在羊沃地期间总是“用心”给“苦人”韩谷雨做一碗好的手擀面，让他觉得“吃了你的饭就不苦了”。他有一套杀羊和熟制羊皮的拿手技术。每年腊月，他都“很认真地熟制羊皮，想着铺在申秀芝身子下的不是羊皮，是自己的热身子”，但一年又一年，他“逢年过节还是原照原”。到了下部，进入新世纪了，女儿小满都订婚了，儿子也当兵走了，日久年深，他们才做成一对相好。但她为了要一张嫩软的羊羔皮，逼着韩谷雨硬杀死了一头羊羔子。这场通过韩谷雨和申秀芝的视角交叉写的杀羊场景，虽然简短却也凝重，也是令人心灵震颤。“世上有的东西远比黄金珍贵，我怎么就硬要人家的羊羔子皮？这件事情逼迫得申秀芝知道了什么不是爱情。”他的“嘴里咕哝着：‘就这一回了，就这一回了。可怜的小羊啊，没有经历四季就死了，就这一回了。’”。和以往杀羊不一样的感觉，让韩谷雨强烈地意识到了他和申秀芝的这种生活不是爱情，“看人家申寒露爱李夏花，他真的是爱李夏花，我都想帮助他，可没有人知道我没有经历过爱情。”正如他对申秀芝所说：“你不爱我秀芝，你爱的是你的生活，你生活里缺少东西的时候你才想起找我。心里有爱的人应该是没有什么事情时才会想起这个人来，你现在来找我，就是要我杀死一头羊羔子，你就是想要一只羊羔子才来找我。”（96—97 页）

葛水平对韩谷雨这个人物的深入挖掘与重新发现，颠覆了以 20 世纪八九十年代郑义《远村》为代表的“寻根文学”所描绘的那种古老乡村悠久漫长的“拉边套”式的人物固化形象。新世纪之后的全媒介时代，当然是过往的任何封闭与隔膜的时代不可相比的。任何人的思想与心理都在发生着深刻的变化，当然，也包括那些像韩谷雨这样的山村窝铺的放羊光棍汉。真实的现实激活了作家的生活记忆与创作才情。作家充满历史感与现实感的审美式书写，肯定也会激活现实、激活人物。韩谷雨在“杀羊”的一刹那，突然明白了，“该找人说一门亲事了”，他突然想到了死亡，“人不能就这样过一辈子。一辈子啊，说长也长，说短也短，人说死就死了，活着总得把人一辈子的任务完成了吧？”（96—97 页）这是过去那些沉睡的古老而漫长的“历史化石”在“新时代”的人性觉醒。在小说快结束的时候，韩谷雨就和死了丈夫的韩巧玲组成婚姻了。作家不吝笔墨，也与韩谷雨一样充满爱情感地对韩巧玲进行了人物描写：“韩巧玲个子不高，眉眼俊俏，性格绵，说话快，行事也利落，走起路来后脚跟吃劲，扭来扭去。”“见了山神凹人，韩巧玲嘴甜，叫得腻腻的，还长时间盯着人家的脸，很知冷知热的样子。”“韩谷雨站在一边笑，太阳也温暖，韩谷雨看着自己的女人巧玲，深情得欢。”他深有感触地对申秀芝说：“从前我不知道什么是爱情，还想着一辈子找不下了，这回我知道了。”心里酸溜溜的申秀芝当然要说风凉话，“你告诉我，什么是爱情？”昔日“拉边套”的放羊光棍汉，当然是充满了自信的“淡定”，说：“都是写书人说下的淡话，爱情就是把一个人放在心尖尖上疼。”（129—130页）这才是现实主义应该书写的“新时代”山里光棍汉的新的“爱情故事”。

反思前面所说的那四种乡村书写模式，不缺的是会讲的故事，也不缺乏现代性观照下对乡村叙事的解构，或重新建构，以及文化和哲学的隐喻能力。但是，唯一缺乏的却是真正的现实主义还原生活的书写能力。从前面这些对《活水》中人物塑造与刻画的分析，以及整部小说中大量对乡村城镇锔瓷、拉二胡、杀羊、熟制羊皮、杀猪、做豆腐、打铁、擀毡、剧团生活、戏曲民歌，以及乡间万物的充满诗意与深情的审美式叙写描绘，让我们感受到：真正的现实主义还原生活的书写能力，就应该是充满审美地展示与呈现最细微的现实物质风貌与精神情感，充满审美地体察与感悟现实世界最寻常生活的疼痛与悲欢、坚韧与善良、苦难与爱恨，从而还原民间社会中真实的生存逻辑与精神生态，还原现实生活中真实的人际交往关系，还原底层世界里的真实思想与意识。当然，最重要的是，能够通过对普通人物历史与现实生存境遇的逼真描摹，看到一个宽阔而盛大的“新时代”最真实的情境。这正是我们对现实主义真正有效书写的应有内涵。当然，《活水》对此也不是书写得十分完美，毕竟与当前火热的现实生活相比，还是有些单薄与窄狭，因为毕竟是在一个小小的山神凹里，进行“螺蛳壳里开道场”。

四

申丙校，在爱情方面，无疑是山神凹的一个悲剧性人物。他是申荫富大儿申双虎的儿子，也是山神凹的一个大能人，杀猪、打猎、擀毡，都是一个好把式。早早地就走出了山外，在荫城镇的铁匠铺跟人学打铁，偶尔因剧团要打拉戏箱的铁环，认识了县剧团的团长。到了剧团打零工、装台卸台，偶尔跑跑龙套。虽然他体魄强健，是个帅后生，但剧团里从来都是等级森严，看不起山里人。剧团里会拉二胡的韩有堂看上了申丙校，想把自己的独生女韩瑞凤嫁给他，但有条件交易，当然是不能回那又穷又空的山神凹里，让他改姓进县城做韩家的上门女婿，韩有堂就教他拉二胡、做二胡，让他能在剧团里立住脚。尽管上门女婿是一件有失尊严的事情，他又是家中长子，但山里人为了在城里立住脚，也就只好答应了。可是，在剧团也是跑龙套的韩瑞凤喜欢的却是剧团里唱小生的王刚。尽管她和王刚已有过孟浪之事，但韩有堂绝对不允许女儿嫁给这个比自己还大的老男人，那不会被剧团里的人笑掉大牙？那他父女们咋在剧团生存？于是有了故意的“演出事故”和接着的“自杀未遂”事件，从此韩瑞凤就成了“花痴”。

但一诺千金，申丙校还是和韩瑞凤结婚了。但他忍受不了每晚的小生脸化装、对戏，这场婚姻彻底失败了。好事不出门，坏名走千里。这样，他被招工在城里当工人的第二次婚姻也因此失败了。“一场婚姻的结束好似一场淋漓的大雨浇醒了申姓儿男的尊严。离就离，带着手艺回到山神凹姓我的‘申’姓去。”（100 页）

申芒种是申双鱼和樊迪的儿子。申双鱼的女儿申飞燕嫁的是大坪沟大队支书家儿子。女婿和葛岭大队支书走了后门，通过告状把申寒露的哥哥申白露的村会计闹下来，让申双鱼当上了村会计。申芒种和申小暑、申小满一茬儿，都是小说中所写的山神凹村的第三代人，但由于小时候姐姐捅马蜂窝，导致他脑子稍微有一点问题，早早就不想念书了，喜欢在村里瞎晃荡。见申丙校回村里了，就和他学起了拉二胡。申芒种为了能让他做一把真正的好二胡，就偷偷把生产队唯一的老马的尾巴剪光了。马因无尾巴而无法掌控平衡，功能大减。“马尾巴事件”让申丙校从此背上了黑锅，并被迫去养马。进入新世纪之后，山神凹小学要来一位新的张教师。小队要他驾车去山外接张老师。到了山外才知道张老师是一位年轻的女老师，而且还带了一个五六岁的女娃。“老马像喝醉酒一样，摇来晃去”，一路把张老师和小女娃颠得呕吐不止，只好下来走路。张老师“一路上从来没有正眼看过自己”，让他开始反观自己的山里人落拓窘样。年轻、活泼、健美的张老师和小女娃，激活了他那颗年轻的心，“他不能控制自己，从背上取过二胡，扯下布套子，坐在车帮上，就着胯骨开始拉”。一曲《父老乡亲》让张老师两眼放光，又抱着女儿抓住车辕跳上了马帮。张老师说：“想不到山神凹还有你这样的人才。”（107—108 页）《江河水》《二泉映月》，一曲又一曲的二胡曲，同样也激活了张老师那颗失落而冷漠的心，并要他替她上音乐课，教学生们拉二胡。张老师也是个苦命的人，师范毕业后，本能分配留到县城，却为了照顾乡下身体不好的父母和年幼的弟妹，由父母做主，嫁给了当地支书家儿子。没有爱没有恨的平常夫妻，又加上丈夫外面有了相好，一系列的生活境遇让她走到了今天。“命运安排她来到山神凹并遇到了申丙校，一场奇怪而矛盾的邂逅”，让她和他有了精神和爱的相遇。但仅仅短暂的夜晚小酒怡情与肌肤相亲后，就因煤烟中毒而失去了年轻的生命。“煤烟中毒事件”，尽管让申丙校“活”了的心又“死”了，却细腻地展示和呈现了山里人的有理有节、有情有义：“申丙校茫然地看着捂得很严实的车上人，阴阳两隔，他的胸前还残留着她的体温，可眼前的这个人已经不能叫人了。如果能够为她吹打一场八音会就好了，也好最后送她一场热闹。是啊八音会，就是这个死去的人跟他说：一定要让你学下的手艺走个正途。申丙校取过背上准备好的二胡，用绳子套在脖子上，申寒露牵着马，张老师男人坐在车帮上。申丙校开始拉《二泉映月》。绝望的弦乐声满山铺开，

走过一村又一村……”（112—113页）

《活水》中写了很多像这样有情有义的事，更可贵的是它书写了很多有情有义的人。除了这些，还有申国祥、彩虹、连喜凤、张宏明等等。仿佛让我们感受到了久远的《三国演义》《水浒传》等中国古典文学的传统气息，感受到了热气蒸腾的现实生活的真实空气。

《活水》启示我们，真正的现实主义审美式书写，与“伤痕文学”“寻根文学”“先锋文学”“新写实主义”“现实冲击波”“底层文学”，以及那些现代主义、后现代主义最大的不同：一是注重时间长河中人在各个空间运动与作用的整全性。人物形象的塑造与刻画，不仅仅是单纯地依靠空间，而且还要仰仗时间，人是时空的产物，是时间与空间的创造物。只有特定的时间与空间，才能赋予人物特定的意义和应有的内涵；二是人物不是仅仅充满欲望与意识，不再是满脸的冷漠、危机与异化，他人都不是敌人般的自私与深不可测，恒定的世道人心等“一切坚固的东西”也不是一下子就“烟消云散”的。真正的现实主义审美式书写，应该书写的是“人的文学”“现实中人的生活”，以及完满血肉感情的活生生的人，是从生活和社会中遇见的人物、发现的人物，而不是运用“主义”“思想”和“文化”想象的人物、虚构的人物。这样创造出来的人物自然是有情有义、有理有节和有爱有恨的；三是人物不再是模糊的人物、不知名的人物和类型化的人物，不再是扁平化的“K”和“A”与“B”，而应该是像《活水》中的人物一样，都是活生生的有名有姓的人物，有家族谱系的人物，甚至是知名人物和典型人物。

法国当代著名评论家罗杰·加洛蒂说：“每一件伟大的艺术品都有助于我们觉察到现实主义的一些新尺度。”永远处于变化之中的现实主义，才是真正的现实主义。只有这样的现实主义，才是真实有效的文学书写。而真实有效的文学书写，就是见证时代，立典型之象，立天地之心。

这，也是我在读完葛水平的长篇小说《活水》之后想到的。

2018年9月21日写于山西孝义

（马明高：山西省孝义市作家协会主席）

“长恨此身非我有”：寻找和捍卫生命的本真

——读盛可以的长篇新作《息壤》

马明高

一

“小女孩和阉鸡师傅中间隔着一白瓷盆清水。”

说实话，我就是被小说的这第一句打动的。“小女孩”“阉鸡师傅”“一白瓷盆”，里边还是“清水”，多么好的意象！纯洁，纯净，纯美，纯真，充满温情脉脉，仿佛“天下太平”，世间一切都是美好而安逸的。但是，我突然觉得，“阉鸡师傅”这四个字很刺眼。再看一眼，是“阉鸡”这两个字最刺眼。因为“师傅”还是美好的，受人尊敬的。再细看一眼，最刺人心的是“阉”字。因为“鸡”本身没有罪，是有生命的。“万物有灵”“万物同尊”，鸡和小女孩、师傅，和白瓷盆、清水都是一样的，都是“一视同仁”的，都是有生命和灵性的，都是应当受到人们尊重的。而“阉”，不就是“阉割”“阉宦”的那个“阉”字吗？本来天下太平，人与万物一片静美，充满各自最本真的状态，就是那个刀光寒冷凛冽的“阉”字，把有生命的“灵物”，“阉割”成了虽然名誉上好听的“官宦”，却已是失去最本真生命的“太监”或“废物”一个。多么凶恶而残忍的一个字，“阉”！

我被吸引住了，读完了第一段，读完了第一节。我知道，这个小女孩叫初玉，是初安运家最小的女孩。阉鸡师傅叫阎真清，初家的大女儿叫初云，嫁给了他。我知道，初家是个历史悠久、源远流长的大家族，到了初安运这一代时，他那个叫戚念慈的小脚寡母，居然活了一百多岁，统治了这个家族很长的时间。他尽管犹如父亲一样，也是“英年早逝”，但有着极强的生命力。他把十八岁的女人吴爱香娶到家后，“他就没让她的子宫清闲过”，“吴爱香点豆子般连生六女，夭折一个，其余五个健康茁壮，长得花团锦簇”，分别为初云、初月、初冰、初雪、初玉。尽管五个女儿个个聪明，天生丽质，“初云慢性子，初冰有心计，初雪胆子大，初玉天赋高”，“二姑娘初月是五个姑娘中长得最好的，可惜小时候被开水烫过，脑袋有半边”是“粉红溜光”的伤疤，时常“戴着一顶西瓜皮假发”，倒也“女王般无比庄重”。但是，为了让初家继续“历史悠久、源远流长”，必须继续生个带把儿的。好，承天鸿运，终于生下一个“初来宝”。老天爷，不能再生了，到医院“上环”！可惜这个初来宝“五岁断奶”后，却“智商没再生长”。继承着戚念慈的衣钵，“1976 年，汁液饱满三十出头的吴爱香成了寡妇”。因为一向被众人认为是“一对恩爱夫妻”的“作风正派”的丈夫初安运，从自己任场长的农场“粪池”中“全身溜光”逃回家中，妻子吴爱香用“一锅开水”，并将“整块肥皂”搓得“薄如纸片”，都没洗尽他和继任场长妻子“男欢女爱”后的噩运，很快英华早逝。是否是陷害？传说戚老太为了报仇，居然“拿兔子做实验，花了五年时间用毒蘑菇”解了心头之恨，反正那继任夫妇是被蘑菇毒死的。可是，“吴爱香始终觉得体内的钢圈与丈夫的死亡有某种神秘关系，那东西是个不祥之物”。因为自从她的“子宫里放进金属圈不久，初安运便得了一种怪病，两个月后就带着一身血痂和草药味进了黄土堆”。

接着读，全书十八节，我都读完了。我被盛可以冷峻、凌厉、生猛、残忍的文字诱惑着，激动着，读到了最后的几行文字，是“去年闭的经”的初云与二姑娘初月的对话：“眨下眼我们也是恩妈（奶奶）级别的人了 / 一世人冇么子搞发兴（没什么搞头）/ 都是一天一天过 / 初玉这胎是男是女 / 是个女儿 / 噢 / 到她们这一代子宫应该不再有什么负担 / 那也讲不死火（说不准）。”是的，真的说不准。我又想起了小说中初家最小辈的女孩，十六岁的初秀。她是弱智者初来宝与弱智者赖美丽夫妇生下的女儿。“有人说她十四岁便丢失童贞，也有的说十五岁”，十六岁时，那“十二岁”时“身高一米五五”，“没再继续长高”的“身体到处膨胀”，“变成一个圆润丰腴胸脯雪白的性感少女”，居然挺着“大肚子”不知道该怎么办。初家人纷纷而动，都从四面八方聚集到故乡“槐花堤村”，“这是一场关于子宫的战争”，围绕着她该不该生展开了大讨论。村里的人都在说：“瞧瞧他们家，傻的傻，死的死，该生育的不生育，不该生育的挺着肚，该结婚的没结婚，结了婚的闹离婚。”

我突然想起了我熟知的一位 80 后女博士、女评论家，在酒后说过的一句豪放之言：“我的阴道我做主！”众人哈哈大笑。现在，我突然想说：你做得了主吗？即使你的阴道你可以做主，可是，你的子宫你能做了主吗？

这便是盛可以用她这部最新的长篇小说《息壤》，向历史、时代与社会发出的最诚恳而大胆的诘问。

我发现，从《北妹》到《道德颂》《水乳》，到《死亡赋格》《野蛮生长》，再到《福地》，70 后女作家盛可以的视野在不断扩展。从两性关系到家庭层面，从家庭层面到社会生活，从抽象的乌托邦叙述到活生生的历史现实。

可是，读完《息壤》之后，我突然想起了苏轼的一句词："长恨此身非我有，何时忘却营营。"想起了穆旦的诗《我歌颂肉体》："但是我们害怕它，歪曲它，幽禁它，／因为我们还没有把它的生命认为是我们的生命，／还没有把它的发展纳入我们的历史，因为它的秘密／还远远在我们所有的语言之外。"是的，身体既是我们每一个人十分熟悉的存在，可它又是我们每一个人十分陌生的现象。盛可以从《息壤》开始，把个人经验的身体放在活泼泼的历史与现实生活中进行挖掘、发现和追问。她用一个家族八个女人在改革开放四十多年的生活史、生命史、身体史，来告诉我们一个荒诞而又十分真实、离奇而又十分现实、偏执而又十分正确的道理：你的生命、你的身体，你是永远做不了主的。因为，你所面对的民族意识、国家意识、社会意识、文化意识、生命意识、爱情意识和存在意识等等，都会从他人与世界的各种方向、各种角度、各种时刻，对你的生命与身体施加压力，使你的生命与身体不由自主地失去本真与自在，变成你十分陌生的现象。

二

"身体的日常呈现方式"，可以说是身体哲学的一种存在方式。《息壤》通过这一系列貌似冷酷、怪诞、暴烈、乖张，却十分真实、犀利、生猛、凌厉的故事、情节和细节，扎实而细腻地、多重视角、多种角度叙写了初家四代女人，即戚念慈、吴爱香、初云、初月、初冰、初雪、初玉和初秀四十多年来"身体的日常呈现方式"。

初家年龄最大的是从年轻时就守寡的戚念慈，她的过去我们不是很清楚，但她肯定是一个女强人，她用一双小脚和一颗坚硬的心支撑着初家这一大家族，在灭绝自己的欲望的同时也在剥夺着他人的欲望。小说中所叙写的时间最早是1976年，也就是儿子初安运病逝、三十出头的儿媳成为寡妇的时候。但是，戚念慈性格的形成和生命成长史，完全可以往前延展至近百年历史中的一个个运动，延展至中国几千年的道德观念，这些无疑是这个人物不可缺失的重要背景和精神资源。"她也是三十岁上下死了丈夫，懂得怎么杀死自己身体里的女人，怎么当寡妇。清朝人真的会玩，有人说她尤其懂得如何干掉漫漫长夜。"她喜欢在太阳底下洗她那讨稀罕的小脚，犹如洗刷出土文物，"这是她表达权威的方式，她展示它们，像将士展示勋章。"她还总是在洗脚时接过儿媳端来的一杯芝麻豆子，"一边喝茶咀嚼，一边处理家务"。儿子死后，为了给孙子初来宝腾出地方，她干脆把儿媳吴爱香搬到她的房间和她一起住。"有人说婆婆把媳妇看得太紧，她媳妇心里不腻和（不快乐）。"

吴爱香在完成丈夫临终交给她"配合娘把这个家管理好"的使命的同

时，“一直忍受着钢圈在精神和肉体上的双重折磨，老是腰酸腿软，下腹胀痛，干重活时疼痛更加明显，她不得不付出更多的精力对付体内的冰冷异物。她疲惫地坐在椅子里，仔细品味钢圈带来的各种不适，样子可怜。”她想：“既然男人都不在了，那东西就没有存在的必要了。”她从 1980 年就开始跑医院，完成“一个寡妇去医院摘环”的重大使命。尽管小脚婆婆说“那东西就让它放着，不碍么子事”，但她还是跑了两趟医院。可是，医院“诊断环已移位，取环需要住院手术”，考虑到时间、费用和生命安全等问题，她选择了“与钢圈共存”。尽管她不会说情欲、肉体这些词，但她在丈夫死后有过一次“村里人通常说发骚，对牲口就说发草”的体验。那是在她“守寡第八年的秋天”，进城里一个杂货铺买东西，八年没有直接对碰男人眼神、没闻过男人气味的她，一种“公牛般的气息”“像八爪鱼一样追上来，缠住了她”，“身体某处湿漉漉”，“饥饿与疲惫”驱使她又一次走进那个杂货铺，“当那不知名的男人压上她的身体，她感觉自己被一场大火彻底消融吞噬”。她不知道“只要启动私处那八千根神经末梢制造的快感，欲望会时时突袭，像狼袭击羊群，措手不及”，她也不懂得“欲望是一颗全身性的、化学性的炸弹”，“女人的自信、解放、自我觉醒都是通过阴道系统来传达”的观点，但她的确经历了“一种崭新的、异常的感觉”。她的环因为长进肉里，还需“开膛破肚”才能取出，“风险很大”。为了安慰她，“女儿们骗她那个钢圈已经不在她的身体里，也许掉到什么地方去了”。以后的岁月里，“找环就成了吴爱香生活中的一件重要的事情。有时候半夜醒来满屋子翻，有时在初秀的身上扒来扒去，你看见我的环了吗，她就这样找了一些年，直到有一回在床底下找到一个银光闪闪的钢圈——那是初冰从五金铺买的——她高兴地呀呀直叫。”那个钢圈，终于是与她的身体“生死与共”，一进走进了土坟堆里。

初云是第三代人中的大闺女，“年轻时蓬勃的性欲像激流遇阻，时刻咆哮着寻找宣泄口，那些粉红手指在夜里奉献过不倦的热情，辅助她慢慢蜕变成女人。”嫁给阎真清之后，获得了“另一种更温馨更充盈的感觉”，“绵久细长”。在她生下阎燕、阎鹰之后的一九八五年夏天，也去医院“一了百了”，结扎的结果是小腹上从此“有了一条发红发亮的伤疤”，“最终以女人的绝育”，平息了“夫妻间日常的战争”。谁知 2000 年 4 月，她坐火车到北京找到初玉，说要“做一个手术”“复通输卵管”。初玉以“让一个绝育多年的超龄妇女做复通手术，恢复生育能力，医学上可能性极小”和“违法”的理由，劝她这也从根本上为女人提供安全保障，因为男人们一旦不爱你了，找个理由，可以理直气壮地抛弃你，“像扔掉一块香蕉皮，因为他已经吃到他要的那部分了”。倒是“你应该好好想一想你作为一个人一个女人四十岁之后怎么过更有意义”。她就回到老家，去城里给人做起了保姆，名声很大，“家政圈里都知道一个叫云嫂的女人”。男人因经常“碰瓷”骗钱，她也不待见，只能在村里空守那瓦房。她在城里租了房子住，偶尔回村里住一晚上，“他也许嫌她身上脏了，她也许因为觉得他嫌她身上脏了”。在黑暗中，直到一方发出轻微的鼾声，另一方也只好安身入睡。初月是老二，嫁给了阴阳先生王阳冥。几年以后，也到医院做了结扎手术。王阳冥拖着一辆两轮板车把她拉回来，“初月躺在板车上，大花被从头捂到脚，一动不动像个死人”。但很快她就恢复了精气神，穿戴阔气，一身金器，“脸上做过修饰，文了眉毛，绣了眼线，假发也像真的一样，整个人散发出一股城乡结合部的时髦气息”。越年龄大越要打扮，“把自己弄得花里胡哨像个野鸡”。可惜王阳冥命短，得了癌症时间不长就去世了。世人眼里的恩爱夫妻当然痛苦不已，“好长一段时间的辗转难眠，夜晚哭哭睡睡，睡睡哭哭”。可是刚过了七七四十九天，“谁也没有想到初月还会再嫁”。2016 年初，两个儿媳正好赶上二胎政策，已经都怀上了第二个孩子，可谁也阻挡不住初月再嫁的决心。她先是和一驴友退休干部相好，但“退休干部这方面比较节制，推崇养生做法，晚上就只做一次，不管她是不是还在兴致中，白天正襟危坐决不调情，私底下也不说淫话”，更可恶的是他儿子说她骗他们的财产不同意结婚，她觉得受了最大的侮辱，不干了，又很快相中了一个和她年纪不相上下的四川男人冯明德。结婚后，这四川男人很能干，不仅养王八、小龙虾和蛙，而且餐馆开得越来越大，阎鹰加盟入股兼当厨师，初云也抹桌子洗碗兼掌瓢。他日夜感谢“初月是世界上最好的女人”，给了他“一次新的生命”。初冰是老三，1986 年嫁给在镇上开照相馆的一条腿安假肢的退伍军人戴新月。小录像厅里看毛片多了，初冰做爱的天赋极高，“很会制造情趣”，“少数招式无师自通”，“更多的姿势”“她活学活用，让独腿丈夫倍感欢愉”。“她的丈夫喜欢双手枕头，看着她在他身上胡来”。新世纪开端后婚纱摄影火爆，即将结婚的新人来他们这儿照婚纱照的特多，因为“她还悄悄给准新娘传授房中术，教她们怎么让自己的男人身心舒畅”。戴新月因“处女癖”惹怒了镇上的黑社会，当然也惹怒了初冰。她一气之下去了南方发展，在广州老鼠街租上门市卖包包和旅行箱。儿子二十出头成了老家镇上的“戴爷”，谁还敢再“血洗婚纱楼”？正处“四十岁前挺后突分外妖娆”的初月，不想再走母亲的老路了，怕“擅自取环涉及政策法规问题”，“找了一家私人小诊所，环取出一半，另一半断在里面，大出血后转向大医院”，“为此付出了很大的代价，吃尽了苦头，切掉子宫侥幸保住了命”。从此“她与她的子宫天各一方”，成了一个“没有子宫的女人”。空空荡荡的。她都“觉得自己不是女人了，也不是男人，不是人类，而是一个怪物”，只好无奈地回到老家镇上，与丈夫戴新月过着寡情平淡的日子。初雪是老四，2003 年，三十三岁的她在上海博士毕业留校任教。但留校的第三个月，她突然发现自己怀孕了。对方是一位四十出头有家室的文化学者夏先生。由于“非典”的原因，七个月后才又见面，说起孩子的事，他不希望她“被这些小事绊住”。她对他的这唯一面对面的一次仓促交谈表示充分理解，“她承认是自己的责任，子宫长在她身上，而不是男人那儿，她自己应该保护好子宫的安全，没有道理让他来承担子宫的责任，因为他的本意是令她快乐或彼此愉悦，错误在于她是子宫的携带者，却没将其保护好。”她独自去医院拿掉了孩子，带着空空荡荡的身体飘进校园，悲中叹息，随即修正了自己的生活观：“如果爱和痛不能割离，她情愿不爱，因为痛比爱更深刻更漫长。”一年之后，没有婚礼，甚至连婚戒都没戴热就摘下来，她随便嫁了一个人，做了一件只有少女才会做的蠢事，幻想嫁个人会改变局面，结果弄得更糟。她很快就离了，将全身心投入教育事业，三十八岁那年和一个小两岁的财经主笔结了婚，感情稳定，“但她一直没有怀孕。她暗自将这视为报应。”四十二岁了仍然没有生育，面对亲戚朋友推荐的不孕不育名医、草药偏方和观音庙，“她和财经丈夫一概谢过，他们决定做丁克夫妻”。但他们的婚姻却因为她不能生育出现了裂痕，财经丈夫让她蒙在鼓里，撒谎欺骗，“小花在母花肚子里开了四个月了”，才和她摊牌。她以其女人的智慧精心策划了一场阴谋，虽未真正实施，可已经拖垮了财经丈夫和那朵母花的心智。最后以财经丈夫与她和好如初而告终。初玉是老五，在北京当医生，讨厌生育。“她早就态度明确，自己不会生育，她没有任何生理问题，就是不想把时间浪费在保姆似的琐碎事情上面”。第一次恋爱就因为男方要生孩子而失败。她曾经和一位金融师鬼迷心窍误入了爱情。但金融师认为她没有女人味，缺乏母性。“两人运用图书馆的知识展开了一场尖锐刻薄的唇枪舌剑”后，分道扬镳。谁知道她会在漫漫人海中遇见老家里出来的“海龟医生”朱皓，并且一见钟情。她带着他回老家处理初秀肚子里的孩子该怎么办，村里传言“一对仇家结成亲家”。她一直“蒙在鼓里”，他却留下来把父母被毒蘑菇害死之事了解了个水落石出。老家农场分别之后那场爱情无声终结。一日她洗澡忘记解奶奶给她的玉扣而打碎。与此同时，他也在高速公路上出车祸，车里五人全亡而他独幸免。车祸一周后，他出现在她面前，并拿出一本日记本说：“过去的一年他活在日记里。”但他想通了，“她是无辜的，前辈的冤仇，我要用爱来化解”。不久，厌恶生育的初医生怀孕了。“她脑子里满是育龄妇女、产妇、哺乳、坐月子，她看见正在形成自己鄙视的雌性动物。”

第四代女人初秀还是一个十六岁的少女，未婚先孕，成为初家上下共同的焦虑。从四面八方归来的初家女儿共聚故土，经过漫长而激烈的讨论，终是未果。最后以自己独立做引产而告终。她告诉初玉说：“初医生你放心，我根本不会隐瞒什么，胆战心惊地等着别人对我挑肥拣瘦，十六岁谈了恋爱，做了一次引产，这就是我，只要我坦然面对，自己不看轻自己，别人怎么样无所谓。”仿佛又一个初玉，而初玉却不得不承认自己被自己打败了。

老子在《道德经》里说：“吾所以有大患者，为吾有身。”身体永远与历史和现实有着不可言说的秘密关系，正如苏珊·桑塔格那本著名的书之书名所言，《疾病的隐喻》。盛可以这部小说让我震惊的地方，就在于她发现了“疾病的隐喻”里暗藏着复杂的意识形态，有着超越病理学的文学阐释和广义的精神书写。她一直以来，以不同于其他70后女作家沉溺于“小叙事”“私写作”和“日常生活”的琐碎，而是致力于对女性婚姻、爱情、家庭和欲望中“性”之“道德”的深挖细研，以敏锐的艺术触觉和鲜明的女性意识，书写着现实世界中人与人之间的隔膜，人之脆弱、阴暗、自私、虚伪的本性与弱点，在更为隐秘的层面上凸显女性在物欲时代极为艰难的生存景象。《息壤》则更为自觉地把女人的身体放在“历史意识”和“现实感”中进行考古式的发掘和详细叙写，从历史与现实生活的日常角度，对女人的身体进行深度解读，力求对当代人以及后世对“人之身”有清醒的认知和重要的精神启迪。未来的人工智能、大数据、互联网，可能会让我们与身体的距离越来越远。人类一旦与身体、感官、精神和真实环境越来越疏离，很可能就会感觉孤单、迷失方向。因为人已失去了其生命最本真、最真实的形态。身体注定是一种与历史、民族、此时、现实、俗世、经验有关的尘俗性质，当然需要物质与精神的超越。但是，任何物质与精神的超越，都不能和身体自身无关，不能因超越而无视真实的身体感觉和诚实的生命存在。身体只有穿越身体而不能单方面地以“告别”和“离开”的方式绕过身体。这种绕过身体的物质化与精神化的硬性超越与感觉强奸，都是虚妄而不人道、反人性的超越。人一旦与身体失去联系，日子就肯定无法过得开心。只要人在自己的身体里感觉不自在，人在这个世界上就不可能自在，这个世界也就肯定不自在。所以，我们必须学会寻找和捍卫人之生命最本真、最自在的形态。

三

《息壤》震惊于我的，还在于它对多重视角、多种角度叙写手法的娴熟运用。在这个类似过去的家族小说的写作中，盛可以不再是按时间顺序与历史发展的框架中对一代人一代人展开叙写，而是把整部长篇小说放在初云上北京找初玉要“复通输卵管”和十六岁少女初秀未婚先孕五个姑姑从各地回到故土商量怎么办这两个现在时的框架中，通过多种角度和多重人物视角，展开书写这个大家族的复杂生活故事与人性细节，展开对四代人八个女性生活史、生命史与身体史扎实而缜密、真实而灵动的宏大书写。

喜欢一部小说，既要从精神层面进行整体宏观阅读，也要从小说的物质属性层面进行物理性的拆解阅读。仿佛在吃一颗美味的坚果，先从外观细微品鉴，然后砸碎、抠挖、揉烂，放在嘴里咀嚼，最后反刍回味，这样才能充分体验自然果实给人无尽的物质与精神享受。潜入《息壤》的文本内部，打开它的故事胸腔，你会发现它如活泼杂乱的现实世界一样充满众声喧哗。不仅有许多令人惊异的小说中各种人物自身的杂语、观点和道理，抒发着他们各自对生活的感悟、牢骚、唠叨和颇有哲理的思考之言，而且有着无数人的目光与视野，关注着初家大院里的流言蜚语，关注着自身的利益、欲望、精神与生理反应，关注着世事的发展与变迁，有准备的，无预测的，仓促的，缓慢的，迅捷的，变幻的，温水煮青蛙无感应的，急刹车都招架不住的车祸式的，一股脑儿地从时间的四面八方涌来，汇聚为历史与现实生活的本质图景与生存真相。第 1 节先用初家大女儿初云的视角、母亲吴爱香的视角和众人的视角，透露出初家过去与现在、来路与去向。第 2 节直接扑向现实生活，到了北京后大女儿初云与小女儿初玉视角的交汇、混用，又透露出了初家几个女人被上环、结扎的身体秘密故事。第 3 节，初安运的死、戚方慈的死，都是戚家的大事。女儿女婿，还有弱智的初来宝和同样是弱智的赖美丽都要登场。戚方慈的视角，王阳冥的视角，吴爱香的视角，初月、初冰的视角，初来宝的视角，赖美丽的视角，当然还有村里众人偷窥的视角，时而交叉，时而混合，共同演绎着初家三代人的故事。第 4 节重点是吴爱香的视角在讲她的身体秘密。第 5 节重点是初云的视角在讲她与母亲、婆婆和阎真清的生活史与生命故事。第 6 节重点是初冰的视角，讲她与戴新月在新月影楼的生活俗事。第 7 节，初来宝尽管是弱智儿，但作为初家唯一男根，也要粉墨登场，演绎他和赖美丽的低级庸俗。初雪第 3 节中露了一下面，也该初露锋芒了，她与弟弟、弟媳自然形成了对立。第 8 节继续初云与初月在北京的现在时故事。第 9 节当然要重点通过初云、阎真清的视角来讲他们的身体故事了。第 10 节第四代女人初秀也要以自己的视角讲自己的故事。第 11 节初雪要正式讲她三十三岁以后的复杂婚姻故事。第 12 节，老家初秀十六岁未婚先孕的大事，村里众人都看不下去了，初家五个姑娘只好从外地赶回家，共商大计，当然是她们五个的视角混用，但同时也不忘以初玉的视角讲她与几个男人的故事。第 13 节见缝插针，以初雪的视角讲她与财经丈夫、婚外情、婚外女人智斗的故事。第 14 节补叙初冰眼中南方大出血、切掉子宫，侥幸保命的身体苦楚与精神破败。第 15 节补叙王阳冥死后，初月两次找男人，幸福再婚的欲望隐秘。第 16 节不能不管老大初云了，以她的视角讲她在城市当保姆的风光与阎真清以“碰瓷”诈钱的窘境，还有他们互不信任与看好的情欲秘密。第 17 节，关于初秀事件的全家大讨论也该结束了，初玉以自己的视角讲了她与朱皓“前辈冤仇，用爱化解”的生活冒险传奇，也是对初秀人物性格与生命风貌形成一个历史性的基因支撑，形成对初秀这个最小字辈女人生命故事的丰富与提升。第 18 节，初家的大戏该谢幕了，交代小说中的初家老村名为“槐花堤”，细心的读者会发现和盛可以写这部小说的所在地“湖南，槐花堤村”一样，强化了真实性，又回到吴爱香病逝葬礼的场景，以众人的视角一一交代了初家五个女儿各自的现况与结局。大幕拉上了，影片结束的片尾字幕缓缓飘上来，初月与初云的对话还余音未了：初玉也生了，是个女儿，到她们那一代子宫应该不再有什么负担了，那也说不准。

叙事比故事更重要，但叙事找对视角比叙事更重要。视角也称焦聚、观察点、视点，也就是作者讲故事时的感知方式和视觉角度。关于叙事视角，弗里德曼归纳为八种类型，即编辑性全知、中性的全知、第一人称见证人叙述、第一人称主人公叙述、多重选择性的全知、选择性的全知、摄像方式、戏剧方式。皮克林则认为有四种，即第三人称全知叙事角、第三人称限制叙事、第一人称叙事视角和戏剧、客观叙事视角。热奈特说分零聚焦或无聚焦、内聚焦（包括固定式内聚焦、转换式内聚焦、多重式内聚焦）、外聚焦三种叙事视角。北大教授申丹在《叙述学与小说文体学研究》中综合众多国外专家研究结果之优劣，把叙事视角分为四种，即零视角（无限制型视角）、内视角、第一人称外视角、第三人称外视角。这些叙述人称、叙事眼光、叙事声音、观察角度、视野或聚焦的理论研究，大大丰富了现代小说的叙事魅力，特别是限制性视角和多视角的运用，使小说出现一种可以通过变更叙述者限制性视角来多角度、多层次呈现故事与生活的叙事方法，更准确、生动地呈现出了小说中各种人物的可靠性和真实性，同时也让读者参与了叙述者可信度的甄别和作品意义的解读。《息壤》为何给人的感觉不像过去的家族小说笨重、生硬和漫长，就在于盛可以对限制性多种叙述视角的娴熟混合运用。她将多种视角混合在一起，形成了多层叙事、多个叙述者嵌套在一起，从而表明时间，将事实变成历史，历史又变成传奇，传奇变成故事，最后这些都融合于现在时状态的“现实主义”的本质叙事形态。

《息壤》从头到尾的所有人物对话都不用冒号和引号，而用不同字形显示出来，并且不用逗号，只有人物说话呼吸间的自然停动，加之湖南益阳一些地方性特色明显方言的穿插使用，都有力、准确、活泼、生动地强化了小说的可信度和生活的真实性。

再者，不能不说《息壤》语言比喻句的大量使用。盛可以迷恋比喻句，喜欢在小说中大量使用。她说：“我是一个酷爱使用比喻的人。我一直认为小说中没有比喻，像男人没有屁股一样无趣，像街道没有咖啡馆一样无聊。”《息壤》中有无数个贴心贴肺的比喻句，或者连串的比喻，移情、通感式的妙喻，突破了传统语言规范和当代主流语言模式，超越了日常语言方式和流行语言潮流，大大增加了读者阅读小说的美感与诧异感。比如第9节写初云在城市当保姆，唯一一次在村里和阎真清过夜生活时，作家写道："那晚两个人最终并排躺在床上，中间一道一尺来宽的楚河汉界，他没有出动卒子，她也没出兵，都在自己的地盘上挪动棋步，明明炮可以隔山打牛却按住不动，车可以长驱直入偏偏停滞不前，让蹩脚马跳来跳去。他也许嫌她身上脏了，她也许因为觉得他嫌她身上脏了。这盘棋在黑暗中一直下到深夜，双方均未折损一兵一将，胜负难定，直到一方发出轻微的鼾声，另一方也做出和棋的举动。"象征与隐喻的张力，在语言的字里行间绽开、剥蚀、扩张，"隐微写作"呈现出了"春秋笔法"的无法言语的意义。这种触及生命的最微观也是最敏感的文学魅力，让你体悟到了无意义也是最深远的意义的美妙之感。

总之，《息壤》已经充分显示出了70后女作家盛可以在小说题材、剖析人性、关注女性命运和个性化叙事语言等方面的风格特征。这些个性化小说识别度，越来越凸显盛可以小说独特的审美意蕴和艺术魅力。

2018年10月26日

作家创作大讲堂

作品中人物命运与时代社会意义

〔荷兰〕林　湄

谈这个讲题，我想先提及什么是文学。

20世纪80年代初，中国文学界人士开始引用高尔基之说“文学即人学”。高尔基点出了文学的核心问题。文学作品叙述的对象是人，即人在社会生存中的际遇与命运，反映他们的痛苦与快乐、失望与渴望以及所思所想所求。一句话，文学是表现人存在状况与内心情感动态的一门艺术。那么，人是怎么回事呢？

三年前，我在长篇小说《天外》自序“人是宇宙最奇特奥秘的杰作”里，引用了《创世记·拉巴》篇14章的话：“人跟动物一样，要吃、喝、生育，直至死亡。他们也和天使相似，能直立行走，会说话、思考、理解和见识——上帝依照他的形象和特点创造人类，从形体上看人类与天使没有什么区别，又与动物一样，能吃喝和生育。”客观地说，人是地球上生物群中的“另类”，因为人除了具有动物生命所需求的食物、安全感和生理满足外，还有看不见的灵性生命的存在，如智性、感悟、信仰、行使意志和创造物质世界的能力。因而，人比动物奇特奥秘，更为错综复杂，既有物欲的需求也需要精神“粮食”。著名美术家丰子恺以“人生三层楼”，精确分析人类在出生—存在—死亡过程中的本真追逐：“一是物质生活，二是精神生活，三是灵魂生活。”“物质生活就是衣食与住所。精神生活指的是文艺与学术。灵魂生活就是宗教。‘人生’就是这样一个三层楼。”

人存活于世首先得有物质条件，缺乏物质供养，人会死。为了创造物质环境，人像中国文字的象形喻示，即“人”字里的两撇，意为人与人之间必须相互依靠才能共存。事实证明，人在现实生活中遇到的一切问题，均需要人与人彼此间的互助互动互爱才能解决。生活在不同人群里，经实践与经验到懂得辨认、思索和追求，再创立政治、经济、律法、教育等，用西人马可·奥勒利乌斯（121—180）的话说，“我们的生活，是我们的思想塑造的。”

言下之意，人的思想塑造了生活，生活的具象是社会，社会又是“形而上”与“形而下”的综合载体。随着世界的变化，尤其21世纪科技与信息突飞猛进的发展，社会日益趋向多元与复杂化，加上任何事物的发展与变化均是相辅相成的辩证关系，即“思想”影响了社会；反之，生存的社会状况与环境，又影响着人的性情和思想。

此外，虽说都是人，肉体感官功能大同小异，灵性里的思想、文化、习俗却不一样，因每人的生存态度、形式、理想、要求不同，如同丰子恺“人生三层楼”的意向：有人认为人生的快乐就是过荣华富贵、享受饫甘餍肥的物质生活；有人对物质生活要求不高，更钟情于自己的兴趣爱好和信念，文学艺术学术界的知识分子多属这一类；也有些人不满足于物质与精神生活的享受，喜欢追寻宇宙的根本，探究生命的本原、人生的意义或真谛，这类人多是宗教人士。可见，同样处在相同的外来影响和客观的生存环境，因人的志向与追求不同，脚走的路与命运也不会一样。

在我的青少年求学阶段，传记读物在社会上具有较大的魅力，因为它们均对公众或社会具有特殊的贡献和意义。对于心境如一片净土的未成年人来说，看到和读到的多是“赵一曼”“董存瑞”“卓娅与舒拉的故事”等英雄人物故事后，自然觉得为义舍命者就是英雄。英雄是受千百万人民爱戴与敬仰。哦，真是个大“诱惑”！事实证明，英雄人物的生动形象具有奇特的感召力外，还容易让年轻人模仿、学习与仿效。

再长大点，看《钢铁是怎样炼成的》，从奥斯特洛夫斯基的命运里，意识到人活着不是单单满足于衣食住行，或像畜生似的庸庸俗俗活它一辈子。人成年后除求知向善外，还应该对社会、家庭富有责任感，让生命充满价值与意义。随后又看了《少年维特之烦恼》，于是，当恋爱不顺利或遇到麻烦时，竟然联想到小说里主人公维特的烦恼和处境。简单地说，不同的年龄段对文学作品中的人物命运的解读和理解均不相同，但有一点是一样的，这就是优秀的文学艺术具有其他艺术无法比拟的作用——音乐悦耳怡心、画作提供视角空间艺术、雕塑引人回忆与遐想，只有文学作品里生动鲜活的人物形象，容易令人刻骨铭心，难以忘怀。

进入社会后，无论任七十二行中的任何一种职务，生活规律基本如下：白天离开家门就得面对政治、经济、法律、工作上的诸多问题，晚上回家又有爱情、婚姻、家庭等大大小小待处理的琐事。

生活在如此丰富多彩的现实生活里，文人墨士、才子佳人若看到或听到预想不到的奇事奇闻，或处于复杂易变的处境，有顺利有麻烦、有快乐有哀伤的时候，容易引发情感的激荡，进而借文字与艺术书写表达内心的感触与愿望。由此可知，文学艺术是现实社会生活在作者心灵的投影，加上作者自己的人生经历、领悟与追求，筛选了题材，创作成文学艺术。

值得谈及的是，世界虽丰富多彩、社会多元有序，但人心之难测，事物有虚实，判断有真假，眼见有限、耳闻易偏，作者取舍创作的素材与书写能力等智能有别，出现文学艺术作品内容与技巧的雅俗和成败之多样性，是正常的现象。何况一样米百样人，“萝卜青菜，各有所爱”。然而，必须承认，因“美”与“完善”是静的，时间是动的，所以“美”与“完善”是不可能依赖时间继续全面整体的存在，何况战争和自然灾害能破坏记忆，诸多传统在有限的记忆里也容易被遗忘，有些“珍品”尽管某一段时间内会像雪球一样，越滚越大，但最终呈现的还是一摊水，既为水，随处可去，无人珍惜或保存。因而，能依赖时间共存的精华毕竟是少数，从现存世界各地的图书馆和博物馆内，我们可见一斑。

得以传承于历史文化的精华不是物质的就是“形而上”产品，只因物是受思想支配的，故对现实社会而言，“形而上”价值取向的意义大小更为关键。照胡适的话，“社会是有机的组织，既‘小我’融于‘大我’之中的社会不朽。”即是《左传》提示“立德、立功、立言”之意。同样道理，作为社会缩影的文学作品里的人物形象，若具有鲜明性、代表性的人物命运，大抵如鲁迅所述“艺术上和实践上的宝玉，其中随在皆是，不但泰茄的景色、夜袭的情景，非身历不能描写，即开枪和调马之术，也都是得于实际的经验，绝非纪想的文人所著笔的”（《毁灭·后记》）。自然也具有时代社会的意义，从而得以流传。

回顾中国文学史，先秦两汉时期，“小说”一直被视为不登大雅之堂的末流。东汉班固也同样轻视小说，他说：“小说家者流，盖出于稗官。街谈巷语，道听途说者之所造也。”（《汉书·艺文志·诸子略》）确实，当时出现的《吴越春秋》即是借史书的故事加以叙述、刻画和塑造的人物形象，也就是说，《吴越春秋》无意中成了小说的雏形。魏晋以后社会更加动乱，人民对黑暗社会的不满和对理想生活的追求，便吸收了古代神话、传说和历史故事中的优良传统，渐渐脱离“史传”，并植入现实生活的新内容，运用鬼神、灵异和美丽的梦幻达到扬善抑恶的目的，创作出《神异经》《搜神记》等“志怪”和“志人”小说。

时间因生命的存在才有概念。它创造了历史，历史又衔接着社会。社会是由人组成的，人类一代来一代去，加上人性离不开善恶，善恶又影响着社会，生存于现实社会的人们，为了存活，或为着满足自己的私欲如权力、皇位、财色、土地等，人与人之间的关系容易产生争执、侵犯、掠夺甚至大规模的战争。看看人类史，欲望、争斗、战争从来没有离开过人类。

希伯来的先祖早在《圣经》里就记载当亚当吃了禁果后，地球上从此就离不开“国攻国，人打人”的现象。在此现实里，社会自诡异，人物必繁杂，何况人类生存的时空、地理位置、历史文化背景和存活的方式方法不可能状况相同、模式一样。作为反映社会生活的优秀文学艺术，其人物性格与命运无论如何丰富多彩、栩栩如生，均与时代社会的气息，息息相关。

在此以历史小说《三国演义》为例。魏晋以后，虽然出现了别具风格的“志怪”“志人”小说，如刘义庆的《世说新语》等，但因社会动乱依旧，统治阶级的内部矛盾，政治上的钩心斗角，历史演义中出现的英雄传奇故事也就有增无减，加上文士官吏喜欢挥尘清谈，如陈寿根据东汉末年魏、蜀、吴三国的兴衰史实写成《三国志》。书中的曹操原是一位历史上的杰出政治家、军事家、文学家，但南北朝时，裴松之为陈寿《三国志》作注时，加添了许多稗史轶闻和民间传说，于是，作为艺术形象的曹操，便不同于历史上的曹操了。关于这点，一如鲁迅在《书信》里所写，“艺术的真实非即历史上的真实，我们是听到过的，因为后者须有其事，而创作可以缀合、抒写，只要逼真，不必实有其事也。然而，他所据以缀合、抒写者，何一非社会上的存在，从这些目前的人、事，加以推断，使之发展下去，这便好像预言，因为后来此人、此事。确也正如所写。”

据史料记载，《三国志》经后人数次修誊与刊印，最终由罗贯中结合自己的生活经验，写成这部中国四大名著之一的长篇历史演义小说。“现存最早的《三国演义》是明弘治甲寅（1494）序，嘉靖壬午（1522）刊印的《三国志通俗演义》本。此书分 24 卷，每卷 10 则，题‘晋平阳侯陈寿史传，后学罗贯中编次’。”

《三国演义》全书共有四百多人，其中几个主要人物，可以说，凡上过几年学堂的人，无不知晓，足见其影响力之大、之广、之深。

先说刘备，他实非嫡系，只属“汉室宗室”，因具有“龙种”面相，才被“准许”出面重整汉室乾坤。刘备虽然知道自己“天生不足”，但为了实现“王道”“仁政”的政治理想，不愿乘刘表病危取荆州做安身之地。他忠厚仁义、奉行礼贤下士，当阳撤退时，他“携民渡江”，在危急之际，不抛弃百姓逃跑，与人民休戚与共的品格，正是取得人民“拥刘反曹”的重要因素之一。此外，他知人善任，尤其“三顾茅庐”感动了诸葛亮，令诸葛亮终身为蜀汉建立了巨大的功绩。可想而知，刘备的长处影响了他的命运，命运让他心想事成，登上皇帝的宝座。国家有了“仁君仁政”，社会不再动乱，人民才能安居乐业。

再说曹操，品性完全与刘备不同，许劭对其评语一言而概之，“子治世之能臣，乱世之奸雄”。曹操为夺取权力实现北方统一的理想，不择手段，张言“宁教我负天下人，休教天下人负我”，流露出极端损人利己的思想。

他以怨报德，残忍地杀害吕伯奢一家。行事为人奸诈残忍，且善于玩弄权术、口是心非，甚至欺世盗名，独断专横。但他处事有远见，政治上，讨伐董卓有功，用兵唯才是任；军事上，深通兵法，在官渡之战，以少胜多击败袁绍；尚擅长韬略，在攻打濮阳时险些被吕布活捉，因沉着应变而转危为安，最终在马陵山中大败吕布。可惜最终还是败给了刘备。从曹操结局的命运看，后人大抵可以想象，一个人纵然具“命世之才”“雄才大略”，若品性残暴、自私、虚伪与专横，终究难成霸业。

小说中还有个重要人物诸葛亮。其“经天纬地”之才、鞠躬尽瘁的“忠贞”，世代难寻的“贤相”，罗贯中为社会创立了一位竭忠尽智、死而后已的榜样，也是历代以来读者刻骨铭心的偶像。

试想想，若不是封建社会不同利益集团间在政治上矛盾重重、危机四伏；于行政中“狼心狗行之辈，滚滚当朝；奴颜卑膝之徒，纷纷秉政”；军事上各地军阀在镇压农民起义过程中、趁分裂混乱时相互呐喊厮杀，造成田园荒芜、饿殍遍野、兵民白骨如山。那么，以上三人，尽管秉性、才华、智谋、能力、命运不同，又何必投身于没有把握、残酷无情的厮杀战场呢？由此可见，从个体命运中反映时代社会的真相和脉络，后人在前人的社会实践里取得经验教训，去之糟粕，吸之精华，令社会日渐昌盛，人类日益文明，才是作者创作的意图和《三国演义》的价值与意义。

有人觉得《三国演义》单是战争场面就写了四十多次。人在战场上的思想、意识、心理、情感是不同寻常的。寻常人的烦恼愁苦多体现在日常生活的琐碎里，不是柴米油盐、衣食住行的问题，就是内心忧郁、困憾、费解、软弱、无助和无奈，还有说不清理还乱的私情、人情与世情等。幸好清代才子曹雪芹为“破一时之闷，醒同人之目”创作出一反传统文学意念的《红楼梦》，他以“情”为主线书写堂堂须眉和纤纤女子，通过追求自由平等真挚纯洁的爱情故事，相悖于封建礼教。难怪脂批亦以“情”论事，称贾宝玉为“情不情”或“情哥哥”（意为对一切无情之物皆有情），林黛玉为“情情”（对一切有情者皆有情之意）。可见曹雪芹的《红楼梦》不同于《三国演义》以官渡之战、赤壁之战等大战役为主轴，反映魏、蜀、吴三国之间的群雄角逐过程。只因三国将相体现的智商、情商和各路英雄之性格素养不同，造成不同的命运与结局。曹雪芹笔下的大观园实质就是一个小小的世界，宏观上有政、经、法、宗、道等统管，微观有爱情、婚姻、家庭、伦理、宗教、土地事务以及各类人物、各项工种等问题。

尽管《红楼梦》写的是封建政治礼教法规社会里，贾、史、王、薛四大封建家族的衰落史，但曹雪芹真正想在作品中表现的还是人的魅力。人的命运源于性格的复杂、多彩和奥妙，书中的主奴、亲情、兄弟姐妹或上下辈分，因身份有尊卑差异，呈现各式各样的人际关系，但均与“情”字相关。情感波动的强弱与大小，决定了语气、字意、表情、动作、欲望和好恶，可流露真挚、深厚、清纯和任性，也可表露虚伪、嫉妒、污浊等不同的情绪。只是，四大家族无论处于荣华富贵还是走向衰亡时期，统治者均是仗势倚财、春风得意，对外人要求遵从礼制法规、伦理道德，自己和皇亲贵官则“锦衣纨绔”“饫甘餍肥”，处处呈现骄奢淫逸的迂腐生活，吃螃蟹一顿需花二十多两银子。贾赦看中贾母屋里的鸳鸯，想娶她为妾，鸳鸯不从，贾赦威胁道“凭她嫁到谁家，也难出我手，除非她死了！”鸳鸯表示“我一刀子抹死，也不从命！”贾母便花钱买了个十几岁的丫头给贾赦做妾。

势利者更是看人办事，枉法胡为的例子并不少，如薛蟠打死冯渊的人命案，官府贾雨村知道薛家财势等同金陵之霸后，怕触犯他自身难保，只好让薛犯花上几个钱，就不了了之。连管家王熙凤都仗势欺人，昧着良心处事，当鲍二媳妇上吊死了，娘家亲戚要上告时，林之孝威吓并重，多给了几个钱劝退。凤姐见之，不但不愿给钱，还震吓道“告不成，倒问他个以尸讹诈！”

为了存活，穷人不得不低声下气、趋炎附势，最典型的例子就是刘姥姥进大观园。寡妇刘姥姥原本是个“守着多大的碗儿吃多大饭”的老实人，只因女婿“有了钱就顾头不顾尾，没了钱就瞎生气”，女儿又不敢顶撞他。刘姥姥穷则思变，想到女婿王成祖上是个小小的京官，主动与凤姐之祖王夫人有财有势的父亲连了宗。无奈他们已二十多年没有往来，眼看无法过日子了，临时借王成是王夫人侄儿前往拜访，倒是王成儿子狗儿觉得“余者皆不知”的攀亲，才泼冷水似的说“只怕他们未必来理我们呢！”刘姥姥知道王夫人年纪大了越发“怜贫恤老”“斋僧布施”，坚持“谋事在人，成事在天，或许有些机会，也未可知”，决意起行。

到了荣国府大门前石狮子旁边，刘姥姥赔笑加巧言获得不理她的看门人允许才从后门进屋。幸好得到小孩子的指点找到周瑞家，周瑞家见其言行“已猜着几分来意”，但因自己丈夫“昔年争买田地，多得狗儿父亲之力”，才“破个例”，替她给凤姐“通个信儿”。

凤姐是位十八九岁的管家，已获得王夫人口谕“今日不得闲儿，二奶奶陪着也是一样”，所以凤姐见到刘姥姥时“也不接茶，也不抬头，只管拨那灰”。刘姥姥多次提及来探望姑太太姑奶奶，凤姐插道：“不必说了，我知道了。”刘姥姥“先红了脸，待要不说，今日所为何来？”只好勉强说了来意。刚开口几句，见凤姐美服华冠、轻裘宝带的侄儿贾蓉闯入，加上凤姐即对刘姥姥“不必说了”，刘姥姥才坐立不是、扭扭捏捏在炕沿儿上侧身坐下。

待贾蓉离去，趁刘姥姥晚餐时，凤姐又向周瑞家询问连宗的虚实，知道真情后冷笑道“怪道既是一家子，我怎么连影儿也不知道”。幸好周瑞家道“如今来瞧我们，也是她的好意”。凤姐这才对刘姥姥诉说：“荣府外面看着，虽是烈烈轰轰，不知大有大的难处，说给人也未必信。你既大远的来了，又是头一遭儿和我张个口，怎叫你空回去呢？可巧昨儿太太给我的丫头们作衣裳的二十两银子还没动呢，你不嫌少，先拿了去吧。”刘姥姥听其诉苦，先想没盼头了，后听给她二十两银子，“喜得眉开眼笑道：我们也知道艰难的，但俗话说‘瘦死的骆驼比马还大呢’”。临走前，刘姥姥要留一块银子给周瑞家，周瑞家那儿放在眼里，执意不收。

叙述逼真如实的场合与人物的言行举止，不但具传神美且意味深长，刘姥姥一面怀着“王府虽升了官儿，只怕二姑太太还认得咱们，为什么不走动走动？或者她还念旧，有些好处也未可知”的试探心情，另一方面又担心那门上人不肯进去告知，不就“白打嘴现世的！”见到凤姐后，刘姥姥与她接触对话时，凤姐不但轻视之还多次故意揶揄她，老人只得绞尽脑汁、想方设法应付，将被其讥笑的狼狈处境转化为在场者嘲笑的话柄。刘姥姥最终虽然得到了资助，一家人过冬不成问题了。然而，我们从大观园上等下等人的命运里，除了意识到封建社会或家族内部尔虞我诈、穷人却为存活无奈地苟且求得之外，还看到权贵们如何在奢侈庸俗、奸诈荒淫与仁义恭信、礼德宽惠之间耍把戏，达到统治天下的目的。

此外，曹雪芹笔下的人物既以“情”为主线相悖封建礼教，追求自由平等幸福的生活，自然离不开与“情”相关的爱情、婚恋、嫁娶等问题。在《红楼梦》之前描写爱情的文学作品，如《梁山伯与祝英台》《西厢记》《牡丹亭》等，或一见钟情，或为突破“男女授受不亲”之大妨的约束，以“偷香窃玉”“暗约私奔”的方式方法，达到男欢女爱的目的。《红楼梦》则不同，书中男女老少有数百位，其中最令人难忘、刻骨铭心的就是贾宝玉与林黛玉。

贾宝玉和林黛玉在成长时期就常有机会接触，经长期相互了解，性格爱好投合，思想倾向志同道合，进而相互产生爱慕、渴望美好幸福的生活。不料贾府的繁华昌盛日益衰退，时逢管家凤姐健康欠佳，贾母贾政为挽回家道衰落的处境，需要像薛宝钗那样健康、能干、性情温和、处世明理的后辈接管凤姐的工作。为了维护封建家族的利益，不顾贾宝玉与林黛玉的意愿和感受，迫使贾宝玉和薛宝钗成婚。富有理想和追求真挚纯洁爱情的贾宝玉和林黛玉，又不愿向礼教屈服或苟且偷生，自然不会有好结果。

也许有人认为林黛玉的命运是“性格”决定的。然而性格与家渊也有关系，确实，林黛玉性情多少带有身世的烙印，她父母早逝，寄人篱下，体弱多病，厌恶污浊社会，但内心孤傲，个性倔强，不易入群，更不会为了某种利益去讨人喜欢或随意妥协，可说是性情中人。还有，她聪明、忠厚、博学、有才，凡事敏感，遇上喜欢的人痴心执着、纯朴真诚、温柔多情，遇到不上心的人则孤高自许，言语刻薄，“说出来的话，比刀子还尖”。用现代人的评说，林黛玉是个富有个性的女子，在封建权贵的掌控下不能自已时，不失心灵的高贵与纯洁。尽管外表柔弱，健康欠佳，内心依然持守“质本洁来还洁去，强于污淖陷渠沟”，为了自己的理想和自尊，不随意妥协、屈服，自信而有骨气，可以说是中国女性追求自由、平等、民主的启蒙者。可惜，在封建制度社会里，君权、家长制及传统腐朽的封建思想统治下，这对清纯可爱、天真聪慧的贾宝玉与林黛玉，逃不出权贵的手掌，不得不妥协，最终以本真的形象演出一局凄美旷世的时代悲剧：本已体弱的林黛玉在多愁感伤中病逝，贾宝玉最后以出家表示与其家庭出身阶级的决裂。

《红楼梦》之所以在文学史上具有划时代的意义，是曹雪芹“将中国古典小说的思想与艺术推上最高峰的伟大作家”。他真实、完整、深刻地书写他所生活的时代社会面貌，通过各式各样人的鲜活人生经历，反映权贵人士过着骄奢淫逸、得心应手的生活，而无权无势的普通人根本无法掌握自己的命运，他们在存活中遇到的屈辱或悲伤、无奈和失望，与封建社会制度的内外矛盾和权贵人士的腐败诡诈是息息相关的。《红楼梦》里的“女人国”，除了塑造典型环境、典型性格、典型人物的贾宝玉和林黛玉外，还创造了诸多不同身份在不同生存时空的际遇，如贾母、王夫人、秦可卿、王熙凤、薛宝钗、元妃、探春、晴雯、袭人、紫鹃、平儿等等。各人的命运、言行、举止与心志，经曹雪芹不见人工穿凿的痕迹，将人性反映得天然无饰，留给读者深刻的印象。还有，像贾宝玉、林黛玉、王熙凤、薛宝钗等人物形象，就是放在当下社会，感染读者情感的力度依然深远，“昔我往矣，杨柳依依，今我来思，雨雪霏霏”。仿佛如见其人，如闻其声，她们的音容笑貌、生存际遇，以及各人的心理活动、认知世情的态度、领会生命的智能、感悟存活的有限，与当下的读者没有太大的区别，甚至有感同身受的想法。

遗憾的是，有些人带着现代人的政治色彩和意愿来评述《红楼梦》，未免出现主观和偏激意识，如20世纪80年代初再版的《红楼梦》前言，说什么“由于作者的阶级地位、社会实践和当时历史条件的限制，虽深切体会到封建阶级的腐败和没落，却又为自己‘无材补天’而惋惜；虽然不满于封建主义的统治，却没有也不可能找到正确解决的出路。”“掺杂进虚空感伤的宿命论思想。”“书中塑造贾宝玉、林黛玉这样的人物，毕竟是豪门贵族的公子、小姐的思想。”“还有一些封建贵族丑恶不堪的糜烂生活的描写，对青少年有毒害作用，必须从认识上划清阶级界限。”

我之所以对以上评叙感到遗憾，也许出于自己也是写作者，能理解曹雪芹的选择，尚敬佩他富才气和个性的创作观。

当封建社会专制统治者给了人民价值的标准，加之在礼教规法、道德伦理的束缚下，像贾宝玉、林黛玉、冯渊、尤二姐、鸳鸯那样的小人物能怎样呢？哪里谈得上个人的理想与追求，不外一是遵命，靠自我的被动意识消化苦难；二是反抗，不是死就是坐牢。谁有本事告知会有更好的出路？至于“又是诅咒又是哀挽”“虚空感伤的宿命论思想”是古今中外、好人坏人均具有的人性中的正常情感，缺少这些情感的人，反成另类。还有什么“打上剥削阶级的烙印”“书中关于男女爱情有许多属于那个时代、那个阶级特有的病态表现”。总而言之，以上不是出于学术成见就是行外人的话。试想想，谁能更改人的本性？只有真善美，没有假丑恶？哪个时代哪个阶层没有“病态表现”“糜烂生活”的人呢？

文学艺术创作者不是医生、老师、社会工作者，或卖救世疗伤妙方的人。优秀的文学作品是超越政治、人性和不同观念的争端，首先，作者关注的是人在生存社会的际遇与命运，根据自己的才气与能力，竭力写好不同角度、不同层次的人与事，让人物与生活呈现完整的立体感。尤其是长篇小说，不像其他体裁可凭一时情感冲动而起笔，作者必须从局部预想大局，从细微的言行举止反映作为人丰富复杂又矛盾的内心情感与个性。通过不同的人在经历国事、家事、私事里，或片段或串联而成的故事情节中，体现个体命运与现实社会的真谛，使读者与文学作品里的人物产生互联互动的效应，一面看清封建政治的腐败，揭示社会专制剥夺作为人生而具有的自由平等权利，另一方面同情弱者的处境与命运，表彰他们不愿屈服权势展现的人性美。其二，人物的命运是离不开现实生活的人事关系和生存活动的环境的。曹雪芹在《红楼梦》叙述清代中期皇家权贵生活习惯和具体的场面与实景，大至节庆礼仪的风俗习惯与场景，小至日常生活中的消遣与娱乐活动，如玩牌捉棋、酬诗论词、说史斗智、灯会猜谜、评点厨艺，以及插花、品茶、看戏等，除描述不同人物不同的服装、首饰和言行，同时详细地记录了室内的摆设、家具以及日用品中的茶具、餐具、酒味等特色。总之，无论作者有意无意的描述，大观园内的“诸多”如同中国封建社会的一部“百科书”，为后人提供了清代封建社会和皇权生活的重要信息，从中了解那个时代的政治、经济与法规外，还能把握地认识当时的民俗、伦理、诗词学、房屋、日用品等设计。确切地说，《红楼梦》呈现的作品内容和人物形象具有画面感，让人容易衔接历史，从前人叙述的图像或文字里了解人类文化、历史的演变与发展状况，尤其是历史人物的际遇和悲欢离合的命运，即是人类存在、发展过程的凭证，使时间不成为空洞，人类的存在与活法也不至于逝水无痕。

曹雪芹的伟大之处就是为后世留下可贵的“记忆”，后人从历史的现实与经验中得取教训，扬善抑恶，让美善之“道”与时间同在，还可提供学术的参考价值，不至于在排演古代戏剧时出现当代道具的笑话。

总而言之，从《三国演义》武斗争霸为主的时代变革史实，到《红楼梦》以情为主轴家族由昌盛趋向衰亡过程展现家族成员的悲剧，我们看到了一道普遍的规律和现象，这就是无论什么时代，有兴就有败，有大战有内斗，有官宦有百姓；不管什么人群，有爱就有恨，有心计有情谊，有压制有叛逆。由此推想，当下是21世纪的地球村时代，科技与信息发展突飞猛进，比起数百年前《三国演义》《红楼梦》里的社会现实，今人的生存环境、物质条件、文明程度与生活利便，与古人相比简直不可同日而语。然而，以上所指多为物质条件，人贵在有精神的需求，那么精神或灵魂的状态如何呢？是否也比古人幸福快乐？高枕无忧了呢？恐怕不这么简单吧。

凡是人，从出生、存在到死亡的过程中，生命的本真就是终日愁烦劳碌，为的是三餐一宿，可惜，因人类天性贪婪又虚荣，内心永远难以满足。所以，即使衣食无忧、安康无事，仍然欲望无穷，喜欢追逐荣华富贵的物质生活，将幸福、情感和命运依附于权势和财富以及肉身的享乐，无法领会灵魂的富足和高贵，才是人生美好的依附和归宿。这就说明了人性的贪念，决定了人类永远离不开竞争、排挤、忽悠、谎言、背义、嫉妒、诡诈等现象。内心不得安宁，物质生活再优越再奢侈，依然获不到真正的快乐。

关于人性问题，希伯来先祖从“旧约”的亚伯拉罕、耶利米等先知到“新约”的十二门徒，怎么劝导、教训、惩罚人类都无法改变人的恶习，难怪《圣经》写道：“太阳底下无新鲜事。”言下之意，古今中外，无论什么人种、什么社会和制度，《三国演义》与《红楼梦》里有的人物，现今与未来依然可见，古人的肉体消失了，但作为人的精神与情感世界的丰富与复杂性，将继续存在与延续，或相似或相同。

眼下我们生活在21世纪的世界，社会已进入科技与信息时代。一方面，国与国、人与人之间竞争有增无减，看看地球村的景观——经济不景气的颓丧主义，厌战情绪，信仰日益没落，移民潮困扰，文化碰撞、冲突，加上情爱、宗教、漂泊、种族间矛盾、环保和社会问题层出不穷，让人纠心与困扰。说明人类将面临更大的挑战：现代科技与文明并没有改变人的命运，人类依然生存于彷徨、不安、恐惧和没有安全感中。另一方面，在因特网“霸权”管辖下生存的人们，崇尚享乐的，或还感到不满足，继续探究智能人有一天完全替代人的作用。或玩腻了，深感科技信息的发达并没有也无法终止人们追求财富、权力、享乐过程中带来的痛苦、茫然和绝望。那么，这时候，或许只有文学艺术可以帮助人在实际生活中，从作品里获得启迪或开悟，看到希望和光明，从而提高素质、品位和欣赏能力，化解人生的苦难，减少疑惑烦恼，增添生存的乐趣和力量，令“第二重悲凉”

得以超越和升华。

真正的艺术，时间永远不会让它缺位，而保持得了位置的是读者能在艺术中窥视与触摸到时间无法书写与倾诉的真实时代的动态、情绪及景物。既然古人在文学作品里出现的人与事，不可能“到此为止”，那么，生存在当下的作家，处于如此丰富多彩、复杂多变、龙蛇混杂、包罗万象、真善美与假丑恶无法休战的现实社会里，是否也有志于一面按生存时代生活原有的样子，经作家的选择、提炼、加工，能缅怀历史、反思经验，像曹雪芹那样痴迷文学的执着者，甘于清苦、孤独、寂寞，写出我们这个大时代的人与事拥有的特征、特点、特色与特别的场景与人物命运，为后世存案，为作为人文学科里最具影响和魅力的文学艺术再创辉煌。

我期待着。

（林湄：专业作家）

性别叙事的伦理批判与文化逻辑

谢雪梅

提　要：中西方的性别叙事兴起于特定的历史时期，前者是五四新文化运动推行自由主义的时代，后者是西方女权主义成长的19世纪初期。从个人到女人的觉醒开启人类文学的一个新时代，女性的生活、经验、命运进入文学与思想的视野，男性的生活世界之中呈现日渐清晰的女性形象，开启女性与男性之间对话与交流的社会伦理。中西方性别叙事基于共同的人性问题，同时存在文化逻辑的显著差异，显露品质迥异的叙事风格，前者流露感伤灵性，后者洋溢浪漫激情，启示当代的女性书写面对当代的文化境遇如何重新延续"五四"女作家遗留的文学与文化遗产。

关键词：性别叙事　社会伦理　文化逻辑　女权主义　自由主义

玛丽·沃斯通克拉夫特于1792年推出早期女权主义经典之作《女权辩护》，奏鸣男女平权的序曲，女性作为教养子女的必需力量应当是男性的伴侣而非仅仅作为妻子的从属地位，直指女性作为男性附属品的伦理缺陷，女权主义思想兴起之初的基本宗旨指向传统社会的伦理批判。平权思想的日渐浸染唤醒女性参与社会事务的信念，女作家跻身男作家垄断的文学界，公开发表女性之于社会的思考。兴起于1917年的中国五四新文化运动同样推动女性参与社会事务，这一时期的"五四"女作家浸染新文化运动的自由主义思想，纷纷走出闺阁走出古典文学转而诉诸社会问题的反思，践行胡适发起的白话文运动[①]，在古典与现代之间生长中国文学史上的奇丽景观。从西方到中国的女作家顺应历史思潮正式跻身文坛，女作家笔下的女性角色彰显性别的立场与意识，基于与男性共存的现实世界，发轫女性所见所

① 胡适在《文学改良刍议》（发表于1917年《新青年》第二卷第5号）一文中推崇白话写作的《儒林外史》《水浒传》《红楼梦》，提出文学实质是语言改革的"八事"：一曰，须言之有物；二曰，不摹仿古人；三曰，须讲求文法；四曰，不作无病之呻吟；五曰，务去滥调套语；六曰，不用典；七曰，不讲对仗；八曰，不避俗字俗语。

思的生活世界，这与男作家描绘女性的性别立场交互辉映，构成性别叙事的共同体。本文因为女性与男性互为前提的二元共存，性别叙事相对于女性叙事更为应和文本事实[①]，同时可以涵括男作家之于女性的书写，阐述视角因此是性别叙事而非女性叙事，打开较为开阔的研究视域。

一、西方性别叙事及其伦理批判

《圣经》第一卷《创世记》确立夏娃是亚当的附属物，取自亚当肋骨而生的夏娃背负引诱亚当背叛上帝的深重罪孽，隐喻女性正是人类原罪的堕落根源。沃斯通克拉夫特却以罕见的勇气批驳这一根深蒂固的文化传统，即使来自天堂的天使宣告《创世记》记载的人类堕落是完全正确的，女性应当服从理性的启示而非上帝的权威，沃斯通克拉夫特借此辨析卢梭潜藏于《爱弥儿》中的男权思想，谴责卢梭怜悯女性的并非平等的男权姿态[②]。作为先驱的沃斯通克拉夫特撒播女权思想的坚实种子，维多利亚时代女作家因其滋养写下人类有史以来最早成熟的妇女故事。

简·奥斯丁备尝因其贫困而痛失姻缘的身世痛楚，从此静观世间男女缔结姻缘的世俗交易，“凡是有钱的单身汉，总想娶位太太”[③]凝聚奥斯丁洞察的世俗真理，《傲慢与偏见》中伊丽莎白·贝内特的傲慢与达西的偏见为着共同的婚姻利益彼此退让，奥斯丁的宽容却为世俗婚姻赋予天成佳偶的浪漫光彩，借此遮蔽嘲讽的意味，乃至开放读者的误读空间，社会伦理的批判成为奥斯丁写作的潜在思想力量。奥斯丁在后期小说《劝导》中透露出本色的思想锋芒，女主人公安妮·埃利奥特与沃维尔上校曾有关于婚恋问题的交谈，安妮认为妇女常年在家生活平淡，容易受到情感的折磨，历经情感折磨的安妮却不责备男性的见异思迁，因为男性要同种种艰难险阻斗争，假如再要具备与女性同样细腻的情感无疑是苛刻的[④]。奥斯丁笔下的故事常常发生于乡间宅邸的客厅，人物的对话推动故事的进程，平实的故事空间开拓女性文学的深广空间，勃朗特姐妹、乔治·艾略特延续这一新传统。

夏洛蒂·勃朗特写作《简·爱》的主题基于一个爱情故事，平民简·爱发声的爱情宣言却是执着于与贵族罗切斯特彼此平等的独立精神，“我的

---

① “性别意识”是奠基女性主义文学研究的社会学概念，这一概念的演变源自女权主义运动，本文的研究理路则是现象学方法，即是甄别特定历史语境之中生成的文学文本的性别叙事研究，由此反观女性主义文学的研究基点。

② 〔英〕玛丽·沃斯通克拉夫特:《女权辩护——关于政治和道德问题的批评》，中央编译出版社 2006 年版，第 95—115 页。

③ 〔英〕简·奥斯丁:《傲慢与偏见》，译林出版社 1990 年版，第 3 页。

④ 〔英〕简·奥斯丁:《劝导》，译林出版社 1996 年版，第 208—209 页。

灵魂跟你的一样，我的心也跟你的完全一样”[①]，如同每一个信仰上帝的灵魂必当面对上帝公正的判决，夏洛蒂的眼界超越庸常的两性世界与道德世界。如此深度的观念同等折射于艾米丽·勃朗特的《呼啸山庄》。《呼啸山庄》裹挟着遗世独立的荒原气质，风中的兰铃花与石楠丛环绕死者的墓碑，“有谁能想象得出在那平静的土地下面的长眠者竟会有并不平静的睡眠”[②]，启示凯瑟琳·恩萧与希斯克利夫之间亘古不变的生命契约，乃至世间的道德判断面对荒原世界失却固有的评判效力。安妮·勃朗特的写作风格更近似简·奥斯丁，《阿格尼丝·格雷》展示了一个朴素而又动人的心灵世界，阿格尼丝·格雷在家庭教师的苦难生涯中成长质朴的心灵，借此洞察韦斯顿的同样美的心灵世界，一朵珍藏在《圣经》书页中的樱草花[③]象征男女主人公的灵魂契合，美丽的爱情根植于善良的操行，仿佛光彩夺目的落日映照于永不停息的浩渺大海之上。

乔治·艾略特推出《米德尔马契》的广阔景观，延展前辈女作家的思想领域，无比虔诚的多萝西娅·布鲁克历尽婚姻坎坷与世态炎凉，却坚定地走向宽宏成熟的理想世界，多萝西娅的形象意义接近堂吉诃德的骑士精神，蕴藉艾略特之于伦理批判的理性反思。利德盖特是小说中与多萝西娅平行对比的男性角色，利德盖特意图开拓医学研究事业，却难以抵御罗莎蒙德·文西的美色诱惑，为了满足罗莎蒙德的物质欲望耗尽精力英年早逝。艾略特以惊人的才智抒写维多利亚时代背景之下的妇女生活，罗莎蒙德亦是其中的一个典型，罗莎蒙德与利德盖特订婚之时正在编织链条形花边，罗莎蒙德之于花边、装饰、美屋的酷爱犹如一条花边缠牢利德盖特，多萝西娅的圣洁品质再次衬托成为故事的中心，在充满人心脆弱的卑琐世界散发道德的光芒。堂吉诃德疲惫之极走向幻灭，多萝西娅则是永不妥协的圣女与骑士的复合体，世上善良的部分增长有赖于如此朴素而又真诚的行为。

艾略特认定女作家应当具备与男作家同等的才智，避免写出愚蠢的故事[④]，虚有其表的浅薄空洞正是平庸女作家的常见错误，奥斯丁、勃朗特姐妹、艾略特拥有凤毛麟角的文学天赋，洞悉社会状况与时代精神，奠基西方女性文学的智力与批判的深度。安妮、简、阿格尼丝绝非柔弱的瓶中花，面对的是强势的社会习俗与偏见，安妮越过偏见的迷雾发现真实的自我，简尝尽世间的磨难确立独立的自我，阿格尼丝忍耐非人的蔑视塑造宽容的

---

① 〔英〕夏洛蒂·勃朗特：《简·爱》，上海译文出版社 2001 年版，第 205 页。

② 〔英〕艾米丽·勃朗特：《呼啸山庄》，译林出版社 1990 年版，第 321 页。

③ 〔英〕安妮·勃朗特：《阿格尼丝·格雷》，重庆出版社 2008 年版，第 121 页。小说的第十三章《樱草花》描述阿格尼丝想要摘下一棵老橡树上的引发思乡情愫的樱草花，此时偶遇教区牧师韦斯顿，韦斯顿为她采摘樱草花，阿格尼丝将其夹在《圣经》的书页中间，决心永久地保存，亦是男女主人公的爱情开端。

④ 〔英〕乔治·艾略特：《女作家写的蠢故事》，中央编译出版社 2016 年版，第 30 页。

自我，女性的美德犹如盛开的花朵点缀着荒芜的世界。西方女性文学自起始之处已是自觉地关联社会的观察与反思，而非狭窄的生理意义上的展示、矫作、偏执，女性的美德结出女性觉醒的精神果实。凯瑟琳屈从习俗嫁于世家弟子，终以夭亡抗拒社会门第的桎梏，在死亡的长眠中与下等阶级的希斯克利夫永世长存，艾米丽赋予女性角色极其耀眼的叛逆色彩。艾略特身为出色的学者刻画多萝西娅极富功力，多萝西娅的女性形象生长于丰富的时代征候，医生、教士、商人、艺术家、资本家、守财奴等等，社会角色依次出入小说世界，这些人物的言行举止构成日常生活的总和，包括罗莎蒙德佩戴的装饰花边细节。多萝西娅年轻而正直的精神在并不完美的社会条件下不断挣扎，崇高的情感披上错误的外表，伟大的信念带着幻想的面貌，个人的内心无论多么强大，仍难抵抗外界力量的决定作用，多萝西娅的事迹蕴涵世俗社会的妇女生活悲剧。

女权主义自诞生之初便追寻男女平等的理想社会，19 世纪的女作家日益介入男作家统领的文学领域，天才女作家堪与杰出的男作家并肩而立。《劝导》发出奥斯丁的心底深处的声音，安妮走出拉塞尔夫人教诲的重重阴影，昔日的青涩少女成长为心智成熟的女子，安妮置换看待世界的女性视角成为男性视角，眼中有女性的生活操持也有男性的生活重负，积淀足够的理性宽宥男性的“见异思迁”，安妮的慧心消解温特沃思心中的芥蒂，往昔长辈“劝导”分离的两位恋人越过坎坷共结连理。简、凯瑟琳、阿格尼丝[①]同样经受挫折的种种考验，女性的成长关联于与男主人公的冲突及其和解，简与罗切斯特在苦难中结成终身伴侣，凯瑟琳与希斯克利夫长眠于长满石楠的荒原，阿格尼丝与韦斯顿共度清贫的家庭生活。年轻的多萝西娅崇拜学问与学者，嫁给年长衰败的卡苏朋教士，几乎埋葬于卡苏朋的腐朽学问与生活，多萝西娅寡居之后冲破卡苏朋的卑劣遗嘱[②]，抛弃所有的遗产与身份，直面世俗的压力与拉迪斯拉夫历尽波折结为夫妻，多萝西娅在荆棘丛生的世俗社会中始终秉持真诚的性格。

女权主义的平等观念渗透 19 世纪英国女作家的写作观念，奥斯丁、勃朗特姐妹、艾略特笔下的女主人公并非蹇涩于性别差异的弃妇怨女，备尝磨难的目标是与男主人公实现平等的婚姻或者契约，即使为世俗社会责难，却会迫使世俗社会做出某种妥协。这些天才女作家关注社会、习俗、法律、

① 简发现罗切斯特的疯妻伯莎·梅森的存在，终止与罗切斯特的婚约随后出走，伯莎发疯烧毁桑菲尔德庄园，罗切斯特为救疯妻受伤双目失明；凯瑟琳的阶级身份逼迫出身卑微的希斯克利夫出离呼啸山庄，凯瑟琳嫁与同等阶级的林惇；阿格尼丝备受天性轻佻的学生罗莎莉·默里诋毁，几乎误导韦斯顿确信阿格尼丝是一个冷漠的嗜书者。

② 卡苏朋终其一生编撰毫无结果的《世界神话索隐大全》，卡苏朋的表侄拉迪斯拉夫出身贫寒、充满朝气，深切同情多萝西娅的凄苦境遇，卡苏朋企图离世之后控制多萝西娅的自由，立定多萝西娅改嫁即会丧失遗产的遗嘱。

经济、伦理的广阔世界，表达的女性命运是关于社会性别[①]的衍生故事与社会伦理的批判。

二、中国性别叙事及其伦理批判

中国早期女作家崛起于五四新文化运动的思想波澜。五四新文化运动在“打倒孔家店”的呼声中抵制旧文化、旧传统，妇女问题随着新思潮的兴起浮现于批判的前台。中国妇女自古以来“在家从父，出嫁从夫，夫死从子”，社会角色只有孝女、节妇、慈母，唯独不是身为一个“女人”。胡适在《女子解放从那里做起？》一文中指出妇女问题的出路当是女子的解放，包括社交的解放、生计的解放、婚姻的解放，解放的唯一方法就是实行解放。[②]女子的解放属于个人的解放，个人的解放即是胡适倡导的自由主义的基本要义。自由主义作为五四新文化运动的主要思潮移植了西方近代的民主思想传统，胡适引领的白话文运动可以看作自由主义思潮的一种实践方式，推行简洁的白话文替代繁复的文言文，实践个人的思想解放，“五四”女作家借此投身这场旷世的文学革命。

1918 年 5 月的《新青年》杂志刊出鲁迅小说《狂人日记》，宣告中国现代文学的正式诞生。同年 10 月，《新青年》发表陈衡哲的对话体小说《老夫妻》，虽则仅有近千字的篇幅，却已昭示中国现代女性文学的生长萌芽，这滴小雨点荡漾出阵阵涟漪，构成中国现代女性文学叙事的第一波效应，冰心、庐隐、冯沅君是第一波效应之中的出色人物。青年的忧郁渲染冰心笔下的故事基调，青年的命运从未如此深广地裹挟于某个时代的思潮，这些人物常常抵制旧时代的思想牢笼，迈向新时代的新生活却又羁绊重重。《秋风秋雨愁煞人》中清高美丽的英云拘禁于旧式婚姻的监牢，英云纵然接受新式教育仍旧无力改写悲凄的命运，无限哀伤无限悲叹化作飒飒秋风滴沥秋雨，妇女命运如此幽寂不堪乃至瓶中桂花送来抚慰的清香，清澈晶莹的文字照亮旧式礼教的无边黑暗。《别后》表现妇女命运的难言隐痛极富神韵，是众多批评家公认的传世短篇。“他”送走出嫁的姊姊，接着去到朋友家做客，所见的是朋友家中时逢年庆的温暖甜适、朋友姊姊的紫衣绛颊，做客印象的交叠使得“他”念及寄住舅家的凄冷、姊姊的黄瘦的脸颊与木然的眼睛，赶制嫁衣的姊姊既无烦恼也无欢喜，“她的举止，都如幽灵浮动

---

① 语法用词 Gender 所指的社会性别在于替代 Sex 指向的生理性别，社会性别是构成社会关系的一种要素，这种社会关系是基于两性差异之上的，同时指涉权力关系的基本方式。参见：琼·W. 斯科特：《社会性别：一个有用的历史分析范畴》，见王政、张颖编：《男性研究》，上海三联书店 2012 年版，第 19 页。

② 胡适：《胡适全集》第 21 卷，安徽教育出版社 2003 年版，第 192 页。

在梦中”①，“他”难以推想姊姊出嫁别后的命运。妇女的悲哀身世在曲折的笔法中渐行渐近，仿佛一个镜头逐渐拉近的远景，作家的诗意灵感赋予这一主题绵密的回味、深长的反思。

庐隐是冰心之外不可忽视的早期“五四”女作家，其成名作《海滨故人》中的少女露沙映射历经坎坷的庐隐，是一篇隐含自传色彩的中篇小说。露沙与四位挚友共有寄居海滨的绮思丽想，青春的光华却为生活的庸常熄灭冷却，唯独露沙决然挑战旧式礼教，为着真爱誓愿投海殉情，烟波浩渺不知伊人何处。露沙的命运集结“五四”青年的精神痛楚，其中燃烧执着的热力就此熔化旧式礼教的桎梏，迸发朝阳跃出云层的熠熠光彩。《丽石的日记》画出更为惊人的一笔，丽石眼见友人雯薇身陷婚姻的牢笼日渐憔悴，决然疏离异性的殷勤示爱，深恋同性的沅青，丽石梦见“我和沅青坐在这小船里，御着清波，渐渐驰进那芦苇丛里去”②。沅青即将出阁的消息粉碎了丽石的人生梦幻，丽石在极度厌世中自绝年轻的生命，如此另类的震动犹如偌大的石头投进寂静的古池，暗示人物名称中“石”字的寓意。作家的身世坎坷投射于行文的跳跃、故事的跌宕、命运的无常，叙事手法近于笨拙甚至拙劣，炽烈的灵魂却动荡其间，散射着独特的摄人力量，每一个文字都在熨烫生命的皱褶。

冯沅君的写作则是开放华美放纵的奇异花朵，《潜悼》刻意推出礼教摒绝的叔嫂相恋。浓郁的情爱填满行动的空间与心灵，瓶花、菱镜、巧笑点染柏拉图式秘恋的古典气息，作家有心移植曹植的《洛神赋》诗意，“无微情以效爱兮，献江南之明珰”，闺阁的秾艳抹尽礼教的苍白。“你的流盼使我的灵魂顿时兴奋”，“你的微笑使我的灵魂得到安慰”③，“我”面对带醉含笑的“你”，不免生出“人生安乐，孰知其他”的颓废与纵恣，直至“你”的坟茔永久阻隔尚在尘世的孤绝的“我”。《隔绝》全然改写《潜悼》的隐秘心绪，鲜明地表露青春的痛与爱。“爱的种子何啻痛苦烦恼的源泉，在人们未生之前，造物主已把甜蜜的花和痛苦的刺调得均均匀匀地散布在人生的路上。”④两位青年男女为着爱的自由服毒自尽，绝断包办婚姻的囚禁。《隔绝之后》的叙述者表妹复述表姐的绝笔书信，这段为爱自绝的故事余音袅袅、不绝如缕，即如《隔绝》题首所引的温庭筠诗句：捣麝成尘香不灭，拗莲作寸丝难绝。《隔绝之后》犹如《隔绝》的一曲复调对位铺陈爱与自由的悲痛挣扎，爱的热力在礼教的冷酷之中黯淡、熄灭，爱的追忆愈是曼妙，礼的现实愈是冷酷，作家的古典文学造诣楔入伦理批判的现代声音。

---

① 冰心：《冰心文集》第一卷，上海文艺出版社1982年版，第210页。
② 庐隐：《海滨故人》，商务印书馆1926年版，第98页。
③ 冯沅君：《冯沅君创作译文集》，山东人民出版社1983年版，第106页。
④ 冯沅君：《冯沅君创作译文集》，山东人民出版社1983年版，第9页。

"五四"女作家的写作主题聚焦于妇女的婚姻问题，婚姻是中国妇女命运的一个象征。中国传统社会的妇女之于终身大事毫无选择的自由权利，这是"父母之命"决定的百年大事。中国的父母常常听命于媒婆的一张嘴，做媒在中国传统社会中是作为一种职业的，再开了儿女的八字年庚托付盲眼的算命先生，推算八字的相冲相克，婚姻大事因此操纵于算命先生的片言卜筮。这般两项已是足够荒唐，中国的父母还要拜求木雕泥塑的菩萨赐下签诗，预测儿女八字年庚的吉凶祸福，婚姻大事竟是冥顽不灵的菩萨来做主宰。中国妇女结成悲苦的婚姻自是必然的命运，"五四"时期的青年男女抗议旧式婚姻、宣号家庭革命亦是必然的抵制。胡适的《终身大事》是批判旧式婚姻的早期话剧，这出独幕剧标有副标题——"游戏的喜剧"，剧中的田亚梅女士冲破旧式婚姻的迷信禁锢，离家出走追求个人的婚姻自由，"这是孩儿的终身大事""孩儿应该自己决断"[①]成为结束全剧的闭幕词。《终身大事》并附"序"与"跋"的背景说明，为着一所女学堂排演此剧，胡适翻译剧作的英文初版为汉文剧本，田女士终末与人私奔，女学堂的女生竟然无人饰演田女士，这出戏外插曲折射出强势的传统文化。

中国妇女的婚姻问题逼迫"五四"女作家直视中国妇女的命运主旋律。陈衡哲的短篇小说《洛绮思的问题》集中探索妇女的婚姻、命运与幸福的关系问题。学业出色的洛绮思与导师自由恋爱、立定婚约，洛绮思却在成婚前夕单方悔约，独身奋斗功成名就，回首却见女教授的形单影只，洛绮思自主选择生活的方向，但是并未拥有完整的幸福，好似"安于山的，便得不着水的和乐同安闲"[②]。洛绮思的两难处境再现中国妇女的命运难题，纵然五四新文化运动吹动自由主义的风潮，传统文化却似一棵难以颠覆的森然大树。思想的冲突与焦虑映现于"五四"女作家的笔下，女性角色无论主动选择抑或被动服从，婚恋的结局总归是同样的悲剧，悲剧的讲述者常是第三人称的旁观者"我"或"他"，旁观者对于当事者必然的悲剧命运束手无策，暗示此段悲情会被推进并且存在于回忆的空间，脱却现实的色彩纵使黯淡，却可保全激情的纯净与永恒，青年男女的殉情情节演绎自由主义的决绝抗争，女性在这种共同的选择中隐晦地实现与男性平等的地位。中国妇女实现独立的道路如此曲折、如此感伤，冯沅君为殉情故事装饰富有感伤气息的古典诗词，正是故事内在的气质流露。

三、女权主义、自由主义与性别叙事

西方女权主义的思潮推动维多利亚时代女作家书写妇女命运，书写的

① 胡适:《胡适全集》第1卷，安徽教育出版社2003年版，第790页。
② 陈衡哲:《小雨点》，商务印书馆1936年版，第83页。

视域开阔明朗，并未拘谨于女性的一元化视角，甚至会立足男性的视角反观妇女问题，借此开拓西方女性文学及其性别叙事的大气格局，开放西方文学园地的一朵奇葩，女权主义可谓性别叙事的思想根基。西方女权主义思潮的兴起并非偶然现象，乃是西方理性思想传统的现代阐释，延伸进入后现代思潮的领域。

古希腊思想家建立了基于逻各斯的西方理性传统，柏拉图的理念说代表逻各斯的经典表述，这一理念即逻各斯的存在犹如高悬黑暗洞穴之外的光明太阳，照亮并分离现实世界之上的理想世界，人的存在方向在于走出洞穴的黑暗、朝向太阳的光明。柏拉图思想进入中世纪与基督教思想合流，上帝即是光明的逻各斯的存在，生成“道成肉身”的基本意义，中世纪对于上帝的信奉渲染浪漫主义的色彩，人的生活目标就是洗涤原罪，祷告上帝的宽恕与恩典。基督教神学家阿奎那重新发掘亚里士多德思想，正如亚里士多德专注现实世界的眼光，阿奎那专注上帝创造的现实世界，神学的虔诚无意之中推动自然科学的研究，哥白尼发布的“日心说”从根本上撼动了上帝的权威，神性迷失的空虚却是激发人本主义的思想力量，西方近代的启蒙运动接续其后的基本宗旨即是个人的理性思考，直至康德完成启蒙思想的体系建构。西方社会的思想运动是一个连续不断的过程，已然积蓄现代乃至后现代思想迸发的坚实基础，当女权主义者抨击男权、呼吁女权之际，秉承的正是启蒙的精神，女性开始作为个人开展理性的思考与批判。沃斯通克拉夫特赞同启蒙运动的观点，认为应当确保妇女被赋予与男性同等的天赋权利[①],《女权辩护》迄今仍是经典的女权论著，女性的奴役根源于社会的道德腐败。

维多利亚时代女作家浸染女权主义的思潮风气，笔下的女性角色追寻生活、人格、思想的独立，绝非消磨生命装饰形体的空虚妇女，这类妇女依靠感官的美感攫取提升地位的世俗婚姻，为男性在疲惫的工作之余提供轻松愉悦的感官享乐。从安妮到多萝西娅的女性角色丝毫未有这类庸俗的习气，她们在生活的路途上艰辛跋涉、屡遭挫伤、尝尽痛楚，婚姻之路并非提升地位的捷径，而是寻求与男性平等的觉醒之路，整个过程充满上升的文化逻辑，具有浪漫主义倾向。

“五四”女作家的性别书写关联于五四新文化运动兴起的自由主义思潮。五四新文化运动的时代精神是“打倒孔家店”，思想主流并非复兴中国古代的思想传统，而是直接嫁接西方近代的启蒙思想，借此重新阐释本土的思想传统。自由主义的中坚胡适倚重变化的思想，赞美种种制度、思想、

① 沃斯通克拉夫特曾将《女权辩护》献给法国大臣塔利兰德（Talleyrand），强调如果妇女被排斥在法国新宪法之外，法兰西仍将是一个专制的国家。参见:〔英〕约瑟芬·多诺万:《女权主义的知识分子传统》，江苏人民出版社 2003 年版，第 2 页。

抱负的进化，深信“中国需要的正是一种能与中国人生活的迅速改变相一致并可为这种变化指出方向的政治制度”[①]，胡适信奉人类具有天赋的理性思考能力，终其一生致力于中国民众的思想教育事业，包括“整理国故”的学术研究工作，诉诸重建中国民众的思考能力与精神觉醒，推进中国民众在理性思考中自主选择生活、理想乃至社会制度。自由主义思想只在五四时期闪现短暂的理想光芒，紧接其后的革命浪潮中断自由主义的理想世界，救亡的呼声压倒启蒙的沉思。

作为五四新文化运动的思想旗帜，胡适是以学者的身份推行自由主义，并不参与政治领域的斗争，在疏离政治的立场之中保持思想的独立性，自觉担当殉道者的历史角色。陀思妥耶夫斯基的巨作《卡拉马佐夫兄弟》预言救亡与启蒙的历史难题，其中一章《宗教大法官》着意编排一出诗剧，宗教大法官责难基督放弃显现奇迹的权威力量，却要民众做出自我的判断，由此选择是否信仰基督，因而导致民众深陷长久的纷争、战乱、饥馑，宗教大法官执行权威甚至暴力终止所有的不幸，重建人间的和平与秩序。这出诗剧隐喻20世纪初期的中国历史与启蒙悲剧，基督象征思想的启蒙，宗教大法官象征革命的救亡，胡适直面压倒一切的激流，直至湮没于历史的角落。

先贤孔子的命运可与胡适相较而论，孔子信奉仁爱主导的理想社会，自称知其不可为而为之，直至为冷酷的现实逼迫到无路可去，却未因此安于书斋生涯，开坛讲学传播关于人类福祉的梦想。胡适仿佛孔子越过千年复生的现代形象，再度归寂于相类的悲剧，胡适所谓的“打倒孔家店”应当是抵制先秦之后儒家对于孔学的不容置疑的权威阐释，胡适推崇西方启蒙思想似乎切断与传统的关联，如此选择或可根本上中止孔学的权威曲解，借此复兴先贤的人间梦想。五四新文化运动遭受的诟病即是切断传统的传承，意味尚且亟待重新审视这场文化运动的历史境遇。

“五四”女作家处身于颇为复杂的文化场域，书写婚姻的题材成为文化逻辑的必然结果。中国妇女自古以来即被剥夺婚姻自主权，绝无自由选择的可能，遑论实现充满仁爱的理想社会，妇女的婚姻问题集中呈现中国民众的思想解放问题。正如五四新文化运动站立于优良传统的断裂之处，“五四”女作家笔下的自由婚恋面临理想的断裂，终局的悲悼成为谶语的践行，无限的感伤犹如涟漪荡漾于风中的池塘，一波未平一波又起，许多世代以来的伤痛溢出文字的指涉与承载。

从西方到中国的性别叙事根植于新兴的思想运动，从个人到女人的觉醒开启人类文学的一个新时代，女性的生活、经验、命运进入文学与思想

① 〔美〕格里德：《胡适与中国的文艺复兴——中国革命中的自由主义（1917—1937）》，江苏人民出版社1993年版，第281页。

的视野，男性的生活世界之中呈现日渐清晰的女性形象，而非“男性作家制作的天使形象”[①]，开启女性与男性之间的对话与交流。性别的差异决定两性的二元存在，同时安置两性对话的可能空间，成为两性构成的人类共同体思考共同人性的一种方式，思考何种存在物使得两性共同生活、相互交流以及建立关联[②]。性别叙事的艺术行为必然牵连性别的伦理批判，伦理批判赋予性别叙事超越性别差异的历史深度。就此意义而言，美女作家的“身体写作”当属通俗文学而非女性文学，“身体写作”倾向于商业文化，相对缺乏伦理批判的反思视角与深度。

中西方性别叙事可见基于共同的人性问题，同时存在文化逻辑的显著差异，显露品质迥异的叙事风格。女权主义可谓西方启蒙思想运动的一个支流，妇女问题正式成为思考人性的具体内容，女权主义亦是承接西方理性传统的现代思想运动，其间的思潮流脉源远流长，有着充分的前行推力，早期女作家的书写洋溢着浪漫的激情，无可阻遏地穿越文化的障碍，逐步形成一种新的文学传统，此后的伍尔夫断言女性实践书写的前提是拥有自己的一个房间，承上启下地打开清晰的路径。五四时期的自由主义思潮存在于短暂的特定时期，嫁接于西方启蒙的思想动力，此前阻隔着萦纡的传统，此后阻断于革命的激流，“五四”女作家迸发光华璀璨的感伤灵性，随着“五四”的消歇湮没于革命的激流，或如丁玲在前期写作女性隐秘心理的《莎菲女士的日记》，在后期写作农村土地改革的《太阳照在桑干河上》，重新浮现出革命的激流因而转进新的文化主流，如何定位于文化主流急迫于如何创造文学的新传统。“五四”女作家群体构成五四新文化运动的必然部分，在女性书写的领域奏出复调的文化旋律，女性的经验、书写、伦理交织成为和谐的艺术整体，如此完整的性别叙事再度启示当代的女性书写面对当代的文化境遇如何重新延续“五四”女作家遗留的文学与文化遗产。

（谢雪梅：云南大学中文系副教授）

① Sandra M. Gilbert and Susan Gubar, *The Mad woman in the Attic*: *The Woman Writer and the Nineteenth-Century Literary Imagination*, 2nd ed., New Haven and London: Yale University Press, 2000, p. 20.

② 〔英〕苏珊·弗兰克·帕森斯:《性别伦理学》，北京大学出版社 2009 年版，第 17 页。

结社与宗经

——林佩芬的文气养成与文脉传承*

冯　晟

摘　要： 作家林佩芬的满族家世与在台湾成长的经历，使她格外推崇溥心畬式自足的文化本位立场，与钱穆式复兴中华文化的追求抱负。通过积理练识、励志尚学的积累与创作，形成了循旧布新的历史观与文化观，并体现在“文人结社”式的文化活动中。在创作中，林佩芬将中华历史的整体发展及个体人物的人格魅力结合在一起，使读者与作品人物、创作主体心灵相通得到对历史的认知与情感，体现着中国文人独特的德性与情采，传承着中国的文学气脉。

关键词： 林佩芬　文化渊源　文人结社　文脉传承

一、家世渊源

1956年4月，林佩芬出生于台湾省基隆市，她的父亲是北京满族人，祖上可以追溯到清初开国五大臣之一的钮祜禄·额亦都。对于中国知识分子来说，北京是他们共同熟悉的世界，承载着共通的文化经验与文化感情，在“精神故乡”的意义上甚至可能比自己的原乡更富于心理建构的意义。自1996年担任北京市社会科学院满学研究所客座研究员后，林佩芬选择在2003年“跨海北上”，定居于北京，并开始了新的创作历程。“故都北京”对于林佩芬来说，更像是中国传统文化精神的高度象征，是精神濡慕的永恒家园。与“台北”的现代都会经验带来的文学现代性相比，“北京”才是她上溯“国史”、以情驭史的创作舞台。北京文化对林佩芬的创作影响主要体现在两个方面：一是她的作品取材时涉及北京的地域文化，譬如《故梦》中对京韵大鼓等地方曲艺演绎过程的生动描绘；二是崇尚恢宏大气的审美风格。在《故梦》中，热爱读书、仰慕文化的秦燕笙第一次到达北京，“站前

* 本文为陕西省社科基金项目“秦岭生态文学场的建构——以叶广芩作品为例”，立项号2015J053的阶段性成果。

广场的开阔气象与熙攘的人群组成一幅博大、繁华的人间景象，她顿觉视野辽阔起来。”不由感慨道：“万里无云万里天——看过多少次改朝换代，京师的天依旧一尘不染，像包容了一切似的，又像一幅素笺，让人来书写历史！”

在历史对旗人进行的强制性改造过程中，他们的贵族身份为历史所剥夺，贵族后裔虽然平民化了，其优异禀赋与艺术素养仍然显示出文化的意义与价值，具有史诗性的悲剧品格。父亲的过早离世，濡慕父亲所象征的家世渊源及文化底蕴，构成了林佩芬日后创作的原初驱动力。选择从事文学创作，能够纾解对父辈的思念之情，同时使父辈在文字的记载中获得不朽，作家也在创作过程中实现了精神的超越与人格的自我成长。“末代王孙”溥心畬是历史过渡时期的典型人物，也代表了传统中国知识分子在面对新时代与新文化转型时的一种典型价值取向。林佩芬因身处台湾，得以饱览溥心畬的书画作品，并写下了一系列优美散文，使我们得以了解和接近溥心畬的艺术与精神世界。在《世上如侬有几人》一文中，林佩芬从溥心畬笔下气势苍茫、烟岚掩映的山林与小舟上身披蓑衣、手撑长篙的渔翁那里，读出了溥心畬“经历繁华之后不眷恋富贵权势”的隐者心境；在《山高水长》一文中，写到了溥心畬与莫德惠先生由一幅历经战乱流离仍保存完好的画作而显示的莫逆之交与真情至性；在《永恒的岁月》一文中，通过对比韦瓦第的小提琴协奏曲《四季》与溥心畬的画作《四季》，发现溥心畬画境中无论“云霞出海曙，梅柳渡江春”式的宁静璀璨，还是“孟夏草木长，远屋树扶疏”的自在快乐，其中蕴含的浓郁的中国文人气息，在韦瓦第模拟大自然的现象之上，更抽象出大自然的哲理，显示出更高的审美境界；在《历史的伤口》与《王孙终古泣天涯》中，通过列举溥心畬的诗作，揭示出“身为亡国的贵族”在山河破碎、身世飘零时的沉痛和无奈。溥心畬的诗作完全可以和近代史上中国百年的忧患互相印证：“闻道长安似弈棋，百年世事不胜悲。”他的字画上钤着“旧王孙”的印文，流露着回天无力的苍茫。与八大山人“哭之笑之”的任情放诞不同，溥心畬的画境常常呈现出繁华过后的清寂澄明，表现出节制亦是一种美，应该说对林佩芬的文气文风，都有深远的影响。

尽管同样有着负笈海外的经历，与徐悲鸿几乎同龄的溥心畬却不似对方那样兼收西学，积极求变。这与他的成长背景有着密不可分的关系。天潢贵胄的文化身份，造就了他在面对西方文化时，自尊自足的本位立场。这种坚持道统的文化立场在迎合时代变迁与开拓进取方面或有不足，却因此保存了传统时代的人文精神与价值承续。1932 年，溥仪在伪“满洲国”重新登位，宗室旧臣纷纷趋之若鹜。溥心畬却拒任伪职，还写了一篇著名的《臣篇》以表明心迹。1937 年春，日本华北派遣军司令以重金求取溥心畬的画作，作为满洲国成立四周年的贺礼，为溥心畬坚拒。这一事件，或许是林佩芬在创作小说《故梦》中陆正波拒不出任伪满洲国“日华亲善协会会长”的原型来源。溥心畬义子溥毓岐与溥心畬之间的关系，所体现出的高贵情操与侠义精神，也可能成为《故梦》中秦燕笙的父亲秦约对陆府终生铭感的情节原型：毓岐原名陈宝柟，祖父陈恒启，前为恭王府总管，父陈伍荣为溥心畬的书童。毓岐出生后不久就失去了母亲，三岁左右时随父亲到溥家玩耍，甚为溥心畬所怜爱。溥心畬迁居颐和园后，将他留在身边照料长大。此后溥毓岐跟随溥心畬途经南京、杭州与上海辗转赴台，终生相伴左右。溥心畬《蝶恋花》中“沧海茫茫天际远，北望中原，万里云遮断”的苍茫慨叹，也就成为萦绕在林佩芬创作空间那挥之不去的乡愁之思，在“遣情伤，故人何在？烟水茫茫”的苍茫现实中，点燃了作家创作的心灵之火。

二、积理练识

先天的文化环境熏陶，若加之以后天自觉的个人修养，才是昔人所谓的养气功夫，即所谓的通过涵养变化气质。对于中国传统知识分子来说，养成自己的文气文风，则要通过积理练识与励志尚学这样的道路，积累丰富的学养且在学问面前永远保持谦恭和追求的心境。林佩芬在笔者询问为何不写作唐代历史小说时回答：“样样通就样样松，草草写作唐史小说，也许用三年就可以了，可是研究明清历史我用了三十年时间。这期间就像弘一法师一样，中年以后百艺俱废，放弃音乐、绘画等其他的兴趣和娱乐，所以如果再有三十年，我才能写出较为满意的唐史小说吧。”从中可以看出作家对写作视为名山事业的严谨认真的态度。乾隆时创立阳湖学派的恽敬曾有云：“作文之法不过理实气充，理实需致知，气充需寡欲。”林佩芬在创作几百万字的明清历史小说时，为忠于历史、有据可查，用了数十年时间研习历史典籍，甚至自学满文，为此在个人物质生活方面毫不讲究，多年过着寒窗孤灯的书斋生涯。在北京定居后，她认为整日坐着飞机交游研讨不该是生活常态，还是应该像陶渊明一样回到书房，“俯仰终宇宙，不乐复何如”。所以写成家族历史小说《故梦》，对百余年间的历史人物充满了“谅解之同情”，也表现出深受钱穆先生及其思想的影响。

1975 年春上元节，钱穆先生于台北外双溪之素书楼为《中国学术通义》一书写下这样的自序：“欲考较一国家一民族之文化，上层首当注意其‘学术’，下层则当注意其‘风俗’。学术为文化导先路。苟非有学术领导，则文化将无向往，非停滞不前，则迷惑失途。风俗为文化奠深基，苟非能形成为风俗，则文化理想，仅如空中楼阁，终将烟销而云散。"[①]也正是在1975年，林佩芬"勉强越过大学联考的窄门"，从高雄负笈求学北上，进入外双溪畔的东吴大学中国文学系。开学前一天，远眺红白相间毫无藻饰的"素书楼"，就使她想起唐代刘昚虚的《阙题》："闲门向山路，深柳读书堂。"一种静远博大的境界深深地激励着已读过钱穆《国史大纲》的林佩芬做个精进学业、著作等身的人。其后的岁月里，教授《中国通史》的姜公韬老师指定学生阅读钱穆先生的《中国历代政治得失》，林佩芬又自行购买了《中国历史精神》《中国思想史》《秦汉史》等著作。这时的钱穆先生在林佩芬心中是中华历史文化的掌灯人，远望素书楼阳台上钱穆一袭白衣踱步的身影，林佩芬产生了对中华历史文化深深的濡慕之情，这种情怀一直伴随着她之后的写作岁月。

这种"一生为故国招魂"的文化情怀也与当时台湾的历史环境有关。台湾地区在日据时代结束之后，当地教育部门为增加民族认同与重树民族自信，在自小学至大专院校的教育体系中系统开授《生活与伦理》《中国文化》及《国民思想》等课程，用"民族教育"及"道德教育"并重的政策使得中国传统文化和道德得以"生根阐扬"。1967年7月，蒋中正为中华文化复兴运动制定了思想纲领，并被推举为中华文化复兴运动推行委员会（简称文复会）会长。文复会下设各类职能机构，如有负责整理出版古代思想典籍、普及学术精华的学术出版促进委员会，有负责发扬传统伦理道德工作的国民生活辅导委员会等。

林佩芬在接受笔者访问时曾谈到自己在"中华文化复兴运动"中的成长经历："我们当时的高中教材里就有《论语》和《孟子》，四书五经和唐诗宋词都是必须阅读的。我高中时得过孔孟学会的论文奖，主题就是孔孟学说，并引用了钱穆先生的名句。"中华文化复兴运动为台湾几代人打下了良好的传统文化基础，当时的中文系教育注重校勘、训诂、文字学等基本功夫，也很注重文史哲的贯通，林佩芬在大一时，整个暑假都在读《史记》里的列传。台湾的历史环境使林佩芬的写作起点接续了正统的儒家思想，强调文学要突出美善结合、义重于利的伦理道德观念与诗教意识。她认为培养文化不应该用机械化（电脑检索）的方式，而是要通过形象的文学作品进行潜移默化的熏陶。初中时，她在书店购买了苏雪林的《棘心》《绿天》，很欣赏苏雪林的个性与学问。没想到到了1986年，也就是林佩芬已经成为职业作家十年时，台湾的《文艺》月刊主编俞允平先生邀请她撰写几位前辈学者、作家的小传，得以有机缘"成了这些老作家的小朋友"。林佩芬专程去外双溪畔的素书楼拜访了大学时仰慕不已，时年已九十一岁高

① 钱穆：《中国学术通义》，九州出版社2012年版，第1页。

龄的钱穆先生，她将杂志的这个专题命名为“不朽者”，先后完成了对苏雪林、钱穆、台静农、王梦欧等几位大师的访问。时过境迁，90年代因政治风向的变化，台湾政界掀起“素书楼产权”的话题，钱穆先生在1990年6月1日，以九十五岁高龄毅然迁离素书楼，8月30日即与世长辞。两年后，素书楼却又改为了钱穆纪念馆。这件事对林佩芬的刺激很大，在“人心浇薄、文化沦丧”的悲愤之情溢满心怀之余，再也没有走向素书楼的意愿，只是继续努力阅读后来出版的《钱宾四先生全集》。

新世纪到来，林佩芬迁居北京后，恰逢大陆兴起“钱穆热”，在《外双溪的回忆——忆钱穆先生》一文中，她抚今追昔，以一位历史小说家的身份不由感慨道：“就宏观的历史角度看，钱穆先生的一生，以及身后的余绪是一部中国近百年来历史变迁的缩影。……清末至民国，是中国逢‘三千年未有之变局’，少年钱穆因读梁启超的文章而对‘救亡图存’产生了重大的使命感，开始研究历史；……当时是‘新文化运动’推展后的第二个十年，学术文化蓬勃兴盛，如日初升；而北平为首善之区，人文荟萃，名家云集，且为集中国历史文化菁华之地，他离乡入京，固然使自己的苦学所成得到发挥，而心胸、视野都为之扩张，学问也更上一层楼。”从中我们可以看到林佩芬一直在追寻的“钱穆之路”：以学术普及全民，以求复兴中华文化。又因为钱穆赴台湾定居的缘起和结局“更是一部台湾政治、社会变迁的记录”：从深受“当局”重视，“特命”建筑素书楼以居，到90年代“当局”易人，对素书楼及钱穆先生代表的国学和传统文化所持态度大不相同，如此种种也启发着林佩芬在小说创作时采用了大陆与台湾两相对照的、以个人经历显示时代变迁的更为宏阔的艺术视角。“批孔扬秦”的时代已成为过去，“我两度亲身经历‘中华文化复兴运动’，在两个不同的地方，时间只隔了短短的几十年，这个实证证实了‘文化不灭’”[①]，也使得林佩芬放下了对素书楼或纪念馆这些外在物相的执着，对钱穆先生提出的中国传统文化的价值更有信心，并选择继续以“尽其在我”的虔敬态度去书写历史，传播文化。

《故梦》中写到陆海棠进入台大哲学系，与系里几位志同道合的教授联合办杂志，让陆天恩联想到《自由中国》杂志被查封，雷震被逮捕的画面。后来担任社长的杂志发起人被约谈，于是杂志胎死腹中，隐隐影射着1972年的台大哲学系事件，只是在时间上做了一些变通处理。台大哲学系事件之一的主角陈鼓应先生，也是一位阅历丰富，在海峡两岸暨香港都具有较大影响力的学者。为着小说创作的真实性，林佩芬也研究过他的生平经历，并和他深入交谈过。在台大哲学系，陈鼓应“接触的同学都觉得继承‘五四’

① 林佩芬：《外双溪的回忆——忆钱穆先生》，载《明道文艺》（台湾）2006年第8期。

精神有时代的使命感，有社会的关怀心”，并效仿五四时期“把思潮引进来，将一种时代的感受传达、透露进来”，在主题演讲《失落的自我》中反对传统。“那时的时代思潮，一个是逻辑实证论，一个就是存在主义”。当时的陈鼓应想运用存在主义思潮打破台湾的沉闷，并在“言论自由在台大”座谈会上提出在台大设立“民主墙”或“自由墙”的建议，在《大学杂志》发表《开放学生运动》，引起了轩然大波，导致了“台大哲学系事件”。他被台大解聘，当局还勒令台大哲学研究所停止招生一年。1972 年访美之后，陈鼓应看到财阀政治实质上影响着所谓的美式民主，而美国在全球的霸权主义也使陈鼓应对自己过去的“崇美”思想产生了怀疑，逐渐转而诠释、论述、弘扬起了中国传统文化。1984 年，陈鼓应从美国到北大教书，给学生介绍道家思想、尼采与萨特的哲学，又一次参与到大陆思想解放的进程中。这些上一代知识分子对台湾民主化进程的影响，也深深影响了林佩芬。

相形之下，出生于 50 年代的林佩芬在传统与现代、历史与现实之间的转换和选择既与陈鼓应有相似之处，也有一些差异。相似之处在于如饥似渴地“求知”，林佩芬回忆自己的阅读体验时说：“当时只要是留在大陆没有离开的作家的书都不能在台湾出版，鲁迅、巴金、曹禺和钱锺书的书我都是买的盗版的，后来舒乙先生把这些书都放在现代文学馆里，说可以研究一下是从哪个版本盗印的。我偷偷地看完了这些书，否则我们的文学史就是一个断层。”在对传统文化的态度上，由于成长的历史阶段不同，少年时受到“中华文化复兴运动”影响，熟读四书五经、唐诗宋词且成长在台湾经济已渐渐起飞，政治气氛也有所缓和时代的林佩芬，无论在阅读趣味、语言风格、思想倾向上都表现出对中国传统文化的接受与体认。而陈鼓应师承的方东美、殷海光等先生，继承了“五四”以来的思想传统，对现实问题较为关注，陈鼓应自己在少年时代，对国民党的文化保守立场也很反感。大学阶段，陈鼓应主要读西方哲学：“对中国哲学可以说是一无所知，我在那个时候老庄课的分数考得很高，但是老子、庄子的原著都没有读。”直到研究生阶段，陈鼓应的兴趣才偶然从尼采转到庄子。陈鼓应认为：“我这一生所写的学术文章，哪怕看起来很学究，其实都跟这个时代的苦难、人生感觉、生命感受直接联系在一起。对儒家、道家不同的看法，也是与遭遇有关，跟时代有关。”与此相同的是，林佩芬后来虽然主要从事历史小说创作，实际上对时代的关注也同样密切，笔下人物带有明显的知识分子倾向，承担着历史与文化的多重重负，带有作家自身的情感与思想轨迹。

70 年代末台湾“退出联合国”的外交“挫折”激发了台湾的乡土文学运动，其后的“本土主义”者又对乡土文学中蕴含的“大中华主义”提出了挑战。林佩芬少年时的读书、成长经历可以视作“外省人”第二代台湾作家的缩影，但“贵族家庭”出身的特殊色彩，使得她的文化选择趋于“保守”或“传统”：既冷眼旁观短暂的纷争，又对历时悠久的中华民族传统文化矢志不渝。所谓天潢贵胄，尊贵的不仅仅是显赫的家世背景与雅致的审美情趣，更是这种追求、保留、传承、发展民族文化与精神的使命感。

三、结社宗经

近代以来，绝大部分知识分子在思想上选择了往而不返的“激进”倾向。从“戊戌变法”时的维新派，到五四新文化运动大力提倡引进“德”“赛”二先生，再到其后的左翼知识分子，都将中国传统文化视作中国“现代化”的沉重负担。当我们重新回顾百年来中国思想与文学的发展历程时才发现，对传统经典过于主动的放弃，使得中国现代和当代文学越来越匮乏中国的文化传统。《文心雕龙·风骨》中提到：“若夫镕冶经典之范，翔集子史之术；洞晓情变，曲昭文体，然后能孚甲新意，雕画奇辞。”中国传统文化最重要的民族特点之一，就是对经典的崇奉。把自己的历史文化看作是神圣的，并将这种神圣感通过士阶层寄托在历史意识与文化体系里，而不是某种宗教意识形态里。林佩芬对历史文学持之以恒的研究与创作，可谓“镕冶经典之范，翔集子史之术”。早在1987年，她就在台湾《文艺月刊》上发表了以《敬礼，不朽者！》命名的学人传记系列，通过对钱穆、王梦鸥、苏雪林、台静农等前辈学者和作家的访问与研究，记载了这批文化人士对史学与文学的贡献。历史既是我们把握生命、认识生命的学问，也是将民族文化与个人自然融为一体的载体。在《鉴往知来的博学鸿儒——贡献于史学的钱穆先生》一文中，林佩芬引用了钱穆先生在《中国历史精神》一书中的话，高度推崇历史精神与民族精神的融合。林佩芬评价道：“他（钱穆）由中国古籍中之经部始，而后及史、子；他自十岁稚龄即开始用心思考东西文化之得失优劣，而当新文化运动开展得如火如荼之际，他却独独抱残守缺，而致力于旧文化的研究，苦心孤诣地传下一把永不熄灭的薪火来。”受钱穆先生影响，林佩芬认为中国人应该走自己的路，从中国固有的旧文化传统中寻出新生，创造出一片锦天绣地。这种循旧布新而非除旧开新的历史观与文化观深深地影响了她，无论在她的历史小说、当代小说、文化散文还是访谈传记，乃至创办海峡两岸的历史文学学会的过程中，都在孜孜不倦地身体力行着。直到现在，她还在撰写可以作为学校剧本演出与制作成视频短片的“论语课堂”，并计划在互联网上创办国学网站“深柳读书堂”，为传播中华传统文化贡献心力。

1996年，林佩芬发起并主持成立了海峡两岸历史文学学会，自任学会秘书长。中国文人自古以来便有着结社的传统，到了明代尤其晚明时期，士子们“或寻师觅友，或会集志趣相投者，互相切磋学问，交流心得，形成一个小圈子，少则十几人，多则几十人乃至几百人，称为文社，宗旨是‘以文会友，以友辅仁。’”表现出更多的自主意识，复社鼎盛时期拥有三千多成员，遍布全国各地。这段史事在林佩芬的小说《天问》中也有详细描写。林佩芬高中时曾在校刊任总编一年，大学二年级时也当过校刊的总编辑一年。1987 年底，台湾与大陆两岸同胞隔绝状态被打破，1991 年 12 月 16 日大陆成立了海峡两岸关系协会，而林佩芬则争取到了台湾“省政府文化处”和“教育部”“内政部”“新闻局”“海峡交流基金会”“大陆事务委员会”等有关部门的支持，申领到经费请大陆学者去台湾各地参观旅行，召开学术研讨会，与台湾的联合报系出版《历史月刊》等刊物，协助了很多作家往历史文学这方面发展。按照有关规定，台湾不能在大陆地区单方面举办研讨会，所以后来历史文学学会的活动都是由两岸的学会联合举办，增进了两岸的文化交流。1996 年 9 月 19 日，北京社会科学院满学研究所与北京满学会联合举行了海峡两岸“满族历史与历史小说”研讨会，林佩芬以台湾历史文学学会秘书长的身份做了题为“历史与小说”的主题演讲。北京满学会副会长、中国社科院历史所研究员周远廉，北京满学会副会长、故宫博物院研究员万依，中国人民大学清史所教授凌力，以及首都师范大学中文系教授张秉成就历史小说的形式问题展开了研讨。著名作家王蒙、北京社科院副院长陆奇、北京大学历史系主任王天有教授、《北京社会科学》编审王主玉、北京满学会副会长中国第一历史档案馆满文部主任屈六生、《北京青年报》副主编方旭和满族著名人士爱新觉罗・溥任先生也都参加了研讨会，可谓冠盖云集、盛况空前。1997 年 8 月 23 日至 25 日，历史文学学会在河北省承德市举办了海峡两岸首次少数民族文学研讨会，时任北京社会科学院满学研究所所长阎崇年认为：“这是海峡两岸少数民族文学研究史上的里程碑。”参会者有台湾作家、台湾佛光大学校长、辅仁大学外语学院院长、台北故宫博物院研究员、台湾大学中文研究所博士生、大陆中央民族大学教授、辽宁大学中文系主任、中国社会科学院研究员、青海省作家协会副秘书长等近百人，林佩芬后来又从数十篇会议论文中精选了十二篇，结集成书并在台湾刊行。

历史文学学会创办之初就设立了“清史研究委员会”与“文学史研究委员会”两级组织，清史研究委员会邀请曾任台湾大学历史系主任的陈捷先先生担任第一届主任委员，经过近一年时间的筹备工作，于 1997 年 11 月 21 日至 23 日在台湾召开了“海峡两岸清史文学研讨会”。陈捷先先生认为，清朝在边疆开拓、种族融合、文化发扬和历史传承方面，都做过可观的贡献。“若以目前台湾的若干事象来看，清代历史也与我们有很多的关联。”因为清史距离最近，它足以成为当政者的殷鉴。与会诸位学者、作家也发表了高水准的论文，代表了当时两岸历史文学创作与研究的较高水准，为两岸学者作家互相了解打开了一扇窗口。当时台湾的《联合报》曾经连续三天在文化版报道了这一盛会。到了2000年，陈水扁就任台湾地区领导人后，林佩芬仍然努力争取到有关部门的批准，与中国作协联合办会，邀请了舒乙先生等人去台湾参与学术活动。唐浩明先生在《故梦》一书的序言中曾说："凡大陆文化界有人想去台湾，只要跟她一提起，她就会千方百计地去努力。没有多久，手续繁多的各式表格，就会从台湾寄过来了。她说她做历史文学学会秘书长的目的之一，便是尽可能多地邀请和促成大陆文化人士去台湾。事实上，多年来她也一直在做这件事，不少人就是通过历史文学学会的邀请而去台湾的。""制定计划、跑经费、协调各方、邀请与会者，安排会议期间的食宿以及会后的观光，几乎全靠她一人张罗。"[①] 因为这份付出与认真执着的态度，无论"四五"个人的研讨，与上百号人的大会，都一样秩序井然，大家认真宣读论文和进行评点，这样的会议是眼下日趋浮躁的学术界所不常见的。

之所以用这种虔敬的态度去组织两岸的文化交流活动，林佩芬抱持着的是历时久远的中国读书人"文以载道"的传统——《隋书·经籍志》将经典的神圣化概括为："夫经籍也者，机神之妙旨，圣哲之能事，所以经天地，纬阴阳，正纪纲，弘道德，显仁足以利物，藏用足以独善。学之者将殖焉，不学者将落焉。大业崇之，则成钦明之德；匹夫克念，则有王公之重。其王者之所以树风声，流显号，美教化，移风俗，何莫由乎斯道。……今之所以知古，后之所以知今，其斯之谓也。"成立"历史文学学会"，最终的目标是"扭转、改变时代的风气，从改变文学风气开始"，"无论在历史研究、哲学思维及文学写作上，建立一个格局庞大、气势磅礴、视野广阔、内容广博深刻，对当代与后世都有影响力的风格。"面对台湾文坛长达十几年因经济发展繁荣而导致的"颓废萎靡"的文学风气，林佩芬除了感到忧虑，从而在自己个人的写作中努力矫正这股流弊之外，也更加努力地进行两岸文学界与学术界的交流。她在接受笔者访问时说："对我们这一代出生在台湾的人来说，对中华文化的向心力和热爱的程度都是非常强烈也不会改变的，对后来两岸解严后回到祖国的感情也很有影响。"作为父母都是大陆去台的"外省人"第二代，林佩芬认为父母"过去在台湾的几十年间，总觉得自己是台湾的客人"，而她对祖国统一与中华文化的发展是有着坚定信念的。在《为中国历史文学做贡献》的报告中她曾说："从中国历史的分与合来看，我们未来的中国历史上由分裂到统一所产生的璀璨的文化时刻即将到来，中国将有一股更新的力量因融合而产生，文化的建设也将有更辉煌的成果。那么我们处在这个过程中的两岸中国人的努力，也将是

① 林佩芬：《故梦》（上），广西师范大学出版社2009年版，第2页。

中国历史上重要的一页。”[①] 作为一位作家，这种对中国历史文化的尊重与使命感，是林佩芬跨越有形的海峡两岸和无形的意识形态隔阂，形成了其作品“结言端直，则文骨成焉”的根本原因，也是中国自古以来文学传统中深沉历史感的延续。

四、文脉传承

在散文创作方面，林佩芬同样表现出强烈的历史感与知识分子肩负文化传播使命的责任感。她的散文往往与小说一样，表现出雄壮浑厚与意境开阔的特质，展现出创作主体对历史的感怀与文化的思考，使读者为之神远。这些散文是在不同的年代，在台湾与大陆的报刊上分别刊载的，却几乎可以概括整理出一条中国大历史的线索:《生死界》从观赏气势磅礴、威武雄壮的秦始皇兵马俑，联想到秦始皇异于常人的身世，进而掀开了他雄霸一世、气吞万里的形貌与作为，而发掘出“他其实是个欠缺安全感，性格不健全的人”；在观赏制作手法精妙的秦俑的同时，试图还原秦代短促兴亡历史，对秦始皇产生了悲悯的感受。《洛阳故梦》则由对《洛阳伽蓝记》中辉煌璀璨的永宁寺的想象开始，追忆文采风流的曹丕对洛阳城的感情与营建过程，四十六年后的洛阳易主，西晋怀帝时期，匈奴之雄刘渊又使洛阳遭逢了浩劫；一百八十二年后，仰慕汉文化的北魏孝文帝重建洛阳城，永宁寺见证着胡汉之间的分裂与融合，直到北魏分裂为东魏与西魏，在两国的拉锯战中，洛阳城又重演了东汉末年董卓之乱的悲剧，被一把火烧去了所有的繁华，而杨衒之则在国家灭亡后展开史笔，以深沉瑰丽的文笔记载下北魏亡国的历史教训，这样的散文与林佩芬创作历史小说所抱持的“深心悲愿”有着不同文体间的遥相呼应。在唐代历史多不胜数的历史人物中，林佩芬最欣赏的便是文成公主。在《于万里雪凝处成佛》中，她用形象化的笔墨渲染出文成公主进藏的艰辛曲折，在分析唐朝与吐蕃微妙与复杂的外交关系的同时，试图从人性角度想象还原文成公主在西藏的真实感受：公主渐渐用对处在“严寒、贫困、饥饿”中的吐蕃子民的同情与帮助代替了“来自上国”的优越感，表现出对人世的悲悯与对历史的敬重，林佩芬以人性为本的历史观在此也得以体现。

在作者最为熟悉的明清历史领域，林佩芬创作的历史散文更为注重作品的文化含量，具有鲜明的“文化散文”的特质。“一般说来，‘文化散文’（‘大散文’‘学者散文’）是指那种在创作中注重作品的文化含量、往往取材于具有一定历史文化内涵的自然事物和人文景观，或通过一些景物人事

① 林佩芬:《为中国历史文学做贡献》，载《北京社会科学》1997 年第 1 期。

探究一种历史文化精神的散文。这种散文的作者多为一些学者或具有较深文化修养的学者型作家。因为上述原因，这类散文往往视野开阔、气魄宏大，且具有较强的学术性。”[①] 与余秋雨的《风雨天一阁》将焦点凝聚在范氏家族绵延数百年对文化的固守精神不同，林佩芬重点突出了黄宗羲首次作为外客被破例迎接登楼读书的史实，展现了天一阁收藏明代地方志、政书、实录、诗文集的全面丰富，并通过追忆黄宗羲的生平，刻画出天启年间东林与阉党的激烈冲突：从国仇家恨、拔剑起舞的激愤到沉潜后致力于埋首著述，从而对历史文化的延续贡献了知识分子的心智，我们在这篇散文中不仅得到了许多具体的史实知识，也又一次被这种“劫灰中重生”的知识分子的使命感与文化坚守所打动。在《寒食》这篇散文中，林佩芬同样在叙述介之推与苏东坡二人颠沛流离的境遇之时，展现出他们超越困厄追求永恒的胸襟抱负。与创作历史小说类似，在研究历史文献，表达历史本真的同时，林佩芬根据创作主体自我情感抒发的需要，对历史展开了“为我所用”的剪裁与拼接。这样的艺术虚构便于发掘创作主体的情感，也有利于心灵的表达和精神的深化：“亘古以来的读书人的精神领域不都是一致的吗？以天下为己任，而且洁身自好。”这是始终贯穿于林佩芬笔下历史世界时空的自我主体性，无论对历史进行怎样的解读与书写，最终的目的往往并非简单地将史籍中的记载文学化场景化，而是将中华历史的整体发展及个体人物的人格魅力结合在一起，并上升到历史哲思的高度，使读者与作品人物、创作主体通过心灵相通得到对历史的认知与情感，有所感奋有所体悟。

与创作历史小说时持有对各方人物的客观与悲悯态度一样，林佩芬在散文创作时也关注到容易被“正统”与“宏大”历史叙述遮蔽的人物。在《明末诗史吴梅村》一文中，将诗人吴伟业的个人生平与时代变迁结合起来，推翻了《清史列传》中将其列入“贰臣传”的历史定位，通过精读吴伟业的诗作，展现出他“令人惊异的道德勇气”，最终认为他“延续着自古以来文学家‘感时忧国’和‘以诗证史’的传统精神”，展现出史的知性与诗的感性交织融合的艺术风格。与之相似的人物对象还有散文《山海关》中的吴三桂，《秦淮河之涟》中的陈圆圆、李香君，《惊涛拍岸，卷起千堆雪》中的施琅，都在作者笔下获得了不偏不倚的记述。这种审智的审美风格无形中延续了被新文学运动以来断裂的传统散文的特点，拓展了散文创作的格局与气魄，也延续了“以《左传》《史记》等为代表的时空廓大、气势恢宏，以历史的沧桑感和记人的生动传神、叙事的纵横捭阖为特征的史传散文”的传统。在《废墟的沉思》一文中，林佩芬由《圆明园四十景图咏》

① 於可训：《近十年文化散文创作评述》，载《文艺评论》2003年第2期。

引发的对清朝由盛而衰的省思，在钩沉史事的同时，用诗意的笔墨为读者提供鉴往知来的历史哲学。词采的华美，对历史与艺术的学养使得林佩芬的散文具有很强的可读性。在《幻灭》与《诸法空相》等散文中，文本思想被更具诗性的清逸空灵的笔墨所替代，形成对王国维、苏曼殊、李叔同等近代大家不言自喻的追慕氛围。通过广泛借鉴、吸收古典文化中的美学形象，林佩芬作品文本的情调与意境恰如一首清丽的诗歌，也体现着中国文人独特的德性与情采，传承着中国千年不衰的文学气脉。

（冯晟：文学博士，任教于西安建筑科技大学文学院）

“舞女”表象

——《舞女泪》《花溅泪》《十八春》及其他

邵迎建

提　要：本文以舞女描写自身的《舞女泪》为基点，与提及“舞女”“舞场”的其他三个文本——《花溅泪》（于伶）、《倾城之恋》及《十八春》（张爱玲）比较，得出结论：可以将《舞女泪》视为其他文本的“元文本”。通过分析不同文本对舞女表象的描写，笔者指出：《花溅泪》中舞女的“国民”呼吁，是于伶应对“国破山河在”的语境，为唤起“国民”意识的表现；《倾城之恋》中表现了青年女性张爱玲从战争中得到的独特洞察——通过一个因战争而改变了命运的女性的意外结局，挖掘出文明制度的病灶；《十八春》则是借用“舞女”符号，描写普通女性在现代社会的遭遇，在手法上继承了《红楼梦》的书写传统。

关键词：舞女　国家　爱

一

交谊舞在晚清时传入上海，场所由西人的夜总会俱乐部扩大至“交际茶舞”，渐次在国人中普及。1927 年下半年，有舞女伴舞的巴黎舞厅开业。至 1928 年 4 月，不到一年，上海的舞厅达到三十多家。1937 年，各类舞场已超过 50 家，在数量上甚至胜过了上映国产电影的影院——后者为 42 家。随着舞厅数量的增长，舞女队伍迅速壮大，一个新的女性职业成熟。[1]

在新文学的谱系上，话剧是最年轻的一支。1907 年由留日学生引进，但一直演者寂寂，观者寥寥。直至 1936 年，中国的第一个职业剧团（中国旅行社）在上海卡尔登影戏院演出曹禺的《雷雨》及《茶花女》等舶来改编剧轰动上海后，商业演出才为它开启大门。翌年（1937），全面抗战爆发。

① 张金芹：《另类的摩登：探寻上海舞女（1927—1945）》，《娱悦大众——民国上海女性文化解读》，上海辞书出版社 2010 年版，第 183—187 页。

同仇敌忾，凝聚民心成为当务之急，爱国政党及知识人都急于寻找一种启发大众的快捷手段，话剧立刻成为首选——它既不像传统京剧，程式繁杂，需长期训练，也不同于电影产业，需机械胶片。演员一二、家常布衫，街头巷尾均可表演，且大众喜闻乐见，一时，上海的业余剧社如同雨后春笋，在各行各业出现。

1937年11月12日，激战三个月后，上海被日军占领，位于心脏部的共同租界与法租界沦为“孤岛”。文化名人都不得不离开上海，转移至武汉、重庆、香港等地。一时，舞业衰落，剧场无声，上海娱乐界一片沉默。

由于战争的需要，日军对上海经济采用宽松的促进政策，加之大量难民的涌入，其中不乏拥有钱财的资产家。不久，上海不但恢复了元气，还有了迅猛的发展，尤其是娱乐界。1939年，舞业行已有“六千多个以跳舞为职业的姐妹们”[①]。逐渐，舞场跟电影院一样，成为普通人聚会、娱乐的场所。20世纪40年代，电影圈、话剧界的许多编导演员都成为舞场的常客，据话剧演员狄梵说，在演戏的日夜场之间，演员们会成群结队一起去舞场跳舞，著名男星刘琼等人则坐在舞池边喝咖啡[②]。

“孤岛”期间，职业话剧亦取得长足进步。创办孤岛期的第一个职业剧团上海剧艺社并将其领向康庄之道的功臣是于伶，加上他手下的女演员干将。从报上的剧目广告便可见一斑——《女子公寓》《女儿经》《女儿国》《女人》……

上海剧艺社继第一部戏《女子公寓》（于伶编剧）之后，公演了“中国第一场以舞场为背景的舞女大悲剧”[③]《花溅泪》，也是于伶的创作。

“布景是1937年5月至‘8·13’之间的一幅男女舞场生活图”，主要人物均为舞女米米、曼丽、丁香、顾小妹。据于伶说，写舞女是因为认识了几个舞女。不久，这几位舞女正式出场，登上了话剧舞台，同时登上了群众团体活动的舞台，成为媒体追踪的热点。据报道，丁香的原型是“红舞星韦楚云的事迹”，后来“由她本人登台亲自现身说法，这也是一件佳话”[④]。5月，左翼剧人主导的星期小剧场演出了独幕剧《舞女泪》，全部角色均由舞女扮演。[⑤]

历经近八十年的岁月重读《舞女泪》，笔者发现，我们可以把此文本看作一系列表现近代上海舞女，或者可以说是表达年轻女性进入现代职场后普遍遭遇的一部“元文本”。

---

① 《〈花溅泪〉座谈会》，载《文汇报》1939年2月14日。

② 邵迎建：《访狄梵》，《当我们年轻时——抗战时期上海话剧人访谈录》，北京大学出版社2013年版，第248页。

③ 1939年2月7日，《申报》广告。卡尔登大戏院上演。

④ 《舞女界发动第二次话剧公演》，载《电影》第26期，1939年3月8日。

⑤ 维客：《〈舞女泪〉及其他——星期剧场观后感》，载《申报》1939年5月23日。

二

《舞女泪》开篇有一页说明，全文录下：

舞女泪 集体创作

《舞女泪》是舞女王琴珍，倪文仙，杨文英，韦楚云等七人将亲自尝过的痛苦写上后，由上海剧艺社负责整理的。题材是够现实的，每个角色都是我们所看到的活生生的人。

剧情是：曼丽和爱丽是姊妹俩，她们做舞女来维持生活。家里还有一个母亲和一个妹妹。舞客多半不把舞女当一回事，曼丽也遭受了同样的命运。曼丽和一个舞客小陈感情很好，她为了小陈的名誉去打了胎还梦想着等身体复原后，可以跟小陈结婚了。打胎可把曼丽的身体折磨坏了，小陈来看她的时候，她高兴得什么似的，和她谈着结婚的事情，可是小陈早就存心要摒弃她，另求新欢。所以借题发挥走了。曼丽在失望之余，身体不支而倒了。整个戏的进行，应以曼丽为主，前半部特别强调曼丽对于小陈的希望，这样加强她后半部对小陈失望的痛苦。那么戏的演出，一定很有力量，会得到观众普遍的同情。

期待“得到观众普遍的同情”的最后场面为：

（室内灯灭，此刻仅一缕明月透射到全室，后台配音，加强曼丽一生的悲哀。曼丽低泣，挣扎起来。）

曼：小陈你好……（惨哭，接着一跃而下，但不支，摇摇欲倒。倚椅稍停复向前，自桌上取得存折）

曼：五千〇五块正（复狂笑）

（疯狂地将存折扯做两半，伏桌泣诉。复站起，对镜自叹）

曼：曼丽，你聪明一世，没想到……我好恨……

（开抽屉取出照片数张，与梳妆台上小陈放大照一张扯碎，然后连存折付之火中。红色的火光与绿色的目光轮流在曼丽脸部隐现，她像幽魂似的直立在暗室中。）

完了……像一场梦……一堆灰，哈哈，一堆灰……

（奔向窗前呆立一回，然后推开窗户，一阵晚风阴凄凄地扑面而来，披散的长发，与宽胸的睡衣任风飘动，曼丽打了一个寒噤，不支倒地无声无息地）

（幕后音乐幽幽欲绝，冷风继续打击着窗幔）

——幕渐落——

三

《花溅泪》的故事梗概如下：舞女米米被人玩弄，被人欺骗，准备自杀，经丁香耐心说服，始觉醒，拟重新开始生活。

“先诱后弃”，继而轻生的前半部与《舞女泪》如出一辙。细读文本，则发现完全是另一种样貌。

首先是开篇，剧本的第一页印着杜甫脍炙人口的诗：

> 国破山河在，城春草木深，
> 感时花溅泪，恨别鸟惊心。
> 烽火连三月，家书抵万金，
> 白头搔更短，浑欲不胜簪。

感、泪、恨、惊等字眼一旦置于“国”“山河”之宏大空间，便上升到了一个新的境界。剧中，米米在歌厅里唱的一首补习学校里先生编写的《舞女曲》：

> 姐妹们
> 认清自己的身份
> 负起
> 自己的责任
> 我们是舞女
> 自由职业的女性
> 我们是舞女
> 中华民国的国民
> 我们不是没有灵魂
> 我们不是醉死梦生
> 天下兴亡的责任
> 每个人同样有份

歌词将“舞女”与“职业”并置，用“自由职业”“女性”两个符号改变了世人对舞女行业聚焦于“女”“性”的刻板目光。落笔在舞女，指向在“国家”，应该说，是一首呼唤同胞，凝聚国民认同的《国民曲》。

让于伶激动的第五幕的内容及结尾则是米米做了看护，上前线去抢救伤员，巧遇受伤的恋人——投笔从军的东北青年。黑暗中，互相确认后，最后是一段场景的描写：

（星闪光辉）。
（蛙声）。
（呻吟声）。
（低低的哭声）。
——幕——
完

同样在哭声中闭幕，却让人看到“星闪光辉”。此时无声胜有声，于伶要说的话，在这苍茫的夜色中道尽。在《花溅泪》的《给SY——用作暂序或残序》中，于伶谈到写作动机：

在烽火已逾三月，求家书兮万金，头虽无簪，搔而见白的心情中，一位担任妇女补习学校功课的小姐，介绍给我几个舞女的姿影。激动我的是第三幕中自杀与第五幕中里战场之夜这两个场景。这是我写《花溅泪》的动机。

……

这是此时此地企求一用的排演台本，是未完成的稿件，是临时用的版本。但愿有朝一日，能把我未吐出的对话，应织入的张本，重新写排出来，让《花溅泪》的骨骼一新。……我们能语焉详，痛且快的时候，当不在远了吧！

公演伊始，主角演员夏霞配合于伶，在报上撰文，特意提醒观众们注意戏中的弦外之音：

我简直觉得这不是一个戏，——是事实，是真实的暴露。……我钦佩他（指于伶）……，他每每的暴露了社会中那些黑暗丑恶的角落，他永远的是为那些被压迫者呐喊呼号，我们都知道他还藏了一肚子没有说出来的话……为了他，也是为了我们自己，希望他能将话尽量说出的日子快快的来临吧！[①]

同一版面中，另一主角演员蓝兰也以《给一位舞国里的友人》为题，说：

---

① 《关于〈花溅泪〉》，载《申报》1939年2月7日。

当我在扮演着……米米，听信着卑贱的男子花言巧语而服毒自杀的时候，我再也抑制不住自己，失声的哭了！

……

对的，为什么，同样是人，你却要来充当舞女呢？为什么在这个社会里，舞女要被人玩弄，蹂躏，同时被轻视呢？……是谁把你的家毁灭了？是谁把你的父兄杀死了？是谁逼得你，逼得很多姊妹充当舞女？是谁？《花溅泪》限于客观环境，不能畅所欲言，但是我所扮演的米米能够影响或觉醒许多在舞国里的姊妹，去怎样度一个有意义，有价值的生活，……我想你也将感到庆幸了！①

蓝兰将舞女“被人玩弄，蹂躏，同时被轻视”的现象直接与遭受“毁家、杀父兄”的姊妹的命运勾连，一步达到指认“逼我姊妹”之罪魁祸首为侵略者的叙事目的，凸显出于伶明写舞女辱，暗射国家恨的旨意。两个演员都在谈戏，而强调的却又都是戏外“没说出来的话”。其实，于伶的话语已在一曲《舞女曲》中道尽：他是在借米米的遭遇，诉国家之命运，借米米的口，唤起国民意识，呼吁国民认同。

于伶就《花溅泪》的故事层面在报上发文强调：

《花溅泪》不特是一个暴露舞女私生活的剧本，同时更提出了一个社会问题。怎样才能使上海六千多个以跳舞为职业的姐妹们，不走上像米米、曼丽和顾小妹的路。②

舞台接着延续。2月13号，中华妇女互助会召开了舞女座谈会，许广平及扮演米米的蓝兰到会。《文汇报》关于此消息的报道中刊载了上文。3月，《电影》杂志以舞女将自演《花溅泪》为题，报道了由剧艺社蓝兰导演，主演为几个红舞星，准备假卡尔登剧场公演的消息。比文字更醒目的是周边剧艺社的几幅剧照。5月，《杂志》又特刊报道了同样的消息。此次版面右下角用四位舞女的日常小照围绕，左上角则是蓝兰的明星照。中间有两篇文章，一篇为《介绍舞女救难义卖演出》，一篇为舞女文鹿、子英的《写在花溅泪公演前》。文鹿是扮演丁香的韦楚云，子英即扮演米米的杨子英。两人文中说：

多数人认为我们是醉生梦死，梦死醉生的，可这也不能怪他们，

① 载《申报》1939年2月7日。

② 《〈花溅泪〉座谈会》，载《文汇报》1939年2月14日。

只能看我们的表面，怎会看到我们的内心。……我俩……有时也会像米米一样受委屈呐，不过不会像米米一样笨得自杀。……我们惭愧不能做到丁香那样的事实，像被删去的第五幕一样……我俩的学识只读到小学，没有旁的职业能负担起现在的家庭经济，所以不得不能以伴舞来维持我们的家庭生活。①

从文中我们得知，两人做舞女的原因是因为收入远高于其他职业。这段话从某种程度上解构了于伶及蓝兰关于舞女“悲惨命运”的话语。但这一点并不重要，关键的言词排在蓝兰艳照的左侧：

为自由，平等而抗战的中国，一切的生活都与军事相配合。中华妇女互助会在几位前进妇女的领导之下，就在这紧张的气氛中而成立了。②

这才是在“花”呀“泪”，“舞女”呀“妇女”的掩护下，共产党员蓝兰想说的话。文中介绍互助会已有三百多会员，设有技术股、业余进修股及音乐、运动、游戏各股，话剧组也是其中一环。目的是“俾使受到几层压迫而陷于奴隶状态的生活予以破毁而增加一些朝气”。

四

《舞女泪》中有一个配角李小姐，也是舞女，后追随情人去了抗战初期国民政府所在地汉口，下面是她从汉口回到上海后对姊妹们讲述的经历：

八月打起仗来，他说书不读了，要我跟他一道到香港去，他父亲是一个大亨，上海香港汉口通通有工厂，姨太太就有十几个，什么上海有三个，香港有七八个……他让我到香港去正式结婚，我这才答应他……我这人已经很当心了，想总再不会怎样了，所以就跟他住在旅馆里一个月，他慢慢的不常来啦。有一天突然留了一封信，说他父亲让他去汉口。我追到汉口，他大发脾气，说要做官了，不能和舞女来往。一想到他既然变了心，还有什么好说呢？③

这段故事让人想起几年后张爱玲的成名作《倾城之恋》。这篇小说后来

① 《写在〈花溅泪〉公演前》，载《杂志》第四号，1939年5月1日。

② 同上，《导演的话》。

③ 独幕剧选第一集，1940年初版，中国图书编译馆。

又被她改为剧本，1945年初在上海公演，颇得好评。

《倾城之恋》的时代背景设置在太平洋战争前后，主角白流苏是在舞场遇到的男主角，当她跟范柳原跳了几轮舞后，被看中。然而，流苏并非职业舞女。让我们从头说起：她出生在一个破落的大户人家，二十七岁离了婚。回到娘家，分得的财产被亲兄弟在股市输光，面临着被扫地出门的危险。正在此时，她被侄女抓去陪同相亲。对方就是华侨富豪范柳原。范柳原选择的相亲场所是电影院与舞场。看完电影后，范把相亲的一行带到舞场——当然是头等舞场，而头等舞场要求自带舞伴[①]。然而，大家闺秀的侄女哪会跳舞，只有流苏从前跟她"不成材"的丈夫学过。对舞场及跳舞场面，张采用了暗写的手法，但可以想象，流苏跳得相当不错。

范柳原施计让流苏跟他去香港。原来，在异国长大，急于寻根的浪子柳原被流苏善于低头，有古典中国淑女风韵的气质吸引，从她身上找到了"真正的中国美"。

他"要她，但是不愿意娶她"。然而，流苏要的是"饭票"，是赖以生存的婚姻。那是"没念过两句书，肩不能挑，手不能提"的旧家小姐唯一的出路。

为达到目的，虽跟柳原同住在浅水湾饭店，靠一墙之隔，流苏守身如玉。

两人几番较量，流苏讨价还价失败，重返上海。家里人认为她白白上了当，更容不得她。柳原又来电报，流苏再次赴港，这回，她无条件地做了柳原的情妇。

太平洋战争爆发，阻止了柳原只身出洋的计划，在战后的香港，"流苏柳原于荒寒中悟到财势的不可靠，认真地恋爱起来了，决定要结婚，活得踏实一点。"[②]

第二幕中，范柳原对流苏说的话可谓经典：

> 这月亮，不知为什么使我想起地老天荒，那一类的话。有一天，我们的文明整个毁完了，什么都完了——烧完了，炸完了，坍完了，就剩下这空空荡荡的海湾，还有海上的月亮；流苏，如果我们那时再在这月亮底下遇见了，也许你会对我有一点真心，也许我会对你有一点真心。

他又说：

---

① 张金芹：《另类的摩登：探寻上海舞女（1927—1945）》，《娱悦大众——民国上海女性文化解读》，上海辞书出版社2010年版，第184页。

② 《〈倾城之恋〉本事》，《〈倾城之恋〉演出特刊》，大中剧艺公司。

回到大自然啊！至少在树林子里，我们用不着扭扭捏捏的耍心眼。[①]

最后一幕，柳原预言的那一天来到了。舞台上“灯光集中于日历上大大的‘十二月八日’”[②]，以这一天为界，一切都变了。因剧本失传，现在，我们只能引小说中的一段：

（战争后的香港）一到了晚上，在那死的城市里，没有灯，没有人声，只有那莽莽的寒风，三个不同的音阶“喔……呵……呜……”无穷无尽地叫唤着……叫唤到后来……只是三条虚无的气，真空的桥梁，通入黑暗，通入虚空的虚空。这里是什么都完了。剩下点断堵颓垣，失去记忆力的文明人在黄昏中跌跌绊绊摸来摸去，像要找着点什么，其实是什么都完了。

……

她仿佛做梦似的……她终于遇见了柳原。……在这动荡的世界里，钱财，地产，天长地久的一切，全不可靠了。靠得住的只有她腔子里的这口气，还有睡在她身边这个人。……他从被窝里伸出手来握住她的手。他们把彼此看得透明透亮，仅仅是一刹那的彻底的谅解，然而这一刹那够他们在一起和谐地活过十年八年。[③]

在文明制度中寻求饭（范）票的白流苏与“把女人看成他脚底下的泥”的范柳原，这一对“精刮”“算盘打得太仔细”[④]的自私男女，竟结为心心相印的夫妻了。

从《公演特刊》的观众评论中，我们还能看到一点台词的痕迹：

（白家“渺小，自私”的一群）等到“什么都改变了，天长地久的田地房产，汇丰银行，美金英镑，全不可靠了”（第四幕）的时候，这种人就要变成“活人死”了！如果要想真正的活着，只有那敢于肩负着重担，勇敢地一步一步登上高山去吸取生命的泉水的人们！[⑤]

最后一句话是由战后的废墟上，范柳原脱下了西装挑水的场面而来。这一强烈的形体语言配合台词中的“田地房产，汇丰银行，美金英镑”将

① 童开：《〈倾城之恋〉与〈北京人〉》，《〈倾城之恋〉演出特刊》，大中剧艺公司。
② 应贵：《岁尾剧团巡礼》，载《杂志》1945年新年号，1月1日。
③ 《倾城之恋》，《传奇》，人民文学出版社1986年版，第102—103页。
④ 《倾城之恋》，《传奇》，人民文学出版社1986年版，第94页。
⑤ 童开：《〈倾城之恋〉与〈北京人〉》，《〈倾城之恋〉演出特刊》，大中剧艺公司。

观众的思索导向对造成男女不平等的根源，也是战争根源的深思。

在战争的废墟中，财产化为乌有，柳原放下了富豪身段，与流苏共患难，男女终于有了暂时的平等，也有了一瞬的理解，乱世中诞生了一对本来不可能结合的平凡夫妻。

五

1950 年，在张爱玲的小说长篇小说《十八春》中，我们又看到了《舞女泪》的影子。小说描写了职业女性曼桢与恋人、亲属之间悲欢离合的十八年。而引起一系列命运变化的关键人物为其姐姐——舞女曼璐。

曼桢、曼璐、舞女、姐妹，人名与关系结构都与《舞女泪》相仿！不仅如此，姐姐曼璐走上舞女的道路也跟《舞女泪》中的十九岁的曼丽与十七岁的爱丽一样，因为父亲死得早。

《舞女泪》中，妈妈和一个天真的妹妹小娟需要姊妹俩抚养，《十八春》中，曼桢家姊妹六个。

《十八春》的故事梗概如下：

上海某工厂写字间女职员顾曼桢与实习工程师世钧相恋。曼桢因父亲早死，下面还有四个弟妹及母亲需要供养，在工作之余，还要兼任几份家教工作才能维持基本生活，因为不愿意拖累世钧，想等经济有所好转后再组织小家庭，故迟迟没有成婚。

曼桢与世钧之间发生了一些小小的误解，然后，由于曼桢的突然失踪，两人分离，多年以后，两人再见，但岁月已逝，唯有各自沿着已定的轨道继续走下去。

文本一开始便从世钧的角度道出一个悬念：在职场认识曼桢并建立亲密关系后的世钧被挡在她家的巷口，直感到曼桢家中似乎有着一个不愿道与外人的秘密。不久，这秘密便由曼桢主动告诉了他。曼桢十四岁就失去了父亲，唯有中学还没毕业的姐姐大一点。为了养家“只有去做舞女”。

听到这话的世钧非常清醒地回答：“舞女也有各种各样的，全在乎自己。”曼桢的回答更清醒：“舞女当然也有好的，可是照那样子，可养活不了一大家子人呢！”她对姐姐与职业的评价是：“反正一走上这条路，总是一个下坡路，除非这人是特别有手段的——我姐姐呢又不是那种人，她其实是很忠厚的。”

忠厚的姐姐曼璐，放弃了十七岁时订婚的在上海读医学院的慕瑾。风华正茂时，她也曾有过鼎盛时期（这段历史由世钧父亲道出，别具讽刺意义），随着青春的渐逝，每况愈下——先是与人同居，离开了舞场，后来，同居人走了，留下了顶下的房子。世钧认识曼桢时，她便住在这里：全家住楼上，“蜕变为一个二路交际花”的姐姐，住在楼下的家里并接待各种男客。一时，楼上楼下，两个世界。出于与生俱来的本能的自卫感，在此，曼桢永远穿着一件蓝布衫。

终于，曼璐与常客、在交易所做投机生意的祝鸿才结了婚，搬了出去。年届中年的祝鸿才乡下有老婆，一人独居上海，从不回乡。虽然钱不多，但还能负担曼璐一家的生活开销。要强的曼桢劝说母亲拒绝姐姐的援助，自己承担起一家生活的担子，早出晚归，连见男友的时间都挤没了。而世钧，南京的家中虽有皮货商的父亲，但因父亲长期生活在二房处，与世钧的母亲、大房太太仅维持着有名无实的夫妻关系，同情母亲的世钧不愿继承父亲的家业，靠母亲接济在窘境中读完了大学后寄居朋友家在上海过起了清贫的生活，亦无力分担曼桢的家累。

曼璐结婚后不久，祝鸿才发了财，买了地皮盖了房子。此时，他已不把体弱色衰的曼璐放在眼里。

对曼桢，祝鸿才一直极其向往，“仗着有钱”，向曼璐要求帮助。刚开始，曼璐怒不可遏：“我这一个妹妹，我赚了钱来给她受了这些年教育，不见得到了头儿还是给人做姨太太？”然而，维持着摇摇欲坠，朝不保夕地位的她，最终打起了妹妹的主意。最后导致曼璐实行的是，她在家中偶遇从前的未婚夫、乡村医师慕瑾，并知道他一直没结婚，旧情复燃，但她立即发现慕瑾喜欢的是酷似当年自己的妹妹。曼璐将愤恨转嫁了：“曼璐真恨她，恨她恨入骨髓。她年纪这样轻，她是有前途的，不像曼璐的一生已经完了，所剩下的只有和慕瑾的一些事迹，虽然凄楚，可是很有回味的。但是给她妹妹这样一来，这一点回忆已经给糟蹋掉了，变成一堆刺心的东西，碰都不能碰，一想起来就觉得刺心。”

终于，曼璐设计，装病骗妹妹到自己家，让祝鸿才强暴了曼桢并囚禁了她，让全家迁去苏州，并欺骗了前来寻找的世钧，说曼桢已与慕瑾结婚。

故事至此，已超出了读者能接受的极限[①]。然而，更不堪的是，生下祝的孩子后，从医院逃了出来，并拒绝了找上门来恳求她回去做祝太太并照料孩子的濒死姐姐的要求的曼桢，最后为了孩子主动与祝鸿才结了婚。

如此故事，文学史上真可谓史无前例！

而“笑起来像猫，不笑像老鼠”的粗俗不堪的祝鸿才靠丈夫这一枢纽将清纯女学生曼桢与“风尘”舞女曼璐合二为一。曼桢与曼璐的表象混淆了“善”“恶”观念，颠覆了“良家少女”与“淫荡妓女”的传统形象，背离了读者的期待，塑造出了中国文学史上女性表象的异数。

① 当时就有年轻女读者上门抗议。

六

张爱玲在《传奇》的开篇总结了自己讲故事的宗旨:“书名叫传奇，目的是在传奇里面寻找普通人，在普通人里寻找传奇。”《自己的文章》中，她阐述了自己的文艺思想:

> 弄文学的人向来是注重人生飞扬的一面，而忽视人生安稳的一面。其实，后者正是前者的底子。又如，他们多是注重人生的斗争，而忽略和谐的一面。其实，人是为了要求和谐的一面才斗争的。

> 强调人生飞扬的一面，多少有点超人的气质。超人是生在一个时代里的。而人生安稳的一面则有着永恒的意味……它存在于一切时代。它是人的神性，也可以说是妇人性。

张爱玲首先将注重“斗争”这“人生飞扬的一面”的文学定位为“超人”气质的文学，具有一个（特定）“时代”的文学，而她更倾向与之相对的，注重人生“安稳”的、“永恒”的、“人的神性”，亦可称为“妇人性”的文学。

> 极端病态与极端觉悟的人究竟不多……所以我的小说里，除了《金锁记》里的曹七巧，全是些不彻底的人物。他们不是英雄，他们可是这时代的广大的负荷者。因为他们虽然不彻底，但究竟是认真的。他们没有悲壮，只有苍凉。悲壮是一种完成，而苍凉则是一种启示。

> ……我以为这样写是更真实的。我知道我的作品里缺少力，但既然是个写小说的，就只能尽量表现小说里人物的力，不能代替他们创造出力来。而且我相信，他们虽然不过是软弱的凡人，不及英雄的有力，但正是这些凡人比英雄更能代表这时代的总量。

张爱玲宣称，自己描写的人物与英雄无缘，她（他）们都是不彻底的凡人。同时，她强调指出，这看似背反的两者之间，具有内在的统一，后者是前者的基础。由于不以“彻底的”“斗争”为主题，表现技巧也与之相应，“不喜欢采取善与恶、灵与肉的斩钉截铁的冲突那种古典的写法”，而是使用“参差的对照的写法”，即表现差异的写法。她的传奇是凡人苍凉的戏剧，不是英雄壮烈的悲剧。

放弃“英雄的特别的悲剧”，描写普通人的生活琐事并不是张爱玲的专利，果戈理、契诃夫以后，已形成一股文学潮流。鲁迅说过：

> 这些极平常的，或者简直近于没有事情的悲剧，正如无声的言语一样，非由诗人画出它的形象来，是很不容易觉察的。然而人们灭亡于英雄的特别的悲剧者少，消磨于极平常的，或者简直近于没有事情的悲剧者却多。[①]

张爱玲自小熟读《红楼梦》，将其视为自己文学的“理想”“标准”[②]“一切的源泉”[③]，从中读出：

> 原著八十回中没有一件大事，除了晴雯之死……前八十回只提供了细密真切的生活质地。[④]

描写“日常事”的“奇书”《红楼梦》正是统一了“平凡”与“传奇”的范本。

结 语

王国维说，《红楼梦》中，导致宝玉与黛玉心心相印却终不能成眷属之悲剧的原因是，“而金玉以之合，木石以之离，又岂有蛇蝎之人物，非常之变故，行于其间哉？不过通常之道德、通常之人情、通常之境遇为之而已。由此观之，《红楼梦》者，可谓悲剧中之悲剧也。”[⑤]

《舞女泪》的作者们大概也读过《红楼梦》，因为曼丽的最后场面酷似黛玉临终焚诗，连同那句“宝玉你好……”。

同样以《红楼梦》为范本，张爱玲学到了精髓。请看：曼桢与曼璐的“非常之变故”又何尝不是当时的“通常之道德、通常之人情、通常之境遇”？！

再看张的早期文本，《十八春》的主题与《金锁记》相似，曼璐、曼桢的形象则与《红玫瑰与白玫瑰》[⑥]相近，善恶相间，互为转换，人物因复杂更显丰满，意义更加丰富，更接近现实，因而更加令人信服。在张爱玲笔下，就是祝也有人性的一面，不仅对朋友抛弃的“下堂妾”不错，还真心

---

① 《几乎无事的悲剧》，《且介亭杂文二集》，《鲁迅全集》第六卷，人民文学出版社 1981 年版，第 377 页。

② 《论写作》，载《杂志》第 13 卷第 1 期，1944 年 3 月。

③ 《红楼梦魇·自序》，（台北）皇冠出版社 1977 年版，第 10 页。

④ 《国语本〈海上花〉译后记》，《海上花》，（台北）皇冠出版社 1983 年版，第 606 页。

⑤ 《红楼梦评论》，见《红楼梦评论·石头记索隐》，上海古籍出版社 2005 年版，第 15 页。

⑥ 参见邵迎建《传奇文学与流言人生》，三联书店 1998 年版。

痛惜她的幼女，给她“父爱”。

50年代末，张爱玲的电影剧本《六月新娘》[①]中，舞女又一次出现。这次是一位善良无比的美女，如她的名字“白锦”，她主动放弃已经到手的大富豪新娘的位置，追回任性的小姐丹并对她说“他心里一直爱的是你”，“我放弃了他，已是很大的牺牲了。而牺牲的动机是:因为我希望季方(男主角)幸福。”

有人说：

> 一部剧本，愈是有价值(即愈是对了一个时代说话，而有伟大感动的能力)，必愈是充满了作者所处时代的精神(即所受人生的影响愈为深刻)。而愈是充满了时代的精神，愈容易过时，这是当然的事实了。[②]

综上所述，同样描写舞女，元文本《舞女泪》提供了关于舞女生活的原材料，于伶则是在借“舞女”对“抗日”这个特定时代的民众说话，而张爱玲的舞女，刻画的是隔壁家姐姐的形象。

比之米米，曼璐欠悲壮却更苍凉，“而苍凉则是一种启示”，或许这就是张爱玲的作品至今人气不衰的原因吧。

（邵迎建：日本东洋文库研究员、日本东京大学文学博士）

① 十月文艺出版社2010年版。

② 《属于一个时代的戏剧》，1928年6月17日。原载《洪深戏曲集》，《洪深文抄》，人民文学出版社2005年版，第115页。

“新时期”女性写作的镜像突围与困境：触感之道

刘军茹

摘　要：“新时期”女性写作在与男性话语“合谋又冲突”的艰难涉渡中，努力突破男性凝视中的女性镜像，而体现女性生命体验的触感书写则充满了裂隙与困境。而触感之道，则指向爱的责任中建构自我与他人的共情关系。

关键词：新时期　女性写作　女性镜像　触感

“新时期”文学肇始于意识形态领域的思想解放运动，后继的文学实践也表现出与同时期现代化变革基本一致的维度和情绪，灼照未来的宏大叙事给予了视觉充分的信任和依赖。我们瞩目“伤痕”“反思”“改革”“寻根”这一进化链条上依次衍生的被文学史重点叙述之小说文本，最先感受到的依然是那凝视的眼睛。刚刚走过雾霭迷泽的人们，首先睁开了眼睛，凭借眼睛——“最可靠的感觉”[①]——来感知世界、认识自我以及他人。而这一时期的男性作家率先以“班主任”等“历史的主体和获救者”[②]的姿态浮出地表并观察女性，从而呈现出某种单向度凝视下的理想的女性镜像，正如约翰·伯格《观看之道》中对欧洲裸像油画的分析：“‘理想’的观赏者通常是男人，而女人的形象则是用来讨好男人的。”[③]作为被观赏被凝视的对象，女性作家在其自身生命经验的书写中则表现出更繁复更斑驳的色彩。对此，戴锦华在其新时期女性写作研究的奠基之作《涉渡之舟》中已经敏锐地指出：“事实上，在70年代末到80年代中期，中国社会所经历的深刻的文化转型之中，女作家群成了这一文化、话语构造相当有力的参与者。……新时期的女性话语亦相当繁复地与主流（男性）话语呈现出彼此合谋又深刻

① 〔古希腊〕柏拉图：《斐多篇》，辽宁人民出版社2000年版，第15页。

② 戴锦华：《涉渡之舟：新时期中国女性写作与女性文化》，北京大学出版社2007年版，第34页。

③ 〔英〕约翰·伯格：《观看之道》，广西师范大学出版社2015年版，第91页。

冲突的格局。”[①]

一、女性写作之镜像突围

不可否认，中国小说诞生之初的女性镜像就有着明显的男性凝视倾向。《西厢记》《牡丹亭》《桃花扇》《长生殿》里的崔莺莺、杜丽娘、李香君、杨玉环等，一个个痴情而浪漫的女子，为爱一往情深，但隐含的却是男性欲望的窥视、想象和慰藉；《三国演义》《水浒传》中着墨并不多的几个女性，无论是貌美聪慧的貂蝉、大乔、小乔，还是深明大义的孙尚香、糜夫人，或者淫荡放浪的潘金莲、潘巧云、阎婆惜等，作为标签性的存在更像男性身份的点缀；到了现当代文学，鲁迅笔下的祥林嫂、吴妈、单四嫂子、爱姑等这些被压迫的柔弱女性，以及《伤逝》《二月》《青春之歌》中的子君、文嫂、林道静，有了些许个体生命的觉醒，但她们仍处于服从者、听命者地位。总之，中国小说／男性书写所呈现的女性镜像即女性作为传统道德和美的化身、仁爱慈祥的抚慰者而成为男性的最后避风港。“落难书生与多情小姐”的故事也成为传统小说中的常见题材。而我们进一步考察新时期小说，在新的现实政治和意识形态下，作品中出现了大量不同于传统的女性“新人”形象，[②]女性似乎被赋予了新的社会政治属性和时代标签。但细细读来则会发现，根本性的传统女性镜像其实并没有大的改变。“新时期”小说尤其是伤痕、反思小说中广泛存在的救赎意识，有着明显的工具属性，即女性是救赎男性的工具。比如鲁彦周的《天云山传奇》、叶辛的《蹉跎岁月》、孔捷生的《在小河那边》、古华的《芙蓉镇》《爬满青藤的木屋》、叶蔚林的《蓝蓝的木兰溪》、张贤亮的《灵与肉》《绿化树》《男人的一半是女人》、路遥的《人生》、张承志《黑骏马》等等。这些男性作家笔下的女性大都贤惠体贴、善解人意、丰饶坚忍，“以她的母爱、自我牺牲，乃至仅仅以女性的身体从灾难与劫数中托举起落难的男人，修复他的伤残，显影并填充在灾难岁月男人记忆的‘黑海’之中。”[③]反观罗群、秦书田、许灵均、章永璘、高加林等男性形象，或体弱多病，或蒙冤落难，从男性对女性／母性的凝视来看，他们事实上也承认了自己的弱势，认同了女性力量的伟大和持久，但吊诡的是最后作为历史主体存在的却是男人，而无私奉献、创造救赎的女人却被排除在外。或者说，女人仅仅是为落难书生提供

① 戴锦华：《涉渡之身：新时期中国女性写作与女性文化》，北京大学出版社2007年版，第24页。

② 参阅黄平：《再造“新人”——“新时期”“社会主义现实主义”的变化及其影响》，载《文学史的多重面孔》，程光炜主编，北京大学出版社2009年版，第76页。

③ 戴锦华：《涉渡之身：新时期中国女性写作与女性文化》，北京大学出版社2007年版，第34页。

物质食粮或遮风避雨的临时住所，是促发男人成长成熟的阶段性工具。可见，中国传统女性镜像的关键性特质并没有太大的变化，即女性仍然被想象为男性心灵复原的慰藉所、栖息地、滋养源，甚至最后的养生之地、遁世之所、占有之物。女性被男性目光赋予的这种属性和功能，也镜像般映射着男性的风度，即他们在政治现实面前受挫之后，或者从女性那里寻求心灵慰藉，或者以女性自况，并通过女性的美好品德来凸现其他男性——现实权力掌控者的卑污和龌龊。因此，女性既是他们的自我观照、移情之对象，是男性目光有意制造出来的美好品德，同时也是他们的占有之物，男性欲望需要美好女性的抚慰和关怀，这仍是一种单向度的占有式的男性凝视。凝视的眼睛一直亢奋地向前寻找着、膨胀着、占有着。但与此同时，一些女性作家则开始有意或无意地调整姿态、艰难涉渡，试图突破传统的男性凝视镜像并寻找更多的话语可能性。

《东方女性》中的林清芬面对丈夫突如其来的婚外情，她与情敌方我素从憎恨、排斥、焦虑到互谅互助，慢慢地走入彼此的内心。而故事的男主角却始终是缺位的，刚一出场就被下放到农村。可见，面对艰难时世，男人是无法与女人共同承担的，是被摒弃的。三个人相遇的一幕则干脆让男人闭上了眼睛：

> 他（余大卫）看见我（方我素）抱着孩子走到他面前时，竟如同垂死的人一样闭上了眼睛，再也没有敢睁开……这时，我听见她（林清芬）小声地叫了我的名字，回头一看，只见她朝我伸出双手，张开了那双抖瑟着的粘满面粉的手。我一下子从她诚挚的目光里懂得了她这一举止的全部意思。我似乎没有犹豫就慢慢地朝她走去，把孩子交给了她……①

这里作者明确告诉我们，女人不再需要男人的目光——他如同垂死的人一样闭上了眼睛，再也没有敢睁开。而两个果敢的女人则在坦诚善良的目光以及宽厚温暖的双手中，独自面对生活的苦难以及内心的疼痛。《方舟》对这种拒绝的表达则更为直接，三个或离异或分居的女人相濡以沫、彼此支撑，在她们建造的“方舟”里努力逃离各种被凝视，与之对照的男性则大都显得庸俗、猥琐、下流。有意味的是她们细心呵护并寄予厚望的后代蒙蒙——一个七岁男孩，保护母亲、报复父亲的方式竟然是曝光父亲珍爱的胶片。②这里作者借后代之手，毫不留情地销毁了成年男人的凝视及其景观。《爱，是不能忘记的》女主人公钟雨爱慕一个已婚老干部，但却无

① 航鹰：《东方女性》，载《上海文学》1983年第8期。
② 参阅张洁：《方舟》，载《收获》1982年第2期。

法与他相视相融，而只能默默凝视那套他送给她的书籍，或者那条两人曾经走过的唯一的小路。与传统的作为抚慰者、点缀者的女性形象相比，钟雨们似乎在“自为”的选择中开始走上自我确认之路，但是她们在实现自我价值时的迫切或被动，不想或不能与男性及其目光对话，并试图逃避、摒弃、驯服对方，是否同样指向了一种自恋式的凝视。涉渡之舟继续追寻，是否还有另外的方式，能使我们真正摆脱彼此的外在凝视和占有，从而建构真正的有生命力的主体，以及自我与他人的共在共存。

航鹰的《明姑娘》做了更大胆的尝试——男人和女人都不再需要眼睛，并细致入微地设想了视觉退去之后的惊喜。没有了眼睛的探索，在明姑娘的爱的抚摸和引导下，赵灿经历了最初的气馁绝望，逐渐学会做饭做工、学习盲文、参加运动会，“他完全变成了另外一个人，比失明以前还健谈、快乐。”[①] 似乎只有失去了视觉他才寻找到真正的自我，以及真挚的爱情。男女摈弃看与被看的欲望，没有了视觉，通过其他感官，不仅可以达成沟通互感，而且感官体验反而更真实，想象力反而更自由。如同俄狄浦斯，只有在眼睛失明后才会明白真相；如同白鲸，其神圣的甜蜜的崇高的白色，只有冒着失明危险才敢注视。在视觉上拥有世界就意味着远离本质和美好，视觉乃是本质之死亡。当尼采喊出“上帝已死”时就已经意识到澄明／朗照之凝视对其他感官以及本质的遏抑，并指出“从感觉出发，才引出一切可信，一切善心，一切真理的幻象”[②]。“新时期”女性写作在与男性“合谋又冲突”的凝视中，开始转身、反观，反观自身与他人，并在深邃细腻的生命体验中，引向了获得自我存在的另一种可能性——触摸。

二、女性触感的觉醒与困境

亚里士多德认为“触觉是我们实际上所拥有的感觉”[③]，德里达也说“触，是生与死的问题”[④]。触觉，作为人的内在感觉，与人的生命、灵魂相关。有研究表明，接受按摩的婴儿比没有接受按摩的婴儿体重的增加要快 50%，而且前者比后者更活跃、自我调节更迅速、更能容忍噪音、情绪控制也更好。[⑤] 而在一些特别的个案中，不被触摸的婴儿会发生一种叫作“不成长”

---

① 航鹰:《明姑娘》，载《青年文学》1982 年第 1 期。

② 〔德〕弗里德里希·尼采:《超善恶》，中央编译出版社 2005 年版，第 79 页。

③ 〔古希腊〕亚里士多德:《亚里士多德全集》（第三卷），中国人民大学出版社 1992 年版，第 64 页。

④ Jacques Derrida : On Touching-Jean-Lue Nancy，Trans. Christine Irizarry ，Stanford University Press，2005，p.47.

⑤ 参阅〔美〕黛安娜·阿克曼:《感觉的自然史》，花城出版社 2007 年版，第 79 页。

的疾病，甚至死亡。[1]从自然生理上看，女性繁复致密的触感更是有着天然的性别特质。女性的子宫就对触感敏锐，不仅仅是皮肤，还有黏膜，这些黏膜有着生命的流动性和呼吸性。这是来自女性身体的一种最原初的感觉，女性身体被剥离后的不适和渴望，使得她们需要再次触摸以及被触摸。波浪般弯曲的柔软的乳房，是最初生命被喂养的地方，乳房与最初的嘴唇接触，既有性别特征又有触感性质。乳房喂养生命，不断给出，给出自身，不求回报，这再次回到了母性，回到了我们最初的存在。德语的存在（Das Sein）与法语的乳房（le sein）就是同一个词。[2]由此，触感是从生理上回到生命的滋养之地，是感觉的回归之道，在回归中寻求个体命运的踪迹，思考自我与他人的关系以及差异。于是，与女性的性别身份天然契合的触感经验，自然成为女性书写者表达个人权利的渴望和先声。

考察新时期女性作品中不断出现的有关握手、抚摸、拥抱、接吻等触感经验的书写，我们发现这种苏醒由最初的小心翼翼、惊奇狂喜，而逐渐蓬勃旺盛地四处蔓延。钟雨和老干部各自的现实婚姻使他们极力避免相遇，偶然的一次路遇作者是这样描述的：

> 他走过来，对母亲说："您好！钟雨同志，好久不见了。"
>
> "您好！"母亲牵着我的那只手突然变得冰凉，而且轻轻地颤抖着。
>
> 他们面对面地站着，脸上带着凄厉的甚至是严峻的神情，谁也不看着谁。母亲瞧着路旁那些还没有抽出嫩芽的灌木丛。他呢，却看着我："已经长成大姑娘了。真好，太好了，和妈妈长得一样。"
>
> 他没有和母亲握手，却和我握了握手。而那手和母亲的手一样，也是冰冷的，也是轻轻地颤抖着的。我好像变成了一路电流的导体，立刻感到了震动和压抑。我很快地从他的手里抽出我的手，说道："不好，一点也不好！"[3]

男女主人公都在极力控制自己的目光、表情、语言，但记录内在情感的"手"却一下子就出卖了他们的秘密，冰冷而颤抖的手无法掩饰激动而压抑的内心。就像盲人作家海伦所说："人们能控制面部表情，但却控制不了手的情绪反应。……手时刻记录着永恒不变的人性特征。"[4]两个人在试图靠近对方时的"手的情绪反应"，在彼此谨慎维持的触觉禁忌的背后，隐含

---

① 参阅〔美〕黛布拉·哈夫纳：《从尿布到约会——美国家庭性教育"圣经"》，接力出版社2017年版，第33页。

② 参阅夏可君：《身体：从感发性、生命技术到元素性》，北京大学出版社2013年版，第219页。

③ 张洁：《爱，是不能忘记的》，载《北京文艺》1979年第11期。

④〔美〕海伦·凯勒：《假如给我三天光明》，天津社会科学出版社2010年版，第186页。

着的是来自女性书写者心灵深处的呼唤和渴望，一种被遏抑的触不到他人的渴望："让我们耐心地等待着，等着呼唤我们的人……"

《哦，香雪》代表了铁凝早期作品自然清新的话语特征，而更早时候的《灶火的故事》[①]则有着明显的"犯规"意向，也正因此受到一些老作家的批评，认为是"以色相迷人"，但后来铁凝却说："《灶火的故事》的写作才是我对人性和人的生存价值初次所做的坦白而又真挚的探究。"[②]小说中灶火背小蜂过河一段，着墨不多，但却"坦白而又真挚"地初次"探究"了女性身体对年轻男性的冲击——"她扑在他背上，河水泛起雪白的浪花，打着小蜂的脚，打着小蜂的腿和腰"。生命的力量扑面而来，就像小蜂这个具有象征意味的名字，冲击着不知所措的灶火。虽然小蜂"还是像往常一样"友善地握手，但灶火却开始有意躲避，"低着头往前走"，两人之间符合人性的友善融洽关系并没有形成。

而遇罗锦的《一个冬天的童话》对于女性生命经验的实录性书写则引发了更热烈的关注，作者大胆地展示了"我"与第三者维盈的触感之"爱"。两个人"坐在炕沿上，他轻轻地捏着我的手指，一下一下地剪着。幸福的心情伴随着钟表的嘀嗒声，传遍了我的全身。我从没这么幸福过！我多希望时间慢一点走，多希望他老这么剪下去呀！""他温柔地抚摸我的手，把我轻轻地抱过去，抚摸我的头发、脸蛋，深情地望着我，把我当做一个可怜的孩子。……我在这无言的爱语里，在感情的交流中感到深深的满足、甜蜜和幸福。我心里的一切不快和痛苦都将化为乌有……他那好听的呼吸声像是一副洗涤剂，把屈辱和痛苦全洗干净……"[③]如此朦胧、温柔、含蓄的触和摸，在"我"看来这样的"爱"才是走向彼此的第一步；如此隐秘而强烈的个人触觉经验书写，也使这部小说成为"一部真正的作者个人的故事、一部私小说，将文学的个人性推向了极致"[④]。

作为一部自传性小说，或许有着作者个人不幸遭遇的情绪化书写，甚至有故意美化嫌疑，但其对于美好纯真爱情的向往从触感开始，从寄寓莫名的生命悸动的交流性的触感开始，则凸显了女性被压抑的触觉意识的觉醒。与此同时，透过这个童话般的触觉之爱，我们也感到了女性主体自身所存在的问题，"把我当做一个可怜的孩子"，这种降低或弱化身份的吁请姿态，这种把自我感觉和幸福建立在希冀他人付出、拯救的基础之上，反而使自我感觉在虚幻中被麻醉、被遏制。同时幻想对方是一副洗涤剂并清洗自己的屈辱和痛苦，洗涤剂可能会带走污浊和屈辱，但也会消亡对方。

---

① 铁凝：《灶火的故事》，载《天津日报》文艺增刊1980年3月。
② 铁凝：《铁凝文集》自序五章，载《文论报》1995年3月1日。
③ 遇罗锦：《一个冬天的童话》，载《当代》1980年第3期。
④ 王安忆：《女作家的自我》，《漂泊的语言》，作家出版社1996年版，第414页。

可见，遇罗锦在追求“深深的满足、甜蜜和幸福”等自我感觉时，根本没有顾及对方的差异性存在，对方是否也渴求同样性质的抚摸、拥抱？甚至可以认为她根本不在意对方的感觉和未来，只要“我心里的一切不快和痛苦都将化为乌有”，对方成为洗涤剂或其他又何妨？

由此可见，遇罗锦的“幻想式触摸”其实是一种自恋，是从自我出发的对他人的过分索求，而没有对他人的体谅、给予和责任，也触摸不到他人的温度；钟雨的“导体式触摸”依靠的是第三方，则直接切断了、放弃了感知他人的途径，彼此并没有建立实在的触觉关系，彼此被压抑的灵魂只能相会在夜晚的柏油小路，或走向自触式的虚幻。“不好，一点也不好”，童言无忌却很真实，压抑的自我感知是孤独的。这种没有分享的孤独的爱，本质上仍是一种占有——“占有这一生存方式是排他的，它使每个人和每一件东西成为无生命的物，并使之从属于另一种力量。”[①] 在这种力量面前，偶然的一次相遇，钟雨则“失魂落魄，失去听觉、视觉和思维的能力，世界立刻会变成一片空白”[②]。回避彼此内在交流的触，使之逐渐成为空白，也逐渐消弭了自我。苏醒后的女性触感，对于他人尤其是男性的排斥、拒绝，似乎越来越陷入另一种孤独。社会学派精神分析家卡伦·霍妮对“神经症人格”的分析有助于我们深入地理解女性醒来的四处延伸的触感，她认为神经症人格形成的原因在于我们内心的不安全感、自卑感和不足感。[③] 或者如弗洛姆所说，人是孤独的。人知道自己的孤独和与世隔绝，所有时代和生活在不同文化中的人，永远面临这个问题——孤独。[④] 人，从天堂被驱逐后就失去了安全感，亚当和夏娃吃了辨别善恶的智慧果，认识到彼此的特殊和距离，从而产生陌生、恐惧，以及羞愧感、负罪感、不安全感，彼此成为分离的、孤立的男人和女人；人，被上帝诅咒后，面对无限的通天塔之梦想，彼此分割的人注定是孤独的、有限的，没有安全感的。但并不是绝望的。小蜂的“主动式触摸”有着自身的温暖和善意，但最终也无法接近和触发另一个孤独的内心。孤独但心怀梦想的人们，触摸是否可以安抚摒弃凝视后的不安全感以及个体的梦想，或者说触摸是否可以通达自我与他人的共在共存？

三、触感之道：共情之爱

孤独，既然是与生俱来、无法抹去，既然是人不同于其他生物的特殊

① ［美］埃里希·弗洛姆：《占有还是存在》，世界图书出版公司 2015 年版，第 64 页。
② 张洁：《爱，是不能忘记的》，载《北京文艺》1979 年第 11 期。
③ 参阅［美］卡伦·霍妮：《我们时代的神经症人格》，译林出版社 2015 年版，第 16 页。
④ 参阅［美］埃里希·弗洛姆：《爱的艺术》，上海译文出版社 2011 年版，第 12 页。

存在，那么如何打开自我，唤醒双方内在的生命力？根据亚里士多德的触感理论，五种感官中只有触觉不需要外在媒介。[①]也就是说，身体就是触觉的媒介，触觉直接与手、足、口、肌肤等有关，直接与我们的身体有关。相较于视觉关注外在性、整体性，触觉更在意身体／主体的内在性、渐进性、感发性。或者说触觉在自我感发中走近他人，在触摸中召唤着他人的温暖和回应，以及孤独中依然存在的梦想。《我们这个年纪的梦》[②]里那个“青梅竹马”的童话梦也是从触觉开始的，羞涩的男孩埋头在女孩手心里写下了一个字，又一个字，轻轻的，暖暖的。长大后，这个“揉到手心里”的童话梦却揉进了一条单循环的封闭的轨道，校对、买菜、做饭、吃饭、闲坐、睡觉，日复一日，庸常琐碎。她把手放在膝上，慢慢地搓着，希望搓掉那向外扩散的飞扬的梦想和孤独。她慢慢地与丈夫以及周围的人保持一致，不再有红帆船的缥缈的童话。被动的同一后面其实是对他人的过分顺从、依赖，但如果依赖的对象没有回应或拒绝回应呢？曾经也痴迷极光梦的陆岑岑[③]，带着幼年触摸窗玻璃冰凌花的兴奋和勇气，走出了麻将声不断的未婚夫傅云祥家的洋楼，走向了真诚淳朴的爱的行动者、回应者曾储……

弗洛姆在《爱的艺术》中指出：“对人类存在问题的真正的和全面的回答是要在爱中实现人与人之间的统一。”[④]爱，不是一方俘虏另一方，不是一方占有另一方，而是赋予自己爱的能力的同时，也给予他人以爱与被爱的权利。积极主动的爱是创造性的活动，是一种主动的果断行动中的触摸，也是一种有回应的爱，即同情（sympathy）／共情（compassion）之爱。相触相感，触觉成为自身与他人共在的条件。各种宗教仪式中，人们触碰、跪拜、五体投地，用各种触摸向神灵的召唤表达内心的希望和热爱；“最后的晚餐”，耶稣说“这里是我的身体”，这是触觉的召唤。抛出自我，投向他人，在触觉中与他人共感共存。只有与他人结为一体，挣脱出以自我为中心，才能得到宽恕（atoned）。赎罪（atonement）一词就来自英语 at-one-ment（结为一体）。当然对于召唤的回应，起初可能是微弱的、羞涩的、胆怯的，也是容易被忽视的，但却充满希望。

明姑娘明明知道自己根本无法复明，却在奉献和给予中陪伴着、鼓励着另一同行者赵灿的希望，这不是施舍，也不是自怜，而是平等中的利他和自尊。她用自己的手和心灵主动编织着、触摸着青春和爱情。而爱的另一方，视觉受限后触觉绽放，而且在女性触感引导下而绽放。“她把手放在

① 参阅〔古希腊〕亚里士多德：《亚里士多德全集》（第三卷），中国人民大学出版社 1992 年版，第 60 页。

② 张辛欣：《我们这个年纪的梦》，载《收获》1982 年第 4 期。

③ 张抗抗：《北极光》，载《收获》1981 年第 3 期。

④〔美〕埃里希·弗洛姆：《爱的艺术》，上海译文出版社 2011 年版，第 21 页。

了他的掌心里，他的手心感觉到了她手心的温暖，还有湿漉漉的热汗。”两个人的手微微颤抖，这是同频共振中的共情之爱，平等中的回应之爱——“他真的看到了一位披着绿纱的森林女仙，而且，女仙伸出花枝般的手指抚摸他的脸了。所触之处，他便感觉自己也为绿汁所染，通身变得青翠透明了……”这是触觉的奇迹，有回应的触觉奇迹。面对复明后的赵灿及其海誓山盟，明姑娘并不盲目，依然保持着积极的自省和谦逊：“接受施舍会使人变得卑微，被人怜悯是痛苦的事情。……请不要把诺言当成束缚自己的绳索，一切让生活自己去回答吧！……”小说没有交代赵灿之后的回应，但这种利他的主动的共情之爱，已经散发出生命的创造力。

明姑娘和赵灿是幸运的，同频共振中彼此触摸到了那份温暖和美好，以及希望。但生活中还有许多身处暗角的藤蔓，它们四处蔓延的触感因微弱因卑怯因特殊而有悖于普遍的触觉标准，始终得不到他人的回应，始终不能浮出暗夜，就像那孤独的愚人船永远漂荡而无法靠岸。于是，钟雨和老干部两个已婚的男人和女人，在无法触及的触觉渴望中，主动放弃了回应。在遇罗锦的幻想式触感中，对方最终还是因为她是成分不好的已婚女人而退却、逃离。没有回应的触觉关系无法建立真正的爱的关系——“爱指向他人，指向处在虚弱中的他人。在此，虚弱并不表示任意某个属性的更低程度，或自我与他人所共有的某种规定性的相对缺陷。虚弱先于属性的显示，它是对他异性本身的认定。爱，就是为他人而怕，就是对他人的虚弱施以援手。”[①]“他异性本身”即人的全部，自然包括了虚弱、不足和缺陷，也包括了黑暗森林中那些扭曲者、低位者、漂泊者。没有回应的触感不是无法触及，而是“潜意识中阻挡我向你贴近”，内心中没有与他人的同情共感。究其根本，则是缺少对差异性的理解和给予，以及爱的责任。

“不分性别而灵魂平等”——作为“新时期”启蒙思想之一，也是女性话语书写的重要策略，但男女作为身体对立的两极，其触感差异性果真消失了吗？男人和女人又该如何站在同一个地平线上？承认触感的相异性，承认女性与男性分别作为生理上不可消弭的对立而统一的两极，才能感知并承担对方的异质和痛苦，才能在“爱”中实现自我与他人的统一。否则即使同情共振，即使站在了同一地平线上，但孤独的内心沟壑、彼此的隔阂依然难以抚平。张辛欣在《在同一地平线上》里细腻地呈现了男人和女人多方面的触感差异。男人希望妻子“温顺，体贴，别吱声，默默做事，哪怕什么也不懂”，而女人则希望“靠着他待一会儿。他的身体像一个厚实、温暖的墙”[②]。男女不同的感官期待也使他们对于曾经的共同生活的记忆完全

① 〔法〕伊曼努尔·列维纳斯:《总体与无限：论外在性》，北京大学出版社2016年版，第246页。

② 张辛欣:《在同一地平线上》，载《收获》1981年第6期。

不同。半夜自行车越过排水沟的声响，紧接着就是他独特的脚步声，她听得出来那就是他回来了。对此他很是不解——“女人仿佛有另一套感觉系统”，因为他记得的却是每天等他归来的一盆舒服的洗脸水。性别感觉系统的差异性是必然的，问题的关键是双方都不想为此承担责任，都希望对方服从自己的身体意愿和头脑意志，男人说：“你一个人，能走多远呢？我会对得起你，你还是好好跟着我。”而女人为了自己能走得更远，不想被孩子圈住，竟放弃了成为母亲的可能。“像是拼凑了一个两头怪蛇，身子捆在一处的两副头脑。每一个都拼命地要爬向自己想去的地方，谁也不肯为对方牺牲自己的意志。”不肯牺牲，不肯承担，自我被当作绝对目的，“自恋的戏码是以牺牲真实生活为代价进行的；一个想象的人物期待想象的观众赞赏；迷恋自我的女人失去了对具体世界的控制，不考虑和他人建立任何真实的关系。”[①] 迷恋自我使她放弃腹中胎儿，放弃对方以及双方的婚姻，甚至把他人当作实现自己目标的工具；迷恋自我使她最终迷失了触感之道：爱的责任。爱的责任是给予——“给是力量的最高表现，恰恰是通过给，我才能体验到我的力量，我的富裕，我的活力。”[②]

“感觉是构成自我的重要因素。”[③] 触感之道，使自我在爱的责任中通向一个“呼唤和回应”的共情关系结构。而福柯对生命 / 主体内部结构的琐碎而缜密的临床医学考古，已然显示出耳朵和手指在探入身体内部中的意义，以及新的感知形态的发现；已然表明，视觉不再是唯一、本质和必然，触觉不仅是自我生命感受的渠道，还是自我与外界沟通的媒介，是人们向内重新确认自我、向外探索新的结构关系的始点，有着制造出新的主体性形态的可能。在此意义上，“新时期”女性触感经验书写，无疑有着建构新的女性主体性形态的努力。

结　语

显而易见，一批女性作家在“新时期”即启蒙之初就对男性凝视下的女性镜像保持着一种警觉和拒斥，并与光芒外射的主流（男性）话语呈现出冲突又交错的复杂格局，表现出女性的特定生命经验对“爱”的强烈呼唤，以及建构与他人共存关系的期冀。但之后，在经历了无爱婚姻的痛苦，和初次面对自己身体时的欣喜、专注、焦虑之后，女性书写者开始有意或无意地远离他人而走向绝对，继而转向私人性的意在自我暴露的狂欢式书写。此外，我们还发现女性书写在探索自我以及与他人关系的触觉建构中，

① 〔法〕西蒙娜·德·波伏瓦：《第二性》，上海译文出版社 2011 年版。

② 〔美〕埃里希·弗洛姆：《爱的艺术》，上海译文出版社 2011 年版，第 28 页。

③ 参阅〔法〕米歇尔·福柯：《临床医学的诞生》，译林出版社 2001 年版，第 184—185 页。

有着指向非生命的外物倾向，触感参与范围的变化意味着觉醒中的女性意识已经表现出一定的主动性、行动性，但也显示出主体对无生命物的依恋，或者说有生命的身体之间的触感在逐渐消失、放逐、异化。恋物癖的滋生，使触感的主体和客体都成为物，某种程度上也预示了 20 世纪 90 年代欲望消费、欲望书写的萌芽。感官 / 主体在欲望中被外物控制，反过来又型塑、宰制了女性的身体。这一思路将是我接下来着手考虑的研究方向。

（刘军茹：北京语言大学副教授）

李娟“羊道系列”的女性写作叙事研究

张雪兰

摘　要: 2010年《人民文学》开设“非虚构”专栏，提倡作品的真实性，鼓励作者亲身体验，其中李娟的“羊道系列”作品备受关注。“羊道系列”中，李娟以敏感细腻的女性感受力，书写独特的生存经验和人物形象。通过“在场性”和“诗性”的叙事策略，探求女性个体的存在，彰显自我生命体验和情感认知。

关键词: 李娟　羊道系列　女性写作　非虚构

20世纪中国文学史上，有两个女性写作的热潮值得关注。第一个是“五四”时期，这一时期的女性写作，集中关注女性个人思想的解放，试在打破传统封建思想对女性的束缚，进行女性自身的独立，具有一定的开创意义。第二个时期是90年代，这一时期的女性写作主要是在西方女性主义批评理论的传播及接受下进行的女性写作实践，具有鲜明的性别意识，力图解构男性话语权，呈现出“私语化”“身体写作”，语言略显晦涩。新世纪“非虚构”女性写作，立足于“田野调查”“亲身体验”等在场性写作，力图对女性生活进行全方位、真实而又细致的描写，探求复杂的女性个体意识，具有一定的人文关怀意识。

李娟的“羊道系列”包括《羊道·春牧场》《羊道·夏牧场》《羊道·夏牧场之二》，主要讲述作者跟随新疆北部游牧地区的哈萨克牧民扎克拜妈妈一家迁徙放牧的故事，以“在场性”叙述、“诗性”写作的女性写作叙事策略，书写独特的生存经验和人物形象，探求女性个体的存在，彰显自我生命体验和情感认知。

一、“羊道系列”中的女性写作叙事内容

（一）女性独特生存经验书写

1. 日常人生经验

李娟的“羊道系列”总的来看就是一部游牧生活史，女性是整个家庭的核心，一切日常生活都离不开女性的打理布置。女性生活经验的生成使李娟自然而然地将写作视野集中到日常生活事务的描写，以女性的视角来展现日常人生经验。

由于女性本身所带有的世俗而又琐碎的一面，“羊道系列”中李娟将更多的注意力投向对于家庭琐事的描写。游牧的生活是艰辛的，每天四点多就要起床烧热茶，吃完早饭，放羊放牛，“我”还要洗衣服扫地，去遥远的小水沟打水，冬季则要背雪块化水喝，时不时还要为大家缝补衣物。“生活是简单寂寞的，劳动是繁重的。但是没关系，食物安慰了一切。”[①] 食物作为日常生活经验中不可或缺的一部分，“羊道系列”对于食物的描写占了相当大的比重，几乎每篇都会出现几句。扎克拜妈妈时常挖出馕坑打馕，来客人时铺上餐布，将馕切好，端上热茶。喝茶对于牧民来说，是一项非常重要的生活内容。“喝茶不是直接就摆上碗喝的。还辅以种种食物和简单的程序。”[②] 李娟笔下的哈萨克牧区，茶里面会泡上各种东西，如切碎的旧馕、包尔沙克、胡图尔，黄油是必不可少的，富裕的时候还先在碗底放一勺牛奶然后再倒上茶，茶虽然很劣质，但它是美味的。

也正是对于日常生活的密切关注，李娟更能感受到游牧生活的艰苦。一年平均下来，每隔两三天就要搬一次家。每次搬家路途遥远而艰辛，连续走上几天几夜，衣服被雨水打湿总是僵硬而沉重的。遇上难走的道路更是随时都有生命危险。几个人挤在窄小的毡房里，吃着干硬的旧馕，喝着漆黑的苦茶，游牧生活的痛苦在李娟的笔下无限放大。但一切的痛苦最后都被哈萨克人的乐观与坚韧所冲淡，盛装出行，饮下路上的主人准备的一口浓郁的酸奶，目的地的阳光、邻居，生活也是美好的。

通过女性独特的日常经验的渗入，李娟将自己的叙事视角放置到生活方式和食物，大量而细致地描写，使艰苦磨难的生活中饱含着深情。平淡真实的生活叙述，让我们感受到女性作家独有的精致和柔情。

2. 情感经验与生命体验

当一个女性作家将目光放离家庭琐事，开始对生活四周进行观察时，她会将个人生活体验扩展开来，释放自身的情感经验，对生活对人生产生

① 李娟：《羊道·前山夏牧场》，上海文艺出版社2012年版，第214页。

② 同上，第66页。

新的认识，进而传达出来自女性内心最深处的声音，获得不一样的生命体验。“羊道系列”中，李娟总是发出“不停地担忧这担忧那的人，过得好辛苦啊”的感慨。[①]

对边疆人民的关怀。“羊道系列”之所以引起广大的关注，有一部分原因在于其题材的选择，即对最后一支最为纯正的游牧民族——哈萨克牧民边生活的描写。牧民的生活是艰苦的。“我”跟随扎克拜妈妈一家游牧，途中见到的都是牧民，他们靠着最为传统的方式生存——游牧，从牛羊身上获取食物，居无定所顺应天气生存。“妈妈”经常头疼、胃疼，却不去医院看病，靠一些土药方熬着，卡西帕的耳朵拖着不治最后失聪，斯马胡力的鼻子一直堵着，在医院开的药也是胡乱混着吃，完全不在乎。“羊”比“人”的生命更重要，因为羊是“现在时”（必须放羊），而人是“将来时”（以后也可以治）。牧民们对于伤痛的漠视，“我”总是深深担忧，大声斥责，督促家人看病，为他们买来各式各样的药，而“我”这个汉族人过激的反应让牧民觉得不可思议。无力改变的背后，是更深的痛苦与同情。牧民是可怜的。好不容易装了大半袋的羊绒，然而羊绒越来越便宜，油面越来越贵，李娟又将怜意放到收羊毛的人身上，“那些进山做生意的人仍然很辛苦。”[②]《另外两家邻居》一文中，提到了一个无儿无女，没有家的老单身汉。在去强蓬家吃饭时，我们的餐桌摆满了精美的食物，而长工独自一人使用旧餐布，吃几块旧干馕。“令我有些过意不去，面对丰盛新鲜的食物，什么也吃不下。”[③]“我”对这个老长工是有着无限同情的，即使他与斯马胡力打架，话很多让人讨厌，我还是很热情地招待了他。他向“我”要一个药瓶来装烟粒，“我”也毫不犹豫给了他。无论是对家人、对卖羊毛和买羊毛人，还是对长工、对牧民，李娟始终保持着最大的同情与关爱，体现出女性作家普遍关怀的情感经验。

对于动物的愧疚。游牧生活总是少不了牛、羊、狗、骆驼的存在，李娟对于这些动物的情感总是虔诚而又苦痛的。更令人惊异的是，李娟对于死亡和命运的思考，大都是由这些动物而来。在一次迁徙中，“我”和扎克拜妈妈一家经过一条险河，“我”骑着骆驼跟着斯马胡力过河，然而年幼的小狗怀特班却被留在河对岸。“我”看着小狗越来越远，心里担心。“没有希望了，我感觉到它没有希望了。”“没有希望了”。“我”一直在愧疚，“要是刚才不顾一切把它抱在马背上的话……”“它要是跟着卡西帕的羊群从吊桥那边过来多好。”然而，小狗还是被遗弃在荒原上，“我”只能安慰自己，

---

① 李娟:《羊道·春牧场》，上海文艺出版社 2012 年版，第 149 页。

② 同上，第 11 页。

③ 李娟:《羊道·前山夏牧场》，第 17 页。

“这就是它的命运。”[①] 牧民们认为狗是肮脏淫荡的象征，亲近狗的人也会被看作和狗有一样的品行，于是狗生病了不能得到医治，“我呢，像是上辈子欠了它的一样，整天纠结于这些事而不得安宁，一点也见不得它们祈求的眼睛……只能反复述说它们受过的苦，再无能为力。”最后“我”只能无奈地感慨：“没完没了地记挂着世间的苦难，还是不能释怀。却只能，仅此而已。”[②] 通过一系列的心理活动描写，我们可以看出李娟对狗无尽的同情与怜悯。“我”看到了两个天生残疾的羊，心怀悲痛，随之感叹：“这世上所有的，一出生就承受着缺憾的生命，在终日忍受疼痛之外，同样也需要体会完整的成长过程，同样领略幸福。”[③]“羊道系列”中对于动物的描写还有很多，例如失去母亲的牛，掉进沼泽里面的马，在羊群中找不到母羊而饿死的小羊，被重物勒出血的骆驼等等。动物是可怜的，因为它们不能将自己的痛说给人听，而它们的残缺和伤痛却一直在“我”的心中留存。通过对这些弱小无助的动物的叙写，李娟将女性作家写作中悲悯的情感经验外化，在伤感中抚慰自己，随即转化为内在的生命体验。“我”似乎释怀了内心的伤痛，生命总是在继续，沿途是苦难，但只要你心怀希望，也能发现生活的美丽，成为“纯洁、坚强的羊”。

对于传统消失的不安。文明会销蚀一切传统，虽然在最边远的阿勒泰，“生活还在传统的道路上四平八稳地照旧进行，从外界沾染到的时髦与精致，影响到的似乎只有生活的最表层。”[④] 但不得不承认传统的消失只是时间问题。在夏牧场时，炉中的火还被尊重，到了冬牧场人们已经开始向火中倾倒生活的碎屑。流行的哈语歌曲，夸张而无用的饰品，可口的“哇哈哈”，深山里面的食品袋，越来越多的年轻人讨厌放牧，向往着学校、城市，即使生活在最偏远的牧区，也要想着无数的借口去街上玩玩。机器已经代替手工逐步走进牧民的生活，就连外面的肮脏——催长素之类的激素也慢慢消解着传统的漫长的牧养方式。传统在匀速消散，“生活之河正在改道，传统正在往旧河床上一日日搁浅”[⑤]。作者深入到牧民家就是为了在飞速发展的文明中寻找、记录传统文化，在众多的探寻下，却不安地发现传统正在消解，文明在一点点渗透。于是她大量书写传统，做“巴塔”、参加“拖依”、隆重的搬家仪式、迁徙、做客上门带礼物、司机乘客等候羊群通过等等，最终却还是发现“缺口进进出出的仍是传统的事物，但每一次出入都有些许流失和轻微的替换。我感觉到了”[⑥]。作者为此感到深深的焦虑，想要用相

---

① 李娟:《羊道·春牧场》，第 78—79 页。
② 李娟:《羊道·前山夏牧场》，第 166 页。
③ 李娟:《羊道·春牧场》，第 151 页。
④ 李娟:《羊道·前山夏牧场》，第 143 页。
⑤ 李娟:《羊道·深山夏牧场》，第 178 页。
⑥ 同上。

机记录，却又怕给传统带来惊扰。外界的影响远远比不上心灵的慢慢闭合。女性作家忧虑的情感经验让李娟在写作中总是无限放大冲突，随后产生深深的焦虑，陷入纠结。现代文明的冲击会一点点侵蚀传统的游牧生活，但这种冲击又能彻底地改变艰辛而又苦难的游牧生活。

基于女性作家内心的细腻，李娟的女性写作总是带有自己的关怀、悲悯以及忧虑的情感经验，以忧郁意识和问题意识写作，时不时地感慨生命、感慨人生，将情感经验内化为生命体验，表现出女性作家独有的精神气质。

从自身窥探世界，李娟的女性写作叙事从个人的日常生活经验走向内心的精神经验，对生命本体和外在的冲击进行更深层次的审视，将人生经验转化为对生命的体验，具有强烈的文化内涵和人文关怀。

（二）人物形象的描写

1. 女性形象

“羊道系列”中多数都是对于女性形象的描写。她们顽强而坚毅，漂亮且有礼，承担着生活的全部重担，处在家庭的核心地位。扎克拜妈妈一直为家庭付出自己的一切，每天最早起床做饭，做最为艰苦而又琐碎的事却从无怨言，所有的耐心和坚持都是从磨砺中来。她是整个家庭的支柱，每当有客来，“妈妈”总是准备好一切食物，尽到全部的礼仪，悉心照顾每一位客人。“妈妈”进城一天，我们就觉得生活缺少了向导，焦急地等待着“妈妈”的归来。扎克拜妈妈十分强大，强大到不惧怕陌生且无须改变。“唯一一个穿裤子不穿裙子”[①]的阿依努儿，她像一个男人一样精神而又活泼，她强悍泼辣，有着斯马胡力都难以匹敌的力气，被称为“厉害的妇人”。家里布置得妥妥帖帖，干净而整洁。她的性格既有传统女性的温婉，又有男人般的直爽豪放。作为生活的支撑，她们任劳任怨，通过对这两个妇女形象的描写，李娟向我们展示了哈萨克民族淳朴又能干的家庭妇女形象。

扎克拜妈妈的大女儿——阿娜尔罕，她已经完全脱离游牧生活，一个人在城里打工，有着城里女孩的习性，双手清洁光鲜，红润透亮。但她依然勤劳，在城市辛苦打工，回到家也是四处收拾房间。《苏乎拉传奇》这一篇中，描写了一个光滑而精致的姑娘苏乎拉，她美丽得如一个精灵，所到之处都引人惊叹。“蹁跹”的苏乎拉美得像蝴蝶一样，忽闪忽闪的。加孜玉曼“清洁动人”，殷勤有礼，做家务的时候总是又伶俐又愉快……李娟笔下十几个年轻的姑娘，她们害羞温柔，或出走或留居，但都是独立而美丽的。

与“我”朝夕相处的卡西帕有着男孩子的狂。她能一个人赶羊，骑着最烈的马，她勤快不拘小节，性格大大咧咧。她又跟一般的小女孩一样，

① 李娟:《羊道·前山夏牧场》，第169页。

喜欢漂亮的发卡，爱穿新衣服新鞋子，喜欢舞会。她总是“粗糙地”追求着美。小婴儿阿依若兰面孔美得不可思议，一尘不染，细腻无暇。玛妮拉懂事而独立，三四岁就能自己系蝴蝶结，吃饭的礼数周到而矜持。李娟笔下的女性儿童形象总是如男孩子般豪爽而乐观。

2. 男性形象

李娟笔下的男性形象也是同样的温和而勇敢。他们作为迁徙路上的主力，总是承担着更多的责任。

作为一家之长的“爷爷”，他总是和蔼又亲切的。他会在草地上朗读，为孩子们剃头，甚至同大家一起将牛羊赶进棚里。“羊道系列”中如“爷爷”一样的老人还有很多，他们是一个家族的家长，睿智有礼，爱护孩子，承受着最苦痛的灾难，默默守护整个家族。老“酒鬼”总是绅士一般为女人紧马肚带，在黑夜中安慰“我”不要害怕。年长的男性往往以坚强的、爱护他人的形象出现。

年轻的小伙子有的是力气，他们爱玩爱闹，总是干着最累最危险的活儿，保证整个迁徙队伍的安全。斯马胡力总是干最重的活儿，迁徙的路上打点一切事务，给人以信任感。无论是救掉进沼泽的牛，还是拉起摔倒的骆驼，“我们”总是离不开他。但他又是如此冲动，与人打架、喝酒赌钱，做事随心所欲，常常不按时回来，留下一大堆事，加重我们的负担。他每天起得最晚，吃得最多，衣服常常被刮破。年轻的男性形象则是勇敢、有责任心的。

男孩子总是一半勤劳一半顽皮。孩童胡安西整天爬上爬下，嘴里念念有词，挎着他的“冲锋枪”四处闲逛。干起活来却从不含糊，背着无论多重的活都能坚持到最后，常常跟着卡西帕为她打下手。

李娟笔下的女性是美丽且勤劳的。她们主持着家里大大小小的事务，得体有礼，面对生活的艰苦与拮据依然乐观坚强地生活。她们爱美，追求美，将自己收拾得干净整洁。男性形象是温和而勇敢的，他们在外放牧砍柴，干着最危险最辛苦的活计，有着最深的责任感。“羊道系列”中的女性形象和男性形象各有各的优点，这两个形象是并存而非对立的，二者一个主内一个主外，构成了一个和谐的生活图景。李娟对于女性形象的书写，打破了传统女性写作一定要解构男权压迫的女性主义叙述方式，将男性与女性对等，解构两性性别壁垒，确立女性地位的独立性和个体性。对于男性形象的书写，则剔除了一味的父权崇拜，一方面看到男性的负责，一方面也看到了男性的冲动，构建了多元的男性形象。

二、“羊道系列”的女性写作叙述策略

李娟的“羊道系列”中，通过“在场性”的细节呈现，我们可以看到真实平凡的游牧生活，感受到人与自然之间的和谐。自然的“诗性”表达，使散文跳脱出烟火气，坦诚率真的描写，又却我们感受到阿勒泰清新的美。独特的女性作家气质，使李娟的散文将朴实的生活融入自然的诗性，也成为她散文的一大特色。

李娟在《羊道》系列的序言里写道：“所有的文字都在制造距离，所有的文字都在强调他们的与众不同。而我，更感动于他们与世人相同的那部分。那些相同的欢乐、相同的忧虑与相同的希望。”这种感动来源于真实性、在场性的叙事策略。又因女性写作的细腻，具体表现在“羊道系列”中的细节呈现。2008 年李娟辞掉机关工作，跟随扎克拜妈妈一家进入哈萨克牧区，深入牧民生活，以其亲眼所见，亲身感受来进行描写。李娟以第一人称叙事，尽可能地对生活进行细致的呈现，真实地展现古老而传统的游牧生活。数字的记录：“一共三匹马，三峰骆驼，一架婴儿摇篮和一只狗……”[①]“半颗白菜，一颗粗大的芹菜和五六颗土豆，以及三只洋葱……”[②]文中多次用数字来记录生活中的物件，尤其是牛羊马等的数目，清晰直观地看出一个家庭的生活状况。动作的运用：如骆驼翻身，“侧卧在草地上，不停拧动身子，满地打转。然后又四蹄朝天，浑身激烈抖耸……”[③]通过连续动词的使用，骆驼打滚的场面活灵活现。形象的刻画：一个“漂亮姑娘”，“宝石蓝的高领毛衣”“大粒大粒的玛瑙项链”“塑料珠子”“花毛线手套”“打过油的高跟鞋”“大蝴蝶夹”“金丝绒发箍”“廉价戒指”和香水[④]等，对她外貌和衣着进行非常精细的描写，展示出一种夸张的“美”。无意识的在场性描写，细节的精准呈现，展现了一个平凡而又温暖的阿勒泰，使李娟的“羊道系列”散文更贴近生活，感动了“我”，也感动了“我们”。

李娟是哈萨克牧场上的一个精灵，她以深情凝视这片青翠的牧场，对所看所想进行“诗性”的表达。梦幻的勾勒。“天空一上一下地摇摆，茫茫群山左右倾斜，空旷寂静的世界像巨大的摇篮，只为孩子们的一支秋千而悠扬晃动。”[⑤]细细品读开来，天空、大地、群山变成孩子们的秋千，霎时仿佛就听到了山谷中传来的孩子们的笑声，读起来如梦如幻，顿生美感。“我沿一碧万顷的斜坡慢慢上升，视野尽头的爬山松也慢慢延展。突然回头，

① 李娟：《羊道 · 春牧场》，第 8 页。
② 李娟：《羊道 · 深山夏牧场》，上海文艺出版社 2012 年版，第 5 页。
③ 李娟：《羊道 · 春牧场》，第 131 页。
④ 同上，第 17 页。
⑤ 李娟：《羊道 · 深山夏牧场》，第 26 页。

满山谷绿灿烂，最低最深之处蓄满黄金……水流边的马群深深静止着。”[①]一幅美轮美奂之景。语言的陌生化。“空气清新，天气晴朗，好像有风，又好像没风。如果有风，更像是雪飞翔时拖曳出来的气流……好像我们身后的地方不是东南方向，而是无尽的深渊……好像地心引力出现了微妙的转移……”“一朵云掉了下来……我们再急走数百步就能直接走到那朵云里！”[②]有风还是没风？气流、地心引力？能走到云里？正是这陌生化的写作，暗含了思考，平添了趣味。生命的哲理。“生命总会自己寻找出路。哪怕明知是弯路也得放手让孩子自己去走啊。……那些一开始就直接获取别人的经验稳妥前行的人，那些起点高成熟早的人，其实，他们所背负的生命中‘茫然’的那一部分，想必更加巨大沉重吧？”人生的经验更多是靠自己获取。李娟多次在文中有意无意地抒发自己对于生命的感悟，表达了她独特的生命观和价值观，给人以启迪。

李娟的“羊道系列”中，通过“在场性”的细节呈现，我们可以看到真实平凡的游牧生活，感受到人与自然之间的和谐。自然的“诗性”表达，使散文跳脱出烟火气，坦诚率真的描写，又让我们感受到阿勒泰清新的美。独特的女性作家气质，使李娟的散文将朴实的生活融入自然的诗性，也成为她散文的一大特色。

结语

作为一名女性作家，李娟以女性的视角去观察生活，还原生活，感知生活。“羊道系列”中，她将个体人生经验放置到写作中，具有鲜明的女性气质。特有的女性写作叙事策略，使其散文优美、真实，打动读者，触动心灵。李娟“羊道系列”的价值在于突破了传统女性写作叙事的“内向化”和“私语化”，同是微观叙事，李娟则将视线集中到社会中的具体人物具体事件，感知鲜活的人物个体，捕捉真实的细节，然后上升到更高的文化地域意识，由小及大，具有一定的文化内涵和人文价值。另外，语言的优美诗性，暗含的丰富哲理也具有相当高的文学价值，打破了学界对于“非虚构”文学中“文学性”的质疑。可以说，李娟的“羊道系列”中关于哈萨克族游牧生活的“在场性”描写为我们呈现了一个真实的游牧生活，具有一定的历史价值，其女性写作叙事策略对于当代女性写作叙事的发展也具有一定的借鉴意义。

（张雪兰：福建师范大学研究生）

① 李娟：《羊道·深山夏牧场》，第 72 页。
② 李娟：《羊道·春牧场》，第 101 页。

西方文学中"坏女人"形象的原型、类别及流变

汪杨静

摘　要: 在西方文学中，男作家对女性形象的刻画，历来有"天使"和"怪物"这一说法，本文针对学界对"怪物"女性形象界定不清的现状，用"坏女人"概念来界定男作家文本中的负面女性形象，根据弗莱的神话原型批评理论，从古希腊文本开始对坏女人形象进行原型分析和分类，将其划分为强悍型、祸水型、妖怪型三类女性形象，并梳理其在后世的流变情况，对19世纪女性作家活跃于文坛之前，父权主义语境下男作家对女性的他者想象进行神话、历史、性别及话语的批评与分析。

关键词: 坏女人　形象　类型　父权　话语

一、"坏女人"的界定

在西方文学中，男作家对女性形象的刻画，历来有"天使"（angle）和"怪物"（monster）这一说法。被称为"20世纪女性主义文学批评的圣经"的《阁楼上的疯女人：女性作家与19世纪文学想象》一书中，两位女性学者在开篇第一章《王后的窥镜：女性创造力、男性笔下的女性形象和有关文学父性特征的隐喻》中就谈到了这个问题。她们归纳了男性文本下女性形象的两个极端："天使"和"怪物"，并列举出一系列男作家笔下的女性形象作为例证。就字面含义，可以很好地理解这个划分是将男性文本中的女性形象分为正面和负面两种，"天使"这一说法最早出现于弗吉尼亚·伍尔夫的一篇演讲稿《女人的职业》（*Professions for Women*）中，她认为女性写作的一个先决条件就是要"杀死屋子里的天使"，这个天使代表了父权社会对于美好女性的一切规范："她具有同情心和迷人魅力，她完全是无私的，又非常擅长困难的家务艺术，在日常生活中，她牺牲自己。总而言之她从来没有自己的思想和愿望。最重要的是，她非常纯洁，这是她最美的

一面——她的羞怯，她的优雅。”[①] 可以说这个“天使”包含了所有男性对女性美好品质的期望，具体表现在：谦逊、优雅、精致、纯洁、恭敬、驯顺、缄默、禁欲、和蔼、殷勤等。[②] 与天使相对应的，在男作家笔下则表现为一系列的“怪物”女性形象，她们代表了男性意识中女性的“放肆的”欲望，拥有魔鬼般的品质，是天使般女性的对立面。她们邪恶、狠毒、丑陋、堕落，既是神话中吃人的女妖，又是中世纪邪恶的女巫，既是莎士比亚笔下狠绝的麦克白夫人，又是弥尔顿笔下堕落的夏娃。在《阁楼上的疯女人》中，两位学者虽然对“怪物”女性形象做了一个大概的梳理，但对于“怪物”的界定和划分却没有给出一个明确的概念，书中只是列出了“怪物”的几种说法：“鬼魂、恶魔、巫婆、妖精”，并没有加以区分和说明，其后笔者发现西方学界对于西方文学中的“怪物”女性形象一直没有给出一个具体的权威性的划分和界定，而在中国学界，这一情况也同样存在。

国内对于西方文学中负面女性形象的概念，一直以来存在着界定不清、含糊不定的问题，笔者查阅文献发现，国内对于西方文学中的负面女性形象，有“悍妇”“恶妇”“妖妇”“恶女”等多种说法，且不同说法之间具有含混和游移性，例如有的文章将文学史上著名的几个负面女性形象克吕泰墨斯特拉、美狄亚、麦克白夫人都归结为“悍妇”，详见南京师范大学杨莉馨教授的《扭曲的镜像——西方文学中的悍妇形象》；有的文章则将以上几人归结为“恶妇”，例如湘潭大学罗婷教授的《西方父权制文学中的恶妇形象探析》；有的学者将这一类负面女性称之为“妖妇”，例如北京语言大学的李玲教授在演讲《男权视野下的女性形象》中提到的；更有甚者，将麦克白夫人这一经典形象归在了“疯女人”形象之下，详见甄蕾的硕士论文《夏娃另类的女儿们》。

自从《阁楼上的疯女人》一书出版以来，其在学界激起的波澜使“疯女人”形象成为一个研究西方文本中女性形象的权威性术语，而这本书中提及的“怪物”女性形象，虽然众多但却迟迟没有一个明确的术语和代名词可以将其归类，西方文学中的这一类系的形象就这样寥寥落落地散布在文学的长河中，像一颗颗散落的珠子等待着被某条线索串起。在《王后的窥镜》一章中，两位学者曾有过这样的说法：“在大多数的男性文学之中，和屋子里的甜蜜天使相对应，在外部世界总会出现一个邪恶的坏女人的形象。”[③] 在这里，笔者胆敢用“坏女人”（Badwoman）这一概念，来界定一直

---

① *Professions for Women*，Collected Essays by Virginia Woolf. Vol 2. London：Hogarth Press，1966. 284-289.

② 〔美〕桑德拉·吉尔伯特，苏珊·古芭：《阁楼上的疯女人：女性作家与19世纪文学想象》，上海人民出版社2015年版，第31页。

③ 〔美〕桑德拉·吉尔伯特，苏珊·古芭：《阁楼上的疯女人：女性作家与19世纪文学想象》，上海人民出版社2015年版，第38页。

以来的“怪物”女性形象，以呼应经典的“疯女人”（Madwoman）形象，并在此文中将“坏女人”形象的原型、类别和流变情况做一个分析和梳理。

二、原型、类别及流变

根据加拿大学者弗莱的神话原型批评理论，文学起源于神话，古老的神话中蕴含了后世文学作品发生发展的一切形式和主题。就西方语境而言，神话原型以希腊神话和圣经神话为代表，两者都带有浓厚的父权主义色彩。在父权社会的男性作家笔下，有一系列“坏女人”形象，她们在诸多男人的故事当中脱颖而出，以非凡的倩影留给后世深刻的印象。在这里，笔者将这些“坏女人”划分为以下几类。

（一）强悍型

第一类是具有和男性一样的野心和欲望，有重大行动力，富有攻击性并常常以狠毒手段造成恐怖恶果的女性。她们往往不屈从于服从的地位，欲与男性抗争或超越男性，以强悍果决的作风来达到目的。这一类型的女性形象在古希腊的文本中以克吕泰墨斯特拉和美狄亚为代表。

克吕泰墨斯特拉这一形象最早出现在《荷马史诗》之《奥德赛》当中，她在篇中并没有以正面形象出现，而是借被她杀害的丈夫阿伽门农之口阐述了她的罪名——与奸夫合伙杀害丈夫。在《荷马史诗》中，克吕泰墨斯特拉是一个被欺凌的弱小妇女形象，她与阿伽门农的结合原本就产生于不公平的杀戮与掠夺之上，阿伽门农曾杀害她的第一任丈夫，并将她的孩子头颅摔碎，这些描写给了克吕泰墨斯特拉后来的杀夫之举一个情由。之后希腊剧作家埃斯库罗斯的悲剧三部曲《俄瑞斯忒亚》中，克吕泰墨斯特拉的形象得到了丰满与发展，她一举成为悲剧的女主角，并且直接跨入到男性竞争的领域之中，由于丈夫阿伽门农将亲生女儿献祭，她对丈夫怀恨在心，她与丈夫的堂兄弟通奸，并与情夫一同谋害丈夫，篡夺城邦，还驱逐儿子，最终被亲生儿子所杀。这一连串的悲惨暴行皆与克吕泰墨斯特拉这个女性息息相关，不怪乎埃斯库罗斯在剧中透过合唱队之口表达了对其的谴责：“女魔、双头蛇、淫荡的母狗”“野心勃勃”“恶贯满盈”“有着钢铁般男人意志的希腊女性”。[①]

希腊神话中另外一个以狠毒著称的坏女人是美狄亚，在较早的《荷马史诗》和赫西俄德的《神谱》当中，都提到过美狄亚的名字，但关于她的故事却语焉不详。在剧作家欧里庇得斯的悲剧《美狄亚》中，他创造了后

① 〔古希腊〕埃斯库罗斯：《埃斯库罗斯悲剧全集》，吉林出版集团有限公司 2015 年版。

来被普遍接受的为报复丈夫而杀子的母亲形象。美狄亚为了与爱人伊阿宋在一起，不惜欺骗父亲，杀害兄长，但她对于爱情的不顾一切并没有换来爱人的忠诚，被伊阿宋背弃之后，美狄亚残忍地杀害了伊阿宋的新欢，又亲手杀死自己的孩子，离开了背叛自己的丈夫。

以克吕泰墨斯特拉和美狄亚为代表的强悍型女性最大的特征就是她们身上那种放肆的欲望和野心，以及反叛、对抗甚至藐视男性的行为。她们身上的一系列举动在父权社会的道德伦理下显得多么格格不入以致被冠以“毒妇、恶妇、悍妇”的名号。但究其本质，她们身上最具反叛性也是对男性最具威胁性的一点就是她们对于男性权威的挑战，这些强悍的女性身上都有一种渴望与男性平等的诉求，在父权社会的语境下，这种诉求无疑会带来失败与骂名。因此，“在父权制文化中，女性的言说和女性的‘胆大妄为’——也就是说女性对男性霸权的反抗——无可避免地体现出恶魔般的特征。”①

这一类型的坏女人自古希腊以来，一直有其深入人心的魅力和影响力，在后世作家的笔下，此类手段狠毒、充满了野心与权力欲的女性形象在文学文本中从未间断过。在《圣经 · 旧约》次经所记载的犹太传说中，亚当的第一位妻子并不是夏娃，而是莉莉丝(Lilith)，她和亚当一样由大地而生，因此她心中充满了与亚当平等的意识，不愿意服从亚当，并跑到红海边与魔鬼住在一起，上帝传来旨意要她必须回去并服从亚当，否则她每天会有100个和魔鬼生的孩子死掉，但莉莉丝不愿意遵从父权制下女性的屈从地位，而是用杀害自己孩子的行为向亚当和上帝复仇，通过这样残忍的行为，莉莉丝成为希伯来神话中第一位女性，当然也是第一位“坏女人”。而《圣经》中也不乏对此类恶毒女性形象的描写，《列王记上》中性情乖张、阴狠强悍，因施行暴政而导致夫妻双亡的耶洗别就是一个典型，她曾是腓尼基公主，嫁给了以色列国王亚哈王，但在亚哈王在位年间，她大建崇拜异教神的庙宇，杀害上帝的众先知，迫害著名先知以利亚，并以婴儿献祭异教神，其手段恶毒令人发指，西方文化后来用 Jezebel（耶洗别）这个名字喻指无耻恶毒的女人。此外，《马可福音》中利用自己的女儿莎乐美来谋杀施洗约翰的希罗底也属于此类手段毒辣的女性。

文艺复兴时期，莎士比亚笔下的麦克白夫人是一个强悍型坏女人的典型，比起她的丈夫麦克白，她身上有更多的雄性气质和杀伐果决，在杀死邓肯时，她请求魔鬼将自己身上的柔弱抹去，“解除我女性的柔弱，用最凶恶的残忍自顶至踵贯注在我的全身；凝结我的血液，不要让悔恨通过我

① 〔美〕桑德拉 · 吉尔伯特，苏珊 · 古芭：《阁楼上的疯女人：女性作家与19世纪文学想象》，上海人民出版社2015年版，第47页。

的心头，不要让天性中的恻隐摇动我的狠毒的决意！”[①]（第一幕第五场）她的这段自白表达了其潜意识中对加在自己女性身份之上的性别枷锁的反抗。此外，《李尔王》中李尔两个充满野心的女儿高纳里尔和里根也属于此类形象，高纳里尔对于权力和土地的野心，对军队和律法的控制权，以及后来她取代懦弱丈夫成为实际掌权者，都体现了她极力反叛父权秩序、颠覆夫权地位的大胆姿态，在法国大军压境的危难时刻，她宣告道："我这儿只好由我自己出马，把家务托付我的丈夫照管了。"[②]（第四幕第二场）其强悍作风不言而喻，无怪乎在英格兰修道士编著的《大编年史》（*Chronica Majora*）中，高纳里尔被描述成了一个向李尔索要权杖的女性僭主形象，被主流社会所诟病。

强悍型的女性形象以她们的不屈和果敢在男作家的文本里留下了浓墨重彩的一笔。她们男性化的气质和作风，令同时代的男性形象望尘莫及。她们身上背负着狠绝毒辣的骂名，以女性阴谋家、僭越者的身份在男性主导的文学话语里艰难前行。所幸的是，她们并不孤独。

（二）祸水型

祸水型的女性形象包括文学作品中的一系列本身并无太大过错，但或因美貌或因过失，造成男性的争夺与流血、灾祸与死亡的女性形象。她们是美丽的也是诱惑的，她们是无辜的也是罪恶的，她们成了男性文本中的"红颜祸水"。

希腊神话中第一个女人潘多拉便是最早的祸水型女性形象。根据赫西俄德《神谱》和《工作与时日》的记载，普罗米修斯盗天火给人类，并戏弄宙斯，因此宙斯想要惩罚普罗米修斯钟爱的人类，他命令火与锻冶之神赫淮斯托斯根据女神的形象做成世界上第一个女人，并请诸神赐予她一切美好、吸引人的魅力，取名潘多拉。在古希腊语中，"潘多拉"意为"拥有一切天赋的女人"。潘多拉带着一个盒子来到普罗米修斯的弟弟埃庇米修斯面前，并受好奇心驱使打开了盒子，盒中的灾难、瘟疫、祸患顿时遍布人间，唯留下"希望"被留在了盒子里，自此"潘多拉的盒子"成了带来灾难的象征，而女人便与灾祸和罪恶联系在了一起。

别无二致，《荷马史诗》中十年特洛伊战争的因由也是缘于女人，最初起因是三位女神神后赫拉、爱与美之神阿芙洛狄特、智慧女神雅典娜受争吵女神厄里斯挑拨，为争夺"金苹果"得到最美女神的称号而引起的。战争的直接导火索则是特洛伊王子帕里斯拐走了斯巴达国王墨涅拉俄斯美丽的妻子海伦，由此引发了特洛伊人和阿卡亚人十年死伤惨重的特洛伊战争。

① 〔英〕威廉·莎士比亚：《莎士比亚全集》VIII，人民文学出版社2014年版，第318页。
② 〔英〕威廉·莎士比亚：《莎士比亚戏剧选》，长江文艺出版社2012年版，第458页。

当墨涅拉俄斯与帕里斯单独决斗来决定海伦的归属时，海伦像个局外人似的坐在城墙上观看；当长老们纷纷被海伦的美貌所折服而不愿责备她引起的争端时，海伦仍是一言不发地接受着男性对她命运的主宰与评论。这位倾国倾城的美人不能决定自己的命运，也不能在史诗中过多地留下自己的思想和话语，就算仅有的几次发声，海伦都是把自己评价为“无耻之人”：“我成了无耻的人，祸害的根源，可怕的人物，但愿我母亲刚生下我那一天，有一阵凶恶的暴风把我吹到山上，或怒啸的大海的波浪中，那层浪会在这些事发生之前把我一下子卷走。”[①] 可见在男性的话语体系里，海伦被定位为一个祸害的根源，她虽然美丽但却是“祸水”。早期的人类把女性与自然看作男性的异类，他们认为女性身上带有某种神秘的特征，无法理解，因此往往认为女性就是险恶的，并把灾祸的根源推究到女性身上。阿喀琉斯和阿伽门农都表现出这样的性别主义视角，他们俩最后握手言和时，两人把起初的争端都归于女性，阿喀琉斯归咎于女俘布里塞伊斯，阿伽门农归咎于神明，是宙斯的长女阿特（Ate）使他迷失心智。就像学者闻蔚在评论古希腊文学中的女性形象时说的：“在希腊神话与史诗中，女性以肉体和美貌等来诱惑英雄，从而导致了英雄最终的死亡，作家以此提出对道德的训诫。”[②]

到了《圣经·创世记》当中，人类的女性始祖夏娃也是以祸水形象出现，由于受到蛇的诱惑夏娃违背了上帝的命令偷食了禁果，之后她摘下果子给亚当，亚当也吃了，自此人类因为违拗上帝被逐出伊甸园，归根结底人类堕落的起因是女性（夏娃）的不服从，使得男性因女性的错误失去了乐园。正如《提摩太前书》（2:14）中说：“且不是亚当被引诱，乃是女人被引诱，陷在罪里。”[③]

在《圣经》文本中因为女性而造成灾祸的故事也不乏其数，《旧约·士师记》中参孙是以色列的士师，力能缚狮，曾用一块未干的驴腮骨杀了一千人。但他并非败于敌人，而是败于自己的女人，他的妻子哄骗了他的谜底，他所喜爱的大利拉泄漏了他的秘密：力气藏在头发里。于是他在睡觉时被剪去头发，挖掉双眼，投入菲利士军中推磨。《马可福音》中希律王安提帕受到继女莎乐美七纱舞的诱惑，允诺答应她的一个要求，莎乐美提出要施洗约翰的人头，希律王为履行承诺杀害施洗约翰而遗臭万年。《圣经》将女性与罪恶联系起来，正如《耶稣·西拉》中提到：“罪恶来自于一个女人，因为她的缘故我们所有的人必须死去。”[④]

---

① 〔古希腊〕荷马：《伊利亚特》，人民文学出版社 1994 年版，第 344 页。
② 闻蔚：《西方文学中女性形象探微》，载《社会科学家》2013 年第 2 期。
③ 本文引用的《圣经》为中文和合本（NIV 新国际版）。
④ 刘勇：《从〈圣经〉的编纂看基督教的女性观》，载《外国语文》2011 年第 2 期。

欧洲中世纪的民族文学中，女性祸水形象同样存在，德国中世纪后期英雄史诗《尼柏龙根之歌》的第一部《西格弗里之死》中，勇士尼德兰王子西格弗里诛死毒龙，用龙血沐浴，全身皮肤成为坚甲，刀枪不入，但他也有自己的“阿喀琉斯之踵”，因沐浴时一片菩提叶落在背上没有沐浴龙血，成了致命的地方。他的妻子被朝臣哈根所骗，说出了秘密，他终于在泉边饮水时被枪刺中背部而亡，死在了自己妻子手里。北欧著名的神话集《艾达》中，“最伟大的神奥丁的儿子巴尔德尔也由于女神弗丽嘉的泄密，被瞎了眼的霍德尔用一根小小的槲寄生树枝刺穿胸部而死。”[①]

“女性是祸水”这一厌女情结，经过中世纪禁欲主义的神学家的宣扬，一直影响了其后几个世纪的男性作家。在莎士比亚的经典悲剧《哈姆莱特》中，哈姆莱特之母乔特鲁德的仓促再婚与哈姆莱特的复仇计划以及最后的悲剧结局有很大干系，后世心理学家弗洛伊德更是将哈姆莱特的延宕悲剧归咎于他潜意识深处的恋母情结。在17世纪清教文学家弥尔顿的《失乐园》当中，夏娃更是被塑造成一个充满了美貌与自我意识，用心机和甜言蜜语骗亚当吃下禁果的祸水形象，以至于后世评论家在评价弥尔顿笔下的夏娃形象时写道：

> 违禁的是她自己，“死”的惩罚也只针对她一人，亚当并未违禁，不会受此惩罚，夏娃出于对“死”的惧怕及对生者亚当和“另一个夏娃”的嫉妒，决定拉亚当一起违禁，让亚当与她一起担负“死”的危险，这种行为的实质早已指出：如果禁果会带来神性，那亚当就没份儿，她要独享神性。但若禁果意味着死，那必须让亚当也吃下它，这样他就会与自己一样死掉。这就是夏娃的真实想法，不仅如此，她还给自己的行为冠以爱的名号。[②]

可以看出，这种祸水型女性形象从古希腊伊始就一直存在于文学作品当中，男作家们在菲勒斯中心主义的语境下为男性的挫败和失落找到一个名正言顺的理由，将灾祸的缘由推究到没有话语权的女性身上，在禁止其发声的同时为她们扣上一顶“祸水”的帽子。

（三）妖怪型

第三类的坏女人形象表现为妖怪型女性。她们身上既有女性的性别，又有非人的形态，多以女人的头和动物的四肢存在，具有恐怖、魅惑、畸形、险恶的特点，会使用邪恶法术迷惑男性，招致灾难。在原始的神话文

① 邹广胜：《西方男权话语中的女性形象解读》，载《外国文学研究》1999年第3期。

② C.S. Lewis：*A preface to paradise lost*，Oxford university press，1942.p.94

本中，这一类妖怪型女性大量存在，一方面，她们身上遗留着从自然神到人类神过渡期的信仰融合，另一方面，也体现了原始人类对于女性和大自然身上神秘力量的未知和恐惧。

在荷马史诗《伊利亚特》和《奥德赛》，赫西俄德的《工作与时日》和《神谱》，奥维德的《变形记》等经典作品中，妖怪型女性形象大量出现，且多具有邪恶不详的象征：上半身为女人，下半身为蜘蛛的阿尔克墨涅（Alcmene），传说她会寄生在人的脑中，吞噬人的意志；鹰身女妖哈耳皮埃（Harpy）则以生性贪婪著称，她们所接触过的一切东西都会变得污浊不堪；蛇发女妖美杜莎（Medusa），背上长着天鹅的翅膀，头上长满了盘绕扭动的蛇，相传只要有人看过她的眼睛，就会被她的美丽和魔力吸引而失去灵魂变成一尊石像。

与水有关的女妖形象在此类形象中比较典型。海妖塞壬（Siren）是希腊神话中女首鸟身的女性，她用美丽的歌喉使得过往的水手倾听失神，航船触礁沉没，有时她会幻化成美人鱼，用自己的歌声吸引水手。在《奥德赛》中，奥德修斯率船经过墨西拿海峡的时候，用蜡封住水手的耳朵，并将自己绑在船的桅杆上，方才躲过塞壬的诱惑。同时住在墨西拿海峡附近的，还有另一位女海妖斯库拉（Scylla），她有六个头十二只手，腰间缠绕着一条由许多恶狗围成的腰环，守护着墨西拿海峡的一侧，在一些神话故事里面，她长着鱼类一般的尾巴。此后，在欧洲各国都有美人鱼的传说，她们生活在海洋之中，上身和头部是美丽的少女，下身为鱼的尾巴，被称为 Mermaid，比较著名的有丹麦美人鱼和华沙美人鱼。此外，在欧洲神话中有叫温蒂妮（Undine）的女性水中精灵，她们与凡人男性结合来获得灵魂，非常注重感情，会因嫉妒而杀死情敌或自杀。在德国神话中也有叫尼希（Nixie）的女水妖。

吸血女怪是此类女妖形象中另一突出的类型。最早在希腊神话中拉弥亚（Lamia）是一个美丽的女王而引起了宙斯的爱慕，天后赫拉因妒忌杀死了拉弥亚的所有子女，痛苦疯狂的拉弥亚为了报仇，把所有她能找到的儿童都吃掉或者吸食他们的血，变成了人首蛇身的女妖，拉弥亚形象也成了后世女吸血鬼的滥觞。希腊神话中的另一位吸血女怪安普莎（Empusae）则被塑造成半驴半人的形状。此后希伯来神话中的第一个女人莉莉丝（Lilith）在后世传说中成为永不衰老的吸血女魔，南美传说中也有一个名为阿兹曼（Azeman）的吸血女鬼。

另一类神话原型中的妖怪型女性是女巫形象。最早的女巫要算希腊神话中的瑟西（Circe），她以变形术为名，会把人变为动物，在欧洲的古老传说中，女巫其实就是具有超能力的老妇，长相丑陋，常与邪恶联系在一起。在苏格兰和爱尔兰传说中，女巫指“拥有超能力的女人”，她们或是脚上有蹼，在河边洗衣；或是能够感应死亡；或是食人和动物。到了中世纪，由于禁欲主义、厌女倾向的笼罩，天主教会和宗教裁判所将女性妖魔化，认为女巫是异端，在1487年出版的《女巫之槌》成为当时仅次于《圣经》的读物，书中写道："女流之辈，君子之敌也。巫术，妖妇之所欲，长淫乱而便邪僻。"[①]在中世纪传说中，也有女性化身的梦魔(Succubus)，她们会在睡眠中与男子性交，有翼有尾，专吸男子精气。

值得一提的是，在最初的希腊神话当中，妖怪型形象是男女皆有的，这些形象身上更多的保存了一种自然神与人类神崇拜过渡期的痕迹。在希腊神话中，男性妖怪也比比皆是，像是大地女神该亚的儿子埃里克特翁尼亚斯（Ricthonius）是人首蛇身，传说中雅典的第一位国王刻克洛普斯（Cecrops）也是人首蛇身，还有山野牧神潘（Pan）则是有人的头和躯干、山羊的角和蹄子。在早期的神话原型中，女性妖怪身上并没有太多的性别歧视，她们与男性妖怪一起构成了原始人类对大自然变幻力量的恐惧、想象和崇拜，就像著名的斯芬克斯（Sphinx），它的神秘和雌雄莫辨，表达的是原始人类想要在自然当中认识自身的一种迫切。而妖怪型女性形象身上的某些险恶属性，则体现了原始时期男性对于女性身上不可捉摸的神秘力量的恐惧，在西蒙娜·波伏瓦的观点里，早期的人类缺乏对世界的认知力和掌控力，将女性和大自然的神秘威力结合在一起，认为女人和大自然一样是险恶的。"她像大自然一样任性、淫荡、残忍，既慈悲又使人恐惧。"[②]但需要强调的是，不管男性如何畏惧女性，甚至跪在她面前崇拜母亲神，女性被置于这样的位置，仍然是男性给予的，男性有创造这些偶像的权力，也有摧毁这些偶像的权力。在男性面前，女性形象从来都是被塑造的。

到了中世纪时期，父权制的强化和一神教的禁锢，厌女症和禁欲主义盛行，使女性形象被宗教狂热分子妖魔化，长达四个世纪的"欧洲女巫大审判"，将女性列为异端，成为被压制迫害的对象。在文学文本中女怪形象的塑造也延续了这一时期社会上对女性贬低歧视的风气，在莎剧《麦克白》中莎士比亚就塑造过著名的女巫形象："形容这样枯瘦，服装这样怪诞，不像是地上的居民，可是却在地上出现……你们应当是女人，可是你们的胡须却使我不敢相信你们是女人。"[③]（第一幕第三场）16世纪英国诗人斯宾塞在长诗《仙后》中塑造了一个典型的女怪艾如（Errour），她一半是女性，一半是蛇形，十分令人厌恶，肮脏污秽，充满了邪恶。她在一个黑暗的洞

---

① Jacobus Sprenger & Heinrich Kramer, *The Hammer of Witches*, tr.Christopher S.Mackay, Cambridge: Cambridge University Press, 2009.p.176，原文为："What else is a woman but a foe to friendship! They are evil, lecherous, vain, and lustful. All witchcraft comes from carnal lust, which is, in women, insatiable."

② 〔法〕西蒙娜·德·波伏瓦：《第二性 I》，上海译文出版社2011年版，第96页。

③ 〔英〕威廉·莎士比亚：《莎士比亚全集》VIII，人民文学出版社2014年版，第311页。

穴中繁衍后代，她的幼崽趴在母亲有毒的乳房上吮吸着乳汁，她嘴里喷出的是一大堆的书和纸张，还有青蛙和癞蛤蟆。17 世纪弥尔顿的长诗《失乐园》中塑造了一个罪（Sin）的形象，与艾如相似，她是一个人面蛇身的女人："一个腰以上看来像美艳的娇娘，下身却一折折巨鳞，腥臭难闻，硕长庞大，是条蛇尾巴长毒钩，蜇了就致命。"[①] 艾如与罪都是人首蛇身，腰部以下为畸形的女性。莎士比亚在《李尔王》中也曾借李尔之口这样评价过女性："她们的上半身虽然是女人，下半身确是淫荡的妖怪；腰带以上是属于天神的，腰带以下全是属于魔鬼的。"[②]（第三幕第六场）

其后到了女性意识觉醒的 18 世纪，男作家笔下塑造的一系列女怪形象有了更大的歧视意味。那一时期女性开始脱离家庭，走向社会进行创造性活动，她们读书、写作、思考、组织沙龙和演讲，积极参与社会活动，这一时期出现了早期的女权运动和以写作为生的职业女性作家，从玛格丽特·卢卡斯·卡文迪什率先公开为出版而写作，到玛丽·沃斯通克拉夫特的《女权辩护》，再到玛丽·雪莱超越济慈和雪莱的惊世之作的《弗兰肯斯坦》，女性话语和声音开始登上文坛，冲击了男性主导的文学话语。这些女性先行者在当时却被刻画成女怪的形象：

> 女才子安娜·芬奇发现自己在诗人坡蒲和盖伊的笔下被漫化为"患有诗歌骚痒症"的怪女人；英国第一位女权主义者玛丽·沃斯通克拉夫特被贺拉斯·维尔波谩骂为"穿着衬裙的鬣狗"；约翰逊把发表演说的妇女丑化为"用后腿站立的母狗"。[③]

这一时期的讽刺文学作家笔下出现了一些丑恶的女怪物形象，极力讽刺和挖苦女性创造力。以斯威夫特在《书战》中塑造的"批评女神"为例，她在一个黑暗洞穴中吞噬无数的书卷，身边簇拥着诸如无知、骄傲、自负、嘈杂、无耻、卖弄等亲戚，她本人则被讽喻性地处理成了一个污秽肮脏的动物性的形象出现："女神本人有一双就像猫一样的爪子；她的脑袋、耳朵和声音，都像是驴子似的；她的牙齿以前已经掉光了；她的眼睛向内深陷着，仿佛她一直只在看着她自己。"[④]

可以看到，在这一时期男性作家笔下的妖怪型女性形象，有一种男性

---

① 〔英〕弥尔顿：《失乐园》，广西师范大学出版社 2004 年版，第 82 页。

② 〔英〕威廉·莎士比亚：《莎士比亚戏剧选》，长江文艺出版社 2012 年版，第 469 页。

③ 罗婷：《西方父权制文学中的恶妇形象探析》，载《湘潭大学社会科学学报》2000 年第 1 期。

④ Jonathan Swift, *A Tale of a Tub, to Which Is Added the Battle of the Books and the Mechanical Operations of the Spirit*, ed. A. C. Guthkelch and D. Nichol Smith (Oxford: Clarendon Press, 1920), p.240

对女性创造力的压制和讥讽。这些舞文弄墨的女怪身上有一种强有力的危险属性，会对十多个世纪以来男性话语主导的文坛造成威胁和颠覆，因此在男作家笔下，她们被塑造成了患有病症的、像动物一般的、自不量力的畸形形象。

三、性别与话语

“坏女人”们从古希腊开始就一直在男性作家的文本中扮演着重要角色，虽然她们以负面形象出现，被男性作家所批评、训诫、排斥，但作为一面镜子，我们可以从中窥到父权制社会下男性对待女性的态度及转变。他们或出于对女性身上神秘生育能力的无知，在原始神话中对女性怀有既敬且畏的心理；或出于对自身欲望和女性魅力的难以掌控，将美丽与罪恶联系在一起，将灾祸的根源归咎于女性；或出于对话语权力受威胁的担忧，极力压制和讥讽女性创造力，将女性丑化和妖魔化。在菲勒斯中心主义的语境下，男性是社会规则的制定者，女性话语权力的丧失使其处于“潜暴力”和“潜规则”当中。在文学文本中，男作家笔下的“坏女人”形象是男性话语对于女性他者形象的想象，因此男性作家笔下的“坏女人”身上存在男性对女性的贬低、偏见与误解。

好在自从 18 世纪开始，女性作家逐渐登上西方文坛，一扫西方文坛只有男性声音的局面。19 世纪的英国更是崛起了一大批女性作家，她们用自己的笔触为女性发声，呐喊和指责着其在文学作品中所受的不公，试图用自己的话语为女性构建一个自己的形象群（19 世纪的疯女人形象）。但毫无疑问，只有回溯本源，到原型当中去寻找，挖掘在女性话语缺失的年代里，男性作家对女性他者所设定的想象，才能够更好地理解西方文学中的负面女性形象是经过怎样的流变发展至今的，这也是对“坏女人”形象原型、类别及流变分析的意义所在。

（汪杨静：云南大学比较文学硕士生）

作家访谈

凌力：历史小说要写历史上可能发生的一切

舒晋瑜

采访手记

对作家凌力的采访，开始得太晚。当辗转联系上凌力时，她的身体状况已大不如以前。感谢北京十月文艺出版社的编辑晓舟热心相助，我们的采访通过微信、短信、邮件等方式，拖了很久；更感谢凌力，有很多回答内容，是她在病床上完成的，有时候一个问题要写好几天，甚至屡想作罢。不论怎样艰辛，这篇采访总算完成了，这是对凌力创作的一次全面梳理，当然更包括她获得第三届茅盾文学奖的想法。

时光回溯到 1980 年。长篇历史小说《星星草》上卷由北京出版社出版，开启了凌力的历史小说创作之旅。她的每一部作品，都要修改数次，她心安理得地坐自己的“冷板凳”，为自己留下一个虚空而静谧的心境。评论家李树声认为，这并非凌力刻意的人格自塑，而是对历史和现实的一种参悟，是对文学本身的一种执着的专情。

凌力对历史的爱好，是小时候从京剧中得到的。大量的三国戏、水浒戏在她幼小的心里种下了爱文兼爱史的“病毒”，且伴随终身甚至无可救药，这使她毫不追悔地走上历史小说创作的路。京剧对历史的浓缩和概括能力，其戏剧性矛盾的发生、发展、高潮、煞尾及场次的轻重、角色的分派等等格式，细心的读者大约可以从凌力的作品中找到某些印记。

从秦汉到清末，中国的封建君主制社会不中断地存在了两千多年，这是世界历史上独一无二的现象。为什么？这是凌力向自己提出的问题。史学家用政治、经济、军事、文化等方面的科学论文回答这个问题，那是宏观的、全方位的研究；她从微观的、人物的心态、命运和人际关系的角度去探讨。或许终一生之力也得不到正确的、完满的答案，她也认了。写长篇历史小说，是凌力进入探讨的一个途径。

写作之余，凌力喜欢京剧，喜欢动画片。她在不同的艺术品类中都能获得自己独特的思考。比如荀慧生演红娘，他当时已经发福，有人笑称“娜塔莎大婶”，可是看着看着，观众就被他带进特定的《西厢记》的环境，忘却了形貌和年龄上的不合。她说，今人写历史小说本有形似的有利条件，如果能达到神似的境界，照样能够产生令人信服的艺术效果。

凌力，1942 年 2 月生于陕西，1965 年毕业于中国人民解放军西安军事电讯工程学院，中国人民大学清史研究所研究员、教授。1980 年开始发表作品。先后出版长篇历史小说《星星草》《少年天子》《倾城倾国》《暮鼓晨钟》《梦断关河》和《蒹葭苍苍》《清宫悬案》等作品。其中《少年天子》获第三届茅盾文学奖，《梦断关河》获首届姚雪垠长篇历史小说奖、首届老舍文学奖、北京市文学艺术奖等奖项。

多数初学者往往要经过短篇、中篇的训练才开始长篇创作，而凌力的处女作《星星草》，一出手就是上下两册八十多万字的大长篇。这大概缘自她的多种学识和素养，以及宏大的文学胸怀和眼光。

舒晋瑜：一个多次进出导弹驱逐舰、进行导弹发射遥测的尖端武器科研人员，放弃专业转而从事文学创作，有点不可思议。您最早从事导弹工程技术工作，能否回忆下当年走上文学之路的情景？

凌力：我选择通讯专业，是遵从父命，是历史和生活把我逼上文学创作的道路。我参加工作不久，十年动乱突然开始，亿万人民遭到巨大的痛苦和不幸。这使我陷入极大的痛苦、矛盾和忧愤之中。我没有去打“派仗”。我觉得党和人民养育了我，不管处于怎样的逆境，我总应该为人民做点事情。这是一个共产党员的天职。我父亲被关在“牛棚”里，还叮嘱我们，要相信党，相信人民，相信历史的车轮不会倒转。于是，我下决心研究一下历史。

在读史的过程中，捻军的英雄史实深深感动了我。太平天国后期，捻军处于中国革命大潮低落的逆境里，不后退、不投降，“誓同生死，万苦不辞”，坚持抗争到底。在他们身上，我当时忧郁愤懑的心情得到了寄托。

“四人帮”横行时，不允许我用更为直接的方式说出我心中的一切，我只好借助于捻军将士的英灵，借助于捻军苦斗的历史，来歌颂已经长眠于地下和仍在人间坚持战斗的人民英雄。捻军在太平天国覆灭的逆境中奋起抗清，不是反映了广大农民的愿望和历史发展的必然趋势吗？陷于动乱的中国不会停滞不前，犹如当年的中国不曾停滞一样。这就是我写《星星草》

的起因。

舒晋瑜: 1978 年调入中国人民大学清史研究所，能说说有什么机缘吗？

凌力:《星星草》差不多写了十年，先后改了七次。在投给出版社之前，我把这部作品送给戴逸先生，他从史学角度肯定了这部作品，并表示可以接纳我为清史研究人员。我所在单位的领导也很善解人意，同意我调出，我从此进入清史研究部门，并得到主要从事创作反映清代生活的文学作品的许可。

舒晋瑜: 一上手就是历史长篇小说，驾驭起来有难度吗？

凌力: 我喜欢长篇，是因为它能提供足够的容量来完成必要的积累，使作品达到真实可信，首先就说服和感动了作者本人。看一些作品，常有不满足感，因为人物的行动、感情根据不足，往往不到火候而硬写，就不能动人，看过也就忘记了。

那时候，“要写出不同性格的人”，这一点我是知道的，但是把写真实的、有血有肉有精神灵魂的人放到创作的中心地位，就没有这样的觉悟了。倒是用极大精力铺写战争场面和历史悲剧的过程。而且受那时写英雄“高大全”的创作方法的影响，主要人物捻军领袖赖文光、张宗禹等人就显得理想色彩太浓而不可信，对捻军的最后失败提供不出充分的根据，致使这场历史大悲剧因此不够分量而失色许多。

舒晋瑜: 但是这部作品在反面人物的塑造上非常成功。

凌力: 有意种花花不发，无心栽柳柳成荫。《星星草》里的反面角色曾国藩、李鸿章、左宗棠反而显得比较活比较真，得到了读者和评论界的认可。其实，直到《星星草》的第四稿，曾、左、李的形象还跟“文革”中的反面人物差不多，极尽丑化之能事的。戴逸先生看过此稿后，提出曾、左、李是中国近代史上影响很大的人物，是近代军阀的鼻祖，用漫画手法去描绘，就简单化了，而且也不真实。接受戴老师的意见，我重新查阅史籍资料，重新写过。当时只想再现这些人作为清代名臣、理学大师和镇压农民起义刽子手的多重身份，使他们的气质、谈吐、性格和风度上尽量向史实靠近。

有些历史人物之所以反动，并不都是因为个人品质恶劣，更不会都是外形丑陋、猥琐不堪的。他们是因为代表着反动阶级，逆社会历史潮流而动，才历史地处于反动的地位。

舒晋瑜: 为什么会对历史长篇小说情有独钟？

凌力: 我对历史的爱好，是小时候从京剧中得到的。大量的三国戏、水浒戏在我幼小的心里种下了爱文兼爱史的“病毒”，时时发作，伴随终身，直至无可救药、毫不追悔地走上历史小说创作的路。京剧对历史的浓缩和概括能力，确实令人惊叹。其戏剧性矛盾的发生、发展、高潮、煞尾及场次的轻重、角色的分派等等格式，细心的读者大约可以从我的作品中找到某些印记。

从秦汉到清末，中国的封建君主制社会不中断地存在了两千多年，这是世界历史上独一无二的现象。为什么？这是我向自己提出的问题。史学家用政治、经济、军事、文化等方面的科学论文回答这个问题，那是宏观的、全方位的研究；我想从微观的、人物的心态、命运和人际关系的角度去探讨。或许终一生之力也得不到正确的、完满的答案，那我也认了。写长篇历史小说，可算是我进入探讨的一个途径。

无论就其思想内容还是审美境界而言，《少年天子》都标志了新时期历史小说的最高水平，而且在整个新时期文学创作中，也称第一流的精品力作。

舒晋瑜:《少年天子》的创作起因是什么？

凌力:《星星草》出版后，不少评论界老师在研讨会及报刊上发表了许多文章，凡能听到见到的，我都认真聆听拜读，认真思索。虽然从意义、结构、形象、情节乃至文字等方面颇多受益，但最令我震撼的是这句话：“文学是人学。”因为这是我第一次听到，越想越觉得有道理有滋味，越想越能从中悟出更多的创作理念。其时我已调入人大清史研究所，正在比较系统研读清代历史，很快顺治帝这个人物让我产生了强烈的感应。一来觉得历来对他评价不公平，不是当他为庸主无所作为，就是拿董鄂妃说事儿骂他荒淫。翻案文章很吸引人，更吸引我使我欲罢不能的，是这个人独特的性格命运，跌宕起落的情感经历，以及通过他映照出来的中国数千年封建社会的方方面面……要试着把写人放在第一位！还未下笔，我就想好了书名:《少年天子》。

舒晋瑜: 创作过程顺利吗？有哪些不一样的感受？

凌力:《少年天子》的创作，得力于历史上顺治皇帝那起落跌宕、大喜大悲的特殊经历和特殊命运。写康熙皇帝就没有那么好的运气了。虽然还是要围绕着人写，却不得不另辟蹊径。

舒晋瑜:《少年天子》在全国多家电视台热播，编剧是作家刘恒。您如何评价他改编的《少年天子》？

凌力: 电视剧的前半部完全是刘恒的再度创作，比小说开始时的时间往前延伸了四年，从皇后进宫开始。小说开始时皇后已经废了，是第二个皇后进宫。我比较认可前二十集，因为第一，它是尊重历史的。我认为历史文学不是写史实，而是写历史上可能发生的事。刘恒写的就是可能发生的事，符合我所认同的历史文学的创作规律。第二，在重大历史事件、重要人物关系方面都是尊重原作的，整个电视剧和原小说的创作在精神上是相通的。

舒晋瑜:《少年天子》强调了封建社会的冷酷，一直冷酷到母子、夫妻之间，强调人性和政治制度间特别尖锐的冲突。您在处理这种冲突时用唯美的手段，而刘恒是用尖锐的手段去处理。

凌力: 我很赞赏刘恒从真实的人性的角度去写。封建社会的政治斗争是非常残酷的。像明朝永乐帝对反对过他的建文帝的臣子就特别残酷，放在油锅里炸，割舌头。对拒绝为他写即位诏书的方孝孺诛十族，寻常的九族之外，还加上学生一族。把反对他的臣子的妻子、女儿、儿媳发往教坊，被糟蹋死后，钦命拖出去喂狗。可永乐帝在五次亲征蒙古时，又表现出非凡的英雄气概，很了不起。所以我觉得在写清朝的各位皇帝时，要考虑怎么认识他们的多面性。现在写康雍乾的视角比较单一，多是歌颂，把乾隆写成十全老人。修《四库全书》，他毁掉了多少传统文化的好东西，这些却都没写。

在《暮鼓晨钟》里，我就侧重表现所有人性美好的东西怎么一步步被政治斗争抹杀掉，包括友情、爱情、善良……皇位一次次受到威胁，要保住皇位，就要整很多人。每个案件都要死人，每次死人皇帝本人都要失去一些东西。康熙是按孝庄的要求做一个好皇帝，但他内心美好的东西就牺牲掉了。

舒晋瑜:《少年天子》在 1991 年获得第三届茅盾文学奖，还记得当时的情况吗?

凌力: 茅盾文学奖对于我来说，完全是个意外。那天一大早，《人民日报》一个朋友打电话来说得奖，我还以为是开玩笑，不相信。第一届《星星草》曾入围，那时我高兴、兴奋，觉得自己还真不错呢！后来落选，未免失望。但是，看到获奖者都是我敬仰的老作家、大名家，才感到自己怎么这样不知天高地厚！我又认真读了几届获奖作品中的部分，相形之下，在深度、厚度以及艺术价值等方面，差距太多太大。所以，此届《少年天子》虽入围，也就没太在意，因为不做此想了。却偏偏得了，实在没想到!

舒晋瑜: 关于当时参评的具体状况，您了解多少？这部作品获得茅奖有争议吗?

凌力：后来又听小道传说，因左右两派评委意见争执不下，《少年天子》属渔人得利。不知可属实？无论如何，我都没啥可自豪自傲的！

舒晋瑜：相对而言，您的很多作品比较受评论界的关注，如《少年天子》《梦断关河》等，评论家们表现出极大的热情。您如何看待评论？

凌力：文学理论是一门艰深的学问，是严密的科学。我永远从事不了文艺评论和文学理论的研究，终生难望其项背。

创作与评论，是相辅相成的，但又绝不相同，在看了很多评论家的文章后，我更加深了这方面的认识。食品厂拿麦粉制成了漂亮的大蛋糕，食品检验所则将蛋糕分剖解析，化验出它的组成成分，指出哪些是必要的、合理的、有益的好东西，哪些是多余的、有害的甚至含有毒素的成分，以决定合格还是不合格，是伪劣产品还是优质产品。这对食品厂、对广大顾客，实在都是非常必要、非常好的事情。

这也是我理解中的创作与评论。创作是合成：加工素材，结构人物和情节，大量渗入作者自身的思想观念、感情气质、艺术感觉、表达能力、文字技巧等等，最终形成了作品。而评论是在解析：分解提炼出作品的主题、结构、人物、艺术特色、写作技巧，进而深入到作品人物乃至作者本人的心态意识等精神世界里去进行更高层次的探讨。

创作凭的是直感、情感、灵感，在形象思维的范畴内驰骋。任何人只要愿意，都可以成为一个作者。评论却真正遵循着科学的三严：严格、严密、严肃，是完全的逻辑思维。这却是智者才能胜任、令人肃然起敬的工作。我作为一个作者，作品和创作能够得到这样具有深度和广度、认真又诚挚的评论和理解，是很幸运的，弥足珍贵。

舒晋瑜：这些评论文章对您的创作产生影响吗？

凌力：通常，创作者会比较盲目，也会比较自信，不大听得进评论的说长道短。除了自满或脆弱之类的心理障碍之外，主要还是不能领悟。

我谈不到领悟，但多少开了点窍。《星星草》成书后，出版社请一些评论家和历史学家座谈，提了许多很好的意见，集中到两点：一是下卷的结构出现了花开两头各表一枝、笔墨分散的问题，影响了整体的艺术效果；二是正面人物不如反面人物成功。因此在写《少年天子》时就得吸取教训，在这两点上花功夫下力气，特别注意挖掘人物的感情和心态。随着创作的展开，也就渐渐开始领悟，一切都要围绕写人这个中心，这是法则。自己也从这样的创作中感受到极大的乐趣。

关于历史小说创作，凌力引以自慰的，是作品中的大多数事件，在历史上确实发生过；少数事件虽是虚构和想象，也是可能发生的。至于对这些事件的认识和表现方法，就是她自己选择的角度了。

舒晋瑜： 多年的创作，您大概已经形成了自己独特的创作理念。能谈谈吗？

凌力： 我不反对从各种角度、各种方式表现历史的作品，它们各有自身的价值。我只是坚持自己的创作理念：历史小说要写的是所截取的那段历史中可能存在的人和事。首先是史料，记载着历史的真实，这是基础，是不能逾的“矩”；其次是推理，因为史料也有真伪，有不敢记或记不全，经分析和推理，那些可能发生的，也是优质素材；第三个层次是想象，提供了虚构情节表现人物的巨大空间。想象，要靠大量的细节来支撑，而所有的细节都要遵循历史的可能性而不能生造。我这一类的历史小说作者，都会下大力气搜集整理、阅读研究大量的相关史料，为的就是写出真正的、浑然一体的历史小说。

舒晋瑜： 您认为怎样的历史小说才是好小说？

凌力： 我希望所写的历史小说，能站在历史和文学之间，能成为边缘科学的一部分。历史学专家，往往对历史小说特别是历史影视作品颇多微词，这可以理解，因为我们历史文学作者的史学基础往往不够深厚，常会造成一些失误，甚至出某些笑话；但另一方面，眼下的史学著作又越来越走向史论，离最早的史学大师司马迁的《史记》之路越来越远，离文学越来越远。那么“文史不分家”的传统注定要消亡吗？

事实上在国外的史学界已经出现以《史记》笔法写历史的史学著作，撰史者使用了历史尘埃落定后的、当代所具备的、大量的、各方面的丰富材料，尽量客观全面地用文学手段描述重大的历史事件和历史人物，不但受到学术界的赞赏，更得到广大读者的欢迎。这也可说是历史与文学间边缘科学的一部分，不过它的立足点在历史一边，而历史小说则须把脚步稍微移过来，更偏重于文学。

我同意这样一句有总结意味的话：历史著作要写历史上曾经发生过的一切，而历史小说要写历史上可能发生的一切。

舒晋瑜： 写历史小说，对您来说最大的难处是什么？

凌力： 历史小说要遵循所有小说的艺术规律，比如要有生动的、血肉丰满的人物形象，要有吸引人的故事情节等等，但其最主要的特殊处，在于它必须具备的历史感，小说是不是真实可信，很大程度上取决于此。然而，就创作的角度讲，这正是一个难点。最困难的，是营造特有的时代氛围，一位当代作者写几百年甚至上千年前的故事，使自己和读者都相信写的确实是那个历史时期，那就非得造足这种氛围不可。

写历史小说营造时代氛围，其实也就是在创造作品的神韵。这就需要多方面综合而成，难度相当大。比如，写唐朝，能不能使读者确信这真是唐朝，而非两汉非两晋非明朝？同样是写清朝，能不能写出清初、清中期和晚清的不同气氛和味道？在写作历史小说的过程中，我一直试图在营造特殊历史氛围上多下些功夫。

舒晋瑜：能具体谈谈您是怎么做的吗？

凌力：一方面，要尽可能多地了解当时的政治、经济、文化、艺术各领域的情况，力求在大的形势上不出格；另一方面，尽可能多地了解当时的民风、民俗、礼仪、制度、服饰、玩好等等，力争在自己心中有一幅当时的风情画卷，有一种那个时代的感觉，使自己能够形成一种判断力，在选择人物、情节或道具时不至于出大错。

舒晋瑜：您的历史小说，有散文的意境，因此有评论称您的小说是艺术品。在语言上您有怎样的追求？

凌力：语言特别重要，常常会因为错用一个现代词汇而破坏了苦心营造的整个历史氛围，所以需要特别小心。在写清代历史小说的过程中，我掌握的原则是决不让现代语汇出现在古人口中。

舒晋瑜：那么，您判断古人说话的语言根据来自哪里？

凌力：一来自清代剧本，如《缀白裘》一类在清代流行的演出本；二来自清代白话小说，从顺治年到清末各朝都不少；三来自清代案卷，审案录供中有大量的常用语言、生活语言。

舒晋瑜：您的小说创作，善于选材，也长于虚构和想象。同时您又尊重史实，如何在虚构和史实间找到合理的平衡对作家来说是否也是很大的考验？能具体说说吗？您如何看待史实和虚构的争论？

凌力：在虚构人物情节时，没有史实做支撑，营造历史氛围就特别困难。我在《暮鼓晨钟》一书中写康熙帝幼年的那一段，宫廷外朝廷上的一系列大冤狱都是史实，而宫廷内小皇帝的生活则是虚构。初稿出来后，我觉得后者有两大不足，一是感觉不到清初宫闱的特点；一是太皇太后过于英明，料事如神得没有来由。而这又想不出好的办法来补足。后来看到一则史料，说清宫找到明宫遗留下来的几大箱小脚女鞋，全都镶珠嵌玉十分华丽精致，满族妇女都是天足不能穿，扔在那儿又可惜，就把鞋上的珠玉拆下来，镶嵌在新做的绣花鞋上，供宫妃宫眷们穿用。当时风俗，小辈妇女为上辈上寿时，有做鞋为礼的习惯。根据这两点，我虚构了小康熙发现祖母（即太皇太后）的贴身侍女用拆珠玉做绣鞋为手段传递情报这个情节，用来照顾好几方面：一是太皇太后有情报网服务，明察善断就有了根据；二是小康熙接受祖母统治术的影响，日后他建立特别的耳目监视官员，即后人称之为使用特务的行为有了来历；三是营造出由明入清、由汉人统治变为满人统治的宫闱中的特殊氛围；四是表现出清初宫中度用节俭的特点。这样去弥补初稿中的缺憾，作品的历史感就增强了，清初宫廷的意味也浓了很多。

对于史实和虚构的争论，每位作者和读者都有自己的见解，都有它的道理，孰是孰非，彼此平等，何必强求一致？

舒晋瑜：在创作中是否也有些弥补不了的缺憾？

凌力：是，有些始终想不出好办法弥补。比如写历史大背景真实、人物虚构的历史小说行不行？甚至背景和人物全都虚构行不行？尽管我弄不清这样写算不算历史小说，就按照历史小说的规律去写行不行？

但不论怎么写法，只要写的是历史文学，就要力争写出具有丰富历史内涵的、充满历史韵味的作品来。当然，让今人穿上古装在作品中表演各种悲喜剧，或让唐宋元明清的古人在银幕荧屏上幽默地说几句现代语汇，作者自有他的奇思妙想，所谓各有各的高招，不能一概而论。

舒晋瑜：对于历史小说家来说，您认为选材有何特殊要求？

凌力：我们民族五千年的光辉历史，是历史文学取之不尽、用之不竭的源泉，然而作者选择的，只能是那些令作者激动的、能够引发创作冲动的题材。

之所以取材于历史，是因为历史上发生的事是真实存在过的。风云变幻的历史本身所提供的丰富事变事件，不是任何一个天才头脑能够完全设想设计出来的。事变事件既然发生，那就必定有发生的历史条件、社会条件等合理的根据，作者自己首先就确认其真实性，而不会使读者像读传奇小说时遇到的“瞎编”一类评语，产生受骗上当感。

同样的历史人物、同样的历史事件，不同的作者从不同的角度观察认识，会得到完全不同的结果。即使是历史上存留下来的史料，也带有著作者个人爱憎好恶的色彩，真正的董狐直笔几乎是没有的。现存的史书史料相对真实的历史而言，肯定是不完全的，这倒给历史小说作者的推理、想象提供了更广阔更自由的天地。

舒晋瑜：在《星星草》中歌颂农民起义，在《少年天子》里又歌颂有作为的帝王，矛盾吗？

凌力：我写历史小说，不只在介绍历史事件和历史人物，也不为评价历史上的功过是非，说到头，仍旧回到文学的功能这个初始命题上来了，总是想表现和颂扬那些使人类奋发上进的精神品质，颂扬过去、现在、将来都被人们追寻的真善美。《星星草》写的是英雄的失败和失败的英雄，颂扬逆境中人类不屈不挠的奋斗精神；《少年天子》写的是封建君主的悲剧命运，若说歌颂的话，是在歌颂有所作为的开创精神和真挚的情爱。当然，农民和地主、平民和皇帝以及一切被统治者与统治者之间的矛盾，是封建社会的基本矛盾，可以由许多社会科学门类专门研究，全面分析。以表现人为主题的小说，只能通过个性反映共性，努力使之为当代人和后代乃至下个世纪的人类关心、理解和接受。

写作之余，凌力喜欢京剧，喜欢动画片。她在不同的艺术品类中都能获得自己独特的思考。比如荀慧生演红娘，他当时已经发福，有人笑称"娜塔莎大婶"，可是看着看着，观众就被他带进特定的《西厢记》的环境，忘却了形貌和年龄上的不合。今人写历史小说本有形似的有利条件，如果能达到神似的境界，照样能够产生令人信服的艺术效果。

舒晋瑜：听说您喜欢看动画片，是否从中获取了养分？

凌力：我自小爱看动画片，看得多了，就产生问题，产生疑惑。我国的动画片，从最早的《谢谢小花猫》到《大闹天宫》《神笔马良》《人参娃娃》《哪吒闹海》，及至近日的《好猫咪咪》《黑猫警长》等等，无不爱憎分明、是非清楚、正气凛然，好人绝对好，坏蛋一定坏。可是看外国的动画片，如《汤姆与杰瑞》，猫和老鼠很难说谁好谁坏：都干过坏事，也都做过好事；都欺负过人，也都帮助过人；有时剑拔弩张，有时又充满温暖的人情味儿。就连被芭蕾舞剧描绘成绝对凶残可怕的恶魔，在动画片《天鹅湖》中也因爱上奥杰塔公主不能自拔而痛苦万分。这些对吗？我不知道。但似乎这样的动画片更为孩子们喜爱，也更能令成年人唇边浮上会心的微笑。是不是因为它更加真实因而就更加亲切呢？是艺术的魅力还是人性的光辉？

我觉得，作者写他的人物，不仅要冷静，而且要有博大胸怀，同等地对待他的真善美和他的假恶丑。须知他的真善美和他的假恶丑并非与生俱来，并非凭空生发，是后天的社会生活塑造形成的。作者写的是人物，表现的则是形成人物的真善美和假恶丑的我们民族传统文化中的精华和糟粕。我想，这是有意义的事情。

1987 年至 1992 年，凌力为了创作康熙系列小说，先后去了新疆、云南、湖南等地考察。在昆明，她去了吴三桂绞死南明永历帝的现场。在新疆，她颠簸天山南北，写出反映当代生活的中篇《失落在龟兹古道的爱》和短篇《追寻成吉思汗的后代》。

舒晋瑜：您作品中的女性形象，多情、深情，为所钟爱的人奉献一切，男性形象都具有英雄主义的光彩，能说说您是如何设置您笔下的人物吗？在再现和表现历史生活和历史人物上，您是怎样做的？

凌力：在求真的基础上求美。我每写一部长篇小说，除去占有和消化大量文字资料外，都要去实地考察，印证史料，获得感性印象。

舒晋瑜：《北方佳人》的创作，最初是怎样的想法？

凌力：最初设想，《北方佳人》以清初草创开国为背景，表现布木布泰（即后来的孝庄皇太后）姐妹姑侄为代表的满蒙杰出女性，也是长篇历史小说系列“百年辉煌”中按时序的第一部——当时已经完成了《倾城倾国》《少年天子》《暮鼓晨钟》。时逢香港回归、百年雪耻，研究历史的人不能无动于衷，另外开篇写以鸦片战争为背景的《梦断关河》，也了却了我多年来探究梨园这一中国特有社会阶层的心愿。五年后再回头拾起旧题目，情况已经不同，有关清初人物事件的作品大量涌现：电影电视戏剧、小说传记秘史，真实的历史和人物被淹没了。既没有正本清源的必要和能力，也没有凑热闹的兴趣，在追溯孝庄家族源流时遭遇北元历史，萨木儿和洪高娃从历史尘雾中款款走来，把我抓住了，抓得很紧，直到两年前定稿。她们取代布木布泰，成为《北方佳人》的主角。

舒晋瑜：驾驭这样大的题材，展示清代帝后将相的小说，对您来说是否游刃有余？

凌力：唐代司空图的《二十四诗品》，把雄浑置于第一；品评道：“大用外腓，真体内充，返虚入浑，积健为雄，具备万物，横绝太空，超以象外，得其寰中……”数十年写历史小说，很向往这样的境界。但它太高了，终一生之力也难以达到。

本想在日后创作中努力提高一把的，却得了场不能劳累的富贵病；原以为有大把的时间可花，转瞬间已年近古稀；原先白纸黑字应许要完成的“百年辉煌”，看来也办不到了……但人生哪能没遗憾？写不了大部头可以写小文章，就算小文章也写不成了，也还有不抛弃、不放弃的信念，支持我做些有益的事情吧。

（舒晋瑜：《中华读书报》记者）

携未来而生：女性人本之爱历史的现代性重构

——从华裔法国女作家山飒的“新女性历史小说”三部曲谈起

山　飒　王红旗

山飒简介：

山飒（Shan Sa）本名阎妮，生于北京。七岁开始发表作品，八岁后在《诗刊》《散文》《人民日报》《人民文学》等文学报刊上发表诗歌、散文和小说。15岁加入北京作家协会。1990年留学法国，进入巴黎天主教学院学习哲学专业。曾担任著名画家巴尔蒂斯的助手，著有中文诗集《阎妮的诗》《红蜻蜓》《雪花下》和散文集《再来一次春天》、法文长篇小说《和平天门》（1997年；获龚古尔小说处女作奖、文学新星奖、法兰西学院文学创作鼓励奖、中国新年文学奖）、《柳的四生》（1999年；获卡兹奖）、《围棋少女》（2001年；获中学生年龚古尔奖，英译本获桐山奖）、《女帝》（2003年；获袖珍丛书读者大奖）、《尔虞我诈》（2005年）、《亚洲王》（2006年）、《裸琴》（2011年，中文版2014年由人民文学出版社出版）及法文诗集《凛风快剑》（2000年）、散文集《午后四时，能否在东京再见》（2007年）、画册《镜中丹青》等。她的小说被译成32种文字。作为画家，曾在巴黎、摩纳哥、日本、纽约、比利时、日内瓦、上海、澳门举办画展，并荣获法国艺术骑士勋章和法国荣誉军团骑士勋章。

重构女性与战争历史　见证最真实的生命之爱

王红旗：2009年初冬，在人民网《强国论坛·情感时空》，我们以“构筑自己的文学理想国”为题，对你新世纪以来的文学创作进行了整体梳理。你十七岁赴法留学，二十三岁至今，一直坚持用法文与中文进行双语写作，几乎每部作品都被翻译成三十多种文字，发行数十个国家。曾荣获法国多种重要奖项，在海外华人作家群里，可以说是双语创作风头正劲的重要代表之一。

但是，你与其他海外女作家不同，首先是用法文写作在法国出版，然后再翻译成中文于国内出版。翻译成中文的长篇小说《围棋少女》《柳的四生》《裸琴》，从宏观与微观的多维层面，呈现出中国女性人本之爱的变奏神话，更反映了整体意义上人类之爱的觉醒，构成女性人本之爱、精神觉醒的“新女性历史小说”。

你谈到自己创作经验时常说，你的作品是“中国文化的脊梁，法国文化的骨肉”，“要让每一句法文都融进中国意境”。请谈谈你是如何将中法不同的审美传统相融合的，这样呈现文化的策略，在女性历史的创构过程中，能够激发怎样的想象灵感，又有怎样的独特经验？

山飒：从新近的长篇《裸琴》说起。小说里有两个主要人物，一位是喜欢弹奏古琴的少妇，历经坎坷后贵成王妃，却在人生的巅峰处被迫出家为尼，另一位斫琴师是少妇的灵魂情人。故事的历史背景设在南北朝初期，东晋亡国，刘宋称帝。我认为相对西方历史的发展，这个时期是中国历史的“中世纪”。这个时期的汉人流离颠沛，家破人亡，他们的感情十分纯粹，命运堪称壮烈。如果不是出身庶族的强人、霸主、农民、混混，则是在漂泊和贫困中依然能保持高雅风姿的高门贵族和以死捍卫高尚情操的文人才子。小说中多次提到蔡文姬和她的琴。当《裸琴》主人公弹琴少妇离开温馨、风雅的高门大院，离开父母的贵族庄园的时候，她还是个少女，能抱走的只有这张蔡琴。了解蔡文姬生平的人就会发现，蔡文姬悲惨的命运如影随形地伴随着少妇。小说中少妇也怀疑过，是不是因为得到了蔡琴，也就继承了蔡文姬的命运。琴，情也。古琴是古老的中华乐器，是“八音之首”，也是中国文化的精华。在刀光剑影下的南朝，古琴“仪节”，成为唯一的文人乐器。北朝诸国不断地入侵南朝，频繁的改朝换代带来的是战火血光，然而，士大夫却能通过古琴达到自我人生的完美，因而“言修身必言琴，论琴必论修身”。古琴是文人最佳的情感伴侣。用法语创作这部小说，对文字的要求很大，因为我设定的前提是，运用法语的音乐性和悠扬的韵律，表现古琴空灵、空旷、雅致而忧伤的琴声，希望法国读者在阅读的过程中透过文字感受到古琴的悠扬，可以说创作这部作品用尽了心思。

王红旗：蔡文姬的父亲是地位显赫的蔡邕，是那个年代所有著名历史人物的老师，即使曹操，也只是偶尔的学生而已。“董卓之乱”后，因为董卓是蔡邕的学生，而后来被抓起来关进大狱就死在里面。可以想象蔡文姬生活在那样一个优越的大家族里，父亲如此受人敬仰。但发现自己崇拜的父亲，竟然一下子变成一个罪人的帮凶。等到胡人攻进长安城，烧了汉宫，带走蔡文姬，她在胡地生活了多年，生了两个儿子。其实历史上并没有记载，她在胡地具体生活到底是怎样的？她的《胡笳十八拍》为什么充满悲愤？

山飒：女主人公是南朝时期典型的世家女子。她才华横溢，吟诗作画弹琴，好像才女蔡琰、谢道韫，虽然有显赫的家世，依然不能逃脱战争带来的灾难。身为女子，她们不能主宰自己的命运，生活在中国历史的阴影之中。

《裸琴》中的女主角，被陌生的男人掠走，跟随男人的部队，屡遭战火之苦，后来被多日不见的丈夫从战场上接出，被安置在京口，随后丈夫扬长而去。几个月后出现的却是从乡下来到城里寻夫的原配。两个女人，一个是世家之女，一个是田间的农妇，来自两个世界，却被一个她们不熟悉的男人关联在一起，因为这个男人决定了她们的命运！这名男子的形象在小说中非常模糊，这是我的设定。

我通过女人的眼睛揭秘一个从农民走向皇位的"历史英雄"。他常年征战，每次女主人见到他，都发现他的变化：他的衣衫、盔甲、马匹越来越华贵，周边的人对他越来越畏惧，他的野心在膨胀，手段残忍，从掠夺女人到占领城市，然后企图一统天下。在这个男人的世界里，女人无论多么美丽，有多么高贵的血统，甚至是他的亲生女儿，都不过是他驯养的小白兔。大老婆帮他看守老家田地，孝敬家族长辈、乡亲父老；二老婆，也就是女主人公，给他生育儿女，帮助他占据军事要地京口城；他的女儿被迫嫁给了傻皇帝，圆满了他的政治联姻。他所向披靡，战场上没有敌手，朝廷中没有人敢反对，而当他得到了天下，身居皇帝的两年中，宫廷中平静糜烂的生活让他染上重病。富贵和荣耀夺取了他的生命，这是多么大的讽刺。

蔡文姬归汉后的生活也许更为悲惨。当时曹操当政，挟天子以令诸侯，因为崇拜蔡邕，曹操用两车珠宝换回蔡琰，可是两个孩子并没有跟随母亲回乡。作为母亲，无论跟何人生了孩子，最爱的是自己的子女，和孩子们永别，这是多么残忍的一件事。在她撰写的《悲愤诗》中，有这些令人撕心裂肺的字语："儿前抱我颈，问母欲何之。人言母当去，岂复有还时。阿母常仁恻，今何更不慈。我尚未成人，奈何不顾思。"曹操专政，蔡文姬只能表达感激，不敢得罪。丈夫董祀被判了死罪，虽然是冬天，蔡文姬披头散发，光着脚，在大庭广众下向曹操求情，这对这名才女来说又是多么大的耻辱。蔡文姬和曹操的关系，不是人们所想象的、如郭沫若创作的《蔡文姬》里那样的友谊，曹操是一个暴君，蔡琰是他买回来的文化工具。

厄运不仅笼罩着女人，屈原、王维、李白等人的命运也许更为悲惨。中国历史上，才华和命运往往成反比。这些饥饿、无奈、被流放的人却为中华文明留下最灿烂的遗产。这段历史值得深思。

王红旗：的确能够感觉到，《裸琴》蕴含丰富的隐喻，其思接千载的历史重构，仿佛距离现在很遥远而又很接近，对战争与暴力的批判、对骨肉亲情的反思、对和平安宁生活的向往，让我想到意大利文学评论家安伯托·艾柯的话:“即使它们来自宇宙的两极，也可以看出诗的抑扬顿挫出自相同的渊源。”《裸琴》无论是从人类社会文明进化史，还是从女性人本思想精神史而言，都把人类共同精神的追求——爱的觉醒，推向超越性别的新境界。

小说《围棋少女》描写的，是女性在战争环境下追求自由爱情的破灭，《柳的四生》是春宁的“三世情缘”，梦中有着甜蜜爱情、幸福婚姻，然而化身为当代的女性静儿之后，虽遭遇种种磨难，但在“前世梦”的启示下，爱情最终获得圆满。

《裸琴》则截然不同，可以说是对人类自身存在的意义与问题进行的深入反思与终极追问。小说书写的是中国古代南北朝时期二三百年的战乱历史。在表现战争不同时空下的“蔡琴”、少妇与造琴师相似命运的同时，揭示出中国封建社会历史的另一面。即一朝朝周而复始的战争、暴政、贪权，父子手足之亲相残，百姓苦不堪言、生灵涂炭。然而真正给人震撼的，是女性生命穿越战争的数百年历史，荡气回肠的浩然大爱。男女经历无数灾难淬炼出永恒爱情的千古琴声，是呼唤人类，人与人，人与家国，人与自然和平共处的“爱之归来兮”的济世绝唱。因为，这古琴声是来自“原乡”的天籁之音。

这张古琴与少妇母女的关系，古琴、弹琴人、造琴人与战乱历史的关系，多重悬疑纵横延展，铺陈成野蛮与文明殊死博弈的一个个历史场景。小说开篇就写到，一位怀孕的大肚子少妇，“担心长途颠簸，孩子会从身上掉下来，再像球一样滚到马车外面，于是她用从战场上找来的绳子，将沉重的肚子紧紧拴在单薄的身躯上。”请你解释一下，为什么选择一个孕妇在战争的颠沛流离，女儿在战乱中降生来开篇?

山飒:《裸琴》描述的是女人成长的道路。故事开篇，女主人公是个无忧无虑、养尊处优的少女，快乐地生活在世家大庄园中，过着优雅平淡精致的生活。她吃的是江中打来的鱼，被宝刀片成的生鱼片，穿的是由族人自制香饼香薰后的衣裙，看到的是头挽高髻、面施白粉、唇涂红脂、脚踏高跟木屐，吃不死药，聊玄学的叔伯兄弟。然而战争风云平地而起，一瞬间，少女还未成年，就已经变成母亲。这一名无辜脆弱的少女，在严酷的环境中，爆发出的是母性的力量。为了自己肚子里孕育的生命，她被迫在战场上流浪，表现出惊人的顽强:冰凉的饭团也能吃下，拔野草也能充饥，再脏的水也能喝下去，她填饱肚子是为了肚子里的生命能够茁壮成长。

弹指之间，战争远去了，变成少妇的少女找回了安逸的生活，作为母亲，她的小忙碌是甜蜜的，又带着淡淡的忧伤。她传授给一双子女高门士族对美的追求，另一方面她又注重将自己的情，也就是琴，传递给孩子们。

母亲是生育，是抚养，是教育，是荫护。

为了保护她的儿子，不让他被父亲送上战场，作为战争的人质，她，一名纤弱沉默、逆来顺受的女子，突然迸发了违背丈夫命令的勇气，敢将他的军令撕成几半。

然而，母爱也是遗憾和痛苦的源泉。

女主人公希望儿子成为风流倜傥才华横溢的君子，然而他却登基继位，摇身变成了一个不称职的皇帝。政治是自律，是手段，是深思熟虑，南朝宫廷中危机四伏，和北朝的战争迫在眉睫，而她的儿子只追求美人、美景、奢靡的生活，在湖光山影中逃避丑陋的现实。儿子成了天子，母亲却坠入了万丈深渊，她不断地焦虑、恐慌、自责，却无可奈何。

儿子也成了主宰她命运的主子。

《裸琴》一书，就是这样通过女主人公不寻常的生活道路，层层剥露复杂的女性心理。她在战场的刀光剑影中产下了女儿，撕下身上的衣裙裹住赤裸裸的婴儿，哇哇的哭声给她带来了生命的希望和憧憬；她在令人心旷神怡的皇家花园中瞥见身为皇帝的儿子，被宫变的士兵刺死，作为母亲，既无法救他也不能替他死，心痛和绝望可想而知。

女人是历史最真实的见证人。

王红旗：这仿佛是“理想与现实”的终极悖论，也是现代人形而上的生命困惑，又是很贴近自己生活与心灵的反思。因为，女性是人类生命繁衍起始的“第一形态”，“母亲”是人类生命与精神的孕育者、教育者。

正因为你赋予了这张古“裸琴”一个女性的，或者说母亲的灵魂，它才有了传承之精神。它就与人的命运、女人的命运，或者说男人与女人的命运，合二为一。

《裸琴》的结构是章回体与复调相结合，文本共八回。第一、三、五、七回，从公元400年的东晋至444年刘宋，连年战乱的社会历史，是小说故事发生的背景。弹琴女子，从少女、少妇、贵妃到出家大悲寺，削发为尼，最终被赐死。文本的第二、四、六、八回，则都是写公元581年的陈朝，一个青年造琴师的故事。关键是第七回，与相距一百三十多年之后，第六回之间的关系。青年造琴师沈风因生活所迫，受到古董商人刘胖子的诱惑，寻找五百年前的古木仿造蔡琴，从弹琴女子的墓穴里，盗出那个由珍贵古木做的棺材盖时，忽然显现出一个女人的身影，与造琴师合为一体。

在梦中，那女子对他说，“我是你的琴”。她的灵魂拥抱他，奏出仙乐似的男女二重吟。弹琴女子跨在他身上，发现原来他也是一张琴。“男人和女人不正是琴的面板与底板，两个人注定为对方而生，奏响一曲乐曲？”你以女性为主体，表达出鲜明的女性意识，天地创生男女，因为女人需要男人，男人需要女人，这是宇宙之律生生不息的“琴瑟和鸣”。其实你运用诗化战争、苦难、死亡、宗教的叙事策略，在创造一种真实的爱与信仰。

请问你当时为什么要写这部小说？是社会现实的哪些方面触动了你？也谈谈你的性别观。

山飒:《裸琴》是我用法语创作的第七部小说。这部小说的主题是孕育。古代，百分之七十的女人死于分娩。本书开端，怀孕的少女在战火中分娩，她战胜了死亡，肉体分裂出新生命，灵魂找到了新定义。分娩，对于大部分女人来说，是人生境界得以升华的瞬间。与此同时，她周边的男性战士却在试图相互剥夺生命，将自己和他人同时带入死亡。在一个男人们互相残杀的社会里，女人们默默地创造了生命的奇迹，这就是孕育。

也是宇宙本身的规律，或者说是宇宙生命之道。

纵观人类史，人与人、人与自然之间的关系是占有，占有的手段是毁灭，而孕育的方式是给予和付出。琴师沈风，因为造琴，唤醒了百年前女主人公的鬼魂，他将爱灌注于音乐中，而音乐给了女主人公生命和爱。沈风象征着男性的孕育。男性虽然不能怀孕分娩，却可以通过艺术文化的手段，创造生命。这部小说讲述了战争与和平、死亡与复活、给予与剥夺的冲突和矛盾。

南北朝也是汉族和其他民族大融合大碰撞的时期，在这个特殊的环境里，产生了无数个性鲜明的人物，渺小的，伟大的，有名有姓的，无名无姓的，在有限的时空里给后人留下了一笔历史财富。女主人公的丈夫是物质世界的代表者，他渴望和追求的是权力、国土、荣耀，通过不懈的努力，用生命作为赌注，以亲情为代价，他实现了物质世界中最高级别的成功：当上了皇帝。

与其相反，女主人公的情人是一个地位卑微，连肚子都吃不饱，媳妇都娶不到的琴匠。他的人生理想仅限于斫琴和传承斫琴的手艺。然而，恰恰是这些和成功、成就毫无关联的小人物，让中国古琴得以延续发展，直至今天。

女主人公就生活在精神世界和物质世界冲突交接的地域，好像行驶在波涛汹涌的大海中的一叶小舟，时而被推上浪尖，时而被砸入深谷。她做过战俘，当过太守夫人，变成母仪天下的皇太后，也遁入空门，成为一无所有的尼姑。她既是人也是鬼，也是音乐和历史的“阴影”。

王红旗: 小说描写少妇生孩子的具体情景，不仅有着生与死的强烈对比，而且有一种更深刻的性别关系思考。她周围的士兵都在打杀激战，正在走向死亡。然而无论再怎样残酷的死亡，也挡不住一个女孩子降生到这个世界，她的女儿出生了。也就是说一个女人创造了一个新的世界。这可能是你要表达的。而且，就是在紧急关头，男士兵们能够齐心协力，把少妇转移到比较安全的地方，女儿才得以降生，从战争瞬间挖掘男士兵灵魂深处的人性美——对新生命的敬畏。这实际上是最有价值、最能够代表人类精神的正能量。这是小说一直贯穿的思想，会使人类不断地传承爱，不断地“再生”。这就是你的社会性别的价值观吧。其中隐含着超越西方男女二元对立，彰显了中国文化流动的“阴阳鱼”互补共生意义。

山飒: 相比而言，她的丈夫作为一个叛贼，掌控一座城市之后，还要掌控十座城市，成为将军之后，还要控制整个国家。这是当时的价值观。实际上这是一种负能量的价值观念，是男性的价值观。而另一面，那么多女性，她们做的事，是生孩子，养育孩子，给他们良好的教育，希望他们能够成为善良的、有道德的，懂得审美的人，并非成为一国之君。开始这个场面，是打开整个小说情节延伸的预设。

王红旗: 少妇形象的塑造，给我的感觉是，一个怀孕的少妇在战争颠沛流离中孕育生命，在战场上生下了她的女儿，这个生命传承是一个富有想象力的情节，也是一个隐喻。一下子激活了读者对母亲、母爱、战争与和平的审美想象，在血与火、生与死的特殊境遇里，会产生更深刻的理解与共鸣。

山飒: 创造少妇的形象是一个神奇的过程。我看到了她，感受到她，才决定写她的故事。虽然她是我的女主人公，却是她选择了我。一开始我并不知道她是个历史人物，我是在写了几章之后才发现，原来这个人物是真实存在的。后来我在史书中发现了她，找到了她的名字和身份，在小说结尾的时候才含蓄地暗示了一下。对她的身世，我做了一些调查，关于她的资料很少，没有人知道她从哪里来，她在皇帝刘裕身边有过什么影响，和历史中无数的公主、王妃、宫女、乳母一样，她是个在历史中没有留下痕迹的，或者留下淡淡脚印的一名女子。好像女帝武则天，虽然是大周金轮圣神皇帝，她的真实名字和出生日期仍是历史学家研究的课题。为什么？因为古代女子没有任何社会地位，虽然中华古国崇尚历史，但在当时史学家写下的年代流水账中，关于她们的记录很多都是捏造或者道听途说的。也恰恰因为这点，历史给我留下了足够的想象空间，让我打开思路，不受史学家的局限。讲述她们的内心世界，通过她们的眼睛透析社会，还原历史场景，给读者带来新的历史解读。

人物赠予作者故事，作者赋予人物语言。作者和小说人物的灵魂融为一体，跨越时间和空间，相互交换人生、社会的价值观念，在这种状态下的创作感觉是立体真实的。

王红旗: 一个作家的创造力，就体现在能与自己作品中人物形象的灵魂相伴而生，这是一种境界。我读你的作品发现其想象力是第一位的。你不是那种坐在那里苦思冥想的写作，而是好像真的有一种灵魂的相互触动，互相碰撞，包括你以前的《围棋少女》《柳的四生》《女帝》等作品，这种感觉都很强烈。读《裸琴》更感觉到一种灵魂的相遇相通。

山飒：是啊，无论在绘画还是写作过程中，我都会进入另一个空间和灵魂们相遇、交友，他们给予我使命，将他们的感知注入我的思想，我们的生命融为一体后，我才进入创作状态。

宇宙浩瀚无边，神秘无穷，科学家已经在设想第十一维空间。到底灵魂是怎样的形体，怎样的状态，虽然现代科学还无法解释，至少我们知道科学家不再否认灵魂的存在。生命中时常会发生很多神奇的事情，尤其是从事写作、绘画、音乐等艺术创作时，所谓的灵感，就是仿佛冥冥之中有人将词语、颜色、音符，如同“飞流直下三千尺”一般强行灌入艺术家的大脑，再抓住他们的手进行创作。

另外，艺术起源于宗教。艺术是原始人崇拜神、祖先、自然现象的手段，是人类和某种超物质境界沟通的界面。万年之后，这种状态依然不会消失，可见这是真实可信的一种力量。

以琴、棋与柳为媒　揭示性别、命运与爱情的价值

王红旗：其实，《裸琴》表达的主题，仍然是女性、战争与爱情。《围棋少女》以棋为媒，《裸琴》以琴为媒。前者，围棋少女与日本青年军官的爱情，瞬间被战争摧毁；后者，死于一百三十多年前的弹琴女，用爱的灵魂去拥抱现世的造琴师。

在她被赐死的最后瞬间，她再次听到造琴师说“我是你的琴匠，你是我的琴”，造琴师与自己的灵魂结合在一起，永不分离。

灵魂与梦境的交融，让真爱能够超越一切苦难，赋予灵魂永生。少妇服下毒药后，“她皮肤在抻开，变成一块土地，成为天空的依赖与支撑”。“树苗在胸腔生长，还有一些枝干从她的四肢冒出，转眼间她成了一片树林。叶子叮叮当当清脆作响，奏出美妙的音乐。”“她失去了思想，于是成千上万的思想如鸟儿穿越她的身体。她失去了太阳，于是她不断升高挺拔向上，奔向成千上万的太阳。”你以散文诗的语言将死亡幻化为真爱，让灵魂永生，生生世世在宇宙天地间如悠扬的琴声。

文本中如诗如画的灵魂之音、梦境之景比比皆是。比如，弹琴女的灵魂对“伏羲造琴”典故的重复讲述，就将古琴的历史，从蔡琴向前推向远古，意在诠释“乐”是人类的礼仪之根。还有另一种说法更久远。据《尧典》记载，古琴为女娲所造，“女娲立笙簧，建婚姻”，建立了人类第一个情人

节：每年农历三月初三，春暖花开时节，开办青年男女谈情示爱的“春社”。既可对乐或对歌，又可在春池里沐浴嬉戏，男女如鸳鸯戏水裸体交合，有“奔者不禁”的自由恋爱。并且现代考古已经充分证明，女娲真有其人，是母系氏族社会时期的第一个女帝。“笙簧”，笙者为笛，簧者为琴。就又将古琴的历史推向人类最初始的“母神文明”时代。

请你举一两例，解释灵魂与梦境书写的运用，对推进小说情节发展，或者塑造人物形象的意义。尤其是“伏羲造琴”典故，大概在每一个人物出现时，都谈到伏羲造琴。在她的儿子遇害时，你曾谈到“完璧归赵”的故事，这些典故的运用，你想达到一个什么目的？

山飒：人类历史从远古女神时代开始更符合逻辑。猿人发展进化到原始人，从非洲丛林走到欧洲大陆，选择了山洞作为栖息之地，在群体衍变成社会的过程中，生育始终是维持种族兴衰的关键。原始状态的人类往往不知道谁是父亲，只知道谁是母亲。母亲是氏族部落的符号和定义。如有信奉，一定是孕育哺乳人类的女神。

基克拉泽斯（Κυκλάδες，爱琴海南部的群岛）文明（公元前3000—前1000年）的雕塑在艺术史上被视为原始雕塑艺术的杰作，这些人物雕像多数是怀孕的裸体女性，造型简洁生动，历史学家猜测它们被用在祭祀过程中，是保证分娩安全，保护部族，伴随死人的女性神灵。

在《裸琴》一书中始终贯穿着“伏羲造琴”这个典故。和“盘古开天辟地”“女娲补天”“大禹治水”“仓颉造字”“精卫填海”“夸父追日”等传说相比，“伏羲造琴”并不广为人知，因此也没有学者关注它的深刻含义。

伏羲和女娲为兄妹，是可以追溯到女娲补天造人时代的上古祖神。传说讲述伏羲看到一凰一凤栖于梧桐树上，凤凰通天地，协五音，是灵鸟，伏羲便令人将这株梧桐截成三段，将其中段浸在水中七十二昼夜，三尺六寸五分的琴身长度对应三百六十五天，琴后宽四寸，前宽八寸，对应四季八节气，宫商角徵羽五音对应五行。还说当时的古人茹毛饮血，处于野蛮蒙昧状态，伏羲造琴乐众人，让人们不再与野兽为伍。音乐的节奏是呼吸的节拍，创造了时间感，音符是尺度，创造的是空间感。有了时间和空间的意识，原始人才有了自我意识。

音乐的功效是将为所欲为的原始人，进化到能够自我约束的新人类，为后来社会的诞生奠定了基础。当然，上古的传说无从考证，究竟何人造琴，也没有证据。无论是伏羲帝还是炎帝或者神农氏造琴，有一点是可以确认的：音乐是中华民族的文明之祖。

还有一点值得在这里提到。孔子生于春秋时代的鲁国。鲁国毗邻齐国、宋国、卫国、郑国等强国，自知争霸就是自取毁灭，在“礼坏乐崩”的年代里，洁身自好，崇拜礼乐，俨然为周礼的保存者和实施者，这种姿态好像二战时期保持中立的瑞士。身为鲁人，孔子信奉礼乐，其实礼乐才是儒家思想的核心，也就是说道德规范衍生于祭祀和音乐。《史记》记载的孔子学琴师襄子的故事，就是很好的例子。这些传说、典故能够让读者更好地了解古琴在中华文明衍变发展中起到的核心作用。

“完璧归赵”的故事十分动人，它的主角是和氏璧。在中国古代，像蔡琴，或是王羲之的《兰亭集序》，都是穿越时间和空间的灵器。玉匠卞和多次向楚厉王献上一块石头，声称是块宝玉，他的左脚右脚均被砍掉。最终，楚文王命工匠除去石头，发现了其中包裹的美玉。后来，为了这块玉，秦昭襄王希望和赵惠文王用十五座城池来交换，因而有了“价值连城”的典故。然而，赵国并不信任秦国，使出了“完璧归赵”的伎俩。后来，秦国灭赵，秦始皇帝命令李斯撰写“受命于天，既寿永昌”八字，刻在和氏璧上，从此和氏璧成为皇帝的宝印，神权的象征。王莽篡权，向汉太后索要玉玺，太后一怒之下，用玉玺砸向王莽，摔在地上，碎了一角，王莽命工匠用黄金补之，从此有了个金角一说，历经一千年的宫廷风雨，直到五代末期玉玺才神秘失踪。身为太后，我的女主人公也有幸掌握过这只传国玉玺，它在小说中的出现，是我对玉匠卞和这类人物的致敬。

《裸琴》一书中，沈风和他的师傅沈凤就是玉匠卞和一类的人物，是有使命感的小人物，虽然被饥饿寒冷所困扰，却有一种感应，知道自己捍卫的是中华文化血脉。老琴匠沈凤原是鲜卑人，北朝西魏军士，在战火中巧得琴谱，因而学琴，通过琴声发现人性之善，决定放弃暴力，逃到南朝，隐居深山，寻找最完美的琴声。老琴匠的故事也是民族大融合的典范。

我认为历史人物分为阴（女）性和阳（男）性，《水浒传》中一百〇八条好汉虽然都是触犯法规，游离于社会边缘的小偷、强人、杀人犯，但是他们是身手不凡的英雄，是阳刚的象征。《裸琴》中的人物是被厄运围剿的弱者、失败者、牺牲品，是历史阴柔的一面。改朝换代需要英雄好汉，然而文化孕育和萌发需要的却是外弱内刚的“烈士”，因为他们反对暴力，是和平的使者。

王红旗：综观你的创作题材，几乎都是不同朝代、不同阶段的中国历史事件，核心人物形象大多是不同时代的中国女性，在历史惊涛骇浪与暗流涌动的行进中，个体生命具有内在的强大力量，挑战命运的柔韧魅力。你对中国女性生命价值多元别样的诠释，逐步呈现出全球化时代一种“女性人本意识的觉醒”。其作品中对历史事件、神话故事、民间传说、仙灵幻影等等，如数家珍般随手拈来，运用“时空结构”的后现代方式，所塑造的女性形象群，犹如一粒粒生命灵性的种子，孕育出女性主体精神生命的历史长河，又仿佛是从人类文明根性意义上的一种女性自我的寻找与回归。

翻译成中文的长篇小说《围棋少女》是以中国近代历史20世纪30年代的抗日战争为背景，一个十六岁的围棋少女与一个日本年轻军官在“千风广场”刻有棋盘的石桌前相遇、对弈而产生爱情。《柳的四生》是演绎中国明朝皇室后裔孪生兄妹春毅、春宁，“四度时空”里的人生命运。但妹妹春宁是绝对的主角，无论她化成绿衣或静儿，从明末到当代数百年重生轮回，对忠贞爱情的追求始终如一，并在生活与精神层面获得爱的觉悟。《裸琴》以一位少妇与一把古琴的命运为主线，串起中国魏晋南北朝时空交错的战乱历史，琴与人、情与爱、灵与肉合二为一。据你介绍，法文版《女帝》是对中国历史上第一位女帝——唐代武则天的重塑。饱经数千年男权文化否定的女性，穿越男权历史“时空隧道”的涅槃，她没有被销毁尽失，更没有被重新塑造，而是在见证男权文化深层矛盾性中发现女性内在人本思想的丰富性、合理性与现代性意义。

我很想了解，你的文学创作为什么要重构这几段历史？为什么以“女性、战争、爱情”为侧重点？

山飒:《裸琴》的历史背景是魏晋南北朝时期的宋朝。女主人公出身贵族——只有贵族身份的女性，才可以接触诗歌、绘画，古琴，享有文化教育，可以进行艺术活动。虽然血统高贵，她却并不能主宰自己的命运，被战争绑架，成为男权暴力的牺牲品。时过境迁，北朝杨坚渡长江，灭陈朝，统一中国，创建了中华历史上第一次疆域广阔，多样化民族的帝国，正因为如此，隋朝统治并不稳固，短短三十年后，大唐灭隋。

《女帝》就是发生在承上启下，从分裂到统一的转折期。唐代历史无比辉煌，是继统一汉族的大秦后，多种民族、文化、宗教大融合的新文明开端。北魏的文明太后、大隋杨坚的独孤皇后、大唐李世民的长孙皇后都是鲜卑女性，著名的贤德女主，相比之下，南陈宠妃张丽华，却是丧国之妇。在这个前提下，唐朝时期有胡人血统的李氏执政，西域风俗和中原本土风俗相融合，保留了胡人重视女性的传统。唐代初期，边境相对稳定，不受外族入侵的威胁，唐代社会既有安全感和自信感，也有建国创业的朝气。武则天在这时颠覆唐朝，开创大周，成为一个主宰乾坤命运的传奇女性，并不是偶然。

唐代女性的社会地位上升，是中国历史的一大特色，值得深入研究。《女帝》以第一人称的方式，用第一夫人的角度叙述当时女性的生存条件、心理活动、生理需求，以及和男性社会的冲撞。由于性别的特性，女人的生命更充满戏剧性，从黎明初至，对人生充满憧憬，到夕阳西下，力不从心，无可奈何地和衰老抗争，作为女人、女政治家，武则天创建大周，开创了女性的个体存在位置，在男性社会体系中，颁布了一系列保护女人利益的法规，提高了女性的地位，给予女性新的人性定义。

宋代后，中国女性渐渐地失去了原有的地位，中原传统文化将胡人习俗稀释后，女人受到的是更大的束缚：三从四德，男女授受不亲，缠足，甚至有些贵族女子也被剥夺了读书认字的权利。女性再一次沦为男性社会的生殖奴隶。

在世界文坛上，我认为中国女性是最精彩、最丰富的主题。中国的历史起伏跌宕，社会关系不仅仅是道德捆绑或者暴力征服，还有钩心斗角，尔虞我诈，在这种残酷压抑的环境中，女性在不断地成长发展，直到今天，成为独立自由的个体。中国女性的个性鲜明、感情丰富，具有国际性。这也是我的小说深受国外读者喜爱的原因。

王红旗： 读《围棋少女》印象最深的是，小说演绎的抗日战争环境下的跨国爱情悲剧与简明的结构艺术，及所带来的心灵震撼与沉思。尤其这个十六岁少女敢于以天才棋艺挑战一位日本青年军官，而且棋手中她是唯一的女性。在“千风广场”刻有棋盘的石桌前，两人心灵在对弈中共鸣，智慧在围攻中角逐，因相互仰慕棋艺而生出爱情。她独立与自觉的主体意识，展示出那个时代的新女性精神理想。然而，倾巢之下安有完卵，失去家国何以谈爱情。小说结尾，日本青年军官为了让少女免遭日本兵的侮辱，亲手杀死了少女而后自杀。

在这部小说里，围棋不仅成为一种跨国爱情的象喻，而且成为一种渴望和平的象征。其实围棋少女的爱情火花，就是因与之下了几盘围棋，情节结构简单而巧妙。虽然是写战争与女性的爱情悲剧，却隐含着青春少女的浪漫、理想与诗意。这不仅与围棋少女冲破家庭束缚，追求爱情自由的灵魂合拍，而且也融入了你美好的儿时记忆，以及爱情理想的影子，因此鲜活与别样。因为那时你也才二十多岁，如今你的创作越来越走向成熟。

在经历了近二十年的海外生活与写作实践之后，回忆当时创作《围棋少女》的情景，围棋少女的形象给你刻骨铭心的记忆是什么？

山飒： 记得写完结尾后，我忍不住流下眼泪。对我来说，聪颖、活泼、纯真、大胆的围棋少女，不仅是文学作品的主人公，更是一个真实可爱的生命。好像《巴黎圣母院》的爱丝梅拉达、基督山伯爵、简·爱、茶花女，他们是读者的朋友、初恋，甚至是读者在镜子中的映像。“围棋少女”是我的一部分。

王红旗： 我记得你说过一句话：“当我创作女帝武则天的时候，走在法国的大街上，感觉我自己就是武则天。”也就是说你塑造怎样的女性，你就把自己想象成那个女性。

读《柳的四生》，感觉仿佛其中就融进了你自己对生死轮回、爱情永恒、形而上的重生等哲学思考。小说以柳树意象，隐喻生命流转于数百年历史之间的古代与当代社会，明朝皇室后裔孪生兄妹——春毅与春宁，现在（清末民初）、过去（明朝）、未来（当代），以及天上仙界的四度重生。在我看来，不仅包含女性个体生命"时空结构"意义上的循环往复，而且从佛教神学意义上包容与延续了男女两性群体的生命形式与智慧，从而走向更高层次的平等和谐的人类社会理想。也许，东方佛教所蕴含的"万物平等"的生命终极平等思想，可以对当代人类自然生态、人文生态、性别生态的关怀伦理的重建，产生重要作用。

请你谈谈这部小说为何选择"柳树"意象，在基督教信仰曾经光耀的西方欧洲，你为何以文学弘扬东方佛教对人类生命的普世意义？

山飒：《柳的四生》有四个年代。第一个故事发生在明代，开场时间为1430年。女主人公绿衣是个柳树精，变成美女报答当年栽培她的男孩重阳。重阳虽然深爱着她，但是考中状元后，选择了仕途和皇上赐婚的公主，这个故事听起来似曾相识，一个飞黄腾达的男人抛弃了乡下的老婆，直到今天还会发生。被抛弃后的绿衣毫不犹豫地选择了死亡，因为她认为伺候深爱的男人是自己生命唯一的意义。这个时期的女性被男性绑架，夫唱妇随，一旦被休婚，女人只有死路一条。

1430年，在法国，率兵打仗的圣女贞德被逮捕后，被英军交给教会法庭，被判处火刑。圣女贞德不但是象征法兰西自由独立的女英雄，也是欧洲女性解放的符号。相比之下，中国的女性还需要经历漫长的历程，才能实现个体意识生成。

第二个故事，写的就是女性个体意识的萌生。故事发生在民国初期。当西方民主意识流入中国，中国人对自己的传统文化产生置疑，很多学者认为封建传统束缚了国人的创造力和社会生产力。女主人公春宁自幼被裹上小脚，关在大宅院中，双胞胎哥哥春毅是她的投影。哥哥在外面的天地里自由自在地策马狂奔，而妹妹只能骑在墙头上，用羡慕的眼光看着他，想象自己就是他。哥哥在家里闯了祸，又是妹妹鼓励他逃出深宅大院，走向外面的世界，哥哥就是妹妹的理想寄托，是妹妹寻找自由的手段。

第三个故事，发生在今天，发生在"外面的世界"。女主角静儿就是具有个体意识，经济独立的女性。在今天中国的大城市中，这个类型的女性已经非常普遍，她们成为命运、事业甚至企业的主宰，然而却不能决定自己的婚姻。她们的苦恼是找不到合适的恋人。

第四个故事中的"绿衣"兼"春宁"兼"静儿"找到了梦中情人，解决了婚姻难题，找到了梦寐以求的幸福之后，发现了女性的终极痛苦：衰老。

在这个故事中，她的爱人是王母的儿子，是天上王子，英俊潇洒而且青春永驻，而她自己却一天天在变老变丑。现实生活往往也是这样，男人比女人衰老得更为缓慢，女人对于年龄带来的生理变化更为敏感；男性可以是“巨婴”，而女人经历的是从少女变为少妇，从少妇变为母亲的心理历程。当孩子长大离家时，彻底与母体分离。此时的女人就像失去双翅的天使：故事中的静儿从天上坠回人间，在喧闹的凡尘中睁开眼睛。现代女性的伴侣，是孤独。

作为中国女性从事写作，我觉得自己非常幸运。中国女性的命运坎坷，生活丰富，每一个人都是一部小说。《柳的四生》有个美好的结局，在经历多重生命轮回，不断地寻求生命的意义后，“绿衣—春宁—静儿”，和心心相通的恋人静看天边的彩虹。

以诗化哲学的想象力　为人物塑造穿越历史的翅膀

王红旗： 当然，如果说“春毅—重阳—青衣”“春宁—绿衣—静儿”的重生在不同时代，有不同身份，是这对孪生兄妹经历生命磨难的轮回转世。那么，他们在原生家庭——清末民初的明代皇室后裔家族中生活，一生下来，受到的就是“生男弄璋，生女弄瓦”的不平等教育，尤其，作品描写春宁缠足之痛如酷刑的细节，是那个年代女性身心之创痛的缩影。因为清末民初，无论出生高低贫富，女性都缠足，裹小脚成为一种风靡的时尚，也成为女性出嫁好夫婿的资本。

那么你出于怎样的构思，塑造了一个经过男权文化精心教育出的逆子——春毅形象？

山飒： 在我的小说世界中，有形形色色的男人形象。

《裸琴》中的皇帝刘裕，原本是个农民子弟，不甘心一辈子面朝黄土背朝天，趁着天下大乱，政权岌岌可危，在暴力群体中脱颖而出，显示了自己潜在的能力，改变了个人、家族的命运。在改变的过程中，他被权力腐蚀，野心膨胀，手段越来越残忍，他将权力的欲望传递给儿子们，以致死后三个儿子互相残杀，他开创的南宋也因此灭亡。

《柳的四生》中的重阳，也是个有理想抱负的男人。然而理想抱负和野心一个是客厅一个是卧房，只相隔了一道门，不小心就会误入歧途。重阳追求功名，却被利禄所腐蚀，他想出人头地，却变成贪得无厌的朝臣。为了生存，女人卖身，而心怀壮志的男人出卖的是自己的道德底线。这不仅仅是个人选择，也是社会环境造成的。

我也塑造了一些“放弃男权”的男性形象。武则天的丈夫唐高宗，就是个纯真、有爱心的男人。他虽然身为大唐皇帝，却厌恶玩弄权力、捍卫皇权，和舅舅长孙无忌，和几个姑姑钩心斗角。他最痛恨的就是杀戮，因此选择了有能力能抗压的武则天。封建王朝中兄弟父子、亲戚之间互相残杀是家常便饭。高宗的父亲太宗就在玄武门政变中杀死了太子和齐王，篡夺父亲的皇位，因而开创了贞观盛世。高宗请自己的女人出面替他管理朝廷，改革创新，大胆起用庶族官吏，用现代人的眼光来看，高宗是董事长，武后就是他信任的总经理。高宗不是软弱的昏君，他是个厌恶政治的君主，是个逆反的男性。

《围棋少女》中的日本军官，原本是个被灌输了武士道精神的侵略者，在与围棋少女对弈的过程中，被中国少女的美和纯真震撼，再次发现了人性，最后放下武器，用自尽表达对战争的厌恶，用行为反对男性暴力。战争是男性社会史中暴力的终极表现。

《柳的四生》中的春毅，是个放弃男权的主人公。他放弃贵族身份、家族产业、儿子的特权，从家庭出走，变成一无所有的流浪人。而他经历轮回后，变成电影明星森田，不甘心沦为娱乐圈中纸醉金迷的奴隶，逃到巴黎做了一无所有的穷人。他也是个叛逆角色。

王红旗：尤其是春毅，他叛逆的不仅是封建男权，还有当今的世俗社会。《柳的四生》中，当代成功的“女强人”静儿，如果真是春宁的化身，那么春宁六岁被裹上小脚、痛得流血化脓、寸步难行，当时她说：“我下辈子能不能不做人了做小鸟？”“想飞”就是这个小女孩当年美好的愿望。她成人后代替已故的父母管理衰败家族，但她与自己的母亲截然不同，她即使做了母亲还“想飞”，她对归来的哥哥春毅说：“我们快上路吧！带我走得远远的！走出我自己，走向绚烂……”

仔细思考一下，这何尝不是你、我、她，我们每个女性的内心追求，想要走出家庭、走出传统、活出自己的梦想。从女性历史来看，春宁已经成为中国近代女性生存命运的象征。我们女性现在的生活、思想与精神，是踏着春宁她们那一代代女性的梦想之梯走过来的。但在那时也只能是一种梦想。

请谈谈你当初对塑造春宁这个女性形象的想法与期待，她有没有历史原型？

山飒：春宁这个女性形象，还真没有历史原型。我小时候，从家中卧室的窗口望去，可以看到伸展到西山的麦田，金灿灿的，还有天边变幻莫测的云朵。对着窗外的风景，我能发呆很长时间。如今的北京，原来是麦田的地方已经是清华大学的科技中心，高楼林立。在现实生活中消逝而去的儿时风景，是我的小说的源泉。眺望远方、眺望窗外的世界，这个场面会经常出现。春宁就是这个风景中的一个人物，她的故事就是围绕着“鸟瞰”这个主题而塑造的。大家可以想象一下这样一幅画：一个衣着精致、体型瘦弱的女孩，裹着小脚，坐在墙头，如醉如痴地眺望远方。她的身后是阴森黑暗的大宅院，她前方的脚下是断壁悬崖，悬崖脚下就是一片广阔的草原，天边镶嵌着泛着金光的湖，还有无数飞翔盘旋的鸟。显而易见，这个女孩子就是关在大宅院中的一只金丝雀，被人剪断了翅膀。她的眼睛中充满了幻想和渴望。然而她鸟瞰的风景不是柔情的南方水乡，却是“风吹草低见牛羊”的西南高原。看到这个画面的人能够猜到，这个女孩和传统女性不同，她向往的地方不是一种封闭、温馨、安全的小家庭，她渴望的是狂风暴雨、严冬酷暑，野蛮与文明并存的世界。

从原始社会到封建社会，男人在外面打猎、杀戮，女人留在家中抚养子女，种地织布，因为家中劳动繁重，女人越来越与大自然隔绝，直到她们心甘情愿地接受裹脚的束缚，放弃奔跑的本能。女人变成了禁锢在屋檐下被判了无期徒刑的囚徒。《柳的四生》中的春宁就是新女性萌生的符号。她渴望的是拥抱能带来能源的力量。

春宁是现代女性的祖母，今天的女性能够走出家门，拥抱大自然，不仅涉足科技领域，能为科学献身，还涉足太空，飞向宇宙。《柳的四生》也是女性走向独立的四段历程。

王红旗：但是在新全球化时代，女性再次面临新的机遇与挑战。在《柳的四生》结尾，春宁穿越百年历史“时空隧道”，变形为当代中国香港的一位成功女商人静儿，需要有多么强大的生命意志力。在现世社会，她被金钱、繁忙堵塞了向内追求的精神之路，以征服世界、创立帝国作为向外追求的生命价值。当某一天被恋人森田的梦点醒，她看着森田解梦的眼神，突然发现恋人如自己梦中的前世情人那般美。他们“突然领悟我们的前世、今生、未来不是轮回，而是平行发生的”。

你让这对情侣从浩瀚宇宙汲取生命能量，收到月亮的来信，并写着静儿梦中前世的心愿：“人间生活虽然恶劣，但人和人之间相互依靠，相互鼓励，能够一同走向衰老。”此时，前世与今生、理想与现实、灵魂与肉体融合在一起。诗意的终极符号意象：湖中无数明月的倒影、燃烧的一片片朝霞、不断翻滚的灿烂云朵、握在手中闪闪的金沙，自然之光显示宇宙之律有限中的无限，点亮恋人之间明眸的凝视、心灵的相依。画面感，仪式感，多维度无限延伸着……

这个小说结尾，想象、诗化与哲韵的融合浑然天成。你是在怎样的具体情形之下构思而成的？也谈谈你的宇宙观，多维时空生命“平行观”。

山飒：春宁经历了二生二世，转变为成功的现代城市女性静儿，然而女人的脆弱依然伴随着她。好像很多成功的女性，虽然赢得了经济和思想上的独立自主，她们却因此而找不到合适的伴侣。在这一生中，她也是个喜欢眺望、充满诗意的女孩子。然而她的日常生活却是经营化妆品，遇到的困难是收购、存藏、运输、营销、宣传等等令人头疼烦恼的琐碎问题。可以看出来，她的工作虽然能够带来大量的金钱和经济上的独立，却不是她的理想工作，只是谋生赚钱的手段。她的生存条件和许许多多成功人士一样，被全球制造消费的大机器所绑架，表面上是命运的主人，其实是物质世界的奴隶。我的一位法国女朋友，Meriam Chadid，天文物理学家，每三年就会率领一个由世界科学家组成的团队，深入南极大陆，在极地中心与世隔绝地生活六个月，进行天文观察。她四十多岁，有些发福，穿着简朴，没有任何名牌挂在身上，皮肤微黑，笑起来像个幸福的少女，也像个温柔的母亲，她会用最简单纯朴的言语讲述自己几次差点在极地丧生，当她讲到天上的星星，她脸上浮现出无法描述的美好和憧憬。这位女科学家和嫁了有钱人或是赚了大钱的女性相比，她们的不同之处在于：精神世界的动力是希望等待和求知的饥渴，物质世界的动力是自卑愤怒和永不满足的欲望。

小说中森田的出现敲响了静儿的警钟。他宁肯做流浪人，也不愿意被困在某种系统和潜规则中。小说的结尾就是静儿思想的提升，预示着女性发展进化的未来。这个结尾也是第五生的开始……

正如我在前面谈到的宇宙和多维空间，有人相信天堂和地狱，有人相信轮回。当然，还有无神论者，认为人死了，什么都不存在了。我个人认为过去、现在、未来的平行，并不是不可能的，我也认为不存在是不可能的，因为多维的宇宙无限大、无限小，死亡只不过是一种能量转变为另一种能量。

王红旗：当静儿遇到森田时，产生的微妙感情变化是回归自然。小说写到人的终极救赎，人从出生到成长到所谓的成功，其实终极之处就是回归。我个人认为是回归大自然，因为大自然是孕育一切生命的圆，是人类的母亲。那么，一个女人走到自己的终极方向时，才发现原来她仍渴望回归到母亲怀抱。她和自己的恋人身体偎依在一起，看到眼前升起的那片彩霞，也许一片彩霞代表的正是你所表达的“真爱的无价”。作为一个人，一个生活在地球上的生命，对这种希望之光，对大自然的敬仰，和大自然之间的交流，就是她最终的灵魂升华，真正超越世俗的人生价值。这完全是我个人的看法。

山飒：现代人类最大的悲剧就是远离大自然，生活在工业世界中。人类萌生于大自然，从与自然生态相依为命发展到扼杀和改变生态，女性也有责任。一个成功的女性，生活在嘈杂的大都市，呼吸的是雾霾，食品中有重金属，出门就是大堵车，连洗手间都不能去，同时要回几个手机的电话，在这样恶劣生存条件下，还要保持青春、苗条、漂亮的发型，脚踏高跟鞋。这是可笑可悲的成功。可以想象，孤独的静儿，在高楼林立的大都市中越发感到孤独。

人类最好的伴侣，就是大自然。当我看到一棵草，一片草地，一望无际的草原、森林，听到海浪扑打沙滩的响声，风穿过树枝的声音，我的心中充满感激。我们住在一个美丽的星球上，人类的出现是宇宙奇迹，壮观美丽的大自然是地球人最大的财富。

所以在《柳的四生》的结尾，我送给静儿和森田的是太阳升起时灿烂的云霞。

我希望我们这一代人，能够意识到大自然是人类的终极归宿，能够为拯救我们的星球做出贡献。

王红旗：是的。《柳的四生》结尾，那层层“天人合一”的风景，直入心底，是你对生命终极的哲学诠释。《裸琴》的结尾，历史穿越到2010年北京的一个拍卖会上，音乐学院的一个拉小提琴的男生，与一个弹古琴的女生，因“琴”而生情，目睹了一场两亿元成交的千年古琴的拍卖。但是买家匿名大亨并没出现。

小说多重隐喻性的开放结尾，想表达怎样的寓意？

山飒：《裸琴》的结尾是一个讽刺。正如说凡·高的画，他生前一幅画都没卖出去，而且唯一收藏他的画的是自己的弟弟，其艺术价值低到没有人理睬他的画作。而当今世界，一百多年之后又是价值最高的，已经高到没有人会去卖。在这个物质世界中，他的作品成为艺术作品中价值最高的典范，这不是一个天大的讽刺吗？这个讽刺不只是针对凡·高，而是针对我们有问题的社会。

《裸琴》结尾的拍卖会上，这张古琴其实就是沈风仿制的蔡琴，他抱着琴想去卖，卖不出去就会饿死，可是社会上并不欢迎古琴，世俗社会更喜欢皮鼓、排箫这一类热闹的乐器。千年后一张卖不出去的古琴创下新高价，这是对物质社会多大的讽刺。

小说从开始到结尾，不断地强调古琴的艺术价值，赞颂斫琴师、弹琴女们为了孕育、保护、承传艺术所付出的牺牲。另一方面，字里行间充满了对践踏艺术、伪造艺术的商人和当权者的讽刺。买古琴的匿名大亨没有出现。他只能拥有这张古琴，“拥有”的不是小说的主题。

两个音乐学院的年轻学生是音乐的化身。他们得到的是梦想、是爱。

以女性人本精神之爱　构建未来人类和平“理想国”

王红旗：其实，物质时代拍出天价的艺术品，也只是它的物质价值，恰恰是“天价”遮蔽了艺术价值。因此你的写作是携未来而生的。从某种意义上，大胆奇妙的想象，诗意永在的灵魂，隐喻象征的符码，灵魂叙事的策略，梦境之景的营造，如诗如画的语言，可以凝聚自审、反思、批判、重构，沟通历史长河的生命系统，激发当代人的心智成长与爱的觉悟。从新女性历史小说而言，可以说是不可替代的独树一帜。

据说你的中文版《女帝》，即将在国内出版，很期待。记得 2003 年法文版《女帝》发表后，我看到法国和美国评论家都说你创造了一个全新的武则天。评论说："这是一部引人入胜的小说，读者仿佛听到战场上马的嘶鸣，呼吸到皇家宫阙的气息，和亲历了不断变幻风景的那片土地。""这部作品的野心和魅力，就像绽放的鲜花正在蔓延。"而且，第一版就印了 10 万册，现在已被译成二十多种文字，发行几十个国家，畅销于日本、韩国及东欧国家。读者说，在这部小说里捕捉到了当代中国崛起的文化渊源及厚重的历史。

请谈谈，如今你将会为国人奉上一位怎样的武则天形象？

山飒：武则天，如果从政治角度评估她，她的功高于过。正因为她是第二性的女性，在执政期间她不断地维护庶族、平民、女性的权益，为弱者争得发言权。她大力打击门阀贵族，推广科举制度，不断地挖掘国家栋梁。从武则天开始，从东周开始盛行的门阀制度最终被扳倒，平民子弟，凭借自己的才能和知识，经过层层筛选，也能走上仕途。可以说，今天的高考源于当时的科举制度。连法国历史学家，经过考证，也认为法国今天高等院校录取制度是当年中国科举制度的衍变。

从摄政到登基，如果没有广大百姓，多数朝臣的拥护，不可能最终成为大周皇帝。她给大唐社会带来的一种公平，一种贫富、弱强的平衡。武则天是寄生于李唐王朝的女性、庶族、没有名分的前朝才人。很多类似的情况下，有些人一旦掌权就会掩盖自己的身份，打压自己出生的阶级、性别、人群，和过去划清界限，证实自己就是统治阶层的一部分。然而，武则天却不是这样的"伪君子"。她是民众的代表，要给生来不具备任何出路的人，开一扇幸运之门，为此，她首先打压携带着幸运符号出生的人。这其实是最原始的民主思想。

她从皇妃升到皇后，又成为女帝，虽然权力越来越大，称号越来越响亮夸张，她依然是被红色宫墙监禁的"人质"，她和现实世界的唯一接触就是她的朝臣，她的官僚机构。男性朝臣既是她的耳目也是她的障碍，更是她潜在的危机。为了清除庞大的官僚体制的腐败和造反情绪，她一手提拔了御史和酷吏，借男性的暴力打击暴力。另一方面，她认为不了解世界的人，无权统治世界。在她执政的顶峰时期，她决定给天下子民发言的机会，下诏全国人民上京城御前举报，给自己一个接触民众，倾听民声的可能。在当时的历史背景下，她是非常明智的君主，在今天，她采取的民主措施依然可以借鉴。

我觉得武则天这个女性形象，不仅是属于中国的，而且是属于全世界的。《女帝》一书畅销欧洲和美国让我深感欣慰。一位距今一千多年的女性依然能给现代女性带来启发和激励，这是多么美好的历史文化精神遗产！

另外，武则天母仪天下，她的政治行为是女性型的，而不是盲目地模仿男性。很多今天的女强人，尤其在西方，一旦进入男人的领域，做了男性们的总经理、董事长、总理、总统，她们会摇身变为男人。这时她们体内的雄性激素可能比男人还多。女人的最大错误，就是放弃自己去做男人。现代教育学指出，女性儿童的智力情商都高于男性儿童。为什么在一定的人生阶段，女人却总会被男人超越？虽然在21世纪，欧洲南美等国，女人从没有权利投票选举到涉足政治开始掌权，未必实行的是女性政治，女政治家甚至比男性还要强势。

王红旗：在你的笔下，武则天是一个真正的超越了性别、国别的女性领袖形象。在漫长的中国封建男权社会，这位唯一真正登达政治巅峰的女帝，能够国泰民安执政五十年，是因为她实施的女性政治，汲取了远古“母神时代”丰富的人类关怀“母乳”。这不仅给天下百姓带来了母性的、平等的包容与关爱，而且会为开创未来人类新文明的民主和谐、多元共生，走向真正的“人类命运共同体”，提供重要的“理性政治”文化资源。

如果，从《围棋少女》《柳的四生》《裸琴》，和即将出版的中文版《女帝》，来梳理你二十多年的文学创作历程，毫无疑问，这四部长篇“新女性历史小说”，均为你不同时期的重要代表作。一条清晰的演进脉络是：女性—战争—爱情。你以书写个体女性的命运爱情为经之起始，截取历史动荡变革的瞬间事件为纬之讲述，从战争背景异国男女博弈而一见钟情的玉石俱焚、现实俗世与梦中仙世婚姻之爱的书写，延展为对与家国命运共沉浮的女性生命之爱，以及对人类女性政治社会模式与巅峰之道的重构，逐步构筑起越来越宏阔辽远、越来越富有人类未来学意义的文学时空。

从构建自己的文学“理想国”，到构建未来人类的和平“理想国”，这不仅代表你自己在文学创作方面走向成熟，而且标志着海外华人女作家在“第二故乡”的创作，从中国历史里为世界文坛奉献出的人类性经验。你的作品以女性视角，切开中国社会不同历史阶段的横切面进行透视、反思与重构，揭示与纠正了女性被遗忘的“真相”，迸发出女性生命人本之爱的神奇力量，这预示了全新的社会伦理关怀秩序诞生的多种可能性。很期待你的《女帝》早日问世。

（此文连载于《名作欣赏》2018年第10、11期，本刊发表有修改）

（王红旗：首都师范大学教授）

行走在梦幻天际

——解析长篇小说《美国情人》

宋晓英

她是谁?

她叫“红”，生命应该是火，燃烧出绚丽的色彩，而不是一张软塌塌无色无味的灰白。

她叫“虹”，生命应该有暴风骤雨后的霓采，而不应该是度日如年沉郁不舒的雾霾。

她叫“蔷薇”，怒放的花朵有暗香的馨清与花瓣繁复的独特魅力。但直立的芒刺是人格的本质，鉴赏者进来，施虐者一定被刺得钻心。

生命当如乘火车看风景。目的地是哪里实在不重要，一贴贴不同的景致才是最重要的，以至被吸引做风景中人。

生命当如溪水，不以小流而不疏，一定要潺潺地奔向大河，奔流入海，哪怕在遥远的闭塞的山隙，而不应该是一潭死水，被碧绿的苔藓遮蔽。

过去、现在与未来

如果再回到许多年前与你相遇的那座桥，过去、未来与当下或会幻化为三层翻卷的云霞：最上的一层浮泛着金边，人们会说我的未来前景无限；中间的一层激流快进，象征我当下的脚步匆匆；而最底的一堆暗物质，积郁成块，托住了上两层云霞。那就是我的过去，我过去的现实。

长篇小说《美国情人》揭示了人生的三重悖论：瞬间与永恒、宿与命、时空与生命。

开头，那个叫“虹”的女作家把生命视作许多的“瞬间”所凝聚的“永恒”。生命是必然的，但是有许多的“偶然”构成。生于我们的民族，养育我们的东方，重“机遇”，讲“人脉”，甚至承认“缘分”，却从来不强调“历险”，也就是抓住偶然。我们自小被教育要珍惜我们的仅有，强调“人生拥有三件宝，丑妻薄地破棉袄”。林冲为“三十万禁军教头”的职位忍辱，“父母在，不远游”，知足常乐，理想的光照曾照耀过我们的生活吗？现实是严酷的，但现实是可靠的。如果现实黑暗灰黄，我们就绝不承认闪电的瞬间所激照下的亮色空间是可能存在的。移民者是相信“偶然”的，即使前面有一千个倒下了，他或她也会“前仆后继”，因为，决不允许有这样的结局：“冥冥之中，机遇与你擦肩而过，在你不经意的瞬间，在你还年轻的时候。”

宿与命说的是迁徙者的未来虽然有许多不测，但挣命的人也许得到好的归宿，而认命的人一定是被动挨打的。但挣命的人遭遇的太多，精神里逐渐有了虚无的意味，就如时间与生命的感喟中，年年岁岁花相似，新年满地的旧日历，在漂泊的女人眼里，是“苍白而不甘寂寞的灵魂”。

相信爱情，相信光明，相信云端的日子，可能是每一个人少年时思想的底色。但，能够一生不放弃这种“诗性”之光，并靠拼搏、靠韧性、靠聪慧，冲出既定的窠臼，挣出自己想要的人生的人，是极为少数的。

自小的教育是“天生我材必有用”“天生丽质难自弃”。在我的印象里，她就是那个相信闪电所映照的空间是真实空间的神女，是那个行走在理想的天空，那个在云中穿越的女神，那个大喊着“赐给我力量吧，我是希瑞！”的理想主义者。

一切是从自己的父族开始的，一部大家族兴衰史：疆场拼杀官场沉浮商场倾轧，大小运动中或走霉运者有之，坐直升机飞黄腾达者有之，一部分穷愁潦倒，一部分侥幸平安，但家族遗传的基因或根性，就是不服输、往前走、要生存，先把泪擦干，不到黄河心不死，一条道走到黑，不信走不到天明！

一切是从自己要进取、要学习开始的

一切是从俄亥俄雅典那个小城开始的。

家乡的声音说“你不属于哪里”，小城的人似乎在问你“你打哪里来？你还要到哪里去？”看完了“西洋镜”，收拾行装的行为为什么有些踌躇？“你明天来上课吗？”教授问，“你有两次没来，总有人在问，为什么你不来听课了？”这是否意味着我真的与这里有星点的维系，至少有一两个人认为在某种程度上适应这里，属于这里？

“另一种生活”展示的首先是五光十色的诱惑，让人忽略了独处的寂寞。唱圣歌访老人国际节京剧秀这是虽然浮泛，但绝不死寂的日子。

这里的人尽是萍水相逢，这里的人却有道“人生何处不逢君”，相约相携，同是天涯沦落人。我人生的目的是什么呢？好像就是在路上。

回忆那些“人生何处不相逢”的岁月，最心怀安慰的就是有这么多与自己一样的人，“攻学位—求职—拿绿卡—公民身份”在青春与忙碌的人看来是如此稀松平常司空见惯，怎么就成了“叛国投敌”“特立独行”“癞蛤蟆想吃天鹅肉”“你死在外面连收尸的人都不会有”了呢？说的女人像是高速公路上被碾死的野鸽子。那些挺不下来的人是有，“索死”“博死”的人都有，但在这个有来自五湖四海的学生密集的狭小洗衣房里，这个汗气、脚臭蒸腾的公共浴室里，就是生命的气味儿、再生的精神冉冉腾起。幸好异国之行的起点在这里，一切都源于此，才有了这个古国现代女人的再生之旅。纽约、旧金山、洛杉矶、休斯敦，那里的餐馆里不是有一群默默端盘子的年轻面孔。他们脸色昏黄，端的饭还不如客人自己家里做的好吃。但他们收的是小费，怀揣的是大希望。“物以类聚，人以群分”，我为什么不能是他们群中的一人？！

看风景的人与风景中的人到底是不一样的。“如果你还活着，旧金山不会使你厌倦；如果你已经死了，旧金山会让你起死回生。”进入这个城市，典型的移民之地，创造了寻梦者无数奇迹般的地方，孕育了33位诺贝尔奖获得者的“梦之故乡”。你能获诺贝尔奖吗？美丽的姑娘。进入了美国的职场，其“弱肉强食、处处陷阱步步荆棘”的本来面目暴露无遗。在流动的大地上或一针之地，“临时校对”“半职记者”，听到“三天两头都有一场骂战”，那种“高分贝噪音”吓得心脏哆嗦。离别故土难道不就是想离开这“噪音”吗？

人生而自由，为了这自由首先就要尝受极端的不自由。这种不“自由”与“异域”有关，每一个移民者都必然会遇到。在别人的领地，总归还是异类。

两性的第一个区别是男人女人的关系是不是“所属”的理解。真正的个人是独立的，人身上不存在“送”与“被送”的关系；真正的人的独立还在于信念的坚定，“全世界”的“指指戳戳”算得了什么？“指指戳戳”难道不是非光明正大的行为动作？一个人的强大，与别人对他的毁誉无关，那与他的背景、支持率、庸众的唾沫有什么关系？

羊群行走靠头羊，群羊是盲目的，孤狼是独行的。两个人的裂痕，在迁移，在一次“闪电”行动的强光照耀下暴露了。一个首鼠两端、患得患失；一个勇敢无惧，赤脚也敢走天涯。不否认这人的忠诚、努力，纯良与温厚都是怯懦与依赖的体现。目标不同的伴侣，牵牵绊绊中磨损掉多少的爱，牺牲了多久的岁月，丧失了多大的机会。男人的狡黠在于依赖群众的舆论，男人的本色出于对群羊的训诫：羊儿是离不开集体的，羊儿是没有翅膀的，有草的地方就是故乡，不幻想飞翔，不向往山那边、云那边的天空。但对有的人来说“在巴掌大的地方穷忙，一年到头对着那几张平庸丑陋的面孔，根本不知道天外有天，人外有人，真是“白来世上走一遭”！有的族群的生存叫“活着”，有的叫“生活”，有的人的生活叫“日子”，有的人的生活叫“流光岁月”。“再也不能这样活！”“世界很大，我想去看看”在21世纪的第二个十年，成为万众念诵的流行语，在几十年前，是每个人内心的隐秘的呼喊，但不能说出口。

“你给我稳住后方”的指令，女人也听了好多年。出于与男人一样的“群羊”一直的温顺性，出于对失去安全感的惧怕。

除了“群”性，人的家庭与个体的教养也不同。有人吃生猛海鲜“有滋有味”，有人听音乐“三月不识肉味”。他得意的“圆滑”与她信仰的“坚守”不同，她在留与走、决绝与优柔中纠结扭曲的已经够长久。

“所有高尚的原则只不过是弱者借以支撑自己的拐杖”。理想对她就是“拐杖”，她仅有的是“梦想”，这对别人来说也许是虚妄的、无用的，对她来说，是呼吸视听的必须，是粮食。因为她是有尊严的。“群羊”在听了“指令”之后，仍受到训斥，遭到鞭打，在“鄙薄冷淡的目光”里了。人毕竟不是羊，人的心会痛，自尊会升扬，个人的命运不同。本来应该是永久的伴侣，“白天不懂夜的黑”的情形如果不断地加重，就会逐渐到达不可调和的地方。

女人走异域，留异地，开始了“在海滩上种花儿”的流年岁月。

但，“异境”中单打独斗的女人开始目睹着釉彩一层层剥落。

这个人称“金山”的地方也许的确有座“金山”，先是压在头上的。

最初的“刀光剑影”的日子，蜗居斗室的年华，斗蟑螂，战小人，确实不是你想要的日子，但我之坚守，不就在这一块澄澈的天空吗？幽暗的路灯下踩着自个儿的影子孑孑独行，茫然。

极端的环境、极大的考验，人才能够认得清自我的缺憾与潜力。首先，一个发展中国家象牙格子中的小资女性视野是比较狭隘的，没见过大的世面，自尊心过强，心理过于敏感。语言的优势不存在，体制不同，过往的经验用不上，连打字的输入法都不一样，自己的优势在哪里呢？仅有梦想、信念与意志力就够了吗？

但无知者无畏。就像越不会开车的人越觉得练车的经验新鲜有力，不谙世事的理想主义者自有对自己人格的“傲骄”：“不就是两种结果吗？一种能留下，一种大不了打道回府”。反正现在是最坏的时候，还能坏到哪里去呢！

不计成本、不算得失是理想主义者的心理优势：抱着“体验生活”的心态往前走，就会“食苦不觉”。至少，对于一个“个体的人”“无政府主义者”，这里像一片“自由的乐土”。一个人的前半生固然是“闭塞狭隘”，但只要带着拥抱新生活，“世界，我来了！”的态度，不患得不患失，未来是属于积极热情的人儿的。云开日出、苦尽甘来的那一天是有的。

“金山”代表了物质的光芒，而不是精神的辉煌。丧失了族裔土地上“形而上”的职位，就丧失了“知识者”先驱与优越的地位，与“贩夫走卒”为伍，甚至自己也要“引车卖浆”。

林浩，他是这样一个“贩夫”。他身上的质朴、豪爽、忠诚、敦厚，行为中的仗义与情感上的澄澈在他做“官员”或“富商”时，那是一种儒雅大方，站在“金山街”林立的店铺中，朴拙就变成了不足，玉石有瑕，成了一颗“顽石”。

他敬业，事必躬亲，扑下身子干活；他忙乱，语言与市场规则都是他不熟悉的。这里所容纳的鱼龙混杂、蝇营狗苟也少不了多少。

有人说“移民”就是剥去了树木的外皮，将枝干的疤痕完全暴露在外；也有人说“移民”就是揭破疤痕的外皮，将伤处裸露在风尘之外。没有了体制的保护，所有的短处与弱势都暴露出来，如果不自省、不检讨，不分析现实，不调查社会，没有学习的能力，但凭着一股朴拙与蛮力，是难免不跌跤的。教养与非教养，受教育与非教育，传统的民族一向一方面“学而优则仕”，学习的目的根本不是为了修养。一旦不能“入仕”，那“书”就成了“输”，读书人就成了书呆子、书虫子等等，从来不珍视知识的力量，而将实践看作“检验真理的唯一标准”。这个标准大部分情形下是过去的标准，习得的经验，失败了归咎于阶层矛盾、种族歧视、时运不济、命运打击。“林浩”从来都没有想过，一个大的企业是靠运作统筹，一个在“异境”土地上讨生活的人要熟悉当地的法律与法规，任何一个事业都是要强调细节的，单纯勤勉诚实，甚至仗义，那还是农耕社会，至少是小商品社会粗疏、粗粝、粗略、粗率的一套吧。传统的苦耕苦作，或者简单地模仿商业规律，结果不就是“表面上看，营业额一直在上升，一直是盈利的”，可“刨掉广告与活动费用”实际上是不盈利的。因为这是长期的商业行为，而不是短期的习作啊。输赢各半，是正常的规律。要么技术领先，要么服务一流，要么产品短缺。如果没有以上的硬件因素，想要脱颖而出就是非常艰难啊！

为什么这个有教养的女人要被你“包养”？你认为她在大学的工作无足轻重，“挣不了几个钱”，不若你的买卖重要？为什么你认为女人的话不能听，黑道上的人被你认为是朋友？为什么自己的娃就必须娇宠，父亲的幸福不重要，只有封建的小皇帝才这么认为吧。身处高度文明的社会，还是让自己的孩子与他人比财富，靠财富赢得女人的投怀送抱，是一种如此原始的思维！

无论任何社会，男人的自信真的只来自财富、实力、权势，而不来自人格与修养吗？异国恋人互相吸引的因素被忽略了，那就是“精神相惜”。受教育的白鬼子尊重女性的本质是一种表现呢，还是本质呢？他们会尊重女性的爱好、意志、工作，尽管他更尊重自己的独立空间，不能让一个异国情人阻碍了自己进行的脚步，你不能增加他太多的负累，比如你的孩子。除了性别上的优势，疼爱弱者，保护花朵的本能，在趣味上，他有没有尊贵民族的心理优势呢？比如，他有没有说“微凉的气温对人体是最适宜的”，而忽略了东方女孩的体质？

“普通男人”与“文艺女人”之第二个区别是“白天不懂夜的黑”，精神永存与欲望有限是不能相通的。“林浩”与“老狞”都忘记了“鹰有时候飞得比鸡还要低”这个道理。这个陷入困境、孤弱无助的女人，如果不做了你欲望的奴隶，就是一种简单的忘恩负义、不识好歹了吗？人类文明的进步就是教养的力量高于原始的欲望，就好像 GDP 是硬通货，而“恩格尔系数”（Engel's Coefficient）才是评价贫穷、温饱、小康、富裕社会的标尺吧。就性别关系的层次而言，欲、性、情、爱是分层细致或纠缠勾连，进退难舍与隐秘难言的。在世俗的理念里，就成了一个说下大天来，你是我的妻呀我是你的夫，饮食男女。一个把女人当作自己的“妻”的人固然是最负责任的，较之于“白鬼子”类，但一个把最基本的欲望当作最大需求且视作当然的人，无论男女，都是应该知耻的，就好像一个人无论如何冷暖自知，也不应该满足于吃饱穿暖。在困境中愈是降低了对自己人格要求的人，愈是缺乏冲出命运桎梏的精神力量的。以己推人的男人总是认定女性也是欲望的动物，对自己不满意的原因在于推三阻四地渴盼着更大的那条鱼的出现。心眼太狭的男人等不及女人立住脚跟，患得患失地害怕失去自己的“拥有”，“附属”于自己的这个女人。

两性的第三个区别是把“利与益”放在首位的人眼光会太窄，不去计算多年以后的前途命运。不去问“千里共婵娟”，心心相印、同甘共戚是一种什么样的境界，而是“可是我现在就想把你手儿牵”。不可否认，有距离的情爱不会维持长久，除了亲密的程度与频率，还有双方世界观人生观处世观变化，从而分道扬镳的潜在危险。可小说中夫妻分离的根本原因不在于“距离”，称前妻为“妻”后妻为“妾”的原因在于利益上双方是休戚与共，情感上难舍难分。恰因为“休戚与共”，所以男人帮助女人做了自己能够做到的一切，不惜“看够了各种嘴脸”，“受了不少的窝囊气”。男人的“度日如年，度日如年”的孤独深情可鉴。他欣赏这个女人。但欣赏一个人与理解一个人到底差多远？男人说的对，从有形的、可见的目标去看，既然有能力凭借两人的勇气与实力不难达到成功的目标。可能会超过从头来过的标准。但“有形的功利”与无形的、诗性的成功是两回事。两个人表面说的一样，事实上根本不一样，所以再多的纠缠也是鸡同鸭讲。以“功利”“合算”去衡量一起的人不能够遭受损失。所以牺牲愈多，会怨气愈盛，就比如不爱子女的父母均会把孩子叫成“冤家”。男人为什么变得如此鸡毛蒜皮了呢？难道他以前不是鸡毛蒜皮地算得失的吗？他支持你的行为也是在“算得失”，只不过他认为你“玩大了”，要退出共同的游戏而已。又是裸露的疤痕与根系。即使没有女人贸然迁移的激进与决绝，他们的婚姻能走到尽头吗？任何机械的崩溃，螺丝的松动都不是一蹴而就的。怨念堆积，孤独中的人坚守的意志就会逐渐崩溃。

男人的怨念在于女人是一个愈行愈远的影子，女人的伤痛是前不着村后不着店的不安感。男人尚在顺利的环境里，她遭受的暗枪与明剑他知道吗？从来都没有互相理解与体恤，这“你就是我的夫，我就是你的妻”的男耕女织大戏早晚会有一天演不下去。人性是自私的，人生而孤独的。男人的“妾”已经入室，独行的女人暗自舔着自己的伤痕。不是不能够离开这满是蟑螂的斗室，不是某一个晕黄的灯光的房子不是自己的家，而是“难自弃，难自弃”。

女人与男人的区别之三，她是独立思考的，而他是“随大流”的。女人对自己的一生，想要什么，不想要什么，什么能忍，什么不能忍，大体有答案。男人在多年后女儿来到美国后有没有幸运自己的前妻的“先见之明”，有没有把自己与后妻一起生的“娇儿”送出来读书？他知道自己要的是什么，他一直比这个女人平安、富裕，但他要的是人前的成功，人后的赞誉，他有没有想过自己到底想要什么呢？他想要自己的儿子与自己一样成功，比自己生活得还要好，想到过把他塑造为与自己完全不同的人，自己的主人，而非在乎别人的眼光的独立的现代的人吗？

区别之四：他有自己大个子的外强中干，她有自己小人物的掷地是金。他连篇累牍的话语这样谆谆善诱，苦口婆心，掩不住自己的心中没底。支撑她口干舌燥、理屈词穷的辩解的是咬住青山不放松、不撞南墙不回头的，是她的“再也不能这样活”的信念，她行走的拐杖。男人的分析还是立足于现实，较为理性的，基于他从来没有那种一定要冲破命运的羁绊，再活一次的心理，“我也认为机会难得不要有机会不抓，但必是十拿九稳”。

“十拿九稳”是传统古国的思维，李·艾柯卡《自传》中专门论述过“虽然我们的确应该尽力收集相关资料并且尽可能做出准确的预测，但在一些关键的时刻我们必须凭信心做决定。如果决心下得太晚，对的决定也会变成错的”，“在第一线战斗，而不是躲在后方不停地修订战略”，“这个世界瞬息万变，它不会慢吞吞地等你去评估损失，有时你必须去碰运气，然后一边行动一边修正错误”。女人豪气冲天与男人本位主义的审慎，任何事情都要算计得失是完全不同的类型——从传统古国出来的女人的勇气，竟比男人还要男人。

头顶一柄“悬剑”，脚下随时踩着地雷：身份，是不是遥遥无期？是不是一旦失去了一份工作，工作签证就没了，签证上的日期如定时炸弹的倒时计。女人在这样的情形下还意志如坚，其耐力、韧性与决绝不可小觑。从这个角度说，将移民进行到底的人都是强人，以访问学者的身份留下的人都是超人，外轰内炸仍矢志不改的女人应该都是神人。

即使是出生于长江以南，也被称之为“北方人”，有的族群如闽南人、潮汕人就如同犹太民族、印巴民族，身处异地仍然保持自己的凝聚力。可见只要有人群的地方，就有“异类”的划分与偏见。被打上标签就如被刻上“红字”，需要几倍努力才能够证明自己？

人总是向往“异域风情”“异种生涯”“另一种生命形态”，美其名曰“在路上”，却忘记了风霜刀剑刺骨风寒。而能够在此种情态下情怀不改、信念坚定的小女子，腰杆子需要多么硬，笔头子需要多么锐，擦泪的速度有多么快，行走的脚步有多么迅疾而坚定，是可敬可叹的。

信念就是那个看到了湛蓝的天空的井底之蛙如果跳出了枯井，还愿意回到这个温暖而安全的“深窝”吗？

这“刀光剑影”的日子，蜗居斗室的年华，斗蟑螂，战小人，确实不是你想要的日子，但人之坚守，不就在这一块澄澈的天空吗？幽暗的路灯下踩着自个儿的影子孑孑独行，茫然，但是果断。

有的人的目标就是温饱之后的小康，或清闲度日或瓶满钵足，有的人却离不开精神生活如“夏天的旋律”，所以才会向往、奔赴，或留在有“音乐”的地方。其实，就在你的来路，在你的本土，也是有“音乐”或酷爱“音乐”的人，或创造“音乐”的人的。但你的命运不曾与“音乐”捆绑，绑定的是一个“温饱”或“小康”为天为地的人，所以你一如既往地前行，几度徘徊也没有停下脚步。现在你终于可以一个人躲在斗室中听“音乐”了，这代价高吗？

“事业的路途荆棘丛生，有所寄托却又无可攀缘。”情感上挣脱了枷锁，获得了自由，仍渴盼归属。但这是另一种挣扎图存。遇得到知音，有多少不是“之侣”，弄不好“不是人家玩偶就是人家的用人”，晚娘或者后母的资格也不是那样容易获得的，卓文君“当垆卖酒”已算是非常幸运。单身女人遇到的都是些什么人呢？婚姻状况不明不白，但还要哄着骗着你的人；情感生活中当断不断，但牵着挂着你的人。情到深处时山盟海誓，遇到各自儿女等切身利益就借口失踪的人。婚姻介绍所里走马灯一样换来换去的人，知音者何处？有些男人“孤寒”（吝啬）得要命，却还要摆出救世主的架势。屌丝男到处皆是，凤凰女独守孤寂。

世俗的标准你是待嫁或待价，而灵魂之星高照，还有那一贴贴麻省理工的问候克拉克大学的问候，从来不图功利，从来不求回报。“青山在，人不老”，说的是尚年轻，盼有为的志气还没有完全泯灭吧。我坚守，因为在井底仰望蓝天；我坚守，因为在寒冬相信春天；我坚守，因为我稚嫩的翅膀尚渴望远飞，尚不愿蜕化为肉腿，不愿意摒弃了飞翔的期冀吧。

世界上当有另一类生命存在的方式，是这一个女子生命的追求中重要的动机，所以这异国恋情，是自然天成的，她飞蛾扑火，就像在高速公路上开车要抓住虹霓那“令人心颤”的瞬间，就像无论在何地听到悦耳的琴声，一定要敲响演奏者的房门告诉他这里有一位知音。

尽管她深知这句话的睿智与理性“如果文化背景、地位悬殊太大，一切都是很难预测的”。爱情犹如彩虹，很可能是短暂的。但“真情投入是一次义无反顾的赌注”，她愿赌服输。不赌的人们都赢了吗？也未必。

许多岁月过去了，这笔情债“不思量，最难忘”，代表了峥嵘岁月中对对“异域”“异境”“异人”命运最大的挑战，“我是希瑞”，谁奈我何？

情爱似水，是人类作为生物的血液的自然流动；爱情是升华，恋爱中的人力量与智慧会达及极致。《查特莱夫人的情人》将最壁垒森严的英国社会撕开了一个口子，1775年第二版《少年维特之烦恼》题诗：哪一位少年不曾钟情，哪一位少女不善怀春？情爱的规则有二：一是在气质上越是两相有异，就越具有吸引力；二是在精神上越是投契，就越是难舍。皮特与“芯”的情爱当属此类。

东方小资产阶级知识女性隐秘的内心深处，关于欲、性、情、爱的审美标范是否都是一个“佐罗”式金发碧眼的“王子”呢？由于中国文学传统的断裂，中国现代文化直接承继了“西洋”传统，欧美男性知识分子成为“启蒙者”。即使在《走出非洲》中也在让那个伊顿公学剑桥毕业的丹尼斯成为女主人公的导师。所以，恋父情结严重的中国小资产阶级知识分子将课本、电影与小说当作范本，寻找的梦中情人为温文尔雅的白人知识分子，是理所当然的。她们忽略了东方男性的追求拥有与西方男性追求自由的区别。不能说对方不是认真的，在这一个时期，对方就是在认认真真地恋爱。只要不忙，他就按时给你写信，你可以去他的办公室，他可以接你上下班。但，在这个漂移的时代，自由的国度，来一场风花雪月的恋爱非常容易，谁还会把枷锁自动地套在自己头上呢？在这个国度里盼爱情生根结果，应该与海滩上种树、水里头种花是一样的道理。

爱做梦的女子一向是“抱着体验生活”的心态经历人生的，朗月当空、月下相拥的日子自会记得，星空漫天、穿越城市的行走如诗如梦。人生爱一场梦一场，“天空未留痕迹，鸟儿却已飞过”。白流苏说：“我没有什么故事。你过的是故事，我过的是日子。”头顶悬着一柄命运之剑，如何轻松又如何潇洒?

无论宗教还是族规，均以钢筋铁硬的藩篱规定着种种。但人的身躯，怎能被铁定的规则钉在四方的规矩之中?

爱情如是，创作也是如此。艺术特色，体现在结构上在语言上，“引子”“虹”的海边奇遇是一个舒缓的波浪，唤起沧桑，时空感强烈。

“第一幕”，市长的继任选举是一个非常好的开端，一个展示人物的平台，人物冷眼旁观的“第三者”视角恰好描摹着每一个到场的人物，客观冷静，稍显讽喻，知道这一个人物出场，唤起如情似梦，刺痛了人物历经沧桑后虚无主义的麻木:“几乎忘了，几乎忘了……”看到他熟稔的表演，感念着物是人非，他是因为曾经了自己的沧海，才变得这样圆滑与练达的呢?还是他根本就没把自己当作一个海，只是把自己当作一条同样的河，蹚来蹚去就像现在走马灯一样的女人一样呢?

如果你害怕失败，那就会不断地丧失机遇，如果你害怕失恋，就忘记了聚散是人生的必然。谁能永远伴在你左右?岂能说同床就不做异梦?何人不是客?那深刻的思念，深深浅浅的影子，你能够永远割舍吗?我们的祖辈或能够割舍，但我们是追逐太阳的人，在教育中被灌输的是理想主义，无论欧洲启蒙主义文学还是马克思主义者的可能性的实现，无论是“人定胜天”，还是“敢把皇帝拉下马”，都是我们的挣破命运缰绳的助力，是我们飞翔的翅膀。

你的“代价”不高，是因为你的后代可以听“音乐”了，你历经了如此多的磨难，仍然是“青山在，人不老”。以历史眼光来看，不看一时一事，如何代价，何其有偿，或许不在于获得诺贝尔或奥斯卡什么奖，但后人或许能在任其自由创造的天空中施展与实现绚丽多彩的宏愿!

参考文献:

[1] 宋晓英:《精神追寻与生存突围》，中国文史出版社 2006 年版。

[2] 吕周聚:《生存困境中的人性展现》，载《世界华文文学论坛》2009 年第 6 期。

[3] 吕红:《美国情人》，中国华侨出版社 2006 年版。

[4] 吕红:《女人的白宫》，花城出版社 2005 年版。

（宋晓英：济南大学文学院教授）

相遇张惠雯

陈瑞琳

那是2010年，三十多岁的70后女作家张惠雯，从新加坡悄然移居到美国南部的休斯敦。

说到张惠雯与文学的关系，又要追溯到2005年。那一年，知名小说家余华应邀担任“新加坡国家金笔奖”的评委，他慧眼识金，发现了令人心颤的小说《水晶孩童》。之后他特别写信给陌生的作者张惠雯，要把这篇小说推荐给《收获》的程永新。《水晶孩童》在《收获》发表后，又引起了评论家洪治刚的注意，他在文章中说《水晶孩童》是2006年最绝的小说。据张惠雯回忆，《水晶孩童》是她第一次在国内文学期刊上发表的作品，并因此得到当时未曾谋面的三位文坛大家的帮助，由此坚定了她继续写作的信心，这真是冥冥中的天意。

张惠雯，1978年出生，祖籍河南，高中毕业考入山东大学经济系，1995年获新加坡教育部奖学金赴新留学，毕业于新加坡国立大学商学院。她的小说两次获得“新加坡国家金笔奖”中文小说首奖。2008年获“中国作家鄂尔多斯文学新人奖”。2013年，获首届“人民文学新人奖”，同年获“上海文学中篇小说奖”。作品发表于《人民文学》《收获》《上海文学》《青年文学》《中国作家》《江南》《长江文艺》《花城》等文学期刊，多次上榜“中国小说学会年度十大短篇小说排行榜”，被广泛收入历年中国短篇、中篇小说年选选本。现为新加坡《联合早报》专栏作家，已出版小说集《水晶孩童》《在屋顶上散步》《两次相遇》《一瞬的光线、色彩和阴影》《在南方》以及散文集《惘然少年时》等。

第一次读到《水晶孩童》，就深切地感觉到那个干净透明美丽柔软的“水晶孩童”仿佛就是作者自己。这个如此干净透明的孩童来到了红尘滚滚的世界，连他的父母也不明白他的存在，任由他柔软的身躯去面对世界的伤害和蚕食。让我最难过的是这个水晶孩童被伤害的那种惨痛，人们用刀割他，用火烤他。小说里这样写道：“他躺在床上，因疼痛而不时地抽搐颤抖，但他手臂上仅仅留下了一道白印和一块熏得发黄的斑点，以至于他父亲无法理解那种疼痛：没有殷红的血，没有撕裂开的鲜艳的皮肉，他无法感知到这样的痛苦。可是，他知道那孩子不好受，因为他的眼睛像临死的人那样塌陷无光。”水晶孩童流出的眼泪，竟成为人类渴望的水晶珠子。终于他的眼泪干枯，他死了。小说的结尾是作者让他被带往另一世界，但那只是给读者的一线安慰。这让我想到了张惠雯的心，干净又通明！感谢文学，让她学会了如何面对这个世界，如何理解这个世界，又如何表现这个世界。

2012 年 4 月 14 日，张惠雯在她为新加坡《联合早报》所写的专栏中写道："认识瑞琳之前，我在休斯敦没有一个华人朋友。"（《为了"小说"的见面——瑞琳印象》）后来她在《收获》杂志上谈自己的创作，又写道："陈瑞琳女士给我讲过不少故事。渐渐地，一个完整的故事或是故事主人公那特殊、曲折的经历在我记忆里淡化了，但其中的某一片段却奇特地存留下来，催生出如《岁暮》《华屋》《十年》这样的移民题材的小说。"

其实，张惠雯有所不知，她的到来不仅挽救了我对移民文学发展未来的某种怀疑，也点燃了我对汉语文学如何与国际文坛接轨的某种希望。

我们的第一次见面是在 2012 年的早春，地点在中国城黄金广场的锦江酒家。走进来的惠雯，秀美的长发飘在胸前，目光清澈，但她似乎喜欢穿深色的衣服，却不是那种黑色，而是一种说不清的颜色，正如同她的小说。我们开始聊天，立刻就感受到她内心的敞亮，她喜欢的和不喜欢的都一目了然。除了爱憎分明，惠雯的大优点是，如同柔软的海绵，善于吸收的海绵。我真的很羡慕她，她不让自己读低档的作品，她有自己的品位，她要吸收的文学营养都来自经典。由此也解释了她的作品，因为吸收的营养好，所以随她怎么写，文字都是干净的，气氛都是精美的。在小说创作的途中，惠雯最大的收获是学会了客观，她努力消失掉了作家的个人情感色彩，这种特殊的训练是很多人达不到的。她的小说，其魅力不在华丽，而在她小说的质地，就如同好的衣服，明白人一眼就有了区别。

我们的那顿饭吃了好久，之后我又拉她去电台录了一档文学节目。在我们继续的对话中，我发现惠雯的内心有一股强大的思想力量，这是她的世界观和价值观所支撑的钢架，所以她的作品总是有骨骼里的力度。不像有些作家，无论怎样写，价值观歪歪扭扭，作品始终无法立起来。不过，惠雯的作品倒是很少涉及政治关怀的成分，她还是相信文学的本质是诗学的力量。

我告诉惠雯："你的出现就如同在山峦的跋涉中突然给我的瞭望台，让我停下了脚步，看江山原来如此多娇，这真是天意。"面对这个相对于我年轻许多的文学知己，我们即便不谈写作，但感觉文学就在身边。惠雯特别喜欢听我讲各种各样的生命故事，我也努力搜肠刮肚，因为我知道只要把故事交给她，哪怕是一个小小细节，也能升华成美妙的小说。我的焦虑是她写小说的速度比较慢，她总是在寻找或等待她感兴趣的时刻。我每每给她讲一堆人世间的百态，但无论怎样惊心动魄，她只有在某一个富有人性诗意的细节出现的时候忽然被击中，才会有写作的冲动。等她完成作品，那已经与我讲的故事相距甚远了。

我没有想到，年轻的惠雯竟是那么喜欢古典的契诃夫，有一次讲起他的小说感动得落泪。她熟悉福楼拜简直到如数家珍，米兰·昆德拉或者博尔赫斯就像是她亲密的朋友。我们一起共同维护着心中的那些文学圣地，她有灵魂的忧伤，有现实的烦恼，也容易愤慨，但也能够快乐。她的作品有温情的笑，有神秘的暗喻，但都是人性里最美的真诚。在我看来，“真诚”是一个作家最好的品质，惠雯的真诚甚至有些过分，她为了维护心中的理念，即便是最好的朋友也不妥协。

记得欧文·豪说过：“许多作家需要终其一生刻意追求的那些东西是独特的声音、稳妥的节奏、鲜明的主题。”这正是惠雯在追求的。她喜欢构建短篇小说，其风格诡异迷人，善于写人物在特殊情境下的心理反应，充满了“人性诗意”的独特发现。正如她自己所说：“我们的心弦被拨动，而拨动它的常常正是诗意这个微妙的东西。”这种“人性的诗意”，就如同文字谱写的音乐，常常是说不清道不明。记得谁说过：当这个世界说不清楚的时候，小说家就出现了。

说到张惠雯的创作，她是那种有准备的出击。在她的笔下，既有乔伊斯式的漫不经心的语境，也有艾丽丝·门罗的那种细节享受，还有人认为她具有雷蒙德·卡佛之风。她喜欢写人物内心意识的流动，文字含蓄而平静，因此有人称她的风格是“心理现实主义”。她在作品中努力追求的是情感表达的真实，由此而彰显出人性的力量。

好喜欢她新出版的小说集《在南方》，里面多是她以海外背景创作的系列小说，很多故事就发生在休斯敦。比如其中的《醉意》（《人民文学》2013 第 3 期）、《梦中的夏天》、《岁暮》等，可说是“张惠雯风格”的突出代表。

在《醉意》中，最美的一个片段是：“她发觉他朝她走近了，但她站着没有动，他走得很近，就停在她身后，他的手放在了她头发上面。她心里那么震惊、害怕，满溢着含着醉意的快乐，以至于她没法挪动，没法做任何回应。他把手放在她的头发上，轻柔地抚摸着她的头发，仿佛施与安慰，从头顶到脖颈，在颈部的凹陷处停留，再滑到她肩膀下的发梢处。他这样抚摸了两次，然后他的那只手离开了，他站到了她的侧面。他看起来很安恬，目光看着她所看的远处，既不兴奋也不惭愧，似乎他并未抚摸过她的头发，或者它对他来说不过是个没有任何感情色彩的动作，就像弹去衣服上的雪一样。”这个欢乐来得如此短暂如此缥缈，但它毕竟来过！

张惠雯笔下的人物，少有大悲大喜，多是些平凡人生里小小的甚至微妙的动荡，但这小小的“动荡”却是指向人的生命里最本质的情感需求。《醉意》里所要表达的正是人生的那种“幸福的感觉”如此真假难辨，如此难以把握，如此遥不可及，但所有的人都是如此地渴望“接近”，也仅仅是“接近”。《醉意》的深刻之处正是写出了人渴望“存在”的意义，作者为我们揭示出灰色人生的一抹亮光，这种鬼斧神工的情感判断，能够让很多读者产生共鸣，并迷恋在这“醉意”之中。

加拿大著名作家陈河这样写张惠雯：“慢慢地，我看到在得克萨斯州的休斯敦，她开始拥有一大片的原野。起先没有色彩的，不时会开出一朵花，有的不大起眼，有的很鲜艳，但都不是大红大紫的。时间就这么过去了，我发现她的原野越来越大，色彩也越来越引人注目。如今国内的著名文学杂志不时会发表她的中短篇，各个月报和选刊也特别愿意转载她的作品。而她也的确拥有了一大批喜欢她小说的有品位的读者。她是个慢行者，但是会走得很远。”

我对惠雯说：“你就这样写下去吧，其实你现在的很多短篇，已经比门罗写得要好。”但惠雯说：“我并没有和大作家比较的心，对得奖、发表也不在意，对于我的作品，衡量标准首先在我自己这里。写作对我来说是自然而然的生活方式。我不太喜欢热闹，就想潜居在世界的某个角落悄悄观看、写作。我有文学的企图心，但没有功利心。”

（陈瑞琳：作家、评论家）

当代女诗人研究

赵四的写作：新神话的制造者抑或名字的朱砂痣

夏可君

伟大而严峻的诗歌写作一直有它浩瀚又深渊般的神话历史背景，诸神的目光从未暗淡，只是变得更加挑剔了。诗神需要获得新的腹语术，进入女母神的腹部，重新出生，这就需要有诗人重新仰望星辰，揣度星座的图像学，编织记忆的光束，进入巨数的法则，在漩涡中翻转心象，打通天地鬼神，如同诗人赵四所写到的《筑模》，这也是她个人的诗歌模态：

从微小字母到飞驰的星
从莲花的内部到蒙恩的湿漉漉甜腥；
水面的地砖映着越界的绿世界
照见不可见事物的青眉目
从世界的两面，我们目睹
一个个清晨那敞开的心在天边
正打开闭合蚌贝里红霞满天的卓绝超凡

我们已经很难在中国当代诗人中读到如此意象繁复、跨越时空、想象奇诡又色彩斑斓的作品了。赵四的写作打开了世界的两面，从对切身现实的组织构筑到神话意象的瞬间叠加，语词本身具有的“神力”被唤醒了。

赵四在她的《“寻找一种个人声音诗学的可能性及其他”札记》的一则中写道：“因为对中国现代诗歌走过的道路和方向有所怀疑，有时我不得不动用最强大的诗歌资源——神话。唯神话，是诗性思维的典型。诗的根在神话中，在人类心理深层里，在灵魂惊魂照面骇物的词的油然而出中。此外的资源，无非枝叶。”因此我们在赵四的诗歌中不时看到她对西方乃至世界各地神话传说的改写、变形，她谱出了自己诗歌图谱的独特变形记。神话是一个原发的象征空间，进入神话的空间，乃是进入原初经验的地带，那里有着伟大行动的原初经验，而诗人是伟大的变形者，对原初场景或者生命原型的再次命名与变形，承载着诗歌的伟大谱系。而且赵四还使原初神话场景进入到当代的日常生活，使诗歌又具有了超现实的感受与时空翻转的错觉，这是现代性的辩证综合，如同本雅明所言的“辩证图像”，让古代与当下的经验突然结合与爆炸式聚合，产生奇妙的精神变形。如在她的诗歌杰作《潘多拉，潘多拉》中，古希腊医药神阿斯克勒庇俄斯穿越或再生在现代场景中，仍行医治之职的他在赵四的笔下看着似打开了潘多拉的匣子的现代混乱世界和人之灵魂丧失，他以戏剧独白行悲愤、控诉、怜悯，在绝望之后仍然持守，且指明道路“选择希望仍是希望的开始”。

形象的错叠也让我们感受到甚至日常生活也有其神话来源及其神秘性。从远古神话到日常生活的神秘经验，这也是赵四对另一个独特地带的发现。在另一则《札记》中，她继续写道：“我常处在醒与梦的边缘地带，许多句子就是在这种状态下自己来到的。”这是另一个位置，一个梦幻与清醒交织的地带，一个深藏无意识记忆的地带，在这里，一个诗人会意外地触碰到诗意隐含在语词之中的密码开关，诗人召唤我们去唤醒自己记忆的渊薮，因为那些词“被灵魂的激烈深渊包裹着，只有找到能量之源的诗人能让它冲出深渊，焕发为诗”。进入这个深渊而形成的视像就天然地带有神秘感，神秘是在高水平上才可能发生的，营造你梦境的那个造梦大师比起清醒时的你是不知要伟大多少倍的巨匠，挫败之余，你仍然要牢记梦的鞋带，才能有跟脚之鞋带你踏实踏步于诗的大道。赵四正是于此处发力，她的诗歌“要造的是带着神秘感的，带着在时光中的恍惚感的事物和在其中体现的自我认识”。时光中的恍惚感，才是诗意神秘的来源。

除了“神话”式的“神秘”，赵四还试图重建诗歌“神圣”的神秘。就像她对她翻译过或反思过的诗人，有过这样的判断：“阿多尼斯是个第一性的诗人，直接视自己为替神发言之人。”而斯洛文尼亚诗人托马斯·萨拉蒙则颇有当代强力诗人的意味，他“将自己的发语位置设定在定型神之前的，主要是基督形象之前的‘野蛮状态’中拟成型的神的位置上……”比较而言，赵四指出：中国大多数当代诗人的发语位置都是“人的”，甚至“太人的”了。赵四自己显然是要超越此种状况，她因而走向了神圣的经验：对消失之物的追怀与对诗意的铭记，就是试图使之进入神圣的殿堂，使之成为圣骨，并以天使的形象“组织众声”，形成自己的变形记。

几乎没有一个中国诗人，以如此神话与神圣的双重浩瀚想象力，来解除生命的咒语。诗歌，一直就是用来解除那笼罩生命感受的诅咒，消解我们的愤怒与悲伤的，这也是赵四重组神话原始图像，使之成为概念化的语词，捕获从梦到梦的无意识流转要实现的意图。如《进化》中奥丁的两只渡鸦“思想”和“记忆”，在关于狼的“历史啸叫火烤”之梦中，熵衰成了“文史哲”。将之收入《消失，记忆》集中《流转的秘密》小辑，充分表明了诗人对此的自知之明。通过不断地改写原始图像，赵四以一支幻化之笔，围绕基本形式不断变形，浓缩历史的诗意事件，创建出诗人自己的心灵史，创建诗人的伟大志业，让智慧的雅典娜以诗意的新神话而重生。(《诗人雅典娜》)

这是赵四自己建造的《记忆的果园》，想象之液于其中强劲不息地汩汩溢流：

我中已有了一位上帝。
……………………
在众妙之门的潭底鼓面上，一通古老
鼓声的常青藤缠绕我的足底，不朽的抒情性
仍在沿我生长，梦的大树咚咚作响
我的枝叶震颤，定音鼓的一阙回声中
闪出“昆虫－浆”女士，带着玛瑙贝
苯分子环项链，立于一团苦难的烈焰中心
不远处她的猎手男人大发雷霆
参宿四的太阳风越刮越烈
昆虫、鞘翅、贝壳的浆流波波逸散

这是女性独有的生命想象，这是从神圣之母体所释放的想象液体。这甚至是叠加了南美博尔赫斯变异想象的女性世界，但最终都被一个个体的名字所标记。

而诗从来都是命名因而也是名字的艺术，赵四是一个笔名，包含数字的别名，还是一个美名，一个玫瑰之名。在神话谱系的回溯中，在异域幻象的投射中，她可能也是某个“参宿四”(betelgeuse)——玛雅文明考古中一位实名“昆虫-浆”(beetle juice)的贵族妇女，其名英语读音与“参宿四”神似。赵四曾告诉我，正是这两个词英语读音的有趣相似引发了《记忆的果园》中此一诗节的后半段。这也让我们再次看到诗人赵四身上所具有的如同初人造神话般的植根于语言源头的原创力，而且她有能力在不仅仅一种语言中获得灵感密码，当代诗歌已经处于语言翻译的杂交之中，处于生命的混杂想象重构中，其实从艾略特与乔伊斯以来，伟大的文学写作已经进入此混杂的重写之中。“四”还是中国古代的四方空间，是四种元素的转化变形，或者就是一种回声铸就的四壁空场。如同《记忆的果园》中写到的那种苦难的烈焰中心，诗歌如同那条自身缠绕的蛇，以头咬着自己的尾巴，深具自足性。赵四试图让诗具有语词本身的绝对自足，如同《圣经》所言的上帝是开始与结束的掌管者，这自足之蛇还有着玛瑙色的梦幻感，其羽鳞对应着表盘上的格子，折射中的光谱书写着上帝的圣言，文字幻化为绿色巨蛇，玫瑰林是马队之花，幻化的目光让赵四的名字熠熠发光。

还是在《潘多拉，潘多拉》这首诗中，赵四于其前半部分重构了自己的诗意出生：

> 我有四个胃，且从公鸡那里借来了
> 足够多的粗砂砾，因而，得以消化
> 今日世界？你们只欠我一只公鸡，
> 为何却给我似曾相识的一切馈赠，
> 遍布大地覆盖海洋，乌鸦，乌鸦，
> 替我飞翔，替我察看！世界永在布满
> 自己的红漩涡，我永在，末世预言的
> 黑焦炭？拯救在历史中一退再退，
> 亮蛾，亮蛾，离散的火焰灰和碎金粉，
> 你往何处去？我的富饶大河的众疾病，
> 我的节日姑娘的瘦人影，我清醒，我
> 如此清醒。既然如此，那么，那么，
> 我应该还有点什么，朱砂痣般点在我的
> 心底，为何我却怎么也想不起来，那点
> 希望藏在了哪里？我到在车厢里，看到
> 人类的癫狂部分被复制，在屏幕上歌舞
> 闪烁，那些泥土们醒来，生活仍残忍地
> 压在他们胸口生命价值几何？你们一味
> 容忍一文不值的谎言，历尽生命的全程。
> 欲望为表演灌水，表演却非为艺术涂油。

唯有“四个胃”——这比早期工业时代美国诗人想象的巨大的胃更为巨大——需要四个胃，才能够消化世界巨大的爱与恨、孤独与受难，那么，希望在哪里？潘多拉的盒子打开，希望与绝望也同时被播散在世界上，这也是诗中语句一直在重复的缘故，重复的发问，也是在面对希望与绝望的混淆。这就需要神话星座的指路明灯予以引导，只要“参宿四”尚未坍塌，只要C射线还在混沌的星门附近闪闪发光，即便时光都将淹没在时间的洪流之中，如同落入雨中的泪水，诗人仍愿意相信，面对历史的倒退，任它是单纯的存在还是无物留存，或许诗意的想象仍可以是拯救之道？

面对个体不断被吞噬的命运，诗性写作，在现代性意义上不过是个体诗意生命的不断出生，一次次的重新出生，这是出生的生命政治学，是诗意想象的力量。既然世界已经陷入了巨大的红漩涡，那只能把希望的朱砂痣点在心底，这是诗人作为个体最为隐秘的书写。朱砂痣，这中国艺术最为美丽的艺术色泽，被赵四转化为当代诗歌的自我标记，成为语词最美的颤音，这才是希望的记号。

由此，赵四重构了自己的“前世”，也拓展了自我生命想象的空间，使之更为“久远”，更为幽秘。这是名字的播撒与逸散，这是美名的诗意渗透。

依靠语词的准确推动力，吃准声音与语义相契的内在本能，但又套叠不同文化的想象力，这种混杂的想象力，它接纳神性的迷狂，但又有着深度的理性反思，这是自荷尔德林以来，诗人所试图艰难结合的“神圣的迷狂”与“清晰的表达”。赵四如何结合呢？深谙中国古典韵文重叠之美的赵四回归古雅汉语的韵律与克制，她知道重复的语词有着汉语自身撞击的韵律以及内在召唤的魔力，而现代汉语面对汉语自身的折断，也必须重新恢复古典一波三折的书写韵律。既要有语句的折断与折返，又要增补中国文化所缺乏的神话想象，赵四所为乃是重新遣词造句，乃是实现汉语句法的重新生成。

一方面，诗人有着女性特有的温柔法则：“……乳香里的眼泪还 / 在几回伤往事，秋月里的青铜依旧依山枕 / 寒流。逆向思考下坠，诋毁下坠赞美下坠。”这里的诗句也只有钟爱古典诗词的女诗人才可能写得出来，她保留了宋词的柔婉深情，从乳香到泪水，从青铜到寒流，这是诗人所钟爱的如铁的疼痛与寒冷，这是回响在《寒意里，你触到的一切都是铁》里的铁寒，那是时间与心意凝结的生命质感，就如同宋代绘画在千年之前，在千年之后，所带给观者的那种深沉：“寒冰闪烁啊，寒意中 / 你触到的一切都如铁疼痛，如铁 / 实在。”

另一方面，如此艰难的结合，尤为体现在《弓》这首诗歌的形式语句与内容形象上，让我们拉满诗人《弓》中那张充满了形式与内容张力的“弓”：

门里门外那尊雕像，曲身弓背，躬躯似弓
神秘的弧度被捉住，所有顶住存在之虚无
的拱弯，所有生动曲折的思绪，每个人的

黄金时代都是前朝往事，旧的不去，新的
复古不来。纯朴住在花样年华里，智慧用
细腰乍背的讲道譬喻，鼓起劲儿来，鼓起
天籁之光碰撞后的隆肿，乳香里的眼泪还
在几回伤往事，秋月里的青铜依旧依山枕
寒流。逆向思考下坠，诋毁下坠赞美下坠
即使风隔雨阻，即使怀疑已腐蚀深红葡萄
酒色的大海，也要如期赴约，振铎前往。

——是的，诗歌，所有诗歌写作，不过是去捕捉此“神秘的弧度”。这是诗意想象的原型，也是语句本身的形式。赵四所捕捉的这“弧度”，幻美如虹，媚雅如狐，笑如酒窝，病如蛾眉，当然，最终还要，坚毅如弓，赵四重塑了诗歌的意志力，这弧度的谱系学。不仅仅是形式美感相似性的扩展，还有面对现代性虚无感的生动曲折的思绪，从躯体形式的弓背，到整个身躯弯成弓形，再到神秘弧度的转化，直到顶住虚无的那道拱弯，再到观看者曲折的思绪，从曲到曲，既是想象形式的变化，也是语词韵律的转折。

而这不仅仅是形式上，也是情怀愁绪上的，尤其是该诗结尾的“金句”：

而此前，金绝望，银苦行，道别必不可少。

请问谁能够如此组词：金之绝望，银之苦行？只有对物哀之至极，只有对语词敏感至极的诗人如赵四者，才可能如此。《弓》之诗，无论从形式内容上，还是汉语本身的内在推动上，以及内在韵律的触发上，都是一首了不起的诗！

赵四的诗歌写作不缺乏雄强与雄辩：熟悉历史典故史事增加了语象的饱和度，而细节的柔美又让人辗转徘徊。阅读赵四的诗歌，我总是惊讶于她诗歌想象力发生的位置，这是一个有着国际旅行的广泛游历与想象游离双重经验的诗人，带着深入世界神话与人类总体历史的开阔视野，又皱褶着中国女性特有的对于中国古典传统的细腻情感。

我感到了另一种的浪漫主义，一种后现代与混杂现代性的浪漫主义，因为她深谙流转的秘密与跳跃的赋格。神话原型的梦幻重叠，象征场景的巨大跳跃，超现实视像的自动叠印，从深渊中获得灵视，从死亡中重获不朽形体的幻影，从寒意中获得坚定，以树影微暗来抵御衰老，为芳香布道让其灵性后裔进入顿悟的体内。

赵四的语词与句法，如此庞杂多变，但又格律严整，语词推动的想象有着诗意内在的准确逻辑。这是一种真正的混声写作、多音部写作。她强大的想象力让消失之物以未来记忆的方式得以重现，从消亡中长出爱，从杯弓蛇影中雕出圣迹，从一切消失之物中寻求永恒的记忆。她的诗歌写作由此深入到了一个让灵魂发出神圣之音的位置。

诗人简介：

赵四，诗人、译者、诗学学者、编辑。文学博士（社科院）、博士后。在海内外出版有十余种著述，包括诗集《白乌鸦》《消失，记忆：2009—2014 新诗选》，小品文集《拣沙者》，译诗集萨拉蒙大型诗选两种《蓝光枕之塔》《太阳沸腾的众口》，《埃德蒙·雅贝斯：诗全集》（合译，将出）等。另发表有诸多学术论文、原创诗、文、译诗、译文。有部分诗作被译为英、西、法、德、俄、波、荷等 15 种语言并发表。应邀参加在世界多地举办的多种国际诗歌节、文学节。获波兰玛利亚·科诺普尼茨卡奖，美国“手推车诗歌奖”（第 42 届）提名等，是加拿大维多利亚大学 2017—2018 年度访问艺术家。目前在《诗刊》供职，同时任《当代国际诗坛》副主编、编委，2017 年加入欧洲荷马诗歌 & 文艺奖章评委会，任副主席。

（夏可君：中国人民大学文学院教授）

古代女诗人研究

霜欺雪虐菊犹香

——贺双卿及其词之精神世界与艺术魅力抉微（上）*

李金坤　李　莹

摘　要：清代康乾年间的农民女词人贺双卿，是真实存在的金坛人。由于她悲惨的身世与“别是一家”的词之创作，遂享有“清朝第一女词人”之美誉。其词发之肺腑，词心悲切，以封建社会中最底层劳动妇女之身份，第一次在词中原生态地反映了她艰苦繁重的劳动生活与孤寂凄凉的精神世界；其词语朴情真，直抒胸臆，多以身边的自然实景做比兴材料，意境凄幽哀婉。擅长白描，喜用叠字，多用第一人称，淳朴可爱，词风婉约，词情动人，别具“田家风味”“当行本色”的词学审美特征，不失为中华千年词苑中一株含露绽放而独领风骚的艺术奇葩，在中国词史上占有重要的一席之地。

关键词：贺双卿　身世悲苦　田家风味　当行本色　艺术奇葩

江南富庶之地金坛，历史悠久，人文荟萃，民风淳朴，物产丰饶，素享“鱼米之乡”“江东福地”之美誉。一方水土育精英，彪炳汗青撼心灵。“储王”并称的储光羲，是与王维、孟浩然成三鼎足的盛唐山水田园诗派之重要诗人；“循吏”“诗伯”戴叔伦，其歌吟农村疾苦的诗篇，开启了中唐新乐府运动之先声；爱国忧民的“百代伟人”刘宰，结交于辛弃疾，肝胆相照是知音；绝代名中医王肯堂，虚心求教利玛窦，其医学著作已成为高校教材；钟情艳诗的王彦泓，将唐代韩偓开创的专写男女艳情的“香奁体”诗的创作推向了顶峰；明代东林党主要成员于孔兼受邀为洪应明《菜根谭》作序，

* 基金项目：国家社科基金后期资助项目“风骚诗脉与唐诗精神”阶段性成果之一，项目编号：13FZW010。

竭诚说项，名扬四海；书法大家蒋衡，以一人之力手书《十三经》，深得乾隆皇帝赏赐，特诏刻为《乾隆石经》，可谓书史壮举，文化瑰宝，震惊中外，功冠古今；状元及第于敏中，任四库馆、国史馆、三通馆等总裁，为清代文化之收集、整理、保护与研究做出了杰出贡献；“文选学”研究史上的佼佼者于光华，竭尽全力撰著《重订文选集评》十五卷，厥功至伟；功名不高眼光高的于庆元有感于蘅塘退士所编《唐诗三百首》的不足，精心编撰《唐诗三百首续选》，使孙洙所遗之珠《春江花月夜》重焕光彩，功德无量；乾嘉学派之重镇段玉裁，一生铭记“不耕砚田无乐事，不撑铁骨莫支贫”的祖训，积四十年之功力，撰成皇皇巨著《说文解字注》，王念孙推许其“自许慎之后千七百年来无此作矣”，具有划时代的里程碑意义。江南“通儒”冯煦，擅长诗词骈赋，精通地方文献，著作等身，蜚声士林；立志实业救国的红色商人纪振纲，支持陈毅茅山抗日，功勋卓著；“开国名记者”徐血儿，“铁肩担道义，辣手著文章”，奋笔疾书，呼吁革命，死而后已，可歌可泣；还有慧眼赏识华罗庚的伯乐、著名教育家、翻译家王维克，中国体质人类学的创始人与奠基者、双料博士吴定良，中国法学泰斗人物之一杨兆龙，更有仅凭初中文凭而坚持自学成才的中国科学院院士、世界著名数学家华罗庚等，他们都是天之骄子，人中之龙；如此璀璨耀眼的众多明星，欣然构成了金坛文化史五彩缤纷的美丽夜空。金坛人民为之而崇仰之，赞美之，骄傲之，自豪之。

然而，当我们极目搜寻这历史的夜空时，却还有一颗熠熠闪光、别具异彩的明星，她就是生长于金坛这方物华天宝、人杰地灵深厚文化土壤上的康乾年间的农民女词人贺双卿。在中国千余年词史上，贺双卿是一位出身最低、病痛最多、遭遇最恶、精神最苦、命运最惨而又是天赋最高、词语最朴、词象最实、词情最悲、词境最哀的农民女词人，素享堪与李清照媲美的“清代第一女词人”之美誉[①]。贺双卿委实是绽放于金坛这方人文荟萃、才俊辈出风水宝地的一株词苑奇葩！

尽管在新旧版本《金坛县志》中皆有贺双卿的一席之地，但由于发行面有限，除了少数喜爱诗词文学者知晓外，绝大多数金坛人对其不甚了了。可怜的贺双卿，她生前是何等的寂寞冷落，在她死后近三百年来，作为金坛人，我们不该再让她如此寂寞冷落下去了。其实，无论是从社会史、妇女史、思想史、风俗史，还是文学史诸方面考量，加强对贺双卿的研究和普及，都是一件意义非凡而又迫在眉睫的善事。

作为在外地工作多年的金坛人，十余年前我就着手收集、整理与研究乡贤贺双卿的生平、籍贯与诗词研究的有关内容，发表了一系列研究成果，

① 胡适：《贺双卿考》，《胡适文存三集》卷八，黄山书社 1996 年版。

颇为学界所关注。为了使读者尤其是家乡父老更加全面、深入地认识、理解并重视贺双卿，遂拟从贺双卿真伪与里贯、贺双卿作品整理与结集、贺双卿词学成就及地位等方面作一总体论述，权作引玉之砖，以祈方家教正。

一、贺双卿真伪及里贯之辨正

关于贺双卿的真实性问题，迄今众说纷纭，莫衷一是，约有三说：一是虚构说（“梦幻说”）；二是真实说；三是折中说。虚构说由胡适《贺双卿考》首先发难，他以“小说家之言”等“五可疑”来全盘否定贺双卿的真实存在。其实，胡适最早还是受了《四库全书总目提要》的误导，《提要》将史震林《西青散记》列入“小说”类，[①]此定位即错。《散记》原本就是一部重写实的笔记体纪实散文，其中的地名、人名都是真实的；年月清晰，时间明确，甚像编年体史书。因此，拙文《贺双卿考辨》进行了逐一驳斥，认定贺双卿实有其人。[②]张永鑫、耿元瑞《贺双卿及其著作》、杜芳琴《史震林、〈西青散记〉与双卿》、严迪昌《〈西青散记〉与〈贺双卿考〉疑事辨》、邓小军《〈西青散记〉与贺双卿考》等文都力证贺双卿确有其人。[③]故而“虚构说”是难以成立的。“虚构说”始作俑者为胡适，此后附会者多有呼应，其中已故著名词学者邓红梅堪为代表。她在《女性词史》专著中只字未提贺双卿，后来又在《文学评论》发表《贺双卿真伪考》长文，坚持贺双卿是子虚乌有人物的观点。[④]至于“折中说”，持将信将疑、似是而非的立场与态度，一旦“真实说”占绝对优势之时，他们也就自然信服了。对于清代金坛人史震林《散记》所载他与同乡贺双卿交往的事实真相，以及他笔下贺双卿生动逼真感人的生平事迹与充满着泥土芳香的双卿诗词作品，现在人们似乎已基本忘却所谓“虚构说”与“有无说”了，在人们心目中，贺双卿就是一个可感可亲可悲可悯的客观存在。事实正是如此。严迪昌《清词史》独列“贺双卿”专章予以介绍；中国古代诗词各种选本及鉴赏辞典，贺双卿作品的整理与研究著作与论文与日俱增，以双卿为对象作为本科、硕

---

① 贺双卿生平事迹及诗词创作皆出自史震林《西青散记》，民国期间张寿林从中辑成《雪压轩集》印行于世。《西青散记》，中国书店 1987 年版。下文简称《散记》，本文所引贺双卿事迹者皆出自此书，不另出注。

② 李金坤：《贺双卿考辨》，载《中国韵文学刊》2000 年第 2 期。

③ 张永鑫、耿元瑞《贺双卿及其著作》，《古籍整理与研究》第 5 期，中华书局 1990 年版；杜芳琴《史震林、〈西青散记〉与双卿》，收录杜芳琴《贺双卿集》，中州古籍出版社 1993 年版；严迪昌《〈西青散记〉与〈贺双卿考〉疑事辨》，《泰安师专学报》1999 年第 1 期；邓小军《〈西青散记〉与贺双卿考》，《北京大学学报》2012 年第 4 期等，上述这些学者都是治学严谨、功底厚实的资深教授、专家学者，其学术观点是颇有说服力的。

④ 邓红梅《女性词史》，山东教育出版社 2002 年版；邓红梅《双卿真伪考论》，载《文学评论》2006 年第 6 期。邓红梅教授是坚持贺双卿“虚构说”的代表人物之一。

士、博士研究的论文也相继出现，还有贺双卿传记、贺双卿纪实长篇小说亦已出版。[①]更令人欣喜的是，福鼎市越剧团编演的古装越剧《贺双卿》已赫然搬上舞台。该剧主要讲述了才貌双全的贺双卿和怀才不遇的士子史震林成为诗友知音，史想帮贺消解或摆脱苦难而为世俗所不容，在严酷的封建礼教势力的压迫下，贺双卿最终不得不在贫病交加中无奈地走上不归路。剧情较之于史震林的《西青散记》更为形象生动而感人。此外，据闻，双卿家乡的金坛区政府有关部门，尚拟建立贺双卿纪念馆，薛埠镇诗词爱好者正在进行贺双卿诗词研读活动。上述种种事实表明，贺双卿形象已深入人心，为人喜爱。

关于贺双卿的里贯问题，长期以来主要有两说：一是金坛说，二是丹阳说。先看金坛说。《散记》云："双卿者，绡山女子也"；董潮《东皋杂钞》卷三《艺海珠尘·土集》云："庆青，姓张氏，金坛人"；民国《金坛县志》对贺双卿也有较详细记载。如冯煦编纂《金坛县志》（民国重修版）卷十《人物志·列女·贤淑》一章云："周贺氏，名双卿，字秋碧，家世业农，生有宿慧。十余岁习女红，工巧异常人。其舅为塾师，书馆与之邻，默听悉暗记，以女红易诗词诵习之。小楷亦端妍，能于一桂叶写多心经。嫁村夫贫陋颇极，舅姑又劳苦之不相惜。双卿善事之，见夫未尝无愉色。"据考，史震林所指"绡山"，即今江苏金坛区薛埠镇境内的方山，此曾建有绡山书院，旧志中有记载。金坛境内的方山附近有个叫小尖山的地方，山上有一庙，二层建筑，曾称为"西乾禅院"，登楼可以看到茅山山顶石级，庙后有巨石，北边断崖，庙旁是竹园，民间传说是一进士隐居读书的书院。这些实景颇与《散记》中的"绡山"描写近似。再看丹阳说，如清人徐乃昌《闺秀词》列有双卿小传，称"贺双卿，丹阳人"；民国十六年付印的《丹阳县志》载："贺双卿，丹阳蒋墅人，适金沙周氏"；同时付印的《续志·卷二十四》称："双卿姓贺，丹阳人。"其实，认为贺双卿是丹阳人，主要是两方面的误导。一是按照当时的金坛区划，金坛设有游仙乡丹阳里，即今属金坛区薛埠镇。后来在流传过程中，人们就将"丹阳里"省称为"丹阳"，久而久之，便误传双卿为镇江之丹阳人也。二是丹阳贺氏乃名门望族，如清代著名词学家贺裳，他是康熙初诸生，工于词，著有《红牙词》、《皱水轩词筌》一

① 如于在春编著的《诗词百首》（人民文学出版社 1984 年版），陈新等的《历代妇女诗词选注》（中国妇女出版社 1985 年版），苏者聪《中国历代妇女作品选》，上海古籍出版社 1987 年版；王步高《金元明清词鉴赏辞典》，南京大学出版社 1989 年版；李文禄、宋绪连主编的《古代爱情诗词鉴赏辞典》（辽宁大学出版社 1990 年版），潘慎、梁海主编的《明清词赏析文集》（山西人民出版社 1994 年版），洪丕谟编注的《淑女诗 300 首》（中国文联出版公司 1996 年版），杜芳琴《痛菊奈何霜·双卿传》，花山文艺出版社 2001 年版；曹春保《金坛才女贺双卿》，中国文联出版社 2011 年版；四川师范大学李丹硕士学位论文《贺双卿研究》（2011）等。

卷、《载酒园诗话》五卷。他的几个女儿也都擅长填词，并有词集传世。由于双卿姓贺，又擅词，故很易误传为丹阳贺氏之后，自然就附会为丹阳人。至于“绡山”，丹阳境内由古及今压根儿无此地名。既然连地名也不存在，那么，“皮之不存，毛将焉附”，双卿又怎么会是丹阳人呢？由上可知，贺双卿是真真实实的金坛人，与丹阳无关，事实甚明，毋庸置疑。

贺双卿真伪与里贯问题解决后，根据《西青散记》的有关内容，我们便可较为完整地为其撰写小传于下：

> 贺双卿，初名卿卿，或庆青，字秋碧。清康熙五十二年（1713）出生于金坛游仙乡丹阳里（今薛埠镇）的一个世代业农之家。她生性慧敏，姿容秀丽，笃心向学，然家贫无以就读。适逢其舅父在她家邻室开馆授徒，她便趁机常于窗外偷听，暗中诵习，悉心揣摩，所学日进。她还常做些精巧玲珑的女红，偷偷拿到街上换些诗词之类的书来读。因此，在她十几岁的时候，便能写出清新秀婉的小词。她亦工小楷，点画端妍，能于一桂叶写《多心经》。乡里皆以“才女”视之。大约二十岁时，双卿经“媒妁之言”嫁给了金坛绡山的周姓樵子为妻。其夫不仅比她大十多岁，其貌丑陋，而且嗜赌，脾性暴躁，其舅姑又极蛮横顽恶。即便如此，双卿屈于“三纲五常”“三从四德”封建礼教的压力，面对“暴夫恶姑”，却仍然“事之善，意虽弗欢，见夫未尝无愉色，饥倦忧悴，言笑犹晏晏也”。在如此悲惨的境遇中，双卿愈是积极表现自己的“德”，愈是让人感到“撕心裂肺”的痛苦。繁重劳动与郁闷心情的双重煎熬，使得双卿原本纤弱的身子变得益加虚弱不堪。进入周家不久，便患上了疟疾病。不但无钱治疗，而且还要带病劳作（这在她的许多词作中多有记载），在霜刀雪剑严相逼的恶劣环境中，双卿最终于雍正十三年（1735）“劳瘁以死”。总之，双卿的一生，是短暂的、孤寂的、凄凉的、悲惨的，是中国妇女文学史上罕见的悲剧之一。但她却以农民女词人别具风采的不朽形象将恒立于泱泱中华千年词史。

二、贺双卿作品整理与结集之述略

贺双卿的诗文，主要辑自于康乾年间与贺双卿同时的金坛人史震林的纪实体笔记《散记》。《散记》初刻于乾隆三年（1738），迄今已二百八十余年矣。其实，在刊行之前，贺双卿的诗词即在社会上颇为流传了。据《散记》载，雍正乙卯年（1735）二月，“毗陵（即今常州市）女子，熟谙双卿词者十余人，争使人索其词，寄赠双卿词者亦颇众。”（卷四）这就告诉我们，贺双卿的诗词，通过与她接触往来的文人雅士之传播，在民间影响是很大的。而史震林《散记》所载，不过是双卿诗词的一部分而已。从这个角度讲，《散记》当是第一部收录双卿作品的最为原始而权威的专著。史震林（1693—1779），字公度，初号梧冈，晚号瓠冈，又作悟冈、岵冈，自署白云教授、弄月仙郎、悟冈退士、瓠冈野老、华冈翁、华阳外史等，江苏金坛（今金坛区）人，乾隆丁巳（1737）进士。留京师两年，归耕五年。曾任广东高要知县，为奉养老母之便，后改任淮安教授等职。最后弃官作近游，以家乡茅山一带之"西青"为活动中心，往来于淮扬间二十余年。其间广记四邻文朋诗友往来酬唱之雅事，遂成《散记》十二卷，乾隆三年（1738）由好友吴震生为之刻印行世，这是《散记》的最早刻本。从此，一个普通农家妇女贺双卿的事迹及诗词创作便赖《散记》得以保存和流传，而作为政绩不彰的地方官吏、边缘文人史震林，则因贺双卿的感人事迹与别具魅力的诗词创作而广为人知，并铭刻于人们的记忆里。

在《散记》刊行十余年后，乾隆十八年（1753），董潮的《东皋杂钞》（该书收入吴省兰辑集之《艺海珠尘》卷四）载录了贺双卿的《孤鸿》（坤按：当为《孤雁》）和《残灯》二词，还说双卿"七言诗颇学长吉、飞卿，惜不能全记"）。从董潮将双卿词题《孤雁》误为《孤鸿》和"惜不能全记"双卿七言诗的情况来看，正可知双卿诗词在民间流传的真实情况。董潮《东皋杂钞》刊行二十年后，汪启淑编成《撷芳集》（1773），其中收录了《散记》中贺双卿的诗词。此书未见，但据郭麟《灵芬仙馆诗话》所云，在这部八十卷的妇女作品选中，当时闺秀诗词甚备，而"双卿所作，尤为哀艳动人"（见王韬本《重刻西青散记》附录）。道光年间黄韵珊所辑《国朝词综续编》（1873），乃最早将双卿词整理刊行的专著。其中选入双卿词10首。其目次为：1.《凤凰台上忆吹箫·残灯》。2.《凤凰台上忆吹箫》。3.《望江南》。4.《湿罗衣》。5.《二郎神·菊花》。6.《孤鸾·病中》。7.《惜黄花慢·孤雁》。8.《摸鱼儿·谢邻女韩西馈食》。9.《春从天上来·饷耕》。10.《春从天上来·梅花》。光绪年间丹徒人陈廷焯在《词则·别调集》中选录双卿词12首；又在其经典词话著作《白雨斋词话》中选评贺双卿词6首，可见他对贺双卿词是极其厚爱和推崇的。光绪年间徐乃昌刻《小檀栾室汇刻闺秀词》（1896），其中卷十为贺双卿《雪压轩词》，共录16首。其目次为：1.《浣溪沙》。2.《望江南》（2首）。3.《玉京秋》。4.《二郎神·菊花》。5.《孤鸾》。6.《惜黄花慢·孤雁》。7.《凤凰台上忆吹箫·残灯》。8.《薄倖》。9.《湿罗衣》。10.《太常引》。11.《一剪梅》。12.《摸鱼儿》。13.《凤凰台上忆吹箫》。14.《春从天上来》（2首）。其实，贺双卿《望江南》2首，语意相当，当为一首，而《太常引》词，是史震林偕胞弟史卓人访姬山赵闇叔所作，误为双卿。对此，民国年间张寿林校辑贺双卿《雪压轩集》（1927）时有详细考订。因此，张氏重新考订的词目为：1.《浣溪沙》（暖雨无晴）。2.《望江南》（喜不见）。3.《湿罗衣》（世间难吐）。4.《玉京秋·自题种瓜小影》。5.《二郎神·菊花》。6.《孤鸾》（午寒偏准）。7.《惜黄花慢·孤雁》。8.《凤凰台上忆吹箫·残灯》。9.《薄倖·咏疟》。10.《一剪梅》（寒热初潮）。11.《摸鱼儿》（喜初晴）。12.《凤凰台上忆吹箫》（寸寸微云）。13.《春从天上来·梅花》。14.《春从天上来·饷耕》。张寿林据《散记》所辑之《雪压轩集》，其中录双卿诗24首，其《校后记》说："其诗则抄自《散记》，而零章断句，未足成篇者，俱所不录，都凡二十四首。惟世无刻本，难以校雠，鲁鱼之误，恐或弗免。"其所录诗之目次为：1.《淡写》。2.《更晒》。3.《和白罗诗》9首。4.《步宁溪韵》。5.《和梦砚》。6.《柳絮》。7.《秋荷》10首。在整理贺双卿作品方面用力较多者，还有张永鑫、耿元瑞。他们在《贺双卿及其著作》一文中以史震林《散记》乾隆间瓜渚草堂刊本、嘉庆乙丑（1805）醉墨楼刊本、雪蛆编次《天上人间》、徐乃昌《小檀栾室汇刻闺秀词·贺双卿雪压轩集》等参校，辑得贺双卿诗词40首，摘句2，书信4，题跋1。具体篇目为：(一）诗词：1.《浣溪沙》。2.《望江南》。3.《湿罗衣》。4.和《放蛙诗》。5.《玉京秋词》。6.七言绝句2首。7.七言律诗1首。8.《二郎神·菊花词》。9.《孤鸾》。10.《惜黄花慢·孤雁词》。11.《步韵和"白罗天女"七绝》9首。12.《和张梦砚七绝》。13.《凤凰台上忆吹箫·残灯词》。14.《和恽宁溪咏〈浣衣图〉诗》。15.《薄倖·咏疟词》。16.《再和恽宁溪〈浣衣图〉诗》（节录）。17.《一剪梅》。18.《摸鱼儿》。19.《凤凰台上忆吹箫》。20.《秋荷》10首。21.《春从天上来·梅花词》。22.《春从天上来·饷耕词》。（二）摘句：《秋吟》摘句"饥蝉冷抱枯桑叶"等4句，《讯闇叔〈七绝〉》摘句"狂风八月舞杨花"。（三）书信：《与舅书》《与段玉函书》《与史震林书》《与赵闇叔书》。（四）题跋：《题陈希古诗后》。

进入90年代，整理贺双卿作品用力最勤者，当推杜芳琴先生，其代表作为《贺双卿集》。[①]其考订《散记》所载双卿词为14首，诗为39首，文为5篇。并依照《散记》所载时间顺序列表示之，颇为明晰。其14首词为：1.《浣溪沙》。2.《望江南》。3.《湿罗衣》。4.《玉京秋·自题种瓜小影》。5.《二郎神·菊花》。6.《孤鸾·病中》。7.《惜黄花慢·孤雁》。8.《凤凰台上忆吹箫·残灯》。9.《薄倖·咏疟》。10.《一剪梅》。11.《摸鱼儿·谢邻家女韩西馈食》。12.《凤凰台上忆吹箫·赠韩西》。13.《春从天上来·梅花》。14.《春从天上来·饷耕》。其39首诗为：1.《咏蛙》2首。2.《七绝·答赵闇叔》。3.《七律·答段玉函》。4.《和白罗诗》9首。5.《武宁溪韵赋七言古诗》7首。6.《步宁溪前韵应三人题为七言古诗》3首。7.《岁旱——和梦觇》。8.《遗赵闇叔

① 杜芳琴：《贺双卿集》，中州古籍出版社1993年版。

诗》4 首。9.《柳絮·赠赵闇叔》。10.《秋荷十首——和郑痴庵咏菏十绝》。其 5 篇文为:1.《题陈希古诗后》。2.《与舅氏书》。3.《与段玉函书》。4.《与史震林书》。5.《与赵闇叔书》。此外，杜先生还从《散记》中检出双卿 13 首有题无作（或无全作）的篇目及创作时间，如词:《浣溪沙——赠怀芳子》2 首，雍正十一年四月;《太常引——赠怀芳子》，雍正十一年十一月。诗:《七绝——讯赵闇叔》，雍正十一年八月;《秋吟》9 律，雍正十二年秋。《贺双卿集》堪称第一部收录双卿作品最多、最完整的集子。该著对收录的双卿诗词逐首进行了校注和解题，同时附以集评。另外，还有著名学者舒芜所撰之序文;自序（《贺双卿和〈雪压轩集〉》代自序），贺双卿研究（3 篇）。附录: 双卿传。《西青散记》序、跋。毋庸置疑，《贺双卿集》是迄今为止体例最完备、考证最精审、评析最中肯的一部研究贺双卿的力作，具有填补空白的意义。

以上，就贺双卿所作诗词等作品流传结集之情况作了初步梳理，眉目已基本清晰。其实，就贺双卿诗词创作之全部情况而言，当远远不止我们今日所见之数量。这从《散记》中好多有题无作的情况当是可想而知的。再说，《散记》原有八卷（或为十二卷），现仅存四卷，其中半数经史震林删削或毁于火者，无疑有双卿作品所在焉。史震林同乡好友段玉函曾对他说:“双卿潇洒，古今未见其女郎也，但当稍为之讳耳。”史震林也曾想自焚《散记》，原因是“拘于理者，或病其言”。而贺双卿对其所作诗词，亦曾抱有“妾亦悔之矣”的态度。可知，封建礼教的禁锢，当是贺双卿那些含有个性解放和追求自由幸福爱情的诗词难以传世的主要原因之一。再加之她作诗填词不以纸墨，而以叶、粉等载体，这也无疑是作品难以保存与流传的原因所在。因此，对于贺双卿作品的辑佚整理工作，还有待进一步广搜细查与索探，时时处处多留心，珠玉重光，责无旁贷。

三、贺双卿词心之原生态精神世界与艺术魅力

双卿就是活生生、真切切、情深深、魅悠悠的可怜、可悲、可敬、可爱的康乾年间江南金坛农民女词人。在《散记》中，史震林以一颗真心与一支妙笔，精心刻画了一位“色艳”“才慧”“情幽”“德贞”的农民女词人贺双卿，她是一位所嫁夫暴姑恶的农户而惨遭虐待、体弱多病、劳苦不辍、悲惨死去的红颜薄命的悲剧形象。史震林将双卿的生平之奇、婚嫁之奇、命运之奇、才华之奇集于一身，成功塑造了文学史上“这一个”感人肺腑、经久不衰的独特艺术典型。

在 18 世纪封建礼教的严重约束、暴夫恶姑不近人情的虐待摧残、强度苦力劳作的压迫与心情压抑、病痛缠身的双重折磨下，一个体弱多病的

年仅二十余岁的江南农民女子便带着她无限的愁情与怨绪极其无奈而凄惨地离开了人世，从此为后人留下了一段“只恐双溪舴艋舟，载不动许多愁”（李清照《武陵春》）的摧肝裂胆、令人断肠的悲剧故事。在她存世的10余首词中，没有卿卿我我的花前月下之恋情，没有温馨和谐的家庭气氛之融洽，没有通情达理的知心丈夫之呵护，没有视同女儿的和蔼婆婆之体贴，唯有劳苦、虐待、病痛与忧伤。我们一一可见可闻可感词人对自己种种苦难人生如泣如诉的叙述，悲苦如此，难以卒读。谨就其仅有的14首词作一阐释，其中拟对《凤凰台上忆吹箫》（寸寸微云）、《孤鸾·病中》与《春从天上来·饷耕》（含《春从天上来·梅花》）等10首代表作进行重点品读，[①] 以见其词心原生态精神世界与艺术魅力之一斑。

（一）《浣溪沙》

暖雨无晴漏几丝，牧童斜插嫩花枝。小田新麦上场时。　　汲水种瓜偏怒早，忍烟炊黍又嗔迟。日长酸透软腰肢。

词的上阕意象很美，初夏的阵雨飘飞在山谷田野，已上场的新麦散发着阵阵清香，头上插花的牧童悠然自得地骑在牛背上。好一幅夏收的农村景象。可是，在这样一个丰收的季节里，词人却没有丝毫的喜悦。她干完了农活，又要回家做饭，忙得腰酸背疼，仍不免受到挑剔与责骂。“怒早”“嗔迟”，真是横挑鼻子竖挑眼，左右为难。寥寥四字，则活画出夫悍姑恶不可理喻的绝情形象。双卿是那么无助，身体、精神上备受煎熬，心中的苦闷、忧愤、伤痛无以排遣，无处表达，唯有借助手中的笔，将满腔的幽怨倾诉于“纸”（则树叶也）上，形成一首首含泪泣血的词章。

（二）《望江南》

春不见，寻过野桥西。染梦淡红欺粉蝶，锁愁浓绿骗黄鹂，幽恨莫重提。　　人不见，相见是还非？拜月有香空惹袖，惜花无泪可沾衣，山远夕阳低。

这是女词人伤春怀旧之作。全词笼罩在凄冷欲绝的感情基调中，透露出满腔的幽恨。词人也有过美好的过去，有过情窦初开的青春年华，她还似乎曾有过美好而甜蜜的爱情，有过自己的心上人。然而吃人的封建婚姻

① 其实，全部双卿词无词不美，皆为代表作，只是为了行文之便，遂择其特色鲜明者论述而已。

制度，无情地拆散了有情人。上阕“春不见”，暗指自己美好的青春韶华在自然的周而复始中一去不返，感叹往事不堪回首。下阕“人不见”，所爱的人再难相见，即使相见，恐怕也因时过境迁而今非昔比了。正如苏东坡所云“纵使相逢应未识，尘满面，鬓如霜”（《江城子》）啊。当日焚香拜月温馨的一幕浮现眼前，却已成过眼云烟。看着曾经娇艳的花朵已渐渐凋零，感叹逝者如斯、美好事物的无常，却无泪沾衣，泪流尽了，心也碎了。往事已随花逝去，只留下淡淡的影子，眼前漂泊尽前事，恍若梦中命不幸。词人反观自己憔悴不堪、弱不禁风的惨相，正像眼前远山残照一样，令人黯然销魂。全词表情细腻婉转，凄恻动人，不雕饰，不做作，任凭一腔真情心底流。

（三）《湿罗衣》

世间难吐只幽情，泪珠咽尽还生。手捻残花，无言倚屏。　镜里相看自惊，瘦亭亭。春容不是，秋容不是，可是双卿！

这是一首自悲形销骨立、幽情难吐之哀词。上阕直抒胸臆，以残花自喻，幽曲情怀无人可诉，唯有哽咽泪任流。下阕顾影自怜，惊叹花容憔悴，面目全非，似乎已认不出自己了。与上片“残花”意象相呼应，大有李清照“人比黄花瘦”（《醉花阴》）之悲切意绪。其中两个“不是”的描写，直把词人消瘦羸弱难以自持的病态表达得十分形象逼真，令人顿生恻隐之心。

（四）《玉京秋·自题“种瓜小影”》

眉半敛，春红已全褪，旧愁还欠。画中瘦影，羞人难闪。新病三分未醒，淡胭脂，空费轻染。凉生夜，月华如水，素娥无玷。　翠袖啼痕堪验。海棠边，曾沾万点。怪近来，寻常梳裹，酸咸都厌。粉汗凝香蘸碧水，罗帕时揩冰簟。有谁念。原是花神暂贬？

这首《玉京秋》是应段玉函之请而作。段玉函找画家张石林为双卿描摹画像——双卿种瓜图，请双卿自题一首词于其上，便成此首题画词。此词伤己病痛的情怀与上首词相同，只不过多了一层孤芳自赏、无人疼爱的寂寞情愫，读来更具艺术的感染力。

（五）《二郎神·菊花》

丝丝脆柳，袅破淡烟依旧。向落日秋山影里，还喜花枝未瘦。苦雨重阳挨过了，亏耐到小春时候。知今夜，蘸微霜，蝶去自垂首。　　生受，新寒浸骨，病来还又。可是我双卿薄幸，撇你黄昏静后。月冷阑干人不寐，镇几夜，未松金扣。枉辜却、开向贫家，愁处欲浇无酒。

这是一首借景抒情、意境幽美的杰作。上阕写烟柳与花枝历经“苦雨”与“微霜”摧残之后的孤寂冷落情景，一笔双写，意蕴深厚，不然想象出那“烟柳”与“花枝”即是词人自己，而“苦雨”与“微霜”则是其“暴夫恶姑”，别具象征意义。下阕转写词人月下病痛、无酒解愁的万般无奈的焦灼心态，将愁情描写推向了极致。清人陈廷焯《白雨斋词话》评曰：“此类皆忠厚缠绵，幽冷欲绝。而措语则既非温、韦，亦不类周、秦、姜、史，是仙是鬼，莫能名其境矣。”得是中肯之论。

（六）《惜黄花慢·孤雁》

碧尽遥天，但暮霞散绮，碎剪红鲜。听时愁近，望时怕远，孤鸿一个，去向谁边？素霜已冷芦花渚，更休倩、鸥鹭相怜。暗自眠，凤凰纵好，宁是姻缘！　　凄凉劝你无言。趁一沙半水，且度流年。稻粱初尽，网罗正苦，梦魂易警，几处寒烟。断肠可似婵娟意，寸心里，多少缠绵！夜未闲，倦飞误宿平田。

由词题《孤雁》可知，这是一首借物言情的咏物词，意蕴甚远，回味无穷。词中孤雁漂泊无依，分明是女词人自己一生孤苦凄凉的形象概括。作者以怜悯之心关怀着孤雁，似乎可以体会到它的孤独与无助，“暮霞散绮”，一只大雁孤独地飞翔于广袤的天际之中，“听时愁近，望时怕远；孤鸿一个，去向谁边？”作者以一颗细腻敏感而善良多情的心设想着孤雁的感受，对孤雁关怀备至，一往情深。作者怕听愁声，又同情孤雁飞得太远。而这孤雁离开最喜欢的芦花渚，原来是素霜已冷，又不愿成双成对的鸥鹭相怜，虽然凤凰这同伴还不错，却也不可能结成姻缘，此地多留无益。尤其下片殷勤寄语，无一不是发自肺腑，仿佛与一位“同是天涯沦落人”（白居易《琵琶行》）的知己共诉衷肠。篇中句句写孤雁，句句不离人。落墨虽在雁，意旨却在人，人雁相通，浑然一体。结句“夜未闲，倦飞误宿平田”，正是词人明珠暗投、误落周家不幸命运的真实写照。哀哉孤雁，悲哉双卿！诚如陈廷焯所言：“此词悲怨而忠厚，读竟令人泣数行下。”

（七）《凤凰台上忆吹箫·残灯》

已暗忘吹，欲明谁剔？向侬无焰如萤。听土阶寒雨，滴破三更。独自恹恹耿耿，难断处、也忒多情。香膏尽，芳心未冷，且伴双卿。　　星星。渐微不动，还望你淹煎，有个花生！胜野塘风乱，摇曳渔灯。辛苦秋蛾散后，人已病、病减何曾？相看久，朦胧成睡，睡去空惊。

与前词相类，这也是一首借“残灯”自喻命运多舛的咏物词。词的创作背景是这样的：有一次，因劝谏丈夫，反给丈夫禁闭在厨房里，只有一盏半明不灭的残灯伴着她。明灭无定的残灯情景，引起了她的强烈共鸣，同病相怜，幽怨不已。于是，词人谱下了这曲撼人心弦的绝世哀音。词中的灯是凄凉的，景是凄凉的，事是凄凉的，境是凄凉的，颇有“一川烟草，满城风絮，梅子黄时雨”（贺铸《青玉案》）的凄美意境。

作者通过对残灯的观察、描绘，创造出凄凉的氛围。夜晚，万籁寂无声，暮色中一盏残灯摇曳闪烁微弱的灯光，孤独凄冷，“独自恹恹耿耿”的残灯，如同灯下柔弱孤寂的作者，“香膏尽，芳心未冷，且伴双卿”，无人陪伴的夜晚，有了残灯的相随，亦可聊以自慰。只是，他们的命运是那么的相似，一个是即将熄灭的残灯，一个是被折磨、被伤害的双卿。看灯，也是在看自己，哀悼残灯的命运，也是在感叹自身的不幸，词中虽没有直言控诉压迫她的恶势力，然而字里行间，都浸透着一个在封建社会中受尽侮辱、欺凌的女子的血和泪。双卿是善良的，她的感情是细腻的，常常借咏物来抒发自己的感慨。善于运用孤独、衰残、暗淡、凄冷的意象，来抒写绝望的情怀，字字悲戚，句句血泪，摇人心旌，动人魂魄。

（八）《薄倖·咏疟》

依依孤影，浑似梦、凭谁唤醒！受多少、蝶嗔蜂怒，有药难医花症。最忙时，那得功夫，凄凉自整红炉等。总诉尽浓愁，滴干清泪，冤煞蛾眉不省。　　去过酉、来先午，偏放却、更深宵永。正千回万转，欲眠仍起，断鸿叫破残阳冷。晚山如镜，小柴扉烟锁，佳人翠袖恹恹病。春归望早，只恐东风未肯。

由词题可知，此乃一首描写词人罹患疟疾之词。据史震林《散记》载，一天，贺双卿清扫了屋里屋外，洗完一大盆衣服，又喂完鸡猪，刚想坐下来稍事歇息，婆婆又在院子里催她舂谷了，双卿从不敢违抗婆婆的指令，赶紧走到院子里开始舂谷。舂谷的石杵又大又重，她舂了一会儿，已累得汗流浃背，气喘吁吁，只好抱着杵休息片刻。正在这时，双卿丈夫周大旺从地里回来，见妻子无力地站在石臼边，抱着石杵一动也不动，便以为是她偷懒怠工，问也不问，就一把把她推倒在石臼旁。石杵正压在了她的腰上，双卿痛得好半天都爬不起来，痛苦屈辱的眼泪还不敢当着丈夫的面流出来。好不容易挣扎着舂完谷，又到了做午饭的时间，双卿来不及喘口气，又去厨房煮粥。粥锅坐在灶上，她则坐在灶坑前添柴烧火。浓烟一熏，加上过度的疲劳，头晕的老毛病又犯了，她只好闭上眼靠在灶台上。就在这工夫，锅里煮着的粥开了，溢出锅沿，弄得灶台上一片狼藉，还有几点热粥溅到贺双卿的脖子上，把她烫醒，睁眼一看，不由得低低地惊叫了一声。婆婆闻声探进头来一看，不禁火冒三丈，又是一顿吼骂。贺双卿早已听惯了她的呵斥，只是埋头清理灶台。杨氏一见媳妇那种对她要理不理的样子，更加气不打一处来。冲上前一把捏住双卿的耳环，用力一扯，把她的耳垂撕裂开来，鲜血流满了肩头。双卿仍然不敢反抗，却默默地咬牙忍住疼痛，擦干鲜血后，照常乖乖地把饭食送给婆婆和丈夫，这母子俩连看都不看她一眼，坐下便大吃大嚼起来。此时此刻，双卿再也忍受不住，泪水如泉涌，但又不敢哭出声，只是任泪默默流淌。于是写下这首哀伤欲绝的《薄倖·咏疟》词。作者把自己比作花，把压制她的人比作蝶和蜂。“有药难医花症”，是因为“受多少、蝶嗔蜂怒”。终日无端的“嗔”和“怒”，即使有药可以医治好她的身体上的疾病，也难以医治她心灵上的伤痛。这首词写得很巧妙，借写自己的病，来写封建势力对自己的压迫，含蓄地表达了自己对封建势力的憎恨与控诉。这在中国词史上具有开创之功，独具神韵与风采。

（九）《一剪梅》

寒热如潮势未平，病起无言，自扫前庭。琼花魂断碧天愁，推下凄凉，一个双卿。　　夜冷荒鸡懒不鸣，拟雪猜霜，怕雨贪晴。最闲时候妾偏忙，才喜双卿，又怒双卿。

这是一首描写带病劳作的悲伤之词。上阕叙述在“寒热如潮势未平”的严重疟疾的情况下，依然要起早劳作。如此这般“一个双卿”，简直是“凄凉”极顶，无以复加。下阕直写疟疾“怕雨贪晴”的尴尬心情。天气变化无常，词人甚感苦恼，此情此景，与李清照所述“乍暖还寒时候，最难将息”（《声声慢》）具有异曲同工之妙。

（十）《摸鱼儿·谢邻女韩西馈食》

喜初晴，晚霞西现，寒山烟外青浅。苔纹干处容香履，尖印紫泥犹软。人语乱，忙去倚、柴扉空负深深愿。相思一线，向新月搓圆；穿愁贯恨，珠泪总成串。　　黄昏后，残热谁怜细喘。小窗风射如箭。春红秋白无情艳，一朵似侬难选。重见远，听说道，伤心已受殷勤饯。斜阳刺眼，休更望天涯，天涯只是，几片冷云展。

史震林《散记》云：“邻女韩西，新嫁而归，性颇慧，见双卿独舂汲，恒助之。疟时，坐于床为双卿泣。不识字，然爱双卿书。乞双卿写心经，且教之诵。是时将返其夫家，父母得饯之。召双卿，疟弗能往，韩西亦弗食。乃分其所食自裹之遗双卿。双卿泣为此词，以淡墨细书芦叶。”双卿的邻居韩西是她最好的女伴，韩西虽不识字，却爱双卿的作品，这样的女伴，已成为双卿婚后生活的唯一精神寄托。可是不久，韩西就嫁人了。一次，韩西回娘家小住后即将返回婆家，父母为之送行，韩西邀请双卿参加，可双卿疟疾犯了，不能前往，韩西就前去探望，并送去食物。饥寒交迫的双卿非常感动，于是和泪写下了这首《摸鱼儿·谢邻女韩西馈食》。此词以夕阳西下之晚景为背景，以感谢好友韩西馈食为情感线索，写出了好友离去的惆怅与孤凄的愁怀，读之令人动容。

（李金坤：苏州大学教授；李莹：江苏大学外国语学院讲师）

古代女诗人的歌

顾　农

班婕妤《怨歌行》；甄皇后《塘上行》；王宋《杂诗二首》；大义公主《书屏风诗》；晁采《子夜歌》；刘采春《望夫歌》；葛鸦儿《怀良人》；毛秀惠《乙卯秋，外赴金陵省试不售，诗以慰之》。

班婕妤《怨歌行》

过去有一个形容女子年长色衰之后遭冷遇或被抛弃的成语叫“秋扇见捐”，已经使用过了，现在没有价值。这个词语源于一首古诗《怨歌行》（《文选》卷二十七）——

新裂齐纨素，皎洁如霜雪。裁为合欢扇，团团似明月。
出入君怀袖，动摇微风发。常恐秋节至，凉飙夺炎热。
弃捐箧笥中，恩情中道绝。

这首诗又被收入《玉台新咏》（卷一），题作《怨诗》，而在更早一点的钟嵘《诗品》里则题为《团扇》。很可能开初并没有题目，后来不同的编者及诗论家分别给它安上不同的题目。这几个标题都不错。

这首诗的作者据说是西汉成帝时代的班婕妤，“婕妤”是宫中女官的一种头衔，她的原名现在已经弄不清楚了。古代的妇女包括宫女，地位很低，往往连名字也没有，或虽有而不传。班婕妤文化水平很高，在汉宫里一度比较得意，《汉书》卷九十七《外戚传下》载：

孝成班婕妤，帝初即位选入后宫，始为少使，蛾（俄）而大幸，为婕妤，居增成舍，再就馆，有男，数月失之。成帝游于后庭，尝欲与婕妤同辇载，婕妤辞曰："观古图画，圣贤之君皆有名臣在侧，三代末主乃有嬖女，近欲同辇，得无近似之乎？"上善其言而止。

尽管她如此深明大义，却渐渐失宠，特别是在赵飞燕姊妹得宠以后，许皇后和班婕妤都遭到诬陷，许皇后被废，班婕妤则受到严重的审查，幸而没有定罪。她预感到将有危险，主动要求到长信宫去侍奉太后，离开核心地带，得到批准。其时曾"作赋自伤悼"，其中说自己打算在长信宫里"共洒扫于帷幄兮，永终死以为期"。她后来果然幽闭至死。

汉朝人喜欢写赋，不大写诗，尤其未尝出现过《怨歌行》这样成熟优秀的五言诗。所以这首署名班婕妤的团扇之诗肯定是后人用她的名义代写的，但谁都不知道是魏晋时代什么诗人代笔，于是干脆就挂在班婕妤本人名下。后人代写就认作古人之诗的情形远不止这一件。

宫女的唯一出路在于得宠，颜值很高、善于歌舞、生过儿子等等都可能是得宠的原因。得宠甚难，失宠甚易，后宫里充满了你死我活的斗争。班婕妤是个明白人，主动出局，可谓后宫中的隐士，而境遇仍然甚惨，她同所有的宫女一样，走不出后宫这个大牢笼。

于是这团扇之歌就引起后来失宠女性的强烈共鸣，有道是——

一夜秋风动扇愁，别时容易入新秋。
桃花脸上汪汪泪，忍到更深枕上流。

——宋·朱淑真《新秋》

浪说花开双蒂，写入轻罗扇里。未到晚凉天，已作秋扇捐弃。何意，何意，一语问君遥寄。

——清·许诵珠《如梦令·寄外》

她们的悲哀各有具体的原因，而遭冷遇或被抛弃则是一样的。

班婕妤退出后宫斗争跑到太后所在的长信宫去以后情况如何？史书未载，但是大体可以想象得到。后来唐朝诗人王昌龄为作《长信秋词》，凡五首，试举出两首来看——

金井梧桐秋叶黄，珠帘不卷夜来霜。
熏笼玉枕无颜色，卧听南宫清漏长。

奉帚平明金殿开，且将团扇共徘徊。

玉颜不及寒鸦色，犹带昭阳日影来。

长夜无眠，百无聊赖；第二天一早就起来洒扫，还带着那把象征着命运的团扇，脸色相当难看，还比不上从赵飞燕姊妹住处昭阳殿那边飞过来的乌鸦。

王昌龄的这些诗，正是对魏晋无名氏所拟之《怨歌行》的回声，而同样怨而不怒。

甄皇后《塘上行》

蒲生我池中，其叶何离离。傍能行仁义，莫若妾自知。

众口铄黄金，使君生别离。念君去我时，独愁常苦悲。

想见君颜色，感结伤心脾。念君常苦悲，夜夜不能寐。

莫以豪贤故，弃捐素所爱。莫以鱼肉贱，弃捐葱与薤。

莫以麻枲贱，弃捐菅与蒯！

以上这首《塘上行》诗里充满了弃妇的哀怨和规劝。丈夫另有所爱，疏远了自己，于是写诗寄意，请求他千万不要见异思迁，弃旧图新。诗是汉末魏初的甄氏（183—221）写的。她以颜值极高著称，一生相当复杂而且富于传奇色彩，《三国志·魏书·后妃传》载：

文昭甄皇后，中山无极人，明帝母，汉太保甄邯后也，世吏二千石。父逸，上蔡令。后三岁失父。后天下兵乱，加以饥馑，百姓皆卖金银珠玉宝物，时后家大有储谷，颇以买之。后年十余岁，白母曰："今世乱而多买宝物，匹夫无罪，怀璧为罪。又左右皆饥乏，不如以谷振给亲族邻里，广为恩惠也。"举家称善，即从后言。

建安中，袁绍为中子熙纳之。熙出为幽州，后留养姑。及冀州平，文帝纳后于邺。有宠，生明帝及东乡公主。延康元年正月，文帝即王位，六月，南征，后留邺。黄初元年十月，帝践阼。践阼之后，山阳公奉二女以嫔于魏，郭后、李、殷贵人并爱幸，后愈失意，有怨言。帝大怒，二年六月，遣使赐死，葬于邺。

《塘上行》是甄氏写给其第二任丈夫曹丕（187—226）看的。她先前的丈夫袁熙（幽州刺史）不曾有过抛弃她的意思。甄氏由袁熙夫人变为曹丕夫人，是建安九年（204）曹操打败袁绍集团、攻入冀州首府邺城以后的事情。其时甄氏成了战俘，因为知名度极高，曹操很想收归已有，不料儿子曹丕却捷足先登了。《三国志·魏书·后妃传》注引《魏略》云：

（袁）熙出在幽州，后留侍姑。及邺城破，绍妻及后共坐皇堂上。文帝入绍舍，见绍妻及后，后怖，以头伏姑膝上。绍妻两手自搏。文帝谓曰："刘夫人云何如此？令新妇举头！"姑乃捧后令仰，文帝就视，见其颜色非凡，称叹之。太祖闻其意，遂为迎取。

曹丕（后来当了皇帝，称魏文帝）有备而来，遂在攻城得手后第一时间赶到。曹操（后尊称为太祖）其实也非常关注留在这邺城里的甄氏，但他作为最高指挥官，总是有些更紧迫的事情要处理，等告一段落以后再来查问此人的下落，部下禀报说："五官中郎（按指曹丕）已将去。"曹操不禁有些愤怒而且惘然，失口道："今年破贼正为奴！"（《世说新语·惑溺》）但既已被儿子弄去，就赏一顺水人情为之迎娶。甄氏当年二十二岁，曹丕还只有十八岁。但美女本来是不管年龄的，何况二十二又正值最佳年龄。在此后相当一段时间里，甄氏颇为得宠，"擅室数岁"（《世说新语·惑溺》注引《魏略》），生过一男一女。不料几年后却渐渐为曹丕所厌弃，其原因可能有种种，一则颜值总还是有保鲜期的；二则曹丕身边新来了一位年轻的郭氏（184—235），这个女人名叫"女王"，出身不高而多有权谋，非常能干，"有智数，时时有所献纳。文帝定为嗣，后有谋焉。"（《三国志·魏书·后妃传》）能够被正式确立为接班人是曹丕最最重视的头等大事，郭氏对此贡献很大，而甄氏在这一方面未闻有何作为。对一位政治家来说，配偶的颜值固然很重要，而能否配合自己来从事政治活动则更为重要。

甄氏的《塘上行》很可能作于曹丕开始同郭后打得火热而冷落自己之初，可惜她的规劝完全没有起到作用。现在她的总分已比不上郭氏，形势不妙，后来则更有恶性的发展。

曹丕对甄氏日趋冷淡还有一个疑似的原因，就是自己的弟弟曹植（192—232）同甄氏关系有些异常。曹植比嫂子甄氏小九岁，但真是要恋爱，年龄从来不是障碍。如果曹植同甄氏发生瓜葛，最重要的时段很可能是建安二十一、二年间（216—217）。二十一年十月"太祖（曹操）东征，武宣皇后（曹操夫人卞氏）、文帝（曹丕）及明帝（曹叡）、东乡公主皆从。时（甄）后以病留邺。二十二年九月，大军还，武宣皇后左右侍御见后颜色丰盈……"（《三国志·魏书·后妃传》注引《魏书》）。大军东征这一段时间曹植正奉命留守邺城。甄后身边既无婆母，又无丈夫和子女（曹叡和她的妹妹，即后来称为东乡公主者，都随军行动），若叔嫂之间有什么亲密接触，这一年中间应当最有条件。一个病人忽然"颜色丰盈"，也很容易引起人们的想象。古代的史家特别来了这么一句，似有春秋笔法。当然此事无从证实，但也无从证伪。建安二十一、二年间，曹植二十四五岁，甄氏三十三四岁，也还算正当年。

后来曹丕当了皇帝，甄氏成了皇后，但她并不见得高兴，总是冷冷的。而郭氏此时的身份仍然要低一档，她要想升格为皇后，非打倒甄氏不可，于是她继续施展谋略，终于让曹丕下令赐死甄后（黄初二年，221），胜利地取而代之，爬上了皇后的宝座。当时有大臣引经据典地反对“以妾为夫人”（《三国志·魏书·后妃传》引中郎栈潜上疏中语），曹丕置之不理。

郭氏更进一步运用其谋略，让甄氏的丧事办得非常之悲惨，遗体“不获大敛，披发覆面”（《三国志·魏书·后妃传》注引《魏略》），“以糠塞口”（同上注引《汉晋春秋》）。决不能让这个美女再臭美下去！曹丕何以如此冷酷，郭氏都运用些什么谋略，现在都无从得知，估计甄后与曹植的关系是一个重要的原因，其他原因，力度恐怕不够。

当黄初二年六月甄后惨死于邺城不久，曹植曾派人到邺城去，说是去买布（详见《太平御览》卷八百二十引曹植《表》，又《艺文类聚》卷五录入该表的另外几句），而监国谒者则十分怀疑此行的真正目的，不予批准；曹植坚持要派人去，不惜为此上表，于是东郡太守王机、防辅吏仓辑等就此告状，其内容涉及曹植与甄后的关系，朝廷之“典议”也就依此定性为“荒淫”（详见曹植《责躬诗》）和“三千之首戾”的“不孝”（详见曹植《黄初六年令》）。长嫂如母，如果叔嫂之间有什么暧昧之处，现在又派人去私祭之类，在那时是确实足以构成重罪的。黄初三年（222）曹植虽被召回首都问罪，但由于皇室内部不宜公开爆出什么绯闻，于是后来莫名其妙地了结此案，不再追究。在返归封地的途中曹植作《洛神赋》，后来有人认为洛神乃是影射甄氏的。这也是所谓查无实据，而事出有因，只是成了一则著名的故事。

曹植与甄后之间到底有无故事或有什么故事，历史学家没有人能够说得清楚，文学家则在此大显身手。

魏文帝曹丕死后，曹叡（205—239）继位（明帝），过了几年，他完全站稳了，又了解到生母甄氏当年惨死的情形，遂立即采取措施，为生母恢复名誉和地位，追谥为“昭”；而郭氏（此时已是皇太后）则“以忧暴卒”。郭太后非正常死亡后，曹叡“命殡葬太后，皆如甄氏故事”（《三国志·魏书·后妃传》注引《魏略》）。一报还一报，完全按正规的戏剧方式进行。这时（青龙三年，235）离开甄氏写出《塘上行》已在十五年以上了。

至此《塘上行》的故事可算是完全结束了。围绕这位红颜薄命的甄氏，配以多情的曹家祖孙几代以及那位“有智数”的女政治家郭氏，完全可以写一出多幕剧。

王宋《杂诗二首》

《玉台新咏》（卷二）中有署名王宋的《杂诗二首》，小序云："王宋者，平虏将军刘勋妻也，入门二十余年，后勋悦山阳司马氏女，以宋无子出之。还，于道中赋此。"诗云：

翩翩床前帐，张以蔽光辉。
昔将尔同去，今将尔同归。
缄藏箧笥里，当复何时披？

谁言去妇薄？去妇情更重。
千里不唾井，况乃昔所奉。
远望未为遥，踟蹰不得住。

王宋这一位"弃妇"只好回娘家去。她的丈夫刘勋另有新欢，把她抛弃了，借口是她没有生孩子，现在看这简直荒谬绝伦，而在当时却是理由很过硬的，王宋本人对此也没有提出什么异议；从诗中看去，她几乎没有流露出丝毫愤怒，反倒是"情更重"了。她还幻想破镜重圆，重返丈夫的家门。

古代男女不平等，丈夫抛弃妻子的正当理由有七条之多，即所谓"七出"，列在首位的乃是"无子"。不生孩子特别是不生儿子，妻子很容易变成所谓弃妇。《玉台新咏》（卷二）又有曹植的《弃妇篇》，诗云：

石榴植前庭，绿叶摇缥青。丹华灼烈烈，璀采有光荣。
光荣晔流离，可以戏淑灵。有鸟飞来集，拊翼以悲鸣。
悲鸣夫何为，丹华实不成。拊心长叹息，无子当归宁。
有子月经天，无子若流星。天月相终始，流星没无精。
栖迟失所宜，下与瓦石并。忧怀从中来，叹息通鸡鸣。
反侧不能寐，逍遥于前庭。踟蹰还入房，肃肃帷幕声。
褰帷更摄带，抚弦弹素筝。慷慨有余音，要妙悲且清。
收泪长叹息，何以负神灵。招摇待霜露，何必春夏成。
晚获为良实，愿君且安宁。

连曹植那样开明的人都说"无子当归宁"，他在《出妇赋》里又说过"信无子而应出，自典礼之常度"。这是那个时代的共识。弃妇如果是因为别的原因被弃，一般总是不大舒服，而因无子被弃，则往往二话不讲，忍痛走人。曹植诗中的弃妇一方面哀叹自己的不幸，一方面寄希望于未来，相信自己一定能生出儿子来，要求对方耐心等待：“晚获为良实，愿君且安宁”。王宋因为年纪大了，已经不做此想。

古代社会视妇女为生儿育女的工具，妇女将此种普遍要求“内化”为自己的意志，同时也把生儿子当作提高自己声誉和地位的有效手段，为时既久，母性就成了女人最重要的本性。已婚女性存在的意义全在儿子身上，母性实际上是异化了，爱儿子就是保自己，有儿子才能“天月相终始”，而不至像流星一样从婚姻关系中退出。

王宋因为只是一位家庭妇女，史书不载，而她那丈夫刘勋是被提到过，但都是负面的材料。《三国志·魏书·司马芝传》载：“征虏将军刘勋，贵宠骄豪，又芝故郡将，宾客子弟在界数犯法。勋与芝书，不著姓名，而多所属托。芝不报其书，一皆如法。后勋以不轨诛，交关者皆获罪，而芝以见称。”又裴松之注引《魏略》载：“勋字子台，琊邪人。中平末，为沛国建平长，与太祖（按指曹操）有旧。后为庐江太守，为孙策所破，自归太祖。封列侯，遂从在散伍议中。勋兄为豫州刺史，病亡，兄子威，又代从政。勋自恃与太祖有宿，日骄慢，数犯法，又诽谤，为李申成所白，收治，并免威官。”刘勋公德、私德皆差，所以没有好下场。

王宋诗序称刘勋为平虏将军，而《三国志》说是征虏将军，略有出入。按曹丕《典论·自叙》自夸其击剑技术之高超时，曾提到他同奋武将军邓展比试击剑，当时有“平虏将军刘勋”在场。三占从二，刘勋的官衔应是平虏将军。又曹丕有代刘勋出妻王氏而作的诗赋，可见刘、王的离异乃是当时的一大社会新闻事件，曹丕的同情在王宋一边。

大义公主《书屏风诗》

《诗经·卫风》里有一首著名的《载驰》，其写作背景是公元前660年北狄入侵卫国，卫国大败，首邑被抢掠一空，卫懿公死难；懿公的妹妹许穆夫人（嫁至许国，为国王穆公的夫人）奔回卫国共赴国难，并提出联合齐国抗击北狄的主张。许国的大夫将她追回，唯恐把祸水引到许国来。于是许穆夫人赋《载驰》，其中说，即使你们不赞成我回国的举动，我也不能跟你们回许国去。我们各有各的想法，各走各的路。你们纵使有极多的好主意，也不如我亲自回去一趟（“百尔所思，不如我所之”）！这首诗强烈地表现了一位女贵族对自己故国的感情，历来传诵不衰。

后来又出现了一位与许穆夫人有些类似而其实很不同的人物，她就是北周赵王宇文招的女儿千金公主。北周宣帝时，她被远嫁东突厥为可汗摄图之妻。摄图本是突厥阿逸可汗之子，“号伊利俱卢设莫何始波罗可汗，一号沙钵略，治都斤山”；“勇而得众，北夷皆归附之”（《隋书·突厥传》）。隋取代北周以后，公主悯宗邦之覆灭，力劝沙钵略起兵反隋，于是沙钵略起兵与隋大战，先胜后败，而这时突厥内部又发生内讧，于是他们夫妇改变主意，决心依附于隋，永为藩附，“遣使朝贡，（千金）公主自请改姓，乞为帝（隋文帝杨坚）女”（《隋书·长孙晟传》）；这样千金公主就放弃了原来的姓“宇文”，于开皇四年（584）得赐姓为杨，同时改封为大义公主。在此后一段时间里，东突厥与隋保持着比较良好的关系。

隋平陈以后，文帝将缴获而来的后主陈叔宝的一架高级屏风赏赐给大义公主以为荣宠。此事引起她很深的感慨，于是在屏风上题了一首诗（现已收入《先秦汉魏晋南北朝诗·隋诗》卷七），诗云：

> 盛衰等朝暮（一作“露”），世道若浮萍。荣华实难守，池台终自平。
> 富贵今何在？空事写丹青。杯酒恒无乐，弦歌讵有声。
> 余本皇家子，飘流入虏廷。一朝睹成败，怀抱忽纵横。
> 古来共如此，非我独申名。唯有《明君曲》，偏伤远嫁情。

此诗借叙陈朝灭亡之事以寄托自己的幽思，大发了一通对于世道变幻、兴衰成败的咏叹，同时也对自己远离中原、漂流“虏廷”颇多感慨——这位公主受传统文化影响很深，诗也写得很圆熟。北周皇族宇文氏本来也是胡人，但汉化已经很久。大义公主的父亲赵王宇文招（？—580）同诗人庾信关系非常好，《北史·周室诸王传》说他“博览群书，好属文，学庾信体，词多轻艳”。《北史·庾信传》则说他同赵王宇文招、滕王宇文逌“周旋款至，有若布衣之交”。庾信曾在文章中提到赵王是“今上之第九弟也，文则河间上书，武则任城置阵”（《周车骑将军贺娄公神道碑》），给予极高评价。

前人对大义公主《书屏风诗》多有误解，如沈德潜《古诗源》（卷十四）评论此诗说“英气勃勃，事虽不成，精卫之志，不可泯灭”，他之所谓“事”，大约还是指为北周向隋复仇，殊不知那是先前的事，现在公主本人已经是当今皇帝的干女儿，完全拥护朝廷了。沈氏的这几句话拿来品题《载驰》还算比较恰当，而大义公主此诗，意固不在此也。又张玉穀《古诗赏析》（卷二十二）分析《题屏风诗》道：“此伤不能复仇之诗，特就画屏为引端耳……用意用笔，吞吐入妙。”此诗确实有点吞吞吐吐，但其中完全没有什么复仇之志，只是自伤身世而已，须知此时她早已同她的丈夫沙钵略一样，衷心拥护隋王室，哪里还有什么“此伤不能复仇”之意？隋朝好诗不多，这首诗得算一篇，所以唐人撰《隋书》时特为全文录入，可惜后来的诗论家竟然如此不能理解。

沙钵略向隋称臣后，“岁时贡献不绝”；他去世多年后，公主据说因为“与所从胡私通”而被废黜（详见《隋书·突厥传》）。其时东突厥内部纷争不已，这位前公主被摄图先前所生的儿子都蓝可汗（原名雍虞闾）杀死。不过此乃后话，同这首诗没有什么关系了。

晁采《子夜歌》

中国古代无所谓“恋爱”，只说成“相好”：两个人互有好感。至于少女堕入情网，或大有恋爱的欲望，则称为“怀春”，例如《诗经》里就有“有女怀春，吉士诱之”（《召南·野有死麕》）这样纯朴的诗句。

“怀春”是一个很有趣的词语。《诗经·国风》里写到恋爱，往往多用“怀”字与“思”字。“思”字后来发展为相思、单相思一类词语，至今仍然在用；“怀”字却用得少了。至于“春”字，本来就指春天，而古代有所谓“春社”，主题固然是祭土地神，同时也是青年男女百无禁忌的狂欢节。“社”乃是祭土地神之处，其地遍植树木，像个森林公园的样子，《周礼·地官》说，“各以其野之所宜木，遂名其社与其野”，所以有“桑林”“桑社”一类提法。有些诸侯国不这样称呼，另行叫作“祖泽”“社稷”“云梦”等等，其实都是一回事（参见《墨子·明鬼》）；《周礼·地官》又说：“以仲春之月会男女，奔者不禁。”每年春天，在桑林、云梦一类地方，充满了大谈其恋爱的青年男女。此时此地他们拥有大量平时所没有的自由，少女怀春的深层原因即在于对此的热烈向往。于是春天也就是情歌之类大量产生的黄金季节，春秋战国时代一些古风未泯的诸侯国如郑、卫、楚，都有大量的爱情文学出现，其中的女性往往特别热情主动，积极大胆地追求爱情；后来的封建卫道士很害怕这些热情似火的作品，斥为“郑声”“淫声”，把恋爱中女性的主动态势骂了个狗血淋头。

但是人类的天性却不是可以骂倒的，所以后来“怀春”的情歌仍然源源不绝，只是在沉重的礼教压力下，不免总会带上忧虑重重的色彩，一味的天真热情不容易看到了；只有例外的幸运儿才能无所顾忌地放声歌唱。唐朝大历年间有一位名叫晁采的姑娘，与邻居家的小伙子文茂从小一起长大，青梅竹马，两小无猜，后来很自然地发展为爱情，“约为伉俪”；他们过于亲密的接触被晁母发现了，十分开明的晁妈妈认为“才子佳人，自应有此”，于是有情人终成眷属。现在还可以从《全唐诗》中看到晁采青年时代的二十多首诗，其中作于婚前的《子夜歌》十八首最为可诵，举几首来看：

侬既剪云鬟，郎亦分丝发。觅向无人处，绾作同心结。

明窗弄玉指，指甲如水晶。剪之特寄郎，聊当携手行。

寄语闺中娘，颜色不常好。含笑对棘实，欢娱须是枣（早）。
绣房拟会郎，四窗日离离。手自施屏障，恐有女伴窥。

晁姑娘歌唱自己如何安排约会，把自己的指甲、头发当作爱情的信物，说服妈妈让自己早一点和情郎结婚……多么天真开朗的怀春之诗啊。

可惜像晁采这样的幸运的才女古代甚少，许多少女的怀春之作充满了焦虑和痛苦，总是深感“人之多言，亦可畏也”（《诗经·郑风·将仲子》）。她们不得已而成了“内倾情感型”的人物，所谓“东方女性”之美，其实正是长期的忧郁和压抑中经过历史积淀的产物。所谓“人言”，表面上指社会舆论，深层则指传统的道德文化，同时也指女性自己内在的压抑。像晁采这样的敢于主动去爱、大写其怀春之诗的女性是幸福的。瓦西列夫说得好：“爱情愿望在具体条件下的表现可以作为衡量感情深度的客观标尺。换句话说，主动性在两性关系这一领域也起着极其重要、决定性的作用。”（《情爱论》，三联书店 1984 年版，第 163 页）如果没有一点主动性，那还有什么爱情可言！

晁采只是一介民间小女子，生平传记材料很少。《中国文学家大辞典》介绍说：“《全唐诗》卷八〇〇收其诗二二首。事迹见《情史类略》卷三、《艳异续编》卷四引《晁采外传》。其事迹及诗不见于唐宋时记载，疑出后人依托。”地位太低，不大有人肯记载，倒也未必就是后人依托。我们还是确认在大历年间曾经真有过这么一位很幸运的姑娘吧。

刘采春《望夫歌》

唐代的歌妓自然都会唱诗，自己也能写诗的恐怕只是少数，写得好的就更少了；中唐时代著名的歌妓刘采春创作并演唱的一组《望夫歌》乃是其中最杰出的作品。据说“采春一唱是曲，闺妇行人，莫不涟泣”（范摅《云溪友议》卷下）。

大诗人元稹写过一首七律《赠刘采春》，前半夸奖她长得漂亮，化妆时新，后半更热情地称颂她“言辞雅措风流足，举止低回秀媚多。更有恼人肠断处，选词能唱望夫歌”。据说元才子对她很有些意思，但采春的丈夫周季崇（他是一位著名的俳优）始终同她在一起流动演出，第三者难以插足。元稹诗中“望夫歌”三字下有小注云：“即啰唝之曲”。“啰唝”是当时的口语，就是“来啰”（方以智《通雅·乐曲》）的意思，大约也就是现代流行歌曲里常常唱的“归来吧”。

《望夫歌》或《啰唝曲》原有六首，不妨选读下面这四首：

不喜秦淮水，生憎江上船。载儿夫婿去，经岁又经年。
莫作商人妇，金钗当卜钱。朝朝江口望，错认几人船。
那年离别日，只道往桐庐。桐庐人不见，今得广州书。
昨日胜今日，今年老去年。黄河清有日，白发黑无缘。

第一首近乎序曲，点出自己情绪很坏的根子在于丈夫常年在外，因为痛恨这种离别，便情不自禁地把憎恶转移到江水和商船上去。直书其事，直抒其情，其中“不喜”与“生憎”、“经岁”与“经年”又明显地重复，读起来似乎并不算很高明；但这些绝句是专供演唱的，一旦唱起来就大有感慨系之一唱三叹之妙了。当代许多流行歌曲，也只是把那么几句很直白的歌词唱来唱去，而已能让年轻的歌迷们听得如醉如痴。

当然，一味直来直去也不是长久之计，诗人抒情总是要把感情客观化，最好能借助于一些对应的形象来寄托感情，这样才能使主体感受凝定并具有更为深广的意蕴。抽象的东西总是有待于具体化，共相必须落实为殊相。这里的第二首正是如此，其中有两个生动的细节：一是金钗卜，一是错认船。中国古人喜欢掷钱币作为预测行人是否归来或其他心事之两种可能性的占卜之具，盖取其方便而且有利于自己之结果的概率高达百分之五十，这就是所谓“暗掷金钱卜远人”（于鹄《江南曲》）。“金钗当卜钱”则更富有女性的色彩。错认船则近于心理症的强迫性紧张，这就是弗洛伊德说过的“心理症患者常是极聪明的，却陷于强迫性观念和强迫性行为（不由自主地想和做）之中”。（《日常生活中的心理奥秘》，甘肃人民出版社 1986 年版，第 182 页）望眼欲穿，心迷神惑，后来的诗人一再写到这样的细节和心态，例如“过尽千帆皆不是，斜晖脉脉水悠悠，肠断白蘋洲”（温庭筠《望江南》）、“想佳人，妆楼颙望，误几回天际识归舟”（柳永《八声甘州》）之类，大约都曾经从刘采春这几首“天下之奇作”（潘德舆《养一斋诗话》）里得到启发吧。

商人的特点在于行踪飘忽，归期难定；于是热切盼望他归来的妻子总是充满了失望与希望。第三首典型地写到了一次由希望到失望的转变过程，其中第三句（一般来说这是绝句诗中最吃紧的一句）表明本来确知他会从桐庐（今属浙江省）回家的，接下来说，不料他竟然又跑到更远的广东去了。何时归来遥遥无期，抒情主人公陷入更深的时间恐惧和空间恐惧之中。二十个字的诗中连用三个地名（桐庐出现了两次），并不让人觉得累赘板重，因为带动这些地名的乃是强烈而深沉的盼望与哀怨。

在多少次的幻想和盼望失落以后，完全找不到出路的主人公身心俱伤，哀怨和叹喟让人迅速衰老，白发越来越多，美人迟暮，人寿几何。诗的第四首把逐步积累起来的心理能量推进到一个新的高度去，沉痛而且绝望，几乎不忍卒读。

从某种意义上来说，刘采春的这一组诗超越了歌妓的身份，也超越了诗中所咏叹的商人妇的身份，而能把古代妇女热烈盼望团聚和谐的传统主题提高到一个新的高度。对于老之将至或已至的恐惧也带有普遍的意义，也给读者留下很深的印象。

葛鸦儿《怀良人》

唐代农妇葛鸦儿唱过一首《怀良人》：

> 蓬鬓荆钗世所稀，布裙犹是嫁时衣。
> 胡麻好种无人种，正是归时底不归？

思念外出的丈夫（良人），盼望他早点回来——现在自己孤身一人，完全无心打扮。这些话都说得很质朴，也很容易理解。诗的末句说，该回家来了，为什么还不回来呢？这也很合于人之常情，只是而作为其前提的第三句“胡麻好种无人种”却相当费解，种芝麻为什么一定要等到丈夫回来呢？这中间有什么特别的联系呢？

原来这里有一套民俗在起作用。古人认为种芝麻要夫妇二人一起播种才能长得茂盛收得多，所以有句古老的歇后语说“长老种芝麻，未见得”。明朝人顾元庆在《夷白斋诗话》中首先拈出这条俗谚来解读《怀良人》，给予后代读者很大的启发。

和尚（长老）种芝麻是不会有什么收获的，农妇单身一人来种也是如此。由此可知在古老的观念中夫妇合种芝麻已不单是一种习俗，而且有一种神秘作用隐藏于其中。这个道理，英国著名的民俗学家、文化人类学家詹·乔·弗雷泽曾经有过论述。他的名著《金枝》中辟有专章来讲《两性关系对于植物的影响》，其中说古人及未开化的近人中有一种原始观念，认为人间两性的结合对于草木庄稼的繁茂有一种神秘的感应影响，因此可以用两性交媾为手段来确保大地丰产，这种原始思维在文明人当中也还有许多遗留的痕迹。弗雷泽列举了大量民俗材料来证明这一点，试不妨节选几个例子来看：

> 中美洲的帕帕尔人在向地里播下种子的前四天，丈夫一律同妻子分居，“目的是要保证在下种的前夜，他们能够充分地纵情恣欲。甚至有人被指定在第一批种子下土的时刻同时进行性行为。”……爪哇一些地方，在稻秧孕穗开花结实的季节，农民总要带着自己的妻子到田间

去看望，并且就在地头进行性交。这样做的目的是为了促进作物生长。

……

在乌克兰，圣乔治节那天，乡村牧师穿着法衣，在随从的陪伴下，来到村边的地里，对着刚刚出土的庄稼嫩芽，进行祝福。然后年轻的夫妇们成对地走到新近播过种子的地方，在上面翻滚几次，认为这样可以加速作物生长……德国有些地方谷物收割完毕之后，男男女女都在地里打滚。这大概又是一种更古老更野蛮风俗的衍变，其用意也是想赋予土地以旺盛的生产力，其方法也同很久之前中美帕帕尔人以及现在爪哇种稻农民所采用的方法一样。(《金枝》上册，中国民间文艺出版社 1987 年版，第 207、209 页)

中国唐朝的农民看来更文明一些，他们既不性交也不打滚，只强调夫妇共同播种，古风衍变得更为高雅，而意思仍然完全一样，仍然留存着人与物互相感应的原始思维逻辑。

葛鸦儿借助这种流行而古朴的民俗背景来抒写热烈真挚的夫妇之情，实在是现成而且亲切之至。

列维·布留尔在研究原始思维时很重视弗雷泽的成果，并在此基础上加以生发改造，提出了原始思维的“互渗律”。他写道：“存在物和现象的出现，这个或那个事件的发生，也是在一定的神秘性质的条件下由一个存在物或客体传给另一个的神秘作用的结果。它们取决于被原始人以最多种多样的形式来想象的‘互渗’：如接触、转移、感应、远距离作用，等等。在大量不发达民族中间，野物、鱼类或水果的丰收，正常的季节序代，降雨周期，这一切都与由专人举行的一定仪式相关……”(《原始思维》，商务印书馆 1981 年版，第 70—71 页)芝麻的丰收即与夫妇合种的仪式相关。中国原始思维非常看重感应作用，诗人们由此获得许多灵感。用这个观点去读有关作品，便可以豁然贯通，否则便不免容易浅尝辄止或发生误解。

毛秀惠《乙卯秋，外赴金陵省试不售，诗以慰之》

古代有了科举考试以后，士子赶考便成为社会和家庭里的热门话题，在诗歌中也多有反映；那时女人们没有资格进考场，而对此事亦十分关心，少数会写诗的才女也就以此作为吟咏的题材，其主题大体有三种类型：其一，叮嘱丈夫功名到手以后早早回来：“闻君折得东堂桂，折罢那能不暂归？”(唐·彭伉妻《寄夫》二首之一)——这是“祝愿型”。其二，埋怨丈夫离开自己而去，说这等浮名有什么意思，还不如在家厮守：“千里长安名利客，轻离轻散寻常。难禁三月好风光，满阶芳草绿，一片杏花香。”

（宋·刘彤《临江仙》）——这是“怨恨型”。其三是上述二型的综合，略谓功名虽无意思，但既已去考了，祝夫君早点成功早点回来：“利锁名缰，几阻当年欢笑。更那堪，鳞鸿信杳。蟾枝高折，愿从今须早，莫辜负，凤帏人老！”（宋·孙道绚《风中柳·闺情》）

这三种类型都不免儿女情长，只考虑家庭生活的正常化，而重点在于请求丈夫及早归来——当然最好是成功归来。

可惜科举考试总是僧多粥少，考中的永远是少数，大部分考生一定名落孙山。如果自己的丈夫考不中，则后事将如何？

从这个角度写诗的女人甚少，估计她们是一则伤心一则窃喜欢吧：夫贵妻荣的前景仍然渺茫，不过就这样在家厮守过日子也好。男人一旦科场得意就容易变坏，正如女人一旦情场得意就容易变美一样。

清代太仓女诗人毛秀惠曾经就丈夫落第而回写过三首很有意思的七绝。题作《乙卯秋，外赴金陵省试不售，诗以慰之》，诗云：

新妇竞扫学轻盈，俗艳由来易目成。
谁识天寒倚修竹，亭亭日暮最孤清？

寒女频年织锦机，深闺寂寞掩重扉。
却怜鸩鸟为媒者，空向秋风理嫁衣。

重阳风雨滞幽斋，失意人难作遣怀。
篱菊已花还觅醉，便须沽酒拔金钗。

毛诗角度尖新，立意也很高远。第一首用对比手法写两种妇女，一种是“俗艳”的，打扮合于时尚，容易被人看好。所谓“目成”，出于屈原《九歌·少司命》：“满堂兮美人，忽独与余兮目成。”另一种是高雅的女性，她们如杜甫在《佳人》一诗中形容的那样“幽居在山谷”，寂寞凄清，没有知音。在科举考试中，文章恶俗而时髦者才能合于主考诸公的尊意，真正雅洁脱俗的好文章反因曲高和寡而不得人心，落得个孤苦伶仃、冷冷清清。诗人拐着弯子劝慰丈夫，用心良苦。

第二首写另外两种女人，一种是自甘寂寞的寒女，她们专心纺织，不暇他顾；另一种则是急于出嫁的浮躁浅薄之徒，她们不事纺织而热衷于整理嫁衣裳，可惜又嫁不出去，因为媒人不肯为她们说好话。《离骚》“求女”的部分有句云：“吾令鸩为媒兮，鸩告余以不好。”这里变其意而用之，以科举考试的主考官为媒人，说是只要有这种东西居中作梗，士人想“学成文武艺，货与帝王家”就很难卖得出去了。这里很有些讽喻的意味。言外之意说，老公啊你何必热衷于赶考，像一个急于出嫁而又找不到好媒人的可怜虫呢，不如自甘寂寞定下神来干自己该干的事情。

第三首不用“比兴”，径用“赋”体，直书其事，直抒其情道，现在正是重阳佳节菊花开放的时候，等你回来咱们弄点酒喝喝，为了迎接你的归来，我情愿把头上的金钗拔下来变卖了去换酒——这里化用唐人元稹“泥他沽酒拔金钗”的句意，化被动为主动，可谓神来之笔。这样立言，要比说几句榜上无名，脚下有路之类的劝慰之词高明多了。

毛秀惠其人很有水平。据《苏州府志》，她的诗集题作《女红余艺》，附于其夫王愫（存素）的《朴庐诗稿》之后，有乾隆十六年辛未（1751）刊本。《清诗别裁集》选过毛秀惠几首诗，并介绍说，王愫“娱情画理，不慕荣华；闺中人亦同素心，读其诗，想见其幽居之乐。”话虽不错，但语气不对头。从这三首诗看去，王愫的不慕荣华潜心艺术，正与“闺中人”的劝慰开导大有关系；把毛秀惠看作她丈夫的附庸，未免大错特错。

（顾农：扬州大学教授）

《周易》卦爻辞中体现的女性的社会地位问题*

吴礼敬

摘　要：在对《周易》的翻译和研究中，一些汉学家从西方女性主义的角度出发，关注和探讨了卦爻辞中体现的女性社会地位问题。为了凸显商周时期的女性地位，皮尔逊对《蒙》《姤》《鼎》卦涉及女性的相关内容做出与传统注疏截然不同的解释，她声称这些解释符合商周时期的社会现实。真正采取历史主义方法研究卦爻辞中体现的女性的结婚、生子与离婚现象的当属夏含夷，他的解释在顾颉刚文章的基础上有所发展，一定程度上反映了早期社会的女性命运。雷蒙德、韩子奇的研究在此基础上较全面地提出了对商周时期女性地位的探讨。结合《周易》卦爻辞中涉及女性的内容来看，这些研究和探讨为《周易》卦爻辞的解释提供了新的问题意识和新的视角，有助于实现经典的现代化和全球化，但要从根本上解决卦爻辞的解释问题，获得对商周时期女性社会地位的客观认识，仍然需要更多的材料以及建立在这些材料基础上的合理结论。

关键词：周易　卦爻辞　女性社会地位　翻译　解释

19世纪兴起的西方女权主义，经过20世纪60年代政治运动的洗礼后获得了全面的发展，女性主义者从批判"男性中心"的话语，发展到强调男女性别的差异和女性的独特性，甚至建构出女性一元论的话语，最终实现男女文化话语的互补和多元论意识的接受。可以说西方的女权主义运动是个从冲突与对抗逐步走向对话与和解的过程。在这一过程中，对女性角色、地位和作用的认识不断得以强化。沉浸在女权主义文化氛围中的西方学者，将这种理论眼光和性别意识投射到中国的古代典籍中，会产生一些意想不到的成果。

---

* 基金项目：2018年安徽省哲学社会科学规划项目"诠释学视域下理雅各《易经》译本的特征及影响"（AHSKY2018D102）。

一

2011年，玛格丽特·皮尔逊(Margaret J. Pearson)翻译的《〈易经〉原始》(*The Original I Ching: an Authentic Translation of the Book of Changes*)出版。皮尔逊声称，她要以“懂得中国语言和历史的女学者”身份，为“《易经》的女读者”提供一部译本。[①] 这样的译本自然要凸显其中的性别色彩，因此皮尔逊对卦爻辞中涉及女性的地方，提供了与传统注疏不一样的解释。如《蒙》卦六三爻：“勿用取女。见金夫。不有躬。无攸利。”王弼注解说：“女之为体，正行以待命者也，见刚夫而求之，故曰‘不有躬’也。施之于女，行在不顺，故勿用取女，而无攸利。”[②] 意思是女先求男，违背了传统女性待命而嫁的规矩，属于“非礼而动”，娶之将“无所利益”。程颐进一步解释为“女之从人，当由正礼，乃见人之多金，说而从之，不能保有其身者也。无所往而利矣”[③]。说明女性若有拜金主义思想，那么一定诸事不顺利。皮尔逊的译文为：Do not grab a woman, but seek out someone able to husband wealth. If you do not possess yourself, nothing you do is effective.（不要抢夺女人，而要找能俭省持家的人。如果不能控制自己，无论做什么事都不会有效果。）[④] 把爻辞的叙述对象变成了男性，传统解释对女性的道德要求也一变而为对男性的行为要求。再如《姤》卦的卦辞“女壮，勿用取女”。历代注疏多从爻象出发，认为一阴遇五阳，喻女子过强，不适合做妻子。郑玄说：“一阴承五阳，一女当五男，苟相遇耳，非礼之正，故谓之姤。女壮如是，壮健以淫，故不可娶。妇人以婉娩为其德也。”[⑤] 王弼从卦象引申“施之于人，即女遇男也。一女而遇五男，为壮至甚，故不可取也”[⑥]。朱熹说：“一阴而遇五阳，则女德不贞而壮之甚也。取以自配，必害乎阳，故其象占如此。”[⑦] 大多认为女人“淫壮伤男”，不能娶之为妻。皮尔逊译文为“The woman is great. Do not grab the woman”（这个女人很高贵。不要抢夺这个女人），并添加辅助性的解释：A royal bride [was met with great ceremony], not taken by force.（王室的新娘概以盛大的典礼亲迎，而不是用武力抢夺。）[⑧] 这里的女人不但没有淫壮的毛病，而且身份异常高贵，不能随便抢来做妻子。

① Margaret J. Pearson, *The Original I Ching: an Authentic Translation of the Book of Changes*, North Clarendon: Tuttle Publishing, 2011, p. 12.

② 王弼：《周易注校释》，楼宇烈校释，中华书局2013年版，第22页。

③ 程颐：《周易程氏传》，王孝鱼点校，中华书局2013年版，第29页。

④ Margaret J. Pearson, The Original I Ching, p. 73.

⑤ 李道平：《周易集解纂疏》，中华书局2012年版，第401页。

⑥ 王弼：《周易注校释》，第184页。

⑦ 朱熹：《周易本义》，廖名春点校，中华书局2013年版，第163页。

⑧ Margaret J. Pearson, *The Original I Ching*, p. 176.

再如“妾”字的解释。《鼎》卦初六:“鼎颠趾。利出否。得妾以其子。无咎。”王弼解释说:“取妾以为室主，亦颠趾之义。”[①] 颠趾是指鼎倾覆过来，即做颠倒了。孔颖达的解释更清楚:“妾者侧媵，非正室也。施之于人，正室虽亡，妾犹不得为室主。妾为室主，亦犹鼎之颠趾，而有咎过。妾若有贤子，则母以子贵，以之继室，则得无咎。”[②] 妾的地位非常低下，只能母凭子贵。皮尔逊的译文为“The cauldron is filled to the foot. It is well to expel the negative and to take a partner for the sake of the child. No blame.”(鼎里连鼎足都装满了。为了孩子要把否定的东西排除掉并且和人结伴。没有过失。)[③] “妾”在这里变成了“伙伴”(partner)。整体看来，女性的地位在皮尔逊的译文里得到显著提升，不但“勿用取女”被解释成“不能抢夺女人”，要用“盛大典礼”去迎娶，而且连“妾”也被解释成“伙伴”。皮尔逊认为，早期中国女性的德行和男性一样含义宽广，包括谦逊、自制和明辨等;皇室和贵族的女性地位普遍高于大多数男性;中国社会女性精英的权利和自由随着历史的发展而不断丧失。[④] 因此，她认为自己的译文符合商周时期的历史语境，贴近卦爻辞的“原始含义”(original meaning),[⑤] 真实地反映了当时女性的社会地位。

二

皮尔逊在译本导言里强调，她之所以采取与传统注释不一样的解释，是因为考古发现的成果丰富了我们对上古史的认识，而甲骨文的译解让我们对商周时期的理解已经超越孔子和王弼，他们当时只能依靠传世文献，而传世文献在誊抄过程中不免遭受扭曲错讹，早已迷失本来面貌。[⑥] 皮尔逊对《周易》卦爻辞上古含义的理解，主要依赖顾颉刚和夏含夷(Edward L. Shaughnessy)等人的研究。顾颉刚在《周易卦爻辞中的故事》(1929年)一文里曾指出，“帝乙归妹”可能指帝乙嫁女给文王的故事。他引用甲骨卜辞为例来证明“归妹”是商朝嫁女的称谓，又采用《诗经·大明》的描写作为证据:“文王嘉止，大邦有子。大邦有子，伣天之妹。文定厥祥，亲迎于渭。造舟为梁，不显其光。有命自天，命此文王。于周于京，缵女维莘。长子维行，笃生武王。保右命尔，燮伐大商。”他认为这里说的就是文王娶妻之事，同时还说武王之母为莘国之女。顾颉刚认为周只称商为“大邦”，由此推断文王所娶的“大邦之子”即帝乙之女，后来因为死亡或大归，

① 王弼:《周易注校释》，第186页。
② 李学勤主编:《十三经注疏·周易正义》，北京大学出版社1999年版，第206—207页。
③ Margaret J. Pearson, *The Original I Ching*, p. 192.
④ Margaret J. Pearson, *The Original I Ching*, p. 21, 32, 33.
⑤ Margaret J. Pearson, *The Original I Ching*, p. 9, 35.
⑥ Margaret J. Pearson, *The Original I Ching*, p. 19.

文王才续娶了莘国之女，生下了武王。顾颉刚还认为当初帝乙嫁女给文王是为了和亲，因为周的势力日益壮大，商受其压迫，不得不用和亲以为缓和之计，即使后来续娶的莘国之女也是商王畿内侯国，在商是不得已的亲善之举，而在周则以西夷高攀诸夏，正是他们引以为傲的事，这才在诗中加以传唱。顾颉刚下这些论断的时候很谨慎，一再说明这个故事早已失传，不见于别的古书，他虽找到很多旁证，推理也符合逻辑，但却不肯遽下定论，申明他对《归妹》六五“帝乙归妹，其君之袂不如其娣之袂良”不得其解，猜想是“文王对于所娶的适夫人不及其媵为满意”，但他不敢确信。①

夏含夷在此基础上进一步推理，认为《归妹》卦整卦构成一个连贯的叙事，解释了帝乙嫁女给文王以及最终因为不孕而被遣归的经过。他翻译初九“归妹以娣”为“The marrying maiden with her younger sisters”（出嫁的女孩和她的妹妹们一道），六三“归妹以须，反归以娣”为“The marrying maiden with her older sisters，returns with younger sisters”（出嫁的女孩和她的姐姐们一道，回来时和她的妹妹们一道），九四“归妹愆期，迟归有时”为“The marrying maiden misses her time，she slowly returns to wait”（出嫁的女孩错过时间，慢慢回来等待），六五“帝乙归妹，其君之袂不如其娣之袂良”为“Di Yi marries off his daughter：the primary bride’s sleeves are not as fine as the secondary bride’s”（帝乙嫁女，新娘的衣袖不如陪嫁媵妾的好），上六“女承筐，无实，士刲羊，无血”为“The lady holds the basket：no fruit，the man stabs the sheep：no blood”（夫人拿着筐，没有果实；男人刺羊，没有血）。夏含夷解释说，初九爻说明帝乙嫁女时有她的妹妹陪伴。古代的婚姻并不是一个孤立的事件，出嫁的女子常常会有更年轻的妹妹做伴。初九和九二爻的“跛能履”（the lame is able to walk）和“眇能视”（The blind is able to see），可能象征文王的第二个妻子，即莘侯的女儿，命运得以改变。文王遇到的问题先在九四爻“归妹愆期”里有所反映，肯定指帝乙的女儿有过失，六五爻则直接说明两个人之间的对比，“其君之袂不如其娣之袂良”，“其君”指的是“大邦之子”，“其娣”则是“莘侯之女”，她的服装之所以更好，是为了说明她将是武王之母。上九爻描述了这场婚姻的不幸，如果《大明》这首诗显示文王与帝乙之女的婚姻不成功，那么这里正好交代了其中的原因，很可能因为帝乙之女没能给文王孕育子嗣，这由“无实”两字的暗示可以看出来。夏含夷认为《渐》和《归妹》两卦相连，《渐》卦的主旨是离别和忧伤，九三爻“鸿渐于陆，夫征不复，妇孕不育”和九五爻“鸿渐于陵，妇三岁不孕”都暗示了没有子嗣，这可能正是为《归妹》

① 顾颉刚：《周易卦爻辞中的故事》，顾颉刚编《古史辨》第三册第11—15页，上海古籍出版社1982年影印版。

卦“起兴”，反映了《周易》编者有意识地编纂行为。[①] 在《周易中的结婚、离婚和革命》(*Marriage, Divorce and Revolution：Reading between the Lines of the Book of Changes*) 一文里，夏含夷更加肯定地指出，采用历史主义方法，将《归妹》卦六五爻理解成帝乙嫁女给文王的具体事件，结合整卦内容，不但符合当时的历史情境，而且意思完全可以解释得通。夏含夷刻意提到卫德明（Hellmut Wilhelm，1905—1990）对此爻的解读。卫德明深受顾颉刚的影响，认为商周之间存在巨大的文化差异，商朝的公主既然嫁给周文王，就得穿上西周的礼服，必定极为朴素，而她的陪嫁侍女穿的仍是商朝的华丽盛装，所以相形之下难免显得寒酸，这才是《归妹》九五爻的意思。夏含夷认为这种解释太过坐实字面含义，不承认爻辞作者有任何象征意味的发挥。他认为卫德明把九五爻孤立起来，没有考虑到顾颉刚讨论帝乙嫁女给文王的整个故事，即《诗经·大明》的相应部分。在夏含夷看来，《归妹》卦其实是一个发展了的叙事，也就是说，各爻之间存在叙事上的联系。他指出，莘侯之女是继大邦之子后的续配，从《周易》爻辞可知大邦之子就是帝乙之女，因为商的大邦之子不能给西周王室生下一个继承人，才导致续配这样的事情发生。这就能解释“其君之袂不如其娣之袂良”的象征含义，暗示媵妾较原配更加得宠或更为成功。夏含夷指出，顾颉刚受制于他认为《周易》是选取互不关联的古筮辞记录经过长时间编纂而成的观点，所以他的讨论就只限制在九五一爻。如果综合《归妹》整卦来看，就能找到更多的证据。他引用上六爻“女承筐无实，士刲羊，无血”，指出无实之筐就是指不能怀孕生子的女人，“承筐”在西汉时期就是女阴的委婉说法，而“士刲羊”也有性象征的意味，所以此爻象征的是“其君”(the primary bride) 的筐里没有果实，也就是说大邦之子不能怀孕生育，不能给西周以子嗣。此外，正妻和媵妾之间角色地位的转变，还可以从初九爻的“跛能履”和“眇能视”中看出来。夏含夷指出，《渐》卦的卦辞“女归，吉”、九三爻“夫征不复，妇孕不育”、九五爻“妇三岁不孕，终莫之胜”等，都是和《归妹》同主题的话。“女归”，可以指嫁女或归宁，甚至指大归。这个“归”字在《归妹》卦六三爻“返归”、九四爻“迟归”里也都存在意思不明确的情况，他认为这是编者刻意为之的含混。总之，夏含夷觉得顾颉刚提出的周文王和帝乙之女之间的婚姻没有善终可以给人们带来更多的联想。通过这个事件，《渐》卦的九三、九五爻和《归妹》卦的上六爻，都能被联系在一起考虑。[②]

① Edward L. Shaughnessy, *The Composition of "Zhouyi"*, Ph.D. Thesis, Stanford University, 1983. pp.239-244.

② Edward L. Shaughnessy, "*Marriage, Divorce, and Revolution：Reading between the Lines of the Book of Changes*", *The Journal of Asian Studies*, Vol. 51, No. 3 (Aug., 1992), pp. 587-599.

夏含夷讨论《归妹》和《渐》卦的内容，同样反映出他对商周时期女性地位的关切，只是他的关切和皮尔逊从女性的立场和角度出发得出的解释大不相同，而且他是基于同时期考古材料和《诗经》等传世文献的内容，因此得出的解释也具有较强的说服力。从夏含夷对卦爻辞的解释来看，即使贵为“大邦之子”的帝乙之女，嫁给周文王后，如果不能给周王室诞下子嗣，还是会面临被冷落、遣归甚至死亡的命运。贵族的女性被当成和亲的筹码、陪嫁的媵妾、传宗接代的工具，命运与子嗣密切攸关，这无论如何都不是什么值得夸耀的事。

三

在皮尔逊和夏含夷之后，雷蒙德（Geoffrey Redmond）和韩子奇（Tze-ki Hon）进一步探讨了商周时期的女性地位问题。他们指出，如果剥离后世的阴阳观，那么《周易》中的大部分卦爻辞其实都是性别中立的（gender neutral），既可以回应男性的询问，也可以答复女性的求告。[①]他们结合具体的卦爻辞讨论了商周时期女性的权利和地位。总体而言，当时的女性（通常也包括男性）不能自主选择婚姻，而是交由父母做主，但《屯》卦六二爻“求婚媾，女子贞不字，十年乃字”，则显示女性有时也享有一定程度的婚姻控制权。如果把“贞”字理解成“贞洁”，那么她没有允诺出嫁，而是等到十年后才允诺，就暗示了有些女性可以选择何时结婚，尽管社会可能期待她在婚前一直守贞。卢大荣（Richard Rutt）的译文是“妻子会怀孕，但要等到十年以后”。我们可以想象在前现代的中国，婚后不能很快怀孕的女子处境会很不妙，一般都认为这是女子的错，因此她要承受责罚，尤其是会受到公婆的虐待。卢大荣的译文显示出对久不怀孕的女子的宽容，这在占卜的情境中特别容易解释，即长久期望的结果会出现，但等待的时间会长一些。[②]《蒙》卦六三爻“勿用取女，见金夫，不有躬，无攸利”。这似乎在说特别性感、有吸引力的女性不适合做妻子，它显示出男性对女性外在的性感会感到不自在，或者指周旋于有钱人之间的拜金女不是结婚的好对象。无论怎么理解，这句话都承认女人有欲望，女人性感，或是看中男人的钱财，就不符合男人的期待。在前现代时期，生育的结果不可预知，男性对做父亲的渴望尤其强烈。从进化心理学的角度来看，如果男人的配偶忠诚，而自己却不受约束，那么他的基因就极有可能会传递下去。古代中国实行一夫多妻制，对家境殷实的人而言，这种进化心理学的理论很适

① Geoffrey Redmond，Tze-ki Hon，*Teaching the I Ching*，Oxford：Oxford University Press，2014，p. 82.

② Geoffrey Redmond，Tze-ki Hon，*Teaching the I Ching*，p.84.

用。[①] 他们还以《观》卦六二爻"窥观，利女贞"为例，说明后世注疏怎样给西周时期的卦爻辞添加道德的寓意。西周时期的文本可能只是指"占到此卦有利于女子暗中窥探究竟发生了什么"，这原本只是一个基于描写的中性的判断，但是到了后代逐渐发展出"女性通过门缝窥视，表明女性对事情只有片面的看法，因此只能待在家里"，这就给卦爻辞添加了规定性的内容。卦爻辞本身可能并没有女子见识有限的含义，自然更不能作为女人应待在家里的证据。[②]《归妹》卦的卦爻辞显示了女性在婚姻和家庭中遭遇的各种情况，包括婚嫁的条件、妻妾的争宠、子嗣的烦恼等。当时女人的角色和子嗣、食物有关，男人的角色主要和祭祀有关。[③] 他们认为《姤》卦的卦辞"女壮，勿用取女"既可理解为对强势女人的一种警示，也可理解成对适婚男女的一种告诫。皮尔逊从古代的抢婚习俗入手，认为卦辞说的是王室的新娘不能用抢婚的方式去迎娶，卢大荣则翻译为"这位女性尽管身体健康，仍不适合做妻子"。那么"壮"到底应理解为性格上的"强势"（forceful）还是身体上的"康健"（healthy）？他们认为卢大荣的翻译最简单，也最接近原文。《姤》卦的建议是即使这个女人身体健康也不应该去追求。商周时缺乏有效的医疗措施，女性的预期寿命只有二十五岁左右，因此男性在选择妻室时健康是重中之重，妇女的怀孕顺产对家庭的经济、血脉和精神传承都有非比寻常的意义。联系《易经》的卜筮功能来看，问卜者只会被告诫不要做某事，而不会被告知为什么不能做。卜筮只关心运道好坏，而不关心因果联系。这句话的含义可能是，尽管这个女子身体健康，适合做妻子，但是娶了她对问卜的男人还是不吉利。[④] 雷蒙德和韩子奇还指出，因为婚姻是影响女性生活境况的最重要的一个变量，所以《周易》描述女性时涉及婚姻的爻辞特别多，这也很符合《周易》卦爻辞的实际。

四

根据雷蒙德和韩子奇的描述，结合考古发现的商周时期的材料和《周易》卦爻辞的相关内容，我们可以大致勾勒一下当时的女性的权利和社会地位。

从甲骨文和青铜器铭文来看，殷商时期的女性仍然有着较高的社会地位。据商代甲骨卜辞记载，不少女性地位尊崇，甚至在政治、军事上被委以重任。具体说来，女性可以招募士卒、征伐敌国、抵御外侮，如卜辞有

① Geoffrey Redmond, Tze-ki Hon, *Teaching the I Ching*, pp. 84-85.
② Geoffrey Redmond, Tze-ki Hon, *Teaching the I Ching*, pp. 85-86.
③ Geoffrey Redmond, Tze-ki Hon, *Teaching the I Ching*, pp. 87-88.
④ Geoffrey Redmond, Tze-ki Hon, *Teaching the I Ching*, p.83.

"贞：登帚（妇）好三千，登旅万，乎（呼）伐……"（《英国所藏甲骨集》编号 150 正）；"王共人乎（呼）帚（妇）好伐土方"（编号 9350）；"帚（妇）允其捍"（编号 7006）等，表示殷商时期的女性可以担任武将，和男人一样征战沙场。女性还可以在商王的命令下担任地方长官，处理政务，如卜辞有"乎（呼）帚（妇）来归"（编号 21653），"王令帚好比侯告伐尸方"（编号 6480），"甲戌卜王：余令角帚载朕事"（编号 5495）等，女性可以主持或参加祭祀活动，如卜辞中的"己丑卜，帚石燎爵于南庚"（《小屯南地甲骨》编号 2118），死后还能享受祭祀，如"贞：今庚辰，夕，用鬲小臣三十、小妾三十于帚。九月"（编号 629）。最后一例指用隶小臣及小妾三十作为祭品，可见祭仪的隆重和受祭的女性地位之高。到了西周时期，随着《周礼》为标志的父权制时代的来临，女性的地位逐步下降。女性即使贵为王后，也只能以丈夫的姓或官职、爵位加上父亲的姓氏作为名字，如西周铜器铭文多次提到"王姜"，前面的"王"字表示她是周王的妻子，即王后，后面的"姜"字是她父亲的姓，表示从"姜"姓国家嫁过来的女子，自己并没有名字，而"王姒"就是姒姓国女子嫁入王室为周王配偶，"王妊"也同样如此。徐中舒在《中国古代的父系家庭及其亲属称谓》里指出："自周王朝开始以来，女子出嫁必系以姓，称姓以别于夫家之姓，姓就是外婚制的标记。"周王的妻子这样，其他诸侯、贵族和大臣等的配偶称谓也同样如此，如"庚嬴"就是"嬴姓之女婚而婚于庚者"，"庚"字来源于丈夫，"嬴"字来源于父亲。《庚嬴鼎》铭文"王蔑庚嬴历"（王称赞庚嬴的功绩），《商尊》铭文"帝后赏庚嬴贝卅朋"（帝后赏赐给庚嬴三十朋贝），其中的"庚嬴"即是一位贵族妇人。根据铜器铭文记载，西周从懿王前后实行"媵婚制"或"媵妾制"，《公羊传·庄公十九年》曰："媵者何？诸侯娶一国，则二国往媵之，以侄娣从。"《仪礼·士昏礼》郑玄注："古者嫁女必侄娣从，谓之媵。侄，兄之子，娣，女弟也。"可见陪嫁者不仅有出嫁者的妹妹，还有出嫁者的堂姐妹。当时还为陪嫁的女子制作铜器，如"鲁大司徒子仲白其庶女厉孟姬媵也"。一般主嫁者为正妻，陪嫁者为妾，媵婚制为多妻制，女子地位自然要比男性低。[①]《左传·襄公九年》载有穆姜解释《周易》卦爻辞的一段："穆姜薨于东宫。始往而筮之，遇《艮》之八。史曰：'是谓《艮》之《随》。《随》，其出也，君必速出。'姜曰：'亡！是于《周易》曰：《随》，元、亨、利、贞，无咎。元，体之长也；亨，嘉之会也；利，义之和也；贞，事之干也。体仁足以长人，嘉德足以合礼，利物足以和义，贞固足以干事，然，故不可诬也，是以虽《随》无咎。今我妇人，而与于乱，固在下位，而有不仁，不可谓元。不靖国家，不可谓亨。作而害身，不可谓利。弃位

① 以上材料参见陈曦《从甲骨文、铜器铭文看商周时期女性的地位》，载《中国文化研究》2007 年夏之卷，第 150—154 页。

而姣，不可谓贞。有四德者，《随》而无咎，我皆无之，岂《随》也哉？我则取恶，能无咎乎？必死于此，弗得出矣。”[①] 穆姜是鲁成公的母亲、鲁襄公的祖母。按《左传·成公十六年》的记载，穆姜和叔孙侨如私通，想让鲁成公除掉身边的谋臣季文子和孟献子，用叔孙侨如替代。成公没有答应，穆姜因此非常生气，她恰好看到成公的庶弟公子偃、公子钼经过，就指着这两个人说："女不可，是皆君也。”意思是说她可以废掉鲁成公，改立此两人。[②] 穆姜的计谋最后没有得逞，被软禁在东宫，直到老死。上述襄公九年的卜筮记载，应是指穆姜刚被软禁东宫这段而言。这段记载说明春秋时期的贵族女性能够自由解释《周易》中的文句，并不以巫史的解释为确定和唯一的标准，此其一。其二说明在春秋时期《周易》文本已经完成经典化和文本化的过程，因此穆姜才会对《周易》的文辞这样熟悉，并能对《周易》卦爻辞提出道德化的寓意解释。即使这段记载出于穆姜去世之后，并非真正出自穆姜之口，但它至少真实反映了春秋时期人们对贵族女性的道德期待。所谓穆姜自述的“四德”，既是对君子行为的期盼，也是对女性行为的约束。穆姜说“今我妇人，而与于乱，固在下位，而有不仁，不可谓元”，说明春秋时妇人不可乱政、男尊女卑的思想都已存在，“弃位而姣，不可谓贞”，说明当时对贵族女性的期待是不要背弃本位，穆姜身为太后，私通宣伯，修饰为容，是“弃位而姣”。这些都说明从殷商到西周再到春秋时期，女性的地位日益下降，社会活动的空间日渐缩小。

结合《周易》中涉及女性的卦爻辞来看，我们至少可以得到以下几点认识：

第一，商周时期的贵族女性经常筮占，如《屯》卦六二“女子贞不字，十年乃字”、《观》卦六二“窥观，利女贞”、《蛊》卦九二“干母之蛊，不可贞”、《家人》卦的卦辞“家人，利女贞”、《小畜》上九“既雨既处，尚德载，妇贞，厉”、《恒》六五“恒其德，贞妇人吉”、《既济》六二“妇丧其茀，勿逐，七日得”等，如果我们按照许慎、郑玄、朱熹、罗振玉、李镜池等人的理解，把“贞”字解释为“卜问”，那么上述卦爻辞反映了上古女性卜问的各种场合和情况，说明商周时期女性筮占是较为普遍的现象。

第二，婚姻嫁娶是商周时期的一件大事，经常卜筮以占吉凶。《周易》里的卦爻辞，或者直言婚媾，如《屯》卦六二爻“屯如，邅如，乘马班如，匪寇，婚媾”、六四爻“乘马班如，求婚媾，往吉，无不利”、《蒙》卦九二爻“包蒙，吉，纳妇，吉”、《贲》卦六四爻“贲如，皤如，白马翰如，匪寇，婚媾”、《睽》卦上九爻“匪寇，婚媾，往遇雨则吉”、《震》上六爻“震不于其躬，于其邻，无咎，婚媾有言”；或者言嫁娶活动的吉凶悔吝，如

① 杨伯峻:《春秋左传注》第三册，中华书局2013年版，第964—966页。
② 杨伯峻:《春秋左传注》第二册，中华书局2013年版，第890—891页。

《蒙》六三“勿用娶女，见金夫，不有躬，无攸利”、《咸》卦的卦辞“咸，亨，利贞，取女吉”、《姤》卦的卦辞“女壮，勿用取女”、《大过》九二“枯杨生稊，老夫得其女妻，无不利”、九五“枯杨生华，老妇得其士夫，无咎，无誉”、《渐》卦的卦辞“女归，吉，利贞”、《泰》六五“帝乙归妹，以祉元吉”、《归妹》卦的卦辞“归妹，征凶，无攸利”、初九“归妹以娣，跛能履，征吉”、六三“归妹以须，反归以娣”、九四“归妹愆期，迟归有时”、六五“帝乙归妹，其君之袂不如其娣之袂良，月几望，吉”等。从上述卦爻辞可知，婚姻嫁娶是和女性相关的筮占活动的重要内容。

第三，商周时期实行多妻制和“媵妾制”（即以出嫁者的妹妹或堂妹陪嫁），这从《归妹》卦初九“归妹以娣，跛能履，征吉”、六三爻“归妹以须，反归以娣”、六五爻“帝乙归妹，其君之袂不如其娣之袂良，月几望，吉”、《遯》卦九三爻“系遯，有疾，厉，畜臣妾，吉”、《鼎》卦初六“鼎颠趾，利出否，得妾以其子，无咎”、《剥》卦六五爻“贯鱼，以宫人宠，无不利”等都可以看出来。从《小畜》卦九三爻“舆说辐，夫妻反目”和上述“畜臣妾”“得妾以其子”等爻辞来看，妻的地位要比妾的地位高。

第四，西周时期的婚姻仍以子嗣为重要目的，并且母凭子贵。这从《渐》九三“鸿渐于陆，夫征不复，妇孕不育，凶”、九五“鸿渐于陵，妇三岁不孕，终莫之胜，吉”、《鼎》初六“鼎颠趾，利出否，得妾以其子，无咎”、《晋》卦六二“晋如，愁如，贞吉，受兹介福于其王母”等卦爻辞可以看出。再如《蒙》九二“包蒙，吉，纳妇吉，子克家”和《蛊》初六“干父之蛊，有子考，无咎”等，可以看出女子嫁入夫家后一件重要的事情就是怀孕生子，如果怀孕但孩子没能顺利出生，这是大凶之兆，否则纵使暂时不孕也并无大碍。女性有了子嗣并继承家业或方国以后，母亲甚至她的家族都可借此显贵，这可以从《诗经·大明》里武王之母凭子显贵的例子和《大雅》里周王朝的母亲姜嫄的地位得到佐证。

第五，对女性的分工劳作和行为规范有一定的限制，如《姤》卦的卦辞“女壮，勿用取女”、《蒙》六三“勿用娶女，见金夫，不有躬”、《家人》九三“家人嗃嗃，悔厉，吉，妇子嘻嘻，终吝”可以看出拜金或强势的女人不受欢迎，女子的行为要庄重；《观》卦六二“窥观，利女贞”、《困》卦六三“困于石，据于蒺藜，入于其宫，不见其妻，凶”、《遯》九三“系遯，有疾，厉，畜臣妾，吉”，可以看出女性的活动范围主要是在家中；《归妹》卦上六“女承筐，无实”、《既济》六二“妇丧其茀，勿逐，七日得”，可以看出女子劳作以“承筐”“执茀”等为主。

第六，从《大过》九五“枯杨生华，老妇得其士夫，无咎，无誉”，可见商周时期并未对女性提出从一而终的道德要求；从《蛊》卦九二“干母之蛊，不可贞”、《晋》卦六二“晋如，愁如，贞吉，受兹介福于其王母”以及《小过》六二“过其祖，遇其妣，不及其君，遇其臣，无咎”可以看出，商周时期母亲的地位比较高，但仍不如父亲的地位高，祖母和祖父之间的关系与君臣之间的关系相比拟，可见商周时期实行严格的等级制度。

五

诚如雷蒙德和韩子奇所言，《周易》绝对算不上一部可以反映古代中国女性主义的文本。卦爻辞在涉及女性时常采用描写（descriptive）而不是规定（prescriptive）的手法，它们和后出的注疏大不相同。至于后出的注疏到底是观点的收紧，还是对早期观点更全面的描述，现在已很难判断。我们只能说，女性在道德上被严加要求和约束，那是从宋代开始才被不断强化的观念。[①] 今天我们能否采用女性主义的立场和观点，反推上古时期女性的社会地位，甚至以此为出发点重新解释经典文本的含义，这是个需要谨慎对待的问题。无论怎样，夏含夷、皮尔逊、雷蒙德、韩子奇等人将卦爻辞的含义与前现代时期中国女性的地位问题联系在一起探讨，都是非常有意义的做法，不但为卦爻辞的解读提供了新的视角和新的问题意识，而且还为经典文本的现代化提供了新的关切点和联系。写到这里，笔者不仅想起心理学家荣格（Carl Gustav Jung，1875—1961）提到的一件轶事。在《谈卫礼贤》一文中，荣格说他曾经把《易经》的卜筮活动应用到自己的心理病人身上：“我还记得有个年轻人，一直为‘强势母亲综合征’（Strong Mother Complex）的问题困扰。他很想结婚，也交往了一个看起来很适合结婚的女孩，但他犹豫不决，害怕在心理疾病的作用下，他会再次落到一个‘强势母亲’的掌控中。我就用《易经》给他卜了一卦，占到的卦爻辞是‘女壮，勿用取女’（The maiden is powerful. One should not marry such a maiden.）”[②] 荣格的叙述到这里就结束了，我们无从知晓这个年轻人最终做出的具体决定。从荣格的描述来看，他占到的筮辞和年轻人所处的境况非常吻合。他采用的是卫礼贤（Richard Wilhelm，1873—1930）的《易经》译本。我禁不住想，假如荣格采用的是皮尔逊的译文，即“The woman is great. Do not grab the woman”（这个女孩很伟大，不要草草和她结婚），年轻人的命运会不会因此发生改变呢？人类的命运会以这样的方式产生关联，实在是件感觉奇妙的事。

（吴礼敬：合肥师范学院外国语学院副教授）

---

① Geoffrey Redmond，Tze-ki Hon，*Teaching the I Ching*，p. 90.

② C.G.Jung，On Richard Wilhelm，in *Memories*，*Dreams*，*Reflections*，Appendix IV，recorded and edited by Aniela Jaffe，translated from the German by Richard and Clara Winston，revised edition，New York：Random House，Inc.，1989，p. 374.

纪念与祭奠

我的恩师韦君宜

竹　林

知道韦君宜这个名字是在1978年，我在人民文学出版社修改我的第一部长篇小说《生活的路》的时候。为什么说“知道”？因为我是一个小作者，稿子的事由编辑联系，一般情况下是无缘见到这位大名鼎鼎的出版社总编辑的。

当时全国著名的关于知青问题的昆明会议尚未召开，千百万知青还在农村“战天斗地”。刚刚侥幸回城的我用这部书稿发出了他们的第一声呐喊。这微弱但不失真诚的呐喊，并不能为人们所容纳。一家又一家出版社退了我的稿子，我所工作的单位还因此召开群众大会批判我，使我几乎对生活和前途失去了信心。我以为批判之后接着必定是处分、开除，甚至监禁之类，想不到在一个大地冰封的日子，人民文学出版社当代文学编辑室的负责人孟伟哉以他诗人的激情和敏锐，把早春的信息透露给了我——他肯定了我的这部长篇小说，要我去出版社做一些修改。

住在出版社招待所里，我从早到晚都在面对书稿，而总编辑韦君宜的名字给我留下印象，完全是因为她的儿子都都——招待所的信件报纸由都都分发。有人告诉我，文化大革命开始时都都还是个小娃娃，看到父母被批斗，一下子吓傻了，以后一直不能像正常的孩子那样读书受教育，现在把他安排到这里来，是为了让他跟外界有些接触，锻炼一下心智。他的服务是纯义务的，自带饭票不拿一分工钱。

住在那里的作者都喜欢都都。这个胖胖的白净的大男孩，鼻梁上还斯文地架着副眼镜呢。都都的服务可以说无可挑剔，谁的来信他都会按信封上的名字认真交到手上；谁要发信，交给他也万无一失，甚至可以放心地请他代为封口贴邮票。有时编辑部发给我们一些电影票、戏票之类，他也会兴冲冲地送来：先敲门，得到允许才进屋。哪怕门开着，也不随便往里闯，举止派头，绝对的绅士，让人联想到来自家庭的良好教养。这在那个年代简直很罕见。

在接受都都服务的时候，我常常会忍不住想：这个韦君宜身为总编辑，也不利用职权，给儿子安排个正式工作，倒打发他给我们这些年轻的小作者义务打杂。我们平白无故让人家伺候着，多不好意思啊！我把这个想法讲给别的作者听。听者误会了我的意思，以为我要有什么"表示"，立刻紧张得大叫："别别，你要是有钱，就请我吃一顿，千万别请都都，让他妈知道了，就算犯纪律了，他要受罚的。"见我一脸茫然，又道，"老太太有一条铁硬的规矩——她绝不接受作者的礼物，谁送她生谁的气。有一次，一个外地作者带了点土特产给她，她一下子就扔出去了，连一点面子也不给。"

我本来已买好了一个硬面笔记本，题了词，想临走时送给都都。听他这一说，我就吓得没敢拿出来。我把我的感谢锁进了心扉。直到稿子改毕离开北京，我也还没见过韦君宜。但文学殿堂的神圣之光，似乎已伴随着这个名字让我伸手可触，我的心灵得到了一种净化。

然而，我的稿子虽然改得很令有关编辑满意，依然迟迟不能出版，原因是社内有人说这是一株反对上山下乡的大毒草。问题提到了政治高度，书稿的命运就前途未卜了。孟伟哉无奈地告诉我，为了争取出版，他已尽了最大的努力，结果怎样就要看上面的了。

所谓"上面"，应该就是总编辑韦君宜了。我很想写封信把自己的困境告诉她——因为得知我这部书稿有可能出版，我所在单位已经给很多报纸杂志出版社发了盖着公章的信函，说我这个人政治思想有问题，不能出版我的书或发表我的作品。现在，书稿如果不能出版，就说明我真的有政治问题了！二十多岁就背上个"政治问题"，日后还有路可走吗？

再一想，他们既然已给那么多不相干的部门都发了信，怎么会放过人民文学出版社呢？而韦君宜又是那样一个原则性强得近乎怪癖的人，对她来说，肯定会认为盖着单位图章的公函比一个素不相识的小姑娘的申诉可信得多。

这样一来我的心就冷了半截。日子一天天挨过，在上海阴湿的严冬中我万念俱灰。忽一日我收到了一封来自人民文学出版社的信，拆信的时候我的手直发抖：没有去信怎么会有回信？莫不是正式通知我退稿？但是，就像春风能吹落绿叶也能吹绽花苞一样，貌似退稿签的油印字体向我传达了截然不同的消息——通知我去参加人民文学出版社将要召开的"全国部分中长篇小说作者座谈会"。

在北京友谊宾馆温暖如春的会议大厅里，我第一次见到了韦君宜。她坐在高高的主席台上，短发齐耳，五官轮廓分明，一身蓝布衣裤朴素大方，一口京腔干脆利落，很有几分飒爽英姿。

我还把敬仰的目光投向自童年时代就崇拜的茅盾先生。茅盾先生坐在主席台中央，跟神采奕奕的韦君宜不同，他显得衰老、温和、慈祥。他那带着浓重浙江口音的普通话让我这个祖籍浙江的人听起来格外亲切，感觉仿佛是我的爷爷；特别是，当他因为力气不足而微微咳喘的时候，我真想上去给他捶捶背。突然我听到他提到了我的小说，他说："最近，我看了《娟娟啊娟娟……》的详细提纲（当时，我的那部长篇《生活的路》曾按出版社的要求改名《娟娟啊娟娟……》，出书时我又坚持改了回来）。小说如果写得好的话，是会很感人的。我祝它早日问世。"

一时间我有些茫然："看了提纲"，这是什么意思？我可没写什么提纲。茅盾先生他看的提纲，又是谁写的呢？不过，"祝它早日问世"——就是说，我的小说出版没问题了！巨大的喜悦冲击着我，我有些晕了。还没等我回过神来，又听见茅盾先生在呼唤我的名字。他叫我上台去，说是要跟我见见面，说几句话。我更晕了。我想我在这样一位大文学家面前能说什么话？我的手往哪儿放？我的眼往哪儿看？我惊慌失措，低着头不敢动一动。

这时主持会议的严文井社长一再催促，可越催促我把头压得越低。在这样的尴尬中，幸亏冯骥才昂首阔步走上台去，代表与会者向茅盾先生致意，也为我解了围。

散会后进餐厅吃饭，韦君宜突然出现在我身边："你怎么搞的？叫你上去你为什么不上去？"

这是我第一次跟韦君宜讲话——确切地说，是她第一次跟我讲话，因为我还没有来得及跟她打过招呼，她就先来责问我了。我张口结舌，不知该怎么回答她。可她烁亮的目光透过深度近视眼镜片逼视着我，让我无可回避："我……我只是害怕，真对不起……"

"这有什么好怕的。"她摇摇头，一副不以为然的样子，"你就是一时想不起来说什么，也该上去向茅盾同志问个好，这是礼貌嘛。"

她的京腔字字干脆，全然不顾我的窘态。我懊丧得又抬不起头了。她这才放缓了口气："我是替你惋惜。惋惜你失去了这么好的一次机会——也许你此生不会再有这样的机会了。"

果然，一年多以后茅盾先生便溘然长逝。在悲痛之余，我不能不体会到貌似严厉的韦君宜对一个年轻作者所寄予的深厚期望。而直到十几年后，在人民文学出版社召开我的长篇小说《女巫》的研讨会上，听了老社长李曙光同志的发言我才知道，当时为了出版我的这部小说，韦君宜和孟伟哉筹划了那份"提纲"，还亲自送到茅盾先生家里请他审阅。同时，提纲还送给了周扬等当时文艺界的几位主要领导。经他们的努力，终于使人民文学出版社的这个"全国部分中长篇小说作者座谈会"与中央关于解放思想的全国理论工作务虚会几乎同时召开，成为粉碎“四人帮”后文艺思想解放的第一声春雷。然而，我那时只是一个傻乎乎的小丫头，被生活压得抬不起头来，哪里知道这些呢？

从北京开完会回到上海，单位仍未放松对我的压力，他们宣称要对我“秋后算账”。

就在傻乎乎的我又被压得喘不过气来的时候，我在《光明日报》和《中国青年报》上看到了韦君宜全力支持我这部小说的长篇评论文章，接着又收到了寄自北京的散发着油墨清香的样书……至于在此期间韦君宜同志付出了怎样的努力，她从未对我说过。

就在我的书出版之际，全国知青开始大返城了。书由国家一流的出版社出版，又有大量媒体的报道，我的所谓“政治问题”也就不攻自破了。不过在那个年代，可以置人于死地的武器还有很多。抓“政治”问题不灵了，那就换个方向整你，于是就编造流言蜚语，四处散布。而这对于一个未婚女子的杀伤力，也不比“政治”小。我求告无门，就给韦君宜写了一封长信。我这么做并不是要她帮我解决什么问题，只是希望得到一份理解。没有想到她在不久召开的第四次全国文代会上为我做了一个专题发言，发出了支持和帮助青年作者的热切呼吁。一句同情话也没对我说，她却给了我切切实实的支持。同时，也由于人民文学出版社的推荐，我在 1980 年春来到北京，进了“文革”后全国作协举办的第一期文学讲习所学习。学习期间，我去看过她几次，每次她都细细地问我的生活情况，关爱之情流露在眼角眉梢。到 10 月份学习结束，我去告别时，她出差了，却留下话说，叫我别急着回去，在北京多看看多玩玩，要是没处住，可以住在她的办公室里。于是我就真的住进了她的办公室。在那个秋天，北京没有像现在这么多豪华的娱乐去处，但我看到了这个城市最清澈的蓝天和最斑斓的红叶，还有北海的碧波，闪着最温柔动人的光彩……

从北京回来，无处栖身的我在市郊农村流浪。没有安身之处的流浪跟在纸上寻找“精神家园”的“流浪”不同，没有什么“诗意”可言。一位乡村中学的校长收留了我，并在他的学校图书馆的书库里用布帘为我隔出一块地方，让我安下了一张书桌。

我在这张学生用的课桌上铺开稿纸写作。周围堆满了旧书，空气里弥漫着淡淡的灰尘味。我与外界隔绝了。在这样的阻隔中，我很寂寞，清贫、孤独而寂寞。但我咬紧牙关，继续我的笔耕。外面，辽阔的田野上，秋意正一天天加深：每一阵风中都有泛黄的叶子飘离生命的枝干，每一个早晨都有湿冷的雾气凝聚在河边的树梢上久久不散。有时太阳早已升得高高，雾却仍似千军万马奔腾而来，在瞬间遮掩了一切：万物的色彩、线条，甚至琐碎的声音都消失了——雾营造出一个虚幻空无的世界。我常常在这样的时候撩开布帘走进虚空，生活中的一切荣辱、苦难便都在这虚幻中淡忘，甚至自己这个承载生命的躯体也似在虚幻中消化为零。我不知是这个世界遗忘了我，还是我遗忘了这个世界。在遗忘和被遗忘的双重悲哀中我踽踽独行。一天，一辆老式吉普车突然剪破浓雾穿过虚无闯入我的视野，我侧身注目，不知道这是幻觉还是海市蜃楼？

就在这时，车停了，车门开处，走下一位老太太，短发齐耳，身着中式对襟袄，像极了韦君宜，正由一位年轻男子搀着，指指点点，不知在说什么；接着，车上又下来两个人，也眼熟得仿佛是我的朋友，比比画画，也在说着什么——影影绰绰，我好像在看一场黑白电影。但我一时搞不清楚这“电影”是梦还是真；是曾经历过的某个场景在这弥天大雾里的再现，还是我渴盼中的一幕被幻觉描画成一幅具象？

“竹林——”

老太太在喊我呢，那么熟悉、亲切、动情的京腔，我仍不敢相信自己的耳朵。

“竹林——”

她径直向我走来，雾的帷幕不能再遮掩她的面目，只凝结成一些极小的水珠在她的鬓角边、镜片上闪闪烁烁，隐匿的太阳在这一刻露出了笑脸。韦君宜！真的是韦君宜！

那一刻我直挺挺地站着，热浪自心底汹涌泛起，使我不能自持。我完全不知自己该说什么，做什么，像傻瓜一样站着一动不动。

“竹林，可把你找到了！”韦君宜已来到我跟前，声声呼唤如母亲找到了她走失的女儿。迷雾在我周围散尽，金秋的阳光洗出了一片湛蓝的天空。我努力把涌起的热泪咽下，一面慌张地捋齐头上的乱发，抻平衣上的皱褶，我要让她看到一个乐观、整洁、充满自信的自己，就像每次我所看到的她那样。

于是我咧开嘴笑。我笑的时候嗓子里依然有股热辣辣的东西在冒，但我依然努力。我相信自己笑得很好。我的快乐是由衷的。不过我奇怪地发现韦君宜神情黯然，脸色黄而憔悴，仔细端详，她好像一下子老了十岁，头发显出了灰白，腰板也不再挺直，原先那种精神抖擞的样子已被一种难以言状的衰老、疲惫所代替。

朋友告诉我，是她的老伴杨述先生去世了。杨述是文化界一位颇有名望的老同志，他的去世报上曾有报道，我看到过的，我甚至也知道都都姓杨；可我不知道他就是韦君宜的丈夫。之前没有人跟我讲过，她更不曾告诉过我……一时我不知自己该说什么，做什么；事实上无论说什么、做什么都不能帮她一丝一毫……只有她给了我无尽的关爱和帮助！

痛苦的沉默，还是被她打破。她说：“我这次到上海，是纯私人性质，所以没有麻烦任何人，任何单位，也不去看任何人，我只到你这里来，看看你。”

一开口就开宗明义，还是那么干脆利落。眉宇间的刚毅坚强，表明韦君宜还是韦君宜。我说不出别的话，唯有一个劲地点头。潮起潮落，月缺月圆，太阳在每个早晨为大地加冕，我的生命之杯因这份重恩而满溢。即使缺乏四季的雨露，心田也会永远地湿润着。我想到这儿附近有座历史悠久的小公园叫古猗园，是著名的江南园林，此刻秋菊正盛开，我提出要陪她去那儿玩玩，让我们踏着绿苍苍的林中幽径，走进一片绚丽的秋光；语言无能为力的，就由青草、阳光、君临乡野的风和深秋大自然最后的笑靥来抚慰她。

可是韦君宜却说：“不，我可不是来逛公园的，我要看看你的住处。”

她还是那么严肃那么固执，严肃固执得好像党的领导同志在视察工作。我想这怎么办？我不愿让她钻进我的布帘子，嗅那里的灰尘味。再说在那里我让她坐在什么地方？我把求援的目光投向了我的两个朋友。忽然想到，我竟还不知道韦君宜怎么跟他们联络上的，又是怎么找到这里来的？两个朋友一点不知道我的心思，却把我拉到一边，劝我说：“老太太要到你的住处去，你就带她去嘛。”

“是啊，她的脾气，这回我可领教了。”另一个接着说。

“到底怎么回事嘛？”我嘟嘟囔囔地悄悄问。

“你问他——”一个指着另一个。“他给我打电话，让我给搞辆车，我就跟我们厂长说了一下。厂长今天骑自行车上班，让出他的这辆老式吉普车来给老太太坐，好大的面子呢。想不到老太太不肯坐，还发了脾气，说只要乘公共汽车。”

“是这样——”另一个解释道，“老太太的女婿给我打电话，说韦君宜到上海来了，到处找不到你，向我打听你地址，说要来看你。我知道你这地方不好找，就想与文艺部门联系部车子，可老太太知道了坚决不许。说这次她来上海纯粹是私人性质，住在亲戚家，不见文艺界的人，不坐文艺界的车；说要乘公共汽车来看你。可这长途公共汽车这么挤，一路上要倒好几次车，我们这样的年轻人也吃不消，她这把年纪又是高血压，我只好请他帮忙弄了这么一辆车。老太太事先不知道，是我私下跟他女婿串通好的。难怪车开到时，老太太要发脾气……”

我终于无话。我想我只有服从——在韦君宜面前，除了服从我别无选择。于是我扶着她——不，是她牵着我；也不，我们相依相偎，看了我那间宿舍兼书房的书库，又去见了校长和教导主任。校长搬来一张椅子请她坐。她却将椅子往后推了一下，然后毕恭毕敬地朝校长、教导主任深深地鞠了一躬，一字一句地说：“谢谢你们，我代表文艺界谢谢你们。虽然条件不太好，但你们支持了一个青年作者。我们文艺界有些同志，应该对此感到脸红。”

许多年后，我曾在为一家报纸写的短文中提到韦君宜的这段话，发稿时编辑把“代表文艺界”删去了。我未持异议。因为从严格的逻辑意义上讲，当时韦君宜能“代表”人民文学出版社，却并不能代表文艺界。然而在我的心中，韦君宜所“代表”的，已远远超出了小小的“文艺界”。她“代表”了什么，我至今不能下一个明确的定义。也许出于工作习惯，她那天说话时打了一个小小的“官腔”，而除去这“官腔”的外壳，其内核却是一颗仁慈的母亲的心！至今我还常常翻看那次她来看我时所拍的一张照片——照片上的我居然在荡秋千（照片是在古猗园拍的，我带大家在那里午餐）。我一身暗淡的旧衣裤，却奋力向上荡去；蓝天、白云，大自然最纯粹的色彩落在眼底，于是笑容里有了阳光的灿烂。而韦君宜则静静地站在秋千架旁，仰面望着我，那慈爱温和的目光里尚有几分赞许、几分鼓励和几分期待，并不急切但让我感到一种鞭策的力量和踏实的依靠。于是年复一年我就在这片韦君宜曾涉足过的土地上辛勤耕耘，并不问收获。而当终于有机会去北京探望她老人家时，却是十年以后了。

1990 年的秋天，隔了十年的岁月再踏上北京的街巷，新的繁荣映衬着我心底的沧桑。韦君宜早已离休，并且因为脑溢血而偏瘫。我急急地向人民文学出版社打听了她的住址，又匆匆上街买食品，忽然想到，这还是第一次去她家呢。当然，也是第一次打破禁忌可以送她一点礼物了。她不再是社长、总编辑，我也不再是她的作者；我们彼此只代表一个简单的“自己”，这种关系使我感到些许的轻松。可在轻松的同时，却是更深的沉重和酸涩。甚至当我在水果摊前转来转去的时候，竟下意识地东张西望，生怕碰到熟人。我在心底承认自己俗而又俗，可是除了俗而又俗的礼节，我还能做些什么呢？我既非大款又非名流，我什么也不能为她做，这几乎是一开始就注定了的宿命，我的悲哀。于是我眼一闭，干脆就俗到底了。我把已挑好的一兜梨退了回去，因为梨有“分离”之嫌，不可送病人。我要了红艳艳的苹果，这是平安之兆；要了圆滚滚的橘子，这是吉祥之意；要了黄澄澄的香蕉，因为它来自充满阳光的南方……我大包小包拎上了楼，举手敲门之际，心紧张得“咚咚”直跳，不知十年时光加上病魔的肆虐，我的恩师韦君宜，她现在……怎么样了？

果然，来开门的是小保姆。我顾不上多问，就急忙跨了进去，一抬头，只见长长走廊的另一头，她正一步步向我走来。也许要说“走”并不确切，因为她是在依靠着助步器一点点地挪动过来，但毕竟并未如我所想象的那样躺在床上。我既激动又辛酸，把手里的那堆“俗物”一撂就扑上去：“您坐，您坐，歇一会儿！”

她摇摇头，又摆摆手，颤巍巍地抬起一条腿，继续艰难地往前挪动着，好像根本没有听见我在说什么似的。我惶惑了。我望着这一张微黄憔悴的脸和裹在一身厚厚的棉衣裤里的瘦小身躯（当时我只穿了一件薄羊毛衫）——难道她不认识我了？不，她的眼神依然闪亮，而且一开始分明向我投来了惊喜的一瞥，只是为了全力对付不听使唤的腿，才微微垂下了头，让纷披的头发遮掩了目光。可是，她为什么不肯停下来呢？

我犹豫着该不该报出自己的名字。这时小保姆对我说："奶奶请你到屋里去坐，她一天要走二十个来回，今天还没走完，请你先等一会儿。"

原来这样！我轻轻地松了口气，接过了小保姆泡的茶，环视空荡荡的房间，只见除了简朴的单人小床和写字台以外，可以说别无长物，眼下流行的那些时髦高档的用具一样也没有。我坐不住了，站起来想去搀扶她。小保姆却在旁说："奶奶要自己走的，不要人帮助。"于是我只好坐下，坐在那里眼睁睁地望着她从走廊的这一头"走"到另一头，每一步都竭尽全部力量。可是她依然在走，不停顿地走，拒绝一切扶持，义无反顾地向前，歪斜的脚步里写着生命的庄严、端正和顽强。也许人生的旅程漫长痛苦得没有尽头，可是，她不会轻易停下自己的脚步。

看着韦君宜的脚步，我不由得想到了自己。在以往的那些困境里，我是怎样在韦君宜的扶持下一步步走过来的。我又一次站起来，走向韦君宜，没有伸手去扶，只是默默地走在她身边，陪着她缓缓地、缓缓地走了一个来回，又一个来回；看着她用力拼搏的样子，咬着牙暗暗替她使劲、再使劲；如果心灵有感应，那么，愿我的血管里流动的热血，能在她的血管里回旋激荡，为她软弱的肢体注入一些新的生命的活力。

终于，她站定下来，汗涔涔地，坐在椅子上喘息未定，就大声问我："你还是一个人吗？"

我点头："是……"

她又问："你怎么搞的，早该成家了！"

我又点点头："是……"

我们谈了一个多小时，谈的全是关于我，我的生活、我的写作……她绝口不提自己的病，我竟也不敢问。在我面前她仿佛在弹奏一首最强盛的"命运交响曲"，只有腾飞只有超越只有磅礴的气势。

说话间她上了一次卫生间。我见她努力地扣一粒纽扣，可是扣了几次，都不能如愿。她的手好像一点也使不上劲，没法将纽扣送到扣眼里去。于是我上前替她扣上了。这回她欣然接受了我的帮助。在这一瞬间，我感到她软弱无助得像一个孩子。我多想留在她身边，照顾她，伺候她，为她做一切琐碎的事。但我却不得不告辞了。我说："明年春天，我再来看你。"我这么说的时候，她没有反应。好像不置可否，又好像根本没听见我说的什么。我还想说什么，只见她轻轻地又好像漫不经心地摇了一下头："不知明年还能不能见到你！”

她的声音前所未有的嘶哑和纤细，我好像被当头敲了一棒，心里发出激烈的抗拒：“不！不！”我跑到外面，回头仰望那高耸的灰楼，隐忍了许久的泪水终于倾泻而出，但心依然在抗拒：“不！不！”

我找到了《当代》杂志的负责人何启治，谈话间他告诉我江苏有一家康复中心，对于治疗中风后的偏瘫很有办法。我一听来了精神，因为老何说的地方离我的住处不远，我想可以把韦君宜接来治疗。我跟老何认真研究了好久，但终因种种因素而作罢，甚至未跟她本人提及。老何还问我有没有看到老太太屋里的一只红颜色的公鸡，我说我没在意。他告诉我这是天津女作家张曼菱送的。张曼菱觉得老太太房间太缺少色彩了，所以买了一只鲜红的公鸡让她挂在墙上。一句话提醒了我，以后，当我去莫斯科访问时，在冰天雪地里寻寻觅觅，终于在物品极匮乏的商店里觅到了一套色彩艳丽、造型朴拙、具有典型俄罗斯风格的套娃。回到北京后我就赶紧把套娃给韦君宜捧去了。

1993 年 4 月，人民文学出版社召开我的长篇小说《女巫》研讨会，会后我又去看望韦君宜。可那天不知怎么搞的，我坐车过了站，下车后转来转去找不到她的家了。一排排楼房从这里数到那里，怎么也数不到那个号。明明来过好几次，明明很相似的灰楼，可我要找的那一幢却奇迹般消失了。是上天在跟我开玩笑，还是在向我预示着什么？夜幕中我急出了一身汗。大约找了一个多小时，我终于放弃努力，很不好意思地打了个公用电话过去，报出自己的方位，再根据指点来到她家。

这时已是晚上九点，韦君宜已上床躺下，脚垫得很高，头却低了下去（据说这是医生的嘱咐），她在低了下去的枕上睁着两眼，目光炯炯精神很好：“我已经等了你一个小时了！”

我赶紧把提在手里的糕点撂到一旁，把一本《女巫》呈上。她接过后开心地一笑，随即伸出两根手指：“我已经有了两本，两本！”见我愣着，她又晃了晃伸出的手指解释：“一本是出版社送来的；现在你又给我一本！”

看着她得意的样子，我也高兴起来，坐在她旁边笑着谈着。这个晚上她显得开朗活泼，言语神态间有一种返老还童般的天真的孩子气。她甚至极神秘地压低了嗓门，悄悄地对我说：“我告诉你一个秘密。”我忙问什么秘密，她又不说了，一味叮嘱，“你可不要告诉别人啊！”我忙一再保证，她这才悄悄地、一字一句地说：“我还在写小说，写长篇小说！”

果然在来年春天，我收到了新出版的韦君宜的长篇小说《露沙的路》，抚摩这本散发着油墨清香的新书，谁能想象这是由一只衰弱得连纽扣也扣不上的手一字一句写下的？这部描写一位富家小姐背叛家庭走上革命道路的长篇小说，无疑是她一生命运的真实写照（也是那一代激进青年的缩影）。

70年代末，她曾无私无畏地支持出版我的《生活的路》——每一代青年都有自己的故事，自己的路，自己的痛苦和欢乐，自己的沉迷和抗争。历史纷纷扰扰，一代又一代人的脚步参差错落地踏过。也许生命的意义不在于选择什么样的道路，而在于心灵的完善。

但韦君宜的病却日趋严重了。1995年初夏时分，我再一次来到北京。北京的六月，处处是盛开的红蔷薇，并且被宫墙、绿柳、摩天高楼和一座座大河波浪般起伏的立交桥所衬托，那娇媚的笑靥里就也溢出一股明朗的阳刚之气，与笼压在雨雾里的江南羞涩的姿态迥然不同。况且，初夏之后还有盛夏，盛夏之后还有早秋……生命仿佛无穷无尽，永远不乏最热烈的阳光。我就在这样的背景下拨通了韦君宜家的电话。我买好了鲜花、水果，准备放下电话就去。可是电话那边响起的是陌生的声音，告诉我说韦君宜现在不在家里。

不在家？哦，六月阳光激活了一个老年人的生命活力，她出门了？

但是没容我高兴，对方接着说，她在协和医院。

我愣了一下，心陡然沉下去——尽管这本是早该在意料中的事。那边又报了房间、床号，仿佛猜透了我的心思似的，最后犹犹豫豫地提醒：她有时神志不太清楚，不知还能不能认出你来。

放下电话我就明白，我所买的这一大堆食品已经无用，甚至鲜花也属多余——记得哪本杂志上说过，鲜花对病人不宜，特别是危重病人。况且医院不比家里，探视有严格的时间规定，我不能拔腿就去。恰巧又有些别的事，便耽搁了一日，其间见到老作家萧乾先生，他说他有车可以送我去协和医院，但条件是他也去，也就是说他带我去。因为他的车是公车，不好随便让我去办私事，而他老人家自己坐上去性质就不一样了。我完全理解萧老的幽默和好意，可是无论从年龄、健康和辈分来考虑，这都有些不妥。所以我一再拒绝，可是他却正色道："韦君宜也是我所尊敬的一位女性，我愿意去看看她。"于是我们一起驱车前往协和医院。

这是六月最后的一天，阳光洗净了天空的每一缕云彩，暖融融地照射下来。我扶着八十五岁的萧乾先生穿过走廊，上了电梯，又走了一段楼梯，终于走进了病房。不大的房间里，韦君宜躺在靠近门的病床上，双目紧闭昏睡着，身上插满了各种管子。我上前欲呼唤，萧乾一个手势阻止了我："别吵醒她！"

我不解地望着他，只见这位比韦君宜还长了近十岁的老人一声不吭，慢慢从口袋里掏出一本蓝色封面的书，弯腰放在韦君宜旁边的床头柜上——这是他最近出版的新书《一个中国记者看二战》。这本书里有他前半生驰骋欧洲战场的辉煌，也有他后半生对这个世界充满智慧的洞察和反思。这本书在高高矮矮的药瓶茶杯的背景下显得醒目，一种既庄严又富有亲切意味的醒目。我受到感动，也从包里取出自己的一本书，放在那上面。我这本书的题目是《挚爱在人间》，不久前出版的，这本小说里浸润着我平凡的生命所经历的风风雨雨。

韦君宜依然躺着，无知无觉，蜡样的脸上异乎寻常地宁静，有一种凝固的雕塑感。她不知道堪称她前辈的萧乾先生站在这里，为她送上自己的著作；也不知道作为晚辈的我肃立在此，恭敬地献上了自己的又一本新书；她什么也不知道。往事一幕幕出现在我眼前，如烟如雾，如泣如诉，丝丝缕缕点点滴滴都在心头。但我什么也不能告诉她了。我只感到，恩师慈母般的关爱，已化作巨大的力量，满溢了我生命的酒杯……

我们默默地站了很久，仿佛在履行一个仪式。

在最后一刻，我也没有放弃她突然醒来与我们交谈的希望。但是奇迹并没有出现。我们不得不转身离去。我扶着萧老走出病房，因为长时间站立，老人的脚步有点儿踉跄，我很努力地扶着。在医院的长廊里，幽暗的光线使我恍惚。我似乎看到韦君宜扶着助步器一步步向我走过来——穿过许多场景许多年代，她向我走来；在深秋的弥天大雾中，她向我走来；在初夏的明媚晴空下，她向我走来。在我生命不同的境遇不同的坎坷中，我用文字谱写自己的乐章；而在这些乐章里，她的足音为我构筑了铿锵有力的旋律。

扶萧老上了车，我不由得再次转回病房，像成熟的稻麦俯首感恩大地，像载不动水分的雨云沉沉低垂，我站在韦君宜的床前深深地、深深地鞠躬……

（竹林：知名作家）

比月亮圣洁温柔而灿烂的云姊姊

——悼念黄庆云女士

阎纯德

2018年9月20日中午，我们敬爱的黄庆云女士在香港玛嘉烈医院仙逝。这个噩耗是由她的作家女儿蜜蜜泣告林曼叔先生又转告我的。得知噩耗，当日夜里我便做了一个梦：从20世纪40年代开始，经历了七十多年一代一代的“儿童”，像大海一样浩瀚的人群，呼唤着，“云姊姊，云姊姊，你不能走，不能走啊……”

这凄婉而哀伤的声音把我从梦里叫醒，我的眼睛浸出了泪水。这时，我想起得到的“泣告”——是的，她走了，这是真的。

尽管我知道，人人都应笑看生死，可是面对无常的世界和人生，当自己遭遇敬重的朋友、作家、学者离去的噩耗，再坦然、再坚强的人也无法拦住突然袭来的悲伤。

我思忖着，为什么上帝非要把我们敬爱的云姊姊叫走？难道，天国也需要比月亮还圣洁、温柔而灿烂的云姊姊吗？有一个声音不无沉重而又微笑着对我说：“嗨，云姊姊不会走的，你们都放心吧，她会一直陪伴着一代一代的孩子……”

这时，我想起第一次见到云姊姊的情景：1979年10月30日至11月16日，北京召开中国文学艺术工作者第四次代表大会，那是十年浩劫之后中国文学艺术界彻底否定“极左”路线、回归文艺以自身规律和发展的拨乱反正，为中国文艺沿着“二为”方向和“双百”方针健康发展奠定思想理论基础誓师大会。那次大会，我作为列席代表，在一次小组讨论会的休息时，我跑到冰心身边，与其说话的正是我们的云姊姊。为了《中国文学家辞典》的编撰，我递给她一纸“作家调查提纲”，并有了彼此的第一次简短的交谈。

我那时拜访作家，是为了探究其深层的生活履历，了解其创作历程和艺术轨迹。在我的《文坛日记》里，那一次，记载着她第一次留给我的印象：

我在北京第一次见到黄庆云，那时，她还年轻。一双大眼睛，一只像太阳，一只像月亮；她的高雅冰洁，又使人觉得她像一篇长长的童话，或是一个悠长悠长的故事。那一次，她对我说："我从写作的第一天起，就是为了孩子。至今，我还探索着，用我的笔，用我的心……"

我曾多次写信请教她创作上的一些问题，她总是有信必复。这是她做人的原则。

在北京，我们还见过一次，听她讲述祖父如何在南洋奋斗，由贫而富，回广州置买家产；正当祖父的事业如日中天之时，却不幸四十而殁；那时她虽然只有六岁，却亲眼看到冰山一样大的家庭倾倒的全过程。她总结自己童年说："我的童年既不算寂寞，也不算幸福，加上一个参加革命的姑姑惨遭杀害，在那个动荡的时代，我们不得不离开广州，先新界，再香港城市。"

她如数家珍般讲述了她的像梦一样的童年、留学日本归来的父亲、师范学校毕业的妈妈，以及与她的文学生涯极为密切的两个姐姐如何以"两姐妹"为总题搭建的"故事会"，那些她们三姊妹自编的故事却是她文学生涯的起点。1931 年，日本入侵东北时她十一岁，她家又搬回广州。有科学兴趣的她，却偏爱着文学和绘画，夏丏尊所译意大利文学名著《爱的教育》，"少年笔耕"和"五千里寻母"，读得她热泪盈眶。茅盾和鲁迅的作品，张天翼、叶圣陶的童话，都是她喜爱的作品。关于"救救孩子"，她也一而再再而三地思考，"救救孩子"，究竟这孩子该如何去救？连那个臭名昭著的墨索里尼都懂得"谁有青年，谁有希望"。那时日本的教科书宣扬的是如何攫取中国的东北，我们的教科书宣扬的却是"二十四孝"。

十五岁考入中山大学中文系的黄庆云，那时已经清醒地走出了传统意识，懂得了一个人首先要爱自己的国家；现实使她决心要像俄国诗人、童话作家爱罗先珂那样疾呼："要叫孩子们像小老虎一样，冲出狭小的笼子，寻找迟来的春天。"

1938 年广州沦陷后，她又到香港，借读岭南大学，在人生何去何从的十字路口，她没有犹豫，除了钻研教育理论，就是依然到儿童中去，参加当地的儿童剧场运动，给孩子们讲解《古代英雄的石像》《秃秃大王》，启发儿童的反抗意识。香港大学的马鉴教授，创办小童会，收容无家可归的流浪儿童，以及那些擦皮鞋、捡破烂的孩子，她就为这些社会底层的孩子讲故事，启发和鼓励他们热爱人生，相信未来，增长他们面对生存的勇气。就在这时，她创作了第一篇童话《跟着我们的月亮走》，把一个快乐而富有同情心的月亮和严厉而墨守成规的太阳做对比，第一次把童话与社会拉在一起。当岭南大学的曾昭森创办《新儿童》半月刊时，她应邀成为这个儿童杂志的主编，从此，她将整个身心都投入到儿童文学的伟大事业之中了，她的理想，在儿童文学这个伟大的事业中得到了最完美的体现与发挥。黄庆云曾说："我用爱心来编《新儿童》，它成了我的人生路标。从它开始，我研究儿童文学，写作儿童文学，就成了我生命的全部内容。"她还说，"我的作品的基调始终是愉快的。因为我接触的孩子都是快乐而向往光明的；尽管他们身处恶劣的环境，但是他们在我的视野里，总是乐观而充满希望的。我写作的时候，总是想到，在我面前，有个孩子在听我讲故事。"此种情怀，是她写作的原动力，是她终生怀着人道主义为孩子写作不辍的生命之源！

当太平洋战争爆发，《新儿童》迁到桂林。湘桂大撤退，曾有过停刊；1945 年，《新儿童》在广州复刊，翌年又在香港出版。后来虽曾易名在广州出版，作为总编辑，她依然像抚养自己的孩子一样兢兢业业、尽心尽力。后来，她和丈夫、文学评论家周钢鸣（1909—1981）都在广东作家协会工作。1959 年，她在广州主编《少先队员》时，尽管因为"太注重文艺性、知识性和趣味性"而受到批评，但她不迁怒任何人，要她下乡她就下乡，但是写作上，依然如故，鉴定不移地走自己的路。她认为，创作既要继承传统，也要突破传统，既要是现实主义的，又要是浪漫主义的，形象不失其真，具体而不失其美，即使不是叙事诗，也该有故事和情节，绝不能只是抽象的说理和干涩的描写。这就是她对儿童文学的理解和追求。

后来，黄庆云被选为广东作家协会副主席，担任国际笔会中国广州笔会中心副会长兼秘书，还主编《少男少女》。头衔，是她分外的工作；写作，是她永远的义务。从 1938 年发表第一篇童话开始，文学伴着她走过七十多年的风雨岁月，写作是她的灵魂和生命。在儿童文学领域，她的写作几乎涵盖了这一领域的全部题材："儿童剧"、"通讯集"（云姊姊信箱）、"儿童读物"、"诗配画"、"儿歌"、"童话集"、"中篇童话"、"长篇童话"、"儿童诗"、"叙事诗"、"传记文学"、"儿童小说"、"中篇小说"、"长篇小说"、"散文集"、"儿童文学翻译"及《我的文化大革命》等百多种写给孩子们的作品。

写儿童文学的作家，需要有诗人的想象力，有了想象力，才可能写出充满哲理的童话；写儿童文学的作家，需要有童心和爱心，有了童心和爱心，才能写出被孩子理解和接受的富有童真童趣且想象丰富、幻想色彩浓厚的作品。这些，我们的云姊姊都做到了：她写给孩子的作品都具有高营养，艺术上总是带着浪漫主义和人道主义的色彩，立意高，构思巧，思想高尚，色调明朗而欢快，其中不少作品也是我们成人爱不释手的。

早年从 1941 年至 1954 年，仅在香港进步教育出版社就出版了她的《幼儿诗歌集》、《儿童诗歌集》、《名人传记》、《地球故事》、《庆云短篇童话集》、

《庆云短篇故事集》、《云姊姊的信箱》(通信集)、《华侨爸爸》(儿童小说)、《动物故事》等四十余种童书。之后，广东人民出版社、中国少年儿童出版社、上海儿童出版社、人民文学出版社、吉林人民出版社、天津新蕾出版社、辽宁儿童出版社、河北少年儿童出版社、重庆少年儿童出版社、浙江少年儿童出版社、上海人民美术出版社，以及香港启思出版社、香港真文化出版社、香港牛津大学出版社、香港新雅出版社、香港和平图书有限公司、香港萤火虫出版社、南方日报出版社等，相继出版了她的童话集、长篇小说、儿童诗歌、传说集。2006年，她还出版了纪实文学《我的文化大革命》。及至耄耋之年，她还在给林曼叔的《文学评论》写回忆录式的文化专栏。

美国儿童文学作家凯特·迪卡米洛在她的童话里说过一句很贴心的话："用我整个心灵在你的耳边轻轻地讲述的这个故事，为的是把我自己从黑暗中拯救出来，也把你从黑暗中拯救出来。故事就是光明。我希望你已经在这里找到了某种光明。"美好的儿童文学作品就是温暖和光明。黄庆云的童话《月亮的女儿》《漫游隐形国》《豆豆看星星》《恐龙蛋的梦》《小仙鱼的礼物》《猫咪QQ的奇遇》《彩色的风》《莲花与老虎》等，就是这样的作品，都是开启孩子们智慧大门的钥匙，使幼小的心灵既可以融入社会，又可以翱翔于奇妙的想象太空！她的《七个哥哥和一个妹妹》《月亮的女儿》《奇异的红星》《快乐的童年》《和爸爸比童年》《花儿朵朵》，童话集《金色的童年》《奇异的红星》《九龙九龙》《豆豆看星星》《庆云儿童故事集》《香港归来的孩子》和长篇小说《刑场上的婚礼》，都是可以天长地久的作品。

20世纪末，我与香港的文学缘分较多，多次到那里参加学术会议。1998年3月和1999年7月，我在香港又两次见到云姊姊，其中一次在她家里。

她的家是广东，也是香港。移居香港之后，她似乎更加勤奋地耕耘，不停地为香港各家出版社写书出书，每次她都说："我从写作的第一天起，就是为了孩子。现在，我还像以前那样，用我的心，用我的笔，为了中国的儿童文学事业……"

儿童文学是文学的重要体裁，香港儿童文学是中国新文学之儿童文学的自然延伸，它肇始于20世纪40年代初的许地山、马鉴、曾昭森等人的提倡与推动；黄庆云则是香港女性儿童文学的奠基者，她主编的《新儿童》则成为香港儿童文学的摇篮。1945年抗日战争胜利后，香港除了《新儿童》，还有《星岛日报·儿童周刊》《星岛日报·儿童乐园》《文汇报·新少年》及《儿童文学连丛》《学生文丛》《香港学生》等儿童报刊，都为儿童文学的发展做出了贡献。1974年，香港教育界曾发表《"救救孩子"的声明》，之后有发表《关注少年儿童的精神食粮》联署呼吁书，唤起香港各界对少年儿童读书和教育的更多关心。1981年底，以作家何紫、阿浓、严吴婵霞、韦惠英为首成立香港儿童文艺协会，聚集了以女性作家为主的百余位从事儿童文学写作的作家。除了香港儿童教育文化界人士的呼吁和关注，还由于新雅文化事业有限公司以及《叮当》半月刊、《儿童乐园》、《红苹果》半月刊、《开心地》月刊、《突破》杂志、《突破少年》杂志、《小朋友画报》、山边社、获益出版事业有限公司等出版界的悉心关注和扶植，使香港一度滑坡的儿童文学创作有了很大的发展，其中何紫、严吴婵霞、周蜜蜜、宋诒瑞、潘金英、潘明珠、潘力明、刘素仪等人都是为孩子勤奋写作的有影响的作家，使香港成为中华全国儿童文学作家密度最大的地区。儿童文学的繁荣，预示着教育的发展、人才的兴旺和未来的光明！

圣诞节，西方的孩子不能没有圣诞树。黄庆云的儿童文学作品就是中国孩子们最喜欢的圣诞树。

沧海自有精神在，满襟哀伤云端来。在我结束这篇悼念云姊姊的小文时，我又想起《文坛日记》另一句话：

> 翡翠的南方，蓝天上飘着白云；那云，为生活编制童话，为大地酿造甘霖。

接着，又听见来自天上的那句温暖我们的声音：

“你们的云姊姊没有走！”

我深信那个声音是真的：是的，我们的云姊姊没有走……

2018年10月8日于北京半亩春秋

（阎纯德：北京语言大学教授、《汉学研究》主编）

你在我的《永远的三月》永生

——悼念伊蕾

张石山

她是一个好女人

从1984年进入中央文讲所，到1988年从北大作家班结业，我和伊蕾做了五年同学。其间，我们公然相恋，一时沸沸扬扬。当年思想解放运动风起云涌，也许可以这样评价：我们共同践行了人的发现与个性解放。

就我而言，这枚果实不无苦涩。我拆毁了自己的家庭，罪有应得担上了“陈世美”的名头。我辞去了《山西文学》主编的职务，以消除一代老作家们的极度恼怒；同时，免得我的恶名玷污了一本省级文学期刊。最为惨烈的是，我毁了两个孩子本该幸福的童年。我曾经说过这样的话：如果自由是一块饼，我在残忍地与我的孩子争抢分食。还有孩子们的母亲，在离婚问题上，她没有责任。如果说，我自以为将伊蕾拉出泥潭的时候，却生生将另一个女人推下了深渊。

任何外在评说都是那样苍白，事实就是事实。

事实上，一切责任在我。作为一个成熟的男人，所有的决断都是我个人的决断。社会上抨击所谓第三者的声音，至今不绝于耳。这委实是给负心郎们无端开脱。伊蕾是无辜的，正如任何第三者一样。

北大作家班结业后，伊蕾回到天津，在《天津文学》诗歌组当编辑。该刊有一期登载了她的一组诗作，我为之写了一则评论，题目曰《她是一个好女人》。

那是我对她的真实评价。比起她的诗，我更欣赏成就了这些诗歌的作者本人。“一个好女人”，我认为这是一个至高无上的评价。她的善良与宽厚，同学朋友们人所共知。

隔了千山万水，我去与她相会

结业后回天津，是伊蕾的选择。一个曾经的插队生，如今的大龄女知青，想要回到自己的城市回到父母身边，这点向往太可理解了。然而，她却因此而成了一个我说的“三无女人”。她，没有职务，没有高级职称，没有房子。是啊，没有房子。她和父母以及大弟弟一家拥挤在一处大杂院的三间平房里，那儿，并没有什么属于她的“独身女人的卧室”。

迫于如此处境，她决定远走俄罗斯。要去闯荡世界，要来一回“洋插队”，要赚钱实现自己起码能有一间卧室的理想。这也是属于她的中国梦吧。

而做出这样的决断，当下，就要面临我们的分离。而且，我势不能与她一道远走俄罗斯，也势不能经常打了飞的去到莫斯科。莫斯科郊外的晚上，她只能一人独处。而且，长久的分离将会导致我们事实上的分手。我把一切都讲给她，决绝的伊蕾义无反顾。

我所能做的，就是不惜倾家荡产，找朋友借贷数十万，支持她经商，希望她实现梦想。

1991 年的初冬，我曾经去莫斯科探视她。乘坐七天六夜的国际列车，跨过蒙古高原，路经贝加尔湖，穿越西伯利亚冰原。

只因为她在那里。

我的老父亲夜不能眠，他担心：我那小子，把两个孩子给他老子扔下，不是放了鹞子吧？

我有一儿一女，那是我的骨肉，我不能成了一只鹞子。

在莫斯科，我和伊蕾谈及诸多话题，当然，也不能不谈及我的父母和儿女。

至今，我得谢谢她的理解，谢谢她的善良与宽厚。

她泪如雨下，将鹞子放归。

再次相逢，就像从来不曾分手

大约是在 2001 年初，中国作协召开全国代表会。各省代表当中，文讲所的老同学不少。伊蕾曾经到会上，和大家见面叙旧。

此时，她已经从莫斯科回国。经商取得了预期的成功，她在天津有了房子，在北京也买了一处宅子作为自己的工作室。作协代表会的间隙，伊蕾做东，在三里屯酒吧一条街设宴请客。除了文讲所同学，还有河北几位诗人，我省出席者有我和赵瑜、王祥夫几位。大家频频举杯，饮酒乐甚。

我应许大家要求，席间唱了两首民歌。

十八颗星星十六颗明，
那两颗暗的是咱两个人。
山挡不住风来雪挡不住春，
神仙它挡不住人爱人！

或有借题发挥，这也无可如何。

当场，有中国作协创联部的朋友在场，拍摄了不少照片。后来，在创联部主办的刊物上于封三登出。主题是突出伊蕾组织的这次大会外的文友聚会。编辑在电话上要我为几幅照片加几句说明词，关于我和伊蕾的一幅合影，我写了这样一句词儿：

“再次相逢，就像从来不曾分手。”

当年，我的小女儿已经六七岁，具备了相当的阅读能力和思维能力。为我的那句话她发出了义正词严的疑问乃至质问：你怎么可以那样讲?

我对孩子说：爸爸是个真诚的人。我说出来的，是我当下的真实感觉。

十多年过去，小女儿长大了，她或许能够谅解抑或多少理解了她的父亲吧。

你在我的《永远的三月》永生

回顾一生写作，我曾在20世纪80年代后期写过若干白话诗。后来结集出版，诗集名曰《永远的三月》。那原是我的诗作中一首长诗的题目。毋庸讳言，那首诗甚至那一本诗都是我当年情绪和情感的实录，甚至可以讲，其中的好多诗特别是《永远的三月》，是专门写给伊蕾的。

后来我和她分手了。有时相互通通电话，略知对方情况而已。我大致知道她不再为住房什么的发愁，手头也还相对宽裕。不怎么多写诗，但她作画。她的画，该算是国画，走写意的路子，以我外行的眼光看去，颇具情致。她的个人生活安排得丰富多彩，经常出国旅游，在天津和北京，身边都有许多文友。我的创作状况和生活状况，她也大致知晓。我们都真诚地祝福对方生活得好。虽则有些话没有说在明处，这些话其实也无须明言吧。

赵瑜兄弟在北京居住期间，常与伊蕾见面。包括我们山西的众多诗人朋友，大家对伊蕾都非常尊重和关照。即便大家对伊蕾的这份情谊与我无关，我的心中也总是充满感念。

前几天，赵瑜还和伊蕾微信交流，知道她出国游玩去了。诗人潞潞他们在北京举办画展，还和伊蕾见过面。当下，潞潞遗憾一时疏忽，竟然忘了推荐伊蕾一道参与画展。大家一笑了之。至于文友们的微信上，前一段曾经介绍说，伊蕾的诗作正在被翻译到英国，将于明年出版。

谁知道这便是我知道的伊蕾的最后消息了。

死神，总是施出它的霹雳手段，令人猝不及防。

面对死亡，前人贤达陶渊明说得好：已矣乎！寓形宇内复几时，曷不委心任去留，胡为乎遑遑欲何之？

在有限的人生旅途中，我曾经和伊蕾携手同行一段，那或许便是属于我的“永远的三月”。那样的记忆永难磨灭，在我永难磨灭的记忆里，伊蕾永生。

7月13日深夜惊闻伊蕾去世消息，7月14日匆匆草得。

（张石山：知名作家，曾任《山西文学》主编）

编后记

为什么要把生命消耗于编刊？我想，一个成功的刊物，虽然不可能切望影响权力，但只希望它能使普罗大众得到尊严看到光明，成为一个时期或是一个时代精神的旗帜！一个优秀的刊物，应该有利于学术的繁荣和发展，有利于青年学人的成长，有利于社会！

从1993年创办《中国文化研究》，再到创办《汉学研究》和《女作家学刊》，我每天最宝贵的时间几乎都献给了它们：早上起来、中午2点和晚上10点之后，我都要看看是否有作者来稿来信，收藏稿件、浏览之后，给作者回信，微信回复不计，每年都有20多万字至40多万字不等，这还不算我日记里记录下来的关于刊物的重要信息。

人生的旅程就是做事，做些梦里想做的事。这个卑微的追求过程就是快乐。当人老了的时候，不必在意自己是否已经老了，起码自己不要有年龄歧视。自己想做的事，该做还是做。

编辑出版《女作家学刊》之梦，已经做了40多年了。这个梦，初成于巴黎。我的朋友——著名汉学家米歇尔·鲁阿夫人（Michelle Loi，1926-2002）——不止一次问我："你们中国究竟有多少女作家？每次去中国，我访问的不是冰心，就是菡子，再不就是茹志鹃……"那时，我在巴黎第一次读到庐隐和谢冰莹的作品，而我在北大读书期间，竟然没有看到"她们"的背影。以上两件事，使我萌生了研究女作家的念头。1977年秋，我从巴黎第三大学执教结束一回到北京，即组织和主编《中国文学家辞典》，编撰过程中，在1978年8月至9月，曾多次到北京交道口南后圆恩寺胡同13号造访中国新文学的先驱茅盾先生，接受他的教诲。他曾为我的《中国文学家辞典》《中国新文学作品选》《新时期女作家百人作品选》等书稿题签；当我讲到想办一个女作家或女作家研究的杂志时，他说了一句话："这很好，我们还没有这样的杂志。"于是我要求为杂志题签，他就顺手写了"女作家"和"女作家学刊"两个名字。因此，如果说创办这个杂志是圆了我的梦，不如说是圆了茅盾先生的梦！

从巴黎开始结缘女作家研究，至今从未间断过寻找、搜集关于女作家的文献与信息。从秋瑾时代开始，至今一百余年，我孤独撰写的《百年中国女作家》已有一百多万字，至今还没有打住，只希望在我告别这个世界之前能够得以出版。

我做事从来就是说做就做。60多万字的“学刊”创刊号是在给学校打报告之前我独自编峻的。创办“学刊”的报告（李玲和赵冬梅起草）2018年8月8日递给学校，翌年4月批下来；熬过了这个“漫长岁月”，还得面对另一个“筹钱的岁月”。我把这两个“时段”称作“岁月”，实在是因为“等待”得太痛苦，使我经历了数个不眠之夜的熬煎；躺在床上，睁着眼睛到天明——想刊物的结果和未来、编委会的名单、“接班”的人选。过五关斩六将，“学刊”这个苦难的“巨婴”，在她即将诞生之时，没想到人类却遇上“COVID-19”制造的空前大灾难。作家出版社紧锣密鼓地张罗其诞生，这个在胎里郁闷了两年的“女婴”，即使不能顺产，宁可“剖腹产”，也得在2020年火辣辣的暑期与等待她的人们见面。

我曾不止一次对我年轻的同事李玲、赵冬梅、李东芳、张浩等朋友说：“我已经‘80后’了，名字年轻，但年轮已老。我没有功利，我是打地基的‘技工’，你们要把‘学刊’视作正在建设的一座大楼，这座楼地基打得坚固不坚固，盖得高不高，就靠你们肯不肯为其一砖一瓦、不辞劳苦而无私地投入！办杂志是为人作嫁，是为社会做贡献，没有拼命精神是绝对办不好杂志的！”我知道，我这些“小朋友”都很真诚，坚信她们一定会将杂志越办越好！

另外，除了感谢北京语言大学校领导和科研处、学科建设办公室领导的关怀、支持与帮助，还要感谢我们的顾问和众多的编委，他们都是文坛名流，是著名文学评论家、著名作家、著名教授及文学名刊的总编辑、主编，他们的积极支持，更鞭策我们责无旁贷地要把刊物办好，让“女作家”的蔚蓝天空没有雾霾，让“学刊”真正成为中国女性文学研究和女作家成长的好朋友。

元代张养浩有诗云：“云来山更佳，云去山如画；山因云晦明，云共高山下；倚仗立云沙，回首见山家……”家和万事兴！这个“学刊”就是一个家，我希望这是一个温馨、美丽、蒸蒸日上的女作家和研究家的大家庭！

阎纯德

2020年6月15日记于半亩春秋

图书在版编目（CIP）数据

女作家学刊·第一辑 / 阎纯德主编 .—北京：作家出版社，2020.9

ISBN 978-7-5212-1071-2

Ⅰ.①女…　Ⅱ.①阎…　Ⅲ.①女作家—文学评论—中国—当代 Ⅳ.① I206.7

中国版本图书馆 CIP 数据核字（2020）第 143748 号

女作家学刊·第一辑

主　　编：阎纯德
责任编辑：张　平
装帧设计：意匠文化·丁奔亮
出版发行：作家出版社有限公司
社　　址：北京农展馆南里 10 号　　**邮　　编：**100125
电话传真：86-10-65067186（发行中心及邮购部）
86-10-65004079（总编室）
E-mail:zuojia @ zuojia.net.cn
http://www.zuojiachubanshe.com
印　　刷：三河市北燕印装有限公司
成品尺寸：165×260
字　　数：630 千
印　　张：34.5
版　　次：2020 年 10 月第 1 版
印　　次：2020 年 10 月第 1 次印刷
ISBN 978-7-5212-1071-2
定　　价：98.00 元